TERRY BROOKS

Schattenreiter

Buch

Die drei Nachfahren von Shannara haben die Aufgaben gemeistert, die ihnen der Geist des Druiden Allanon auferlegt hatte. Wren hat das verschollene Volk der Elfen in die Welt zurückgeführt. Par hat das magische Schwert von Shannara gefunden. Und Walker Boh hat Paranor, die Festung der Druiden, aufgespürt und wurde so selbst zum Druiden. Doch Rimmer Dall, der Anführer der dunklen Föderation, entfesselt nun ihre gesamte Macht gegen die Erben Shannaras. Während er die vier Schattenreiter nach Paranor entsendet, um Walker Boh zu vernichten, setzt er gleichzeitig die Armee der Föderation in Marsch, um die zurückgekehrten Elfen zu unterwerfen. Nicht jeder wird den Kampf überleben …

Autor

Im Jahr 1977 veränderte sich das Leben des Rechtsanwalts Terry Brooks, geboren 1944 in Illinois, USA, grundlegend: Gleich der erste Roman des begeisterten Tolkien-Fans eroberte die Bestsellerlisten und hielt sich dort monatelang. Doch *Das Schwert der Elfen* war nur der Beginn einer atemberaubenden Karriere, denn bislang sind mehr als zwanzig Bände seiner Shannara-Saga erschienen.

Die Shannara-Chroniken bei Blanvalet:

1. Das Schwert der Elfen
2. Elfensteine
3. Das Lied der Elfen

Die Erben von Shannara bei Blanvalet:

1. Heldensuche
2. Druidengeist
3. Elfenkönigin
4. Schattenreiter

Weitere Bände in Vorbereitung

Terry Brooks

DIE SHANNARA-CHRONIKEN

Die Erben von Shannara 4
Schattenreiter

Roman

Deutsch von Karin König

blanvalet

Die Originalausgabe erschien 1993 unter dem Titel
»The Talismans of Shannara« bei Ballantine, New York.

Dieser Roman ist bereits geteilt in zwei Bänden erschienen unter den Titeln »Die Reiter von Shannara« und »Die Talismane von Shannara«.

MIX
Papier aus verantwortungsvollen Quellen
FSC® C014496

Verlagsgruppe Random House FSC® N001967

1. Auflage

Neumarkter Str. 28, 81673 München
Redaktion: Andreas Helweg
Umschlaggestaltung und -illustration: Max Meinzold, München
HK · Herstellung: sam
Satz: Buch-Werkstatt GmbH, Bad Aibling
Druck und Bindung: GGP Media GmbH, Pößneck
Printed in Germany
ISBN 978-3-7341-6142-1

www.blanvalet.de

Für all meine Freunde
bei Del Rey Books
Damals und heute
Welch schöne Zeit
wir hatten!

1

Die Dämmerung senkte sich über die Vier Länder. Das Licht nahm einen grauen Ton an, die Schatten wurden allmählich länger. Auch die Hitze des Tages ließ langsam nach, als der rote Feuerball der Sonne im Westen versank und sich die heiße, trockene Luft abkühlte. Mit einsetzender Ruhe kam die Welt zum Schweigen, und Laub und Gras zitterten bei Tagesende in Erwartung der bevorstehenden Nacht.

Dort, wo sich der Mermidon in den Regenbogensee ergoss, stand schwarz, undurchdringlich und stumm die Südwacht. Der Wind strich über den See und den Fluss, blieb aber dem Obelisken fern, als suchte er sich lieber einen verlockenderen Ort. Die Luft um den dunklen Turm flimmerte, die abgestrahlte Hitze erzeugte flüchtige Geisterbilder von den Umrissen. Ein einsamer Jäger am Ufer des Gewässers schaute furchtsam auf, als er vorbeiging, und setzte seinen Weg dann hastig fort.

In der gespenstischen Stille im Inneren des Turms gingen gesichtslose Schattenwesen in Kapuzenmänteln pflichterfüllt ihren Aufgaben nach.

Rimmer Dall stand am Fenster, betrachtete das Zwielicht über dem Land und beobachtete, wie die Farbe wich, während die Nacht verstohlen aus dem Osten herankroch und die Ihrigen um sich scharte.

Die Nacht, unsere Mutter, unser Trost.

Er stand in seinen dunklen Gewändern unbeweglich da, die Hände hinter dem Rücken verschränkt, die Kapuze von seinem grobknochigen, rotbärtigen Gesicht zurückgezogen. Er wirkte hart und gefühllos, und wenn man ihm das so gesagt hätte, wäre er darüber erfreut gewesen. Aber seine Erscheinung interessierte den Ersten Sucher schon lange nicht mehr – und genauso lange war es her, dass er überhaupt darüber nachgedacht hatte. Sein Äußeres war von wenig Belang; er konnte aussehen, wie er wollte. Wichtig war nur, welches Feuer in ihm brannte. Das gab ihm Leben.

Seine Augen glitzerten, während er über das, was vor ihm zu sehen war, hinausschaute zu dem, was eines Tages sein würde.

Zu dem, was verheißen war.

In der Stille war er mit seinen Gedanken allein. Die anderen existierten für ihn nicht, sie waren Geister ohne Körper. Von unten, aus dem tiefen Inneren des Turms, hörte er das Arbeiten der Magie, das tiefe Schnaufen ihres Atems, den Schlag ihres Herzens. Er lauschte darauf und ließ seinen Gedanken freien Lauf, eine Angewohnheit, die seinem rastlosen Geist Ruhe schenkte. Die Macht gehörte ihnen, aus dem Äther in Substanz verwandelt, mit Gestalt und Form und einem Ziel versehen. Darin bestand die Gabe der Schattenwesen, und sie gehörte ihnen allein.

Den Druiden und ihresgleichen zum Trotz.

Er versuchte zu lächeln, aber sein Mund verweigerte sich, und das Lächeln verschwand in der harten Linie seiner Lippen. Seine behandschuhte Linke rieb die bloßen Finger seiner Rechten. Macht für Macht, Stärke für Stärke. Auf seiner Brust schimmerte das silberne Wolfskopf-Abzeichen.

Bum, bum, dröhnte die arbeitende Magie tief unter ihm.

Rimmer Dall wandte sich wieder dem dunklen Raum zu, dem Raum, in dem er bis vor kurzem Coll Ohmsford gefangen gehalten hatte. Jetzt war der Talbewohner nicht mehr hier – geflohen, wie er glaubte, aber eigentlich hatte der Sucher ihn laufen lassen und auf andere Art in Gefangenschaft gehalten. Coll war aufgebrochen, um seinen Bruder zu finden: Par.

Den mit der echten Magie.

Den, der Rimmer Dall gehören würde.

Der Erste Sucher trat vom Fenster zurück und setzte sich an den blanken Holztisch. Unter dem Gewicht seiner großen Gestalt knarrte der Stuhl. Rimmer Dall faltete die Hände vor sich auf dem Tisch und legte das raue Gesicht darauf.

Alle Ohmsfords waren wieder in den Vier Ländern, alle Nachfahren von Shannara waren von ihren Unternehmungen zurückgekehrt. Walker Boh hatte, trotz Pe Ell, den Schwarzen Elfenstein aus Eldwist geholt und mit seiner Magie Paranor in die Welt der Menschen zurückgebracht. Walker selbst war der erste neue Druide geworden. Wren Elessedil hatte Arborlon und die Elfen auf Morrowindl gefunden und in die Vier Länder zurückgeführt. Sie hatte ihre Herkunft, ihr Erbe und die Magie der Elfensteine entdeckt. Zwei der drei Aufgaben Allanons waren erfüllt worden. Zwei von drei Schritten waren getan.

Pars Aufgabe sollte die letzte sein: Finde das Schwert von Shannara. Finde das Schwert, und es wird die Wahrheit enthüllen.

Spiele von alten Männern und Schatten, grübelte Rimmer Dall. Aufgaben und Prüfungen, die Suche nach der Wahrheit. Nun, er kannte die Wahrheit besser als sie, und die Wahrheit war, dass nichts davon wichtig war, weil am Ende die Magie alles war, und die Magie gehörte den Schattenwesen. Es schmerzte ihn, dass sowohl die Elfen als auch Paranor wieder in den Vier Ländern waren, obwohl er sich bemüht hatte, dies zu verhindern. Jene, die er ausgesandt hatte, um die Nachfahren von Shannara am Erfolg zu hindern, waren gescheitert. Der Preis ihres Scheiterns war der Tod gewesen, aber das trug wenig dazu bei, seinen Verdruss zu mildern. Vielleicht hätte er verärgert sein sollen, vielleicht sogar ein wenig besorgt. Aber Rimmer Dall vertraute seiner Macht, war sich seiner Kontrolle über die Ereignisse und die Zeit sicher und überzeugt davon, dass es weiterhin er sein würde, der die Zukunft bestimmte. Zwar hatten Teel und Pe Ell ihn enttäuscht, aber anderen würde das nicht passieren.

Bum, bum, flüsterte die Magie.

Und so …

Rimmer Dall schürzte die Lippen. Ein wenig Zeit war alles, was er brauchte. Ein wenig Zeit, damit die Ereignisse, die er bereits in Gang gesetzt hatte, ihren Lauf nehmen konnten, und dann würde es für die toten Druiden und ihre Pläne zu spät sein. Halte den Dunklen Onkel und das Mädchen voneinander fern. Sie dürfen ihr Wissen nicht teilen. Sie dürfen ihre Kräfte nicht vereinen.

Sie dürfen nicht die Talbewohner finden.

Ein Ablenkungsmanöver war notwendig, eines, das sie anderweitig beschäftigte. Noch besser sogar eines, das sie vernichtete. Armeen natürlich, um die Elfen und die Geächteten gleichermaßen niederzuwerfen, Föderationssoldaten und Kriecher und alle Schattenwesen, die er sonst noch versammeln konnte, um diese Narren ein für alle Mal loszuwerden. Doch für die Kinder von Shannara mit all ihren Magien und Druidenzaubern würde er sich etwas ganz Besonderes überlegen.

Er dachte lange darüber nach, während die graue Dämmerung in Nacht versank. Der Mond ging im Osten auf, eine Sichel im schwarzen Himmel, und die Sterne strahlten silbern. Ihr Glanz drang in die Dunkelheit ein, in der Rimmer Dall saß. Das Gesicht des Ersten Suchers verwandelte sich in einen Schädel.

Ja, nickte er schließlich.

Der Dunkle Onkel war besessen von seinem Druidenerbe. Schicke ihm etwas, das diese Schwäche ausnutzen kann, etwas, das ihn verwirrt und seine Pläne durchkreuzt. Schicke ihm die Vier Reiter.

Und das Mädchen. Wren Elessedil hatte ihren Beschützer und Berater verloren. Gib ihr etwas, das diese Leere füllt. Such jemanden für sie aus, der sie beruhigt und tröstet, der ihre Tränen trocknet und sie dann verrät und ihr alles nimmt.

Die anderen waren keine ernsthafte Bedrohung – nicht einmal der Anführer der Geächteten und der Hochländer. Ohne die Ohmsfords konnten sie nichts erreichen. Wenn der Dunkle Onkel in seiner Burg gefangen gesetzt würde und die kurze Regentschaft der Elfenkönigin endete, wären die sorgfältig geschmiedeten Pläne des Druidenschattens vereitelt. Allanon würde mit dem Rest seiner Geistersippe wieder im Hadeshorn versinken, in der Vergangenheit, in die er gehörte.

Ja, die anderen waren nicht von Bedeutung.

Aber er würde sich dennoch um sie kümmern.

Und selbst wenn all seine Bemühungen fehlschlügen, selbst wenn er es nicht schaffte, sie zu vernichten, sie zu schlagen wie ein Hund seine Beute, so würde es dennoch genügen, wenn Par Ohmsfords Seele letztendlich ihm zufiele. Er brauchte nur das, um allen Hoffnungen seiner Feinde ein Ende zu bereiten. Nur das. Es war ein kurzer Weg zum Abgrund, und der Talbewohner bewegte sich bereits darauf zu. Sein Bruder war die angebundene Ziege, die Par anlocken würde wie einen hungrigen Wolf. Coll Ohmsford stand unter dem Einfluss des Spiegeltuchzaubers. Er war ein Sklave der Magie, aus der dieser Umhang erschaffen war. Coll hatte ihn gestohlen, um sich zu tarnen, und er ahnte weder, dass Rimmer Dall genau das beabsichtigt hatte, noch argwöhnte er, dass sich eine tödliche Schlinge um seinen Hals zuzog, durch die er den Zielen des Ersten Suchers zuarbeitete. Coll Ohmsford würde seinen Bruder aufspüren und einen Streit herbeiführen, weil ihm der Umhang keine andere Möglichkeit ließ und einen Zorn in ihm heraufbeschwören würde, der sich nur durch den Tod seines Bruders besänftigen ließe. Par wäre gezwungen, gegen ihn zu kämpfen. Und weil ihm die Magie des Schwertes von Shannara fehlte und weil seine gewöhnlichen Waffen nicht ausreichten, um die Sorte Schattenwesen zu besiegen, zu der sein Bruder jetzt gehörte, und weil er außerdem Angst haben würde, dass dies nur eine weitere List sein könnte, würde er die Magie des Wünschlieds gebrauchen.

Vielleicht würde er seinen eigenen Bruder töten, ihn dieses Mal wirklich töten und dann erkennen – wenn es zu spät war, das Geschehene rückgängig zu machen –, was er angerichtet hatte.

Und vielleicht auch nicht. Vielleicht würde er seinen Bruder entkommen lassen – und damit sein eigenes Schicksal besiegeln.

Der Erste Sucher zuckte mit den Schultern. In jedem Fall wäre das Ergebnis dasselbe. In jedem Fall wäre der Talbewohner erledigt. Die Anwendung der Magie und der Schock, der ihn dabei überwältigen musste, würden ihn aus dem Gleichgewicht bringen. Das würde die Magie aus seiner Kontrolle befreien, und dann würde er zu Rimmer Dalls Werkzeug werden. Rimmer Dall war davon überzeugt, weil er die Elfenmagie verstand, anders als die Erben von Shannara und ihr Mentor, denn ihm stand die Magie dem Blut und dem Rechte nach zu. Er verstand, was sie war und wie sie wirkte. Er wusste, was Par nicht wusste: was mit dem Wünschlied geschah, warum er sich so verhielt, wie er es tat, wie er sich von seiner Leine befreit hatte und ein wildes Wesen geworden war, das nach eigenem Belieben auf die Jagd ging.

Par war nahe. Er war sehr nahe.

Die Gefahr, gegen die Bestie zu kämpfen, liegt darin, dass man selbst zu dieser Bestie wird.

Er war schon fast einer von ihnen.

Bald würde es geschehen.

Es bestand allerdings auch die Möglichkeit, dass der Talbewohner die Wahrheit über das Schwert von Shannara vorher herausfand. War die Waffe, die er trug, diejenige, die Rimmer Dall so bereitwillig hergegeben hatte? War sie wirklich der Talisman, wie er annahm, oder eine Fälschung? Par Ohmsford wusste es noch immer nicht. Das Risiko blieb, dass er es in Erfahrung bringen würde. Aber selbst wenn es ihm gelänge, was würde es ihm nützen? Schwerter hatten zwei Schneiden und konnten in beide Richtungen schneiden. Die Wahrheit würde Par vielleicht mehr schaden als nützen …

Rimmer Dall erhob sich und trat erneut ans Fenster, ein verhüllter Schatten in der Nacht. Die Druiden verstanden nicht; das hatten sie nie. Allanon war schon ein Anachronismus gewesen, bevor er zu dem geworden war, den Brimen aus ihm hatte machen wollen. Druiden – sie benutzten die Magie, wie Narren mit Feuer spielten: verwundert über ihre Möglichkeiten, aber auch erschrocken über ihre Risiken. Kein Wunder, dass sie sich so oft die Finger verbrannt hatten. Aber das hinderte sie nicht daran, ihre geheimnisvolle Gabe abzulehnen. Sie urteilten schnell über andere, die, durch solche Kräfte zu beherrschen, Macht suchten, vor allem über die Schattenwesen, betrachteten sie als Feinde und vernichteten sie.

Wie sie sich selbst vernichtet hatten.

Aber in der Vision der Schattenwesen lagen Symmetrie und Bedeutung, und die Magie war für sie kein Spielzeug, sondern der Kern ihrer Existenz, ins Herz geschlossen, umhegt, verehrt. Keine Halbheiten, in denen der Zugang zum Leben verwehrt, oder eigennützige Ermahnungen, die niemand bei der Anwendung beherzigen würde. Keine Belehrungen und Warnungen. Keine Spielerei. Die Schattenwesen waren einfach das, wozu die Magie sie machte, und die Magie konnte sie, wenn sie solcherart angenommen würde, zu allem machen.

Die Wipfel der Wälder und die Felswände des Runnegebirges bildeten dunkle Höcker hinter dem flachen, silbern eingefassten Regenbogensee. Rimmer Dall schaute über die Welt hinweg, und er sah, was die Druiden niemals hatten sehen können.

Dass sie jenen gehörte, die stark genug waren, sie zu halten, zu besitzen und zu gestalten. Dass sie dazu gedacht war, benutzt zu werden.

Seine Augen leuchteten in der Farbe von Blut.

Es war reine Ironie, dass die Ohmsfords den Druiden so lange gedient, ihre Aufträge ausgeführt hatten, für sie auf die Suche gegangen, ihren Visionen zu Wahrheiten gefolgt waren, die niemals existiert hatten. Die Geschichten waren Legenden. Shea und Flick, Wil, Brin und Jair und jetzt Par. Es war alles vergeblich gewesen. Und hier würde es enden. Denn Par würde den Schattenwesen dienen und damit die Bande zwischen Ohmsfords und Druiden für immer kappen.

»Par. Par. Par.«

Rimmer Dall flüsterte den Namen beschwichtigend in die Nacht. Diese Litanei erfüllte seinen Geist mit Visionen einer Macht, der nichts widerstehen würde.

Lange stand er am Fenster. Er erlaubte sich, von der Zukunft zu träumen.

Dann wandte er sich plötzlich um und stieg in die Tiefen des Turms hinab, um zu speisen.

2

Der Keller unter der Kornmühle lag in düsterem Schatten, und das schwache Licht, das durch Spalten in den Deckenbrettern fiel, drang nicht weit ins Zwielicht vor. Nachdem er aus seinem sicheren Versteck durch die leeren Katakomben gejagt worden war und schließlich an der blockierten Falltür, durch die er hatte fliehen wollen, aufgehalten wurde, schlich Par Ohmsford wie ein gefangenes Tier umher, umklammerte das Schwert von Shannara und hielt es schützend vor sich, als der Eindringling, der ihm bis hierher gefolgt war, abrupt stehen blieb und sich die Kapuze aus dem Gesicht schob.

»Junge«, flüsterte eine wohlbekannte Stimme. »Ich bin es.«

Die Kapuze des Umhangs lag auf den Schultern seines Gegenübers, und der Kopf kam zum Vorschein. Aber es war zu dunkel …

Die Gestalt trat zögernd vor und ließ die Hand mit dem langen Messer sinken. »Par?«

Jetzt wurden die Gesichtszüge des Eindringlings im grauen Licht sichtbar, und Par atmete hörbar auf.

»Padishar!«, rief er erleichtert. »Bist du es wirklich?«

Das lange Messer verschwand unter dem Umhang, und der andere lachte dröhnend. »Höchstpersönlich. Bei den Schatten, ich dachte, ich würde dich niemals finden! Ich suche dich schon seit Tagen in ganz Tyrsis, von einem Ende zum anderen, in jedem Versteck und jedem Erdloch, und überall erwarteten mich nur die Sucher der Föderation und die Schattenwesen!«

Er trat bis zur Treppe vor, breit lächelnd und die Arme ausgestreckt. »Komm her, Junge. Lass mich dich ansehen.«

Par senkte das Schwert von Shannara und kam erschöpft und dankbar die Stufen herab. »Ich dachte, du wärst ... Ich hatte befürchtet ...«

Und dann legte Padishar die Arme um ihn und drückte ihn an sich, klopfte ihm auf den Rücken und hob ihn dann vom Boden hoch, als bestünde er nur aus Sackleinen.

»Par Ohmsford!«, sagte er und ließ den Talbewohner schließlich wieder zu Boden. Er packte Par an den Schultern, hielt ihn auf Armeslänge von sich und betrachtete ihn. Mit vertrautem Lächeln strahlte er ihn sorglos an und lachte erneut. »Du siehst übel aus!«

Par schnitt eine Grimasse. »Du siehst selbst nicht besonders gut aus.« Im Gesicht und am Hals des großen Mannes waren Narben von Kampfverletzungen zu sehen, die neu hinzugekommen waren, seit sie sich getrennt hatten. Par schüttelte überwältigt den Kopf. »Ich habe immer geglaubt, dass du aus der Grube entkommen bist, aber es tut gut, dich leibhaftig zu sehen.«

»Ha, seither ist viel geschehen, Talbewohner, das kann ich dir sagen!« Padishars glattes Haar war zerzaust, und die Haut um seine müden Augen herum zeigte tiefe Schatten. Er blickte sich um. »Bist du allein? Das habe ich nicht erwartet. Wo ist dein Bruder? Wo ist Damson?«

Pars Lächeln verblasste. »Coll ...«, begann er, konnte den Satz aber nicht beenden. »Padishar, ich kann nicht ...« Seine Hände verkrampften sich um das Schwert von Shannara, als würde er so den Halt wiederfinden können, den er plötzlich zu brauchen schien. »Damson ist heute Morgen losgegangen. Sie ist noch nicht zurück.«

»Losgegangen? Wohin losgegangen, Junge?«

»Sie sucht eine Fluchtmöglichkeit aus der Stadt. Oder, falls es diese nicht gibt, ein anderes Versteck. Die Föderation findet uns überall. Aber das weißt du. Du hast sie selbst gesehen. Padishar, wie lange hast du nach uns gesucht? Wie hast du dieses Versteck gefunden?«

Padishar ließ die großen Hände sinken. »Hauptsächlich mit viel Glück. Ich habe alle Unterschlupfe abgesucht, wo ihr sein konntet, die neueren und diejenigen, die Damson im vorangegangenen Jahr für uns eingerichtet hatte. Dies ist ein altes Versteck, das wir seit fünf Jahren haben und während der letzten drei Jahre nicht benutzt haben. Ich habe mich erst daran erinnert, nachdem ich alle anderen Möglichkeiten ausgeschlossen hatte.«

Plötzlich richtete er sich auf. »Junge!«, rief er aus, und sein Blick fiel auf das Schwert in Pars Händen. »Ist es das? Das Schwert von Shannara? Hast du es also gefunden? Wie hast du es aus der Grube herausbekommen? Wo …?«

Plötzlich hörte man aus der Dunkelheit hinter ihnen Schritte auf den hölzernen Treppenstufen, das Klirren von Waffen und erhobene Stimmen. Padishar fuhr herum. Der Lärm war unmissverständlich. Bewaffnete Männer stiegen die rückwärtige Treppe zu dem Raum hinab, den Par gerade verlassen hatte. Offenbar kamen sie durch die gleiche Tür, die Padishar benutzt hatte. Ohne ihren Schritt zu verlangsamen, drangen sie in die dahinterliegenden Tunnel vor, geführt von Fackeln, die in der Schwärze rauchten und zischten.

Padishar fuhr erneut herum, ergriff Pars Arm und zog ihn auf die Falltür zu. »Die Föderation. Sie müssen mir gefolgt sein. Oder sie haben die Mühle beobachtet.«

Par stolperte und versuchte, Padishar zurückzuziehen. »Padishar, die Tür …«

»Geduld, Junge«, unterbrach ihn der andere und zog ihn entschlossen die Stufen hinauf. »Wir werden draußen sein, bevor sie uns erreichen.«

Er warf sich gegen die Klappe und stolperte zurück, einen Ausdruck des Unglaubens auf dem Gesicht.

»Ich habe versucht, dich zu warnen«, stöhnte Par, befreite sich und schaute zu den Verfolgern zurück, das Schwert von Shannara drohend erhoben. »Gibt es noch einen anderen Weg nach draußen?«

Padishar antwortete, indem er sich erneut mehrere Male gegen die Falltür warf und seine ganze Kraft einsetzte, um sie aufzubrechen. Die Tür bewegte sich nicht, allerdings splitterten einige Bretter unter der Wucht seines Aufpralls.

»Bei den Schatten!«, grunzte der Anführer der Geächteten.

Föderationssoldaten kamen aus dem Gang in den Raum. Ein Sucher in schwarzem Umhang führte sie an. Die Eindringlinge erblickten Padishar und Par, die auf der Treppe zur Falltür standen, und stürmten auf sie zu. Das Breitschwert in einer und das lange Messer in der anderen Hand, sprang Padishar die Treppe wieder hinunter und trat ihnen entgegen. Die ersten Soldaten, die ihn erreichten, wurden augenblicklich niedergemacht. Die restlichen zögerten und wurden wachsamer. Sie versuchten, ihn zu täuschen und ihn vorsichtig zu umzingeln. Par stand hinter ihm und wehrte sich ebenfalls gegen Angreifer. Langsam wichen die beiden zurück, wieder die Treppe hinauf und außer Reichweite, was ihre Angreifer zwang, ihnen zu folgen.

Es war ein aussichtsloser Kampf. Zwanzig gegen einen. Ein gemeinsamer Vorstoß, und alles wäre vorbei.

Par stieß mit dem Kopf an die Falltür. Er wandte sich lange genug um, damit er kräftig dagegendrücken konnte. Sie war weiterhin blockiert. In ihm breitete sich die Verzweiflung aus wie ein Loch, das alles zu verschlingen drohte. Sie saßen fest.

Er wusste, dass er das Wünschlied einsetzen musste.

Unter ihm focht Padishar mit den Angreifern und trieb sie ein Dutzend Schritte zurück.

Par beschwor die Magie, und die Melodie stieg zu seinen Lippen auf, seltsam düster und von bitterem Geschmack. Seit seiner Flucht aus der Grube war es nicht mehr wie davor. Seitdem war überhaupt nichts mehr wie davor. Die Föderationssoldaten sammelten sich zum Gegenangriff, der Padishar erneut die Stufen hinaufdrängte. Schweiß glänzte auf dem Gesicht des Geächteten.

Dann klapperte über ihnen ein Riegel, und die Falltür flog auf. Par schrie nach Padishar, und sie stürmten, ohne noch auf irgendetwas anderes zu achten, die Stufen hinauf und durch die Öffnung in die Mühle.

Dort stand Damson Rhee, der das rote Haar hinterherwehte, während sie auf einen Spalt in der Mühlenwand zueilte und schrie, sie sollten ihr folgen. Wie aus dem Nichts tauchten dunkle Gestalten auf, versperrten ihr den Weg und riefen weitere herbei. Damson tanzte in sie hinein, geschmeidig wie eine Katze. Feuer löste sich aus ihrer erhobenen Hand und flog ihren Angreifern ins Gesicht. Mit einer Drehung schob sie sich durch die dunklen Schemen, setzte ihre Straßenmagie nach rechts und nach links ein und öffnete eine Bresche. Par und Padishar folgten ihr rasch und heulten wie Berserker. Die Soldaten versuchten vergebens, sich erneut zu formieren. Keiner von ihnen erreichte Par. Wie besessen kämpfend, tötete Padishar sie, wo er sie erwischte.

Dann waren sie draußen auf der Straße und sogen die schwüle Nachtluft ein. Der Schweiß lief ihnen über das Gesicht, und beim Atmen zischten sie wie entweichender Dampf. Die Dunkelheit senkte sich über einen dichten Dunst aus Sand und Staub, der in den engen Gängen hing. Die Menschen rannten schreiend auseinander, als von überall brüllende, fluchende Föderationssoldaten auftauchten und jedermann unsanft zur Seite stießen, der ihnen im Wege stand.

Wortlos rannte Damson eine Straße entlang und führte

Padishar und Par in einen dunklen Durchgang, in dem es nach Müll und Exkrementen stank. Sofort waren die Verfolger wieder da, jetzt allerdings entschieden langsamer. Damson lief durch eine Gasse und betrat dann ein Wirtshaus durch einen Nebeneingang. Sie eilten durch den schummrigen Schankraum, an Männern vorbei, die über Tischen hingen oder auf Stühlen zusammengesunken waren, rannten um Fässer herum, an einer Theke entlang und dann zur Vordertür wieder hinaus.

Ein schäbiger Vorbau aus groben Brettern und mit niedrigem Dach erstreckte sich zu beiden Seiten. Die Straße war leer.

»Damson, was hat dich aufgehalten?«, zischte Par ihr zu, während sie liefen. »Diese Falltür …«

»Meine Schuld, Talbewohner«, gab sie ärgerlich zurück. »Ich habe die Tür blockiert, als ich sie getarnt habe. Ich dachte, das sei sicherer. Offensichtlich habe mich geirrt. Aber ich habe nichts mit den Soldaten zu tun. Sie müssen das Versteck selbst gefunden haben. Oder sie sind Padishar gefolgt.« Der große Mann wollte etwas einwenden, aber sie ließ ihn nicht zu Wort kommen. »Schnell jetzt. Sie sind da.«

Vor und hinter ihnen tauchten plötzlich die dunklen Gestalten von Föderationssoldaten auf der Straße auf. Damson fuhr herum, führte Par und Padishar zu den Gebäuden gegenüber und eine Gasse hinab, die so schmal war, dass sie sich fast hätten hindurchquetschen müssen. Wutgeschrei verfolgte sie.

»Wir müssen zur Tyrsis-Allee zurück!«, keuchte sie atemlos.

Sie gelangten auf einen Markt, auf dem sie über Gemüseabfälle rutschten und mit Kisten zu kämpfen hatten. Eine zweiflügelige Tür versperrte ihnen den Weg. Damson versuchte vergeblich, den eingerasteten Riegel zu öffnen, doch schließlich zerschmetterte ihn Padishar mit einem mächtigen Tritt.

Soldaten traten ihnen mit gezogenen Schwertern entgegen, als sie hindurchstürmten. Padishar griff an und ließ sie auseinanderstieben. Zwei Mann gingen zu Boden und rührten sich nicht mehr. Der Rest verteilte sich.

Eine plötzliche Bewegung links von ihm veranlasste Par, sich umzuwenden. Ein Sucher erhob sich aus der Nacht, und auf dem dunklen Umhang glühte ein Wolfskopf. Par warf ihm die Magie des Wünschlieds in Form einer riesigen Schlange entgegen, und der Sucher taumelte schreiend rückwärts.

Sie liefen die Straße hinab, durch eine Gasse zu einer weiteren Straße und dann zu einer dritten. Pars Ausdauer gelangte so langsam an ihre Grenzen. Er schnaufte und drohte keine Luft mehr zu bekommen, und seine Kehle war von Staub und Angst ausgetrocknet. Er war noch immer geschwächt von seinem Kampf in der Grube und hatte sich noch nicht vollständig von den Folgen erholt, die der Gebrauch der Magie hinterlassen hatte. Vor der Brust umklammerte er schutzsuchend das Schwert von Shannara, dessen Gewicht mit jedem Schritt zunahm.

Sie liefen um eine Ecke, hielten im Schutz eines Stalleingangs inne und lauschten, während der Tumult um sie herum anwuchs.

»Mir können die nicht gefolgt sein!«, erklärte Padishar unvermittelt und spie Blut durch aufgesprungene Lippen.

Damson schüttelte den Kopf. »Das ist einfach unfassbar, Padishar. Sie kennen alle sicheren Verstecke und sind überall gewesen und haben gewartet. Sogar bei diesem.«

In den Augen des Anführers der Geächteten flammte plötzlich ein Funke der Erkenntnis auf. »Es hätte mir schon eher auffallen müssen. Es war dieses Schattenwesen, dasjenige, das Heuerwetz umgebracht hat, dasjenige, das vorgegeben hat, der Zwerg zu sein!« Pars Kopf fuhr herum. »Irgendwie hat es unsere sicheren Verstecke enttarnt und verraten, genau wie den Zeigefinger!«

»Warte! Welcher Zwerg?«, fragte Par verwirrt.

Aber Damson ging weiter und zog die beiden anderen hinter sich her, eilte einen Gang hinab und über einen Platz, der ein halbes Dutzend Querstraßen miteinander verband. Sie eilten erschöpft weiter durch die Hitze und die Düsterkeit und näherten sich der Tyrsis-Allee, der Hauptstraße der Stadt. Par wurde von Fragen geplagt, während er entschlossen hinter ihr herstolperte. Ein Zwerg hatte sie verraten? Steff oder Teel – oder jemand anders? Er schluckte, um seine trockene Kehle anzufeuchten. Was war am Zeigefinger geschehen? Und wo, fragte er sich plötzlich, war Morgan Leah?

Plötzlich versperrte vor ihnen eine Reihe Soldaten den Weg. Damson schob Padishar und Par schnell in den Schatten eines Gebäudes. An die dunkle Wand gekauert, zog sie ihre Köpfe nah heran.

»Ich habe den Maulwurf gefunden«, flüsterte sie eilig und schaute nach rechts und nach links, als neuerlich Rufe laut wurden. »Er wartet in der Lederwerkstatt an der Tyrsis-Allee und wird uns durch die Tunnel aus der Stadt herausbringen.«

»Er ist entkommen?«, keuchte Par.

»Ich habe euch doch gesagt, dass er einiges auf dem Kasten hat.« Damson hustete und lächelte dann. »Aber wir müssen zu ihm, wenn er uns helfen soll – über die Tyrsis-Allee und ein kurzes Stück von diesen Soldaten fort. Wenn wir getrennt werden sollten, bleibt nicht stehen. Lauft einfach weiter.«

Bevor einer widersprechen konnte, ging sie wieder los und eilte aus dem Versteck auf eine Straße zwischen verlassenen Läden. Padishar stieß verärgert einen Einwand hervor, lief dann aber doch hinter ihr her. Par folgte. An der nächsten Kreuzung wandten sie sich der Tyrsis-Allee zu. Soldaten erschienen vor ihnen und durchsuchten die Nacht. Es war nur ein kleiner Trupp. Padishar stürzte sich auf sie und schwang das silbrig funkelnde Breitschwert. Damson führte Par an den Kämpfern vorbei. Weitere Soldaten kamen, waren plötzlich überall, wogten in Gruppen aus der Dunkelheit heran und drängten auf die Fliehenden zu. Der Mond war hinter Wolken verschwunden, und die Straßenlampen leuchteten nicht. In solcher Dunkelheit war es unmöglich, Freund von Feind zu unterscheiden. Damson und Par kämpften sich durch das Handgemenge, entwanden sich Händen, die sie ergreifen wollten, schoben Körper beiseite, die ihnen den Weg versperrten. Sie hörten Padishars Schrei und dann wildes Waffenklingen.

Vor ihnen flammte ein greller orangefarbener Blitz in der Nacht auf, als etwas auf der Straße explodierte.

»Der Maulwurf!«, flüsterte Damson.

Sie rannte auf das Licht zu, auf eine Feuersäule, die laut zischend in die Dunkelheit loderte. Leiber schoben sich vorbei und strebten in alle Richtungen auseinander. Par wurde abgedrängt und von Damson getrennt. Er wandte sich wieder um, suchte nach ihr und ging dann in einem Knäuel von Armen und Beinen zu Boden, als ein fliehender Soldat mit ihm zusammenstieß. Der Talbewohner kämpfte sich auf die Beine und rief Damsons Namen. Das Schwert von Shannara spiegelte das orangefarbene Feuer, während sich Par zuerst in die eine und dann in die andere Richtung wandte und seine Verzweiflung hinausschrie.

Dann hatte Padishar ihn erreicht, tauchte wie aus dem Nichts auf, hob ihn hoch, warf ihn sich über eine Schulter und lief auf verdunkelte Gebäude zu, die Sicherheit versprachen. Schwerter gingen auf sie nieder, aber Padishar war schnell und stark, und niemand konnte ihn aufhalten. Der Anführer der Geächteten arbeitete sich durch die letzten um sich schlagenden Föderationssoldaten und hielt auf den Weg zu, der gegenüber den Gebäuden verlief. Er eilte den Pfad entlang, sprang über Kisten und Fässer, stieß mit den Füßen Bänke zur Seite und rannte an den Stützpfosten von Vordächern und einem Abfallhaufen vorbei.

Die Lederwerkstatt lag still und scheinbar verlassen vor ihnen. Padishar erreichte sie im Laufschritt, stürmte auf die Tür zu, als wäre sie nicht vorhanden, und drückte diese mit gesenkter Schulter vollständig aus den Angeln.

Innen setzte er Par ab und fuhr wütend herum.

Von Damson war nichts zu sehen.

»Damson!«, heulte er.

Föderationssoldaten schlossen die Lederwerkstatt von allen Seiten ein.

Auf Padishars Gesicht mischten sich Blut und Staub zu einem rot-schwarzen Muster. »Maulwurf!«, rief er voller Verzweiflung.

Ein pelziges Gesicht tauchte aus dem Schatten an der Rückseite der Werkstatt auf. »Hier drüben«, meldete sich der Maulwurf mit ruhiger Stimme. »Bitte rasch.«

Par zögerte und hielt weiter Ausschau nach Damson, aber Padishar packte ihn am Hemd und zog ihn fort. »Keine Zeit, Junge!«

Die hellen Augen des Maulwurfs glitzerten, als sie ihn erreichten, das wissbegierige Gesicht schob sich ihnen erwartungsvoll entgegen. »Liebliche Damson …?«, begann er, aber Padishar schüttelte den Kopf. Der Maulwurf blinzelte und wandte sich wortlos um. Er führte sie durch eine Tür in eine Reihe von Lagerräumen und dann eine Treppe zu einem Keller hinab. An einer Wand, die fugenlos glatt zu sein schien, fand er einen Stein, der bei Berührung nachgab, und ohne sich noch einmal umzuschauen, führte er sie durch die Geheimtür.

Sie standen auf einem Podest, von dem eine Treppe in die Abwasserkanäle der Stadt hinabführte. Der Maulwurf war hier zu Hause. Er stieg in die muffigen, kühlen Katakomben hinab, wo das Licht so schwach war, dass Padishar und Par ihm kaum folgen konnten. Am Fuß der Treppe reichte er dem Anführer der Geächteten eine rußige, geschwärzte Fackel, woraufhin sich dieser schweigend hinkniete und sie anzündete.

»Wir hätten zurückgehen und sie suchen sollen!«, zischte Par zornig Padishar zu.

Das von Kampfnarben gezeichnete Gesicht des anderen löste sich aus dem Schatten. Es wirkte wie aus Stein gemeißelt. Er warf Par einen drohenden Blick zu. »Sei ruhig, Talbewohner, bevor ich mich vergesse.«

Er schlug auf einen Feuerstein, brachte damit an der pechbestrichenen Spitze der Fackel eine kleine Flamme hervor, und dann begannen die drei den Abstieg in die Abwasserkanäle. Der Maulwurf eilte durch das verrauchte Dämmerlicht stetig voran, wählte den Weg mit sicherem Schritt und führte sie tiefer unter die Stadt und fort von ihren Mauern. Die Rufe der Verfolger waren gänzlich verstummt. Par war überzeugt, dass die Föderationssoldaten sich, selbst wenn sie den verborgenen Eingang finden würden, bald in den Tunneln verlaufen mussten. Noch immer hielt er das Schwert von Shannara in Händen und ließ es nach kurzem Überlegen vorsichtig in seine Scheide zurückgleiten.

Die Minuten vergingen, und mit jedem Schritt, den sie taten, verlor Par ein wenig mehr die Hoffnung, Damson Rhee jemals wiederzusehen. Er wollte ihr so gerne helfen, aber der Ausdruck auf Padishars Gesicht hatte ihn davon überzeugt, dass er zumindest für den Moment schweigen musste. Sicherlich sorgte sich Padishar genauso um sie wie er selbst.

Über einen steinernen Steg, der träge dahinfließendes Wasser überspannte, betraten sie einen Tunnel, dessen Decke so niedrig war, dass sie fast auf Händen und Knien kriechen mussten. An seinem Ende wölbte sich die Decke wieder empor, und sie liefen durch ein Gewirr von Tunneln zu einer Tür. Der Maulwurf drückte an einer Stelle und entriegelte dadurch ein schweres Schloss. Die Tür öffnete sich und ließ sie durch.

Innen fanden sie eine Ansammlung alter Möbel und Einrichtungsgegenstände, die denen ähnelten, die der Maulwurf bei seiner Flucht vor der Föderation vor einer Woche beinahe verloren hätte, wenn es nicht sogar die gleichen waren. Die ausgestopften Tiere saßen ordentlich aufgereiht auf einem alten Ledersofa, und die Knopfaugen schauten ihnen unvermittelt entgegen, als sie eintraten.

Der Maulwurf trat sofort hinüber und gurrte sanft: »Tapferer Chalt, süße Everlind, meine Westra und kleine Lida.« Andere Namen wurden gemurmelt, zu leise, um sie zu verstehen. »Hallo, meine Kinder. Geht es euch gut?« Er küsste eines nach dem anderen, und setzte sie vorsichtig wieder zurecht. »Nein, nein, die dunklen Wesen werden euch hier nicht finden, das verspreche ich euch.«

Padishar reichte die Fackel, die er trug, an Par weiter, ging zu einem Becken und spritzte sich kaltes Wasser in sein verschwitztes Gesicht. Als er fertig war, blieb er dort stehen. Er stützte sich auf dem Tisch ab, der das Becken hielt, und ließ müde den Kopf hängen.

»Maulwurf, wir müssen herausfinden, was mit Damson geschehen ist.«

Der Maulwurf wandte sich um. »Mit der lieblichen Damson?«

»Sie war unmittelbar neben mir«, versuchte Par zu erklären, »und dann drängten sich die Soldaten zwischen uns …«

»Ich weiß«, unterbrach Padishar ihn und sah auf. »Es war nicht dein Fehler. Es war niemandes Fehler. Vielleicht ist sie auch entkommen, aber es waren so viele …« Er stöhnte auf. »Maulwurf, wir müssen wissen, ob sie Damson geschnappt haben.«

Der Maulwurf blinzelte träge, und seine scharfen Augen funkelten. »Diese Tunnel führen bis unter die Gefängnisse der Föderation, einige sogar hinein. Ich kann nachsehen. Und lauschen.«

Padishar blickte ihn an. »Sieh dir auch das Wachhaus an der Grube an, Maulwurf.«

Langes Schweigen folgte. Par schauderte es. Nicht Damson! Nicht in der Grube!

»Ich gehe mit«, bot er leise an.

»Nein.« Padishar schüttelte nachdrücklich den Kopf. »Der Maulwurf kommt allein schneller und leiser voran.« Der Blick, mit dem er Par ansah, war voller Verzweiflung. »Ich möchte genauso gern mitgehen wie du, Junge. Sie ist …«

Er zögerte fortzufahren, und Par nickte. »Sie hat es mir gesagt.«

Sie blickten einander schweigend an.

Der Maulwurf durchquerte auf leisen Sohlen den Raum und blinzelte dann in den Lichtschein der Fackel, die Par noch immer hielt. »Wartet hier, bis ich zurückkomme«, wies er sie an.

Und dann war er fort.

3

Seit der Begegnung mit dem Schatten Allanons am Hadeshorn hatte Par Ohmsford eine lange und mühsame Reise hinter sich gebracht, und als er jetzt im unterirdischen Heim des Maulwurfs stand und die Trümmer betrachtete, in denen das Leben so vieler seiner Freunde und Mitkämpfer lag, fragte er sich unwillkürlich, inwieweit dies sein eigenes Schicksal widerspiegelte.

Damson.

Er kniff die Augen zu, um die aufsteigenden Tränen zurückzuhalten. Er vermochte sich nicht vorzustellen, was es heißen würde, wenn er sie verlöre, da er gerade erst erkannt hatte, wie viel sie ihm bedeutete.

»Par«, mahnte Padishar sanft. »Komm, wasch dir das Gesicht, Junge. Du bist erschöpft.«

Par gab ihm recht. Er war am Boden: körperlich, emotional und seelisch. Er war auf jede mögliche Art erschöpft, alle Kraft hatte ihn verlassen und damit auch das letzte Fünkchen Hoffnung.

Er fand Kerzen und zündete sie an der Fackel an, bevor er diese löschte. Dann ging er zum Becken und wusch sich. Langsam, wie bei einem Ritual, befreite er sich von Schmutz und Schweiß, als könnte er all die bösen Dinge, die ihm bei seiner Suche nach dem Schwert von Shannara widerfahren waren, dadurch loswerden.

Das Schwert trug er noch immer auf dem Rücken. Er hielt mitten im Waschen inne, nahm es ab, lehnte es an eine alte

Kommode mit zerbrochenem Spiegel und starrte es an wie einen Feind. Das Schwert von Shannara – wirklich? Er wusste es noch immer nicht. Die Aufgabe, die Allanon ihm übertragen hatte, hatte darin bestanden, das Schwert zu finden, und obwohl er einmal geglaubt hatte, dies sei ihm gelungen, zog er inzwischen die Möglichkeit in Betracht, dass er gescheitert war. Nach Colls Tod und dem Überlebenskampf in den Katakomben von Tyrsis hatte er es völlig vergessen. Er fragte sich, ob auch andere von Allanons Aufgaben in Vergessenheit geraten oder gar ignoriert worden waren und ob Walker oder Wren ihre Meinung geändert hatten.

Er war fertig mit Waschen, trocknete sich ab, wandte sich um und sah Padishar an einem dreibeinigen Tisch sitzen, dessen fehlendes Bein durch eine umgedrehte Kiste ersetzt worden war. Der Anführer der Geächteten aß Brot und Käse und trank Bier. Er zeigte auf einen Platz, der für Par gedeckt war, auf einen Teller. Der Talbewohner setzte sich schweigend und begann zu essen.

Er war hungriger, als er gedacht hatte, und verschlang das Mahl in wenigen Minuten. Rund um ihn herum zischten die Kerzen und leuchteten in der Dunkelheit wie Glühwürmchen in einer mondlosen Nacht. In der Stille hörte man nur das ferne Tropfen von Wasser.

»Wie lange kennst du den Maulwurf schon?«, fragte er Padishar, weil ihm das Schweigen unbehaglich war.

Padishar zog einen spitzen Mund. Sein Gesicht war so zerkratzt und vernarbt, dass es wie ein schlecht zusammengesetztes Mosaik aussah. »Seit ungefähr einem Jahr. Damson hat mich eines Tages nach Einbruch der Dunkelheit im Park vorgestellt. Ich weiß nicht, wo sie ihn aufgetrieben hat.« Er schaute zu den ausgestopften Tieren hinüber. »Ein merkwürdiger Bursche, aber völlig in sie verschossen, so viel steht fest.«

Par nickte schweigend.

Padishar lehnte sich auf seinem knarrenden Stuhl zurück. »Was ist nun mit dem Schwert, Junge?«, drängte er Par, stellte den Bierkrug ab und drehte ihn zwischen den Fingern. »Ist es echt?«

Par lächelte, obwohl ihm nicht danach zumute war. »Eine gute Frage, Padishar. Ich wünschte, ich wüsste es.«

Dann erzählte er dem Anführer der Geächteten, was ihm widerfahren war, seit sie aus der Grube geflohen waren: wie Damson die Ohmsford-Brüder im Volkspark gefunden hatte, wie sie den Maulwurf getroffen hatten, wie sie beschlossen hatten, ein letztes Mal in die Grube hinabzusteigen, um das Schwert zu holen, wie er in dem Kuppelbau auf Rimmer Dall gestoßen war und den uralten Talisman ohne jeglichen Kampf an sich nehmen konnte, wie sie Coll verloren hatten und schließlich, wie Damson und er seither in Tyrsis von einem Versteck zum anderen zogen.

Was Par Padishar nicht erzählte, war, dass Rimmer Dall ihn darauf hingewiesen hatte, dass er, wie der Erste Sucher auch, ein Schattenwesen sei. Denn wenn das die Wahrheit war …

»Ich behalte es, Padishar«, endete er, schob die grüblerischen Gedanken beiseite und deutete stattdessen auf die staubige Klinge, die an der Kommode lehnte, »weil ich immer noch denke, dass ich früher oder später herausfinden werde, ob es echt ist oder nicht.«

Padishar runzelte düster die Stirn. »Irgendetwas ist faul an der Sache. Rimmer Dall ist niemandes Freund. Entweder ist die Klinge eine Fälschung, oder er hatte guten Grund zu glauben, dass sie dir keinen Nutzen einbringt.«

Wenn ich ein Schattenwesen bin …

Par schluckte die Angst hinunter. »Ich weiß. Und bisher hat es mir keinen Nutzen eingebracht. Ich habe wiederholt ausprobiert, die Magie zu beschwören, aber nichts geschieht.« Er hielt inne. »Nur einmal, als ich in der Grube war, nachdem

Coll … Ich habe das Schwert von da aufgenommen, wo ich es abgelegt hatte, und bei der Berührung fühlte es sich heiß an wie glühende Kohlen. Nur einen Augenblick lang.« Er durchforstete seine Erinnerungen. »Die Magie des Wünschlieds war noch lebendig. Ich hielt dieses Feuerschwert fest. Dann ließ die Magie nach, und das Schwert kühlte wieder ab.«

Der große Mann nickte. »Dann ist es das Schwert von Shannara, Junge. Wenn etwas, das mit der Magie des Wünschlieds zusammenhängt, störend auf den Gebrauch dieses Schwertes wirkt. Das ergibt durchaus einen Sinn, oder? Wenn zweierlei Magien aufeinandertreffen? In dem Fall konnte Rimmer Dall dir das Schwert bedenkenlos überlassen.«

Par schüttelte den Kopf. »Aber wie sollte er das wissen?« Er hielt es auf einmal für wahrscheinlicher, dass der Erste Sucher davon ausgegangen war, dass das Schwert für ein Schattenwesen nutzlos war. »Und was ist mit Allanon? Hätte er es nicht ebenfalls gewusst? Warum hat er mich denn auf die Suche nach dem Schwert geschickt, wenn ich es nicht benutzen kann?«

Auch Padishar wusste auf keine dieser Fragen eine Antwort, und daher sahen die beiden sich eine Weile lang einfach nur an. Schließlich sagte der große Mann: »Das mit deinem Bruder tut mir leid.«

Par wandte den Blick kurz ab und dann wieder ihm zu. »Damson hat mich davon abgehalten …« Er sog heftig den Atem ein. »Sie hat mir geholfen, den Schmerz zu überwinden, als ich dachte, ich könnte es nicht mehr ertragen.« Er lächelte den anderen zaghaft und traurig an. »Ich liebe sie, Padishar. Wir müssen sie finden.«

Padishar nickte. »Wenn sie gefangen genommen wurde, Junge … Wir wissen nichts Genaues.« Seine Stimme klang unsicher, und sein Blick wirkte besorgt und abwesend.

»Ich habe bereits Coll verloren, mehr kann ich nicht ertragen.« Par senkte den Blick nicht.

»Ich weiß. Wir werden sie bestimmt zurückbekommen, das verspreche ich dir.«

Padishar griff nach dem Bierkrug, füllte seinen Becher und goss nach kurzer Überlegung auch Par ein wenig nach. Er trank wohlüberlegt und setzte den Becher dann vorsichtig ab. Par erkannte, dass er zu dieser Angelegenheit alles gesagt hatte, was er sagen wollte.

»Erzähle mir von Morgan«, bat Par ruhig.

»Ach, der Hochländer.« Padishar begann sofort zu strahlen. »Er hat mir in der Grube das Leben gerettet, nachdem ihr beide, du und dein Bruder, entkommen wart. Hat es am Zeigefinger erneut gerettet – und nicht nur mir, sondern auch allen anderen. Eine schlimme Sache war das.«

Und er fuhr fort mit seinem Bericht darüber, was geschehen war – wie das Schwert von Leah bei der Flucht aus der Grube und vor den Schattenwesen zerbrochen war, wie die Föderation sie bis zum Zeigefinger verfolgt hatte, wie die Kriecher gekommen waren, wie Morgan verkündet hatte, dass Teel ein Schattenwesen sei, wie der Hochländer, Steff und er Teel bis tief in die Höhlen hinter dem Zeigefinger verfolgt hatten, wo Morgan Teel allein gegenübergestanden hatte und gerade noch genug Magie aus dem Schwert hervorbringen konnte, um sie zu vernichten, wie die Geächteten der Falle der Föderation entkommen waren und wie Morgan sie dann verlassen hatte, um nach Culhaven zu den Zwergen zurückzukehren, um das Versprechen einzulösen, das er dem sterbenden Steff gegeben hatte.

»Ich habe ihm versprochen, nach dir zu suchen«, schloss Padishar. »Aber ich musste im Feuerrotland Pause machen, bis mein gebrochener Arm verheilt war. Sechs Wochen lang. Der Arm ist immer noch nicht ganz wieder der Alte, obwohl ich es mir nicht anmerken lasse. Wir sollten Axhind und seine Bergtrolle zwei Wochen zuvor am Jannissonpass treffen, aber ich habe ihnen eine Nachricht geschickt, dass es acht Wochen werden würden.« Er seufzte. »So viel Zeit verloren. Es bedeutet einen Schritt vorwärts und zwei zurück. Wie dem auch sei, schließlich war mein Arm genug ausgeheilt, dass ich meinen Teil des Handels einhalten und dich suchen konnte.« Er lachte verzerrt. »Es war nicht leicht. Wo ich auch nachschaute, überall wartete bereits die Föderation.«

»Teel also, glaubst du?«, fragte Par.

Der andere nickte. »Es kann nicht anders sein, Junge. Sie hat Heuerwetz getötet, nachdem sie seine Identität und seine Geheimnisse gestohlen hatte. Heuerwetz war vertrauenswürdig. Er kannte die sicheren Verstecke. Teel – das Schattenwesen – muss dieses Wissen aus ihm herausbekommen haben.« Er spie aus. »Dunkle Wesen! Und Rimmer Dall hat vorgegeben, dein Freund zu sein! Alles Lügen!«

Oder die Wahrheit, dachte Par, sprach es aber nicht aus. Par fürchtete, dass das, was ihn mit dem Ersten Sucher verband, welcher Natur auch immer es war, Rimmer Dall die Geheimnisse zutragen könnte, die er andernfalls verborgen gehalten hätte – sogar jene, in die er nicht eingeweiht war, die Geheimnisse seiner Freunde und Gefährten.

Es war ein verwegener Gedanke. Zu verwegen, als dass man ihn glauben konnte. Aber andererseits war vieles von dem, was er in diesen letzten wenigen Wochen erfahren hatte, gleichermaßen verwegen gewesen, oder?

Es war leichter, das alles Teel zuzuschreiben, sagte er sich.

»Wie dem auch sei«, sagte Padishar gerade, »ich habe am Dunkelstreif Wachen aufgestellt, seit wir dort lagern, denn Heuerwetz wusste auch darüber Bescheid, und daher wissen die Schattenwesen möglicherweise ebenfalls davon. Aber bisher ist alles ruhig geblieben. In einer Woche findet das Treffen mit den Trollen statt, und wenn sie sich uns anschließen, haben wir ein Heer, mit dem man rechnen muss und das ernsthaft Widerstand leisten kann, den Ausgangspunkt eines

Flächenbrandes, der die Föderation verbrennen und uns am Ende die Freiheit bringen wird.«

»Immer noch am Jannissonpass?«, fragte Par und dachte an andere Dinge.

»Wir brechen auf, sobald ich mit dir dort eintreffe. Und mit Damson«, fügte er schnell und entschieden hinzu. »Eine Woche Zeit genügt.« Er klang aber nicht gänzlich überzeugt.

»Aber Morgan ist noch nicht zurückgekommen?«, hakte Par nach.

Padishar schüttelte langsam den Kopf. »Mach dir keine Sorgen um deinen Freund, Junge. Er ist zäh wie Leder und schnell wie das Licht. Und entschlossen. Wo auch immer er ist, was auch immer er tut, der kommt durch. Wir treffen ihn bestimmt bald.«

Eigenartigerweise stimmte Par dem zu. Wenn es jemals jemanden gegeben hatte, der aus jeder Misere einen Ausweg fand, dann Morgan Leah. Er stellte sich die klugen Augen seines Freundes vor, sein bereitwilliges Lächeln und die Spur von Schalk in seiner Stimme und merkte, dass er ihn sehr vermisste. Ein weiteres Opfer seiner Reise, irgendwo unterwegs verloren wie überflüssiges Gepäck. Nur dass der Vergleich nicht stimmte – seine Freunde und sein Bruder hatten ihr Leben gegeben, damit er in Sicherheit war. Sie alle, zu der einen oder der anderen Zeit. Und was hatte er zurückgegeben? Was hatte er getan, um solche Opfer zu rechtfertigen?

Was hatte er Gutes erreicht?

Einmal mehr fiel sein Blick auf das Schwert von Shannara. Er betrachtete die Linien der erhobenen Hand mit der Fackel. Die Wahrheit. Das Schwert von Shannara war ein Talisman für die Wahrheit. Und die Wahrheit, die er gerade jetzt am dringendsten brauchte, war die Antwort auf die Frage, ob diese Klinge, deren Erlangung so einen hohen Preis gefordert hatte, echt war.

Wie konnte er das herausfinden?

Ihm gegenüber streckte sich Padishar und gähnte. »Es ist Zeit, ein wenig auszuruhen, Par Ohmsford«, riet er und erhob sich. »Wir brauchen unsere Kräfte für das, was vor uns liegt.«

Er ging zum Sofa, auf dem die ausgestopften Tiere saßen, sammelte sie unbekümmert ein und ließ sie auf den nächsten Stuhl plumpsen. Er wandte sich wieder dem Sofa zu und machte es sich auf den zerschlissenen Lederkissen gemütlich, wobei er seine Schuhe über ein Ende herausragen ließ und den Kopf in einer Armbeuge barg. Kurz darauf begann er zu schnarchen.

Par blieb noch eine Weile wach, beobachtete ihn und ließ all die dunklen Gedanken zu, was jedoch verhinderte, dass seine Entschlossenheit verweht wurde wie Blätter im Wind. Er hatte Angst, aber Angst war ihm nicht neu. Langsam verlor er die Hoffnung, und das beunruhigte ihn am meisten, die Gewissheit schwand, dass er einen Weg finden würde, was auch immer geschehen mochte.

Schließlich erhob er sich und ging zu dem Stuhl, auf dem Padishar die ausgestopften Tiere abgesetzt hatte. Vorsichtig nahm er sie – Chalt, Lida, Westra, Everlind und die anderen – und trug sie zu der Kommode, an der das Schwert von Shannara lehnte. Eines nach dem anderen ordnete er sie um das Schwert herum an, stellte sie als Wachen auf, als könnten sie ihm dabei helfen, die Dämonen von seinem Schlaf fernzuhalten.

Als er fertig war, ging er in den hinteren Teil der Behausung des Maulwurfs, fand einige ausrangierte Kissen und alte Decken, baute sich in einer Ecke inmitten einer Sammlung alter Gemälde ein Bett und legte sich hin.

Er lauschte dem Tropfen von Wasser, bis er schließlich einschlief.

Als er erwachte, war er allein. Das Sofa, auf dem Padishar

geschlafen hatte, war leer, und im Unterschlupf des Maulwurfs herrschte Stille. Alle Kerzen waren erloschen, bis auf eine. Par blinzelte in den grellen Lichtpunkt, spähte dann in die Dunkelheit und fragte sich, wohin Padishar gegangen sein mochte. Er erhob sich, reckte sich, ging zu der Kerze, zündete damit die anderen wieder an und schaute zu, wie von der Dunkelheit nur noch verstreute Schatten übrig blieben.

Er hatte keine Ahnung, wie lange er geschlafen hatte. Die Zeit verlor in diesen Katakomben alle Bedeutung. Er war hungrig und bereitete sich daher aus etwas Brot, Käse, Früchten und Bier eine Mahlzeit, die er an dem dreibeinigen Tisch einnahm. Während er aß, betrachtete er unablässig das Schwert von Shannara, das inmitten der Kinder des Maulwurfs in der Ecke lehnte.

Sprich mit mir, dachte er. Warum sprichst du nicht mit mir?

Er beendete seine Mahlzeit, nachdem er sich das Essen in den Mund geschoben hatte, ohne etwas zu schmecken, und das Bier ohne großes Vergnügen getrunken hatte, und konzentrierte sich auf das Schwert. Er drückte sich vom Tisch hoch, ging zu der Klinge, nahm sie und trug sie zurück zu seinem Stuhl. Er balancierte sie einige Zeit auf den Knien und sah auf sie hinab. Dann zog er sie schließlich aus ihrer Scheide und hielt sie vor sich hin, drehte sie hierhin und dorthin und ließ das Kerzenlicht von ihrer polierten Oberfläche reflektieren.

Seine Augen funkelten vor Enttäuschung.

Talisman oder Schwindel – was bist du?

Wenn sie sein Talisman war, dann stimmte ganz entschieden etwas nicht. Er war der Nachkomme Shea Ohmsfords, und sein Elfenblut war genauso gut wie das seines berühmten Vorfahren. Er hätte mit Leichtigkeit in der Lage sein müssen, die Macht des Schwertes zu beschwören. Natürlich nur, wenn es wirklich das Schwert war. Sonst … Er schüttelte verärgert den Kopf. Nein, dies war das Schwert von Shannara. Eindeutig. Er spürte es. Alles, was er über das Schwert wusste, alles, was er darüber erfahren hatte, all die Gesänge, die er über die Jahre hinweg darüber gesungen hatte, sagten ihm, dass es das richtige Schwert war. Rimmer Dall hätte ihm keine Fälschung gegeben. Der Erste Sucher war zu sehr bemüht, dass Par in Sachen Magie seine Führung akzeptierte, als dass er durch eine Lüge, die vielleicht entdeckt würde, riskiert hätte, ihn gegen sich aufzubringen. Was auch immer Rimmer Dall sonst sein mochte, er war gerissen – viel zu gerissen, um ein derart einfaches Spiel zu spielen …

Par hing diesem Gedanken nicht weiter nach, denn er war sich nicht so sicher, dass er recht hatte, wie er es gern gewesen wäre. Dennoch fühlte es sich richtig an, sagte ihm sein Verstand, sein Sinn für das Gleichgewicht der Dinge. Rimmer Dall wollte, dass er sein Dasein als Schattenwesen akzeptierte. Als Schattenwesen konnte er die Elfenmagie der Klinge nicht anwenden, weil …

Warum?

Weil die Wahrheit ihn vielleicht vernichten würde und seine eigene Magie dies nicht zulassen wollte?

Aber als er sich in der Grube am Schwert von Shannara verbrannt hatte, nachdem er Coll und die Schattenwesen mit ihm vernichtet hatte, war es da nicht eher die Magie der *Klinge* gewesen, die auf ihn reagiert hatte, als umgekehrt? Welche Magie widerstand welcher?

Er knirschte mit den Zähnen und umklammerte das geschnitzte Heft des Schwertes. Die erhobene Hand mit ihrer Fackel drückte an seine Handfläche, und die Linien glänzten deutlich und klar. Worin bestand das Problem zwischen ihnen? Warum fand er die Antwort nicht?

Er schob die Klinge wieder in ihre Scheide und saß unbeweglich und nachdenklich in der kerzenerleuchteten Stille. Allanon hatte ihm die Aufgabe übertragen, das Schwert von

Shannara zu finden. Ihm, nicht Wren oder Walker, in deren Adern doch ebenfalls das Elfenblut von Shannara floss, oder? Allanon hatte ihn gesandt. Bekannte Fragen gingen ihm erneut durch den Kopf. Der Druide hätte es doch sicher gewusst, wenn es sinnlos wäre, ihm diese Aufgabe zu übertragen? Hätte er als Schatten nicht auch spüren können, dass Pars Magie eine Gefahr war, dass Par selbst der Feind war?

Es sei denn, Rimmer Dall hatte recht damit, dass nicht die Schattenwesen der Feind waren – sondern die Druiden. Oder vielleicht waren sie alle Feinde irgendeiner Art und kämpften um die Macht über die Magie. Vielleicht rangen Schattenwesen und Druiden beide darum, die Leere zu füllen, die nach Allanons Tod geblieben war, jenes Vakuum, das durch das Verblassen der letzten wahren Magie entstanden war.

Konnte das möglich sein?

Par furchte die Stirn. Er ließ die Finger über den Knauf des Schwertes und den Besatz der Scheide gleiten.

Warum war die Wahrheit so schwer aufzudecken?

Was war wohl aus all den anderen geworden, die sich auf die Reise zum Hadeshorn begeben hatten? Steff und Teel waren tot. Morgan wurde vermisst. Wo war Cogline? Was war nach dem Treffen mit Allanon und der Verteilung der Aufgaben aus ihm geworden? Par wünschte sich plötzlich, mit dem alten Mann über das Schwert sprechen zu können. Cogline wäre sicher in der Lage, einen Sinn in dem allen zu finden. Und was war mit Wren und diesem riesigen Fahrenden? Was war mit Walker Boh? Hatten sie ihre Meinung geändert und waren ebenfalls wie er losgezogen, um ihre Aufgaben zu erfüllen?

Immerhin glaubte er, es getan zu haben.

Sein Blick richtete sich erneut auf das Schwert. Da war noch etwas. Jetzt, wo er die Klinge besaß – vielleicht jedenfalls –, was sollte er mit ihr anfangen? Selbst wenn man nicht daran zweifelte, wer gut und wer böse war und ob Par richtig gehandelt hatte, welchem Zweck sollte das Schwert von Shannara eigentlich dienen?

Welche Wahrheit sollte es enthüllen?

Er fühlte sich elend angesichts dieser vielen Fragen ohne Antworten, angesichts dieser Geheimnisse, die vor ihm verborgen blieben, angesichts der Lügen und verdrehten Halbwahrheiten, die ihn wie angriffsbereite Aasfresser umkreisten. Wenn er nur ein einziges Glied dieser Kette aus Unsicherheit und Verwirrung sprengen könnte, wenn er nur eine einzige Fessel durchtrennen könnte …

Die Tür auf der anderen Seite des Raumes öffnete sich leise, und Padishar erschien. »Da bist du ja«, verkündete er fröhlich. »Ausgeruht, hoffe ich?«

Par nickte. Das Schwert lag noch immer auf seinen Knien. Padishar schaute darauf herab, während er den Raum durchquerte. Par lockerte seinen Griff. »Wie spät ist es?«, fragte er.

»Mittag. Der Maulwurf ist nicht zurückgekommen. Ich bin losgegangen, weil ich dachte, ich könnte vielleicht selbst etwas über Damson in Erfahrung bringen. Ein paar Fragen stellen. Meine Nase in fremde Angelegenheiten stecken.« Er schüttelte den Kopf. »Es war Zeitverschwendung. Wenn die Föderation sie hat, halten sie es geheim.«

Er warf sich auf das Sofa, und auf einmal wirkte er erschöpft und entmutigt. »Wenn der Maulwurf bei Einbruch der Nacht noch nicht zurückgekommen ist, mache ich mich noch einmal auf den Weg.«

Par beugte sich vor. »Nicht ohne mich.«

Padishar sah ihn an und grunzte. »Vermutlich nicht. Nun, Talbewohner, vielleicht können wir uns wenigstens einen weiteren Besuch in der Grube ersparen …«

Er hielt inne, denn er war sich plötzlich der Tatsache bewusst, was dies bedeutete, und blickte dann unbehaglich zur Seite. Par hob das Schwert von Shannara von den Knien und legte es neben sich auf den Boden. »Sie hat mir gesagt, du seist ihr Vater, Padishar.«

Der große Mann sah ihn einen Moment lang schweigend an und lächelte dann leicht. »Die Liebe scheint vielerlei Arten närrisches Geschwätz hervorzubringen.«

Er erhob sich und trat zum Tisch. »Ich denke, ich esse erst einmal etwas.« Plötzlich fuhr er herum, und seine Stimme war so hart wie Stein. »Sprich niemals wieder aus, was du gerade gesagt hast. Zu niemandem. Niemals.«

Er wartete, bis Par nickte, und wandte seine Aufmerksamkeit dann der Zubereitung einer Mahlzeit zu. Er aß von denselben Speiseresten wie der Talbewohner, fügte nur ein wenig getrocknetes Fleisch hinzu, das er aus einer Speisekammer stibitzt hatte. Par schaute ihm wortlos zu und fragte sich dabei, wie lange Vater und Tochter ihr Geheimnis schon bewahrten und wie schwer es für sie beide sein musste. Padishars harte Miene senkte sich in den Schatten, während er aß, aber seine Augen glitzerten wie weißes Feuer.

Als er fertig war, sah er Par erneut an. »Sie hat versprochen – sie hat geschworen –, es niemals jemandem zu verraten.«

Par betrachtete seine ineinander verkrampften Hände. »Sie hat es mir erzählt, weil wir beide einen Grund brauchten, einander vertrauen zu können. Wir haben uns Geheimnisse verraten, um dieses Vertrauen zu besiegeln, bevor wir zum letzten Mal in die Grube hinuntergestiegen sind.«

Padishar seufzte. »Wenn die herausfinden, wer sie ist …«

»Nein«, unterbrach Par ihn schnell. »Wir holen sie vorher zurück.« Er begegnete dem durchdringenden Blick des anderen. »Ganz bestimmt, Padishar.«

Padishar Creel nickte. »Ganz bestimmt, Par Ohmsford. Das machen wir.«

Einige Stunden später trat der Maulwurf schließlich lautlos durch den Eingang, entschlüpfte der Dunkelheit wie einer ihrer Schatten und blinzelte ins Kerzenlicht. Sein borstiges Fell sträubte sich unter seiner zerschlissenen Kleidung. Er sah aus wie stacheliges Gestrüpp. Wortlos löschte er einige der Kerzen und ließ den größten Teil des Raumes wieder in Dunkelheit versinken, weil er sich darin wohlfühlte. Dann eilte er zu der Stelle, wo seine Kinder zusammengedrängt auf dem Boden saßen, gurrte ihnen einen Moment lang sanft zu, sammelte sie zärtlich auf und trug sie zum Sofa zurück.

Er beschäftigte sich noch immer mit ihnen, als Padishar der Geduldsfaden riss.

»Was hast du herausbekommen?«, fragte der große Mann hitzig. »Erzähl schon, wenn du ein wenig Zeit übrig hast!«

Der Maulwurf zuckte zusammen, drehte sich aber nicht um. »Sie ist eine Gefangene.«

Par wich das Blut aus dem Gesicht. Er blickte schnell zu Padishar. Der große Mann war aufgestanden und rang die Hände.

»Wo?«, flüsterte Padishar.

Der Maulwurf ließ sich einen Moment Zeit und rückte Chalt auf einem Kissen zurecht, ehe er sich umwandte. »In den alten Legionsunterkünften an der Rückseite der inneren Mauer. Die liebliche Damson wird ganz allein im südlichen Wachturm festgehalten.« Er trat von einem Fuß auf den anderen. »Es hat lange gedauert, bis ich sie gefunden habe.«

Padishar trat vor und kniete sich hin, sodass er auf Augenhöhe mit ihm kam. Die Kratzer auf seinem Gesicht waren so rot wie Feuer. »Haben sie …« Er rang nach Worten. »Geht es ihr gut?«

Der Maulwurf schüttelte den Kopf. »Ich konnte nicht zu ihr.«

Par trat ebenfalls vor. »Du hast sie nicht gesehen?«

»Nein.« Der Maulwurf blinzelte. »Aber sie ist dort. Ich bin durch die Mauern des Turms geklettert. Sie war genau auf der anderen Seite. Ich konnte sie durch den Stein atmen hören. Sie hat geschlafen.«

Der Talbewohner und der Anführer der Geächteten wechselten einen schnellen Blick. »Wie gut wird sie bewacht?«, drängte Padishar.

Der Maulwurf führte seine Hände zu den Augen und rieb sie leicht mit seinen Knöcheln. »Soldaten standen an der Tür Wache, am Fuß der Treppe, am Tor. Sie patrouillieren in den Gängen und auf den Wegen. Es sind viele dort.« Er blinzelte. »Und es gibt dort auch Schattenwesen.«

Padishar sackte zusammen. »Sie wissen Bescheid«, flüsterte er rau.

»Nein«, widersprach Par. »Noch nicht.« Er wartete darauf, dass Padishars Blick den seinen erwiderte. »Wenn sie es wüssten, würden sie Damson nicht schlafen lassen. Sie sind nicht sicher. Sie warten auf Rimmer Dall – genau wie sonst auch.«

Padishar sah ihn einen Moment lang schweigend an, und ein Schimmer der Hoffnung zeigte sich auf seinen rauen Zügen. »Vielleicht hast du recht. Also müssen wir sie herausholen, bevor es so weit ist.«

»Du und ich«, sagte Par leise. »Wir beide.«

Der Anführer der Geächteten nickte, und ein Einvernehmen verband sie, das Worte nicht hätten auszudrücken vermocht. Padishar erhob sich, sie standen sich in der Düsterkeit der schäbigen Kammern des Maulwurfs gegenüber, und die Entschlossenheit wappnete sie gegen das, was vor ihnen lag. Par schob die Rätsel über das Schwert von Shannara beiseite. Er begrub seine Zweifel, was die eigene Magie anging. Um Damson zu befreien, würde er alles tun, was nötig war. Alles andere zählte im Augenblick nicht.

»Wir müssen uns nah an sie heranschleichen«, erklärte Padishar weich und schaute auf den Maulwurf hinab. »Und zwar möglichst, ohne gesehen zu werden.«

Der Maulwurf nickte ernst. »Ich kenne einen Weg.«

Der große Mann legte ihm die Hand auf die Schulter. »Du wirst uns begleiten müssen.«

»Die liebliche Damson ist meine beste Freundin«, erwiderte der Maulwurf.

Padishar nickte und zog die Hand zurück. Dann wandte er sich an Par.

»Wir brechen sofort auf.«

4

Der Mann in der Festung war Walker Boh, und wie der Geist, der er gewesen war, wie der Verbannte, als der er sich fühlte, wanderte er über die Brustwehren und Zinnen, in die Türme und Verliese, die Gänge und Wege, die sie ausmachten. Paranor, die Druidenfestung, war zurück in der Welt der Menschen, von Walker und der Magie des Schwarzen Elfensteins erneut zum Leben erweckt. Paranor stand an der gleichen Stelle wie schon dreihundert Jahre zuvor, erhob sich aus dem dunklen Wald, in dem Wölfe umherstrichen und Dornen von der Größe von Lanzenspitzen abwehrend sprossen. Es ragte aus der Erde auf, auf einer Steinwand gelegen, wo es aus dem ganzen Tal, vom Kennon bis zum Jannisson, von einer Kammlinie der Drachenzähne zur anderen, gesehen werden konnte. Türme und Mauern und Tore. Auf festem Stein vor mehr als tausend Jahren erbaut, war es die Burg der Legenden und Sagen, die abermals Wirklichkeit wurden.

Aber Schatten, dachte Walker Boh in seiner Verzweiflung, was das gekostet hat!

»Sie wartete im Brunnen des Turms auf mich, die Essenz der Druidenmagie, die er als Wächter zurückgelassen hatte«, erklärte Walker Cogline in dieser ersten Nacht, der Nacht, in der er aus dem Turm entkommen war, wo ihm Allanons Präsenz hinterherspukte. »All die Jahre hat er gewartet, sein Schatten oder ein Teil dieses Schattens, eingeschlossen im wallenden Nebel, der die Mordgeister und ihre Verbündeten vernichtet und Paranor aus dem Land der Menschen verbracht hatte, bis es zurückgerufen würde. Der Schatten Allanons hat anscheinend ebenfalls gewartet, dort im Wasser des Hadeshorn, wohl wissend, dass die Festung und ihre Druiden eines Tages unbedingt wieder gebraucht werden würden, dass ihre Magie und ihr Wissen bereitgehalten werden müssten angesichts der Möglichkeit, dass der Lauf der Geschichte einen anderen Weg einschlug als den, den er prophezeit hatte.«

Cogline hörte zu und sagte nichts. Er empfand noch immer Ehrfurcht vor dem, was geschehen war, und davor, zu was Walker Boh geworden war. Er hatte Angst. Denn Walker war noch immer er selbst, aber auch etwas anderes. Allanon steckte in ihm, war während der Umwandlung vom Menschen zum Druiden ein Teil von ihm geworden, in diesem Ritus des Übergangs, der im dunkelsten Teil der Burg stattgefunden hatte. Cogline hatte sich in seiner Geistgestalt gerade genug hineingewagt, um Walker vor dem Wahnsinn zu bewahren, der ihn zu überwältigen drohte, bevor er sich mit der einsetzenden Veränderung befassen konnte. In diesen wenigen Sekunden hatte Cogline die Verwandlung bei Walker gespürt und war entsetzt geflohen.

»Der Schwarze Elfenstein sog den Nebel in sich hinein und dadurch in mich«, flüsterte Walker, für den diese Worte inzwischen eine vertraute Wiederholung waren. Als würden sie dadurch, dass er sie aussprach, besser verständlich. Sein starres Gesicht verschwand fast unter der Kapuze seiner Robe. Doch diese Maske veränderte sich weiterhin. »Dadurch ist Allanon in mir. Es hat alle Druiden in mich hineingelangen lassen – ihre Geschichte und ihr Wissen und ihre Magie, ihre Kenntnisse und ihre Geheimnisse, alles, was sie waren. Sie wurden mit mir verwoben wie Fäden in einem Webstuhl, die neuen Stoff bilden; ich spürte, wie sie in mich eindrangen, und konnte es nicht verhindern.«

Das Gesicht in der Kapuze wandte sich dem alten Mann zu:

»Ich trage sie alle in mir, Cogline. Sie sind in mich eingedrungen und haben mir ihr Wissen und ihre Macht zukommen lassen, damit ich beides gebrauche wie sie einst. Das hatte Allanon von Anfang an geplant – ein Nachfahre von Brin sollte das Geschlecht der Druiden fortführen, einer, der auserwählt werden würde, wenn die Notwendigkeit entstehen sollte, einer, der dienen und gehorchen würde.«

Mit eisernen Fingern fasste er Cogline an der Schulter. Der zuckte zusammen. »Gehorsam, alter Mann! Das erwarten sie von mir, aber das werden sie nicht bekommen!« Walker Bohs Worte troffen von Bitterkeit. »Ich spüre sie in mir wirken wie lebendige Wesen! Ich spüre ihre Gegenwart, wenn sie ihre Worte flüstern und versuchen, mich auf sich aufmerksam zu machen. Aber ich bin stärker als sie. Gerade durch die Veränderungen, die sie in mir bewirkt haben, bin ich stärker geworden. Ich habe die Prüfung, der sie mich unterzogen haben, überlebt, und ich werde sein, was ich will, mögen sie nun in meinem Körper und in meinem Geist hausen oder nicht, mögen sie nun Schatten sein oder Erinnerungen aus der Vergangenheit, mögen sie sein, was sie wollen! Wenn ich dieses … dieses *Ding* sein muss, was sie aus mir gemacht haben, werde ich ihm zumindest meine Stimme und mein Herz geben!«

So gingen sie dahin. Cogline lauschte, kalt wie der Tod, dem gequälten Stöhnen Walker Bohs. Walker, heiß wie das Feuer, das in den Öfen unter den Steinmauern Paranors erneut zu brennen begonnen hatte, verwandelte seinen Zorn in eine Kraft, die ihn gegen das wappnete, was in ihm vor sich ging.

Denn die Umwandlung schritt auch jetzt voran, während sie durch die Gänge der Festung wanderten, der alte Mann und der im Werden begriffene Druide, begleitet von der stillen Gegenwart Ondits, der Moorkatze, die genauso düster wirkte wie ihr Herr. Die Umwandlung wallte durch Walker wie Rauch im Wind, wurde aufgewirbelt von den verblichenen Druiden, die ihren Geist in demjenigen lebendig werden ließen, der es gestattete, dass die Magie wieder zum Leben erwachte. Er erfuhr sie als Wissen, das sich ihm in winzigen Stücken oder manchmal auch in Erkenntnisschüben enthüllte, Wissen, das während langer Jahre erworben und bewahrt worden war, die Gesamtheit dessen, was die Druiden entdeckt und auf ihre Art geformt hatten, alles, was sie durch die Zeiten des Hexenmeisters und der Schädelträger, durch die Zeit der Dämonen in der Verfemung, des Ildatch und der Mordgeister, durch all die Prüfungen finsterer Bedrohungen der Menschheit gerettet hatten. Die Magie offenbarte sich nach und nach aus geflüsterten Worten, die Walker Boh erschütterten und ihm keine Ruhe ließen.

Drei Tage lang schlief er nicht, obwohl er es versuchte, denn er war bis zur Verzweiflung erschöpft, doch wann immer er sich bemühte, loszulassen und die dringend benötigte Ruhe zu finden, ließ ihn eine neue Facette der Verwandlung auffahren wie eine Marionette an ihren Fäden und drängte sich entschlossen in sein Bewusstsein. Jedes Mal kämpfte er dagegen an. Er wollte ihre Existenz nicht verhindern, denn das hätte keinen Sinn gehabt, sondern kundtun, dass sie nicht unangezweifelt akzeptiert wurden, dass das Wissen geprüft und erwogen wurde, dass er es durchdrang und nicht bereit war, es blindlings einzusetzen. Die Druiden hatten ihn nicht erschaffen, mahnte er sich wieder und wieder. Die Druiden hatten ihm nicht das Leben geschenkt, und sie sollten auch nicht sein Schicksal bestimmen. Er selbst entschied über seine Zukunft. Er würde entscheiden, wie er leben wollte, ob mit der Macht der Magie oder ohne sie, und indem er dies tat, würde er nur sich selbst gegenüber verantwortlich sein.

Cogline und Ondit blieben bei ihm. Sie waren genauso erschöpft wie er, hatten aber Angst um ihn und waren entschlossen, ihn nicht allein dem gegenübertreten zu lassen, was ihn erwartete. Walker musste hin und wieder Coglines Stimme auf seine eigene antworten hören, als Mahnung und Bestärkung, um seine angewiderten Klagen abzumildern. Die struppige Moorkatze Ondit gab ihm die Gewissheit, dass sich manches niemals änderte, und ihre Gegenwart war so verlässlich wie der neue Morgen nach einer Nacht, also die Verheißung, dass es auch aus den schlimmsten Albträumen ein Erwachen geben konnte. Gemeinsam unterstützten sie ihn in einer Weise, für die ihm die Worte fehlten und die sie umgekehrt auch nicht ansatzweise verstanden. Es genügte, dass sie um diese Verbindung wussten.

Drei weitere Tage dauerte es, bis die Umwandlung schließlich zum Ende gelangte und abgeschlossen war. Plötzlich verschwanden die umgestaltenden Hände, die Augen und das Flüstern. Walker Boh erlebte eine innere Stille. Er schlief endlich und träumte nicht, und als er erwachte, wusste er, dass er, obwohl er auf eine erst langsam zu begreifende Weise verwandelt worden war, tief in sich dennoch dieselbe Person geblieben war, die er immer gewesen war. Er hatte sich das Herz des Mannes bewahrt, der den Druiden und ihren Magien misstraute, und während die Druiden jetzt in ihm lebten und sich in sein Leben einmischen würden, konnten sie trotzdem von den Überzeugungen beherrscht werden, die vor ihrer Ankunft bestanden hatten und ihre Gegenwart überdauern würden. Walker erhob sich in seiner einsamen Schlafkammer. Er befand sich in der Dunkelheit eines fensterlosen Raumes, allein und zum ersten Mal, seit er sich erinnern konnte, im Einklang mit sich selbst. Die lange, furchtbare Reise, die er zur Erledigung der ihm aufgebürdeten Aufgabe unternommen hatte, war beendet und schließlich auch die Prüfung der Umwandlung bestanden. Vieles war unerledigt geblieben, und etliches war verloren, aber am wichtigsten war der Umstand, dass er überlebt hatte.

Er ging hinaus zu Cogline und sah ihn in der Nähe sitzen. Die Moorkatze lag zusammengerollt zu seinen Füßen. Sorgenlinien waren in das Gesicht des alten Mannes gegraben, und aus seinen Augen sprach Verunsicherung. Er ging zu ihm und hob ihn hoch wie ein Kind – durch die Umwandlung hatte er unglaubliche Kräfte erlangt, die Hände und Augen und Stimmen hatten ihn verändert, bis er stark wie zehn Männer war. Er legte den gesunden Arm um den zerbrechlichen Körper und umfasste seinen alten Mentor sanft.

»Mir geht es wieder gut«, flüsterte er. »Es ist vorbei, und ich bin in Sicherheit.«

Und der alte Mann umarmte ihn und weinte an seiner Schulter.

Sie sprachen dann miteinander, wie sie es seit jeher getan hatten, zwei Männer, die mehr Überraschungen erlebt hatten, als ein Leben mit sich bringen sollte, und die durch den gemeinsamen Bund der Druidenmagie und durch das Schicksal, das sie in diese Zeit und an diesen Ort geführt hatte, vereint waren. Sie redeten über Walkers Umwandlung, über die Gefühle, die diese hervorgerufen hatte, über das Wissen, das mit ihr verbunden war, und über die Möglichkeiten, die sie barg. Die beiden waren wieder richtige Menschen aus Fleisch und Blut, und Paranor war wiederhergestellt. Damit begann eine neue Ära in der Welt der Vier Länder, und sie standen am Anfang dieser Epoche, an dem sich entschied, wie sich diese Zeit entwickeln wurde. Walker Boh war auch jetzt noch nicht sicher, wie er die Druidenmagie beschwören sollte – und ob er es überhaupt sollte. Die Bedrohung durch die Schattenwesen musste bedacht werden, aber Art und Ausmaß dieser Bedrohung blieben ein Mysterium. Walker hatte das Wissen der Druiden geerbt, aber er hatte keine Ahnung, was man nun von ihm erwartete – besonders, was die Schattenwesen betraf.

»Die Umwandlung hat mir gewisse Einsichten verschafft,

die mir vorher fehlten«, vertraute er Cogline an. »Unter anderem, dass sich der Gebrauch der Druidenmagie als notwendig erweisen wird, wenn die Bedrohung durch die Schattenwesen beendet werden soll. Aber wessen Einsicht ist das – meine oder Allanons? Ich frage mich, ob ich dem vertrauen kann. Ist das die Wahrheit oder nur eine Annahme?«

Der alte Mann schüttelte den Kopf. »Das musst du allein herausfinden. Ich glaube, Allanon will es so. Ist es nicht immer den Ohmsfords überlassen geblieben, die Wahrheit selbst herauszufinden? Du hast es einmal ein Spiel genannt. Aber ist es nicht eigentlich viel mehr als das? Ist es nicht die Natur des Lebens? Erfahrung erwächst aus Handeln, man kann sie nicht weitergeben. Experimente und Entdeckungen. Suchen und Finden. Es sind nicht die Machenschaften der Druiden, die uns zu unseren Handlungen zwingen, es ist unser eigener Drang nach Wissen. Auf diese Weise lernen wir. Das muss auch dein Weg sein, Walker, glaube ich.«

Zuerst, so entschieden sie, sollten sie herausfinden, was aus den anderen Nachfahren von Shannara geworden war – aus Par, Coll und Wren. Hatten sie ihre Aufgaben erfüllt? Wo waren sie, und welche Geheimnisse hatten sie in den Wochen seit ihrem Treffen am Hadeshorn aufgedeckt?

»Par wird das Schwert von Shannara gefunden haben oder es suchen«, stellte Walker fest. Sie saßen im Studierzimmer der Druiden, hatten die Chroniken vor sich ausgebreitet, gingen sie dieses Mal auf die Besonderheiten hin durch, an die Walker sich von seinen vorangegangenen Lesungen her erinnerte und die er mit dem Wissen, das er durch seine Umwandlung erlangt hatte, jetzt anders verstand. »Par wollte unbedingt das Schwert finden. Er war fest dazu entschlossen. Was auch immer wir anderen entschieden hätten, er hätte nie aufgegeben.«

»Wren auch nicht«, sagte der alte Mann nachdenklich. »Sie war ebenso fest entschlossen, obwohl das nicht so offensichtlich war.« Er begegnete Walkers Blick. »Allanons Schatten hat gespürt, was jeden von euch antreibt, und ich denke, dass keiner von euch jemals die Chance hatte, nein zu sagen.«

Walker lehnte sich auf seinem Stuhl zurück. Sein hageres Gesicht wurde überschattet von dem glatten dunklen Haar und dem Bart. Seinen stechenden Augen würde nichts verborgen bleiben. »Seit der Zeit Shea Ohmsfords haben die Druiden uns wie ihr Eigentum betrachtet«, sann er kühl und abweisend. »Sie haben in uns etwas gefunden, mit dem sie uns zu ihren Gefangenen machen konnten. Wir sind Diener ihrer Wünsche – und Paladine für die Rassen.«

Cogline merkte, wie sich die Luft in dem Raum regte, eine spürbare Antwort auf den Fluss der Magie, der Walkers Stimme entströmte. Er hatte es mehr als einmal gespürt, seit Walker aus dem Turm entkommen war. Es war ein Zeichen der Macht, die er empfangen hatte. Mehr Druide als Mensch, war Walker eine Manifestation der dunklen Künste und des Wissens, das der alte Mann einst, vor langer Zeit, studiert hatte und zugunsten der Wissenschaften aus der alten Welt verworfen hatte. Eine verpasste Gelegenheit, dachte er. Aber der gesunde Verstand hatte sich behauptet. Er fragte sich, ob Walker in seiner Entwicklung Frieden finden würde.

»Wir sind nur Menschen«, sagte Cogline vorsichtig.

Und Walker erwiderte lächelnd: »Wir sind nur Narren.«

Sie unterhielten sich bis spät in die Nacht, aber Walker blieb unentschlossen, was als Nächstes zu tun war. Die anderen Mitglieder seiner Familie suchen, ja – aber wo sollte er beginnen, und wie sollte er es angehen? Die Magie bot offensichtlich eine neue Möglichkeit, aber würde ihn deren Gebrauch nicht den Schattenwesen verraten? Wussten seine Feinde, was geschehen war: dass er ein Druide geworden war und dass Paranor wiederhergestellt worden war? Wie stark war die Magie der Schattenwesen? Wie weit reichte sie? Er sollte dies nicht so bald ausprobieren, sagte er sich immer wieder. Er musste erst seine eigene Magie kennenlernen. Er erkundete sie noch. Er sollte keine übereilten Entscheidungen treffen.

Die Diskussion dauerte an, und allmählich erkannte Walker, dass sich zwischen Cogline und ihm etwas verändert hatte. Zuerst dachte er, sein Widerwille, einen Kurs für sein Vorgehen zu bestimmen, sei schlichte Unschlüssigkeit – obwohl ihm dies gar nicht ähnlich sah. Bald entdeckte er die wahre Ursache, eine gänzlich andere. Während sie miteinander sprachen, wie sie es seit jeher getan hatten, bestand eine Distanz zwischen ihnen, die zuvor nicht vorhanden war, nicht einmal, als er auf den alten Mann wütend gewesen war und ihm misstraut hatte. Die Beziehung zwischen ihnen hatte sich verändert. Walker war kein Schüler mehr und Cogline nicht mehr der Lehrer. Bei der Umwandlung hatte Walker ein Wissen und eine Macht erlangt, durch die er Cogline weit überlegen war. Walker war nicht mehr der Dunkle Onkel, der sich draußen im Dunkelstreif verbarg. Die Zeiten, in denen er abseits der Rassen sein Erbe ablehnte, waren vorbei. Walker Boh war dem verpflichtet, was er und wer er geworden war – ein Druide, der einzige Druide, vielleicht das mächtigste Wesen überhaupt. Er konnte das Leben aller beeinflussen. Walker wusste das. Und deshalb akzeptierte er, dass er seine Entscheidungen allein treffen musste und sich niemals wieder auf andere stützen durfte, weil niemand, nicht einmal Cogline, das Gewicht solch immenser Verantwortung tragen sollte.

Als sie sich schließlich trennten, um schlafen zu gehen, da sie erschöpft waren, stellte Walker fest, dass er von sehr verschiedenartigen Gefühlen bestürmt wurde. Er war so weit über den Menschen hinausgewachsen, der er gewesen war, dass er auf vielerlei Arten kaum wiederzuerkennen war. Er war sich bewusst, dass der alte Mann hinter ihm hersah, als er dem Gang zu seinem Schlafraum folgte, und konnte das Gefühl nicht abschütteln, dass sie sich mit jedem Schritt auch auf andere Weise voneinander entfernten.

Cogline. Der Mann, der niemals Druide gewesen war, wurde zum Gefährten des Mannes, der Druide werden würde – was empfand er wohl dabei?

Walker wusste es nicht. Aber er akzeptierte widerwillig, dass von dieser Nacht an die Dinge zwischen ihnen niemals wieder so sein würden wie früher.

Dann schlief er ein, und seine Träume waren von Gesichtern und Stimmen erfüllt, die er nicht erkannte. Kurz vor der Dämmerung erwachte er, als ihn ein Gefühl der Dringlichkeit befiel und ein heimtückisches Wispern in seinem Kopf erklang. Er wurde aus dem Schlaf getrieben wie ein Taucher, der die Wasseroberfläche durchbricht und mit tiefen Zügen Luft schöpft. Einen Moment lang war er wie gelähmt und vor Unsicherheit wie erstarrt, während sein Herz in seiner Brust pochte und seine Augen und Ohren darum kämpften, die Dunkelheit um ihn herum zu durchdringen. Schließlich konnte er sich bewegen, schwang die Beine über die Bettkante und fühlte sich beruhigt durch den festen Stein unter seinen Füßen. Er erhob sich und wurde sich der Tatsache bewusst, dass er noch immer die dunkle Robe trug. Er war zu müde gewesen, die Kleidung abzulegen.

Etwas bewegte sich unmittelbar vor seiner Tür; er hörte ein leises Tappen, ein Scharren am alten Holz.

Ondit.

Er ging zur Tür und öffnete sie. Die große Moorkatze stand unmittelbar davor und sah zu ihm auf. Sie beschrieb vorsichtig einen Kreis vor ihm, wobei sie den großen Kopf mit glühenden Augen schwingen ließ.

Ondit will, dass ich ihm folge, dachte Walker. Da stimmt etwas nicht.

Er wickelte sich in einen schweren Mantel und trat aus seiner

Kammer in die Grabesstille der Festung. Steinmauern dämpften den Schritt seiner Füße, während er die alten Gänge hinabeilte. Ondit ging in der Dunkelheit voraus. Geschmeidig und dunkel tappte er lautlos durch die Schatten. Ohne die Schritte zu verlangsamen, durchquerten sie den Raum, in dem Cogline schlief. Dort lag das Problem offenbar nicht. Die Nacht ging ihrem Ende zu, die Dämmerung erhob sich im Osten als silberner Schimmer, der mit frostig trübem Licht durch die Fenster der Festung Einzug hielt. Walker bemerkte es kaum, denn sein Blick war auf die Bewegungen der Moorkatze gerichtet, die durch die sich überschneidenden Schatten glitt. Er spitzte die Ohren, um vielleicht einen Hinweis darauf zu finden, was sie erwartete. Aber es herrschte völlige Stille.

Sie stiegen vom Hauptgang zu den Toren der Festungsmauer hinauf und traten ins Freie. Die Dämmerung war kühl. Nebel lag über dem ganzen Tal, erklomm die Wand der Drachenzähne im Osten, erstreckte sich westlich bis zur Streleheim-Ebene und verbarg das Land unter seiner Decke. Paranor war davon eingeschlossen, die hohen Türme ragten wie Inseln aus dem Nebelmeer. Der Nebel wirbelte umher, aufgerührt von den Winden, die von den Bergen herabwehten. Und in dem schwachen Licht der frühen Dämmerung wurden seltsame Umrisse und Formen lebendig.

Ondit tappte den Wehrgang entlang, nahm Witterung auf, während er weiterging, und sein Schwanz schlug erregt hin und her. Walker folgte ihm. Sie umrundeten die westliche Brustwehr, ohne langsamer zu werden. Sie sahen nichts und hörten nichts. Sie überquerten freiliegende Treppen und passierten Turmeingänge. Sie bewegten sich wie spukende Geister.

An der westlichen Festungsmauer verlangsamte Ondit plötzlich den Schritt. Die Haare im Nacken der Moorkatze sträubten sich, und die dunkle Schnauze verzog sich zu einem Fauchen. Walker trat neben ihn und legte beruhigend eine Hand auf das raue Rückenfell. Ondit blickte hinaus in die Dunkelheit. Sie standen geradewegs über dem Westtor der Burg.

Walker spähte in den Nebel. Jetzt konnte auch er es spüren.

Da draußen war etwas.

Sekunden verstrichen, und nichts zeigte sich. Walker wurde ungeduldig. Vielleicht sollte er hinausgehen und nachschauen.

Dann riss der Nebel plötzlich auf. Er schien sich zurückzuziehen, als wäre er angewidert, und die Reiter kamen zum Vorschein. Sie waren zu viert, und im schwachen Licht wirkten sie unheimlich und geisterhaft. Sie näherten sich langsam, zielbewusst und so grau wie das Zwielicht, das sie verborgen hatte. Vier Reiter auf Reittieren, aber keiner war menschlich, und die Tiere, die sie ritten, waren widerliche Missgestalten, ganz Schuppen und Klauen und Zähne. Vier Reiter, jeder deutlich anders als die anderen, jeder mit einem Reittier, das ein Spiegel seiner selbst war.

Walker Boh wusste sofort, dass sie Schattenwesen waren. Er wusste auch, dass sie seinetwegen gekommen waren.

Kühl und leidenschaftslos betrachtete er sie.

Der Erste war groß und hager und glich einer Leiche. Die Knochen drückten durch die straffe Haut, der skelettartige Oberkörper war nach vorn geduckt wie bei einer Katze auf der Jagd. Das Gesicht war ein grinsender Schädel mit schlaffem Kinn und starrenden Augen. Letztere waren zu weit geöffnet und zu leer, um sehen zu können. Der Reiter trug keine Kleidung, und sein nackter Körper war weder der eines Mannes noch der einer Frau, sondern etwas zwischen beidem. Sein Atem bewölkte die Luft vor ihm mit einem abscheulichen grünen Nebel.

Dem Zweiten fehlte jeglicher Anschein einer Persönlichkeit. Er hatte die Gestalt eines Menschen, aber keine Haut oder Knochen. Er war stattdessen eine wirbelnde Wolke Dunkelheit, die in dieser Gestalt summte und schrie. Die Wolke hatte das Aussehen von Fliegen oder Moskitos, die hinter Glas gefangen sind, so dicht versammelt, dass sie das Licht abschirmen. Die hässlichen Töne, die dieser Reiter ausstieß, schienen davor zu warnen, dass er in seiner geisterhaften Gestalt ein Übel verbarg, das zu furchtbar war, als dass man es sich hätte vorstellen können.

Der Dritte war deutlicher erkennbar. Von Kopf bis Fuß bewaffnet, strotzte er von Stacheln, messerscharfen Kanten und Waffen. Er trug Streitkolben und Messer, Schwerter und Streitäxte sowie einen großen Spieß, der mit Schädeln und zu einer Kette zusammengefügten Fingerknochen umwickelt war. Ein Helm verbarg sein Gesicht, aber durch den Visierschlitz glühten spähende Augen rot wie Feuer.

Der letzte Reiter trug einen Umhang mit Kapuze und war so unsichtbar wie die Nacht. Kein Gesicht war unter der tarnenden Kapuze zu erkennen. Keine Hände zeigten sich, die die Zügel seines kräftigen Reittieres hätten halten können. Er ritt vornübergebeugt wie ein sehr alter Mann, krumm und knorrig wie ein Wesen, das vom Alter und von der Zeit gezeichnet war. Aber nirgends fand sich ein Anzeichen von Schwäche bei ihm, nichts, das hätte vermuten lassen, dass er etwas anderes war als das, was er zu sein schien. Dieser Reiter ritt entschlossen voran, und wenn er gezeichnet war, dann nicht vom Alter und von der Zeit, sondern von der Bürde, die er für die von ihm geraubten Leben trug.

Über die Schulter hatte er eine Sense geschlungen.

Walker Boh wurde es kalt, als er sie erkannte. In den Druidenchroniken der alten Welt der Menschen wurden diese Vier erwähnt. Er wusste, wer sie waren und von wem sie erschaffen worden waren. Jetzt hatten Schattenwesen ihre Gestalt angenommen und die Identität dunkler Wesen aus alten Zeiten vereinnahmt.

Seine Brust schnürte sich zusammen. Vier Reiter. Die Vier

Reiter der Legenden, die sterblichen Menschen den Tod brachten. Sie stammten aus einer so lange zurückliegenden Zeit, dass sie fast vergessen waren. Aber er hatte die Geschichten gelesen, und er wusste, was die Vier versinnbildlichten.

Hungersnot. Seuche. Krieg. Tod.

Walker löste seine Hand von Ondits Fell, und die Katze begann tief in der Brust zu knurren. Schattenwesen, dachte Walker in einer Mischung aus Ehrfurcht und Angst, geschaffen, um etwas zu sein, was niemals war, nur eine Manifestation von Unwirklichem, von Todesarten. Jetzt waren sie gekommen, um ihn zu vernichten.

Er fragte sich erneut, wer und was die Schattenwesen waren, was die Quelle der Macht war, dass sie sein konnten, was immer sie sich aussuchten. Seine Umwandlung hatte ihm darin keinen Einblick gewährt. Er wusste jetzt genauso wenig über ihre Ursprünge wie zu Beginn der ganzen Geschichte. Ja, sie waren so finster, wie der Schatten Allanons warnend vorhergesagt hatte. Ja, sie waren ein Übel, das Magie als Vernichtungswaffe gebrauchte. Aber wer waren sie? Woher waren sie gekommen? Wie konnten sie vernichtet werden?

Wo konnte er bloß die Antworten auf seine Fragen finden?

Die Vier Reiter kamen näher, hielten sich auf ihren taumelnden Reittieren, auf Wesen, die vage an Pferde erinnerten, aber sehr viel mehr sein sollten. Atem dampfte in der Morgenluft wie giftiger Dunst. Klauen scharrten knirschend auf dem Fels. Köpfe fuhren hoch, Mäuler entblößten gekrümmte gelbliche Zähne. Unaufhaltsam strebten die Reiter voran.

Als sie das Tor erreicht hatten, hielten sie an. Sie machten keinerlei Anstalten hindurchzureiten. Sie zeigten keinerlei Interesse daran, weiter vorzudringen. Sie stellten sich in einer Linie vor dem Tor auf und warteten. Walker wartete mit ihnen. Die Minuten verstrichen, und es wurde allmählich heller. Die Dunkelheit wich nach und nach weißem Licht

Schließlich stieg die Sonne über die Berge im Osten. Sie ließ die dunklen Felsspitzen schimmern, und vor dem Tor drängte der Reiter Hungersnot plötzlich vorwärts. Am Tor hob er die skelettartige Hand und klopfte. Der Schlag hallte schwach und hohl durch die Burg – wie der letzte Schauder eines Körpers, aus dem das Leben weicht. Walker duckte sich unwillkürlich.

Hungersnot wich zurück, und einer nach dem anderen wandten sich die Reiter nach rechts und schwärmten aus, um die Festungsmauern zu umkreisen. Nacheinander ritten sie unter Walker vorbei, während er beobachtete, wie sie verschwanden und wieder auftauchten und abermals verschwanden, stets in weitem Abstand, damit sich immer einer vor jeder Mauer befand oder immer einer an jeder Ecke der Burg.

Es war eine Belagerung, erkannte Walker. Das Klopfen war eine Drohung gewesen, und wenn er nicht herausging, um darauf zu antworten, würden sie ihn innerhalb der Mauern gefangen halten. Rimmer Dall und die Schattenwesen hatten bemerkt, dass Paranor wiederhergestellt war und dass Walker Allanons Mantel übernommen hatte. Zur Antwort waren die Reiter gesandt worden.

Walker verschränkte die Arme im Mantel. *Wir werden sehen, wer wen gefangen hält,* dachte er finster.

Er stand noch eine Weile da, betrachtete die Gestalten unten und ging schließlich davon, um Cogline zu wecken.

5

Die Abwasserkanäle unter Tyrsis waren feucht und kalt und lagen in einer zwielichtigen Dunkelheit, die sich über Rinnen und Gitter ergoss wie verschüttete Tinte. Das Tageslicht war in den Westen gezogen, und die Nacht lauerte wie ein zum Leben erwachter Geist in den langen Schatten der Gebäude und Mauern. Schritte und Stimmen entschwanden heimwärts, und wie ein Seufzer, der vom heißen Sommerwind aufgegriffen wurde, hing die Müdigkeit des Abends über der Stadt und ließ sich in der drückenden Hitze der Straßen und Wege nieder, eine atemlose Decke, die sich über die Katakomben ausbreitete.

Padishar Creel, Par Ohmsford und der Maulwurf ertasteten sich langsam den Weg durch die Katakomben, drei der Schatten, die aus der nahenden Nacht erwuchsen. Sie waren so leise wie der Staub, der von den Schuhen auf der Straße aufgewirbelt wurde. Sie atmeten durch den Mund, denn die schweren Gerüche in den gewundenen Röhren der Kanäle waren beklemmend. Die Abwässer der Stadt spülten als träger Fluss um ihre Füße. Manchmal stiegen sie Eisenleitern und Steinstufen empor, manchmal krochen sie durch enge Tunnel, doch beharrlich setzten sie den Weg aus der Stadtmitte zu den Mauern und der Vorderseite der Steilwand fort, immer auf den Wachturm zu, in dem Damson Rhee gefangen gehalten wurde, und damit auf die unvermeidliche Auseinandersetzung mit den Wachen.

»Wir werden nicht ohne sie zurückkehren«, hatte Padishar

erklärt. »Was auch immer notwendig sein wird, um sie zu befreien, wir werden es tun. Und wenn wir sie erst einmal befreit haben, werden wir sie nicht wieder hergeben.«

»Maulwurf«, hatte er geflüstert und sich vor dem seltsamen kleinen Burschen hingekniet. »Du wirst uns hineinführen und, wenn möglich, auch wieder hinaus. Aber du wirst nicht kämpfen, verstanden? Halte dich heraus und bleibe in Sicherheit. Denn nur du, Maulwurf, wirst wissen, wie wir Damson fortbringen können, wenn wir sie befreit haben.« Es gab keinen Zweifel daran, dass sie Erfolg haben würden. »Einverstanden?« Und der Maulwurf hatte ernst genickt.

»Par, deine Aufgabe wird noch schwieriger sein«, hatte der Anführer der Geächteten weiter erklärt und sich als Nächstes an den Talbewohner gewandt. »Wenn wir den Schattenwesen begegnen, musst du sie uns mit deiner Magie vom Hals halten. Der Hochländer hat das mit seinem Schwert erreicht, als wir in der Grube gefangen waren. Dieses Mal musst du das übernehmen. Mir fehlen die Mittel, uns gegen diese Monster zu verteidigen. Sobald wir ihnen begegnen, Junge, zögere nicht.«

Par war bereits zu dem Schluss gekommen, dass der Einsatz des Wünschlieds unvermeidlich sein würde, sodass er Padishar dies in die Hand versprach. Was er nicht versprechen konnte – was er dem anderen aber nicht sagte –, war die Tatsache, dass er sich nicht mehr sicher war, ob er die Magie würde kontrollieren können. Sie hatte sich bereits als unzuverlässig erwiesen, hatte bereits gezeigt, dass sie ein Eigenleben entwickeln und Kräfte freisetzen konnte, die sich am Ende vielleicht gegen ihn wandten. Aber solche Ängste verblassten gegenüber seinen Gefühlen für Damson Rhee. Während ihrer Flucht, als er geglaubt hatte, sie sei bei ihm sicher, waren diese Gefühle in den Hintergrund getreten, doch bei der Nachricht ihrer Gefangennahme sofort wieder aufgeflammt und loderten jetzt in ihm wie ein unbeherrschbarer Flächenbrand. Er liebte sie.

Vielleicht hatte er sie von Anfang an geliebt, aber sicher wusste er es, seit sie nach Colls Tod zu ihm gehalten hatte. Sie gehörte einfach zu ihm, und er konnte den Gedanken, sie zu verlieren, nicht ertragen. Er würde alles darum geben, sie zu retten. Alles! Wenn das bedeutete, den Zorn einer Magie heraufzubeschwören, die ihn unwiderruflich verändern konnte, die ihn vielleicht sogar vernichten würde, dann sollte es so sein. Falls Rimmer Dall recht hatte mit seiner Behauptung, wer und was er war, dann gab es ohnehin keine Rettung für ihn. Er würde nicht vor den Gefahren der Magie zurückschrecken, wenn Damsons Sicherheit auf dem Spiel stand. Er würde tun, was er tun musste.

So waren sie losgezogen. Jeder war bereit, alles für Damson zu opfern, und sie wussten, dass es dazu auch leicht kommen konnte. Jetzt erstreckten sich die Abwasserkanäle in engen, gewundenen Tunneln vor ihnen, und die Dunkelheit schloss sich schnell um das wenige Licht, das noch verblieben war. Bald würden sie gezwungen sein, Fackeln zu benutzen, und das würde besonders gefährlich werden, wenn sie sich der Stadtmauer näherten. Denn dort würden die dunklen Wesen sicherlich sowohl unter der Erde als auch darüber Wache halten, und Licht würden sie schon von weitem sehen können.

Sie eilten weiter. Die scharfen Augen und Sinne des Maulwurfs fanden unbeirrt den Weg, suchten die sichersten Pfade und mieden jene, auf denen Hindernisse lauern könnten. Unterwegs hörten sie immer wieder die Geräusche der Stadt über ihnen, Bruchstücke eines Lebens, mit dem sie genauso wenig verband wie die Lebenden mit den Toten. Pars Gedanken schweiften ab. Er fühlte sich, als wären sie verschüttet in dem Gestein der Felswand, auf der Tyr erbaut worden war, wie spukende Geister, die von den Menschen, zu denen sie einst gehört hatten, nicht mehr wahrgenommen wurden. Nach reiflicher Überlegung dachte der Talbewohner, dass er tatsächlich eher Geist als Mensch war, dass er auf seiner Flucht vor den Schattenwesen und den anderen Gefahren seiner Reise eine Verwandlung erfahren hatte, die er noch längst nicht durchschaute, und dass er als Ergebnis seiner Substanz beraubt und zu einem Geschöpf des Äthers geworden war. Er bewegte sich jetzt in einer Schattenexistenz, zunehmend der Freunde und der Familie beraubt, gefangen in einem Gewirr von Magie, die bewirkte, dass er sich regelrecht aufzulösen begann. Ohne Frage gab es eine Rettung, das wusste er, aber irgendwie erkannte er offenbar nicht, wie er sie erlangen sollte.

Sie erreichten eine breite Stelle am Zusammenfluss von Röhren und wurden auf einen Wink des Maulwurfs hin langsamer. Dicht zusammengedrängt am Grund eines Schachts, aus dem eine steinerne Treppe hinausführte, hielten sie ein letztes Mal Rat.

»Die Treppe führt in einen Keller in der Innenmauer«, flüsterte der Maulwurf. Seine Nase glänzte feucht. »Von dort müssen wir zu einem Gang hinaufsteigen, ihm zu einem Ausgang folgen, der nach draußen führt, dann geht es durch eine weitere Tür wieder hinein und nach einem zweiten Gang zu einem verborgenen Durchgang, durch den wir zu dem Wachturm hinaufgelangen, wo Damson wartet.«

Er blickte von Padishar zu Par und gespannt wieder zurück.

Der große Mann nickte. »Wachen der Föderation?«

Der Maulwurf blinzelte. »Überall.«

»Schattenwesen?«

»Irgendwo im Turm.«

Padishar lächelte Par schief an. »Irgendwo. Sehr aufschlussreich.« Er zuckte mit den Achseln. »In Ordnung. Denkt an das, was ich gesagt habe, ihr beide. Vergesst nicht, was ihr zu tun habt – und was ihr nicht zu tun habt.« Er sah Par an. »Wenn es mich erwischt, zieht ihr die Sache weiter durch – wenn ihr könnt. Wenn nicht, dann flieht zum Feuerrotland und holt euch dort Hilfe. Versprecht es mir!«

Par nickte und dachte dabei, dass dieses Versprechen eine Lüge war, dass er niemals fliehen würde, bevor Damson nicht befreit war, egal, was geschähe.

Padishar griff über die Schulter nach hinten, zog die Riemen fest, die das Breitschwert auf seinem Rücken hielten, und überprüfte dann die langen Messer und das Kurzschwert an seiner Hüfte. Der Griff eines weiteren langen Messers ragte aus einem Schuh hervor. Alle steckten sorgfältig in ihren Scheiden und waren in Tücher gewickelt, damit das Metall nicht rasseln oder das Licht reflektieren konnte. Par trug nur das Schwert von Shannara bei sich. Der Maulwurf besaß gar keine Waffen.

Padishar blickte auf. »In Ordnung. Gehen wir rein.«

Hintereinander stiegen sie die Treppe hinauf, hielten sich dicht am Stein und gingen auf das schwache Licht über ihnen zu. Ein Gitter kam in Sicht, Eisenstäbe, die ein Netz aus Schatten auf die Stufen warfen. Oben herrschte Stille in einem leeren, hohlen Nichts.

Am Gitter blieb der Maulwurf stehen, um zu lauschen, wobei er den Kopf neigte wie ein Tier auf der Jagd – oder in Gefahr –, und drückte dann das Gitter mit überraschender Kraft fast lautlos in die Höhe. Er stieg nach draußen, hielt das Gitter, während die beiden anderen ihm schnell ins Freie folgten, und schloss es dann vorsichtig wieder.

Sie standen in einem Keller, an den sich mehrere andere Räume anschlossen, in beide Richtungen so weit, wie man sehen konnte. Überall waren Vorräte verstaut, Kisten mit Waffen, Werkzeugen, Kleidung und verschiedenen anderen Gegenstände, alle sorgfältig beschriftet und an den dicken Steinmauern auf Holzbrettern aufgestapelt. In einem angrenzenden Raum standen Fässer, und verrostete Bettgestelle bildeten in der Dunkelheit ein kaum wahrnehmbares Labyrinth aus Metall. Hoch oben an den Wänden unter der Kellerdecke und unmittelbar über dem Erdboden draußen ließ eine Reihe schmaler vergitterter Fenster in dünnen Streifen das schwindende Licht ein.

Der Maulwurf führte sie durch das Labyrinth von Kellerräumen, an den Stapeln von Vorräten und einem Wirrwarr von Kisten vorbei zu einer zweiten Treppe, die zu einer schweren Holztür hinaufführte. Sie stiegen die Stufen vorsichtig hinauf. Par stellten sich die Nackenhaare bei dem Gedanken auf, dass unsichtbare Augen vielleicht jede ihrer Bewegungen verfolgten. Er hielt nach links und nach rechts Ausschau, nach oben und nach hinten, aber er entdeckte nichts.

An der Tür blieben sie erneut stehen, während der Maulwurf ein kleines Metallwerkzeug dazu benutzte, das Schloss aufspringen zu lassen. Innerhalb von Sekunden waren sie hindurch und eilten den dahinterliegenden Gang entlang. Sie befanden sich jetzt in der Innenmauer der Zitadelle, der zweiten Verteidigungslinie der Stadt, die gleichzeitig Standort der Unterkünfte für den Großteil der Föderationssoldaten war. Der Gang war gerade und schmal und von Türen und Fenstern unterbrochen, durch die sie leicht entdeckt werden konnten. Aber während der Augenblicke, bis sie den Eingang erreichten, den der Maulwurf suchte, war niemand zu sehen, und sie waren längst durch eine weitere Tür gelangt, ehe Par auch nur Zeit fand, erleichtert aufzuatmen.

Jetzt standen sie in einem schattigen Windfang, der auf einen Hof zwischen den inneren und den äußeren Mauern der Stadt hinausführte. Föderationssoldaten standen an den Toren und auf den Festungsmauern Wache. Sie waren nur noch als verschwommene Umrisse in der zunehmenden Dunkelheit erkennbar. Lichter flackerten hinter den Fenstern der Schlafquartiere und Wachhäuser und auch auf den Festungsmauern und Toren. Aus der Stille hörte man Schritte und leise murmelnde Stimmen. Irgendwo schärfte ein Schleifstein Metall. Par bekam ein mulmiges Gefühl im Bauch.

Von überall drangen Geräusche geschäftigen Tuns zu ihnen herüber.

Sie verharrten noch viele Minuten lang im Schatten des Windfangs, lauschten und beobachteten, warteten, bevor sie den Versuch unternahmen weiterzugehen. Par konnte Padishars Atem hören, während der ältere Mann neben ihm an der Wand kauerte. Sein eigener Atem verriet den schnellen Schlag seines Herzens. Die Magie des Wünschlieds regte sich tief in seiner Brust, dort, wo die Gefühle ihren Sitz hatten, und er kämpfte darum, sie unter Kontrolle zu halten. Erneut dachte er darüber nach, was geschehen würde, wenn er die Magie einsetzte. Sie war da, und er würde sie benutzen – dessen war er sich sicher. Aber ob sie ihm gehorchen würde, war eine ganz andere Sache, und wenn es tatsächlich so wäre, dass die Magie ihn beherrschen und zu dem machen würde, was er nach Rimmer Dalls Warnung war, konnte ihn nichts daran hindern, sich sogar gegen seine Freunde zu wenden.

Damson. Damson und das, was sie ihm bedeutete, würden die Magie unter Kontrolle halten.

Schließlich ging der Maulwurf weiter, verließ den schattigen Eingang und schlich an dem groben Stein der großen Mauer entlang. Padishar folgte ihm sofort, und noch ehe Par sichs versah, eilte er hinterher. Sie hasteten vorsichtig durch die Dunkelheit, und wo das Licht der Fackeln hinfiel, drückten sie sich an den Stein und stellten sich vor, unsichtbar zu sein, damit sie es tatsächlich würden. Überall waren Föderationssoldaten unterwegs, unglaublich laut, unbehaglich nah, und eigentlich hätten sie jeden Augenblick entdeckt werden müssen.

Aber bereits Sekunden später standen sie vor einer weiteren Tür, die unverschlossen war, und traten dann hindurch ins Licht …

Ein verblüffter Föderationssoldat stand vor ihnen. Den Spieß hielt er nachlässig in der Hand, da er gerade hinausgehen wollte. Sein Kinn sank herab, und eine Sekunde lang stand er da wie erstarrt. Dieses Zögern kostete ihn das Leben. Padishar stürzte sich sofort auf ihn. Eine Hand legte sich blitzschnell auf seinen Mund, und in der anderen blitzte die Klinge eines langen Messers auf und verschwand wieder. Par sah, wie der Soldat überrascht die Augen aufriss. Er sah den Schmerz und dann die Leere. Der Soldat sackte in Padishars Armen zusammen wie eine Stoffpuppe. Der Spieß fiel um, und der Maulwurf fing ihn behände auf, bevor er auf dem Boden landen konnte. Atemlos und unbeweglich standen die Eindringlinge in einem Gang aus Stein, grob verputzten Wänden und altem Holz, den flackernde Pechfackeln erhellten. Sie hielten den toten Soldat zwischen sich und lauschten in die Stille hinein.

Dann schleppte Padishar die Leiche in den Schatten einer Nische, wo sie nicht zu sehen war. Par schaute ihm wie aus weiter Ferne zu und fühlte sich so kalt wie der Stein um ihn herum. Er wollte eigentlich gar nicht hinsehen und hörte noch immer den Laut, den der Soldat im Sterben von sich gegeben hatte, sah noch immer den Ausdruck in seinen Augen.

Sie eilten den Gang hinab, hielten nach Soldaten Ausschau und lauschten auf Geräusche. Aber sie begegneten niemandem mehr, und ehe Par es erwartete, waren sie durch eine kleine eisenbeschlagene Tür getreten, die in ihrer schattigen Nische kaum zu erkennen war.

Die Tür fiel hinter ihnen zu, und damit wurde es so dunkel wie in einer mondlosen Nacht. Par roch Holz und Staub und spürte raue Bretter unter seinen Füßen. Sie warteten kurz, während der Maulwurf den Raum durchstöberte. Dann schlug jemand mit Feuerstein und Eisen Funken – einmal, zweimal –, und die kleine Flamme einer Kerze spendete schwachen Schein. Sie befanden sich in einer kaum vier Quadratmeter großen Kammer, die mit seltsamen Gegenständen und

Schutt angefüllt war. Der Maulwurf schob alles vorsichtig beiseite, legte eine Stelle an der Rückseite frei und drückte gegen die Wand. Ein Abschnitt dieser Wand gab plötzlich nach, und eine Tür, die für das bloße Auge unsichtbar gewesen war, schwang einwärts auf.

Schnell traten sie hindurch. Ein schmaler Zwischenraum öffnete sich zwischen den Steinmauern und den hölzernen Stützbalken, mit so niedriger Decke, dass Padishar sich ducken musste, damit er sich nicht den Kopf stieß. Als er seine große Hand hob und Vorsicht gebot, sah Par Blut an der Hand und spürte plötzlich die Nähe des eigenen Todes, als hätten ihm die toten Augen des Soldaten diesen prophezeit.

Der Maulwurf schob sich an ihm vorbei und führte sie voran, wobei er sie an Steinvorsprüngen, Eisennägeln und spitzen Holzsplittern vorbeimanövrierte. Spinnweben strichen über ihre Gesichter, und kleine Nagetiere huschten quiekend durch die Dunkelheit. Die Flamme der Kerze lieferte nur einen schwachen Schein.

Es ging nun aufwärts, wobei sie in die Stützbalken gehauene Sprossen und in den Fels geschlagene Stufen fanden, eine Mischung aus Leitern und Rampen, die sich durch die Mauern nach oben wanden. Sie befanden sich jetzt in dem Turm und bewegten sich auf Damsons Gefängnis zu. Von Zeit zu Zeit hörten sie gedämpfte Stimmen. Es wurde beständig wärmer und stickiger, und Par begann zu schwitzen. Der Gang wurde schmaler und bereitete ihnen immer größere Schwierigkeiten. Padishar hatte Probleme, sich hindurchzuzwängen.

Dann blieb der Maulwurf plötzlich stehen und erstarrte. Der Anführer der Geächteten und der Talbewohner verharrten ebenfalls und lauschten geduckt in die Dunkelheit. Außer Stille war nichts zu hören, aber Par spürte durch die Mauern etwas – ein Lebewesen, das sich bewegte. In ihm rührte sich die Magie des Wünschlieds wie eine hungrige Katze und schnurrte unruhig. Par schloss die Augen und konzentrierte sich darauf, ihren Klang verstummen zu lassen.

Was er jenseits der Mauer erspürte, war ein Schattenwesen.

Ihm stockte der Atem, während sich in seinem Kopf ein Bild von dem schwarzen Wesen formte und der Anblick durch seine Magie lebendig wurde. Es schlich einen Gang in dem Turm entlang, mit Kapuzenumhang bekleidet, und suchte mit den Fingern in der Luft nach Beute, als hätte es Tentakel. Konnte es sie ebenfalls wahrnehmen? Wusste es, dass sie hier waren? Die Magie in Par Ohmsford rasselte wie eine Schlange, wand sich, spannte sich an und sammelte Kraft. Par brachte sie zum Schweigen, denn er wollte ihr nicht nachgeben. Zu früh! Es war zu früh!

Die Luft wisperte in seinen Ohren, als sei sie lebendig. Er biss die Zähne zusammen und beherrschte sich.

Dann war das Schattenwesen verschwunden. Es löste sich auf wie ein flüchtiger Gedanke, dunkel und böse und voller Hass. Die Magie des Wünschlieds kühlte sich ab und beruhigte sich wieder. Ein Teil der Anspannung fiel von Par ab, und die Muskeln in Bauch und Brust lockerten sich. Er war sich bewusst, dass Padishar ihn beobachtete, war sich des Unbehagens bewusst, das das Gesicht des anderen widerspiegelte. Padishar legte ihm fragend eine Hand auf die Schulter. Par spürte die Härte in den Fingern des anderen und bezog Kraft aus dem Griff. Schließlich gelang es ihm, kurz aufmunternd zu nicken.

Sie gingen weiter, noch immer aufwärts, und drangen durch die Dunkelheit vorwärts. Überall war es still. Die leisen Stimmen und Geräusche der Föderationssoldaten waren vollständig verklungen. Die Nacht hatte eine Decke der Stille über sie geworfen, in der alles Lebende scheinbar in den Schlaf verfallen war. Trügerisch, dachte Par, während er sich weitermühte. Gefährlich.

Kurz darauf blieben sie erneut stehen, dieses Mal an einem

Stück gemauerter Steinwand, die von schweren Holzbalken begrenzt wurde, welche wiederum die Decke über ihnen abstützten. Der Maulwurf reichte die Kerze an Padishar weiter und erforschte den Stein mit den Fingern. Nach einem Klicken gab ein Abschnitt der Wand nach. Schwaches Licht fiel durch dunstige Luft herein.

Der Maulwurf wandte sich Padishar zu. Er klang besorgt. »Sie befindet sich eine Treppe tiefer hinter der zweiten Tür.« Er zögerte. »Ich könnte es euch zeigen.«

»Nein«, sagte Padishar sofort. »Warte hier. Warte, bis wir zurückkommen.«

Der Maulwurf betrachtete ihn einen Moment lang und nickte dann widerwillig. »Die zweite Tür«, wiederholte er.

Mit beiden Händen stieß er die Tür in der Wand ganz auf. Padishar und Par Ohmsford traten vorsichtig hindurch.

Sie standen auf dem Absatz einer Treppe, deren Stufen sowohl aufwärts- als auch abwärtsführten. Ihnen gegenüber war eine Tür geschlossen und verriegelt. Das Metall war voller Rost. Fackeln ruhten in eisernen Halterungen, ihr Schein beleuchtete die Reihe der ausgetretenen Stufen, und ihr beißender Rauch stieg nach oben in die Dunkelheit des Turms.

Alles war ruhig.

Hinter ihnen schwang die verborgene Tür zu.

Par sah Padishar an. Der große Mann schaute sich wachsam um. Neuerliches Unbehagen zeigte sich in seinem Blick. Er schüttelte über irgendetwas Unsichtbares den Kopf.

Dicht an der Wand stiegen sie abwärts und lauschten angestrengt auf Geräusche, die Gefahr ankündigten. Die Treppe wand sich hin und her, und die erhellten Bereiche berührten sich an den Biegungen kaum. Eine Andeutung von Nachthimmel wurde hin und wieder durch Schießscharten in den Steinen sichtbar, hoch oben und jenseits ihrer Reichweite. Pars Bauch rumorte. Er glaubte auf den Stufen über ihnen etwas zu hören, ein leises Scharren von Schuhen, ein Rascheln von Kleidung. Er blinzelte und wischte sich den Schweiß vom Gesicht. Da war nur Stille.

Sie erreichten den nächsten Treppenabsatz. Es gab eine einzige Tür, und sie war unbewacht und unverschlossen. Sie öffneten sie und gingen einfach hindurch. Par gefiel das nicht. Wenn Damson hier gefangen gehalten wurde, hätte man Wachen erwarten müssen. Er blickte zu Padishar, aber der große Mann sah einen schwach beleuchteten Gang entlang, der zu der genannten zweiten Tür führte. Sie bewegten sich schnell darauf zu, und dabei spürte Par, wie die Magie des Wünschlieds plötzlich erneut zum Leben erwachte. Er wurde fast überwältigt von ihrer Hitze.

Da stimmte etwas nicht.

Er berührte Padishar am Arm. Der große Mann wandte sich erschrocken um, und auch Par fuhr wieder herum. Er spürte eine Bewegung hinter sich, eine dunkle Gegenwart … Die Schattenwesen! Sie waren …

Und die Tür hinter ihnen flog krachend auf. Drei Sucher stürmten herein. Ihre verkrümmten Gestalten waren unter schwarzen Mänteln verborgen. Waffen funkelten im Fackellicht. Padishars Breitschwert glitt sirrend aus der Scheide. Par langte nach dem Schwert von Shannara auf seinem Rücken, riss die Hände aber sofort zurück wie von glühenden Kohlen. Er würde sich verbrennen, wenn er es berührte! Verbrennen, das wusste er!

»Padishar!«, keuchte er.

Der große Mann rannte auf die Tür vor ihnen zu, aber auch sie schwang weit auf, und zwei weitere schwarzverhüllte Ungeheuer erschienen. Beide Seiten des Ganges waren jetzt blockiert, und Par Ohmsford und Padishar Creel saßen in der Falle.

»Der Maulwurf!«, fluchte Padishar, weil er sicher war, dass sie verraten worden waren.

Aber Par hörte ihn nicht. Die Sucher eilten auf sie zu und wollten sie ergreifen. Die Magie des Wünschlieds brandete im Klang seines Warnrufs auf und erfüllte den Turm mit Zorn. Sie hüllte ihn ein wie ein Wirbelwind und drückte ihn rücklings an den verblüfften Padishar. Er kämpfte darum, sie unter Kontrolle zu behalten, aber sie überwältigte ihn mühelos. Dann löste sie sich wie Splitter aus heißer Glut von ihm und flog auf die Schattenwesen zu. Die schwarzen Gestalten rissen die Arme hoch, aber die Magie des Wünschlieds traf sie ungehindert und verbrannte sie zu Asche. Par schrie, da er nicht anders konnte, und das Wünschlied durchbrach die Mauern wie ein Fluss einen Damm, zertrümmerte die mit Mörtel verkleideten Fugen und sprengte Löcher in den Stein. Padishar schreckte zurück, packte dann voller Verzweiflung Par, zog ihn hastig durch die zweite Tür und schlug sie hinter ihnen zu.

Par fiel auf die Knie, und das Wünschlied ebbte wieder ab.

»Ich … bekomme keine Luft«, keuchte er.

Padishar riss ihn auf die Füße. »Par! Bei den Schatten, Junge! Was geschieht mit dir? Alles in Ordnung mit dir?«

Par schüttelte verzweifelt den Kopf. Die Magie entzog sich seiner Kontrolle. Abermals hatte sie tatsächlich gewirkt und nicht nur erfundene Bilder erzeugt. Brins Magie, nicht Jairs. Ein Feuer, schwelend, lauernd, das er nicht beherrschen konnte …

Er umklammerte die Arme des anderen und kam wieder zu Atem. In ihm breitete sich eine Kühle aus, die den Wahnsinn dämpfte. »Such Damson!«, zischte er. »Vielleicht ist sie hier, Padishar! Finde sie!«

Überall war Geschrei zu hören, und Föderationssoldaten rannten über die Wehrgänge in den Wachturm. Padishar packte Pars Tunika und zog den Talbewohner hinter sich her, während er einen Gang entlangeilte, der von schweren Holztüren gesäumt war, die alle verschlossen und verriegelt waren.

»Damson!«, rief der große Mann außer sich.

Hinter ihnen, jenseits der Tür, durch die sie geflohen waren, glaubte Par Gewänder von Schattenwesen rascheln zu hören.

»Sie kommen!«, warnte er und spürte, wie die Magie des Wünschlieds erneut in ihm aufwallte.

»Damson!«, heulte Padishar Creel.

Gedämpft erklang eine Antwort hinter einer der Türen. Der Anführer der Geächteten ließ Par los und eilte weiter, wobei er wieder und wieder den Namen seiner Tochter rief. Als er erneut eine Antwort hörte, blieb er abrupt stehen. Wie von Sinnen hackte Padishar mit dem Schwert auf eine der Türen ein. Von einer Treppe am anderen Ende des Ganges her waren Rufe zu hören. Wieder hämmerte Padishar mit mehreren krachenden Schlägen auf die Tür ein und warf sich dann mit der Schulter gegen das, was davon noch übrig geblieben war. Die Tür flog aus den Angeln, und Padishar verschwand dahinter.

Par eilte hinterher. Padishar stand blutig und benommen in dem Raum und hielt Damson Rhee in den Armen. Ihr rotes Haar war staubig und wirr und ihr bleiches Gesicht von Schmutz bedeckt. Ihre Augen leuchteten wie Feuer, als sie den Blick hob und den Talbewohner ansah.

»Par«, flüsterte sie leise, lief zu ihm und umarmte ihn.

Aus dem Durchgang hinter ihnen hörte man bewaffnete Männer. Par wandte sich um und wollte dem Angriff begegnen, aber Padishar Creel war schon an ihm vorbei und in den Gang hinausgeeilt. Ein ernüchterndes Klirren von Waffen erklang.

»Par!«, rief der große Mann. »Nimm sie und flieh!«

Ohne nachzudenken, ergriff Par Damsons Arm und zog sie hinter sich her durch die Tür. Padishar stand einem Haufen Föderationssoldaten Auge in Auge gegenüber. Weitere erschienen hinter ihnen auf der Treppe. Der Anführer der Geächteten drängte die meisten durch pure Kraft zurück und wirbelte zornig umher.

»Verflixt, Junge – lauf! Jetzt! Denk an unsere Abmachung!«

Dann griffen ihn die Soldaten erneut an, und er kämpfte um sein Leben. Zwei gingen zu Boden, dann ein weiterer, aber es kamen immer mehr, die ihre Plätze einnehmen konnten. Zu viele, dachte Par. Zu viele, als dass Padishar ihnen würde standhalten können. Pars Brust schnürte sich zusammen. Er musste seinem Freund helfen. Aber das würde bedeuten, dass er die Magie des Wünschlieds einsetzen musste, das Feuer, das er nicht kontrollieren konnte. Es würde bedeuten, dass er zusehen musste, wie die Föderationssoldaten zerfetzt wurden. Es würde bedeuten, dass vielleicht auch Padishar in Stücke gerissen wurde.

Und er hatte dem großen Mann sein Versprechen gegeben.

»Padishar«, flüsterte Damson ihm ins Ohr, und er spürte, wie sie dem großen Mann zu Hilfe eilen wollte.

Entschlossen packte er sie und zog sie den Weg zurück, den sie gekommen waren. Fort von dem Kampf. Er hatte eine Entscheidung getroffen. »Par!«, schrie sie wütend, aber er schüttelte den Kopf. Sie erreichten die geschlossene Tür. Befanden sich dahinter Schattenwesen? Par konnte nichts hören, aber das war auch schwierig angesichts des Kampflärms.

»Wir können ihn nicht einfach zurücklassen!«, schrie Damson.

Er zog sie nahe zu sich heran. »Es geht nicht anders.« Vor ihm ragte die hölzerne Tür auf und verbarg drohend und schweigend, was dahinterlag. Er stützte sich ab und beschwor die Magie des Wünschlieds, denn dieses Mal hatte er keine Wahl. Die Magie regte sich begierig.

Bitte, dachte er, *nur dieses eine Mal möchte ich sie beherrschen!*

Er riss die Tür auf und war bereit, die Magie glühend heiß und todbringend in den dahinterliegenden Gang zu schicken. Aber Stille empfing ihn, und Mondlicht schien durch Löcher im zerschmetterten Stein herein. Trümmer bedeckten den Boden. Der Gang war leer.

Er warf einen letzten Blick zu Padishar Creel zurück, der mit seinem erbitterten Kampf eine einsame Barriere gegen die angreifenden Föderationssoldaten bildete. Es gab keine Hoffnung für Padishar, das wusste er. Es war von Anfang an eine Falle gewesen. Und die Falle schnappte zu.

Aber Damson konnte er retten.

Und sie hatten vereinbart, das zu tun, zu welchem Preis auch immer.

Mit Damson, die sich an seinen Arm klammerte, eilte er in den leeren Gang und ließ Padishar Creel zurück.

6

Binnen Sekunden waren sie durch die Tür zur Treppe und auf das Podest hinausgelangt. Lärm und Wutgeschrei hallte ihnen aus dem Gang hinterher, in dem Padishar die Föderationssoldaten in Schach hielt.

Par wirbelte herum und stieß die Turmtür mit dem Fuß zu. *Wo entlang?*

Von unten hörte er Stiefelschritte und die Rufe von Männern, die die Treppe erklommen. Hinabsteigen konnten sie nicht mehr.

»Lass mich los!«, schrie Damson wütend und riss sich von ihm los. Ihre grünen Augen glänzten vor Tränen und Zorn. »Du hast ihn im Stich gelassen!«

Par beachtete sie kaum. Sie mussten aufwärtsgehen, den Weg zurück, den sie gekommen waren, dorthin zurück, wo der Maulwurf wartete. Es sei denn, Padishar hatte recht gehabt, und der Maulwurf hatte sie tatsächlich verraten. Denkbar war es. Der Maulwurf war vielleicht vor Tagen, als die Föderation sie zuerst in seinem Lager aufgespürt hatte, in Gefangenschaft geraten. Aber, nein, wenn er da gefangen genommen worden wäre, hätte er ihnen sicherlich nicht zur Flucht aus der Kornmühle verholfen. Er hätte die Föderation einfach zu ihnen führen und es dabei belassen können. Aber was war, wenn er gefangen genommen worden war, als er das letzte Mal auf die Suche nach Damson gegangen war – gefangen genommen und bekehrt und in ein Schattenwesen verwandelt?

Damson zog an seinem Arm. »Wir müssen zurück, Par! Er

braucht uns! Er ist mein Vater!« Sie fletschte die Zähne. »Er ist deinetwegen zurückgekommen!«

Par fuhr zu ihr herum, packte sie und zog sie so nah an sich heran, dass er ihren heißen Atem auf seinem Gesicht spüren konnte. »Ich sage das nur einmal: Ich habe ihm mein Versprechen gegeben. Was auch immer geschehen würde, du wirst in Sicherheit gebracht. Er hat sich für dich geopfert, Damson, und das darf nicht umsonst gewesen sein! Jetzt weiter!«

Er drehte sie um und schob sie auf die Treppe zu. Sie rannten die Stufen hinauf und hörten, wie der Lärm der Verfolger näher kam. Pars Gesicht zeigte grimmige Entschlossenheit. Wenn der Maulwurf sie verraten hatte, waren sie sowieso erledigt. Wenn nicht, bestand ihre einzige Chance darin, ihn zu finden.

Sie erreichten den nächsten Treppenabsatz, und Par hielt vergebens nach der verborgenen Tür Ausschau. Er konnte sich nicht daran erinnern, wo sie war, denn er hatte auf dem Hinweg kaum darauf geachtet. Jetzt sah alles gleich aus.

»Maulwurf!«, rief er verzweifelt.

Sofort teilte sich die Wand zu seiner Linken, und das pelzige Gesicht des Maulwurfs spähte hervor. »Hier! Hier, liebliche Damson!«, rief er aufgeregt.

Sie eilten durch die Öffnung, und der Maulwurf schob die Wand hinter ihnen zu. »Padishar?«, fragte er ängstlich. Die Art, wie er dies sagte, und der Ausdruck in den feuchten Augen brachten Par zu der Überzeugung, dass der Maulwurf kein Verräter sein konnte. Obwohl Par das nicht mit Worten hätte erklären können.

»Sie haben ihn«, antwortete der Talbewohner und zwang sich, Damson anzusehen. Sie wandte sich ab.

»Dann los, weg hier«, drängte der Maulwurf. Mit der Kerze in der Hand eilte er ihnen voraus. »Beeilt euch.«

Sie kehrten in die Mauern des Turms zurück und folgten dem gewundenen Weg durch die Dunkelheit. Nur noch undeutlich konnten sie die Schreie der Soldaten hören, die in einer gedämpften Kakofonie durch den Stein drangen. Sie erreichten die Kammer und durchquerten sie eilig, um zu dem dahinterliegenden Gang zu gelangen. Draußen liefen Soldaten an den Unterkünften vorbei zu dem Wachturm und den Toren. Fackeln zischten und flackerten, und von überall hörte man den Lärm, als Riegel und Balken eilig vorgelegt wurden. An einer dunklen Stelle hielt der Maulwurf einen Moment lang inne und winkte sie dann erneut weiter. Sie hasteten geduckt durch den leeren Gang zu der Tür, durch die sie hereingekommen waren, und weiter durch den äußeren Hof.

Der Mond und die Sterne waren hinter tiefen und düsteren Wolken über der Klippe verborgen. Die rauchenden Fackeln erhellten die Dunkelheit nur dürftig. Schemen eilten hin und her, aber es war unmöglich, Gesichter zu erkennen.

»Hier entlang!«, flüsterte der Maulwurf rau.

Sie drückten sich an der Mauer entlang und bewegten sich so schnell wie jedermann sonst ebenfalls. Sie schlichen in der allgemeinen Verwirrung durch die Dunkelheit und waren einfach drei weitere Wachen, die es eilig hatten.

Fast hatten sie die Tür erreicht, die in den Untergrund der Stadt hinabführte, als sie erwischt wurden. Ein Ruf erklang, und eine dunkle Gestalt trat aus der Dunkelheit auf sie zu. Einen Moment lang dachte Par, Padishar sei wundersamerweise entkommen, aber dann sah er die Abzeichen eines Föderationshauptmanns auf der dunklen Uniform. Alle drei erstarrten bei seinem Herannahen an ihrem Platz und wussten nicht, was sie tun sollten. Der Hauptmann erreichte sie schließlich, und sein dunkles bärtiges Gesicht kam ins Licht.

Da trat Damson auf einmal vor, geschmeidig und locker, und lächelte ihn an. Verwirrung zeigte sich auf seinem Gesicht. Sie ließ ihm noch einen Augenblick, dann schlug sie ihm mit der Handkante dreimal ins Gesicht. Ihre Schläge waren so schnell, dass Par sie kaum verfolgen konnte. Sie trat dicht an ihn heran und warf ihn über die Schulter zu Boden. Er stöhnte und wollte schreien, aber ein letzter Schlag auf seine Kehle brachte ihn für immer zum Schweigen.

Damson erhob sich und drängte an Par vorbei zu der Tür, durch die der Maulwurf bereits verschwand. Par erinnerte sich daran, wie leicht sie ihn in jener Nacht im Volkspark überwältigt hatte, als er glaubte, sie sei für die Falle der Föderation verantwortlich gewesen, in die Padishar und die anderen geraten waren. Das hätte sie im Wachturm leicht wiederholen können, erkannte er. Sie hätte ihn zwingen können zurückzugehen, wenn sie es gewollt hätte. Warum hatte sie es dann nicht getan?

Zurück in der Innenmauer, eilten sie zu den Kellern hinunter, durch die sie gekommen waren. Die Geräusche von außen wurden leiser und drangen immer seltener durch die Steine. Die drei erreichten die Gitterfalltür, kletterten hindurch und stiegen die Stufen zu den Tunneln hinab. Von dort eilten sie durch die Dunkelheit, fort von den Stadtmauern und zurück in die Stadtmitte. Bald befanden sie sich tief in den Abwasserkanälen, und alles war ruhig.

»Wir sollten … wir sollten uns einfach einen Moment ausruhen«, schlug Par schließlich vor. Er war außer Atem vom Laufen, und zudem brauchte er Zeit zum Nachdenken, Zeit, um zu entscheiden, was als Nächstes zu tun sei.

»Hier«, sagte der Maulwurf und führte sie zu einer Plattform an einer Kreuzung von Rohren und Tunneln, wo eine Leiter nach oben zur Straße führte. Trübes Licht fiel durch ein Gitter herein. Die Straßen waren still. »Ich gehe zurück und sorge dafür, dass wir nicht verfolgt werden.«

Er verschwand in die Dunkelheit und ließ die Kerze bei ihnen zurück. Der Talbewohner und das Mädchen schauten ihm hinterher und machten es sich bequem. Sie saßen nebeneinander mit dem Rücken an der Wand und hatten die Kerze vor sich gestellt. Par fühlte sich ausgelaugt. Er starrte in die Dunkelheit jenseits der Flamme, und Erschöpfung breitete sich in ihm aus. Er hörte Damson atmen und spürte die Hitze ihres Körpers.

»Du weißt, was sie ihm antun werden«, sagte sie schließlich. Er antwortete nicht und starrte unbeirrt geradeaus. »Sie werden ihn zu einem von ihnen machen. Sie werden ihn benutzen.«

Wenn es ihnen gelingt, ihn lebend in die Hände zu bekommen, dachte Par. Und vielleicht nicht einmal dann. Rimmer Dall ist unberechenbar.

»Warum hast du mich nicht gezwungen, zu ihm zurückzugehen?«, fragte er sie.

Es entspann sich langes Schweigen, bevor sie antwortete. »Das würde ich dir niemals antun.«

Er sagte einen Moment lang nichts und ließ ihre Worte in sich nachklingen. »Es tut mir leid um Padishar«, sagte er schließlich. »Ich hätte ihn auch lieber nicht zurückgelassen.«

»Das weiß ich«, sagte sie leise.

Sie sagte es so entschieden, dass er zu ihr hinübersah, um sicherzugehen, dass er sie richtig verstanden hatte. Ihr Blick begegnete dem seinen. »Ich weiß«, wiederholte sie. Der Schmerz in ihrer Stimme war spürbar. »Es war nicht dein Fehler. Padishar hat dir das Versprechen abgenommen, mich zuerst zu retten. Er hätte es auch mich versprechen lassen, wenn die Situation umgekehrt gewesen wäre.« Sie wandte den Blick ab. »Ich war nur wütend, als ich sah …« Sie schüttelte den Kopf.

»Ist alles in Ordnung mit dir?«

Sie nickte schweigend und schloss die Augen.

»Wissen sie, wer du bist?«

Sie sah ihn an. »Nein. Wieso sollten sie?«

Er atmete tief durch. »Der Maulwurf. Die ganze Sache war eine Falle, Damson. Sie haben auf uns gewartet. Sie hatten irgendeinen Grund für die Vermutung, dass wir dich holen würden. Welchen besseren Grund gibt es als den, dass sie wussten, dass du Padishar Creels Tochter bist? Padishar glaubt, dass der Maulwurf uns verraten hat.«

Wieder funkelte Verärgerung in ihren Augen. »Par, der Maulwurf hat uns gerettet! Dich auf jeden Fall. Ich hatte einfach Pech. Die Föderation hat mich von der Straße wiedererkannt, und die wussten, dass ich dir geholfen hatte, aus der Kornmühle zu entkommen.« Sie zögerte. »Das war auch eine Falle, nicht wahr? Sie wussten …« Sie hielt inne. Offensichtlich war sie unsicher, wo dies hinführen würde.

»Es hätte der Maulwurf sein können«, wiederholte Par hartnäckig. »Vielleicht ist er gefangen genommen worden, als er nach dir gesucht hat. Oder irgendwann davor.«

»Und er soll uns dennoch zur Flucht verholfen haben?«, fragte sie ungläubig. »Warum? Welchen Sinn hätte das? Die Föderation hätte uns alle erwischt, wenn er uns nicht aus dem Wachturm fortgebracht hätte.«

»Ich weiß. Das denke ich auch.« Er schüttelte den Kopf. »Aber sie finden uns immer wieder, Damson. Wie kann ihnen das gelingen? Als hätten die Schattenwesen ein Ohr an jeder Mauer. Das ist tückisch. Manchmal scheint es, als könnte man niemandem mehr trauen.«

Sie lächelte bitter. »Das kann man auch nicht mehr, Par. Hast du das denn noch nicht bemerkt? Es gibt nur noch dich und mich. Und können wir einander überhaupt trauen?«

Er sah sie entsetzt an. Traurigkeit trat in ihre Augen, und sie legte schnell die Arme um ihn und zog ihn an sich heran.

»Es tut mir leid«, sagte sie, und er konnte spüren, dass sie weinte.

»Ich dachte, ich hätte dich für immer verloren«, flüsterte er in ihr Haar. Sie nickte kaum merklich. »Ich habe das alles so satt. Ich will nur, dass es aufhört.«

Sie hielten einander umschlungen, und Par überließ sich seinen Gefühlen für sie, schloss die Augen und merkte, wie müde er war. Er wünschte plötzlich, sie wären wieder im Tal, wieder zu Hause bei seiner Familie und seinem alten Leben, er wünschte, dass Coll noch lebte und nichts von diesem allen jemals geschehen wäre. Er wünschte, er könnte noch einmal von vorn anfangen. Er würde nicht mehr unbedingt Allanon suchen wollen und sich so überstürzt auf die Suche nach dem Schwert von Shannara machen.

Und er würde nicht wieder den Fehler begehen zu glauben, dass seine Magie eine Gabe sei.

Dann dachte er daran, wie sehr das Wünschlied einst ein Teil von ihm selbst gewesen war und wie fremd es ihm jetzt schien. Es hatte sich wieder aus seiner Kontrolle befreit, als er es im Wachturm heraufbeschworen hatte. Trotz seiner Vorbereitungen, trotz seiner Bemühungen. Konnte er überhaupt sagen, dass er es heraufbeschworen hatte? Oder war es einfach von allein gekommen, als es die Schattenwesen gespürt hatte? Sicherlich hatte es in jedem Fall das getan, was es sich erwählt hatte, und war wie ein Messer hervorgeschnellt, um seine Gegner zu vernichten. Par spürte, wie er bei der Erinnerung erschauerte. Er hatte sich das wahrhaftig niemals gewünscht. Die Magie hatte die dunklen Wesen einfach so vernichtet, ohne nachzudenken und ohne Gewissensbisse. Er runzelte die Stirn. Nein, nicht die Magie. Er. Er hatte sie vernichtet. Er hatte es vielleicht nicht gewollt, aber er hatte es trotzdem getan. Par gefiel nicht, was das bedeutete. Die Schattenwesen waren, was sie waren, und vielleicht stimmte es, dass sie keinen Atemzug lang zögern würden, ihn zu töten. Aber das änderte nichts daran, wer und was er war. Er konnte noch immer den Blick des Soldaten sehen, den Padishar getötet hatte. Er sah wieder und wieder das Leben aus seinen Augen entweichen. Er hatte das Gefühl, endlos weinen zu müssen. Er hasste die Tatsache, dass es notwendig gewesen war und er sich gewissermaßen daran beteiligt hatte. Dass er die Gründe verstand, machte es nicht annehmbarer. Und doch, was für ein Heuchler war er, dass er in einem Moment wegen eines einzigen Lebens verzweifelte und im nächsten ein halbes Dutzend beendete?

Er wollte die Antwort auf diese Frage gar nicht erfahren. Aber die Magie des Wünschlieds hatte sich in ihm seltsam verändert und damit auch ihn. Er musste an Rimmer Dalls Behauptung denken, dass auch er ein Schattenwesen sei. Nach alledem, worin bestand der Unterschied zwischen ihnen?

»Damson?«

Der Maulwurf flüsterte zaghaft aus der Dunkelheit, und sie rückte von ihm ab, als sie aufsah. Seltsam, dachte er, dass der Maulwurf nur mit ihr spricht.

Der kleine Bursche glitt blinzelnd und zwinkernd ins Licht. »Sie verfolgen uns nicht. Die Tunnel sind leer.«

Damson schaute zurück zu Par. »Was tun wir jetzt, Elfenjunge?«, flüsterte sie und streckte die Hand aus, um seine Haare zurückzustreichen. »Wohin gehen wir?«

Par lächelte und nahm ihre Hand. »Ich liebe dich, Damson Rhee«, sagte er ruhig zu ihr. Seine Worte waren so leise, dass sie im Rascheln seiner Kleidung untergingen.

Er erhob sich. »Wir verlassen die Stadt. Wir versuchen, Hilfe zu finden. Von Morgan oder den Geächteten oder von sonst jemandem. Allein schaffen wir das nicht.« Er schaute auf die zusammengekauerte Gestalt des Maulwurfs hinab. »Maulwurf, kannst du uns aus der Stadt führen?«

Der Maulwurf sah Damson an. »Es gibt Tunnel unter der Stadt, die euch zur Ebene bringen. Ich kann sie euch zeigen.«

Par wandte sich wieder Damson zu. Einen Moment lang sagte sie nichts. Ihre grünen Augen waren von unausgesprochenen Gedanken erfüllt. »Gut, Par, ich komme mit«, sagte sie schließlich. »Ich weiß, dass wir hier nicht bleiben können.

Zeit und Glück gehen für uns in Tyrsis dem Ende entgegen.« Sie trat nahe an ihn heran. »Aber jetzt musst du mir ein Versprechen geben – genauso wie du es Padishar gegeben hast. Versprich mir, dass wir zu ihm zurückkehren werden – dass wir ihn nicht dem Tod überlassen werden.«

Sie denkt keinen Augenblick lang an die Möglichkeit, dass er bereits tot sein könnte. Sie glaubt, dass er stärker ist. Und das denke ich vermutlich auch.

»Ich verspreche es«, flüsterte er.

Sie beugte sich vor und küsste ihn innig auf den Mund. »Ich liebe dich auch, Par Ohmsford«, sagte sie. »Ich liebe dich für alle Zeiten.«

Sie brauchten die ganze Nacht, um das Labyrinth der Tunnel und die alten Gänge, die lange als Schlupfwinkel für die Verteidiger der Stadt gedient hatten und jetzt ihr Fluchtweg waren, zu durchqueren. Die Tunnel kreuzten sich wieder und wieder, waren manchmal so breit und hoch, dass Wagen hätten hindurchfahren können, manchmal kaum weit genug für den Maulwurf und seine Gefährten. An manchen Stellen war der Fels trocken und staubig und roch nach alter Erde, und manchmal war er feucht und kalt und roch nach Abwässern. Ratten quiekten bei ihrem Nahen und verschwanden in den Mauern. Insekten krochen davon wie trockene Blätter, die über Fels geweht werden. Ihre Schritte und ihr Atem hallten hohl durch die Gänge, und es schien, als könnten sie die Stadt wahrscheinlich nicht unentdeckt verlassen. Aber der Maulwurf wählte ihren Weg sorgfältig, nahm Umwege in Kauf und verließ sich allein auf sein Gespür und sein Wissen. Er sprach all die Stunden über kein Wort. Er führte sie durch seine schweigende Unterwelt voran wie ein spukender Geist. Hin und wieder hielt er inne, sah sich zu ihnen um, betrachtete etwas, das er auf dem Tunnelboden gefunden hatte, oder starrte in die drückende Dunkelheit um sie herum. Er wirkte abwesend und nachdenklich. Par und Damson blieben jeweils mit ihm stehen. Sie warteten und beobachteten ihn und fragten sich, was ihm wohl durch den Kopf ging. Fragen stellten sie niemals. Par wollte es, aber wenn Damson schweigen für besser hielt, war er überzeugt, dass er es ihr gleichtun musste.

Schließlich erreichten sie eine Stelle, an der ein vager Silberschimmer in die Dunkelheit eindrang. Sie stolperten durch einen Vorhang alter Spinnweben und Staub darauf zu und kletterten einen felsigen Gang hinauf, der sich nach oben hin verengte, bis sie fast kriechen mussten. Büsche versperrten ihnen den Weg, so dicht, dass der Maulwurf mit einem langen Messer, das er irgendwo in seinem Pelz verborgen hatte, eine Schneise für sie freischneiden musste. Sie schoben die abgetrennten Zweige beiseite, krochen durch die tarnenden Sträucher und gelangten ans Licht.

Dort erhoben sie sich und schauten sich um. Hinter ihnen ragten die Berge auf, die die Felswand, auf der Tyrsis stand, abschirmten, eine zerklüftete schwarze Wand vor der im Osten aufziehenden Dämmerung. Der Schatten des Gipfels zog sich im Norden und Westen über die Ebene wie ein dunkler Fleck und verschwand dann in den Bäumen des dahinterliegenden Waldes. Die Luft war warm und duftete nach Gras, das von der Sommersonne getrocknet wurde. Vogelgesang stieg aus dem Wald auf, und Leuchtkäfer flogen über Teiche hinweg, die von Bächen aus den Bergen gespeist und von Schilf eingerahmt wurden.

Par blickte zu Damson hinüber und lächelte. »Wir sind draußen«, sagte er leise, und sie lächelte zurück.

Er wandte sich an den Maulwurf, der im ungewohnten Licht unsicher blinzelte. Er streckte ihm die Hand entgegen. »Danke, Maulwurf«, sagte er. »Danke für alles.«

Das Gesicht des Maulwurfs legte sich in Falten, und das Blinzeln wurde heftiger. Er hob zaghaft eine Hand, berührte

Pars und zog seine wieder zurück. »Gern geschehen«, war seine ruhige Antwort.

Damson kam dazu, kniete sich vor den Maulwurf hin und legte die Arme um ihn. »Auf Wiedersehen für den Augenblick«, flüsterte sie. »Pass gut auf dich auf, Maulwurf. Halte dich von den dunklen Wesen fern. Halte dich versteckt, bis wir zurückkehren.«

Der Maulwurf hob die Arme und strich mit den runzligen Händen über die schmalen Schultern des Mädchens. »Gewiss, liebliche Damson. Für dich ganz gewiss.«

Sie ließ ihn los, und der Maulwurf streichelte sanft über ihr Gesicht. Par glaubte, Tränen in den Winkeln seiner hellen Augen zu sehen. Dann drehte sich der Maulwurf um und verschwand wieder in der Dunkelheit.

Sie sahen ihm einen Moment lang nach und blickten dann einander an.

»Wo entlang?«, fragte Par.

Sie lachte. »So ist es recht. Du weißt gar nicht, wo das Feuerrotland ist, oder? Ich vergesse es manchmal, denn ich habe das Gefühl, als würdest du schon ewig zu uns dazugehören.«

Er lächelte. »Bestimmt leicht zu vergessen, nachdem du eine Weile nicht auf mich aufpassen musstest, wie?«

Sie sah ihn fragend an. »Ich beschwere mich nicht. Und du?«

Er ging zu ihr und nahm sie in die Arme. Er sagte nichts, sondern hielt sie einfach nur fest, die Wange an ihrem kastanienbraunen Haar, die Augen geschlossen. Er dachte über all das nach, was sie überstanden hatten, wie viele Male ihr Leben in Gefahr und wie gefährlich ihre Reise gewesen war. Für die kleine Entfernung waren sie doch sehr weit gekommen, und in der kurzen Zeit hatten sie so vieles entdeckt.

So hielt er sie, streichelte ihren Rücken in kleinen Kreisen und flüsterte: »Ich sage dir etwas. Manchmal scheint es, als hätte ich die ganze Zeit Angst. Die ganze Zeit, seit Coll und ich Varfleet zum ersten Mal verlassen haben. In den vergangenen Wochen habe ich ständig Angst gehabt. Alles, was geschieht, scheint seinen Preis zu haben. Ich weiß nie, was ich als Nächstes verliere, und das ist schrecklich. Aber am meisten ängstigt mich, Damson Rhee, die Möglichkeit, dass ich dich verlieren könnte.«

Er drückte sie fester an sich. »Wie denkst du darüber?«, flüsterte er.

Zur Antwort zog sie ihn ebenfalls fester an sich heran.

Danach wanderten sie durch den frühen Morgen, ohne noch viel zu reden, ließen die Stadt Tyrsis hinter sich und zogen über die Ebene gen Norden zu der bewaldeten Schwelle der Drachenzähne. Bald wurde es warm, der nächtliche Tau verging bei Sonnenaufgang, die Feuchtigkeit verschwand, und stattdessen wurde es staubig. Lange Zeit begegneten sie niemandem, und dann auch nur Händlern und Familien, die von den Bauernhöfen zum Markt in die Stadt unterwegs waren. Par dachte wieder an zu Hause, an seine Eltern und Coll, aber dies alles schien vor langer Zeit geschehen zu sein. Er wünschte sich vielleicht, dass die Dinge wieder so wären, wie sie gewesen waren, und hätte gern alles, was seit seiner Begegnung mit Cogline geschehen war, ungeschehen gemacht, aber er wusste auch, dass er sich genauso hätte wünschen können, dass der Tag zur Nacht und die Sonne zum Mond würde. Er sah Damson an, die neben ihm ging, betrachtete die weichen und starken Linien ihres Gesichts und die Bewegungen ihres Körpers, und schob diese Tagträume beiseite.

Mittags überquerten sie den Mermidon und wandten sich den dahinterliegenden Wäldern zu, aber zuvor machten sie Rast. Sie versorgten sich mit frischem Wasser, Beeren, Wurzeln und Gemüse. Es war kühl und still am Waldrand, während die Hitze des Tages das Land mit einer stickigen, sengenden Decke überzog. Nach dem Essen beschlossen sie, eine

Zeitlang zu schlafen, da sie von den Anstrengungen der Nacht müde waren und Nutzen aus ihrem Zufluchtsort ziehen wollten. Bis zum Kennonpass würden sie nur noch einige Stunden brauchen, erklärte Damson, wo sie dann auch durch die Drachenzähne hindurch in das Tal gelangen würden, in dem sich einst Paranor befunden hatte. Von dort würden sie nach Nordosten zum Jannissonpass und zum Feuerrotland ziehen. In zwei Tagen, so versprach sie, würden sie dann die Geächteten erreicht haben.

Aber sie schliefen länger, als sie geplant hatten, eingelullt von der Kühle und dem beruhigenden Säuseln des Windes in den Bäumen, und es war schon fast Sonnenuntergang, als sie erwachten. Sie erhoben sich und brachen sofort auf, da sie die Zeit so gut nutzen wollten wie möglich. Wenn der Mond hervorkäme, könnten sie den Pass bei Nacht überqueren. Sonst würden sie bis zum Morgen warten müssen. Auf jeden Fall wollten sie den Kennon bei Einbruch der Nacht erreicht haben.

Sie kamen gut voran, denn der Wald war viel bereist und der Weg wurde nicht durch hohes Gras oder dichtes Gebüsch erschwert. Nach ihrem Schlaf fühlten sie sich außerdem ausgeruht und tatkräftig. Die Sonne wanderte gen Westen, versank in den Bäumen und erschien durch den Baldachin der Blätter und Zweige als helles Flackern von Gold und Karmesinrot. Der Mond ging an einem Himmel auf, der noch klar und blau war, und die Tagesvögel wurden still. Par fühlte sich das erste Mal seit Tagen wohl. Er war in Frieden mit sich selbst, erleichtert, aus Tyrsis herausgelangt zu sein, aus den Abwasserkanälen und Kellern, aus der Enge der Mauern. Endlich waren sie sicher vor den Wesen, die sie dort gejagt hatten. Er blickte oft zu Damson hinüber und lächelte. Er dachte an Padishar und versuchte, nicht traurig zu sein. Seine Gedanken schweiften durch die Bäume und über den Erdboden hinweg wie kleine verspielte Tiere. Er ließ ihnen ihren Lauf.

Nicht ein einziges Mal kam es ihm in den Sinn, dass es klug sein könnte, ihre Spuren zu verwischen.

Der Sonnenuntergang legte sich wie Feuer über die Ebene unterhalb von Tyrsis. Mit einbrechender Nacht ließ die Hitze nach. Die Schatten wurden länger, nahmen seltsame Formen an und wurden mit der Dunkelheit lebendig. Sie erhoben sich aus den Gräben und Senken, aus Wäldern und vereinzelten Baumgruppen, erstreckten sich hierhin und dorthin, als wollten sie ihre Beine recken, nachdem sie aus dem Schlaf erwacht waren, und bevor sie sich zur Jagd aufmachen würden.

Einer dieser Schatten bewegte sich mit unheilvollem Ziel durch die verlassene Gegend nördlich vom Mermidon, ein kaum sichtbares dunkles Wesen, das sich im hohen Gras verborgen hielt. Mit schwindendem Licht wurde der Schatten kühner, richtete sich hin und wieder auf, um Witterung aufzunehmen, bevor er sich wieder auf die Erde niederließ, um den Geruch nicht zu verlieren, dem er folgte. Er aß im Gehen, ernährte sich von dem, was auch immer er fand, Wurzeln und Beeren, Insekten und kleine Tiere, alles, was ihm begegnete und nicht entkommen konnte. Vor allem aber war seine Aufmerksamkeit auf den Pfad gerichtet, auf den Geruch desjenigen, dem er so emsig folgte, desjenigen, der die Quelle seines Zorns war.

Am Mermidon erhob er sich auf die Hinterfüße, eine gebeugte, gekrümmte Gestalt, die in einen schimmernden schwarzen Umhang gekleidet war, auf dem von dem Staub und Schmutz, der seinen Träger bedeckte, keine Spur zu entdecken war. Mit Händen, so schlimm enthäutet und zerkratzt, dass sie bluteten, umklammerte er den Umhang, damit er nicht weggeschwemmt würde, als er an einer seichten Stelle durch den Fluss watete.

Den Umhang legte er nicht ab, denn der Umhang gab ihm Kraft, das wusste er. Der Umhang beschützte ihn.

Und dennoch schien er auch eine Quelle des Wahnsinns zu sein. Eine Stimme im Kopf flüsterte dem Wesen zu, dass dies so sei. Sie flüsterte es als Warnung. Wieder und wieder.

Aber andere Stimmen versicherten ihm, dass der Umhang gut und zum Überleben notwendig sei und dass der Wahnsinn stattdessen von demjenigen bewirkt werde, den er verfolgte. Von ihm. *War es sein Bruder?* Der Name wollte ihm nicht einfallen. Nur das Gesicht. Der Wahnsinn summte in seinem Kopf, durch seine Ohren und aus seinem Mund heraus wie ein Schwarm Mücken, stach und biss und vereinnahmte seinen Verstand, bis er an nichts anderes mehr denken konnte.

Früher an diesem Tag, im Schatten des späten Nachmittags, draußen im verhassten Licht, in das ihn der Wahnsinn immer häufiger aus seiner Höhle heraustrieb, hatte er schließlich den Geruch desjenigen, den er suchte, aufgeschnappt. *(Sein Name? Wie lautete sein Name?)* Da er das Gebiet am Fuß der Felswand jetzt schon seit über einer Woche Nacht für Nacht durchstreifte, hatte seine Verzweiflung zugenommen. Er musste ihn finden, ihn aufspüren, denn nur so konnte er den Wahnsinn beenden.

Aber wie? Wie würde er enden?

Er wusste es nicht. Irgendwie würde es geschehen. Wenn er den Grund fand. Wenn er … ihn verletzte, wie er ihn verletzte …

Der Gedanke hing verschwommen vor seinen Augen. Aber er kostete ihn aus, denn er bereitete ihm Vergnügen.

Zähne und Augen schimmerten im Mondlicht.

Auf der anderen Seite des Flusses nahm er die Spur leichtfüßig wieder auf. Frisch war sie. So deutlich wie der Geruch von etwas Totem, das zum Verwesen in der Sonne lag. Nicht weit entfernt war es.

Noch einige Stunden, vielleicht weniger …

Ein Schauder durchlief ihn. Vorahnung. Verlangen. Die Samen des aufblühenden Wahnsinns.

Coll Ohmsford hielt seine Nase zu Boden gerichtet wie ein Tier, wozu er ja auch geworden war, und verschwand zwischen den Bäumen.

7

Die Dämmerung ging in Nacht über, als Par und Damson den Fuß der Drachenzähne und den Pfad erreichten, der sich durch die Felsen aufwärts zum Kennon wand. Mondlicht floss von Norden herab, und der Sternenhimmel war klar und hell. Die Hitze des Tages hatte nachgelassen, und Wind wehte kühl aus den Bergen herab.

Irgendwo in den Bäumen des Waldes hinter ihnen schrie eine Eule und wurde dann still.

Da es ausreichend hell war, den Pfad zu begehen, und sie gut erholt waren, zogen der Talbewohner und das Mädchen weiter. Trotz Nacht kamen sie gut voran und stiegen bald von den unteren Hügeln auf den Pass. Nach und nach wurde es immer stiller. Der Wald und seine Bewohner blieben in der Dunkelheit hinter ihnen zurück, stattdessen kamen sie durch zerklüftete Felsen, deren Silhouetten sich starr vom Himmel abhoben. Abgesehen vom Knirschen ihrer Schuhe auf dem Geröll und ihrem atemlosen Schnaufen war die Welt ruhig und wie verlassen.

Die Zeit verging, und es konnte nicht mehr lange bis Mitternacht sein. Sie waren bereits ein gutes Stück auf den Pass hinaufgelangt und näherten sich dem höchsten Punkt, von wo aus der Pfad wieder abwärts ins nächste Tal führen würde. Das Licht vor ihnen wirkte heller als das Licht hinter ihnen, was sich weder der Talbewohner noch das Mädchen erklären konnten, und sie wechselten mehrmals fragende Blicke. Erst als sie oben in den Berggipfeln die Passhöhe erreichten und der Weg einen breiten Korridor durch den Fels bildete, erkannten sie, dass sie nicht das Licht des Mondes sahen, sondern den Widerschein von Wachfeuern, die geradewegs vor ihnen brannten.

Überrascht sahen sie sich an. Warum brannten hier Wachfeuer? Und wer hatte sie angezündet?

Sie gingen vorsichtig weiter, hielten sich im Schatten auf der dunklen Seite des Passes und blieben häufig stehen, um zu lauschen, was sie erwartete. Dennoch hätten sie die Wachen beinahe übersehen, die mehrere hundert Meter weiter vor ihnen auf einem Hügel so postiert waren, dass sie einen guten Blick auf jedermann hatten, der vorbeiwollte. Die Wachen waren Soldaten und trugen Föderationsuniformen. Par und Damson verschmolzen sofort mit den Schatten und blieben außer Sicht.

»Was machen die hier?«, flüsterte das Mädchen Par ins Ohr.

Der Talbewohner schüttelte den Kopf. Für ihn war kein Grund ersichtlich, warum sie hier waren. Die Geächteten waren weit weg vom Kennon. Das Feuerrotland lag weit im Osten. Jenseits lag nur das Tal, und in dem Tal war nichts gewesen, seit …

Er riss erschrocken die Augen auf …

Seit Paranor verschwunden war.

Er holte tief Luft, hielt den Atem an und dachte an Allanons Aufgabe für Walker Boh. War es möglich, dass Walker Boh es geschafft hatte …?

Er beendete den Gedanken nicht. Er erlaubte es sich nicht. Er sollte keine übereilten Schlüsse ziehen, denn die Anwesenheit der Soldaten auf dem Pass konnte vielerlei Gründe haben.

Dennoch flüsterte eine Stimme in seinem Inneren, dass er recht hatte. Die Soldaten waren hier, weil Paranor wieder da war.

Er beugte sich hastig zu Damson hinab. Sie sah ihn überrascht an, als sie die Erregung in seinen Augen bemerkte. »Damson. Wir müssen an diesen Wachen vorbei. Oder zumindest …«

Seine Gedanken rasten. »Zumindest müssen wir weit genug zwischen die Felsen gelangen, damit wir sehen können, was dahinter ist, was sich dort unten in dem Tal befindet. Schaffen wir das? Gibt es einen Weg? Einen anderen Weg?«

Er sprach so schnell, dass sich seine Worte überschlugen. Walker Boh, dachte er. Der Dunkle Onkel. Er hatte Walker fast vergessen, hatte ihn fast aufgegeben, seit sie sich am Hadeshorn getrennt hatten. Aber Walker war unberechenbar. Und Allanon hatte an ihn geglaubt, jedenfalls genug, um zu beschließen, dass er Paranor suchen sollte.

Bei den Schatten! Sein Herz schlug so schnell, dass es in seiner Brust umherzuspringen schien. Was wäre wenn …?

Damsons Hand auf seinem Arm erschreckte ihn. »Komm mit.«

Sie gingen den Weg wieder zurück bis zu einem Einschnitt, von dem aus ein schmaler Pfad aufwärtsführte. Langsam stiegen sie hinauf. Der Pfad wand sich hin und her, bildete Serpentinen und wurde manchmal so steil, dass sie auf Händen und Knien weiterkrabbeln und sich an Felsen und Sträuchern aufwärtshangeln mussten. Die Minuten verstrichen, und sie kraxelten weiter, schwitzten heftig, atmeten durch den Mund und bekamen Schmerzen in den Muskeln. Par fragte nicht, wohin es ging. Diese Berge waren jahrelang die Festung der Geächteten gewesen. Niemand kannte sie besser. Damson wusste sicherlich, was sie tat.

Schließlich wurde der Pfad wieder flacher und führte auf den Widerschein der Wachfeuer zu. Sie befanden sich weit oberhalb des Passes. Der Wind wehte hier frostig und scharf und übertönte die meisten Geräusche. Sie gingen geduckt weiter, als die Felsen auf beiden Seiten des Weges eine schmale Steilwand freigaben. Der Wind schlug heftig dagegen, und das Licht der Feuer breitete sich vor dem Nachthimmel aus wie ein herbstlicher Sonnenuntergang im Nebel.

Der Pfad endete an einer Kante, wo der Berg Hunderte von Fuß steil abfiel. Auf halber Höhe unter ihnen lag der nördliche Eingang zum Kennonpass. Dort brannten Dutzende von Feuern im Schutz der Felsen. Schlafende Gestalten lagen überall, und ihre Pferde waren an einer Pfahlreihe angepflockt. Zahlreiche Wachen patrouillierten um das Lager. Die Föderation hatte den Pass vollständig blockiert.

Mit ein wenig Angst davor, was er finden würde – oder nicht finden würde –, hob Par seinen Blick über das Föderationslager hinweg ins Tal dahinter. Einen Moment lang konnte er nichts erkennen, denn er war von den Feuern unten noch geblendet, und die Dunkelheit, in die er starrte, verbarg wie ein schwankender Vorhang den gesamten Horizont. Er wartete darauf, dass sich seine Augen an die Dunkelheit gewöhnten, und hielt den Blick derweil auf das Tal gerichtet. Langsam nahm es Gestalt an. Im sanften Licht des Mondes und der Sterne hoben sich die Silhouetten von Bergen und Wäldern vom Horizont ab. Seen und Flüsse schimmerten als undeutliche Silberfäden, und das trübe, tiefe Grau der nächtlichen Wiesen und grasbewachsenen Hügel bildete ein Mosaik aus Licht und Schatten.

»Par!«, flüsterte Damson plötzlich, und ihre Finger schlossen sich fester um seinen Arm. Sie lehnte sich aufgeregt bei ihm an und wies mit dem Finger hastig ins Tal.

Und da war Paranor.

Sie hatte es zuerst gesehen – weit draußen im Tal, in Mondlicht gebadet stand es dort auf einem großen Hügel. Par hielt den Atem an und beugte sich vor. Er beugte sich so weit, wie er konnte, über den Rand des Hanges hinaus, um sich zu vergewissern, dass er sich nicht täuschte, dass er sich nicht irrte …

Nein. Es gab keinen Zweifel. Es war tatsächlich die Druidenfestung, zurückgekehrt aus der Zeit und aus der Geschichte, zurückgekehrt aus Träumen davon, was einst in der Welt der Menschen bestanden haben mochte. Par konnte es noch immer nicht glauben. Kein Lebender hatte Paranor jemals gesehen. Par selbst hatte nur darüber gesungen, hatte sich aus den Geschichten, die er gehört hatte, eine Vorstellung gebastelt, aus den Geschichten vieler Generationen von Ohmsfords, die längst tot waren. Die Festung war all diese Jahre nicht da gewesen, so lange, dass sie für die meisten zur Legende wurde, und plötzlich war Paranor wieder in der Vier Ländern – hier, so real wie das Leben. Mit Mauern und Wallanlagen, Türmen und Brustwehren, die sich mitten in dem Ring aus schützenden Wäldern wie ein Phönix aus der Erde erhoben.

Paranor. Irgendwie hatte Walker Boh einen Weg gefunden, es zurückzuholen.

Par grinste von einem Ohr zum anderen, während er nach Damson griff und sie umarmte, bis er fürchten musste, sie könnte zerbrechen. Sie hielt ihn ebenso fest und lachte dabei leise. Dann lösten sie sich voneinander, schauten ein letztes Mal hinab zur dunklen Festung und schlichen dann an der Steilwand entlang in den Schutz der Felsen zurück.

»Hast du es gesehen?«, rief Par, als sie wieder in Sicherheit waren. Er umarmte sie erneut. »Walker hat es geschafft! Er hat Paranor zurückgeholt! Damson, es passiert alles wirklich! Die Aufgaben, die Allanon uns gegeben hat, können erfüllt werden! Wenn ich wirklich das Schwert von Shannara besitze und wenn Wren die Elfen gefunden hat …!« Er hielt inne. »Ich frage mich, wie es wohl Wren ergangen ist? Wenn ich nur ein wenig mehr wüsste, verflixt! Und wo ist Walker? Glaubst du, er ist dort unten in der Festung? Hat die Föderation deshalb den Pass gesperrt – um ihn dort festzusetzen?« Seine Hände tanzten erregt über ihren Rücken. »Und was ist mit den Druiden? Was glaubst du, Damson? Hat er sie gefunden?«

Sie schüttelte den Kopf und grinste ihn an. »Das werden wir vorerst nicht erfahren, fürchte ich. Wir sitzen auf der falschen Seite des Passes fest.« Ihr Lächeln verblasste, und sie löste sich sanft aus seinen Armen. »An den Soldaten kommen wir nicht vorbei, Par. Es sei denn, du willst deine Magie gebrauchen, um uns zu verbergen. Was meinst du? Würdest du das tun? Könntest du es tun?«

Kälte breitete sich in seiner Magengrube aus. Das Wünschlied wieder. Davor gab es kein Entkommen. Er spürte, wie sich seine Magie in Erwartung der Möglichkeit regte, dass sie vielleicht erneut gebraucht würde, dass sie vielleicht erneut freigelassen werden würde …

Damson bemerkte die Veränderung in seinem Gesicht und zog ihn schnell hoch. »Nein, du wirst die Magie nicht gebrauchen. Nicht wenn du es nicht musst, und du musst es nicht. Wir können einen anderen Weg einschlagen – östlich an den Bergen vorbei und dann nach Norden über den Rabb. Das dauert vielleicht etwas länger, ist aber genauso sicher.«

Er nickte und verspürte Erleichterung. Ihr Gefühl hatte sie nicht getrogen. Er hatte Angst, die Magie zu benutzen. Er traute ihr nicht mehr. »Gut«, stimmte er zu und zwang sich zu einem Lächeln. »So machen wir es.«

»Dann los.« Sie zog an seiner Hand. »Gehen wir den Weg zurück, auf dem wir gekommen sind. Wir können einige Stunden schlafen und dann weiterziehen.« Sie lächelte strahlend. »Denke immer daran, Par. An Paranor!«

Sie gingen den kleinen Pfad entlang zurück, gelangten zwischen den Felsen auf den Hauptweg und machten sich nach Süden auf. Sie beeilten sich, denn die Aufregung wegen ihrer Entdeckung schwang in ihnen nach. Sie wollten diese Nachricht möglichst bald anderen überbringen. Aber nachdem der erste Ansturm der Euphorie abgeklungen war, bekam Par Bedenken. Vielleicht war es verfrüht, die Rückkehr Paranors zu preisen. Allanons Schatten hatte niemals erklärt, was überhaupt damit erreicht sein würde, wenn seine Aufgaben ausgeführt wären. Paranor war wieder da, aber welchen Unterschied machte das? Waren auch die Druiden zurück? Und wenn, würden sie bei dem Kampf gegen die Schattenwesen wirklich helfen?

Oder würden sie sich, wie Rimmer Dall zu bedenken gegeben hatte, als die wahren Feinde der Rassen erweisen?

Während sie auf den dunklen Ring der Wälder unter ihnen zueilten, verdüsterte sich Pars Stimmung beständig. Walker hatte Allanons Motive mit Argwohn betrachtet. Er hatte zuerst vor den Druiden gewarnt. Was war geschehen, dass er seine Meinung geändert hatte? Warum hatte er zugestimmt, Paranor zurückzuholen? Par hätte sich zu gern mit ihm unterhalten, und sei es nur einen Moment lang. Eigentlich hätte er gern mit fast jedem der ursprünglichen Gemeinschaft gesprochen, die mit ihm zum Hadeshorn aufgebrochen war. Er hatte es satt, sich in dieser Angelegenheit einsam und verlassen zu fühlen. Er war die Fragen leid, die keine Antworten bekamen.

Zwei Stunden später erreichten sie den Fuß der Drachenzähne und tauchten wieder in den Schutz der Bäume ein. Der Widerschein der Feuer war schon lange hinter den Felsen verschwunden, und die Begeisterung darüber, dass sie Paranor entdeckt hatten, hatte sich in hartnäckigen Zweifel verwandelt. Par behielt seine Gedanken für sich, aber die Blicke, die Damson ihm immer wieder zuwarf, zeigten, dass sie sein Schweigen richtig deutete. Es schien Par, dass sie sich inzwischen so nah waren und sich so genau kannten, dass zwischen ihnen keine Worte nötig waren. Damson konnte seine Gedanken lesen. Sie wusste, was er dachte. Er konnte es in ihren Augen sehen.

Als sie den Wald betraten, übernahm sie wieder die Führung, ging gen Osten am Fuß der Berge entlang voraus, führte sie über schwierigen Untergrund zu einer Stelle, wo die Bäume weiter auseinanderstanden und man auf grasbewachsenen Lichtungen zwischen kleinen Bächen ein Lager errichten konnte.

Die Nacht war von leisen Geräuschen erfüllt, zarten Lauten der Zufriedenheit, die durch keinen Eindringling gestört wurde. Der Wind hatte sich gelegt, und in der Luft war der Atem sichtbar. Der Mond war hinter dem Horizont verschwunden, und nur das Sternenlicht wies ihnen noch den Weg.

Sie gingen nicht mehr weit, noch etwa anderthalb Kilometer, bevor sich Damson auf einer Lichtung neben einer kleinen Quelle niederließ. Für einige Stunden würde das ihr Ruheplatz sein, meinte sie. Sie müssten vor Tagesanbruch erneut aufbrechen. Sie wickelten sich in Decken, die der Maulwurf ihnen aus einem seiner unterirdischen Lager mitgegeben hatte, legten sich nah beieinander in die Dunkelheit und schauten in die Bäume hinauf. Par barg das Schwert von Shannara in einer Armbeuge, sodass es der Länge nach an seinem Körper anlag, und fragte sich erneut, welchem Zweck sein Talisman wohl diente und wie er dies jemals herausfinden sollte.

Und er fragte sich wieder einmal, ganz tief im Herzen, ob es wirklich das war, wofür er es hielt.

»Ich denke, alles ist gut«, flüsterte Damson, unmittelbar bevor er einschlief. »Ich glaube, du musst dir keine Sorgen machen.«

Er verstand nicht genau, was sie meinte, und obwohl er versucht war, es zu tun, fragte er sie nicht.

Als er erwachte, war es noch dunkel. Der Sonnenaufgang war als schwacher Silberschimmer durch die Baumwipfel kaum sichtbar. Die Stille hatte ihn geweckt, die plötzliche Abwesenheit aller Geräusche – die Vögel und Insekten waren verstummt, die Tiere waren wie zu Eis erstarrt, und die Welt unmittelbar um ihn herum wirkte leer und tot. Er setzte sich abrupt auf, als erwachte er aus einem bösen Traum. Aber es war die Stille, die seinen Schlummer unterbrochen hatte, und ihm kam der Gedanke, dass kein Traum jemals solche Angst auslösen konnte.

Schatten verhüllten die Lichtung. Dunkelheit hing in der Luft wie Rauch, und ein schwacher Hauch von Nebel war durch die Bäume zu sehen. Pars Hände lagen auf dem Schwert von Shannara. Er hielt das Heft umklammert, als wollte er seine Angst abwehren. Hastig schaute er sich um, sah nichts, schaute sich weiterhin wachsam um und stand dann auf. Damson war ebenfalls wach. Sie erhob sich mit verschlafenem Blick aus ihrer Decke und unterdrückte ein Gähnen.

Still wie der Tod, dachte Par. Er blickte sich ängstlich um.

Was stimmte nicht? Warum war es so still?

Dann regte sich in den tiefsten Schatten der Lichtung etwas, eine für das bloße Auge kaum wahrnehmbare Verschiebung in der Dunkelheit, die Art Bewegung, die entsteht, wenn Wolken über die Vorderseite des Mondes ziehen. Nur dass keine Wolken und kein Mond da waren, nur der Nachthimmel und die schwindenden Sterne.

Damson setzte sich neben ihm auf. »Par?«, flüsterte sie fragend.

Er wandte den Blick nicht von der Bewegung ab. Diese begann Gestalt anzunehmen, die Schatten verschmolzen allmählich zu Umrissen von dem, was Momente zuvor nichts als Nacht gewesen war.

Eine Gestalt erschien, verkrümmt und geduckt, ganz schwarz und gesichtslos unter dem Mantel und der Kapuze, die sie einhüllten.

Par erstarrte. Da war etwas Vertrautes an diesem Eindringling, etwas, das er fast benennen konnte. Es war die Art, wie er sich bewegte, wie er atmete. Aber wie konnte das sein?

Die Gestalt kam näher. Sie ging nicht, wie ein Mensch oder ein Tier gehen würde, sondern bewegte sich wie etwas, was weder eins von beiden und doch auch gleichzeitig beides war. Sie bahnte sich geduckt ihren Weg aus der tiefen Dunkelheit heraus und kam auf sie zu. Das Geräusch ihres Atems wurde plötzlich hörbar, ein kratzendes Husten, ein Zischen. In schwarzem Umhang und mit Kapuze stand sie in dem seidigen Schutz der Nacht verborgen da, bis sie ganz plötzlich den Kopf hob und das Licht den schwachen Schimmer ihrer roten Augen auffing.

Par spürte, wie sich Damsons Finger um seinen Arm schlossen.

Es war ein Schattenwesen.

Eine qualvolle Einsicht überkam den Talbewohner, als er seinen Feind erkannte. Er musste nach allem erneut kämpfen. Er musste das Wünschlied anrufen. Es war kein Ende abzusehen, dachte er betrübt. Wo auch immer er hinging, sie fanden ihn. Jedes Mal, wenn er geglaubt hatte, er habe die Magie das letzte Mal gebraucht, wurde er irgendwann gezwungen, sie noch einmal einzusetzen. Und noch einmal danach. Immer wieder.

Das Schattenwesen trat weiter vor. Es war nur ein Haufen aus schwarzem Stoff und sich dahinschleppenden Gliedern. Das Wesen schien sich kaum fortbewegen zu können, und es klammerte sich an seinen Umhang, als wäre es ihm unerträglich, ihn loszulassen. Der Mantel war ebenfalls ein seltsames Ding – glänzend schwarz und so sauber wie neuer Stoff. Trotz der abgerissenen, verdreckten Erscheinung des Wesens, das ihn trug. Par spürte, wie die Magie des Wünschlieds in ihm aufbegehrte und sich ungebeten von selbst erhob. Er war wie der Glutkern eines Feuers, der nicht zu ersticken war. Er ließ sie kommen, wohl um die Nutzlosigkeit wissend, sie aufhalten zu wollen, wohl erkennend, dass er keine andere Wahl hatte. Er versuchte nicht einmal, nach einem Ausweg zu forschen. Fortzulaufen war nach alledem sinnlos. Das Schattenwesen würde sie aufspüren. Es würde immer wieder kommen, bis es endgültig aufgehalten würde.

Bis Par es töten würde.

Bei diesen Worten zuckte er zusammen und dachte: *Nicht*

schon wieder. Er sah das Gesicht des Soldaten in dem Wachturm vor sich, sah all ihre Gesichter, all die Toten in all diesen Kämpfen …

Das Wesen blieb stehen. In seinem Umhang schüttelte es heftig den Kopf, als wäre es von Dämonen besessen, die niemand anders sehen konnte. Es gab ein Geräusch von sich, das auch ein Weinen sein konnte.

Dann hob sich sein Gesicht ins Licht, und Par Ohmsford spürte, wie er den Boden unter den Füßen verlor.

Es war Coll.

Entstellt, verzerrt, verletzt und schmutzig, aber es war eindeutig das Gesicht von Coll.

Einen Moment lang glaubte er, dem Wahnsinn zu verfallen. Er hörte Damsons ungläubiges Keuchen, spürte, wie er unfreiwillig einen Schritt zurückwich, und beobachtete, wie sich die Lippen seines Bruders in dem verzerrten Versuch, Worte hervorzubringen, teilten.

»Par?«, hörte er.

Er stieß einen leisen verzweifelten Schrei aus, brach sofort ab und zwang sich selbst mit äußerster Anstrengung zur Ruhe. Nein. Nein, das war schon einmal versucht worden. Und misslungen. Dies war nicht Coll. Dies war nur ein Schattenwesen, das vorgab, sein Bruder zu sein, ein Trick, um ihn zu täuschen …

Warum?

Er suchte nach einer Antwort. Um ihn in den Wahnsinn zu treiben. Natürlich. Um ihn zu dem zu machen … um ihn zu zwingen, zu …

Er biss die Zähne zusammen. Coll war tot! Er hatte ihn sterben sehen, vernichtet im Feuer der Magie des Wünschlieds – Coll! Er war doch einer von ihnen geworden, ein Schattenwesen wie dieses …

Tief in sich hörte er ein Flüstern, eine Warnung, die keine

erkennbare Gestalt annahm, Worte, die ihn zur Vorsicht mahnten, ohne dass er ihre Bedeutung verstand. *Vorsicht, Talbewohner! Pass auf!*

Seine Hände umklammerten das Schwert von Shannara. Ohne nachzudenken, noch immer in Entsetzen verloren, hob er die Klinge und die Scheide vor sich wie einen Schild.

Sofort war das Schattenwesen über ihm. Es überwand die Entfernung zwischen ihnen im Handumdrehen und bewegte sich weitaus schneller, als es für einen so verkrüppelten Körper hätte möglich sein sollen. Es sprang ihn an, stieß einen wütenden Schrei aus, und Colls Gesicht befand sich plötzlich groß und Furcht einflößend vor ihm, unmittelbar vor seinem eigenen. Er konnte den üblen Geruch wahrnehmen. Verkrümmte Hände schlossen sich um den Griff des Schwertes von Shannara und versuchten, es fortzuziehen. In einem Gewirr von Armen und Beinen gingen der Talbewohner und das Schattenwesen zu Boden. Par hörte Damson aufschreien, und dann rollte er von ihr fort und kämpfte um den Besitz des Schwertes. Seine Hände klammerten sich verzweifelt um das Heft und versuchten vergeblich, die Oberhand zu gewinnen und die Klinge freizubekommen. Er befand sich seinem Gegner während des Kampfes von Angesicht zu Angesicht gegenüber. Er konnte in die tiefen Augen seines Bruders sehen …

Nein. Nein, es war nicht möglich!

Sie taumelten in die Bäume, in peitschende Gräser, die ihnen Hände und Gesichter zerschnitten. Die Scheide gab das Schwert frei, und jetzt war nur noch das rasiermesserscharfe Metall der Klinge zwischen ihnen und wurde beim Ringen vor- und zurückgerissen wie ein tödliches Pendel. Par verfing sich in den Falten des seltsamen glänzenden Umhangs. Der Stoff fühlte sich auf seiner Haut abstoßend an wie die Berührung von einem Lebewesen. Wild um sich schlagend stieß er den Stoff von sich. Er trat zu, und das Schattenwesen grunzte, als Pars Knie in seinen Körper stieß. Aber es wollte nicht loslassen und ließ die Hände mit tödlichem Griff um die Klinge geklammert. Par war zornig. Das Schattenwesen schien keine andere Absicht zu haben, als sich an dieses Schwert zu klammern. Sein Blick war auf die Klinge fixiert, und sein Gesicht war schlaff und leer. Par packte fester zu und geriet mit den Fingern seines Gegners in Berührung. Er spürte raue, schwitzende Haut. Ihre Finger verflochten sich ineinander, während jeder von ihnen versuchte, den Griff des anderen zu lösen. Dabei wanden sich ihre Körper hin und her.

Par keuchte. Ein prickelndes Gefühl bemächtigte sich seiner Finger und breitete sich in seinen Armen aus. Er schreckte überrascht zurück – und spürte, wie das Schattenwesen ebenfalls zurückschreckte. Ein Glühen durchdrang ihn, eine seltsame Hitze, die von seinen Handflächen ausströmte.

Sein Blick fiel auf das Schwert von Shannara.

Die Klinge hatte sich verändert und strahlte ein schwaches blaues Glühen aus.

Par riss die Augen auf. Was ging hier vor? Schatten! War es die Magie? Die Magie des Schwertes von …

Der Talisman flackerte heftig, und das blaue Licht verwandelte sich in weiße Glut, die so heiß brannte wie die Mittagssonne. In ihrem grellen Strahlen wandelte sich das Gesicht des Schattenwesens, und alle Schlaffheit verschwand, während die Gesichtszüge vor Schreck Form bekamen. Par zog wild an der Klinge, aber das Schattenwesen hielt sie noch immer fest.

Aus scheinbar sehr weiter Entfernung hörte er Damson seinen Namen rufen.

Dann durchdrang ihn das Licht des Schwertes, das weiße Feuer loderte kühl, aber beharrlich wie Blut durch die Glieder seines Körpers und ergriff Besitz von ihm. Das Licht hüllte ihn ein und zog ihn dann fort, aus sich selbst heraus in die Klinge und dann in den Körper des Schattenwesens. Er kämpfte dagegen an, wollte sich nicht entführen lassen, stellte aber fest, dass er machtlos war. Er drang in die Gestalt in dem dunklen Umhang ein und spürte, wie der andere erschauerte. Par wollte schreien, aber er konnte es nicht. Er versuchte freizukommen, aber er scheiterte. Zornig und verzweifelt zugleich war er in dem Schattenwesen gefangen. Es war überall um ihn herum, war vor ihm, die Augen und den Mund ungläubig geöffnet, die Gesichtszüge verzerrten sich …

… zu jemandem …

Coll! Oh, es ist Coll!

Vielleicht hatte er die Worte geflüstert. Vielleicht hatte er sie laut herausgeschrien. Er wusste es nicht. In der dunklen Mitte der Seele seines Gegners fielen die Lügen durch die Macht des Schwertes von Shannara ab und wurden zu Wahrheit. Das war kein Schattenwesen, das er bekämpfte, kein dunkler Dämon mit dem Gesicht seines Bruders, sondern tatsächlich sein Bruder selbst. Coll, zurückgekehrt von den Toten, zurückgekehrt ins Leben, so real wie der Talisman, den sie beide umklammert hielten. Par sah, dass der andere dieselbe Erkenntnis hatte wie er, und erschauerte, und er erkannte im nächsten Moment, dass es die Erkenntnis dessen war, zu was er geworden war. Er sah die Tränen seines Bruders, hörte sein verzweifeltes Klagen und sah, wie er sich zusammenkrümmte, als wäre er vergiftet worden. Der Geist seines Bruders verschloss sich. Er war von der Erkenntnis über sich selbst zu niedergeschmettert, als dass er noch etwas anderes wahrnehmen konnte. Doch Par sah auch alles Übrige, alles, was sein Bruder nicht sehen konnte. Er sah die Wahrheit über den Umhang, den Coll trug, jenen Gegenstand, der das Spiegeltuch genannt wurde. Von Schattenwesen erschaffen war er von seinem Bruder gestohlen worden, damit er seiner Gefangenschaft in der Südwacht entkommen konnte. Er sah Rimmer Dall unheilvoll lächeln und aus einem Strudel von Bildern über ihnen beiden aufragen. Aber das

Schrecklichste war der Wahnsinn, der seinen Bruder gefangen hielt, der ihn auf die Suche nach Par getrieben hatte, auf die Suche nach dem spürbaren Grund für seinen Schmerz. Und er sah auch Colls Entschlossenheit, beidem ein Ende zu setzen …

Dann schlug Coll unkontrolliert um sich und riss sich los. Als sich seine Hände vom Heft des Schwertes von Shannara lösten, verschwanden die Bilder sofort, und das weiße Feuer erstarb. Par stolperte rückwärts, und sein Kopf schlug mit voller Wucht auf den Fuß eines Baumes. Durch einen wirbelnden düsteren Dunst beobachtete er, wie sich sein Bruder, von Schattenwesen vereinnahmt, noch immer in den verhassten Umhang gehüllt, wie ein Geist der Unterwelt erhob. Einen Moment lang kauerte er da, die Hände an seinen von der Kapuze verhüllten Kopf gepresst, als wollte er die noch immer darin verschlossenen Bilder zerschmettern. Er schrie gegen seinen Wahnsinn an, und im nächsten Moment war er fort, in die Bäume geflohen. Er schrie, während er lief, bis die Schreie nur noch ein Echo in dem entsetzten Geist seines Bruders waren.

Und dann war Damson da, half Par auf und hielt ihn fest, bis sie sicher war, dass er allein stehen konnte. Ihre Augen drückten Bemühen und Angst aus, und er nahm wahr, wie sie ihren Körper schützend vor ihn brachte. Das Morgenlicht sprenkelte ihre Gesichter mit sanften Strahlen, während sie sich aneinanderklammerten. Zusammen schauten sie in die Dunkelheit des Waldes, als könnten sie dort noch einen letzten Blick auf das Wesen erhaschen, das vor ihnen floh.

»Es war Coll.« Par hauchte die Worte, als seien sie ein Fluch. »Damson, es war Coll!«

Sie starrte ihn ungläubig an und wagte nichts zu erwidern.

»Und dies!« Er hob das Schwert von Shannara, das er noch immer mit seinen zerkratzten, wunden Händen umklammerte. »Dies ist das Schwert!«

»Ich weiß«, flüsterte sie, denn sie war sich dieser zweiten Behauptung weitaus sicherer. »Ich habe es gesehen.«

Er schüttelte verwirrt den Kopf und versuchte noch immer zu verstehen. »Ich weiß nicht, was geschehen ist. Etwas hat die Magie ausgelöst. Ich weiß nicht, was es war. Aber es war da, in dem Schwert verborgen.« Er wirbelte herum, sah sie an. »Ich konnte es nicht allein hervorbringen, aber als wir beide während des Kampfes die Klinge berührten ...« Er packte ihren Arm. »Ich habe ihn gesehen, Damson – so deutlich, wie ich dich sehe. Es war Coll.«

Damson versteifte sich. »Par, Coll ist tot.«

»Nein.« Der Talbewohner schüttelte nachdrücklich den Kopf. »Nein, er ist nicht tot. Ich sollte das nur denken. Aber es war nicht Coll, den ich in der Grube getötet habe. Es war jemand oder etwas anderes. Das« – er deutete auf die Bäume – »war Coll. Das Schwert hat es mir gezeigt, Damson. Das Schwert hat mir die Wahrheit gezeigt. Coll war in der Südwacht gefangen und ist entkommen. Aber er ist durch diesen schwarzen Umhang, den er trägt, verwandelt worden. Darin befindet sich eine Art feindselige Magie, die jeden zerstört, der ihn trägt. Es ist Coll, aber er verwandelt sich in ein Schattenwesen!«

»Par, ich habe sein Gesicht auch gesehen. Und es sah ein wenig wie Coll aus, aber nicht so sehr, dass ...«

»Du hast nicht alles gesehen«, unterbrach er sie. »Ich aber wohl, weil ich das Schwert gehalten habe, und das Schwert von Shannara enthüllt die Wahrheit! Erinnerst du dich an die Legenden?« Er war so erregt, dass er schrie. »Damson, dies ist das Schwert von Shannara! Es ist es! Und das war Coll!«

»Bestimmt. Ja.« Sie nickte rasch und versuchte, ihn zu beruhigen. »Es war Coll. Aber warum hat er uns verfolgt? Warum hat er dich angegriffen? Was hat er vorgehabt?«

Par presste die Lippen zusammen. »Ich weiß es nicht. Ich

hatte nicht genug Zeit, es herauszufinden. Und Coll weiß auch nicht, was vorgeht. Ich konnte einen Moment lang sehen, was er dachte – als wäre ich in seinem Kopf gewesen. Er hat erkannt, was ihm angetan wurde, aber er wusste nicht, wie er sich dagegen wehren kann. Darum ist er davongelaufen, Damson. Er war entsetzt über das, was aus ihm geworden war.«

Sie sah ihn an. »Hat er erkannt, wer du bist?«

»Ich weiß es nicht.«

»Oder wie er sich selbst helfen kann? Weiß er, dass er den Umhang ablegen muss?«

Par atmete tief durch. »Das glaube ich nicht. Ich bin nicht einmal sicher, dass er es kann.« Sein Gesicht zeigte Betroffenheit. »Er wirkte so verloren, Damson.«

Sie legte die Arme um ihn, und er hielt sich an Damson fest, als wäre sie ein Felsen, ohne den ihn das Meer seiner Unsicherheit fortschwemmen würde. Der Sonnenaufgang erhellte den Himmel im Osten. Vögel erwachten mit freudigen Rufen, und ein dünner Film von Feuchtigkeit glitzerte auf dem Gras.

»Ich muss ihm nachgehen«, sagte Par an ihrer Schulter, obwohl er spürte, wie sie sich bei diesen Worten versteifte. »Ich muss versuchen, ihm zu helfen.« Er schüttelte verzweifelt den Kopf. »Ich weiß, damit werde ich mein Versprechen, Padishar zurückzuholen, brechen. Aber Coll ist mein Bruder.«

Sie änderte ihre Haltung, um in sein Gesicht zu sehen. Ihr Blick suchte den seinen und wich nicht aus. »Du hast dich bereits entschieden, nicht wahr?« Sie wirkte besorgt. »Es ist vielleicht eine Falle, meinst du nicht?«

Er lächelte verbittert. »Das weiß ich.«

Sie blinzelte aufgeregt. »Und ich kann nicht mit dir kommen.«

»Auch das weiß ich. Du musst ins Feuerrotland und Hilfe für deinen Vater holen. Das verstehe ich.«

Tränen traten ihr in die Augen. »Ich möchte dich nicht verlassen.«

»Ich dich auch nicht.«

»Bist du sicher, dass es Coll war? Absolut sicher?«

»So sehr, wie ich sicher bin, dass ich dich liebe, Damson.«

Sie legte die Arme wieder um ihn. Sie sagte nichts, aber sie barg ihr Gesicht an seiner Schulter. Er konnte sie weinen spüren. Und er spürte, wie er innerlich zerbrach. Die Begeisterung darüber, dass sie Paranor gefunden hatten, war vergangen, die Entdeckung selbst war fast vergessen. Das Gefühl des Friedens und der Zufriedenheit, das er nach der Flucht aus Tyrsis kurzzeitig erlebt hatte, war Vergangenheit.

Er machte sich erneut frei. »Ich komme zu dir zurück«, sagte er leise. »Wo auch immer du sein wirst, ich werde dich finden.«

Sie biss sich auf die Unterlippe und nickte. Dann durchsuchte sie ihre Kleidung und zog kurz darauf eine dünne flache Metallscheibe mit einem Loch darin hervor, durch das ein Lederband gezogen war. Sie löste die Scheibe von ihrem Hals, betrachtete sie einen Moment lang und sah ihn dann an.

»Das hier ist ein Skree«, sagte sie. »Es ist eine Art Magie, eine Straßenmagie. Sie wurde mir vor langer Zeit geschenkt.« Feuer brannte in dem Blick, den sie ihm zuwarf. »Es kann nur einmal benutzt werden.«

Dann nahm sie die Scheibe in beide Hände und brach sie so leicht entzwei wie einen morschen Stock. Sie gab ihm die eine Hälfte. »Nimm sie und binde sie dir um den Hals. Lege sie niemals ab. Die Hälften werden einander wiederfinden. Wenn das Metall glüht, will es uns sagen, dass wir einander nahe sind. Je heller es wird, desto näher werden wir uns sein.«

Sie drückte ihm die abgebrochene Hälfte der Scheibe in die Hände. »So werde ich dich wiederfinden, Par. Und ich werde niemals aufhören, dich zu suchen.«

Er schloss die Hand um die Scheibe. Ihm war, als hätte sich eine Grube unter ihm geöffnet und wollte ihn verschlingen. »Es tut mir leid, Damson«, flüsterte er. »Ich will das nicht tun.

Ich würde mein Versprechen halten, wenn ich es könnte. Aber Coll lebt, und ich kann nicht …«

»Nein.« Sie legte einen Finger auf seine Lippen, um ihn zum Schweigen zu bringen. »Sage nichts mehr. Ich verstehe es. Ich liebe dich.«

Er küsste sie und drückte sie an sich. Dabei prägte er sich ein, wie sie sich anfühlte, bis er sicher war, dass ihm die Erinnerung eingebrannt war. Dann ließ er sie los, holte die Schwertscheide, hob seine Decke auf, rollte sie zusammen und schlang sie sich um die Schulter.

»Ich komme zu dir zurück«, wiederholte er. »Ich verspreche es.«

Sie nickte wortlos und konnte den Blick nicht abwenden, daher wandte er sich schließlich von ihr ab und eilte durch die Bäume davon.

8

Es war bereits später Nachmittag, als Morgan Leah schließlich in Sichtweite der Grenzstadt Varfleet gelangte. Der Sommer ging langsam in den Herbst über, aber die Tage waren noch lang und träge und angefüllt von der Hitze, die mit der Sonne aufstieg und bis spät nach Einbruch der Dunkelheit anhielt. Der Hochländer stand auf einem Hügel nördlich der Stadt und schaute hinab auf das Gewirr von Gebäuden und verwinkelten Straßen und dachte, dass nichts für ihn jemals wieder so sein würde wie früher.

Mehr als zwei Wochen war es her, seit er sich von Walker Boh getrennt hatte – dem Dunklen Onkel, der Paranor suchte, mit dem Schwarzen Elfenstein als Schlüssel zu den Toren der Zeit und des Raumes, die die Druidenfestung eingeschlossen hatten. So lange war es her, seit der Hochländer gekommen war, um nach Padishar Creel und den Ohmsfordbrüdern zu suchen.

Zwei Wochen. Morgan seufzte. Er hätte Varfleet innerhalb von zwei Tagen erreicht haben müssen, sogar zu Fuß. Aber andererseits war in diesen zwei Wochen auch nichts so gewesen, wie er es erwartet hatte.

Er begann mit ironischem Grinsen darüber nachzudenken, was er während der vorangegangenen Wochen alles überstanden hatte. Nachdem er Walker verlassen hatte, war er am westlichen Rand der Rabb-Ebene an den Drachenzähnen entlang nach Süden gezogen. Er hatte den unteren Flusslauf bei Sonnenuntergang des zweiten Tages erreicht und in der Nähe gelagert, denn er hatte vorgehabt, ihn bei Sonnenaufgang zu überqueren und seine Reise am nächsten Tag fortzusetzen. In der Ebene war es heiß und staubig gewesen, und überall zeigten sich Anzeichen derselben Krankheit, die in den Vier Ländern auch anderswo zu entdecken waren, Stellen, wo alles vergiftet war. Er hatte gedacht, dass er diese umgangen hätte und vorbeigelangt wäre, ohne Schaden zu nehmen. Aber als er in der Dämmerung dieses dritten Morgens erwacht war, hatte er sich so heiß und fiebrig und benommen gefühlt, dass er kaum gehen konnte. Er hatte etwas Wasser getrunken und sich erneut hingelegt, weil er hoffte, dass die Krankheit dann schnell vergehen würde. Aber zur Mittagszeit war er kaum noch fähig gewesen, sich aufzusetzen. Er hatte sich gezwungen aufzustehen, hatte dann erkannt, wie krank er war, und gewusst, dass er sofort Hilfe finden musste. Wegen der heftigen Bauchkrämpfe hatte er sich nicht aufrichten können, und seine Kehle hatte gebrannt. Er hatte sich nicht kräftig genug gefühlt, den Fluss zu überqueren, und war stattdessen flussaufwärts in die Ebene gewandert. Er hatte Halluzinationen gehabt, als er schließlich in einem schattigen Ulmenhain auf ein Bauernhaus gestoßen war. Er war zur Tür gewankt, kaum mehr fähig, sich aufrecht zu halten oder gar zu sprechen, und war dort zusammengebrochen.

Sieben Tage lang hatte er geschlafen, war zwischendurch gerade lange genug aus der Bewusstlosigkeit erwacht, um die kleinen Portionen Essen und Wasser zu sich zu nehmen, die ihm angeboten worden waren. Wer auch immer es gewesen war, der ihn hereingebracht hatte, er hatte von ihm kein Gesicht gesehen, und die Stimmen, die er gehört hatte, waren undeutlich gewesen. Zeitweise hatte er fantasiert, um sich geschlagen und aufgeschrien, hatte noch einmal die Schrecken von Eldwist und Uhl Belk durchlebt, wieder und wieder und wieder das leidgeprüfte Gesicht Quickenings gesehen, als sie im Sterben lag, und erneut den Schmerz gespürt, den er erfahren hatte, als er hilflos dabeistehen musste. Manchmal hatte er Par und Coll Ohmsford gesehen, wie sie ihm aus großer Entfernung etwas zuriefen, und dann musste er immer wieder feststellen, dass er sie nicht erreichen konnte, sosehr er es auch versuchte. Es waren auch dunkle Wesen in seinen Träumen gewesen, gesichtslose Schatten, die ihn unerwartet und von hinten angegriffen hatten. Er hatte ihre Gegenwart gespürt, ohne Namen zu kennen, dennoch nicht gezweifelt, wer und was sie waren. Er war vor ihnen davongerannt, hatte sich vor ihnen verborgen oder verzweifelt versucht, sich gegen sie zu wehren – aber sie waren immer gerade außerhalb seiner Reichweite geblieben, hatten ihn auf Arten bedroht, die er nicht erkennen, sondern sich nur vorstellen konnte.

Sein Fieber war erst gegen Ende der ersten Woche gesunken. Als er schließlich wieder in der Lage gewesen war, die Augen zu öffnen und sich auf das junge Ehepaar zu konzentrieren, das ihn versorgt hatte, hatte er in ihren Gesichtern so offensichtliche Erleichterung gesehen, dass er erkennen musste, wie nah er daran gewesen war, überhaupt nicht wieder zu erwachen. Seine Krankheit hatte ihn ausgelaugt, und noch einige Tage lang hatte er gefüttert werden müssen. Es war ihm gelungen, für kurze Zeit wach zu bleiben und dann auch ein wenig zu sprechen. Die junge Ehefrau mit dem strohblonden Haar und den hellblauen Augen hatte sich um ihn gekümmert, während ihr Mann auf den Feldern arbeitete, und sie hatte besorgt gelächelt, als sie ihm erzählte, dass seine Träume offensichtlich schlechte Träume gewesen seien. Sie hatte ihm Suppe und Brot mit Wasser und eine kleine Ration Bier gegeben. Er hatte es erfreut angenommen und ihr wiederholt dafür gedankt, dass sie sich um ihn gekümmert hatte. Manchmal war ihr Mann erschienen, hatte neben ihr gestanden und auf ihn hinabgeschaut, offen und rotgesichtig von der Sonne, mit freundlichen

Augen und einem breiten Lächeln. Er hatte einmal erwähnt, dass sie Morgans Schwert sicher verstaut hatten, dass es nicht verloren gegangen war. Offensichtlich war auch das ein Teil der Albträume gewesen.

Am Ende der zweiten Woche hatte Morgan seine Mahlzeiten mit ihnen an ihrem Esstisch einnehmen können und war jeden Tag kräftiger geworden. Seine Erinnerungen waren jedoch geblieben – das Gefühl von Schmerz und Übelkeit, das Empfinden von Hilflosigkeit und Angst, dass die Krankheit die Tür zu der Dunkelheit war, die am Ende seines Lebens kommen würde. Die Erinnerungen waren geblieben, denn Morgan war in den vergangenen Wochen zu häufig dem Tode nahe gewesen, als dass er sie einfach hätte beiseiteschieben können. Er war geprägt von dem, was er erlebt hatte, und litt genauso sicher, als wäre er im Kampf verwundet worden, und sogar der Bauer und seine Frau hatten in seinen Augen und in seinem Gesicht sehen können, was ihm angetan worden war. Sie hatten niemals um eine Erklärung gebeten, aber sie hatten es sehen können.

Er hatte angeboten, sie für ihre Fürsorge zu bezahlen, und sie hatten es, wie nicht anders zu erwarten, abgelehnt. Als er sich nach siebzehn Tagen von ihnen verabschiedete, hatte er die Hälfte des Geldes, das ihm noch verblieben war, der Frau in die Tasche ihrer abgetragenen Schürze gleiten lassen, als sie einmal nicht hingesehen hatte. Sie hatten hinter ihm hergeschaut, wie Eltern hinter einem Kind herschauen, bis es außer Sicht ist.

Und so kam er nicht nur mit erheblicher Verspätung in Varfleet an, um die Suche nach Padishar und Par und Coll aufzunehmen, sondern auch mit einem neuerlichen Empfinden für die eigene Sterblichkeit. Morgan Leah war von Eldwist und vom Charnalgebirge herabgekommen, als er noch immer mit der Erinnerung an Quickenings Tod rang und niedergeschmettert war durch den Verlust, den er nach ihrem Dahinscheiden empfand. Vor ihrer Stärke, den Wunsch ihres Vaters auszuführen und ihr eigenes Leben zu opfern, damit das Land wiedererstehen könnte, hatte er großen Respekt. Sie war ein Elementargeist, der weitaus menschlicher geworden war, als ihr Vater angenommen hatte, und blieb trotzdem für Morgan ein Rätsel, für das er wohl niemals eine Lösung finden würde. Mit dieser Erkenntnis waren der unleugbare Stolz und die Kraft verbunden, die er bei dem Kampf gegen Uhl Belk und durch die Wiedererlangung der Magie des Schwertes von Leah gefunden hatte. Mit dem Schwert zusammen war auch er wieder heil geworden. Quickening hatte dies bewirkt. Mit dem Verlust von Quickening hatte er sich selbst gefunden, das erkannte Morgan jetzt. Der Widerspruch zwischen dem, was verloren, und dem, was gewonnen worden war, hatte in ihm gekämpft, während er mit Walker und Horner Dees südwärts gezogen war. Es war ein Konflikt, der niemals gänzlich würde beigelegt werden können, und so hatte sein Wüten auch erst, als die Krankheit ihn überwältigt hatte, dem eher grundsätzlichen Bedürfnis Raum gegeben, einen Weg zum Überleben zu finden.

Während er jetzt auf die Stadt hinabsah, zurück aus mehreren Albtraumwelten, aus dem Leben, das er in jenen Welten gelebt hatte, das aber so fern schien, dass es von jemand anderem gelebt worden sein konnte, fragte sich Morgan, ob er am Anfang eines wiederum neuen Lebens stand. Würden jene, die ihn in dem alten Leben gekannt hatten, ihn überhaupt noch wiedererkennen?

Er betrat Varfleet wie einer der vielen Reisenden, die aus dem Norden kamen, ein Südländer, verwittert und gestählt durch Fährnisse, die seine eigene Angelegenheit waren, und er wurde von den Bewohnern der Stadt, die auch ihre eigenen Probleme hatten, doch weitgehend ignoriert. Er durchquerte die ärmeren Viertel, wo Familien in ärmlichen Hütten lebten und Kinder auf den Straßen bettelten, und wurde sich wieder der Tatsache bewusst, wie wenig die verrufene Schutzherrschaft der Föderation den Bewohnern von Callahorn geholfen hatte. Er gelangte dann in die Mitte der Stadt, wo sich die Gerüche der Küchen und der Abwässer unangenehm vermischten, wo die Kaufleute ihre Waren von Karren und Ladenfronten aus mit schriller Stimme feilboten und die Händler die Bedürfnisse all jener befriedigten, die ihre Preise zahlen konnten. Föderationssoldaten patrouillierten in den Straßen. Ihre bedrohliche Gegenwart wirkte, wo auch immer sie hingingen, genauso unbehaglich wie die Leute, die zu überwachen sie die Aufgabe hatten. Wenn man ihnen die Waffen und die Uniformen abnähme, dachte der Hochländer düster, würde es sicherlich schwierig zu sagen, wer wer war.

Er fand einen Kleiderladen und verwendete den größten Teil seines verbliebenen Geldes dazu, sich Hose, Hemd, Mantel und neue Schuhe zu kaufen. Seine eigene Kleidung war so ausgefranst und verdreckt und abgetragen, dass sie nicht mehr zu flicken war, und er ließ alles in dem Laden zurück, als er ging, und nahm nur seine Waffen mit. Er fragte nach dem Weg zur Alten Pfeife, denn er war sich nicht einmal jetzt sicher, was es war, und erfuhr von dem Ladenbesitzer, dass es ein Wirtshaus sei, das er in der Stadtmitte am Drachenplatz finden werde.

Er bahnte sich seinen Weg durch die Menge und die Mittagshitze und erinnerte sich erneut der Anweisungen, die Padishar Creel ihm vor Wochen gegeben hatte. Er sollte zur Alten Pfeife gehen und einer Frau namens Matty Roh den Falkenring zeigen. Sie würde wissen, wie Padishar zu finden sei. Morgan fingerte nach dem Falkenring tief in seiner Tasche, wo er so lange sicher verstaut sein würde, bis er ihn brauchte. Er sann darüber nach, wie oft er bezweifelt hatte, dass dies einmal geschehen würde. Der raue Umriss des Falkenemblems drückte in seine Haut, als er den Ring umdrehte, und brachte die Erinnerung an den Anführer der Geächteten zurück. Er fragte sich, ob Padishar Creel in diesen letzten Wochen genauso häufig wie er gezwungen gewesen war, von den Toten zurückzukehren. Diese Möglichkeit brachte ein bitteres Lächeln auf seine Lippen.

Er fand den Drachenplatz und wandte sich der Längsseite des von Wirtshäusern, Gasthöfen und Freudenhäusern umstandenen Platzes zu. Kein sehr ansehnlicher Teil der Stadt, aber ein geschäftiger. Er rückte das Schwert von Leah über seinem Rücken zurecht, zog die Riemen fest und fühlte sich traurig und müde und gleichzeitig heiter – eine seltsame Mischung, aber dennoch eigentümlich angemessen. Krankheit und Verlust hatten ihn mitgenommen, aber dass er beides überlebt hatte, hatte seine Entschlossenheit gestärkt. Es gab nicht vieles dort draußen, was er nicht überstehen konnte. Er brauchte diese Überzeugung. Wochenlang hatte er gesehen, wie seine Freunde und Begleiter ihm entglitten, einige hatte er an das Schicksal und einige an die Machenschaften anderer verloren. Er hatte wiederholt gesehen, wie seine alten Pläne sich wandelten, hatte seinen Kurs wieder und wieder ändern müssen, um einem höheren – oder zumindest einem anderen – Zweck zu dienen. Er hatte in jedem Fall getan, was er für richtig gehalten hatte, und er hatte keinen Grund, an sich selbst zu zweifeln. Aber er war es leid, sein Leben immer wieder umstellen zu müssen. Es erinnerte ihn an einen Raum, in dem sich die Möbel jedes Mal, wenn er sich umwandte und schaute, an einem anderen Platz befanden. Er hatte den Wunsch, den Steff im Sterben geäußert hatte, gewürdigt und war nach Culhaven zurückgegangen, um Großmutter Elise und Tante Jilt zu retten. Dann hatte er sich Quickening und ihrer Reise nach Eldwist verschrieben. Jetzt war es an der Zeit, dass er tat, was er sich selbst versprochen hatte, seit er Tyrsis und der

Grube entkommen war. Es war an der Zeit, Par und Coll zu finden, ihnen allen Schutz zu geben, den er ihnen geben konnte, dafür zu sorgen, dass er bei ihnen bleiben konnte, bis …

Er zuckte im Geiste mit den Schultern. Nun, so lange, bis sie ihn nicht mehr brauchten, vermutete er – wann auch immer das sein mochte.

Und wo waren sie jetzt, fragte er sich zum sicherlich hundertsten Mal. Was war aus ihnen geworden, seit sie selbst entkommen waren?

An die beiden zu denken bereitete ihm Unbehagen. Das tat es immer. Zu viel Zeit war vergangen, seit er sie verlassen hatte. Die Gefahr durch die Schattenwesen war zu groß, als dass es gut war, dass die Talbewohner allein dort draußen blieben. Hoffentlich hatte Padishar sie inzwischen gefunden, und hoffentlich hatten sie es leichter gehabt als er.

Aber er hätte nicht gewagt, darauf zu wetten.

Er überquerte den Platz und sah die Alte Pfeife. Ein verwittertes Holzschild, auf dem über dem Namen eine Flöte und ein schäumender Krug eingeschnitzt waren, wies auf das Gasthaus hin. Es war ein Holzhaus wie alle anderen, die eng darum herumstanden, teilte je eine gemeinsame Wand mit den Gebäuden zur Rechten und zur Linken, ragte drei Stockwerke in den Himmel empor, mit Fenstern mit Vorhängen im zweiten und dritten Stockwerk, wo sich entweder die Wohnräume der Besitzer und ihrer Familien oder Gastzimmer befanden. Der Platz war voller Menschen, die von diesem Ort zu einem anderen kamen oder gingen. Es gab gar nicht wenige, die von Wirtshaus zu Wirtshaus torkelten, einige so betrunken, dass sie kaum stehen konnten. Morgan umging sie, trat beiseite, um jene, denen er begegnete, vorbeizulassen, roch den Schweiß und den Schmutz ihrer Körper und den Gestank der Straßen. Der Drachenplatz, so dachte er, war wirklich die Gosse.

Er erreichte die geöffneten Türen der Alten Pfeife, trat ein und war überrascht, als er feststellte, dass das Innere des Bierhauses einen völlig anderen Eindruck machte. Obwohl es schlicht und karg möbliert war, waren die Böden sauber geschrubbt, die hölzerne Oberfläche der Theke auf Hochglanz poliert und die Tische und Sessel und Stühle ordentlich aufgestellt. Über allem hing der Geruch von Zedernholz und Firnis. Bierfässer lagen in ihren Gestellen an der Wand hinter der Theke, und das Metallregal für Krüge war mit Glastüren versehen. Zwei schwere Schwingtüren am Ende der Theke waren geschlossen. Ein wuchtiger Steinkamin ragte an der Wand links von der Theke empor, und eine enge Treppe, die zu den oberen Stockwerken führte, nahm den größten Teil der rechten Wand ein. Auf dem Tresen selbst waren Schüsseln und Geschirrtücher gestapelt.

Aber es war etwas anderes, was Morgans Blick anzog und festhielt, etwas, was so offensichtlich fehl am Platz war, dass er ein zweites Mal hinschauen musste, um sicher zu sein, dass er sich nicht getäuscht hatte.

Bündel von Wildblumen waren in großen Vasen auf den Regalen neben den Bierfässern und auf den Ständern mit den Krügen angeordnet.

Blumen – hier, ausgerechnet hier! Er schüttelte den Kopf.

Die Schwingtüren öffneten sich, und ein Junge mit einem Besen trat hindurch. Er war groß und hager, hatte kurz geschorene schwarze Haare und feine, fast zarte Gesichtszüge: Er bewegte sich mit fließender Anmut, während er an der Theke entlangfegte, fast als tanzte er, den Besen gedankenverloren vor sich hin und her schwingend. Er pfiff leise und hatte Morgan offensichtlich noch nicht gesehen.

Morgan änderte seine Haltung gerade so weit, dass seine Anwesenheit bemerkt wurde, und der Junge schaute sofort auf.

»Wir haben geschlossen«, sagte er. Kobaltblaue Augen waren

auf den Hochländer gerichtet, ein offener, fast herausfordernder Blick begegnete ihm. »Wir öffnen bei Dämmerung.«

Morgan sah ihn an. Das Gesicht des Jungen war glatt und unbehaart, und seine Hände waren lang und dünn. Die Kleidung, die er trug, war locker und formlos und hing an ihm wie an Stöcken. Sie war um seine schmale Taille gegürtet und an den Knöcheln zusammengebunden. Er trug Schuhe anstelle von Stiefeln, tiefgeschnittene genähte Lederschuhe, die sich seinen Füßen angepasst hatten.

»Ist dies die Alte Pfeife?«, fragte Morgan, der beschlossen hatte, sich dessen vorsichtshalber zu versichern.

Der Junge nickte. »Kommt später zurück. Nehmt zuerst ein Bad.«

Morgan blinzelte. Ein Bad nehmen? »Ich suche jemanden«, sagte er und begann sich unter dem stetigen Blick unbehaglich zu fühlen.

Der Junge zuckte die Achseln. »Ich kann Euch nicht helfen. Außer mir ist niemand hier. Versucht es auf der anderen Seite der Straße.«

»Danke. Aber ich suche nicht einfach nach irgendjemandem …«, begann Morgan.

Doch der Junge wandte sich bereits ab, schwenkte den Besen wieder über den Boden und bewegte sich auf die Theke zu. »Wir haben geschlossen«, wiederholte er, als würde das die Angelegenheit klären.

Morgan begann erneut, während sich eine Spur Verwirrung in seine Stimme einschlich. »Warte einen Moment.« Er griff nach der Schulter des anderen. »Warte einen Augenblick. Sagtest du, wir seien die Einzigen …?«

Der Junge fuhr herum, als Morgan ihn berührte, der Besen wurde angehoben, und sein stumpfes Ende stieß dem Hochländer hart unter die Rippen. Morgan wankte zurück, wie betäubt, fiel dann auf ein Knie und keuchte.

Der Junge trat neben ihn und beugte sich herab. »Wir haben geschlossen, das sagte ich Euch doch. Ihr solltet besser aufpassen.« Er half Morgan hoch, überraschend kräftig für seine Hagerkeit, und führte ihn zur Tür. »Kommt später wieder, wenn wir geöffnet haben.«

Und noch bevor Morgan sichs versah, stand er wieder draußen auf der Straße, lehnte sich an die hölzerne Außenwand des Gebäudes und schlang die Arme um den Körper, als liefe er Gefahr, auseinanderzufallen – was keine unzutreffende Beschreibung dafür war, wie er sich fühlte. Er atmete mehrmals tief durch und wartete darauf, dass der Schmerz in seiner Brust nachließ.

Das ist lächerlich, dachte er verärgert. Ein Junge!

Schließlich gelang es ihm, sich aufzurichten. Er befestigte die Schulterriemen seines Schwertes, die verrutscht waren, und trat erneut durch die Türen der Alten Pfeife.

Der Junge, der jetzt hinter der Theke fegte, wirkte nicht erfreut, als er ihn sah. »Habt Ihr irgendein Problem?«, fragte er Morgan barsch.

Der Hochländer trat an den Tresen. »Ob ich ein Problem habe? Jedenfalls nicht, bis ich hier hereinkam. Glaubst du nicht, dass du mit diesem Besen ein wenig hastig umgegangen bist?«

Der Junge zuckte die Achseln. »Ich habe Euch gebeten zu gehen, und Ihr seid geblieben. Was erwartet Ihr?«

»Wie wäre es mit ein wenig Hilfe? Ich hatte dir doch gesagt, dass ich jemanden suche.«

Der Junge seufzte müde. »Jeder sucht irgendwen – besonders die Leute, die hier hereinkommen.« Seine Stimme war leise und sanft, eine seltsame Mischung. »Sie kommen, um zu trinken und sich besser zu fühlen. Sie kommen, um Gesellschaft zu finden. Gut. Aber nur, wenn wir geöffnet haben. Und wir haben nicht geöffnet. Habt Ihr das jetzt verstanden?«

Morgan spürte, dass er langsam die Geduld verlor. Er schüttelte den Kopf. »Ich werde dir sagen, was ich verstanden habe. Ich habe verstanden, dass du keine Manieren hast. Jemand sollte dir den Hintern versohlen.«

Der Junge stellte den Besen ab und legte die schlanken Hände auf die Theke. »Also, das werdet Ihr sicher nicht tun. Jetzt dreht Euch um und geht durch diese Tür wieder hinaus. Und vergesst, was ich zuvor gesagt habe. Kommt auch später nicht wieder her. Kommt überhaupt nicht wieder.«

Einen Moment lang hatte Morgan Lust, über den Tresen hinwegzugreifen, den Jungen am Genick zu packen und ihn herüberzuziehen. Aber die Erinnerung an diesen Besenstiel war noch zu frisch, als dass er sich zu voreiligem Handeln ermutigt fühlte, und außerdem schien der Junge kein bisschen Angst vor ihm zu haben.

Morgan unterdrückte seinen Ärger, kreuzte die Arme vor der Brust und blieb stehen. »Ist sonst noch jemand hier, mit dem ich sprechen kann?«, fragte er.

Der Junge schüttelte den Kopf.

»Die Wirtin vielleicht?«

Der Junge schüttelte den Kopf.

»Nein?« Morgan beschloss, es darauf ankommen zu lassen. »Ist der Name der Wirtin zufällig Matty Roh?«

Ein Flackern der Erkenntnis blitzte in den kobaltblauen Augen auf, verweilte einen Moment und war dann wieder verschwunden. »Nein.«

Morgan nickte gemächlich. »Aber du weißt, wer Matty Roh ist, nicht wahr?« Er traf damit eine Feststellung.

Der Blick des Jungen blieb fest. »Ich bin es leid, mit Euch zu sprechen.«

Morgan ignorierte ihn. »Matty Roh. Sie ist es, die ich hier finden wollte. Und ich habe einen langen Weg hinter mir. Darum brauche ich ein Bad, wie du so vorlaut erklärt hast. Ich suche Matty Roh. Nicht irgendeine Gesellschaft zum Zeitvertreib.« Seine Stimme wurde schärfer. »Matty Roh. Du kennst den Namen, du weißt, wer sie ist. Wenn du mich also loswerden willst, dann sage mir einfach, wie ich sie finden kann, und dann bin ich verschwunden.«

Er wartete, mit verschränkten Armen und fest aufgestellten Füßen. Die Miene des Jungen blieb unverändert. Er ließ Morgan nicht aus den Augen. Aber seine Hände glitten hinter dem Tresen nach unten und kamen mit einem Schwert mit dünner Klinge wieder hervor. Die Art, in der er es hielt, verriet eine gewisse Vertrautheit mit der Waffe.

»Nun, was soll das?«, fragte Morgan ruhig. »Bin ich wirklich so unwillkommen?«

Der Junge war so still wie Stein. »Wer seid Ihr? Was wollt Ihr von Matty Roh?«

Morgan schüttelte den Kopf. »Das betrifft nur sie und mich.« Dann fügte er hinzu: »So viel kann ich dir sagen: Ich bin nicht hier, um Ärger zu machen. Ich muss sie einfach sprechen.«

Der Junge betrachtete ihn eine Weile lang mit starrem Blick und völlig ruhig. Er stand hinter der Theke wie eine Statue, und Morgan hatte das unangenehme Gefühl, dass er zwischen der Möglichkeit zu fliehen und der Möglichkeit anzugreifen schwankte. Morgan beobachtete seine Augen und seine Hände nach einem Hinweis, welchen Weg der Junge einschlagen würde, aber er rührte sich überhaupt nicht. Von draußen drangen die Geräusche der Straße durch die geöffnete Tür herein und hingen laut und aufdringlich in der Stille.

»Ich bin Matty Roh«, sagte der Junge.

Morgan Leah starrte ihn an. Fast hätte er laut aufgelacht und sich darüber ausgelassen, wie lächerlich das war. Aber etwas in der Stimme des Jungen hielt ihn davon ab. Er betrachtete ihn etwas genauer – die feinen, zarten Gesichtszüge, die schlanken Hände, den hageren Körper, der unter lockerer Kleidung verborgen war, die Haltung. Er erinnerte sich daran, wie sich der Junge bewegt hatte. Nichts von alledem schien ganz zu einem Jungen zu passen. Aber zu einem Mädchen …

Er nickte bedächtig. »Matty Roh«, sagte er, und seine Überraschung war noch immer offenkundig. »Ich dachte, Ihr wärt ein … dass Ihr ein …«

Das Mädchen nickte. »Das solltet Ihr auch denken.« Ihre Hand bewegte sich nicht von dem Schwert fort. »Was wollt Ihr von mir?«

Einen Moment lang erwiderte Morgan nichts, sondern kämpfte noch immer mit der Erkenntnis, dass er ein Mädchen fälschlicherweise für einen Jungen gehalten hatte. Schlimmer noch, dass er sich von ihr dermaßen zum Narren hatte halten lassen. Aber sicherlich nutzte man alle Möglichkeiten, die einem zur Verfügung standen, wenn man an einem Ort wie dem Drachenplatz lebte. Das Mädchen war schlau. Er musste zugeben, dass ihre Täuschung gelungen war.

Er griff in die Tasche, entnahm ihr den Ring mit dem Falkenemblem und hielt ihn ihr hin. »Kennt Ihr dies?«

Sie warf einen schnellen Blick auf den Ring und packte das Schwert mit fester Hand. »Wer seid Ihr?«, fragte sie.

»Morgan Leah«, sagte er. »Wir wissen beide, wer mir den Ring gegeben hat. Er hat mir gesagt, ich solle zu Euch gehen, wenn ich ihn finden wolle.«

»Ich weiß, wer Ihr seid«, erklärte sie. Ihr Blick blieb unverändert gleichgültig und abschätzend. »Tragt Ihr noch immer das zerbrochene Schwert, Morgan Leah?«

Ein Bild von Quickening, wie sie sterbend dalag, schoss ihm durch den Kopf. »Nein«, sagte er leise. »Es ist wieder ganz.« Er verdrängte den Schmerz, den die Erinnerung gebracht hatte, und zwang sich, über die Schulter zu greifen und das Heft des Schwertes zu berühren. »Wollt Ihr es Euch ansehen?«

Sie schüttelte ablehnend den Kopf. »Entschuldigt, dass ich

so abweisend war. Aber man weiß nicht mehr, wem man vertrauen kann. Die Föderation hat ihre Spione überall – dauernd hat man mit Suchern zu tun.«

Sie nahm ihr eigenes Schwert auf und legte es wieder unter den Tresen. Einen Moment lang schien sie nicht zu wissen, was sie als Nächstes tun sollte. Dann sagte sie: »Möchtet Ihr etwas essen?«

Er bejahte, und sie führte ihn durch die Schwingtüren nach hinten in die Küche, wo sie ihn an einem kleinen Tisch Platz nehmen ließ, etwas Fleischeintopf aus einem Kessel über dem Herd in eine Schüssel schöpfte, mehrere Stücke Brot abschnitt, Bier in einen Krug goss und alles zu ihm herüberbrachte. Er aß und trank hungrig, denn er hatte seit Tagen kaum etwas gegessen. Wildblumen standen in einer Vase auf dem Tisch, und er berührte sie vorsichtig. Sie beobachtete ihn schweigend, hatte immer noch denselben ernsten Ausdruck auf dem Gesicht und betrachtete ihn mit diesem offenen, neugierigen Blick. Die Küche war überraschend kühl, da durch die geöffnete Hintertür eine Brise hereinwehte und durch den Rauchfang des Kamins abzog. Die Geräusche von der Straße waren auch hier zu hören, aber der Hochländer und das Mädchen ignorierten sie.

»Ihr habt lange gebraucht«, sagte sie, als er die Mahlzeit beendet hatte. Sie trug das Geschirr zu einem Ausguss. »Er hat Euch früher erwartet.«

»Wo ist er jetzt?«, fragte Morgan. Sie vermieden es unter großen Mühen, Padishars Namen zu erwähnen – als ob dessen Nennung Föderationsspione herbeirufen könnte.

»Was sagte er, wo er sein wollte?«, konterte sie.

Sie prüft mich noch immer, dachte Morgan. »Im Feuerrotland. Verratet mir eins: Ihr seid sehr vorsichtig mit mir. Woher soll ich wissen, dass ich Euch vertrauen kann? Woher soll ich wissen, dass Ihr wirklich Matty Roh seid?«

Sie beendete den Abwasch, stellte die Teller zum Trocknen beiseite und wandte sich zu ihm um. »Das könnt Ihr nicht mit Sicherheit wissen. Aber Ihr habt mich aufgesucht. Nicht ich Euch. Also müsst Ihr das Risiko eingehen.«

Er erhob sich. »Das klingt nicht sehr beruhigend.«

Sie zuckte die Achseln. »Das soll es auch nicht sein. Es ist nicht meine Aufgabe, Euch zu beruhigen. Es ist meine Aufgabe festzustellen, ob Ihr der seid, der zu sein Ihr behauptet.«

»Und seid Ihr jetzt sicher?«

Sie sah ihn an. »Mehr oder weniger.«

Ihr Blick war undurchdringlich. Er schüttelte den Kopf. »Wann werdet Ihr es genau wissen?«

»Bald.«

»Und was ist, wenn Ihr zu dem Schluss gelangt, dass ich lüge? Was ist, wenn Ihr zu dem Schluss gelangt, dass ich jemand anders bin?«

Sie trat vor, bis sie ihm auf der anderen Seite des Tisches gegenüberstand, bis das Blau ihrer Augen so hell funkelte, dass es alles Licht zu verschlingen schien.

»Wir wollen doch hoffen, dass Ihr die Antwort auf diese Frage nicht herausfinden müsst«, sagte sie. Sie hielt seinem Blick herausfordernd stand. »Die Alte Pfeife bleibt bis Mitternacht geöffnet. Wenn wir schließen, können wir darüber sprechen, wie es weitergeht.«

Er hätte schwören können, dass sie beinahe lächelte, als sie sich abwandte.

9

Den Rest des Tages verbrachte Morgan in der Küche bei einer alten Frau, die zum Kochen gekommen war, aber die meiste Zeit damit verbrachte, Bier aus einer Metallflasche zu trinken und Essen aus den Töpfen zu stibitzen. Die alte Frau gönnte ihm kaum einen Blick und auch dann nur lange genug, um etwas Unverständliches über seltsame Männer zu murmeln, sodass er weitgehend sich selbst überlassen war. In einem der hinteren Räume nahm er in einer alten Wanne ein Bad (weil er es wollte und nicht weil Matty Roh es vorgeschlagen hatte, sagte er sich), nachdem er genug Wasser über dem Feuer erhitzt und dampfend in Eimern hereingetragen hatte, um darin untertauchen zu können. Er streckte sich eine Weile lang in der Wanne aus, wusch sich nicht nur den Schmutz und Staub ab und blieb noch lange, nachdem das Wasser abgekühlt war, darin liegen.

Als die Alte Pfeife aufmachte, verließ er die Küche, ging in den Schankraum und sah sich um. Er stand am Tresen und beobachtete, wie Varfleets Bürger kamen und gingen. Die meisten waren gut angezogen, sowohl Männer als auch Frauen, und es wurde sofort deutlich, dass die Alte Pfeife kein Wirtshaus für Arbeitsmänner war. Mehrere Tische waren von Föderationssoldaten besetzt, einige waren auch mit ihren Ehefrauen oder Lebensgefährtinnen gekommen. Gespräche und Gelächter blieben gedämpft, und niemand benahm sich übermütig. Ein- oder zweimal warfen Soldaten der Föderationspatrouillen einen schnellen Blick in das Wirtshaus, gingen aber rasch weiter. Ein kräftiger Bursche mit lockigem dunklem Haar zapfte Bier aus den Fässern, und eine Bedienung trug Tabletts mit dem schäumenden Gebräu zu den Tischen.

Auch Matty Roh arbeitete, obwohl Morgan nicht sofort klar wurde, was ihre Aufgabe war. Manchmal fegte sie den Boden, manchmal räumte sie Tische ab, und gelegentlich ging sie einfach nur umher und rückte dieses und jenes gerade. Er beobachtete sie eine Zeitlang, bis er begriff, dass sie in Wirklichkeit die Unterhaltungen der Wirtshausgäste belauschte. Sie war immer beschäftigt und schien niemals herumzustehen oder sich länger als einen Moment an einer Stelle aufzuhalten. Ihre Anwesenheit war äußerst unauffällig, und Morgan konnte nicht sagen, ob jemand erkannte, dass sie ein Mädchen war oder nicht, aber auf jeden Fall beachtete man sie kaum.

Nach einiger Zeit trat sie mit einem Tablett voll leerer Gläser an die Theke und stellte sich zu ihm. Während sie nach einem frischen Geschirrtuch griff, sagte sie: »Ihr steht zu auffällig hier herum. Geht zurück in die Küche.« Und dann wandte sie sich wieder dem Gastraum zu.

Obwohl ihn dies verwirrte, tat er dennoch, was sie gesagt hatte.

Um Mitternacht schloss die Alte Pfeife. Morgan half beim Aufräumen, und schließlich wünschten die alte Köchin und der Bursche mit dem dunklen Haar gute Nacht und gingen durch die Hintertür hinaus. Matty Roh blies die Lampen im Gastraum aus, überprüfte die Schlösser an den Türen und kam zurück in die Küche. Morgan wartete an dem kleinen Tisch auf sie, und sie kam dazu und setzte sich ihm gegenüber.

»Was habt Ihr also heute Abend erfahren?«, fragte er, halb im Spaß. »Irgendetwas Nützliches?«

Sie sah ihn kühl an. »Ich habe beschlossen, Euch zu vertrauen«, verkündete sie.

Sein Lächeln verblasste. »Danke.«

»Denn wenn Ihr nicht der seid, der Ihr zu sein behauptet, dann seid Ihr der schlechteste Föderationsspion, den ich jemals gesehen habe.«

Er verschränkte abwehrend die Arme. »Vergesst den Dank. Ich nehme ihn zurück.«

»Es gibt ein Gerücht«, sagte sie, »dass die Föderation Padishar in Tyrsis erwischt hat.« Die kobaltblauen Augen ruhten unbewegt auf ihm. »Es hat etwas mit einem Gefängnisausbruch zu tun. Ich habe einen Föderationshauptmann darüber sprechen hören. Sie behaupten, dass sie ihn haben.«

Morgan dachte einen Moment lang darüber nach. »Padishar ist schwer zu fangen. Vielleicht ist es wirklich nur ein Gerücht.«

Sie nickte. »Vielleicht. Es ist noch gar nicht so lange her, dass sie behauptet haben, sie hätten ihn am Zeigefinger getötet, und meinten, die Bewegung sei erledigt.« Sie hielt inne. »Wir werden die Wahrheit auf jeden Fall im Feuerrotland erfahren.«

»Wir gehen hin?«, fragte Morgan schnell.

»Wir gehen hin.« Sie erhob sich. »Helft mir, ein wenig Proviant einzupacken. Ich hole uns einige Decken. Wir werden hinausschleichen, bevor es hell wird. Es ist besser, wenn uns niemand sieht.«

Er erhob sich und ging mit ihr zur Speisekammer. »Was ist mit dem Wirtshaus?«, fragte er. »Muss sich nicht jemand darum kümmern?«

»Das Wirtshaus wird geschlossen bleiben, bis ich zurückkomme.«

Er schaute von dem Laib Brot auf, den er gerade in einen Sack stecken wollte. »Ihr habt mich belogen, nicht wahr? Ihr seid die Besitzerin.«

Sie begegnete seinem Blick und hielt ihm stand. »Gebt Euch doch mal Mühe, nicht so einfältig zu sein, Hochländer. Ich habe Euch nicht belogen. Ich bin die Verwalterin, nicht die Besitzerin. Der Besitzer ist Padishar Creel.«

Nachdem sie Vorräte und Ausrüstung zum Schlafen zusammengepackt hatten, schnallten sie sich alles auf den Rücken und traten durch die Hintertür in die Nacht hinaus. Die Luft war warm und von den Gerüchen der Stadt erfüllt, und sie eilten leere Straßen und Gassen hinab und mieden alle Föderationspatrouillen. Das Mädchen war so leise wie ein Geist, eine dünne Gestalt, die durch die Schatten schwebte. Morgan stellte fest, dass sie das Schwert trug, das sie unter dem Tresen verborgen gehalten hatte. Sie hatte die schmale Klinge mit ihrer übrigen Ausrüstung auf den Rücken gebunden. Er fragte sich, ob sie wohl auch ihren Besen mitgenommen hatte. Zumindest hatte sie ihre seltsamen Schuhe zurückgelassen und durch festere Stiefel ersetzt.

Sie entfernten sich schnell von der Stadt und zogen gen Norden zum Mermidon, den sie an einer seichten Stelle überquerten, bevor sie sich ostwärts wandten. Sie folgten dem Grat der Drachenzähne, und bei Tagesanbruch zogen sie bereits wieder nördlich über den Rabb. Sie marschierten bis zum Sonnenuntergang stetig weiter und machten mittags gerade lange genug Rast, um etwas zu essen und die schlimmste Mittagshitze zu meiden. Die Ebene war staubig und trocken und bar allen Lebens, und die Reise verlief ohne Zwischenfälle. Das Mädchen sprach wenig, und Morgan beließ es dabei.

Bei Sonnenuntergang errichteten sie ihr Lager in der Nähe der Drachenzähne an einem Nebenfluss des Rabb und ließen sich in einem Eschenhain nieder, der sich die Felsen hinaufzog wie Soldaten auf dem Marsch. Sie aßen ihre Abendmahlzeit, während die Sonne hinter den Bergen verschwand, eine dunstige Mischung aus Rot und Gold über die Ebene ausbreitete und mit dem Himmel verschmolz. Als sie fertig waren, saßen sie da und beobachteten, wie sich die Dunkelheit senkte und das Wasser des Flusses im Licht des Mondes und der Sterne silbern schimmerte.

»Padishar hat mir erzählt, dass Ihr ihm das Leben gerettet habt«, sagte das Mädchen nach einiger Zeit.

Sie hatte seit dem Essen nicht mehr gesprochen. Überrascht von der Plötzlichkeit ihrer Worte, blickte Morgan zu ihr hinüber. Sie beobachtete ihn, und ihre seltsamen blauen Augen blieben unergründlich.

»Ich habe dabei auch mein eigenes gerettet«, erwiderte er, »sodass es keine vollständig selbstlose Tat war.«

Sie kreuzte ihre Arme. »Er hat gesagt, ich solle auf Euch aufpassen und gut für Euch sorgen. Und ich würde Euch erkennen, wenn ich Euch sähe.«

Ihre Miene veränderte sich nie. Morgan grinste wider Willen. »Nun, er macht Fehler wie jeder andere auch.« Er wartete auf eine Antwort, und als keine erfolgte, sagte er ein wenig überheblich: »Ihr glaubt es vielleicht nicht, aber ich kann recht gut auf mich selbst aufpassen.«

Sie wandte den Blick ab und machte es sich bequem. Ihre Augen glitzerten im Sternenlicht. »Wie ist es dort, wo Ihr herkommt?«

Er zögerte verwirrt. »Was meint Ihr?«

»Das Hochland, wie ist es da?«

Einen Moment lang glaubte er, sie wolle ihn verspotten, entschied dann aber, dass dies nicht der Fall war. Nachdem er tief Luft geholt hatte, streckte er sich aus und erinnerte sich. »Es ist die schönste Landschaft in den Vier Ländern«, sagte er und fuhr damit fort, sie in allen Einzelheiten zu beschreiben – die Hügel mit ihren Teppichen aus blauen, lavendelfarbenen und gelben Gräsern und Blumen, die Bäche, die in der Morgendämmerung eiskalt und in der Abenddämmerung blutrot werden, den Nebel, der mit dem Wechsel der Jahreszeiten kommt und geht, die Wälder und Wiesen, das Gefühl von Frieden und Zeitlosigkeit. Dem Hochland gehörte sein Herz, fast noch mehr seit seiner Abreise vor einigen Wochen. Das erinnerte ihn wieder daran, wie viel ihm die Heimat bedeutete, obwohl sie es jetzt in Wirklichkeit gar nicht mehr war, nachdem die Föderation sie besetzt hatte – obwohl sie in Wahrheit, so dachte er, dennoch noch immer mehr seine als deren Heimat bleiben würde, denn er trug das Land und seine Geschichte im Herzen, und das würde für die Föderation niemals gelten.

Das Mädchen schwieg kurz, nachdem er geendet hatte, und sagte dann: »Mir gefällt, wie Ihr Eure Heimat beschreibt. Mir gefällt auch, was Ihr für sie empfindet. Wenn ich dort leben würde, würde ich vermutlich dasselbe empfinden.«

»Ganz bestimmt«, versicherte er ihr und betrachtete das Profil ihres Gesichts, während sie abwesend über den Rabb schaute. »Aber ich denke, dass jedermann so für seine Heimat empfindet.«

»Ich nicht«, sagte sie.

Er richtete sich erneut auf. »Warum nicht?«

Sie runzelte die Stirn. Dadurch wurde die Weichheit ihrer Gesichtszüge nur geringfügig beeinträchtigt, obwohl es sie völlig anders aussehen ließ, gleichermaßen nach innen gerichtet wie gedankenverloren. »Ich vermute, weil ich keine guten Erinnerungen an meine Heimat habe. Ich wurde auf einem kleinen Hof südlich von Varfleet geboren, in einer von mehreren Familien, die dort gemeinsam ein Tal bewohnten. Dort lebte ich mit meinen Eltern und meinen Brüdern und einer Schwester. Ich war die Jüngste. Wir hielten Milchkühe und bauten Getreide an. Im Sommer waren die Felder so golden wie die Sonne. Im Herbst war die Erde, nachdem sie gepflügt worden war, schwarz wie Kohle.« Sie zuckte mit den Schultern. »Ich erinnere mich nicht an viel mehr. Aber an die Krankheit. Es scheint lange her zu sein, doch ich vermute, das ist es gar nicht. Zuerst wurde das Land krank, dann das Vieh und schließlich meine Familie. Alles begann zu sterben. Jedermann. Zuerst meine Schwester, dann meine Mutter, meine Brüder und mein

Vater. Das Gleiche geschah mit den Leuten auf den anderen Höfen. Es geschah ganz plötzlich. Innerhalb weniger Monate waren alle tot. Eine der Frauen von einem anderen Hof fand mich und nahm mich mit nach Varfleet. Ich habe bei ihr gelebt. Wir waren die Letzten. Ich war sechs Jahre alt.«

Sie erzählte es, als sei es nichts Außergewöhnliches. Ihre Stimme verriet keinerlei Gefühl. Sie beendete ihren Bericht und sah zur Seite. »Ich glaube, es könnte unterwegs regnen«, sagte sie.

Sie schliefen bis zur Dämmerung, frühstückten mit Brot, Obst und Käse und brachen wieder nach Norden auf. Der Himmel hatte sich bereits bewölkt, als sie erwachten, und kurz nachdem sie den Rabb überquert hatten, begann es zu regnen. Gewitterwolken türmten sich auf, und Blitze zuckten durch den schwarzen Himmel. Als der Regen in Strömen niederprasselte, suchten sie Schutz an der windgeschützten Seite eines alten Ahorns, der sich an einen Felsenhang lehnte. Während das Wasser von ihren Gesichtern und ihrer Kleidung herablief, richteten sie sich darauf ein, das Ende des Gewitters abzuwarten. Die Luft kühlte ein wenig ab, und die Ebene glänzte nass.

Schulter an Schulter saßen sie mit dem Rücken am Ahorn da, schauten hinaus in den Dunst und lauschten dem Plätschern des Regens.

»Wie habt Ihr Padishar kennengelernt?«, fragte Morgan, nachdem sie einige Zeit geschwiegen hatten.

Sie zog ihre Knie hoch und legte die Arme darum. Wasser perlte auf ihrer Haut und glitzerte in ihrem schwarzen Haar. »Ich ging bei Heuerwetz in die Lehre, als ich alt genug war, um arbeiten zu können. Er hat mich Eisen schmieden und kämpfen gelehrt. Nach einiger Zeit war ich in beidem besser als er. Also hat er mich in der Bewegung eingeführt, und dort habe ich Padishar kennengelernt.«

Morgan erinnerte sich an Heuerwetz. »Wie lange kümmert Ihr Euch schon um die Alte Pfeife?«

»Ein paar Jahre. Dort kann man Dinge erfahren, die den Geächteten helfen. Es ist ein Ort, an dem man es im Moment gut aushalten kann.«

Er schaute zu ihr hinüber. »Aber es ist nicht der Ort, an dem Ihr den Rest Eures Leben fristen möchtet, wolltet Ihr das damit sagen?«

Sie lächelte ihn flüchtig an. »Auf die Dauer ist es nichts für mich.«

»Was dann?«

»Ich weiß es noch nicht. Wisst Ihr das?«

Er dachte darüber nach. »Vermutlich nicht. Ich habe mir noch nicht erlaubt, über das hinaus zu denken, was in diesen letzten Wochen geschehen ist. Ich war die ganze Zeit unterwegs und hatte keine Zeit, innezuhalten und nachzudenken.«

Sie lehnte sich zurück. »Ich war nicht unterwegs. Ich war an einem Ort und habe darauf gewartet, dass etwas geschehen würde.«

Er wandte sich zu ihr um. »So ging es mir auch, bevor ich in den Norden gekommen bin. Ich habe meine ganze Zeit damit verbracht, mir Möglichkeiten auszudenken, wie man den Leuten von der Föderation das Leben schwer machen kann – all den Hauptmännern und Soldaten, die in dem Haus wohnten, das meiner Familie gehört hatte, und so taten, als sei es nun ihres. Ich dachte, ich würde etwas tun, aber in Wahrheit habe ich nur abgewartet.«

Sie sah ihn neugierig an. »Und jetzt seit Ihr stattdessen unterwegs. Ist das in irgendeiner Weise besser?«

Er lächelte und zuckte die Achseln. »Zumindest sehe ich mehr vom Land.«

Der Regen ließ nach, der Himmel klarte auf, und sie setzten ihre Reise fort. Morgan bemerkte, dass er Matty Roh heimlich beobachtete, ihr Gesicht, die Linien ihres Körpers und die Art, wie sie sich bewegte. Sie war interessant, weil sich bei ihr so viel mehr hinter Andeutungen verbarg, als sie sich zu zeigen erlaubte. An der Oberfläche war sie kühl und entschlossen und trug eine Maske, die Gefühle unter sich versteckte. Aus Gründen, die er nicht erklären konnte, glaubte er, dass sie zu fast allem fähig war.

Es war fast Mittag, als sie einen Pfad zwischen den Felsen einschlug, der in die Hügel gegenüber den Drachenzähnen hinaufführte. Sie durchschritten eine Wand aus Bäumen, die die Berge vor ihnen und die Ebene hinter ihnen verbarg, und als sie daraus hervortraten, befanden sie sich am Fuß der Berge. Der Pfad mit den Bäumen blieb hinter ihnen und sie erkletterten bald zerklüftete Hänge und suchten sich ihren Weg über Felsen, so gut sie konnten. Morgan merkte, dass ihm die eher gemeine Frage durch den Kopf schoss, ob Matty Roh wusste, wohin sie ging. Nach einer Weile erreichten sie einen Pass und folgten ihm durch einen Spalt in den Felsen in eine tiefe Schlucht. Die Felswände schlossen sich immer mehr, bis über ihnen nur noch ein schmales Band blauen Wolkenhimmels zu sehen war. Vögel flohen von ihren Plätzen und verschwanden in die Sonne. Wind pfiff in plötzlichen Böen durch die Schlucht und erzeugte ein schrilles, hohles Heulen.

Als sie innehielten und aus dem Wasserschlauch tranken, betrachtete Morgan das Mädchen, um zu sehen, wie sie sich hielt. Ein Schimmer von Schweiß war auf ihrem glatten Gesicht zu sehen, aber ihr Atem ging ruhig. Sie bemerkte seinen Blick, und er wandte sich schnell ab.

Tief in dem Spalt führte Matty Roh sie in eine Ansammlung wuchtiger Felsen hinein, die vielleicht von einem alten Bergrutsch geblieben waren. Dahinter fanden sie einen Durchgang, der in die Steilwand hineinführte. Hier begann ein spiralförmiger Gang, der auf einen Sims in halber Höhe hinausführte. Morgan spähte vorsichtig hinab. Es ging steil nach unten. Ein schmaler Pfad wand sich von ihrem Standort aufwärts, der

Einschnitt war von unten nicht sichtbar, und sie folgten dem Pfad zum höchsten Punkt der Wand und an seinem Rand entlang zu einer weiteren Spalte, die dieses Mal kaum breiter als ein Riss im Fels war, so schmal, dass nur ein Mensch auf einmal hindurchgelangen konnte.

Matty Roh blieb am Eingang stehen. »Sie kommen uns jeden Moment holen«, verkündete sie, ließ den Wasserschlauch von ihrer Schulter gleiten und gab ihn Morgan, damit er trinken konnte.

Er lehnte das Angebot höflich ab. Wenn sie nicht trinken musste, dann brauchte er es auch nicht. »Woher werden sie wissen, dass wir hier sind?«, fragte er.

Ein flüchtiges Lächeln kam und ging. »Sie haben uns während der letzten Stunde beobachtet. Habt Ihr sie nicht bemerkt?«

Natürlich hatte er das nicht, und sie wusste es, also zuckte er nur unbeteiligt mit den Schultern.

Kurz darauf erschienen zwei Gestalten im Schatten des Spalts, bärtige, harte Kerle mit Langbogen und Messern. Sie grüßten Matty Roh und Morgan flüchtig und winkten sie mit sich. In einer Reihe betraten sie die Spalte und gingen einen Pfad entlang, der sich aufwärts in ein Wirrwarr von Felsen wand, die jegliche Sicht nach vorn verbargen. Morgan stieg tapfer weiter und musste dabei feststellen, dass Matty Roh immer noch wirkte, als befände sie sich auf einem Mittagsspaziergang.

Schließlich erreichten sie ein Plateau, das sich nordwärts, südwärts und westwärts erstreckte und den atemberaubendsten Ausblick auf die Drachenzähne und das dahinterliegende Land bot, den Morgan jemals gesehen hatte. Der Sonnenuntergang stand bevor, und der Himmel verwandelte sich durch die Nebelwand, die um die Bergspitzen hing, in ein helles Karmesinrot. Daher der Name Feuerrotland, dachte Morgan.

Im Osten reichte das Plateau bis zu einem Grat, der dicht mit Fichten und Zedern bewachsen war. Dort hatten die Geächteten ihr Lager. Ihre Unterkünfte drängten sich bis unter die Bäume, ihre Feuer schwelten in von Steinen gesäumten Gruben. Es gab keine gemauerte Festung wie am Zeigefinger, denn das Plateau fiel in ein Gewirr gezackter Spalten und tiefer Schluchten ab, und seine nackten Wände waren für einen Menschen nicht erklimmbar, ganz zu schweigen für irgendeine Art größerer Streitmacht. Zumindest schien es von der Stelle aus, an der Morgan stand, so zu sein, und er nahm an, dass es auf allen Seiten der Hochebene das Gleiche war. Der einzige Weg hierher war offenbar der Pfad, auf dem sie gekommen waren. Dennoch kannte der Hochländer Padishar Creel gut genug, um darauf wetten zu können, dass es noch mindestens einen weiteren gab.

Er wandte sich um, als eine bekannte, stämmige Gestalt schwerfällig auf sie zukam. Chandos war so schwarzbärtig und grimmig wie immer mit dem fehlenden Auge und Ohr und dem Narbengesicht. Er umarmte Matty Roh herzlich, verschlang sie fast mit seiner Umarmung und reichte Morgan dann die Hand.

»Hochländer«, begrüßte er ihn, nahm Morgans Hand und zerquetschte sie. »Wie schön, dich wieder bei uns zu haben.«

»Wie schön, wieder bei euch zu sein.« Morgan wedelte schmerzerfüllt mit der Hand. »Wie geht es dir, Chandos?«

Der große Mann schüttelte den Kopf. »Ganz gut, wenn man bedenkt, was alles geschehen ist.« Ein verärgerter, enttäuschter Ausdruck trat in seine dunklen Augen. Entschlossen streckte er das Kinn vor. »Komm, wir suchen uns einen Platz, wo wir reden können.«

Er führte Morgan und Matty Roh vom Rand der Felsen fort. Die Wachen, die sie hereingeführt hatten, verschwanden den Weg entlang, den sie gekommen waren. Chandos bewegte sich vom Lager und den anderen Geächteten fort. Morgan blickte fragend zu Matty Roh hinüber, aber die Miene des Mädchens war nicht zu deuten.

Als sie ganz sicher außer Hörweite waren, sagte sie plötzlich zu Chandos: »Sie haben ihn, nicht wahr?«

»Padishar?« Chandos nickte. »Sie haben ihn vor zwei Nächten in Tyrsis erwischt.« Er wandte sich um und sah Morgan an. »Der Talbewohner war bei ihm, der kleinere, der, den Padishar so sehr mochte – Par Ohmsford. Offensichtlich sind die beiden in die Gefängnisse der Föderation eingedrungen, um Damson Rhee zu befreien. Sie haben sie herausgebracht, aber Padishar wurde dabei gefangen genommen. Damson ist jetzt hier. Sie ist gestern angekommen.«

»Was ist mit Par geschehen?«, fragte Morgan, der sich gleichzeitig fragte, warum Coll nicht erwähnt wurde.

»Damson sagte, dass er sich auf die Suche nach seinem Bruder gemacht habe – und erzählte irgendetwas von Schattenwesen.« Chandos wischte die Frage beiseite. »Im Moment ist nur Padishar wichtig.« Sein vernarbtes Gesicht furchte sich. »Ich habe es den anderen noch nicht gesagt.« Er schüttelte den Kopf. »Ich weiß nicht, ob ich es tun soll oder nicht. Ende dieser Woche sollen wir am Jannissonpass Axhind und die Trolle treffen. In fünf Tagen. Wenn wir Padishar nicht bei uns haben, werden sie sich uns nicht anschließen, fürchte ich. Ich denke, sie werden umkehren und einfach dorthin zurückgehen, wo sie hergekommen sind. Fünftausend Mann!« Sein Gesicht rötete sich. »Wir brauchen sie, wenn wir überhaupt eine Chance gegen die Föderation haben wollen. Besonders, nachdem wir den Zeigefinger verloren haben.«

Er sah sie hoffnungsvoll an. »Pläneschmieden war noch nie meine große Stärke. Wenn ihr also eine Idee hättet …«

Matty Roh schüttelte den Kopf. »Wenn die Föderation Padishar hat, hat er nicht mehr lange zu leben.«

Chandos runzelte die Stirn. »Vielleicht länger, als ihm lieb ist, wenn sich die Sucher um ihn kümmern.«

Morgan erinnerte sich einen Moment lang an die Grube und ihre Bewohner und verdrängte den Gedanken sehr schnell wieder. Etwas an alledem ergab keinen Sinn. Padishar hatte sich schon vor Wochen auf die Suche nach Par und Coll gemacht. Warum hatte er so lange gebraucht, sie zu finden? Warum waren die beiden Ohmsfords die ganze Zeit in Tyrsis geblieben? Und als Par und Padishar in das Gefängnis eingedrungen waren, um Damson zu retten, wo hatte Coll da gesteckt? Hatten die Schattenwesen etwa auch Coll?

Da waren noch etliche Fragen offen.

»Ich möchte mit Damson Rhee sprechen«, verkündete er plötzlich. Er hatte sich schon von Anfang an über sie gewundert.

Chandos zuckte die Achseln. »Sie schläft. Sie ist die ganze Nacht gewandert, um zu uns zu stoßen.«

Bilder von Teel tanzten in Morgans Kopf, begleitet von heimtückischem Geflüster. »Dann sollten wir sie wecken.«

Chandos sah ihn mürrisch an. »Gut, Hochländer. Wenn du glaubst, dass es wichtig ist. Aber das wirst du selbst tun müssen, nicht ich.«

Sie gingen zum Lager hinüber und an den Geächteten vorbei, die an den Feuern beschäftigt waren. Die Sonne war weiter gen Westen gesunken, und die Essenszeit nahte. Die Mahlzeiten wurden in den Kesseln zubereitet, und der Duft wurde von der Sommerluft herangetragen. Morgan bemerkte ihn kaum, denn seine Gedanken beschäftigten sich mit etwas anderem. Schatten krochen aus den Bäumen und zogen sich in die Länge, während die Dunkelheit herannahte. Morgan dachte über Par und Coll nach, die sich nach der langen Zeit noch immer in Tyrsis befanden. Sie waren der Grube vor Wochen entkommen. Warum waren sie dortgeblieben, fragte er sich noch immer. Warum hatten sie so lange ausgeharrt?

Während ihn diese Fragen beschäftigten, sah er wieder Teels Gesicht vor sich – und das Schattenwesen, das sich darunter verborgen hatte.

Sie erreichten eine kleine Hütte, die zwischen den Bäumen verborgen lag, und Chandos blieb stehen. »Sie ist dort drinnen. Wecke sie auf, wenn du willst. Kommt und esst mit mir, wenn ihr fertig seid, ihr beide.«

Morgan nickte. Dann wandte er sich an Matty Roh. »Wollt Ihr mitkommen?«

Sie sah ihn prüfend an. »Nein. Ich denke, Ihr solltet dies allein tun.«

Es schien einen Moment, als wollte sie noch mehr sagen, aber dann wandte sie sich um und ging hinter Chandos her durch die Bäume davon. Sie wusste etwas, was sie nicht preisgab, sagte sich Morgan. Er sah ihr hinterher und dachte erneut, dass Matty Roh weitaus komplizierter war, als er anfangs den Eindruck gehabt hatte.

Er sah zu der Hütte und war einen Moment lang unentschlossen, wie er Damson Rhee angehen sollte. Verdächtigungen und Ängste sollten seine Vernunft nicht behindern. Aber er konnte das Bild von Teel als Schattenwesen nicht abschütteln. Es könnte mit diesem Mädchen ohne Weiteres das Gleiche sein. Das musste er herausfinden.

Er griff über die Schulter, um sicherzugehen, dass das Schwert von Leah locker saß, atmete tief durch, ging auf die Tür zu und klopfte. Sie öffnete sich fast sofort, und eine junge Frau mit flammend rotem Haar und smaragdgrünen Augen stand darin und blickte ihn an. Ihr Gesicht war gerötet, als wäre sie gerade eben erwacht, und ihre dunkle Kleidung war in Unordnung. Sie war groß, wenn auch nicht so groß wie Matty, und ausgesprochen hübsch.

»Ich bin Morgan Leah«, sagte er.

Sie blinzelte und nickte dann. »Pars Freund, der Hochländer.

Ja, hallo. Ich bin Damson Rhee. Es tut mir leid, aber ich habe geschlafen. Wie spät ist es?« Sie spähte durch die Bäume in den Himmel hinauf. »Fast dunkel, nicht wahr? Ich habe zu lange geschlafen.«

Sie trat zurück, als wollte sie hineingehen, blieb dann stehen und wandte sich ihm wieder zu. »Ihr habt von Padishar gehört, vermute ich. Seid Ihr gerade erst hier angekommen?«

Er nickte und beobachtete ihr Gesicht. »Ich wollte von Euch hören, was geschehen ist.«

»In Ordnung.« Sie wirkte nicht überrascht. Sie sah über ihre Schulter und trat dann hinaus ins Licht. »Lasst uns hier draußen sprechen. Ich bin es leid, eingesperrt zu sein. Leid, in Räumen ohne Licht zu sein. Was hat Chandos Euch bereits erzählt?«

Sie trat mit sehr entschlossenem Schritt von der Hütte fort zu den Bäumen, und er ging einfach hinterher. »Er hat mir erzählt, dass Padishar von der Föderation gefangen genommen wurde, als er und Par Euch retten wollten. Er hat gesagt, Par hätte Euch verlassen, um Coll zu suchen – und dass es etwas mit den Schattenwesen zu tun habe.«

»Alles hat etwas mit den Schattenwesen zu tun, nicht wahr?«, flüsterte sie, den Kopf müde gesenkt.

Sie trat zum Stumpf eines morschen Baumstamms und setzte sich. Morgan zögerte, noch immer wachsam, und setzte sich schließlich doch zu ihr. Sie wandte sich leicht um, sodass sie ihn ansehen konnte. »Ich muss Euch eine sehr lange Geschichte erzählen, Morgan Leah«, sagte sie.

Sie begann damit, wie sie Par und Coll gefunden hatte, nachdem sie der Grube in Tyrsis entkommen waren. Sie erzählte davon, wie sie beschlossen hatten, noch ein letztes Mal wieder in die Brutstätte der Schattenwesen zurückzukehren, wie sie um die Hilfe des Maulwurfs geworben hatten und durch die Tunnel unter der Stadt hindurch zum alten Palast geschlichen waren. Von dort waren die Brüder zusammen auf die Suche nach dem Schwert von Shannara gegangen. Par war allein zurückgekommen. Er hatte die Klinge bei sich getragen, die er für den Talisman hielt, und war halb verrückt vor Kummer und Entsetzen gewesen, weil er seinen Bruder getötet hatte. Sie hatte ihn in dem unterirdischen Heim des Maulwurfs wochenlang gepflegt, ihn langsam wieder zu sich gebracht und ihn vorsichtig aus seinem dunklen Albtraum herausgeführt. Von dort waren sie von einem sicheren Unterschlupf zum nächsten geflohen, immer mit dem Schwert von Shannara, und hatten sich vor den Suchern und der Föderation verborgen und einen Fluchtweg aus der Stadt gesucht. Schließlich hatte Padishar sie gefunden, aber während ihrer Flucht vor der Föderation war Damson selbst gefangen genommen worden. Padishar und Par waren gekommen, um sie zu befreien, und das hatte dann zu Padishars Gefangennahme geführt. Nachdem sie der Stadt schließlich zu zweit entkommen waren, nachdem sie schließlich einen Weg gefunden hatten und weil sie ohne Hilfe nichts für Padishar hatten tun können, waren sie durch den Kennonpass nach Norden gezogen.

Sie berührte impulsiv seinen Arm. »Und was wir gesehen haben, Morgan Leah, von hoch oben auf dem Pass, in weiter Ferne hinter den Wachfeuern der Föderation, aber so deutlich, wie ich Euch sehe, war Paranor. Er ist wieder da, Hochländer, aus der Vergangenheit zurück. Par war sich dessen sicher. Er sagte, es bedeute, dass Walker Boh Erfolg gehabt hat!«

Dann beschrieb sie, jetzt wieder gedämpft, wie sie aus dem Pass heraus weitergezogen waren, berichtete von ihrer schicksalhaften Begegnung mit Coll – oder dem Wesen, zu dem Coll geworden war, eingehüllt in diesen seltsamen glänzenden Umhang, gebeugt und verzerrt, als wären seine Knochen neu angeordnet worden. In dem folgenden Kampf war plötzlich die Macht des Schwertes von Shannara in Erscheinung getreten und hatte enthüllt, was Par jetzt für die Wahrheit über seinen totgeglaubten Bruder hielt.

»Er ist natürlich Coll gefolgt«, schloss sie. »Was sonst hätte er tun können? Ich wollte nicht, dass er ging, dass er ohne mich ging – aber ich hatte nicht das Recht, ihn aufzuhalten.« Sie suchte Morgans Blick. »Ich bin nicht so sicher wie er, dass es Coll ist, aber ich verstehe, dass er auf die eine oder andere Weise Gewissheit bekommen muss, wenn er jemals Frieden finden will.«

Morgan nickte. Damson Rhee hatte eine Menge aufgegeben, um Par Ohmsford zu helfen, und sie hatte mehr riskiert, als er von jemand anderem außer sich und Coll erwartet hätte. Die Geschichte, die sie ihm erzählt hatte, klang glaubhaft. Die Zweifel, die er mitgebracht hatte, begannen zu schwinden. Ganz eindeutig gehörte es zu Pars Natur, das Schwert von Shannara mit dieser Beharrlichkeit zu suchen, genauso wie auch diese neuerliche Suche nach seinem Bruder. Jetzt war Par so allein wie nie zuvor, und Morgan wurde erneut an sein Versagen erinnert. Er hätte auf seinen Freund aufpassen sollen.

Er bemerkte, dass Damson ihn beobachtete. Es war ein fester, prüfender Blick, und ohne Vorwarnung flammte sein Misstrauen erneut auf. Damson Rhee – war sie der Freund, für den Par sie gehalten hatte, oder der Feind, dem er so verzweifelt zu entkommen suchte? Sicherlich hätte sie auch der Grund dafür sein können, dass er häufig nur sehr knapp entkommen war, der Grund dafür, dass die Schattenwesen ihn so häufig fast erwischt hatten. Aber andererseits, war sie nicht auch der Grund dafür, dass er entkommen war?

»Ihr traut mir nicht vollständig?«, fragte sie ruhig.

»Ja«, gab er zu. »Das stimmt.«

Sie nickte. »Ich weiß nicht, was ich tun kann, um Euch zu überzeugen, Morgan. Ich weiß nicht, ob ich es überhaupt versuchen will. Ich brauche meine ganze Kraft dafür, Padishar zu befreien. Und danach werde ich Par suchen.«

Sein Blick schweifte über die Bäume, und er dachte an das düstere Misstrauen, das die Schattenwesen bei ihnen gestiftet hatten, und wünschte, es wäre anders. »Als ich mit Padishar am Zeigefinger war«, sagte er, »war ich gezwungen, ein Mädchen zu töten, das in Wirklichkeit ein Schattenwesen war.« Er sah wieder zu ihr hinüber. »Ihr Name war Teel. Mein Freund Steff liebte sie, und das hat ihn das Leben gekostet.«

Er erzählte ihr dann von Teels wiederholtem Verrat und der Auseinandersetzung tief in den Katakomben der Berge hinter dem Zeigefinger, wo er das Schattenwesen, das Teel gewesen war, getötet und Padishar das Leben gerettet hatte.

»Was mir Angst macht«, sagte er, »ist die Tatsache, dass Ihr eine weitere Teel sein könntet, sodass Par wie Steff enden würde.«

Sie antwortete nicht. Ihr Blick war abwesend und verloren, und sie schien durch ihn hindurchzusehen. Tränen traten in ihre Augen.

Er griff plötzlich nach hinten und zog das Schwert von Leah hervor. Damson beobachtete ihn reglos. Ihre grünen Augen blieben auf die schimmernde Klinge gerichtet, während er sie mit der Spitze nach unten in die Erde steckte. Die Hände ließ er um den Knauf geschlossen.

»Legt Eure Hände auf die flache Seite der Klinge, Damson«, sagte er leise.

Sie sah ihn schweigend an und bewegte sich lange Zeit nicht. Er wartete, lauschte auf die entfernten Geräusche der Geächteten, die sich zum Essen versammelten, und versuchte, die Stille um sie herum zu durchdringen. Das Licht schwand jetzt schnell, und überall waren Schatten. Er fühlte sich seltsam entrückt von allem um ihn herum, als wäre er mit Damson Rhee aus der Zeit gefallen.

Nicht dieses Mädchen, hörte er sich im Stillen beten. *Nicht noch einmal.*

Schließlich streckte sie die Hände aus, berührte das Schwert von Leah und legte ihre Handflächen fest an das Metall. Dann schloss sie freiwillig ihre Finger um die Schneide. Morgan beobachtete entsetzt, wie die Klinge in ihre Haut einschnitt und ihr Blut daran hinabzulaufen begann.

»Ein Schattenwesen könnte das nicht tun, nicht wahr?«, flüsterte sie.

Rasch löste er ihre Finger. »Nein«, sagte er. »Es würde die Magie auslösen.« Er legte den Talisman beiseite, riss mehrere Streifen Stoff von seinem Umhang ab und verband ihre Hände. »Das hättet Ihr nicht tun müssen«, warf er ihr vor.

Sie lächelte schwach und versonnen. »Nein? Wärt Ihr Euch sonst meinetwegen sicher gewesen, Morgan Leah? Das glaube ich nicht. Und wenn Ihr Euch meinetwegen nicht sicher seid, wie können wir einander dann helfen? Wir müssen uns vertrauen.« Sie sah ihn mit ihren sanften Augen an. »Wir vertrauen uns doch jetzt?«

Er nickte schnell. »Ja. Es tut mir leid, Damson.«

Sie ergriff mit den verbundenen Händen seine. »Ich möchte Euch etwas sagen.« Wieder traten ihr Tränen in die Augen. »Ihr habt gesagt, dass Euer Freund Steff Teel geliebt hat? Nun, Hochländer, ich liebe Par Ohmsford.«

Da begriff er alles. Warum sie bei Par geblieben war, sich ihm so vollständig ergeben hatte, ihm sogar in die Grube gefolgt war, auf ihn aufgepasst, ihn beschützt hatte. Es war das, was er für Quickening getan hätte – zu tun versucht hatte. Damson Rhee hatte eine Verpflichtung übernommen, von der sie nur der Tod würde entbinden können.

»Es tut mir leid«, wiederholte er und dachte, wie unangemessen das klang.

Sie fasste seine Hände fester und ließ nicht los. Im Licht der Dämmerung sahen sie sich lange schweigend an. Während er ihre Hände hielt, erinnerte sich Morgan an Quickening, daran, wie sie sich angefühlt hatte, an die Gefühle, die sie in ihm hervorgerufen hatte. Er stellte fest, dass er sie schrecklich vermisste und alles gegeben hätte, um sie zurückzubekommen.

»Genug geprüft«, flüsterte Damson. »Reden wir lieber. Ich erzähle Euch alles, was mir widerfahren ist. Ihr erzählt dasselbe von Euch. Par und Padishar brauchen uns. Vielleicht können wir zusammen einen Weg finden, ihnen zu helfen.«

Sie drückte seine Hände, als würden die ihren nicht schmerzen, und lächelte ihn ermutigend an. Er beugte sich vor, nahm das Schwert von Leah auf und ging dann mit ihr durch die Bäume auf den Widerschein der Lagerfeuer zu. Sein Verstand arbeitete, ging alles durch, was sie ihm erzählt hatte, trennte Vermutungen von Tatsachen und versuchte, etwas Nützliches herauszufiltern. Damson hatte recht. Der Talbewohner und der Anführer der Geächteten brauchten sie. Morgan war entschlossen, keinen von beiden im Stich zu lassen.

Aber was konnte er tun?

Der Duft von Essen wehte verlockend zu ihnen herüber. Das erste Mal, seit er angekommen war, verspürte er Hunger.

Par und Padishar.

Padishar zuerst, dachte er.

Chandos hatte von fünf Tagen gesprochen.

Wenn die Sucher nicht als Erste bei ihm eintrafen …

Es war plötzlich einfach da, das Bild in seinem Kopf, so klar, dass er fast aufschrie. Vor Freude legte er Damson den Arm um die Schultern.

»Ich glaube, ich weiß, wie wir Padishar befreien können«, sagte er.

10

Fünf Tage lang umkreisten die Vier Reiter die Mauern Paranors, und fünf Tage lang stand Walker Boh auf den Wehrgängen und beobachtete sie. In der Dämmerung versammelten sie sich jeweils an den Westtoren, Schatten, die aus der Dunkelheit und der vergangenen Nacht gekommen waren. Einer näherte sich, jedes Mal ein anderer, und hämmerte einmal herausfordernd ans Tor. Wenn Walker nicht erschien, nahmen sie ihre verbissene Wache wieder auf, verteilten sich, sodass sich an jeder Seite der Festung einer befand, einer an jeder der Hauptmauern, wo sie in langsamer, unaufhörlicher Kadenz ihre Runden zogen. Ihr Kreisen erinnerte an Raubvögel. Sie ritten Tag und Nacht, Geister aus grauem Nebel und düsteren Einbildungen, lautlos wie Gedanken und so regelmäßig wie die Zeit.

»Inkarnationen der schlimmsten Feinde des Menschen«, grübelte Cogline, als er sie zum ersten Mal sah. »Manifestationen unserer schlimmsten Ängste, der Tod so vieler. Ihnen wurden Gestalt und Form gegeben, und sie wurden gesandt, um uns zu vernichten.« Er schüttelte den Kopf. »Kann es sein, dass Rimmer Dall Humor hat?«

Walker glaubte das nicht. Er fand nichts von alledem amüsant. Die Schattenwesen schienen grenzenlose Kraft zu besitzen, die Sorte Kraft, durch die sie zu allem werden konnten, was sie wollten. Sie war weder geheimnisvoll noch kompliziert. Sie war so schlicht und schonungslos wie eine Flut. Ihre Kraft schien in der Lage zu sein, sich aus sich selbst heraus aufzubauen und alles beiseitezufegen, was sich ihr in den Weg stellte. Walker wusste nicht, wie mächtig die Reiter waren, aber er würde wetten, dass sie ihm mehr als gewachsen waren. Rimmer Dall hätte nichts Geringeres gesandt, sich um einen Druiden zu kümmern – selbst wenn es sich um einen Druiden handelte, der gerade erst zu einem geworden war, der sich seiner eigenen Kräfte noch nicht sicher war und das Ausmaß seiner Magie und der Möglichkeiten, wie sie ihm dienlich sein konnten, nicht kannte. Zumindest eine von Allanons Aufgaben für die Ohmsfords war vollbracht worden, und das stellte eine Bedrohung dar, die die Schattenwesen nicht ignorieren durften.

Dennoch blieb es ein Rätsel, das Walker nicht lösen konnte, welche Aufgabe diese Abgesandten haben mochten. Während er auf den Mauern Paranors stand und die Vier Reiter unter sich kreisen sah, sann er endlos darüber nach, warum sie hier waren. Was sollte das Schwert von Shannara vollbringen? Welchem Zweck würde es dienen, dass die Elfen in die Welt der Menschen zurückgebracht wurden? Was war der Grund dafür, dass Paranor und die Druiden zurückgeholt worden waren? Oder zumindest einer der Druiden, sann er düster. Ein Druide, geschaffen aus einzelnen Teilen anderer. Er war ein Gemisch aus jenen, die ihm vorausgegangen waren, aus ihren Erinnerungen, ihren Stärken und Schwächen, aus ihrem Wissen und ihrer Geschichte, aus ihren Geheimnissen der Magie. Als Druide war er gewissermaßen noch ein Kind, und er wusste nicht, wie er handeln sollte. Jeden Tag öffnete er neue Türen, hinter denen sich verbarg, was andere vor ihm gewusst und weitergegeben hatten, Wissen, das sich in unerwarteten Einblicken offenbarte, Licht, das aus dunklen Winkeln seines Geistes hervorkam, als wäre es durch Fenster hereingelassen worden, die lange verriegelt waren und sich jetzt weit geöffnet hatten. Er verstand es überhaupt nicht, bezweifelte es manchmal, stellte seinen Wert häufig infrage. Aber der Fluss kam unaufhörlich, und er war gezwungen, jede neue Offenbarung zu messen und zu beurteilen, wohl wissend, dass sie einst Wert gehabt haben musste, und mit der Gewissheit, dass sie diesen zurückgewinnen könnte.

Aber welche Rolle sollte er in dem Kampf spielen, den Schattenwesen ein Ende zu bereiten? Er war ein Druide geworden, wie Allanon es gewollt hatte, und er hatte sich selbst zum Herrn von Paranor gemacht. Und dennoch, was sollte er damit anfangen? Sicherlich besaß er jetzt Magie, die gegen die Schattenwesen eingesetzt werden konnte – genau wie die Druiden zuvor Magie benutzt hatten, um den Rassen zu helfen. Er besaß auch Wissen, vielleicht mehr Wissen als jeder andere lebende Mensch, und die Druiden hatten auch dies als Waffe benutzt. Aber es schien Walker, als ob dieser neu erworbenen Macht jegliche erkennbare Einstellung fehlte und als müsste er erst die Natur seines Feindes durchschauen, bevor er einen Weg ersinnen würde, ihn zu besiegen.

In der Zwischenzeit war er hier innerhalb der Festungsmauern gefangen, wo er niemandem helfen konnte.

»Sie versuchen ja gar nicht hineinzugelangen«, stellte Cogline irgendwann nach drei Tagen Wache auf den Festungsmauern fest. »Warum ist das so?«

Walker schüttelte den Kopf. »Vielleicht ist das für ihre Ziele nicht notwendig. Solange wir hier eingesperrt bleiben, genügt das.«

Der alte Mann rieb das bärtige Kinn. Seit seiner Erlösung aus dem Halbleben, an das die Magie der Druidengeschichten ihn übergeben hatte, war er gealtert. Er zeigte frische Falten und Runzeln, ging gebeugter als zuvor, war langsamer in Schritt und Sprache, gebrechlicher, als sein Alter hätte vermuten lassen. Walker gefiel das nicht, aber er sagte nichts. Der alte Mann hatte viel für ihn geopfert, und das hatte sichtlich seinen Tribut gefordert. Aber Cogline beschwerte sich nicht und wollte auch nicht darüber sprechen, sodass es für Walker ebenfalls keinen Grund gab, damit anzufangen.

»Vielleicht haben sie Angst vor der Druidenmagie«, fuhr Walker kurz darauf fort und legte die gesunde Hand auf das Gestein der Festungsmauer. »Paranor war immer vor jenen geschützt, die ungeladen eintreten wollten. Die Schattenwesen wissen das vielleicht und ziehen es deshalb vor, draußen zu bleiben.«

»Oder vielleicht warten sie, bis sie die Natur und das Ausmaß dieser Magie geprüft haben«, sagte Cogline leise. »Sie warten ab und versuchen herauszufinden, wie gefährlich du bist.« Er sah Walker an, ohne ihn zu sehen, denn sein Blick war auf etwas jenseits von ihm gerichtet. »Oder bis sie ganz einfach des Wartens müde werden«, flüsterte er.

Walker überlegte sich Möglichkeiten, wie er diese Schattenwesen besiegen könnte, betrachtete sie von allen Seiten wie Gegenstände, die einen Schlüssel zur Vergangenheit in sich bargen. Der Schwarze Elfenstein war offensichtlich eine Chance. Er war jetzt in einem Gewölbe tief in den Katakomben der Festung verborgen, aber er würde seinen Preis fordern, wenn man ihn anrief, und es war kein Preis, den Walker bereitwillig zahlen wollte. Es gab keinen Grund zu glauben, dass der Elfenstein nicht gegen die Vier Reiter wirken und ihnen ihre Magie entziehen würde, bis nichts übrig blieb als Asche. Aber die Natur des Elfensteins erforderte, dass die gestohlene Magie in den Anwender überführt wurde, und Walker wollte nicht, dass die Magie der Schattenwesen ein Teil von ihm wurde.

Es gab auch noch den Stiehl, die seltsame tötende Klinge, die dem Mörder Pe Ell in Eldwist abgenommen worden war, die Waffe, die alles töten konnte. Aber Walker gefiel die Aussicht nicht, die Waffe eines Meuchelmörders zu gebrauchen, insbesondere nicht eine mit der Geschichte des Stiehls, und er dachte, dass genügend Waffen zur Hand seien, die gegen die

Schattenwesen eingesetzt werden konnten, wenn es erforderlich sein würde.

Was er am dringendsten brauchte, war ein Plan. Er hatte drei Möglichkeiten zur Auswahl. Er konnte innerhalb der Mauern Paranors in Sicherheit bleiben und hoffen, dass die Schattenwesen des Wartens müde wurden, er konnte hinausgehen und ihnen entgegentreten, oder er konnte versuchen, an ihnen vorbeizugelangen, ohne bemerkt zu werden. Die erste Möglichkeit bot eine nur sehr schwache Erfolgsaussicht, und zudem war Zeit ohnehin nichts, was er im Überfluss hatte. Die zweite erschien ihm unbestreitbar tollkühn.

Blieb nur die dritte.

Fünf Tage nachdem die Vier Reiter die Belagerung Paranors begonnen hatten, unternahm Walker Boh einen Fluchtversuch.

Unter der Erde.

Beim Abendessen – einer Mahlzeit, die aus einigen wenigen Resten jener Vorräte bestand, die mit der Festung in der Zeit eingefroren gewesen und jetzt fast aufgebraucht waren, wodurch die Notwendigkeit, die Belagerung zu durchbrechen noch dringlicher wurde – erzählte Walker Cogline von seinem Plan. Es gab Tunnel unter der Festung, die in den Wäldern endeten, Verstecke, die nur den früheren Druiden und inzwischen ihm bekannt waren. Er wollte in der Nacht durch einen solchen Tunnel schleichen und hinter den Reitern herauskommen. Er würde an ihnen vorbei und fort sein, bevor sie seine Flucht bemerkten.

Cogline runzelte die Stirn und schaute zweifelnd drein. Das klang ihm schlicht zu leicht. Sicherlich hatten die Schattenwesen an eine solche Möglichkeit gedacht.

Aber Walker hatte seine Entscheidung getroffen. Fünf Tage Warterei waren lange genug. Er musste etwas versuchen, und dies war das Beste, was ihm eingefallen war. Cogline und Ondit sollten in der Festung bleiben. Wenn die Reiter vor Walkers Rückkehr einen Angriff unternahmen, sollten sie auf dem gleichen Weg hinausgelangen wie er. Cogline stimmte widerwillig zu, war jedoch beunruhigt wegen etwas, worüber er nicht sprechen wollte, und so erregt, dass Walker nahe daran war, eine Erklärung zu verlangen. Aber es war nichts Neues, dass der alte Mann sich rätselhaft verhielt, sodass Walker die Angelegenheit schließlich fallen ließ.

Er wartete bis Mitternacht und beobachtete die Schattenwesen noch lange, bis er sicher war, dass sie ihre Runden fortsetzten. Das taten sie, geisterhafte Umrisse in der Dunkelheit unter ihm. Unaufhörlich umkreisten sie Paranor. Der Nebel, der das Tal während der letzten vier Tage größtenteils bedeckt hatte, hatte sich in der Dämmerung aufgelöst, und während die Nacht herannahte, sah Walker Boh auf einmal etwas Neues in dem Tal. Weit im Westen, wo sich die Drachenzähne nordwärts in den Streleheim erstreckten, waren am Eingang des Kennonpasses Wachfeuer zu sehen. Ein Heer lagerte dort und blockierte den Durchgang. Die Föderation, dachte Walker und schaute über die Bäume des Waldes zu seinen Füßen hinweg über die dahinterliegenden Hügel zu dem Licht. Vielleicht hatte ihre Gegenwart auf dem Pass nichts mit den Schattenwesen vor Paranor zu tun, aber das mochte Walker nicht glauben. Wissentlich oder nicht, die Föderation diente dem Zweck der Schattenwesen – ein Werkzeug für Rimmer Dall und andere in der Hierarchie des Koalitionsrates – und er konnte berechtigt annehmen, dass die Soldaten auf dem Pass in Zusammenhang mit den Vier Reitern standen.

Nicht dass es wichtig gewesen wäre. Walker Boh betrachtete die Föderationssoldaten keinen Moment lang als Hindernis für sich.

Um Mitternacht verließ er die Mauern und stieg durch die

Festung nach unten. Er trug Kleidung, die so schwarz war wie die Nacht, locker anlag und der Aufgabe angemessen war, und er nahm keine Waffen mit. Er verließ Cogline und Ondit, die ihm hinterhersahen, während er die Feuergrube betrat. Seine Erinnerungen waren die von Allanon und den Druiden vor ihm, und er stellte fest, dass er seinen Weg so gut kannte, als hätte er schon immer in der Festung gelebt. Verborgene Türen in den Mauern der Festung öffneten sich auf seine Berührung hin, und die Gänge waren ihm so vertraut wie die Schlupfwinkel vom Kamin in der Zeit vor den Träumen von Allanon. Er fand die Tunnel, die unter dem Fels verliefen, auf dem Paranor ruhte, und bahnte sich seinen Weg in die Erde hinab. Überall um sich herum hörte er das beständige Prasseln der Feuer, die in den Öfen unter der Festung brannten. Sie waren das einzige Geräusch in der Dunkelheit und Stille.

Er brauchte länger als eine Stunde für den Weg. Es gab zahlreiche Gänge unter der Festung, die alle miteinander verflochten waren und von einer einzigen Tür ausgingen, die nur er öffnen konnte. Er wählte den Weg nach Westen, denn er wollte den Tunnel im Schutz des Waldes verlassen, der zwischen den Reitern und dem Kennonpass lag. Dort würde er sicherlich leicht an den Föderationssoldaten vorbeigelangen, wenn er sich erst einmal von den Schattenwesen befreit hatte. Als er die verborgene Öffnung erreicht hatte, hielt er inne, um zu lauschen. Über ihm war nichts zu hören und keine Bewegung zu spüren. Dennoch fühlte er sich unbehaglich, als ahnte er, dass trotz der scheinbaren Stille die Welt nicht in Ordnung war.

Er trat aus dem Tunnel in den dunklen Wald, erhob sich in einer Tarnung aus Gebüsch und Felsen wie ein Schatten aus der Erde. Durch Lücken in dem Baldachin aus Ästen über ihm sah er die Sterne und einen Schimmer des abnehmenden Mondes. Es war still in den Bäumen, als würde hier nichts leben. Walker suchte nach einem Hinweis auf die Anwesenheit der grauen Wölfe, fand aber keinen. Er lauschte auf leise Geräusche von Insekten und Vögeln, aber auch die fehlten. Die Luft roch seltsam schal.

Schließlich atmete er tief durch und trat ins Freie.

Er hörte, mehr als er es sah, das Schwingen der Sense, die einen Bogen auf ihn zu beschrieb, und warf sich, unmittelbar bevor sie ihn traf, zur Seite. Tod grunzte unter der Anstrengung des Schwungs, seine mit einem Umhang bekleidete schwarze Gestalt erhob sich auf einer Seite. Walker warf sich herum, und sah, wie sich eine weitere Gestalt zu seiner Rechten materialisierte. Krieg, in voller Rüstung, die Klingen und Eisenspitzen gefährlich funkelnd, schleuderte eine Keule, die gegen den Baum neben ihm prallte und den Stamm spaltete. Walker stürzte davon und wankte panikartig an den skelettartigen Armen von Hungersnot vorbei, der die weißen Knochen ausstreckte und nach ihm greifen wollte. Sie waren alle da, alle vier, erkannte er verzweifelt. Irgendwie hatten sie ihn aufgespürt.

Er rannte davon, hörte das Brummen und Zischen von Seuche, spürte die trockene Hitze und die stinkende Krankheit dicht neben sich. Er übersprang eine schmale Senke, und seine Angst verlieh ihm unerwartete Kräfte. Eine brennende Entschlossenheit ergriff Besitz von ihm. Die Reiter verfolgten ihn und stiegen jetzt sogar von ihren Reittieren ab, um ihn zu fangen. Sie waren Teil der Nacht. Er hörte ihre Bewegungen, wie er vielleicht auch das Rascheln von Blättern in einem leichten Wind gehört hätte und auch ihr leises Flüstern. Da war nichts anderes – keine Schritte, kein Atmen, kein Schaben von Waffen oder Knochen.

Walker lief durch die Bäume. Er wusste nicht mehr, in welche Richtung er lief, sondern war nur bestrebt, seinen Verfolgern zu entkommen. Plötzlich hatte er sich in der Dunkelheit der Waldpfade verirrt, floh nur noch blind weiter. Jeder Vorteil der Überraschung war verspielt. Die Schattenwesen kamen näher. Sie waren schnelle und sichere Jäger. Er bemerkte ihre Bewegungen aus den Augenwinkeln. Sie waren jetzt auf gleicher Höhe mit ihm und jagten ihn, wie Hunde einen Fuchs jagen würden.

Nein!

Schließlich wirbelte er herum und setzte seine Magie ein. Er erzeugte eine Feuerwand zwischen sich und seinen Verfolgern und ließ die Flammen wie weißheiße Dornen in ihre Gesichter fliegen. Krieg und Seuche wichen zurück und verlangsamten ihren Schritt, aber Hungersnot und Tod drangen unbeirrt weiter vor. Natürlich, dachte Walker, während er erneut weiterlief. Hungersnot und Tod. Feuer konnte ihnen nichts anhaben.

Er überquerte einen Wasserlauf und wandte sich dann nach rechts, dem Hügel zu, auf dem Paranor stand, Türme und Mauern vor der Nacht scharf abgegrenzt. Er war diesen Weg entlanggelaufen, ohne sich dessen bewusst zu sein, und sah in ihm jetzt seine einzige Chance zur Flucht. Wenn er die Festung erreichen konnte, bevor sie ihn erwischten …

Cogline! Beobachtete der alte Mann das Geschehen?

Schlangenähnlich und glatt vor Feuchtigkeit erhob sich vor ihm etwas aus der Nacht. Klauen streckten sich nach ihm aus, und Zähne glitzerten. Es war eines der Reittiere der Schattenwesen, dort postiert, um ihm den Weg abzuschneiden. Er glitt unter seinem Zugriff hindurch, wie ein Teil der Nacht, der nicht festgehalten werden konnte, und die Magie ließ ihn so schnell und flüchtig werden wie der Wind. Das schlangenähnliche Wesen zischte und schlug wild zu, sodass Erde in Klumpen aufstob. Walker eilte mit der Schnelligkeit eines Gedankens davon. Vor ihm ragte die Festung der Druiden auf – seine Fluchtburg, seine Rettung vor diesen Wesen …

Eine dunkle Bewegung zu seiner Linken ließ ihn zur Seite ausweichen, als Hungersnot mit einem aus Knochen geschnitzten Schwert zuschlug, ein mattes weißes Schimmern, das die Säume seiner Kleidung erwischte. Walker verlor den Halt, stürzte und fiel einen Abhang hinab, durch Büsche und langes Gras und in eine Pfütze stehenden Wassers. Etwas schoss an ihm vorbei und verfehlte ihn mit seinem zuschnappenden Kiefer nur knapp. Noch so ein schlangenähnliches Wesen. Walker sprang auf und sandte in dem verzweifelten Versuch, sich zu verteidigen, Feuer und Lärm in alle Richtungen. Befriedigt hörte er einen Schmerzschrei und ein Grunzen, als sei etwas mit einer Keule geschlagen worden, dann lief er weiter. Auf einer Seite von ihm standen jetzt Bäume, und er verschwand zwischen ihnen und suchte die Deckung der tiefen Schatten. Er schnaufte abgehackt, und sein ganzer Körper schmerzte. Erschrocken stellte er fest, dass er sich wieder von der Festung fortbewegte, von jenem Ort der Sicherheit, den er zu erreichen gehofft hatte.

Ein Schemen huschte zu seiner Linken davon, schnell und leise, ein schwarzer Umhang. Eine Metallklinge glänzte. Tod. Walker ermüdete. Er war erschöpft von seiner Flucht und davon, dass er so häufig gezwungen gewesen war, die Richtung zu wechseln. Die Schattenwesen hatten ihn umringt und zogen die Schlinge um ihn langsam zu. Er glaubte nicht, dass er die Festung erreichen konnte, bevor sie ihn einholten. Daher versuchte er abermals umzukehren, sah jedoch eine Bewegung zwischen sich und der Festung und hörte ein Rascheln von Schuppen in Gras und Büschen. Walker konnte sein Grauen kaum noch beherrschen, seine Kehle schnürte sich vor Entsetzen zusammen. Er hatte sich zu früh gefreut, war sich seiner selbst zu sicher gewesen. Er hätte wissen müssen, dass es nicht so leicht werden würde. So viel hätte er voraussehen müssen.

Zweige schlugen ihm ins Gesicht und an die Arme, als er sich seinen Weg in einen Streifen tiefsten Waldes erzwang. Hinter ihm nahte die Schlange. Ihm war, als könnte er ihren

Atem auf seinem Nacken spüren, die Berührung von Klauen und Zähnen auf seinem Körper. Er beschleunigte seinen Schritt, brach aus dem Unterholz zu einer Lichtung durch und fand dort Tod wartend vor, mit Umhang und Kapuze bekleidet, die Sense erhoben. Das Schattenwesen griff ihn an, verfehlte ihn, als er seitwärts auswich, schwang die Sense ein zweites Mal, und diesmal konnte Walker die Sense ergreifen und sie von sich abwenden. Sofort betäubte eine Kälte seine Hand und seinen Arm bis ins Mark, und er schrak vor Schmerz zurück und stieß die Sense und denjenigen, der sie führte, mit der gleichen Bewegung beiseite. Etwas anderes kam von rechts heran, aber er lief erneut los und stürzte, glitt an Reihen dunkler Stämme vorbei, als wären sie substanzlos, während er die Taubheit unaufhörlich tiefer in sich eindringen spürte.

Solche Kälte!

Seine Kräfte ließen nach, und er war nicht näher an jenem Ort der Sicherheit als zuvor. Denk nach, mahnte er sich wütend. *Denk nach!* Schatten bewegten sich überall um ihn herum, der skelettartige Umriss von Hungersnot, das abscheuliche Brummen von Seuche, das Poltern von Krieg in seiner undurchdringlichen Rüstung, die stille Hast von Tod; und bei ihnen waren die Schlangen, die auf ihren Befehl hörten.

Dann kam plötzlich eine Erinnerung in ihm hoch, und Walker Boh griff nach dem Strohhalm der Hoffnung, die sie bot. Es gab eine verborgene Falltür in der Erde unmittelbar vor ihm, und von dort führte ein Tunnel nach Paranor zurück. Der Gedanke an die Falltür war Allanons Erinnerung, die in dem Entsetzen und der Pein des Augenblicks lebendig geworden war und gerade rechtzeitig kam. *Dort, zur Linken!* Walker wandte sich um, preschte vorwärts, wobei seine Hand und der Arm sich so tot anfühlten wie der, den er bereits verloren hatte. *Denk nicht darüber nach!* Er warf sich in ein Gebüsch, eilte an laubreichen Hindernissen vorüber und einen Graben hinab.

Dort!

Er grub mit schwachen Fingern in der Erde nach der verborgenen Tür. Sie ist hier, dachte er, hier in diesem Fleck Erde. Hinter ihm waren Geräusche zu hören, näherten sich. Er fand einen Eisenring, packte ihn und zog. Die Tür gab nach und fiel mit einem dumpfen Schlag nach hinten. Walker krabbelte durch die Öffnung und die Treppe hinunter. Er kam erst unten wieder auf die Beine. Schatten fielen auf den Eingang. Er hob die verletzte Hand und den Arm, kämpfte gegen Taubheit und Kälte an und beschwor die Magie. Feuer explodierte oben an der Treppe und nahm die gesamte Öffnung ein. Die Schatten verschwanden in grellem Licht. Erde und Steine verschütteten den Eingang.

Walker stürmte in den Tunnel und würgte und hustete vom Staub und Rauch. Zweimal schaute er zurück, um sicherzugehen, dass ihm niemand folgte.

Aber er war allein.

Er wurde von Zweifeln und Ängsten geplagt, während er durch den Tunnel zurück in die Festung lief, bestürmt von Dämonen, die die Gesichter seiner Feinde trugen. Es schien, als könnte er seine Verfolger sogar hier hören, als wären sie in die Erde herabgestiegen, um zu beenden, was sie begonnen hatten. Tod, Krieg, Seuche und Hungersnot – was waren Fels und Erde für sie? Konnten sie nicht überall hindurchdringen? Was sollte sie draußen halten?

Aber sie kamen nicht, denn trotz der Gestalt und des Wesens, die sie angenommen hatten, waren sie nicht unbesiegbar und nicht wirklich die Inkarnationen, die zu sein sie vorgaben. Er hatte sie vor Schmerz schreien hören, er hatte ihre Substanz gespürt. Die Taubheit in der Hand und dem Arm begann zu weichen, und er begrüßte dankbar das Kribbeln, spürte erneut den Schmerz des Verlusts seines anderen Armes und wünschte, er könnte diesen Teil seines Lebens noch einmal durchleben.

Er fragte sich, wie viel er noch von sich selbst aufgeben musste, bevor sein Kampf vorüber war. Durfte er sich nicht glücklich schätzen, einfach noch am Leben zu sein? Wie knapp er den Schattenwesen dieses Mal entkommen war!

Und dann kam es ihm plötzlich in den Sinn, dass er vielleicht nicht wirklich irgendetwas entkommen war. Vielleicht hatte man ihm *gestattet* zu entkommen. Vielleicht hatten die Reiter nur mit ihm gespielt. Hatten sie nicht genügend Möglichkeiten gehabt, ihn zu töten, wenn sie es gewollt hätten? Nach einigem Nachdenken schien es, dass sie vielleicht nur versucht hatten, ihn einzuschüchtern, dass sie ihn gar nicht töten wollten, sondern nur genug Angst in ihm wecken wollten, dass er handlungsunfähig wurde.

Aber er wies diesen Gedanken von sich. Es war lächerlich zu glauben, dass sie ihn nicht getötet hätten, wenn sie es gekonnt hätten. Sie hatten es versucht und waren gescheitert. Er verfügte über ausreichende Kräfte und Magie, um sich sogar aus einem Hinterhalt zu retten, und er würde sich daran so gut hochziehen, wie er nur konnte.

Schmerzgequält und erschöpft kehrte er in die Mauern Paranors zurück. Cogline wartete gewiss. Er würde dem alten Mann sein Scheitern gestehen müssen. Der Gedanke betrübte ihn, und er war sich der Tatsache bewusst, dass es seine vorgefasste Meinung über die Unbesiegbarkeit der Druiden war, die ihn daran hinderte, diesen Gedanken zu akzeptieren. Aber Stolz konnte er sich nicht leisten. Er war ein Novize. Er lernte noch.

Langsam fielen die Ängste und Zweifel von ihm ab, und die Dämonen verschwanden. Es würde eine andere Gelegenheit geben, versprach er sich – eine andere Gelegenheit und einen anderen Ort, um sich die Reiter vorzuknöpfen.

Wenn es so weit wäre, würde er bereit sein.

11

Beim Essen erklärte Morgan Leah Damson Rhee und Chandos seinen Plan, wie sie Padishar Creel retten konnten. Er nahm sie zu einer Stelle beiseite, wo sie nicht belauscht werden konnten, saß auf einem breiten Felsvorsprung, aß und trank mit ihnen, lauschte mit ihnen auf die Geräusche der Nacht und beobachtete, wie die Sterne am Himmel aufschienen, während sie miteinander sprachen. Zunächst bat er Damson, noch einmal die Einzelheiten ihrer Flucht aus der Stadt zu berichten, ließ sie die Geschichte so erzählen, wie sie es wollte, blickte zwischen dem Mädchen und dem grimmigen Gesicht des Geächteten hin und her. Als sie ihre Geschichte beendet hatte, stellte er seinen leeren Teller beiseite – er hatte alles verspeist, während sie gesprochen hatte – und beugte sich verschwörerisch vor.

»Sie werden einen Befreiungsversuch erwarten«, erklärte er leise und sah von einem zum anderen. »Sie wissen, dass wir ihn nicht einfach aufgeben werden und wie wichtig er uns ist. Aber sie werden nicht erwarten, dass wir auf demselben Weg noch einmal kommen. Sie denken sicher, dass wir uns dieses Mal von einer anderen Seite anschleichen, dass wir eine umfangreichere Unternehmung starten, mit Ablenkungsmanövern, mit mehr Männern, die vielleicht zu einem größeren Angriff führt. Sie werden erwarten, dass wir versuchen, sie in einem Moment der Unaufmerksamkeit zu erwischen. Also müssen wir sie überraschen, bevor sie erkennen, dass wir etwas anderes machen, als sie erwarten.«

Chandos schnaubte. »Ist das dein Ernst, Hochländer?«

Morgan erlaubte sich ein kurzes Grinsen. »Vor allem müssen wir schnell hinein- und wieder herausgelangen. Je länger es dauert, desto gefährlicher wird es. Vertrau mir, Chandos. Ich möchte nur, dass ihr den Hintergrund für meinen Vorschlag versteht. Wir müssen uns in sie hineindenken, um ihren Plan, uns in die Falle zu locken, vorauszuahnen und dann ihrer Falle auszuweichen.«

»Du bist also sicher, dass es eine Falle geben wird?«, fragte der große Mann und rieb sein bärtiges Kinn. »Warum sollten sie Padishar nicht einfach beseitigen und es damit gut sein lassen? Oder warum sollten sie ihm nicht das antun, was sie Heuerwetz angetan haben?« Er schaute schnell zu Damson, die die Lippen zusammenpresste.

Morgan legte dem anderen eine Hand auf die breite Schulter. »Ich kann mir in keinem Punkt sicher sein. Aber denke kurz darüber nach. Wenn sie Padishar beseitigen, vergeben sie die beste Möglichkeit, uns andere zu erwischen. Und sie wollen uns alle, Chandos. Sie wollen alle Geächteten auslöschen.« Er sah Damson an. »Möglicherweise werden sie Padishar auf dieselbe Weise benutzen wie Heuerwetz. Aber sie werden es nicht sofort tun. Erstens wissen sie, dass wir damit rechnen. Wenn Padishar zurückkommt, was werden wir uns dann als Erstes fragen? Ist es wirklich Padishar – oder ist er wieder ein Schattenwesen? Zweitens wissen sie, dass wir eine Möglichkeit gefunden hatten, Teel zu entlarven. Und sie wissen, dass wir es bei Padishar vielleicht wieder können. Drittens, und das ist der wichtigste Punkt, steht uns Magie zur Verfügung, und die wollen sie. Rimmer Dall hat Par Ohmsford von Anfang an nachgestellt, und das muss etwas mit seiner Magie zu tun haben. Dasselbe gilt für Walker Boh. Und für mich.«

Er beugte sich vor. »Sie werden Padishar dazu benutzen, uns zu ihnen zu locken, denn sie wissen, dass wir keinen Befreiungsversuch ohne Magie unternehmen werden und dass wir ihre Magie nicht herausfordern werden, ohne in der Lage zu sein, unsere eigene anzurufen. Sie wollen diese Magie – denn sie wollen alle Magie –, und dies ist für sie die beste Gelegenheit.«

Chandos runzelte die Stirn. »Also haben wir es deiner Meinung nach in Wahrheit mit den Schattenwesen zu tun?«

Morgan nickte. »Es steckten von Anfang an die Schattenwesen dahinter. Teel, Heuerwetz, der Kriecher, Rimmer Dall, der Nager, das kleine Mädchen, dem Par am Tofferkamm begegnet ist – überall haben die Schattenwesen bereits gewartet. Sie kontrollieren die Föderation und auch den Koalitionsrat. Sie müssen das tun. Natürlich sind es die Schattenwesen, mit denen wir es zu tun haben werden.«

»Und wie sieht der Plan aus?«, drängte Damson leise.

Morgan lehnte sich erneut zurück und verschränkte bequem die Arme. »Wir gehen durch die Tunnel zurück nach Tyrsis – auf demselben Weg, auf dem Damson entkommen ist. Wir ziehen Föderationsuniformen an, genau wie Padishar es in der Grube gemacht hat. Wir gehen in die Stadt hinauf, zum Wachturm oder zu den Gefängnissen oder wo immer Padishar gefangen gehalten wird. Wir spazieren im hellen Tageslicht hinein und befreien ihn. Wir gehen auf dem einen Weg hinein und auf einem anderen wieder hinaus. Vor allem aber wird das alles nur wenige Minuten dauern.«

Chandos und Damson starrten ihn beide an. »Das ist alles? Das ist der ganze Plan?«, fragte Chandos.

»Einen Moment«, unterbrach Damson ihn. »Morgan, wie gelangen wir zurück in die Tunnel? Ich kann mich nicht an den Weg erinnern.«

»Nein, das könnt Ihr nicht«, stimmte Morgan zu. »Aber der Maulwurf kann es.« Er holte tief Luft. »Der Plan hängt weitgehend von ihm ab. Und davon, dass Ihr ihn dazu überreden könnt, uns zu helfen.« Er hielt inne und sah ihr in die grünen

Augen. »Ihr werdet in die Stadt zurückkehren und versuchen müssen, ihn zu finden, und dann kommt Ihr durch die Katakomben nach unten und führt uns hinein. Ihr müsst in Erfahrung bringen, wo Padishar gefangen gehalten wird, sodass wir geradewegs zu ihm gehen können. Der Maulwurf kennt alle geheimen Gänge und alle Tunnel unter Tyrsis. Er kann einen Weg für uns finden. Wenn wir einfach an ihrer Tür erscheinen, haben sie keine Zeit, uns aufzuhalten. Das ist unsere beste Chance – wir tun, was sie von uns erwarten, aber nicht auf die Art, wie sie es erwarten.«

Chandos schüttelte den Kopf. »Ich weiß nicht, Hochländer. Sie kennen Damson, sie werden nach ihr suchen.«

Morgan nickte. »Aber sie ist die Einzige, der der Maulwurf vertrauen wird. Sie muss zuerst in die Stadt. Durchs Tor. Ich begleite sie.« Er sah sie an. »Was meint Ihr, Damson Rhee?«

»Ich schaffe das«, erklärte sie ruhig. »Und der Maulwurf wird uns helfen – wenn sie ihn noch nicht erwischt haben.« Sie runzelte zweifelnd die Stirn. »Sie suchen bestimmt dort unten in denselben Tunneln nach ihm, durch die wir eindringen wollen.«

»Aber er kennt sich besser aus als die Soldaten«, sagte Morgan. »Sie versuchen jetzt schon seit Wochen, ihn zu fangen, und es ist ihnen noch nicht gelungen. Wir brauchen nur ein paar weitere Tage.« Er sah abwechselnd das Mädchen und den großen Mann an. »Es ist die beste Chance, die wir bekommen werden. Wir müssen es wenigstens versuchen.«

Chandos schüttelte erneut den Kopf. »Wie viele Männer brauchen wir dafür?«

»Zwei Dutzend, nicht mehr.«

Chandos sah ihn mit großen Augen an. »Zwei Dutzend! Hochländer, es stehen fünftausend Föderationssoldaten in Tyrsis, und wer weiß, wie viele Schattenwesen dort sind! Zwei Dutzend Männer haben keine Chance!«

»Mit zwanzig Mann stehen unsere Chancen besser als mit zweihundert Männern – oder mit zweitausend, wenn wir so viele auftreiben könnten, was wir ohnehin nicht können, nicht wahr?« Der große Mann presste abwehrend die Lippen zusammen. »Chandos, je kleiner die Gruppe ist, desto besser können wir uns verbergen. Sie werden mit einer größeren Truppe rechnen. Aber zwei Dutzend Männer? Wir können sie angreifen, bevor sie begreifen, wer wir sind. Wir können bedeutend leichter zwei Dutzend Männer unter fünftausend verbergen als zweihundert. Und mehr als zwei Dutzend brauchen wir nicht, wenn wir nur nahe genug herankommen.«

»Er hat recht«, sagte Damson plötzlich. »Eine große Streitmacht würde in den Tunneln bemerkt werden. Es gibt keine Möglichkeit, so viele Leute in der Stadt zu verstecken. Zwei Dutzend können wir hineinschleusen und bis zu dem Befreiungsversuch unterbringen.« Sie sah Morgan an. »Aber ich weiß nicht, ob zwei Dutzend Männer tatsächlich ausreichen, um Padishar zu befreien.«

Morgan begegnete ihrem Blick. »Wegen der Schattenwesen?«

»Ja, wegen der Schattenwesen. Dieses Mal haben wir Par nicht bei uns, der sie in Schach halten könnte.«

»Nein«, stimmte Morgan zu. »Dafür habt Ihr mich.« Er griff auf seinen Rücken, zog das Schwert von Leah hervor, hielt es vor sich und rammte es dann demonstrativ in die Erde. Dort blieb es stecken, zitterte leicht, und seine polierte Oberfläche glänzte glatt und silbern im Sternenlicht. Er sah sie an. »Und ich habe dies.«

»Dein Talisman«, murmelte Chandos überrascht. »Ich dachte, das Schwert sei zerbrochen.«

»Es wurde wieder ganz, als ich in den Norden zog«, erwiderte Morgan, sah Quickenings Gesicht vor seinem inneren Auge auftauchen und dann wieder verblassen. »Ich habe die Magie wiedererlangt. Sie genügt, um den Schattenwesen zu widerstehen.«

Damson blickte verwirrt von einem Gesicht zum anderen. Vielleicht hatte Par ihr nichts von dem Schwert von Leah erzählt. Vielleicht hatte er während ihrer Bemühungen, Tyrsis zu entkommen und die Geächteten zu erreichen, keine Zeit dazu gehabt. Und von Quickening wusste niemand etwas. Außer Walker Boh.

Morgan kam nicht auf den Gedanken, dass er eine Erklärung abgeben musste, und er versuchte es auch nicht. »Kannst du genug Männer finden?«, fragte er Chandos stattdessen.

Die schwarzen Augen fixierten ihn. »Das kann ich, Hochländer. Zwanzigmal so viele für Padishar Creel.« Er hielt inne. »Aber du verlangst eine Menge Vertrauen von ihnen.«

Morgan zog sein Schwert aus der Erde und ließ es wieder in die Scheide gleiten. In der Ferne patrouillierten Geächtete in der Dunkelheit am Rande der Felswand entlang. Weit dahinter brannten niedrige Herdfeuer vor den Bäumen, und das Klirren und Klappern von Kochgeschirr nahm nach und nach ab, da die Mahlzeit dem Ende zuging und man sich aufs Schlafen vorbereitete. Pfeifen wurden entzündet und leuchteten in der Dunkelheit auf wie Glühwürmchen. Die Stimmen klangen leise und unbeschwert.

Morgan sah den großen Mann an. »Wenn es eine bessere Möglichkeit gäbe, Chandos, dann würde ich sie dankbar ergreifen.« Er wich dem düsteren Blick des anderen nicht aus. »Wie entscheidest du dich, dafür oder dagegen?«

Chandos sah Damson an, und sein goldener Ohrring glitzerte, als er den Kopf drehte. »Was meint Ihr?«

Die Frau strich ihr feuerrotes Haar zurück. Sie hatte einen entschlossenen Ausdruck in den Augen, eine Mischung von aufflammender Verärgerung und Hoffnung. »Ich denke, wir müssen etwas unternehmen, sonst ist Padishar verloren.« Ihr Gesicht wurde hart. »Wenn wir an seiner Stelle wären, würde er dann nicht auch kommen?«

Chandos rieb die vernarbten Überreste seines Ohrs. »In Eurem Fall hat er das bereits getan, nicht wahr?« Er schüttelte den Kopf. »Narren bis zum Ende sind wir«, murmelte er, an niemanden im Besonderen gewandt. »Wir alle.« Er sah wieder Morgan an. »In Ordnung, Hochländer. Zwei Dutzend Männer, mich selbst eingeschlossen. Ich suche sie heute Nacht aus.«

Er erhob sich abrupt. »Du wirst sofort aufbrechen wollen, vermute ich. Beim ersten Licht, oder sobald wir Vorräte für die Reise zusammengestellt haben.« Er sah Morgan schief an. »Schließlich wollen wir uns nicht unterwegs noch um Proviant kümmern, oder, Hochländer?«

Morgan und Damson erhoben sich mit ihm. Morgan streckte dem Geächteten seine Hand hin. »Ich danke dir, Chandos.«

Der große Mann lachte. »Wofür? Dafür, dass ich dem Plan eines Wahnsinnigen zugestimmt habe?« Er ergriff Morgans Hand dennoch. »Ich sage dir etwas. Wenn das gelingt, dann werde ich dir ein Dutzend Mal danken.«

Brummend schlenderte er zu den Lagerfeuern hinüber, den leeren Teller in den Hand, den struppigen Kopf auf die breite Brust gesenkt. Morgan sah ihm nach. Einen Moment dachte er an vergangene Zeiten und an die Orte und Gefährten, die er hinter sich gelassen hatte. Die quälenden Gedanken wurden vom Bedauern begleitet, was hätte sein können. Plötzlich verspürte er eine große Leere in sich.

Damsons Schulter streifte seinen Arm, und er wandte sich zu ihr um. Die smaragdgrünen Augen zeigten einen nachdenklichen Ausdruck. »Vielleicht hat er mit seiner Bemerkung über Euch recht«, bemerkte sie leise. »Vielleicht seid Ihr wirklich ein Wahnsinniger.«

Morgan zuckte die Achseln. »Ihr habt mich unterstützt.«

»Ich möchte Padishar befreien. Ihr scheint der Einzige zu sein, der einen Plan hat.« Sie zog eine Augenbraue hoch. »Sagt mir die Wahrheit – gibt es Teile in diesem Plan, die Ihr für Euch behalten habt?«

Er lächelte. »Kaum. Ich hoffe, dass es mir gelingt, die richtigen Entscheidungen zu treffen, während wir dabei sind.«

Sie sagte nichts, betrachtete ihn nur kurz, nahm dann seinen Arm und dirigierte ihn an der Felskante entlang. Eine Weile gingen sie schweigend dahin, vom Rand der Bäume zur Steilwand und wieder zurück und atmeten den Duft der Wildblumen und Gräser in dem Wind, der von den Graten und Berggipfeln dahinter herabfegte. Der Wind war warm und tröstlich und streichelte wie Seide über Morgans Haut. Er hielt das Gesicht in die Brise. Am liebsten hätte er die Augen geschlossen und hätte sich mit ihr davonwehen lassen.

»Erzählt mir von Eurem Schwert«, bat sie. Ihre Stimme klang ruhig. Ihr Blick blieb unverwandt, allerdings sah er sie gar nicht an. »Erzählt mir, wie es wieder ganz wurde – und warum Ihr so sehr leidet, Morgan. Denn Ihr leidet, nicht wahr? Ich sehe es Euch an den Augen an. Erzählt es mir. Ich möchte es hören.«

Er glaubte ihr, und er bemerkte plötzlich, dass er darüber sprechen wollte. Er ließ sich von ihr auf einen flachen Felsen ziehen. Während sie beide in die Ferne schauten, begann er in der Dunkelheit zu sprechen.

»Es gab ein Mädchen namens Quickening«, sagte er, und die Worte kamen mühsam und unbeholfen. Er hielt inne und atmete tief durch, um sich zu beruhigen. »Ich habe sie sehr geliebt.«

Hoffentlich sah sie die Tränen nicht, die ihm in die Augen traten.

Er verbrachte die Nacht in eine Decke eingewickelt am Rande der Bäume, den Körper zwischen die Wurzeln einer uralten Ulme gezwängt, den Kopf auf seinen zusammengerollten

Reiseumhang gebettet. Sein Behelfsbett erwies sich als unbequem, und er erwachte steif und wund. Während er die Blätter und den Staub aus seinem Umhang schüttelte, fiel ihm auf, dass er Matty Roh seit der vergangenen Nacht nicht mehr gesehen hatte, nicht einmal beim Essen. Allerdings war er zu dem Zeitpunkt bereits ziemlich mit seinem Plan zur Befreiung von Padishar beschäftigt gewesen – seinem großen und wundervollen Plan, der ihm nach einigem Nachdenken, jetzt beim ersten schwachen Tageslicht betrachtet, recht schlicht und durchaus unvernünftig vorkam. In der letzten Nacht hatte er ziemlich gut geklungen, heute Morgen dagegen erschien er wenig vertrauenerweckend zu sein.

Aber nun konnte er keinen Rückzieher mehr machen. Chandos hatte sicher bereits mit den Vorbereitungen für die Rückreise nach Tyrsis begonnen. Es war nichts dabei zu gewinnen, wenn sich Morgan weiter den Kopf darüber zerbrach.

Er reckte sich und eilte auf den kleinen Wasserlauf zu, der in einiger Entfernung unter den Bäumen hinter ihm aus den Felsen lief. Das kalte Wasser würde ihm helfen, einen klaren Kopf zu bekommen und den Schlaf aus den Augen zu vertreiben. Er hatte bis weit nach Mitternacht mit Damson Rhee gesprochen und ihr alles über Quickening und die Reise nach Norden, nach Eldwist, erzählt. Sie hatte zugehört, ohne viel zu sagen, und irgendwie hatte sie das einander nähergebracht. Jetzt mochte er sie mehr und vertraute ihr. Das Misstrauen hatte sich verflüchtigt. Er verstand langsam, warum Par Ohmsford und Padishar Creel sie unbedingt aus den Händen der Föderation hatten befreien wollen. Er hätte dasselbe getan.

Allerdings hatte sie ihm trotzdem etwas über ihr Verhältnis zu dem Talbewohner und dem Anführer der Geächteten verschwiegen. Es war keine Täuschung und auch keine Lüge, es war einfach ein Versäumnis. Sie hatte ziemlich schnell eingestanden, dass sie Par liebte, aber da war noch etwas anderes, etwas, das sie schon vorher getrieben und sie erst veranlasst hatte, sich an der Bergung des Schwertes von Shannara aus der Grube zu beteiligen. Morgan war nicht sicher, was es war, hatte es aber zwischen den Zeilen gespürt in der Art, wie sie von den beiden Männern sprach, in der Kraft ihrer Überzeugung, ihnen helfen zu müssen. Ein- oder zweimal glaubte Morgan fast erkennen zu können, was sie für sich behielt, aber jedes Mal hatte er es nicht wirklich zu fassen bekommen.

Auf jeden Fall fühlte er sich besser, nachdem er jetzt jemandem von Quickening erzählt hatte, nachdem er die Gefühle, die er seit seiner Rückkehr in sich verschlossen gehalten hatte, ein wenig herausgelassen hatte. Er hatte danach gut geschlafen, traumlos und ruhig, und er hatte sich in den krummen Wurzeln des alten Baumes geborgen gefühlt. So hatte er ein wenig von jenem Schmerz losgelassen, der ihn so viele Wochen lang geplagt hatte.

Er hörte den Bach vor sich, ein leises Rauschen in der Stille. Er überquerte eine Lichtung, schob sich durch eine Wand aus Gebüsch und sah plötzlich auf Matty Roh.

Sie saß ihm gegenüber am Ufer des Baches, die Hosenbeine hochgerollt, und ließ die bloßen Füße im Wasser baumeln. Im selben Moment, in dem er erschien, erschrak sie und griff nach ihren Stiefeln. Ihre Füße kamen wie ein Blitz weißer Haut aus dem Wasser hervor und verschwanden fast augenblicklich im Schatten ihres Körpers. Aber einen kleinen Moment lang hatte er sie deutlich gesehen. Sie waren schrecklich vernarbt, und die Zehen fehlten oder waren so stark verunstaltet, dass sie fast nicht zu erkennen waren. Ihr schwarzes Haar zitterte durch die Heftigkeit ihrer Bewegungen im Licht, als sie das Gesicht von ihm abwandte.

»Seht mich nicht an«, flüsterte sie barsch.

Verlegen wandte er sich sofort ab. »Es tut mir leid«, entschuldigte er sich. »Ich wusste nicht, dass Ihr hier seid.«

Er zögerte, ging dann fort und folgte dem Bach zu den Felsen. Das Bild ihrer Füße blieb ihm unbehaglich klar im Kopf.

»Ihr müsst nicht fortgehen«, rief sie ihm nach, und er blieb stehen. »Ich … ich brauche nur eine Minute.«

Er wartete, blickte in die Bäume, hörte jetzt Stimmen hinter sich, ein kurzes Lachen hier, ein schnelles Murmeln dort.

»In Ordnung«, sagte sie, und er wandte sich wieder um. Sie stand am Bach, die Hose nach unten gerollt und die Stiefel angezogen. »Es tut mir leid, dass ich Euch so angefahren habe.«

Er zuckte mit den Schultern und ging zu ihr hinüber. »Entschuldigt, ich wollte Euch nicht überraschen. Ich bin wohl noch ein wenig verschlafen.«

»Es war nicht Euer Fehler.« Sie wirkte ebenfalls verlegen.

Er kniete am Bach, wusch sich Gesicht und Hände mit Seife und trocknete sich dann mit einem weichen Tuch ab. Er hätte ein Bad brauchen können, aber er wollte sich die Zeit nicht nehmen. Das Mädchen beobachtete ihn, während er sich wusch. Sie wartete wie ein schweigender Schatten.

Als er fertig war, blieb er auf den Fersen hocken und atmete tief die Morgenluft ein. Er konnte Wildblumen und Gräser riechen.

»Ihr brecht nach Tyrsis auf, um Padishar zu befreien«, sagte sie plötzlich. »Ich möchte mitkommen.«

Er blickte überrascht zu ihr auf. »Woher wisst Ihr etwas von der Befreiung?«

Sie zuckte die Achseln. »Dadurch, dass ich getan habe, worin ich geübt bin – Augen und Ohren offen zu halten. Kann ich mit?«

Er stand auf und sah sie an. Ihre Augen befanden sich auf gleicher Höhe mit seinen. Er war wieder einmal überrascht, wie groß sie war. »Warum solltet Ihr das tun wollen?«

»Weil ich es leid bin, nur herumzustehen und die Gespräche anderer Leute zu belauschen.« Ihr Blick war fest und entschlossen. »Erinnert Ihr Euch an unsere Unterhaltung auf dem Weg hierher? Ich habe gesagt, ich warte darauf, dass etwas geschieht. Nun geschieht etwas. Und ich möchte mit.«

Er war nicht sicher, ob er sie verstanden hatte, und wusste nicht, was er sagen sollte. Es war schlimm genug, dass Damson Rhee mit ihnen nach Tyrsis gehen musste. Aber auch Matty Roh? Auf eine zweifellos so gefährliche Reise wie diese?

Sie trat einen Schritt zurück und musterte ihn. »Ihr macht Euch doch nicht tatsächlich Sorgen um mich«, sagte sie geradeheraus. »Tatsache ist, dass ich weitaus besser auf mich selbst aufpassen kann als Ihr auf Euch. Ich mache das schon sehr viel länger. Ihr erinnert Euch vielleicht daran, was in der Alten Pfeife passiert ist, als Ihr mich anfassen wolltet.«

»Das zählt nicht!«, fauchte er abwehrend. »Ich war nicht vorbereitet …«

»Nein, das wart Ihr nicht«, unterbrach sie ihn. »Und das ist der Unterschied zwischen uns, Hochländer. Ihr seid nicht darin geübt, vorbereitet zu sein, ich aber schon.« Sie trat wieder nah an ihn heran. »Ich werde Euch noch etwas sagen. Ich kämpfe besser mit dem Schwert als jeder andere auf der Seite von Padishar Creel – und vielleicht genauso gut wie er. Wenn Ihr mir nicht glaubt, fragt Chandos.«

Er sah sie an, schaute in durchdringende kobaltblaue Augen, betrachtete die dünne Linie ihrer Lippen, die schlanken eckigen Schultern. Sie hatte ihren Kopf kampflustig vorgereckt, um ihn dazu zu ermutigen, sie herauszufordern.

»Ich glaube Euch«, sagte er und meinte es auch so.

»Außerdem«, sagte sie, wobei sie sich nicht im Geringsten entspannte, »braucht Ihr mich für Euren Plan.«

»Woher wisst Ihr über …«

»Ihr seid der Falsche, um mit Damson nach Tyrsis hineinzugehen«, unterbrach sie ihn und ignorierte seine Frage. »Ich sollte das übernehmen.«

»… den Plan?«, beendete er seine Frage und brach dann ab. Er stemmte frustriert die Hände in die Hüften. »Und zwar warum?«

»Weil man mich nicht beachten wird, Euch aber bestimmt. Ihr seid zu auffällig, Hochländer. Ihr seht genau nach dem aus, was Ihr seid! Auf jeden Fall ist Euer Gesicht der Föderation bekannt und meines nicht. Und wenn etwas schiefgeht, kennt Ihr Euch in Tyrsis nicht aus, ich hingegen schon. Und am wichtigsten von allem ist, dass sie nicht nach zwei Frauen Ausschau halten werden. Wir können vor ihrer Nase durchlaufen, und sie werden uns keines zweiten Blickes würdigen.«

Sie baute sich erneut vor ihm auf. »Sagt mir, dass ich falsch liege«, forderte sie ihn heraus.

Er lächelte wider Willen. »Ich schätze, das kann ich nicht.« Er wandte den Blick ins Laub der Bäume und hoffte, dass die Antwort auf ihre Forderung dort zu finden wäre. Sie war es nicht. Er sah wieder Matty Roh an. »Warum fragt Ihr nicht Chandos? Er ist dafür zuständig, nicht ich.«

Ihr Gesichtsausdruck änderte sich nicht. »Das glaube ich nicht. Zumindest nicht in diesem Fall.« Sie hielt inne und wartete. »Nun? Kann ich mitkommen?«

Er seufzte und fühlte sich plötzlich müde. Vielleicht hatte sie recht. Vielleicht war es eine gute Idee, wenn sie mitkam. Sie hatte eindeutig überzeugende Argumente. Außerdem, hatte er sich nicht selbst gerade erst gesagt, dass er für seinen Plan noch Hilfe brauchte? Vielleicht war Matty Roh genau die richtige Unterstützung.

»In Ordnung«, stimmte er zu. »Ihr könnt mitkommen.«

»Danke.« Sie wandte sich ab und ging zurück zum Lager, den Mantel über eine Schulter geschlungen.

»Aber Chandos muss auch zustimmen!«, rief er ihr hinterher, noch immer nach einem Ausweg suchend.

»Das hat er bereits!«, rief sie als Antwort zurück. »Er sagte, ich sollte Euch fragen.«

Sie lächelte ihm über die Schulter hinweg zu, während sie zwischen den Bäumen verschwand.

Chandos war beim Frühstück kurz angebunden und in sich gekehrt, und Morgan ließ ihn in Ruhe und setzte sich stattdessen zu Damson Rhee. Der lange Tisch war stark belagert, und die Männer waren so laut, dass der Hochländer und das Mädchen nicht viel miteinander sprachen, sondern sich auf das Essen und die Gespräche um sie herum konzentrierten. Matty Roh kam und ging auf ihrem Weg zu einem anderen Platz dicht an Morgan vorbei, ohne ihn anzusehen. Nur einen Augenblick hielt sie inne, um Chandos etwas mitzuteilen, was ihn dazu veranlasste, mürrisch die Stirn zu runzeln. Morgan hatte nicht gehört, was sie gesagt hatte, aber es fiel ihm nicht schwer, es sich vorzustellen.

Nach der Mahlzeit stand Chandos auf, brüllte, dass sich jedermann, der noch am Tisch saß, an die Arbeit machen sollte, und rief Damson und Morgan zu sich. Er führte sie aus den Bäumen erneut zu den Felsen und wartete, bis sie außer Hörweite waren, bevor er sprach. Mit finsterem Gesicht verkündete er ihnen mürrisch, dass ein Bote der Geächteten während der Nacht die Nachricht gebracht habe, dass die Elfen ins Westland zurückgekehrt seien. Diese Neuigkeit war mehrere Tage alt und nicht absolut zuverlässig, und daher wollte er wissen, wie Morgan und das Mädchen darüber dachten.

»Ich halte es für möglich«, sagte Morgan sofort. »Es war eine der Aufgaben, die den Ohmsfords übertragen worden waren, die Elfen ins Westland zurückzubringen.«

»Wenn Paranor wieder da ist, könnten auch die Elfen zurück sein«, stimmte Damson zu.

»Und das würde bedeuten, dass alle Aufgaben erfüllt worden sind«, fügte Morgan mit wachsender Aufregung hinzu. »Chandos, wir müssen herausfinden, ob das stimmt.«

Der große Mann runzelte erneut die Stirn. »Du willst also noch eine Reise unternehmen – als wenn die eine nicht genug wäre!« Er seufzte müde. »In Ordnung, ich werde jemanden losschicken, um das zu überprüfen, einen Boten, der sie wissen lässt, dass sie in Callahorn Freunde haben. Wenn sie wirklich wieder da sind, werden wir sie finden.«

Er fügte hinzu, dass er die Männer für die Reise nach Tyrsis ausgewählt habe und dass auch die Vorräte und Waffen zusammengestellt seien. Alles werde am frühen Vormittag bereit sein, und dann könnten sie aufbrechen.

Als er sich zum Gehen wandte, fragte Morgan aufs Geratewohl: »Chandos, was hältst du von Matty Roh?«

»Was ich von ihr halte?« Der große Mann lachte. »Ich denke, sie bekommt so ziemlich alles, was sie will.« Er ging weiter und rief dann über die Schulter zurück: »Ich glaube, du solltest bei ihr lieber auf der Hut sein, Hochländer.«

Er verschwand zwischen den Bäumen und erteilte den Männern Befehle.

Damson sah Morgan an. »Was sollte das alles?«

Morgan erzählte ihr von seinem Treffen mit Matty in Varfleet und von ihrer Reise zum Feuerrotland, von der Beharrlichkeit des Mädchens, an Padishars Rettung teilzunehmen. Er fragte Damson, ob sie etwas über Matty Roh wisse. Damson verneinte. Sie war ihr bisher nie begegnet.

»Aber Matty hat recht, wenn sie sagt, dass zwei Frauen weniger Aufmerksamkeit auf sich ziehen«, meinte sie. »Und wenn es ihr gelungen ist, sowohl Euch als auch Chandos davon zu überzeugen, dass sie uns auf dieser Reise begleitet, dann solltet Ihr wohl beide vor ihr auf der Hut sein.«

Morgan ging, um seine Sachen für die Reise nach Süden zu packen, gürtete sich seine Waffen um und ging wieder auf die Felsen hinaus. Innerhalb einer Stunde war die von Chandos ausgewählte Gruppe versammelt und startbereit. Es war ein

Haufen harter und geeigneter Männer, von denen einige am Zeigefinger Seite an Seite mit Padishar gegen den Kriecher gekämpft hatten. Manche erkannten Morgan und nickten ihm kameradschaftlich zu. Chandos sandte einen Mann voraus, um eventuelle Schwierigkeiten auszukundschaften, und führte dann den Rest, darunter auch Morgan, Damson und Matty Roh, vom Feuerrotland in die Ebene.

Sie marschierten den ganzen Tag, stiegen von den Drachenzähnen zum Rabb hinab, wandten sich dann nach Süden, um den Fluss zu überqueren und in Richtung Varfleet weiterzuziehen. Sie gingen schnell voran, marschierten durch die Hitze unter einem wolkenlosen Himmel, und die Sonne brannte grell herab und ließ die Luft über dem staubigen Grasland wie Wasser flimmern. Mittags machten sie Rast und aßen etwas. Sie hielten erneut am späten Nachmittag an, und bei Einbruch der Nacht hatten sie die Ebene erreicht, die ins Schiefertal führte. Eine Wache wurde aufgestellt, sie nahmen eine Mahlzeit ein, und dann legte man sich schlafen. Morgan war während des Tages mit Damson zusammen gewandert und richtete sein Schlaflager in dieser Nacht nicht weit von ihr entfernt ein. Obwohl sie das wahrscheinlich weder brauchte noch wollte, hatte er ihr gegenüber die Rolle des Beschützers angenommen und war entschlossen, wenigstens auf sie aufzupassen, wenn er im Moment schon nichts anderes für Par oder Coll tun konnte.

Matty Roh hatte sich den größten Teil des Tages abgesondert, war abseits von allen anderen gegangen, hatte allein gegessen und es offenbar vorgezogen, sich mit sich selbst zu begnügen. Niemand schien überrascht darüber, dass sie dabei war, niemand schien den Grund dafür wissen zu wollen. Mehrmals überlegte Morgan, ob er sie ansprechen sollte, aber wenn er den Ausdruck auf ihrem Gesicht bemerkte und die Distanz, die sie freiwillig zwischen sich und den anderen geschaffen hatte, beschloss er stets, es nicht zu tun.

Um Mitternacht wachte er auf, da ihm seine Träume und das Vorgefühl dessen, was sie erwartete, keine Ruhe ließen. Er ging zum Rand des Wäldchens, in dem sie Schutz gesucht hatten, und schaute in den Himmel hinauf und über die Ebene hinweg. Plötzlich stand Matty Roh neben ihm. Leise wie ein Geist war sie einfach da, als wäre sie schon erwartet worden. Gemeinsam schauten sie über den leeren Rabb hinweg, betrachteten das Land im fahlen Sternenlicht und atmeten die letzte Hitze des Tages in der abkühlenden Nachtluft.

»Das Land, in dem ich geboren wurde, sah aus wie dieses«, sagte sie nach einiger Zeit, und ihre Stimme klang abwesend. »Flaches, leeres Grasland. Ein wenig Wasser, viel Hitze. Jahreszeiten, die rau und gleichzeitig wunderschön sein konnten.« Sie schüttelte den Kopf. »Nicht wie das Hochland, vermute ich.«

Er sagte nichts, sondern nickte nur. Ein flüchtiger Windhauch zerzauste ihr schwarzes Haar. Irgendwo in der Ferne heulte ein Wolf, doch sein Ruf verhallte unbeantwortet in der Stille.

»Ihr wisst nicht, was Ihr von mir halten sollt, nicht wahr?«

Er zuckte die Achseln. »Wohl nicht. Ihr seid manchmal ganz schön verwirrend.«

Ihr Antwortlächeln kam und ging in Sekundenschnelle. Ihre feinen Gesichtszüge lagen im Schatten, deshalb sah sie im schwachen Licht hager aus. Sie schien über etwas nachzudenken.

»Als ich fünf Jahre alt war«, sagte sie kurz darauf, »unmittelbar vor meinem sechsten Geburtstag, nicht lange nach dem Tod meiner Schwester, spielte ich mit meinem älteren Bruder draußen auf einem Feld in der Nähe des Hauses. Es war eine Weide, die in diesem Jahr brachgelegen hatte. Dort grasten Milchkühe. Ich erinnere mich, dass ich eine der Kühe wie leblos auf der Seite liegen sah. Es sah irgendwie merkwürdig aus, und ich ging zu ihr, um nachzusehen, was da nicht stimmte. Die Kuh starrte mich mit aufgerissenen Augen an und wirkte sehr verängstigt. Sie schien nicht einmal brüllen zu können. Sie lag im Sterben, zur Hälfte in und zur anderen Hälfte neben einer schlammigen Senkgrube, die ich vorher noch nie da gesehen hatte. Ihr Körper wurde zerfressen.«

Matty verschränkte die Arme vor der Brust, als fröre sie. »Ich weiß nicht, warum, aber ich wollte sie genauer betrachten. Ich ging zu ihr und blieb erst stehen, als ich nur noch wenige Meter von ihr entfernt war. Ich hätte meinen Bruder rufen sollen, aber ich war klein und dachte nicht daran. Ich schaute mir die Kuh an und fragte mich, was geschehen sei. Und plötzlich spürte ich das Brennen unter meinen Fußsohlen. Ich schaute hinab und sah, dass ich in einer Art Schlamm stand, in den auch die Kuh hineingeraten war. Der Schlamm war mit grünlichen Linien und Blasen durchsetzt. Er hatte sich bereits durch meine Schuhe hindurchgefressen. Ich drehte mich um und rannte davon, und jetzt schrie ich um Hilfe. Ich lief so schnell, wie ich konnte, aber der Schmerz war schneller. Er zog durch meine Füße. Ich erinnere mich, dass ich hinabschaute und sah, dass einige meiner Zehen verschwunden waren.«

Sie erschauerte bei der Erinnerung. »Meine Mutter wusch mich, so gut es ging, aber es war zu spät. Die Hälfte meiner Zehen war fort, und meine Füße waren von Narben übersät und brannten, als wären sie ins Feuer geraten. Ich bekam Fieber und blieb zwei Wochen im Bett. Sie dachten, ich würde sterben. Aber das tat ich nicht, ich blieb am Leben. Stattdessen starben sie. Sie alle.«

Sie lächelte verbittert und ironisch. »Ich dachte nur, Ihr solltet das nach heute Morgen wissen. Ich mag es nicht, wenn Leute sehen, was mit meinen Füßen geschehen ist.« Sie sah ihn kurz an und wandte sich dann erneut ab. »Aber ich wollte, dass Ihr es versteht.«

Sie stand noch einen Moment bei ihm, wünschte dann gute Nacht und verschwand wieder unter den Bäumen. Er sah lange hinter ihr her und dachte darüber nach, was sie ihm erzählt hatte. Und nachdem er zum Lager zurückgekehrt war und sich in seine Decke gewickelt hatte, konnte er lange nicht einschlafen. Er dachte die ganze Zeit über Matty Roh nach.

In der Dämmerung brachen sie auf, Schatten im fahlen grauen Licht, das langsam von Osten heraufzog. Der Tag war bewölkt, und gegen Mittag begann es zu regnen. Die Gruppe wanderte mühsam durch die waldigen Hügel nördlich von Varfleet und vom Mermidon weiter und folgte der Linie der Drachenzähne nach Westen. Zweimal kam der Kundschafter zurück, um vor Föderationspatrouillen zu warnen, und sie mussten in Deckung gehen, bis die Soldaten vorbeigezogen waren. Das Land war grau und glänzte feucht vom Regen, und sie begegneten niemandem. Morgan ging neben Matty Roh und blieb den Tag über bei ihr. Sie versuchte nicht, ihn zu vertreiben, und entfernte sich auch nicht von ihm. Sie sprach wenig, schien sich aber in seiner Gegenwart wohlzufühlen. Als sie eine Pause einlegten, um etwas zu essen, teilte sie mit ihm das wenige Obst, das sie bei sich trug.

Bei Einbruch der Nacht hatten sie den Mermidon überquert und waren in Sichtweite von Tyrsis gelangt. Die Stadt leuchtete kalt von den Höhen der Steilwand herab, während sie von der anderen Seite der Ebene zu ihr hinaufsahen. Es regnete stetig und unaufhörlich, wodurch die staubige Erde in Schlamm verwandelt wurde. Damson und Matty Roh wollten erst gegen Morgen aufbrechen, sich unter die üblichen Händler mischen, die aus dem Umland für den Tag heraufkamen, und versuchen, die Stadt zu betreten. Chandos schickte den Kundschafter voraus, der Nützliches von den Reisenden, die die Stadt verließen, in Erfahrung bringen sollte. Die restliche Gruppe lagerte in einem Wäldchen alter Ahornbäume, wobei sie zu ihrem

Missvergnügen feststellen mussten, dass trockene Stellen spärlich und nur tief im Inneren des Hains zu finden waren.

Es war fast Mitternacht, als der Kundschafter zurückkehrte. Morgan war noch wach. Er saß bei Chandos und Matty Roh, die zuhörten, wie Damson beschrieb, was sie über die Tunnel unter Tyrsis und die Föderationsgefängnisse wusste. Der Kundschafter beugte sich herab, um Chandos verstohlen etwas zuzuflüstern. Chandos wurde aschfahl im Gesicht. Er entließ den Kundschafter und wandte sich dem Hochländer und den Mädchen zu.

Die Föderation hatte ihre Absicht verkündet, Padishar Creel hinzurichten. Die Hinrichtung würde öffentlich stattfinden. Und zwar zur Mittagszeit des übernächsten Tages.

Chandos erhob sich und ging kopfschüttelnd davon. Schweigend und wie betäubt saß Morgan mit Damson und Matty Roh da. Seine Vermutung war falsch gewesen. Die Föderation hatte beschlossen, sich Padishars ein für alle Mal zu entledigen. Der Anführer der Geächteten hatte keine zwei Tage mehr zu leben.

Morgan blickte Damson und Matty an. Sie dachten dasselbe. Welchen Befreiungsplan auch immer sie durchzuführen versuchten – er sollte ihnen besser auf Anhieb gelingen.

12

Der Wind blies über Wren Elessedils Gesicht und kühlte es nach der Hitze der Mittagssonne ab. Ihr kurz geschnittenes Haar wehte von einer Seite zur anderen, während er darüber hinwegstrich, und das Pfeifen und Rauschen, das in ihren Ohren klang, übertönte alle anderen Geräusche. Es lag ein Rhythmus darin, der trotz der Lautstärke einschläfernd und tröstlich wirkte und der sie einhüllte wie ein warmer Mantel in einer kalten Nacht. Sie lächelte, schloss die Augen und überließ sich dieser Umarmung.

Wren saß rittlings auf dem riesigen Rock Seele, der im Westland über die Wälder südlich und östlich von Arborlon flog und sich dem Mermidon näherte, wo er über den weiten Sumpf, den sie Totenmoor nannten, hinwegstrich und dann zur Ebene des Tirfings hinabstieß. Tiger Ty saß mit gespreizten Beinen vor ihr, wo der Hals von Seele in die Schultern überging, unmittelbar vor den großen Schwingen. Sowohl der Flugreiter als auch die Elfenkönigin waren in die Harnische des Vogels geschnallt und so gegen einen möglichen Fall gesichert. Der Himmel war hell und wolkenlos, und die Sonne tauchte das Land von Horizont zu Horizont in geschmolzenes Gold. Unter ihnen, wo sich das Land in einem Mosaik von Grün und Braun ausbreitete, war es während der langen, trägen Tage des späten Sommers heiß und feucht, und alles Leben schien stillzustehen. Aber hier, hoch über der Hitze, wo der Wind stetig und kühl blies, schwebte Wren ungehindert durch Raum und Zeit und genoss das Gefühl der Freiheit, das ein Flug bei ihr unweigerlich hervorrief.

Sie öffnete die Augen, und Verbitterung lag in ihrem Lächeln. Sie hatte so viel Zeit damit verbracht, Freiheit in der einen oder anderen Form zu suchen, dass sie das Gefühl kannte. Jedenfalls empfand sie das so.

Es war jetzt zehn Tage her, seit sie in die Vier Länder zurückgekehrt war. Der Albtraum von Morrowindl lag hinter ihr und begann in den Tiefen ihrer Erinnerung zu versinken. Ihr Schlaf wurde noch immer von Träumen dessen, was gewesen war, heimgesucht – von den Monstern, die die kleine Gesellschaft auf den zerklüfteten Berghängen des Killeshan bis zum Strand verfolgt hatten, von den Gesichtern jener, die dabei ihr Leben gelassen hatten, von der Angst und der Qual, die sie empfunden hatte, und von dem furchtbaren Gefühl des Verlusts, das sie, wie sie glaubte, niemals wieder verlassen würde. Stets erwachte sie zitternd und frierend trotz der Sommerhitze aus diesen Träumen und verließ ihr Bett, um allein durch die Gänge des Palastes zu wandern wie ein ruheloser Geist. Sogar jetzt wisperte ihr Morrowindl, das in einer lodernden Feuersbrunst wieder ins Meer zurückgekehrt war, aus der Vergangenheit zu, aus seinem Wassergrab, und die Stimme war eine ständige Erinnerung daran, wie sie hierhergekommen war und was es sie gekostet hatte.

Aber es blieb wenig Zeit, bei dem zu verweilen, was gewesen war, denn die Anforderungen der Gegenwart überschatteten alles. Sie war Königin der Elfen, und ihr war die Sicherheit und das Wohlergehen ihres Volkes anvertraut. Diese Aufgabe hatte Ellenroh ihr übertragen, eine Aufgabe, die sie angenommen hatte. Aber nicht jeder, für den ihr die Verantwortung auferlegt worden war, glaubte an sie. Es war nicht leicht, die Elfen davon zu überzeugen, dass sie ihre Anführerin sein sollte. Nachdem der erste Überschwang der Begeisterung, von Morrowindl freigekommen und wieder ins Westland zurückgebracht worden zu sein, verflogen war, begannen die Fragen. Wer war dieses kaum erwachsene Mädchen, das sich zu ihrer Königin erklärt hatte – dieses Mädchen, das nicht einmal eine reinrassige Elfin war, sondern eine Mischung aus Elf und Mensch? Wer hatte entschieden, dass sie das Volk anführen und regieren sowie Entscheidungen treffen sollte, die das Leben aller betrafen? Es wurde behauptet, sie sei Ellenrohs Enkelin, die Tochter von Alleyne, ein Kind der Elessedils und die Letzte dieser Familie, die noch regieren konnte. Aber sie war auch eine Fremde, die aus dem Nichts aufgetaucht und unbekannt war. Wer war sie, dass sie Königin sein sollte?

Eton Shart und Barsimmon Oridio gehörten zu diesen Zweiflern – ihr Erster Minister und der Befehlshaber ihrer Armee, Männer, die zu verlieren sie sich nicht leisten konnte. Sie sagten es ihr nicht offen ins Gesicht, aber ihre Reserviertheit war offensichtlich. Sie hatten Ellenroh lange Zeit treu gedient und nicht erwartet, dass sie ihre frühere Königin verlieren würden. Schlimmer noch, sie hatten nicht erwartet, dass plötzlich jemand, den sie kaum kannten, an ihre Stelle treten würde. Sicherlich nicht eine Außenseiterin, und noch dazu ein junges Mädchen. Wren verstand ihre Vorbehalte. Trotzdem musste sie darauf reagieren.

Triss und die Leibwache waren ihre eigentliche Unterstützung. Triss war mit ihr aus Morrowindl herausgelangt, hatte ihren Kampf mit den Elfensteinen miterlebt, mit den Dämonen, die sie verfolgt hatten, und mit der Verantwortung, die ihr übertragen worden war. Er erkannte sie als Königin an, weil er dabei gewesen war, als Ellenroh sie zu ihrer Nachfolgerin ernannt und sein Treuegelöbnis eingefordert hatte. Triss hatte sie vor dem Hohen Rat, der Armee und besonders vor der Leibwache, die mit ihrem Schutz beauftragt war, zur Königin ausgerufen. Die Leibwache hatte sie, anders als die anderen Ämter des Elfenstaates, sofort und ohne Vorbehalte anerkannt. Nachdem sie Ellenroh verloren hatten, standen sie jetzt ohne Wenn und Aber hinter ihr. Niemand würde dieser Königin ein Leid zufügen, schworen sie. Diese Königin würde ihren vollen Schutz genießen. Es war die Art Unterstützung, die sie dringend brauchte, und Triss stellte als Hauptmann der Leibwache sicher, dass sie diese erhielt.

Dennoch würde die Unterstützung der Leibwache allein auf lange Sicht nicht ausreichen. Sie musste sowohl den Hohen Rat als auch die Armee für sich gewinnen, wenn sie als Königin anerkannt werden wollte. Das bedeutete, dass sie Eton Shart und Barsimmon Oridio überzeugen musste, und sie wusste nicht, wie sie das bewerkstelligen sollte. Trotz ihrer Bemühungen, ihnen die Vorteile ihrer Anerkennung darzulegen, blieben sie auf Distanz. Die Zeit wurde knapp. Zehn Tage war es her, seit die Elfen ins Westland zurückgekehrt waren, und inzwischen wussten das auch die Föderation und die Schattenwesen. Über ein Jahrhundert lang hatte die Föderation behauptet, die Elfen seien die Ursache für die Krankheit, die das Land befallen hatte, und jetzt hatten sie schließlich die Gelegenheit, die Dinge in Ordnung zu bringen. Unabhängig davon, dass es die falsche Gruppe von Elfen war, dachte sie. Die Föderation würde sich kaum die Mühe machen, zwischen Gut und Böse zu unterscheiden. Merzt sie alle aus, und das Problem ist gelöst.

Und das war der Grund dafür, dass sie mit Tiger Ty nach Süden flog. Die Bemühungen, mit dieser Ausmerzung zu beginnen, waren bereits in vollem Gange.

Tiger Ty berührte Seele leicht am Hals, und der Rock reagierte, indem er nach unten auf eine Klippe zu flog, die über den Fluss ragte. Der Vogel sank leicht und anmutig abwärts, und binnen wenigen Augenblicken waren sie auf einer grasbewachsenen Böschung am Rand eines Waldes mit breitblättrigen Bäumen gelandet. Wren löste sich aus den Gurten, kletterte herab und reckte die steifen Muskeln. Sie war noch immer nicht daran gewöhnt, auf den riesigen Rocks zu fliegen, obwohl sie dies seit ihrer Rückkehr schon mehrere Male getan hatte. Auch die Flugreiter kehrten nach und nach ins Westland zurück und ließen sich wieder am alten Rockshort südlich des Irrybis nieder. Wren war zu ihnen gegangen, um mit ihnen zu sprechen und sie um ihre Unterstützung zu bitten, indem sie von der Gefahr berichtete, die allen drohte, wenn die Schattenwesen nicht aufgehalten wurden. Tiger Ty, ein angesehenes Mitglied der Gemeinschaft, war für sie eingetreten und hatte sein Urteil über ihren Charakter hinzugefügt. Ein Mädchen, das mehr Mumm hat als ein Dutzend von uns, hatte er gesagt. Ein Mädchen mit rauen Eigenarten, aber klug und schnell von Begriff. Ein Mädchen, das Magie benutzen kann, sie aber vorsichtig und respektvoll einsetzt. Die Landelfen – und die Flugreiter – könnten eine schlechtere Entscheidung treffen.

Sie lächelte bei der Erinnerung. Die Flugreiter hatten zugestimmt, ihr zu helfen. Fast dreißig von ihnen hatten sich bereits in Arborlon niedergelassen und standen unter ihrem persönlichen Befehl.

»Möchtet Ihr etwas essen?«, fragte Tiger Ty und schlenderte mit seinem typischen wankenden Gang zu ihr herüber. Er hatte krumme Beine und war spindeldürr und dazu so grauhaarig und nussbraun wie eh und je, aber nicht mehr so mürrisch. Wenn er jetzt mit ihr sprach, schwang ein neuer Ton in seiner Stimme mit – einer, der fast Achtung vermuten ließ.

Sie nickte und setzte sich dann ihm gegenüber auf das Gras. Sie nahm ein Stück Käse, einen Apfel und einen Becher Bier entgegen, schlug die Beine übereinander und biss gerade vom Käse ab, als sie eine Bewegung an ihrer Brust spürte. Ein pelziges Gesicht kam aus ihrem Hemd hervor, und Faun erschien und schnupperte zögernd.

»Ha! Dem Baumschreier fehlt es an nichts, nicht wahr?«, lachte Tiger Ty, schnitt ein Stück von seinem Käse ab und gab ihn dem kleinen Wesen. Faun nahm es vorsichtig entgegen, schlüpfte ganz aus Wrens Hemd heraus, plumpste auf das Gras herab und begann zu futtern.

»Er mag Euch«, stellte Wren fest.

Tiger Ty schnaubte. »Woran Ihr sehen könnt, dass Baumschreier nicht einmal den Verstand eines Baumstumpfs haben!«

Sie aßen schweigend, beendeten ihre Mahlzeit und saßen dann zufrieden da und schauten von der Klippe über den Fluss hinaus zum Tirfing, der sich in einer ungebrochenen Woge staubiger Gräser in die Ferne erstreckte.

»Wie weit noch?«, fragte Wren nach kurzer Zeit.

Tiger Ty zuckte die Achseln. »Höchstens noch eine Stunde. Sie waren ziemlich schnell unterwegs, als ich sie entdeckt habe.«

Eine Föderationsarmee, die von dem patrouillierenden Flugreiter gesichtet worden war, hatte Wren dazu veranlasst, trotz der Einwände Triss' und der Leibwache Arborlon zu verlassen. Es war ihrem Empfinden nach notwendig, sich den Feind genau anzuschauen, bevor sie dem Hohen Rat und seinen Skeptikern einen Plan vorlegte.

Sie trank den letzten Schluck aus ihrem Becher. Wenn die Dinge schon bis jetzt nicht einfach gewesen waren, so hatte sie das Gefühl, als würden sie gerade noch um einiges schwieriger werden.

Sie stiegen wieder auf Seele, gurteten sich an ihren Plätzen fest und wurden in das blendende Blau hinaufgehoben. Faun schmiegte sich unter ihrem Hemd bequem an sie. Seele gewann an Höhe und ging dann zu einem flachen Gleitflug über, der sie an den Windungen des Mermidons entlang bis zu der Stelle führte, wo er das Totenmoor umfloss. Dort verließen sie den Fluss und folgten dem Irrybis, wo er den Tirfing östlich begrenzte. Die Zeit raste dahin, und es schienen nur Momente vergangen zu sein, als Tiger Ty einen Arm hob und gen Süden zeigte.

Eine riesige Staubsäule erhob sich in die Schwüle der Sommerhitze, die über der Ebene hing. Tiger Ty schaute zu ihr zurück, und sie nickte.

Die Föderationsarmee.

Sie flogen genau südlich weiter, folgten einer Linie parallel zu der Armee und hielten sich im Schatten der Bergwände. Tiger Ty wollte wenden und mit der Sonne im Rücken von hinten an die Armee herankommen. Auf diese Weise würde man sie nicht sehen. Bisher wusste niemand etwas über die Flugreiter. Wren hatte entschieden, dass es besser war, wenn es so blieb.

Schnell glitten sie nach Süden, und als die Staubwolke ein gutes Stück hinter ihnen lag, beschrieben sie über der Ebene eine Kurve nach links. Sie zogen den Kreis weiter, bis sich die Sonne hinter ihnen befand, und schwenkten dann wieder auf die Staubwolke zu. Sie stiegen höher auf als vorher und versuchten, sich möglichst in einer Linie zur Sonne zu halten, falls jemand den Himmel absuchte.

Minuten später kam die Föderationsarmee in Sicht.

Sie war ein großer dunkler Fleck auf dem von der Sonne verbrannten Grasland, drei Einheiten stark, Kolonne um Kolonne in Schwarz und Rot und Reiter mit großen Kriegsgeräten aus Eisen und Holz, Sturmböcken, Wagen und Verpflegung. Die Armee schien sich endlos zu erstrecken, und die Staubwolke, die sie hinter sich herzog, war meilenlang. Wren sank angesichts der Größe des Feindes der Mut. Die Elfen konnten kaum ein Zehntel der Stärke aufbringen, die die Föderation versammelt hatte, und es wurde berichtet, dass noch weitere fünftausend Soldaten in Tyrsis stationiert seien. Wenn die Elfen gezwungen waren, dieser Armee gegenüberzutreten, würden sie vernichtet werden.

Und genau dazu diente diese Armee auch, dachte sie unglücklich.

Sie zählte sorgfältig die Reihen, Kolonnen und Einheiten, während Tiger Ty den Rock nahe an die letzten Reihen der Armee heranlenkte und dann wieder scharf wendete, abermals gen Süden im Schutz der grellen Sonne. Von unten hatten sie keine Rufe gehört oder Arme deuten sehen. Offensichtlich waren sie nicht bemerkt worden.

Sie brauchten den größten Teil des restlichen Tages für den Rückflug, und Wren nutzte die Zeit, um über das nachzudenken, was sie dem Hohen Rat an diesem Abend sagen wollte. Sie ertappte sich bei dem Gedanken, dass es schön wäre, einfach weiterzufliegen, an einen Ort, der so weit entfernt war, dass die Föderation sie niemals finden würde. Aber natürlich gab es keinen solchen Ort. Denn selbst wenn die Föderation sie nicht finden konnte, die Schattenwesen konnten es. Das hatten sie auf Morrowindl bewiesen. Die Schattenwesen verbreiteten ihre Krankheit überall, und niemand würde jemals wieder vor ihr sicher sein, bevor nicht ein Heilmittel gefunden war.

Kurz vor Sonnenuntergang kam Arborlon, die Heimatstadt der Elfen, wieder in Sicht. Es war eine Ansammlung verschiedener Hölzer, Metallstreben und hellen Stoffs inmitten des Grüns. Seele flog in weitem Bogen über den Singenden Fluss. Das blaue Wasser glitzerte im schwindenden Licht wie Diamant, und schließlich landete der Rock sanft auf den grasbewachsenen Höhen des Carolan. Wren hatte sich kaum aus ihren Gurten gelöst und war zur Erde geglitten, als die Leibwache, allen voran Triss, auch schon von der Stadt zu ihrem Schutz herbeieilte. Sie winkte ihnen beruhigend zu, lächelte zur Begrüßung und beugte sich dann schnell zu Tiger Ty hinüber.

»Kein Wort davon, was wir gesehen haben«, flüsterte sie. »Noch nicht.«

Die glühend schwarzen Augen des Flugreiters fixierten sie. »Bis Ihr Euch mit dem Hohen Rat trefft?«

Sie nickte. »Richtig.«

»Es wird ihnen nicht gefallen, was Ihr ihnen zu sagen habt – nicht dass das etwas Neues wäre. Holzköpfige Maultiere!«

Sie lächelte verstohlen. »Ihr kennt mich. Ich vermeide gern unnötige Schwierigkeiten.«

Das rauc Gesicht verzog sich zu einer Grimasse. »Trefft Ihr sie heute Abend?«

»Wahrscheinlich noch in dieser Stunde.«

»Habt Ihr etwas dagegen, wenn ich mich dazusetze? Und ein wenig dabei helfe, Schwierigkeiten zu vermeiden?«

Sie warf ihm einen dankbaren Blick zu. »Danke, Tiger Ty. Die Flugreiter sollten vertreten sein. Ihr könnt höchstwahrscheinlich teilnehmen.«

Sie wandte sich ab, als Triss und die anderen Mitglieder der Leibwache herankamen. Die harten Gesichter zeigten Erleichterung.

»Hoheit, seid Ihr wohlauf?«, fragte Triss leise. Das war seine übliche Begrüßung. Er hatte von Morrowindl noch immer Kratzer und Blutergüsse von dem Kampf mit dem Wisteron. Sein gebrochener linker Arm war geschient worden und ruhte in einer Stoffschlinge. Aber sein hageres Gesicht zeigte wieder Kraft, und Zuversicht und Entschlossenheit strahlten aus seinen Augen. Es war ihm besser gelungen als ihr, die Tortur auf Morrowindl zu verarbeiten.

»Es geht mir gut«, antwortete sie, auch das war ihre übliche Erwiderung. »Ich möchte, dass Ihr die Mitglieder des Hohen Rates zusammenruft, Triss. Sie alle, noch in dieser Stunde.«

»Ja, Hoheit«, bestätigte er, wandte sich ab und machte sich auf den Weg.

Wren winkte kurz Tiger Ty zu und ging dann hinter Triss her. Sie beschrieb einen Bogen auf den Garten des Lebens und den Palast des Elessedils zu. Die Schatten vertieften sich, und die Luft war angefüllt mit verführerischen Essensdüften. Sie holte Faun aus ihrer Kleidung und setzte ihn auf ihre Schulter, während sie weiterging. Sie atmete die Waldluft ein und roch neben dem Essen auch Bäume und Gras. Kühl und lindernd in der ersterbenden Hitze des Tages wehte eine Brise vom Fluss herauf.

Mitglieder der Leibwache geleiteten sie. Sie würden jetzt bei ihr bleiben, wo auch immer sie hinging, vollständig verschmolzen mit der Dunkelheit, unsichtbare Beschützer gegen jede Art von Bedrohung. Sie lächelte. Sie sorgten sich so um ihre Sicherheit, und doch war sie eher in der Lage, sich gegen Gefahren zu wehren als sie, besser geübt und besser ausgerüstet. Sie hielten sich für notwendig, und Wren ließ ihnen diesen Glauben. Aber sie wusste immer, wo sie waren, und konnte sie immer dort draußen spüren, während sie über sie wachten. Sogar in der tiefsten Nacht. Sie war darin geübt, sich solcher Dinge bewusst zu sein, seit sie ein Kind gewesen war. Dafür hatte sie den besten Lehrer gehabt.

Garth. Sie verdrängte die bitteren Erinnerungen. Garth war tot.

Sie erreichte den Eingang zum Garten des Lebens. Die Schwarze Wache stand in Habtachtstellung, als sie sich näherte. Sie bewachte den Ellcrys, den Baum der Verfemung. Die Blicke folgten ihr, als sie vorbeiging, obwohl sie niemanden beachtete. Sie betrat den Garten und lauschte in der Abgeschiedenheit auf das Zirpen und Summen erwachender Insekten, roch die Blumen und Gräser hier deutlicher, den reichen Duft der schwarzen Erde und sah die Dunkelheit herabsinken. Sie stieg den Hügel hinauf zum Ellcrys und blieb davor stehen. Das tat sie jede Nacht, und es war zu einem Ritual geworden. Manchmal stand sie einfach nur da, schaute und dachte nach. Manchmal streckte sie die Hand aus und berührte den Baum, als wollte sie ihn ihre Anwesenheit wissen lassen. Den Ellcrys zu besuchen schien ihr neue Kräfte zu verleihen, Entschlossenheit, ihr Leben weiterzuführen. Die Verwandtschaft, die sie mit dem Baum verband, mit der Frau, die er einst gewesen war, mit seiner Kraft, stärkte sie. *Von Fleisch und Blut zu Blättern und Zweigen, von Frau zu Baum, von sterblichem zu ewigem Leben.*

Auf ihrer Schulter rieb sich Faun an ihrem Hals, als wollte er ihr versichern, dass alles in Ordnung sei.

Alle Rassen benötigten ein Heilmittel, wechselte sie das Thema, wenn nicht sogar die Stimmung, und dachte erneut an die Armee, die im Anmarsch war, an die Bedrohung durch die Schattenwesen, die sie beenden wollte. Dafür musste sie einen Weg finden. Es würde mehr notwendig sein, als die Elfen aufbieten konnten, um das zu vollbringen, das wusste sie. So viel hatte Allanon den Ohmsfords verraten, als er sie mit ihren Aufgaben ausgesandt hatte – Par, um das Schwert von Shannara zu finden, Walker Boh, um die Druiden und Paranor zu finden, und Wren, um die Elfen zu finden. Hatten Par und Walker ebenfalls Erfolg gehabt? Waren jetzt alle Aufgaben erfüllt? Das musste sie wissen. Irgendwie musste sie die anderen, die sich mit ihr am Hadeshorn getroffen hatten, erreichen. Einerseits wollte sie erfahren, was aus ihnen geworden war, und andererseits wollte sie ihnen mitteilen, was ihr widerfahren war. Sie musste ihnen die Wahrheit über die Schattenwesen sagen, dass die Schattenwesen Elfen waren, die die alte Feenmagie wiederentdeckt hatten und auf die gleiche Weise wie fünfhundert Jahre zuvor der Dämonenlord und seine Schädelträger durch sie verändert worden waren. Wie sie diese Magie entdeckt hatten und wie sie dadurch unterstützt wurden, blieb ein Geheimnis. Aber sie musste ihr Wissen an die anderen weitergeben. Sie spürte es instinktiv. Bis das vollbracht war, würde es kein Heilmittel gegen die Krankheit der Schattenwesen geben.

Was aber war zu tun? Einige Elfen waren bereits aus Arborlon hinaus in weiter entfernte Gebiete des Westlands gezogen, um sich dort niederzulassen. Bauern hatten begonnen, sich im Sarandanon niederzulassen, in dem fruchtbaren Tal, das dem Elfenvolk jahrhundertelang als Kornkammer gedient hatte. Fallensteller und Jäger waren nach Norden und nach Süden zum Rocksporn aufgebrochen. Handwerker suchten neue Märkte für ihre Waren. Überall drängte man darauf, alte Häuser und Orte wieder zu besiedeln. Und am wichtigsten war, dass die Heiler und ihre Gehilfen ausgezogen waren, um die Stellen aufzusuchen, an denen die Krankheit des Westlands am schlimmsten wütete, und um dort zu versuchen, ihre Verbreitung einzudämmen – womit sie eine Elfentradition fortführten, die bereits seit Anbeginn der Zeiten bestand. Denn die Elfen waren schon immer Heiler gewesen, ein Volk, das glaubte, eins mit der Erde zu sein, in die es hineingeboren worden war, und sie vertraten die Philosophie, dass der Welt, die sie ernährte, etwas zurückgegeben werden musste. Während sich die Elfenheiler in Storlock um die Menschen der Erde sorgten, hatten sich die Elfen im Gegenzug der Erde der Menschen verschrieben.

Aber sie und die Bauern, Fallensteller, Jäger, Händler und andere waren im Westland in Gefahr, es sei denn, das Elfenheer beschützte sie vor der Bedrohung. Wenn die Königin der Elfen keinen Weg finden konnte, die Föderation lange genug aufzuhalten, um den Schattenwesen ein Ende zu bereiten …

Sie ließ den Gedanken unbeendet und wandte sich angewidert vom Ellcrys ab. So vieles war zu tun, und sie konnte es, sosehr sie sich auch bemühte, sicher nicht allein bewerkstelligen.

Der Himmel über den Bäumen im Westen leuchtete scharlachrot wie Blut vor dem gebirgigen Horizont. Oder zumindest musste Wren Elessedil unwillkürlich an Blut denken.

Deine Erinnerungen werden dich niemals in Ruhe lassen, dachte sie – jene nicht, von denen du es dir wünschst, jene nicht, von denen du dir wünschen würdest, dass du sie nie gehabt hättest.

Sie verließ den Garten, den Blick auf den Boden vor sich gerichtet. Was wohl mit Stresa geschehen war? Es war Tage her, seit sie den Stachelkater zuletzt gesehen hatte. Anders als Faun fühlte sich Stresa eher in der Wildnis zu Hause und zog die Wälder der Stadt vor. Er hatte sich irgendwo in der Nähe von Arborlon eingerichtet und tauchte hin und wieder unerwartet auf, weigerte sich aber beharrlich, im Heim der Elessedils zu wohnen. Stresa war zufrieden mit seiner neuen Heimat und glücklich in seinem einsamen Leben, und er hatte mehr als einmal versprochen, dass er da sein würde, wenn sie ihn jemals brauchte. Das Problem war, dass sie ihn mehr brauchte, als sie zugeben mochte. Aber Stresa hatte für sie bereits viel durchgemacht, und jetzt war er glücklich. Sie hatte nicht das Recht, neuerliche Forderungen an ihn zu stellen, nur um ihre eigene Unsicherheit zu lindern.

Dennoch vermisste sie ihn sehr. Stresa, dieses seltsame, geheimnisvolle Wesen aus der Welt, die den Elfen einen so hohen Preis abverlangt hatte, würde immer ihr Freund sein.

Es war jetzt dunkel, denn die Sonne war vollständig hinter dem westlichen Horizont verschwunden. Die Sterne bildeten ein Gewirr punktförmiger Lichter, und der Mond war östlich über den Baumwipfeln als fahle Sichel zu sehen. Die Nachtgeräusche klangen sanft und tröstlich und waren erfüllt vom Versprechen auf Schlaf. Wenn es für sie doch auch gelten würde, dachte sie. Der Schlaf würde in dieser Nacht nur schwer kommen, denn sie musste sich mit dem Hohen Rat treffen und über das Schicksal der Elfen entscheiden. Und vielleicht auch über ihr eigenes.

Sie entfernte sich vom Garten, ging erneut an der Schwarzen Wache vorbei, lauschte auf die kaum wahrnehmbaren Geräusche ihrer Leibwachen, die ihr wie Schatten folgten.

Manchmal wünschte sie sich, wieder eine einfache Fahrende zu sein. Dass sie ihr Leben einfach neu beginnen könnte, aller Zwänge ihres Amtes enthoben, in neuer Freiheit. Sie musste nicht unbedingt Königin sein. Sie könnte die Elfensteine aufgeben, jene drei blauen Talismane, die in dem Lederbeutel an ihrem Hals ruhten, das Symbol der Magie, die ihr von ihrer Mutter hinterlassen worden war, der Kräfte, die ihr überantwortet worden waren. Sie würde dieses Leben einfach abstreifen wie eine zu eng gewordene Haut und …

Und was? Was würde sie werden, fragte sie sich?

In Wahrheit wusste sie es nicht mehr – vielleicht weil es nicht mehr wichtig war.

Als sie kaum eine Viertelstunde später den Saal des Hohen Rates betrat, warteten diejenigen, die sie einberufen hatte, bereits. Sie saßen um den Ratstisch verteilt, an dem die Königin den Vorsitz hatte. Sie trat mit Tiger Ty im Schlepptau ein (er hatte bis dahin draußen gewartet, denn er war nicht sicher, ob er in ihrer Abwesenheit willkommen sein würde) und ging direkt zu ihrem Platz am Kopf des Tisches. Jedermann erhob sich ehrerbietig, aber sie winkte alle abwesend wieder auf ihre Plätze.

Der Saal war riesig. Hohe Mauern aus Stein und Holz trugen eine wie ein Stern geformte Decke aus massiven Eichenbalken. Am einen Ende wurde der Raum von einem Podium für den Thron der Elfenherrscher dominiert. Er war mit den Standarten der regierenden Elfenhäuser geschmückt. In der Mitte stand der alte runde Tisch mit den einundzwanzig Plätzen. Bänke entlang jeder Wand boten Sitzplätze für Zuschauer.

Heute Abend waren außer ihr selbst sechs Mitglieder anwesend, nur der innere Kreis des Rates. Triss war da als Hauptmann der Leibwache, Eton Shart als Erster Minister, Barsimmon Oridio als Oberbefehlshaber der Elfenarmeen, Perek Arundel als Minister für Handel, Jalen Ruhl als Verteidigungsminister und

Fruaren Laurel als Minister für Gesundheit. Nur Laurel war neu in dem Kreis. Sie war auf Empfehlung des Rates ernannt worden, nachdem Wren mitgeteilt hatte, dass sie ein neues Ministeramt haben wolle, das für die Heilung des Elfenwestlands verantwortlich sein sollte. Laurel arbeitete hart, eine Frau in mittleren Jahren, und war zuverlässig und liebenswürdig. Aber wie Wren war auch sie unerfahren. Sie nahm in den Augen des restlichen Rates eine zweitrangige Stellung ein. Wren mochte sie, war sich aber nicht sicher, ob man während einer scharfen Auseinandersetzung auf sie zählen konnte.

Heute Abend würde sie es herausfinden.

Sie stand vor ihrem Stuhl und sah den Hohen Rat an. »Ich habe den Flugreiter Tiger Ty gebeten, an dieser Sitzung teilzunehmen, da die Angelegenheit auch sein Volk betrifft.« Sie brachte dies als Feststellung hervor und bat nicht um Zustimmung. Dann winkte sie den knorrigen Flugreiter von der Tür heran. »Setzt Euch bitte«, sagte sie und deutete auf einen leeren Platz neben Fruaren Laurel.

Tiger Ty setzte sich. Im Saal wurde es still. Die Versammelten warteten darauf, dass Wren sprach. Die Türen waren geschlossen und würden erst auf Wrens Befehl hin von der Leibwache wieder geöffnet werden. Fackeln brannten in Haltern an den Wänden und in Ständern an der Vorder- und Rückseite des Raumes. Rauch stieg zur Decke auf und verschwand durch Luftlöcher hoch über ihnen. Der Rauch hinterließ einen leicht kupfrigen Geschmack auf der Zunge.

Wren richtete sich auf. Sie hatte sich nicht die Mühe gemacht, ihre Kleidung zu wechseln, denn sie hatte beschlossen, dass sie sich nicht dem Diktat der Äußerlichkeiten unterwerfen wollte. Man würde sie so nehmen müssen, wie sie war. Allerdings hatte sie Faun in ihren Gemächern gelassen. Sie wünschte, Cogline oder Walker Boh oder sonst jemand von denen, die ihr einst beigestanden hatten und jetzt tot oder verstreut waren, wären bei ihr, aber es war sinnlos, sich Hilfe von irgendeiner Seite zu erhoffen. Wenn sie heute Abend ihr Vorhaben erfolgreich durchbringen wollte, würde sie dies allein bewerkstelligen müssen.

»Minister, Mitglieder des Rates, meine Freunde«, begann sie und sah von einem zum anderen. Ihre Stimme war gemessen und ruhig. »Wir haben alle einen sehr langen Weg hinter uns, wenn man bedenkt, wo wir noch vor wenigen Wochen waren. Wir haben viele Veränderungen im Leben des Elfenvolks erlebt. Keiner von uns konnte vorhersehen, was geschehen würde. Vielleicht wünschen sich einige von uns, dass sich die Dinge anders entwickelt hätten. Aber wir sind hier, und es gibt kein Zurück. Morrowindl liegt für immer hinter uns und die Vier Länder vor uns. Als wir vereinbart hatten zurückzukommen, wussten wir, was uns erwarten würde – der Kampf mit der Föderation, mit den Schattenwesen, mit heimtückischer, zerstörerischer Elfenmagie, mit unserer Vergangenheit, aus der wir unsere Zukunft schmieden müssen. Wir wussten, was uns erwarten würde, und jetzt müssen wir uns dem stellen.«

Sie hielt inne, aber ihr Blick blieb ruhig. »Gestern haben die Flugreiter eine Föderationsarmee ausgemacht, die aus dem Südland heranmarschiert. Heute bin ich mit Tiger Ty südwärts geflogen, um selbst einen Blick darauf zu werfen. Wir haben die Armee im Tirfing gesehen, einen Tagesmarsch oberhalb des Myriansees. Die Armee ist zehnmal so groß wie unsere und zieht mit Belagerungsmaschinen und Sturmgerätschaften sowie Proviant für gut einen Monat heran. Sie ziehen nach Norden und Westen. Und zwar zu uns. Ich würde sagen, dass sie uns spätestens in zehn Tagen erreicht haben werden.«

Sie schwieg kurz und wartete auf eine Reaktion. Ihre Augen wanderten von einem Gesicht zum anderen.

»Zehnmal so groß wie unsere?«, wiederholte Barsimmon Oridio zweifelnd. »Wie genau ist Eure Schätzung, Hoheit?«

Wren hatte so etwas erwartet. Sie zählte auf, was sie beobachtet hatte, Kolonne für Kolonne, Einheit für Einheit, Karren und Wagen, Fußsoldaten und Reiter und ließ nichts aus. Als sie geendet hatte, war der Oberbefehlshaber ihrer Armeen blass geworden.

»Eine Armee dieser Größe wird uns vernichten«, sagte Eton Shart leise. Er war gelassen wie immer, seine Hände waren vor ihm auf dem Tisch gefaltet und sein Gesichtsausdruck unlesbar.

»Wenn wir uns auf einen Kampf einlassen«, fügte Jalen Ruhl hinzu. Der Verteidigungsminister war schmächtig, seine Schultern waren gebeugt, und seine Stimme klang wie ein tiefes Poltern in seiner schmalen Brust. »Das Westland ist groß.«

»Wollt Ihr vorschlagen, dass wir uns verstecken sollen?«, fragte Barsimmon Oridio ungläubig.

»Sich zu verstecken kommt nicht infrage«, warf Eton Shart scharf ein. »Wir können die Stadt nicht verlassen, sonst müssen wir den Ellcrys aufgeben. Wenn der Ellcrys zerstört wird, bleibt die Verfemung nicht mehr bestehen. Besser gehen wir alle zugrunde, als dass das geschieht.«

Eine lange Pause entstand, während die Minister einander zweifelnd ansahen.

»Vielleicht irgendeine Art von Verhandlung?«, schlug Perek Arundel vor, der von jeher Kompromisse gesucht hatte. Er war auf sanfte Art gutaussehend, eher prahlerisch, aber gerissen und vermochte ein Problem schnell zu durchdenken. Er sah sich um. »Es muss einen Weg geben, Frieden mit dem Koalitionsrat zu schließen.«

Eton Shart schüttelte erneut den Kopf. »Das wurde schon früher versucht. Der Koalitionsrat ist eine Marionette der Schattenwesen. Jeder Kompromiss wird zur Besetzung des Westlandes führen und zu dem Zugeständnis, der Föderation zu dienen. Ich glaube nicht, dass wir den ganzen Weg von

Morrowindl hierher zurückgelegt haben, um uns das einzuhandeln.«

Er blickte Wren an. »Was denkt Ihr, Hoheit? Ich bin sicher, dass Ihr Euch bereits eine Meinung gebildet habt.«

Wieder war sie vorbereitet. »Es scheint, als hätten wir folgende Möglichkeiten: Entweder befestigen wir Arborlon und erwarten die Föderationsarmee hier, oder wir ziehen mit unserer Armee hinaus, um ihnen draußen entgegenzutreten.«

»Hinausziehen, um ihnen draußen entgegenzutreten?«, fragte Barsimmon Oridio entsetzt. Sein schwerer Körper rührte sich kämpferisch, und sein betagtes Gesicht legte sich in Falten. »Ihr habt selbst gesagt, dass sie uns zehnfach überlegen sind. Welchen Sinn hätte es, einen Kampf zu erzwingen?«

»Es würde uns den Vorteil verschaffen, dass wir uns Zeitpunkt, Ort und Umstände des Kampfes nicht vorschreiben lassen müssen«, erwiderte sie. Sie stand noch immer und behielt diese Haltung auch bei, damit sie weiterhin auf sie hinabsehen konnte und sie zu ihr heraufsehen mussten. »Und ich habe nichts davon gesagt, dass wir einen Kampf erzwingen sollen.«

Erneut entstand Schweigen. Barsimmon Oridio errötete. »Aber Ihr sagtet, dass …«

»Sie sagte, wir könnten hinausziehen und ihnen entgegentreten«, unterbrach Eton Shart ihn. Er hatte sich inzwischen interessiert vorgebeugt. »Sie hat nichts davon gesagt, dass wir kämpfen sollen.« Sein Blick blieb auf Wren gerichtet. »Aber was würden wir tun, wenn wir dort draußen wären, Hoheit?«

»Ihnen das Leben zur Hölle machen. Sie ablenken. Kleine Angriffe und sofortiger Rückzug. Was auch immer nötig ist, um ihren Vormarsch zu verzögern. Gegen sie kämpfen, wenn wir eine Gelegenheit bekommen, sie ernstlich zu verletzen, aber jede Auseinandersetzung vermeiden, wenn wir verlieren würden.«

»Ihren Vormarsch verzögern«, wiederholte der Erste Minister

nachdenklich. »Aber früher oder später werden sie uns erwischen – oder Arborlon erreichen. Was dann?«

»Es wäre besser, wenn wir unsere Zeit damit verbringen würden, Fallen aufzustellen, die Stadt zu befestigen und Vorräte zu horten«, schlug Perek Arundel vor. »Wir haben den Dämonen widerstanden, als der Ellcrys vor zweihundert Jahren eingegangen ist. Wir können auch der Föderation widerstehen.«

Barsimmon Oridio grunzte und schüttelte den Kopf. »Betrachtet doch die Geschichte, Perek. Die Tore der Stadt wurden eingenommen, und wir wurden überrannt. Wenn die junge Erwählte sich nicht erneut in den Ellcrys verwandelt hätte, wäre es für uns vorbei gewesen.« Er wandte seinen schweren Kopf ab. »Außerdem hatten wir in diesem Kampf Verbündete – nicht viele, aber einige Zwerge und die Freitruppen der Legion.«

»Vielleicht haben wir wieder Verbündete«, erklärte Wren plötzlich und zog damit wieder aller Augen auf sich. »In den Bergen nördlich von Callahorn sammeln sich die Geächteten, eine beträchtliche Anzahl. Es gibt aufständische Zwerge im Ostland und die Trollvölker im Norden. Einige von ihnen könnten vielleicht davon überzeugt werden, uns zu helfen.«

»Das ist nicht sehr wahrscheinlich«, sagte der Oberbefehlshaber barsch, um das Thema zu beenden. »Warum sollten sie das tun?«

Wren hatte das Gespräch dahin gebracht, wo sie es haben wollte. Sie hatte den Rat so weit, ihr zuzuhören und nach einer Lösung für ein scheinbar unlösbares Dilemma zu suchen.

Sie richtete sich auf. »Weil wir ihnen einen Grund geben werden, Bar.« Sie gebrauchte seinen Kosenamen so ungezwungen und vertraulich, wie Ellenroh es getan hatte. »Weil wir ihnen etwas geben werden, was sie zuvor nicht gehabt haben. Einheit. Wir können die Rassen zu einem gemeinsamen Ziel gegen ihre Feinde vereinen. Das ist eine Chance, die Schattenwesen zu vernichten.«

Eton Shart lächelte zaghaft. »Worte, Hoheit. Was bedeuten die schon?«

Sie sah ihn an. Er war in dieser Angelegenheit ihr größter Widersacher. Seine Unterstützung musste sie gewinnen. »Ich werde Euch sagen, was sie bedeuten, Eton. Sie bedeuten, dass wir zum ersten Mal seit drei Jahrhunderten eine Chance haben, sie zu besiegen.« Sie legte eine Pause ein, um ihre Worte wirken zu lassen. »Erinnert Ihr Euch, warum ich mich am Anfang auf die Suche nach den Elfen gemacht habe, Erster Minister? Lasst mich die Geschichte noch einmal erzählen.«

Und das tat sie, die ganze Geschichte von ihrer Reise zum Hadeshorn und dem Schatten Allanons bis zu der Suche nach Morrowindl und Arborlon. Sie wiederholte Allanons Aufgaben für die Ohmsfords. Sie hatte bisher niemandem außer Triss die Elfensteine gezeigt, aber sie nahm sie jetzt, nachdem sie ihre Erzählung beendet hatte, hervor, schüttete sie in ihre Hand und hielt sie gut sichtbar vor sich.

»Dies ist mein Vermächtnis«, sagte sie und ließ alle in ihre Hand schauen. »Ich wollte es nicht. Ich habe nicht darum gebeten, und mehr als einmal habe ich mir gewünscht, es los zu sein. Aber ich habe meiner Großmutter versprochen, es zum Wohl der Elfen zu gebrauchen, und das werde ich tun. Magie, um Magie zu bekämpfen. Die Schattenwesen müssen mit mir rechnen und mit den anderen, die der Schatten Allanons berufen hat – in diesem Fall meine Verwandten –, und mit jedem, der dazu bestimmt ist, das Schwert von Shannara und die Druidenmacht zu gebrauchen. Ich denke, dass alle Talismane geborgen wurden, nicht nur die Elfensteine – alle Formen von Magie, die die Schattenwesen fürchten. Wenn wir ihre Macht vereinen und die Männer und Frauen der Geächteten und des Widerstands und vielleicht sogar die Trolle des Nordlands von einem Bündnis überzeugen können, haben wir die Chance, diesen Kampf zu gewinnen.«

Eton Shart schüttelte den Kopf. »Das sind viele Unwägbarkeiten, Hoheit.«

»Das Leben ist voller Unwägbarkeiten, Erster Minister«, erwiderte sie. »Es gibt keine Garantien. Nichts ist sicher. Besonders nicht für uns. Aber vergesst eines nicht: Die Schattenwesen kommen aus unseren Reihen, und ihre Magie ist unsere. Wir haben sie geschaffen. Wir haben ihnen durch unsere fehlgeleiteten Bemühungen, etwas wiederzuerobern, was besser in der Vergangenheit geblieben wäre, Leben eingehaucht. Ob es uns gefällt oder nicht, wir tragen die Verantwortung. Ellenroh wusste das, als sie entschied, dass wir in die Vier Länder zurückkehren müssen. Wir sind hier, Erster Minister, um die Dinge ins Lot zu bringen. Wir sind hier, um das zu Ende zu führen, was wir begonnen haben.«

»Und natürlich werdet Ihr uns dabei anführen?«

Er betonte die Frage gerade ausreichend, um seine Zweifel an ihrer Stärke und Eignung für diese Aufgabe durchscheinen zu lassen. Wren unterdrückte ihre Verärgerung.

»Ich bin die Königin«, erklärte sie ruhig.

Eton Shart nickte. »Aber Ihr seid sehr jung, Hoheit. Und Ihr regiert noch nicht lange. Ihr müsst doch mit gewissen Bedenken von jenen, die schon länger mit Regierungsgeschäften vertraut sind, gerechnet haben.«

»Womit ich rechne, ist Eure Unterstützung, Erster Minister.«

»Vorbehaltlose Unterstützung für wen auch immer wäre Narrheit.«

»Zu leugnen, dass man in der Jugend vielleicht schon Weisheit besitzen kann, wäre ebenfalls Narrheit. Worauf genau wollt Ihr hinaus?«

Eton Sharts mildes Gesicht spannte sich an. Überall am Tisch rutschte man unbehaglich auf den Sitzen herum. Niemand sah ihn an. Er stand genauso allein wie Wren.

»Ich will Euch nicht infrage stellen …«, begann er.

»Doch, das tut Ihr, Erster Minister«, fauchte sie.

»Ihr müsstet daran denken, dass ich nicht dabei war, als Ihr zur Königin ernannt wurdet, und ich …«

»Es reicht!« Jetzt war sie wirklich zornig, und sie machte sich nicht die Mühe, es zu verbergen. »Ihr habt recht, Eton Shart. Ihr wart nicht dabei. Ihr wart nicht da, um Ellenroh Elessedil sterben zu sehen. Oder Gavilan. Oder Eule. Oder Eowen Cerise. Ihr wart nicht da und habt nicht gesehen, wie Garth für uns im Kampf gegen den Wisteron sein Leben geopfert hat. Ihr musstet ihm nicht sterben helfen, Erster Minister, wie ich es tun musste, denn ihn am Leben zu lassen hätte ihn dazu verdammt, eines der Schattenwesen zu werden!«

Sie erlangte mühsam die Beherrschung zurück. »Ich habe alles aufgegeben, um die Elfen zu retten – meine Vergangenheit, meine Freiheit, meine Freunde, alles. Ich bereue es nicht. Ich habe es getan, weil meine Großmutter mich darum gebeten hat und weil ich sie geliebt habe. Ich habe es getan, weil die Elfen mein Volk sind, und obwohl ich lange Zeit fort gewesen bin, bleibe ich immer noch eine von ihnen. Eine von Euch, Erster Minister. Damit ist meine Erklärung beendet. Ich bin weder Euch noch jemand anders Rechenschaft schuldig. Entweder bin ich Königin oder nicht. Ellenroh glaubte, ich sei es. Das hat mir genügt. Es sollte auch Euch genügen. Und jetzt Schluss damit.«

Sie blickte Eton Shart hart an. »Wir müssen Freunde und Verbündete sein, Eton Shart, wenn wir eine Chance gegen die Föderation und die Schattenwesen haben wollen. Wir müssen einander bedingungslos vertrauen. Das wird nicht immer leicht sein, aber wir müssen daran arbeiten, einander zu verstehen. Wir müssen uns unterstützen und ermutigen, nicht herabsetzen und verachten. Auch wenn wir es uns vielleicht anders wünschten, müssen wir akzeptieren, was das Schicksal für uns bestimmt hat.«

Sie atmete tief durch und sah die anderen an. »Wie auch Ellenroh es einst getan hat, bitte ich Euch jetzt um Eure Unterstützung. Ich denke, wir sollten der Föderationsarmee entgegentreten und ihr das Leben so schwer wie möglich zu machen. Ich denke, wir werden feststellen, dass es andere gibt, die uns helfen. Uns zu verkriechen, das wird uns nichts nützen. Dass wir uns abschotten, ist es gerade, worauf die Föderation hofft. Wir dürfen ihnen nicht die Befriedigung geben, uns vor ihnen ängstlich zu zeigen. Wir sind das älteste Volk auf Erden, und dementsprechend müssen wir handeln. Wir werden die anderen, jüngeren Rassen anführen. Wir werden ihnen Hoffnung geben.«

Sie sah sie an. »Wer steht hinter mir?«

Triss erhob sich sofort. Tiger Ty erhob sich mit ihm, aber er wirkte verlegen. Dann stand zu Wrens freudiger Überraschung auch Fruaren Laurel auf, die die ganze Zeit über kein Wort gesagt hatte.

Sie wartete. Vier waren aufgestanden, vier waren sitzen geblieben. Von den vieren, die sich erhoben hatten, waren nur drei Mitglieder des Hohen Rates. Tiger Ty war nur ein Abgesandter seines Volks. Wenn sich nichts änderte, würde es Wren an der Unterstützung mangeln, die sie brauchte.

Sie wandte ihren Blick Eton Shart zu, streckte ihm dann ihre Hand entgegen. Es war eine gleichzeitig versöhnliche wie auch herausfordernde Geste, und er sah sie mit fragendem Blick überrascht an, zögerte einen Moment unentschlossen und streckte dann seinerseits die Hand aus und ergriff ihre. Und dann erhob er sich. »Hoheit«, sagte er und verneigte sich. »Wie Ihr bereits sagtet: Wir müssen zusammenhalten.«

Auch Barsimmon Oridio erhob sich. »Besser ein Kampfhahn als ein gerupftes Huhn«, grollte er. Er schüttelte den Kopf und sah Wren dann mit beinahe bewunderndem Blick in den betagten Augen an. »Eure Großmutter hätte uns auf die gleiche Weise beraten, Hoheit.«

Jalen Ruhl und Perek Arundel standen widerwillig auf, wobei sie einander hilflose Blicke zuwarfen. Sie waren nicht überzeugt, aber sie wollten sich nicht allein gegen sie stellen. Wren nickte ihnen freundlich zu. Sie würde nehmen, was sie bekam.

»Danke«, sagte sie ruhig. Sie drückte Eton Shart die Hand und ließ dann los. »Dank Euch allen. Wir sollten uns in kommenden Zeiten daran erinnern, dass nur unser Glaube und unser gegenseitiges Vertrauen uns retten können.«

Sie blickte in die Runde und sah jedem in die Augen. Zumindest in diesem Moment war sie wahrhaft ihre Königin.

13

Walker Boh dachte zwei Tage lang nach, bevor er erneut versuchte, der Belagerung Paranors durch die Schattenwesen zu entkommen.

Vielleicht hätte er es auch dann nicht versucht, aber er merkte, dass er in einen gefährlichen Bewusstseinszustand hinüberglitt. Je mehr er über Fluchtmöglichkeiten nachdachte, desto mehr hatte er das Gefühl, noch weiter darüber nachdenken zu müssen. Jeder Plan hatte seine Fehler, und jeder Fehler wirkte verheerender, wenn er wieder und wieder darüber grübelte. Nichts, was er ersann, schien genau das Richtige zu sein, und je angestrengter er daran arbeitete, einen todsicheren Weg für eine erfolgreiche Flucht zu ersinnen, desto mehr begann er an sich zu zweifeln. Schließlich wurde es offensichtlich, dass er alles Vertrauen verlieren und am Ende gänzlich handlungsunfähig werden würde, wenn er sich gestattete, so weiterzumachen.

Es war alles Teil eines Spiels, das die Schattenwesen mit ihm spielten, fürchtete er.

Seine erste Begegnung mit den Vier Reitern hatte ihm körperlich zugesetzt, aber es waren nicht diese Verletzungen, die ihm Sorge machten. Es war der seelische Schaden, der nicht heilen wollte und der in ihm weiterwütete wie ein Fieber. Walker Boh hatte sein Leben immer unter Kontrolle gehabt und war immer in der Lage gewesen, die Ereignisse um sich herum zu beeinflussen und äußere Zwänge von sich fernzuhalten. Er hatte dies überwiegend dadurch erreicht, dass er sich innerhalb der vertrauten Grenzen des Dunkelstreifs zurückgezogen hatte, wo die zu erwartenden Gefahren und Probleme, die zu lösen waren, bekannt und innerhalb seiner außergewöhnlichen Fähigkeiten überschaubar blieben. Er verfügte über Magie, Intelligenz, einen außerordentlichem Durchblick und andere Stärken, die von der Erfahrung durch unmittelbare Erkenntnis bis zum Erlernten reichten – und den Fähigkeiten eines jeden, gegen den er sie einsetzte, weit überlegen waren.

Aber das hatte sich geändert. Er hatte den Dunkelstreif verlassen und war in die Welt draußen gekommen. Dies war jetzt seine Heimat. Die Hütte am Kamin war zu Asche verbrannt, das Leben, das er geführt hatte, war in einer anderen Zeit verschollen. Er hatte einen Weg beschritten, der sein Dasein für alle Zeiten veränderte. Er hatte Allanons Aufgabe angenommen und sie bis zum bitteren Ende ausgeführt. Er hatte den Schwarzen Elfenstein wiederentdeckt und Paranor zurückgeholt. Er war der Erste der neuen Druiden geworden. Er war ein völlig anderer als der Mensch, der er noch vor wenigen Wochen gewesen war. Diese Verwandlung hatte ihm neue Einsichten gewährt, Kraft, Wissen und Macht. Aber sie hatte ihn auch vor neue Verantwortung, Erwartungen, Herausforderungen und Feinde gestellt. Es würde noch festzustellen sein, ob Ersteres ausreichte, Letzteres zu bewältigen. Zumindest im Moment war diese Angelegenheit längst nicht entschieden. Walker Boh könnte scheitern und für immer verloren sein – oder er könnte einen Weg finden, wieder in Sicherheit zu gelangen. Er war ein Mensch, der am Abgrund hing.

Die Schattenwesen wussten das. Sie hatten ihn bedrängt, seit sie entdeckt hatten, dass Paranor zurück war. Walker war in seiner Rolle als Druide noch ein Kind, und jetzt war sicherlich der Zeitpunkt, an dem er am verwundbarsten war. Ihn zu belagern, ihn zu bedrängen, seine Entwicklung zu behindern, ihn wenn möglich zu töten, ihn aber auf alle Fälle zu schwächen – das war der Plan.

Und der Plan funktionierte. Walker war nach seinem ersten misslungenen Fluchtversuch nach Paranor zurückgekehrt und war sich mehrerer, sehr unerfreulicher Wahrheiten bewusst geworden. Erstens war er nicht stark genug, um sich in einer offenen Auseinandersetzung zu befreien. Die Vier Reiter waren ihm mehr als gewachsen, und ihre Magie war so stark wie seine. Zweitens konnte er nicht unentdeckt an ihnen vorbeigelangen. Drittens, und das war der schlimmste Punkt, besaßen sie weitaus mehr Erfahrung als er – und sie fürchteten ihn nicht. Sie hatten ihn aufgesucht. Sie hatten dies offen, ohne jede Verstellung getan. Sie hatten ihn bedroht und ihn herausgefordert, vor die Burg zu kommen und gegen sie zu kämpfen. Sie umkreisten Paranor in offenkundiger Geringschätzung dessen, wozu er in der Lage wäre. Er war ein Gefangener in seiner eigenen Festung, dazu verdammt, einen Plan zu ersinnen, der ihm die Freiheit bescheren würde. Die Vier Reiter wetteten darauf, dass ihm dies nicht gelingen würde. Und er musste zugeben, dass sie möglicherweise recht hatten.

»Du denkst zu viel darüber nach«, schalt Cogline ihn schließlich, als er ihn wieder auf den Mauern vorfand, wo er auf die Geister hinunterstarrte, die unter ihm kreisten. Er sah hager und blass aus, abgezehrt und ausgelaugt. »Sieh dich an, Walker. Du schläfst kaum. Du achtest nicht auf deine Erscheinung – du hast seit deiner Rückkehr nicht mehr gebadet. Du isst nicht.«

Mit einer schwachen Bewegung rieb sich der alte Mann den Bart am Kinn. »Denk nach, Walker. Das ist es doch, was sie bezwecken. Sie haben Angst vor dir! Wenn dem nicht so wäre, würden sie einfach die Tore aufbrechen und diese Sache beenden. Aber das wird nicht nötig sein, wenn sie dich dazu bringen, dass du an dir selbst zweifelst, in Panik gerätst und alle Vorsicht und Vernunft außer Acht lässt, die dir bislang immer geholfen haben. Wenn das geschieht, haben sie gewonnen.

Früher oder später, denken sie, wirst du eine Dummheit begehen, und dann haben sie dich.«

Es war die längste Rede, die Cogline seit seiner Rückkehr gehalten hatte. Walker sah ihn an, musterte das uralte, wettergegerbte Gesicht, den spindeldürren Körper, die Arme und Beine, die wie Stöcke aus seinen Gewändern herausragten. Cogline hatte ihn bei seiner Rückkehr mit tröstenden Worten empfangen, aber er hatte ansonsten weitgehend in sich gekehrt und abwesend gewirkt – genauso wie er es jene wenigen Tage lang vor Walkers erstem Ausbruchsversuch gewesen war. Etwas ging in Cogline vor sich, da fand ein geheimer Konflikt statt, aber Walker war zu sehr mit seinen eigenen Problemen beschäftigt und hatte sich nicht die Zeit genommen, sich um den alten Mann zu kümmern.

Dennoch ließ er sich von den Brustwehren ins Innere der Festung und zu einer warmen Mahlzeit führen. Er aß mit Begeisterung, trank ein wenig Bier und beschloss, dass ein Bad eigentlich eine gute Idee war. Er saß in dem dampfenden Wasser, das ihn innerlich und äußerlich reinigte, und spürte, wie die Hitze seinen Körper und Geist tröstete und entspannte. Ondit leistete ihm Gesellschaft. Die Moorkatze hatte sich neben der Wanne zusammengerollt, als wollte sie an der Wärme teilhaben. Während Walker sich abtrocknete und wieder anzog, dachte er über die außergewöhnliche Ruhe der Katze nach, über diese Maske, die alle Katzen trugen, wenn sie die Welt um sich herum betrachteten und auf ihre eigene, unergründliche Weise einschätzten. Ein wenig von dieser Ruhe könnte nützlich sein, dachte er.

Dann schweiften seine Gedanken plötzlich ab.

Was stimmte bloß mit Cogline nicht?

Er ließ seine eigenen Sorgen in dem Badewasser zurück und ging hinaus, um den alten Mann zu suchen. Er fand ihn in der Bibliothek, wo er erneut in den Druidenchroniken las.

Cogline schaute auf, als er hereinkam. Er schien zu erschrecken, durch sein Erscheinen oder durch das, was es bedeuten mochte – Walker konnte nicht sagen, worum von beidem es sich handelte.

Walker setzte sich neben ihn auf eine gepolsterte Holzbank. »Alter Mann, was beunruhigt dich?«, fragte er leise. Er streckte die Hand aus, um sie dem anderen auf die dünne Schulter zu legen. »Ich sehe die Sorge in deinen Augen. Erzähle es mir.«

Cogline zuckte übertrieben mit den Schultern. »Ich mache mir Sorgen um dich, Walker. Ich weiß, wie seltsam dir alles erscheint, seit … nun, seit all das begann. Es kann nicht leicht für dich sein. Ich denke immer, dass es etwas geben muss, was ich tun kann, um dir zu helfen.«

Walker blickte zur Seite. *Seit dem Schwarzen Elfenstein,* dachte er. *Seit Allanon ein Teil von mir geworden ist, in mich eingedrungen ist durch die Magie, die Paranors Sicherheit gewährte, bis die Druiden zurückkehren würden. »Seltsam« ist kaum das richtige Wort dafür.*

»Du brauchst dir keine Sorgen um mich zu machen«, antwortete er mit ironischem Lächeln. *Zumindest nicht darüber.* Die Kämpfe der Vergangenheit und der Gegenwart waren vergangen, als Walker Allanon in sich aufgenommen hatte, und das Leben und das Wissen der Druiden waren zu seinem eigenen geworden. Er dachte daran, wie die Magie durch ihn hindurchgeschossen war und allen Widerstand niedergewalzt hatte, bis er keine andere Wahl mehr gehabt hatte, als sie zu akzeptieren.

»Walker.« Cogline sah ihn jetzt an. »Ich glaube nicht, dass Allanon dir das alles zugemutet hätte, wenn er nicht geglaubt hätte, dass du mit genug Macht daraus hervorgehst, um dich der Schattenwesen erwehren zu können.«

»Du hast mehr Vertrauen als ich.«

Cogline nickte ernst. »Das war schon immer so, Walker.

Wusstest du das nicht? Aber mein Vertrauen wird eines Tages auch das deine sein. Es braucht einfach Zeit. Mir wurde diese Zeit gewährt, und ich habe sie dazu genutzt zu lernen. Ich lebe jetzt schon sehr lange, Walker. Sehr, sehr lange. Vertrauen ist ein Teil dessen, was mir die Kraft verleiht, weiterzumachen.«

Walker zog seine Hand zurück. »Ich hatte Vertrauen in mich selbst. Ich hatte es, als ich wusste, wer und was ich war. Aber das hat sich geändert, alter Mann. Ich bin jemand völlig anders, und du verlangst von mir, Vertrauen zu einem Fremden zu haben. Das ist schwer.«

»Ja«, stimmte Cogline zu. »Aber es wird sich einstellen – wenn du dem Fremden die Zeit gewährst.«

»Ich kann die Zeit gewähren«, sagte Walker Boh schließlich.

Er ging wieder hinaus. Ondit folgte ihm, ein schwarzer Schatten, der im Dämmerlicht von Lampe zu Lampe huschte, den Kopf rhythmisch schwang, den Schwanz hin und her schwenkte. Walker nahm ihn halb bewusst wahr, denn seine Gedanken waren wieder auf die Schattenwesen außerhalb der Festung gerichtet.

Es musste einen Weg geben.

Kraft allein war nicht genug. Die Macht der Druidenmagie war beeindruckend, aber sie war selbst für die Druiden, die gekommen und gegangen waren, als solche niemals ausreichend gewesen. Wissen war ebenfalls notwendig. Geschicklichkeit. Verstand. Unvorhersagbarkeit. Letzteres vielleicht mehr als alles andere – Unvorhersagbarkeit war nicht berechenbar und das Erfolgsrezept des Überlebens. Verfügte er darüber?, fragte er sich plötzlich. Was hatte er außer dem, was die Druidenmagie ihm gegeben hatte, auf das er sich berufen konnte? Er hatte sich viel auf die Tatsache eingebildet, dass nichts von dem, was ihm von den Druiden angetan worden war, etwas daran ändern würde, wer er war. Aber stimmte das? Und wenn es so war, auf welchen Teil von sich selbst konnte er sich denn jetzt stützen, um den Glauben an sich wiederzufinden?

Und war das nicht der Schlüssel zu allem? Dass er fest genug an sich selbst glaubte, um nicht zu verzweifeln?

Er stieg wieder auf die Festungsmauern, und Ondit folgte ihm auch dorthin. Die Nacht war sternenklar, und die Luft roch sauber und frisch. Er atmete sie tief ein, während er auf den Mauern entlangging und nicht hinabschaute, sondern seine Gedanken frei und unbelastet schweifen ließ. Er dachte über Quickening nach, den Elementargeist, die Tochter des Königs vom Silberfluss. Sie hatte alles geopfert, um einem versteinerten Land wieder Leben einzuhauchen, um der Erde eine Chance auf Heilung zu geben. Er stellte sich ihr Gesicht vor und lauschte in seiner Erinnerung auf ihre Stimme. Er spürte ihr leichtes Gewicht, als er sie zum Rand von Eldwist getragen hatte, das Gefühl der Sicherheit, das von ihr ausgegangen war, das Gefühl der Macht. Im Sterben hatte sie ihr Versprechen eingelöst. So hatte sie es gewollt. Und sie hatte ihm einen Teil ihres Lebens hinterlassen, ein Gefühl für Sinn und Notwendigkeit, die Entschlossenheit, dass er in seinem Leben das tun würde, was sie nur im Tod hatte vollbringen können.

Er blieb stehen und schaute hinaus in die Nacht. Wie weit war er gekommen, dachte er und staunte über sich. Was für eine lange Reise war es gewesen. Alles zu dem Zweck, diesen Punkt zu erreichen, an diesem Ort und in dieser Zeit zu landen.

Er unterbrach seine Überlegungen, wandte sich dem Inneren der Festung zu, den Mauern und Türmen, die über ihm aufragten und sich dunkel in die Nacht erhoben. Sollte hier sein Leben enden, fragte er sich plötzlich. Sollte hier die Reise ihr Ziel finden?

Es wäre ein nutzloser Kampf gewesen, wenn es so sein würde.

Er wandte sich um und schaute über die Mauer nach unten. Einer der Reiter ritt unmittelbar unter ihm vorbei, eine graue Gestalt im Dunkeln. Tod, dachte er, aber es war schwer, das genau zu sagen. Es machte ohnehin keinen Unterschied. Die Namen bedeuteten alle in der einen oder anderen Form Tod. Schattenwesen, Mörder, denen über ihre Fähigkeit zu vernichten hinaus jeglicher Sinn und Zweck fehlte. Warum hatten sie es zugelassen, dass sie so werden konnten? Weshalb hatten sie sich dafür entschieden?

Er beobachtete, wie dieser Reiter verschwand, und wartete auf den nächsten. Jede Nacht patrouillierten sie und versammelten sich in der Dämmerung wieder vor dem Tor, um ihre Herausforderung zu wiederholen …

Er hielt inne. Alle zusammen. Vor dem Tor.

Ein Hoffnungsschimmer flammte in seinem Geist auf. Was wäre, wenn er die Herausforderung annähme?

Mit grimmigem Gesicht stieß er sich von der Mauer ab und stieg auf der Suche nach Cogline in die Festung hinab.

Die Dämmerung kündigte sich mit einem Silberschimmer am Himmel im Osten an, was Nebel und Hitze versprach. Es war schon in der Frühe drückend, kein Lüftchen regte sich, ein Überbleibsel der gestrigen Hitze, ein Versprechen, dass dieser Sommer nicht die Absicht hatte, dem Herbst schnell zu weichen. Vögel ließen ihre Rufe in mürrischem, müdem Ton erschallen, als wären sie nicht gewillt, den Tagesanfang zu verkünden.

Die Vier Reiter hatten sich vor den Toren versammelt und im Grau auf ihren Albtraumreittieren aufgereiht. Die Schlangen scharrten erregt auf dem Boden, während ihre Reiter stumm vor Paranors hohen Mauern saßen. Geister ohne Stimme, Leben ohne Gleichgewicht. Als das Licht über die Spitzen der Drachenzähne quoll, drängte Krieg sein grässliches Tier vorwärts, hob die Hand und schlug mit hohlem Pochen ans Tor. Der Klang verweilte in der Stille, die folgte, ein Widerhall, der in den Bäumen und der Dämmerung verebbte. Das Tor bebte und wurde dann wieder still.

Krieg wollte sich abwenden.

Walker Boh wartete. Er befand sich bereits außerhalb der Mauern, war durch eine verborgene Tür in einem Turm kaum zwanzig Meter entfernt herausgetreten. Er wurde durch einen Unsichtbarkeitszauber seiner Magie verborgen und hatte das Aussehen und den Geruch uralten Gesteins, sodass er wie ein Teil von Paranor wirkte. Sie hatten nicht nach ihm Ausschau gehalten. Und selbst wenn sie es getan hätten, wäre er wohl nicht entdeckt worden.

Er hob den gesunden Arm. Die Magie war bereits heraufbeschworen und hatte sich angesammelt, bis sie weiß glühte. Und jetzt schleuderte er sie auf die Schattenwesen.

Die Magie traf Krieg und zerfetzte ihn. Das Schlangenreittier machte einen Satz und verschwand.

Walker schlug erneut zu. Die Magie prallte in die verbliebenen Reiter und erwischte sie unvorbereitet. Feuer loderte überall auf und hüllte sie ein. Die Schlangen bäumten sich auf, schlugen entsetzt um sich und wirbelten herum, um zu fliehen. Walker schickte das Feuer vor ihre Augen, damit sie nichts sehen konnten, und in ihre Nüstern, damit sie nichts riechen konnten, damit es ihre Sinne außer Gefecht setzte und sie in den Wahnsinn trieb. Geblendet und verwirrt prallten die Schattenwesen gegeneinander.

Ich habe sie!, dachte Walker freudig erregt.

Seine Kraft ließ rasch nach, aber er gab nicht auf. Er beendete den Unsichtbarkeitszauber, um mit seinen Kräften bestmöglich hauszuhalten, und setzte den Angriff heftig fort, zwang die Magie, zu Feuer zu werden, und zwang das Feuer zu verzehren. Einer der Reiter befreite sich, dampfend und rauchend wie zertretene Kohlenglut. Es war Seuche. Der seltsame Körper löste sich in einem summenden Schwarm aus Dunkelheit auf und verlor alle Gestalt und Kontur. Hungersnot war zu Boden gegangen, Pferd und Reiter wanden sich auf der Erde in dem verzweifelten Versuch, die Flammen zu löschen, die sie verschlangen. Tod wirbelte in reinem Wahnsinn unkontrolliert umher.

Dann geschah das Unvorstellbare. Durch Rauch und Flammen, von dort zurückgekommen, wohin er getroffen und vernichtet geflohen war, erschien Krieg auf seinem Schlangenreittier wieder.

Und Krieg hatte sich wieder zusammengefügt.

Walker betrachtete die Szene ungläubig. Er hatte den Körper des Reiters in der Mitte zertrennt, hatte die obere Hälfte herunterfallen sehen, und jetzt war Krieg als Ganzes wieder da, als wäre überhaupt nichts passiert.

Krieg griff an. Rasch verringerte er die Entfernung zwischen ihnen, den gepanzerten Körper vorgebeugt. Metall glänzte im schwachen Licht der Dämmerung. Walker hörte das Donnern der klauenbewehrten Füße, den röchelnden Atem und das Quietschen der Rüstung.

Das war nicht möglich!

Instinktiv verlagerte Walker die Magie und sammelte sie zu einem letzten Angriff. Sie traf den Reiter und sein Tier in einem flammenden Wirbelwind und drängte sie beiseite, fegte sie von dem Weg, der um die Festung führte, hinunter zwischen die Bäume, wo sie krachend verschwanden.

Aber es war keine Zeit, den Angriff weiter zu verfolgen. Die anderen Reiter hatten sich ebenfalls erholt. Tod wandte sich ihm in seinem grauen Umhang zu, die schimmernde Sense hielt er gesenkt. Seuche folgte ihm und zischte dabei wie ein Sack voller Schlangen. Sein Körper nahm Gestalt an, während er herankam. Walker schnitt die Beine der Schlange Tods unter dem Körper weg, wodurch beide übereinanderfielen. Zu diesem Zeitpunkt war Seuche bereits fast über ihm. Walker sprang katzenschnell beiseite. Aber die ausgestreckten Finger des Reiters streiften ihn dennoch, als er vorbeiging.

Sofort wogte eine Welle der Übelkeit durch Walker. Schwach und benommen fiel er auf die Knie. *Nur eine Berührung!* Er fuhr zu Seuche herum und schoss eine neuerliche Feuerlanze auf den dunklen Rücken des Schattenwesens ab. Seuche brach in einem Schwarm schwarzer Fliegen auseinander.

Alles schien Walker Boh zu langsam abzulaufen. Er beobachtete, wie Hungersnot schwer und träge taumelnd heraneilte. Er versuchte zu reagieren, aber seine Kraft hatte ihn verlassen. Er war sich des Tagesanbruchs bewusst, des neuen Lichts, das den östlichen Horizont erhellte und sich in dichten, klebrigen Bahnen über die schleppenden Gewänder der weichenden Nacht ergoss. Er konnte die Luft spüren, konnte sie schmecken und riechen, die Gerüche frischer Blätter und Gräser, die sich mit Staub und Hitze vermischten. Paranor war ein scheußlicher Steinschatten an seinem Ellenbogen, so nah, dass er ihn berühren konnte, und doch unerreichbar weit entfernt.

Er hätte seinen Umhang aus Unsichtbarkeit nicht fallen lassen sollen. Er hatte einen entscheidenden Vorteil aufgegeben.

Er sandte Feuerlanzen auf Hungersnot und wehrte seinen Angriff damit ab. Der skelettartige Körper des Reiters wurde gebeugt und brach durch den Stoß auseinander.

Tot, aber nicht wirklich, dachte Walker und fühlte sich fiebrig und heiß.

Die Reiter schwärmten aus allen Richtungen zurück, Schlangen erhoben sich und kamen auf ihn zu. Warum wollten sie nicht sterben? Wie konnten sie erneut auf ihn zukommen? Die Fragen kamen unbeholfen über seine Zunge, und er war sich plötzlich bewusst, dass er sie laut ausgesprochen hatte, dass er in eine Art Delirium verfiel. Er war unglaublich schwach, als er wieder auf die Mauer zustolperte, während er all seine Kraft sammelte, um dem erneuten Angriff entgegenzutreten. Sein Plan war gescheitert. Er hatte etwas falsch eingeschätzt. Aber was nur?

Er hob seinen Arm und sandte das Feuer in alle Richtungen. Er schmetterte es auf die Angreifer in dem verzweifelten Versuch, sie in Schach zu halten. Aber seine Kraft war jetzt erschöpft, bei seinem ersten Angriff verausgabt, von Seuche ausgelaugt. Die Magie erreichte kaum, dass das Schattenwesen, das auf ihn zukam, langsamer wurde. Krieg warf eine Keule mit spitzen Kanten nach ihm, und er beobachtete, wie sie auf ihn zuwirbelte, aber fühlte sich unfähig zu handeln. Im letzten Moment sammelte er genug Kraft, um sie abzuwehren, aber dennoch traf ihn das Eisen und stieß ihn mit solcher Wucht rückwärts gegen das Gestein Paranors, dass ihm der Atem aus der Lunge gepresst wurde.

Der Schlag rettete ihm das Leben.

Als er sich an das Gestein der Mauern Paranors klammerte, um sich abzufangen, fand er die Fuge der verborgenen Tür. Einen Moment lang wurde sein Kopf klar, und er erinnerte sich daran, dass er sich für alle Fälle einen Fluchtweg gelassen hatte. Das hatte er im Kampfgetümmel, im Griff des Fiebers und des Deliriums vergessen. Er hatte noch immer eine Chance. Die Vier Reiter steuerten auf ihn zu. Sie kamen jetzt unglaublich schnell näher. Die Finger seiner Hand strichen taub und blutig die Fuge der verborgenen Tür entlang. Wenn er nur zwei Hände, zwei Arme hätte! Wenn er nur gesund wäre! Der Gedanke war im Handumdrehen da und wieder fort, die Verzweiflung, die ihn hervorgerufen hatte, wurde von seinem Zorn gebannt.

Ein Kreischen von Metall und Klauen erklang.

Seine Finger schlossen sich um den Mechanismus.

Die Tür schwang nach innen auf und trug ihn mit sich wie ein gestaltloses Bündel Gewänder. Während sie dies tat, warf er Feuerfragmente in den Spalt hinter sich, die so scharf waren wie Rasiermesser. Er hörte sie gegen seine Verfolger prallen und glaubte die Schattenwesen irgendwo in seinem Kopf schreien zu hören.

Dann befand er sich in modriger, kühler Dunkelheit. Der Lärm und der Zorn wurden mit dem Zufallen der Tür ausgeschlossen, der Kampf war vorüber.

Cogline fand ihn in dem Gang unter den Brustwehren der Festung, zu einer Kugel zusammengerollt und so erschöpft, dass er ihn nicht dazu bringen konnte, sich zu bewegen. Mit erheblicher Anstrengung schleppte der alte Mann Walker zu seinem Bett und legte ihn hinein. Er zog ihn aus, wusch ihn mit kühlem, sauberem Wasser, gab ihm Medizin und wickelte ihn zum Schlafen in Decken. Er sprach zu Walker, aber Walker konnte die Worte anscheinend nicht verstehen. Walker erwiderte etwas, aber was er sagte, war unverständlich. Er wusste, dass er lebte, dass er überlebt hatte und weiterkämpfen würde, und das allein zählte.

Zitternd, schmerzerfüllt und völlig erschöpft von seinem Kampf ließ er sich umsorgen, bis Cogline ihn in der Dunkelheit allein ließ. Er war sich bewusst, dass Ondit sich neben ihm zusammenrollte und Wache hielt, was auch immer ihm drohen mochte. Die Moorkatze war bereit, Cogline zu rufen, wenn es nötig sein würde. Er schluckte, weil seine Kehle so trocken war, und sagte sich, dass die Krankheit vergehen würde, dass er wieder gesund wäre, wenn er erwachte. Er war entschlossen, dass es so sein müsste.

Er machte die Augen zu, und während sie zufielen, klammerte sich sein Verstand an einen letzten heilenden Gedanken.

Am heutigen Tag hatte er den Kampf verloren. Die Vier Reiter hatten ihn erneut vertrieben. Aber er hatte etwas aus seiner

Niederlage gelernt – etwas, was sich am Ende als ihr Verderben erweisen würde.

Er holte tief und ruhig Luft und ließ den Atem wieder ausströmen. Schlaf rauschte in warmen, entspannenden Wellen durch seinen Körper.

Wenn er den Schattenwesen das nächste Mal gegenübertrat, versprach er sich mit eiserner Entschlossenheit, bevor er in den Schlaf hinüberglitt, würde er ihnen ein Ende bereiten.

14

Während Walker Boh darum kämpfte, sich von den Vier Reitern vor Paranor zu befreien, überzeugte Wren Elessedil den Hohen Rat der Elfen davon, dass sie sich gegen die Föderationsarmee wenden mussten, die nach Norden kam und sie vernichten wollte. Gleichzeitig führte Morgan Leah Damson und eine kleine Gruppe Geächteter an, um Padishar Creel aus Tyrsis zu befreien. Und Par Ohmsford folgte seinem Bruder Coll.

Es war eine beschwerliche, mühselige Unternehmung. Nachdem Damson und er sich getrennt hatten, hatte Par seine Suche sofort aufgenommen. Er war sich der Tatsache bewusst, dass Coll nur Minuten Vorsprung hatte, und sagte sich, dass er ihn sicherlich bald einholen würde, wenn er schnell genug wäre. Der Morgen dämmerte, und die Dunkelheit, die ihn an der Verfolgung hinderte, schwand. Coll floh, er achtete auf nichts mehr außer der Vision, die ihm das Schwert von Shannara gezeigt hatte. Er war verwirrt und erschrocken, und sein Schmerz war spürbar gewesen. Wie sehr würde er sich in diesem Zustand bemühen, seine Flucht zu verbergen? Wie weit würde er laufen können, bevor ihn die Erschöpfung übermannte?

Die Antwort war nicht die, die Par erwartet hatte. Obwohl er den Spuren seines Bruders ziemlich leicht folgen konnte und die Fährte inmitten eines Durcheinanders von Gebüsch und Gräsern deutlich zu sehen war, stellte er fest, dass er ihm nicht näher kam. Trotz der Schrecks – oder vielleicht auch gerade deswegen – schien Coll unerwartete Kräfte in sich geweckt zu haben. Er lief vor Par davon, beeilte sich nicht nur, sondern blieb nicht einmal stehen, um zu rasten. Und er folgte auch keiner geraden Linie. Er rannte hierhin und dorthin, erst in eine Richtung und dann in der nächsten Sekunde in eine andere, aus keinem erkennbaren Grund, sondern scheinbar vollkommen willkürlich. Es war, als wäre er wahnsinnig geworden, als würden ihn Dämonen verfolgen oder in seinem Kopf spuken, sodass er nicht festlegen konnte, woher sie kamen.

Ja, tatsächlich, dachte Par, so musste es sich für Coll wohl anfühlen.

Bei Einbruch der Nacht war er erschöpft. Sein Gesicht und seine Arme waren verschwitzt und mit Staub überzogen, sein Haar war glanzlos und verklebt und seine Kleidung schmutzig. Da er fast alles Gepäck zurückgelassen hatte, um weniger zu tragen zu haben und schneller voranzukommen, trug er jetzt nur das Schwert von Shannara, eine Decke und einen Wasserschlauch bei sich. Dennoch konnte er sich kaum noch auf den Beinen halten. Er fragte sich, wie es Coll gelungen war, vor ihm zu bleiben. Trotz der Angst hätte er schon vor Stunden erschöpft sein müssen. Das Spiegeltuch und die Magie der Schattenwesen trieben seinen Bruder offenbar an wie eine Peitsche. Der Gedanke ließ Par verzweifeln. Wenn Coll nicht langsamer wurde, wenn er nicht wenigstens teilweise wieder zu Verstand kommen würde, wäre diese körperliche Anstrengung am Ende tödlich. Oder wenn nicht die Anstrengung, dann irgendein Fehler, denn er achtete überhaupt nicht auf Gefahren. Von denen gab es viele in diesem Land, die einen Mann selbst dann töten konnten, wenn er ein gesundes Maß an Vorsicht walten ließ und einen klaren Kopf hatte. Im Moment besaß Coll Ohmsford anscheinend von beidem nichts.

Als er schließlich stehen blieb, befand sich Par unmittelbar westlich der Stelle, an der sich der Mermidon teilte und von wo aus ein Arm als Nebenfluss ostwärts zum Rabb hin verlief und der andere südwärts auf Varfleet und das Runnegebirge zu. Folgte man dem zweiten Arm weit genug, so konnte man den Regenbogensee erreichen. Und dann auch die Südwacht. Das war die Richtung, die Coll eingeschlagen hatte, nachdem es zu dunkel geworden war, um seine Spur weiter zu verfolgen. Je länger Par darüber nachdachte, desto wahrscheinlicher schien es, dass sein Bruder schon die ganze Zeit über dieser Richtung gefolgt war – wenn auch auf Umwegen. Zurück zur Südwacht und den Schattenwesen. Das klang nicht unwahrscheinlich, denn es war die Magie des Umhangs, die Coll innerlich zerstörte.

Par wickelte sich in seine Decke und lehnte sich an einen alten Hickorybaum, um die Sache zu überdenken. Das Schwert von Shannara lag auf dem Boden neben ihm, und seine Finger zogen die Umrisse des geschnitzten Hefts nach. Wenn die Magie der Schattenwesen seinen Bruder kontrollierte, wusste Coll vielleicht gar nicht, was er tat. Er hatte vielleicht nach Par gesucht, ohne zu wissen, warum. Er floh jetzt vielleicht in demselben Zustand. Nur dass das Schwert Coll die gleiche Vision gezeigt hatte, die es Par gezeigt hatte, und das bedeutete, dass Coll die Wahrheit über sich selbst gesehen hatte. Par hatte in jenen Augenblicken eine Verbundenheit zwischen ihnen verspürt. Coll und er standen sich so nahe, dass sie es beide erkannt hatten. Hatte das die Lage irgendwie verändert? Versuchte Coll, sich etwa von der Magie der Schattenwesen zu befreien, nachdem er die Wahrheit über sich selbst gesehen hatte?

Par schloss die Augen, da er so müde war. Er musste schlafen, war aber nicht eher bereit dazu, bevor er nicht herausgefunden hatte, was vor sich ging. Damson hatte ihn gewarnt, dass ihn die Verfolgung in eine Falle führen könnte. Coll war nicht zufällig zu ihnen gekommen. Er war von den Schattenwesen geschickt worden. Warum? Um ihn zu verletzen? Oder um ihn zu töten? Par war sich nicht sicher. Wie war es Coll gelungen, ihn zu finden? Wie lange hatte er bereits gesucht? Die Fragen schwirrten durch seinen Kopf wie wütende Hornissen. Eindringlich und fordernd und mit giftigen Stacheln. *Denk nach!* Vielleicht hatte die Magie des Spiegeltuchs Coll geholfen, ihn zu finden – hatte Coll vielleicht bei der Suche angetrieben. Die Magie hatte seinen Bruder verseucht und verwandelte ihn in ein Schattenwesen, während Coll die ganze Zeit glaubte, dass sie ihm half, seinem Gefängnis zu entkommen. Sie hatte ihn überlistet, dass er den Umhang anzog, damit sie ihr Werk beginnen konnte, verführerisch …

Par holte tief Luft. Er konnte überhaupt kaum atmen, wenn er sich Coll als eines jener Wesen vorstellte, eines der Wesen in der Grube, jener Wesen, die selbst dann lebten, wenn sie bereits tot waren.

Er trank etwas Wasser, denn Wasser war alles, was er hatte. Wie lange war es her, seit er etwas gegessen hatte? Morgen würde er sich Nahrung suchen oder jagen müssen. Er musste wieder zu Kräften kommen. Ohne Nahrung und mit nur wenig Ruhe würde er am Ende zusammenbrechen. Das konnte er sich nicht leisten, wenn er seinem Bruder auf irgendeine Weise nützen wollte.

Er richtete seine Gedanken wieder auf Coll und wickelte seine Decke enger um sich. Die Nacht war kühl unter den Bäumen am Fluss, die Sommerhitze war in andere Gefilde verbannt. Wenn Coll nicht gekommen war, um ihn zu töten, warum war er dann gekommen? Sicherlich aus keinem guten Grund. Coll war jetzt nicht Coll.

Par blinzelte. Vielleicht, um das Schwert von Shannara zu stehlen?

Der Gedanke war interessant, aber er ergab keinen Sinn. Warum sollte Rimmer Dall das Schwert Par übergeben, wenn er später Coll entsandte, um es zurückzuholen? Es sei denn, Coll wäre das Werkzeug eines anderen. Aber das ergab sogar noch weniger Sinn. Es gab hier nur einen Feind, allen Beteuerungen des Ersten Suchers zum Trotz. Rimmer Dall hatte sich große Mühe gegeben, Par glauben zu machen, er habe seinen Bruder getötet. Die Schattenwesen hatten Coll aus einem bestimmten Grund gesandt, aber der bestand nicht darin, das Schwert von Shannara zurückzuholen.

Par dachte einen Moment lang darüber nach, wie seltsam es war, dass das Schwert sich ihm doch noch offenbart hatte. Er hatte alles versucht, um die Magie zu beschwören, und bis dahin war es ihm nicht gelungen. Er hatte immer geglaubt, dass es wirklich der Talisman war und keine Fälschung, trotz der Zweifel, aus welchem Grund Rimmer Dall es ihm freiwillig überlassen hatte. Er hatte seine Macht gespürt, selbst als es nicht auf ihn reagiert hatte. Aber die Zweifel hatten weiter bestanden, und mehr als einmal hatte sein Mut ihn verlassen. Jetzt plötzlich, völlig unerwartet, war die Magie zum Leben erweckt worden, und das alles nur wegen dieses Kampfes mit Coll.

Und es gab keinerlei Hinweis darauf, warum es so war.

Par ließ sich am Baumstamm nach unten rutschen, bis er auf dem Rücken lag, und schaute durch die belaubten Zweige des Hickorybaums hinauf in den klaren Sternenhimmel. Er musste es sich ein wenig bequem machen, sagte er sich. Er musste seinem schmerzenden Körper ein wenig Linderung verschaffen. Dann konnte er besser denken. Er wusste, dass es so war.

Und während er sich das sagte, schlief er schon ein.

Als er erwachte, dämmerte es bereits, und Coll starrte ihn an. Sein Bruder saß keine zwanzig Meter von ihm entfernt zusammengekauert auf einem Haufen Steine wie ein Aasfresser. Er war in das Spiegeltuch gehüllt, dessen Falten im schwachen Silberlicht bösartig schimmerten, als wäre Tau in den Stoff eingewoben. Colls Gesicht wirkte hager und ausgemergelt, und sein sonst so ruhiger Blick irrte voller Angst und Widerwillen umher.

Par war so verblüfft, dass er sich nicht rühren konnte. Es war ihm niemals in den Sinn gekommen, dass sein Bruder umkehren könnte – dass er überhaupt die Geistesgegenwart dazu haben würde. Warum war er hier? Um ihn erneut anzugreifen, um vielleicht zu versuchen, ihn zu töten? Er sah Coll an, sah in sein müdes Gesicht und seine eingesunkenen Augen. Nein, Coll war aus einem anderen Grund da. Er sah aus, als suchte er Nähe, als wollte er reden oder Par nach etwas fragen. Und vielleicht ist das auch so, dachte Par plötzlich. Das Schwert von Shannara hatte Coll einen flüchtigen Blick auf die Wahrheit verschafft, zum ersten Mal, seit er das Spiegeltuch umgelegt hatte. Vielleicht wollte er mehr.

Er erhob sich langsam und streckte die Hand aus.

Sofort sprang Coll auf, rannte von den Steinen in den Schatten dahinter und weiter in den Wald.

»Coll!«, schrie Par hinter ihm her. Der Ruf verhallte. Colls Schritte verklangen in der Stille, während sich die Entfernung zwischen ihnen erneut ausdehnte.

Par suchte Beeren und Wurzeln. Während des kargen Frühstücks sagte er sich, dass er in ernsthafte Schwierigkeiten geraten würde, wenn er bis zum Einbruch der Nacht nichts Richtiges zwischen die Zähne bekommen hätte. Er aß schnell und dachte dabei die ganze Zeit an Coll. In den Augen seines Bruders war solches Entsetzen zu sehen gewesen – und solcher Zorn. Auf Par, auf sich selbst, auf die Wahrheit? Er wusste es nicht. Aber Coll war sich seiner noch immer bewusst, er suchte ihn von sich aus auf, und daher gab es noch immer eine Chance, ihn zu erreichen.

Aber was würde er tun, wenn dies geschehen wäre? Par hatte daran noch nicht gedacht. Das Schwert von Shannara erneut gebrauchen, antwortete er sich selbst, fast ohne zu überlegen.

Das Schwert war sicherlich Colls größte Hoffnung, sich von dem Spiegeltuch befreien zu können. Wenn er Coll dazu bringen konnte, die Natur der Magie, die ihn in ihrer Gewalt hatte, zu erkennen, dann fand er vielleicht eine Möglichkeit, den Umhang und seine Magie abzuwerfen. Vielleicht könnte Par ihm den Mantel einfach wegnehmen, wenn nichts anderes möglich war. Aber das Schwert war der Schlüssel! Coll hatte nichts erkannt, bis die Magie des Schwertes ihm Erkenntnis gewährt hatte, und dann hatte sich die Wahrheit in seinen Augen gezeigt. Par sagte sich, dass er es erneut einsetzen musste. Und dieses Mal würde er nicht aufhören, bevor Coll befreit war.

Er faltete seine Decke zusammen und brach auf. Der Tag war schwül und still, und die Wärme verwandelte sich schnell in stickige Hitze, die Pars Kleidung vor Schweiß dampfen ließ. Er nahm Colls Spur auf und folgte ihr zum Mermidon und darüber hinweg nach Norden und dann erneut gen Süden. Dieses Mal zog sein Bruder mehrere Stunden lang in direkter Linie weiter und bewanderte das östliche Ufer bis ins Runnegebirge. Par passierte Varfleet am anderen Flussufer, sah Boote und Fähren träge auf der weiten Fläche manövrieren, überlegte sich, dass es gut wäre, ein Boot zu haben, und dachte eine Sekunde später, dass ein Boot nutzlos wäre, wenn er Fußspuren auf trockenem Boden folgen musste. Er erinnerte sich daran, wie Coll und er vor Wochen aus Varfleet geflohen und den Mermidon entlang nach Süden gezogen waren. Da hatte alles angefangen. Er erinnerte sich daran, wie nah sie sich zu dem Zeitpunkt gestanden waren, trotz ihrer Auseinandersetzungen, welche Richtung ihr Leben nehmen sollte und wofür Par seine Magie einsetzen sollte. Das schien alles vor sehr langer Zeit geschehen zu sein.

Am späten Nachmittag erreichte Par mehrere Meilen flussabwärts von Varfleet einen kleinen Anlegeplatz für Fischer mit einem Handelsposten. Das Haus war baufällig und vollgestopft, und seine Pächter waren wortkarg, ein störrischer Haufen mit schwieligen Arbeiterhänden und wettergegerbten Gesichtern. Er konnte seinen Ring gegen eine Angelschnur und Angelhaken, einen Feuerstein, Brot, Käse und geräucherten Fisch eintauschen. Er trug alles nur so weit, bis er außer Sichtweite des Anlegeplatzes war, setzte sich dort und aß die Hälfte der Lebensmittel auf, ohne zwischendurch Luft zu holen. Als er fertig war, nahm er den Marsch Richtung Süden wieder auf. Er fühlte sich jetzt entschieden besser. Mit Schnur und Haken konnte er Fische fangen und mit Feuerstein Feuer machen. Langsam dämmerte ihm, dass die Suche nach Coll länger dauern könnte, als er erwartet hatte.

Erneut dachte er darüber nach, warum Coll ihn gesucht hatte – oder genauer gesagt, warum er geschickt worden war. Wenn nicht deshalb, um ihn zu töten oder um das Schwert von Shannara zu stehlen, dann blieb nicht viel übrig. Vielleicht sollte Colls Erscheinen irgendeine Art Reaktion von ihm herausfordern. Damsons Warnung schoss ihm durch den Sinn – wahrscheinlich handelte es sich um eine Falle der Schattenwesen. Aber wie hatten die Schattenwesen wissen können, dass die Begegnung von Coll und Par die Magie des Schwertes von Shannara hervorrufen und die Wahrheit darüber enthüllen würde, was Coll war, sodass Par in der Lage sein könnte, in Coll etwas anderes zu sehen als ein Schattenwesen? Coll war vielleicht als Köder gesandt worden, um Par anzulocken – das klang sicherlich nach Rimmer Dall –, aber dennoch, wie hatten die Schattenwesen wissen können, dass Par seinen Bruder erkennen würde?

Es sei denn, es war nicht beabsichtigt, dass er es herausfand …

Par blieb abrupt stehen. Er befand sich gerade unter einer riesigen alten Eiche. Dort war es schattig und kühl. Vom Mermidon wehte eine Brise heran. Er konnte das Plätschern der trägen Bewegungen des Flusses hören und das Wasser und die Wälder riechen.

… bis es zu spät war.

Er spürte, wie sich seine Kehle zuschnürte. Wie wäre es, wenn diese ganze Angelegenheit umgekehrt gedacht gewesen war? Wie wäre es, wenn Coll ihn gar nicht töten sollte? Wie wäre es, wenn er Coll töten sollte?

Warum?

Weil …

Er rang um eine Antwort. Sie lag irgendwie in der Luft wie ein Wispern von Worten, das bestrebt war, verstanden zu werden.

Doch er konnte sie einfach nicht sehen.

Enttäuscht ging er weiter. Er war auf der richtigen Spur, wenn er auch noch nicht alle Einzelheiten klar erkannte. Es war Coll dort draußen, der ihn führte, der floh, ohne zu wissen warum, der bei Nacht zurückkam, um sicherzugehen, dass Par ihm folgte. Par trug das Schwert von Shannara, und seine Magie hatte ihm die Wahrheit enthüllt. Die Schattenwesen hatten dies alles inszeniert und spielten mit ihnen wie mit Kindern, die für andere etwas aufführen sollten.

Es hat etwas mit der Magie des Wünschlieds zu tun, dachte Par plötzlich. Es hat damit zu tun.

Er würde noch daraufkommen, das wusste er. Er musste nur weiterhin darüber nachdenken und weiterhin alles durchleuchten.

Bei Sonnenuntergang des zweiten Tages hatte er Coll noch immer nicht gefunden, und er schlug sein Lager in einer Felsnische auf, die ihn von hinten schützte, während er sehen konnte, was auch immer sich von vorn näherte. Er entfachte kein Feuer. Ein Feuer würde sein nächtliches Sehvermögen beeinträchtigen. Er aß noch ein wenig von seinen Vorräten, wickelte sich in seine Decke und lehnte sich zum Warten an die Felsen.

Die Nacht wurde dunkel, und die Sterne kamen hervor. Par beobachtete, wie sich Schatten abzeichneten und im fahlen

Licht Gestalt annahmen. Der Fluss plätscherte träge an die Felsen, und über dem Wasser kreisten schreiende Nachtvögel. Er atmete die kühle, feuchte Luft und erlaubte sich das erste Mal seit zwei Tagen, an Damson Rhee zu denken. Nach der langen Zeit, in der sie sich in Tyrsis zusammen versteckt und um ihre Freiheit gekämpft hatten, war es seltsam, sie nicht in seiner Nähe zu haben. Er machte sich Sorgen um sie, beruhigte sich dann aber, indem er sich sagte, dass es ihr wahrscheinlich besser ging als ihm. Sie war inzwischen bei den Geächteten angekommen und unternahm einen Versuch, Padishar zu befreien. Bestimmt war sie inzwischen längst in Sicherheit.

Zumindest so sicher, wie es möglich war, bis alles erledigt war.

Gedanken an Damson, Padishar, Morgan Leah, Wren und Walker Boh gingen ihm durch den Kopf, Erinnerungen an jene, die er unterwegs verloren hatte. Manchmal schien es ihm, als sei ihm bestimmt, alles zu verlieren. So viel hatte er eingesetzt und so wenig gewonnen – das Gewicht dieses Gedankens bedrückte ihn zutiefst.

Er zog die Knie schützend zu seiner Brust herauf und rollte sich fest zusammen. Das Schwert von Shannara drückte sich in seinen Rücken, denn er hatte vergessen, es abzunehmen. Das Schwert: seine Aufgabe, seine Lebenschance, seine einzige Hoffnung darauf, sich eines Tages von den Schattenwesen befreien zu können – so vieles war dafür aufgegeben worden. Er fragte sich erneut, welchem Zweck der Talisman wohl diente. Sicherlich etwas Wunderbarem, denn Magie wie diese war für nichts anderes geschaffen. Aber wie sollte er diesen Zweck entdecken – besonders hier, irgendwo im Runnegebirge verirrt, auf der Jagd nach dem armen Coll? Sollte er nicht lieber Walker Boh und Wren suchen, die beiden anderen, denen Allanon Aufgaben übertragen hatte?

Aber das war natürlich falsch. Er tat genau das Richtige. Er musste seinen Bruder suchen und ihm helfen. Wenn er Coll verlor, der ihm in so vielem beigestanden hatte, der alles aufgegeben hatte, wenn er ihn jetzt noch einmal verlor, nachdem er ihn gerade wiedergefunden hatte …

Er schüttelte den Kopf. Er würde Coll nicht verlieren. Das würde er nicht zulassen.

Die Minuten verstrichen, und Par Ohmsford wartete. Coll würde kommen. Dessen war er sich sicher. Er würde kommen, wie er auch in der letzten Nacht gekommen war. Vielleicht würde er nur dasitzen und Par ansehen, aber zumindest würde er da sein, nahe bei ihm.

Er griff in sein Gewand und nahm die abgebrochene Hälfte des Skree hervor, das Damson ihm gegeben hatte. Er hatte ihn an einem Lederband festgebunden und um den Hals gehängt. Wenn Damson in der Nähe war, würde das Skree leuchten. Er betrachtete es nachdenklich. Das Metall reflektierte dumpf das helle Sternenlicht, aber es leuchtete nicht. Damson war weit entfernt.

Er betrachtete das Skree eine Weile und ließ es dann wieder unter sein Hemd gleiten. Noch ein Stück Magie, das ihm Sicherheit geben sollte, dachte er betrübt. Das Wünschlied, das Schwert von Shannara und das Skree. Er war gut mit Talismanen ausgerüstet. Er schwamm geradezu in ihnen.

Aber Verbitterung half nichts, und so versuchte er, sie beiseitezuschieben. Er nahm das Schwert ab und legte es neben sich auf den Boden. Irgendwo draußen auf dem Mermidon klatschte ein Fisch aufs Wasser. Aus den Bäumen hinter ihm drang plötzlich der tiefe Schrei einer Eule.

Ein Vermächtnis der Magie, dachte er gegen seinen Willen, denn seine Stimmung war unerbittlich düster. *Und alles, was es bewirkt, ist, dass ich mich frage, ob Rimmer Dall nicht vielleicht recht hat – ob ich nicht tatsächlich ein Schattenwesen bin.*

Der Gedanke blieb, während er in die Nacht hinausschaute.

Das Geschöpf, halb Schattenwesen, halb Coll Ohmsford, starrte aus einem Versteck in den Bäumen hervor. Es lauerte gut zwanzig Schritt von der Stelle entfernt, wo sein Verfolger darauf wartete, dass es sich zeigte.

Aber das werde ich nicht, nein, dachte es bei sich. *Ich werde hierbleiben, in der Sicherheit der Dunkelheit, wo ich hingehöre, wo die Schatten mich beschützen vor …*

Wovor? Es konnte sich nicht erinnern. Vor diesem anderen Wesen? Vor der seltsamen Waffe, die es trug? Nein, vor etwas anderem. Vor dem Umhang, den es trug? Es befingerte den Stoff unsicher und spürte, dass sich etwas Unerfreuliches an seinen Fingerspitzen rührte, während es dies tat. Wieder wurde es sich der Vision bewusst, die es gesehen hatte, als es mit dem anderen gekämpft hatte, mit demjenigen, der … der … Es konnte sich nicht erinnern, was er war. Jemand, den es gekannt hatte. Früher einmal, vor langer Zeit. Verwirrung breitete sich in ihm aus. Die Verwirrung verging scheinbar nie.

Das Geschöpf, halb Schattenwesen und halb Coll, rührte sich leise, den Blick unverwandt auf die Gestalt gerichtet, die zwischen den Felsen kauerte.

Es denkt, es kann mich von dort aus sehen, aber es irrt sich. Es kann nur dann etwas sehen, wenn ich will, dass es etwas sieht – aber es sieht nichts, solange ich den Umhang trage, nichts, solange ich die Magie habe. Ich gehe zu ihm, wenn ich es will, und ich gehe fort, wenn ich es will. Es kann mich nicht sehen. Es kann mich nicht fangen. Es jagt mich, aber ich führe es dahin, wohin ich es bringen will. Ich führe es nach Süden, nach Süden zu, zu …

Aber es war nicht sicher. Die Verwirrung vernebelte seine Gedanken erneut und quälte es. Manchmal schien es ihm, es könnte vielleicht besser denken, wenn es den Umhang ablegen würde. Aber nein, das war bestimmt töricht. Der Umhang beschützte es, das Spiegeltuch, das ihm geschenkt worden war von – nein, das es gestohlen hatte, genommen von – nein, durch List von jemandem erworben hatte … jemand Gefährlichem …

Bruchstückhafte, flüchtige Gedanken kamen und gingen wieder. Sie wirbelten wie Strudel in einem Fluss, die einen Moment lang auf Sand und Fels treffen, bevor sie weiterziehen.

Tränen der Enttäuschung traten ihm in die Augen, und es hob eine schmutzige Hand, um sie wegzuwischen. Manchmal erinnerte es sich an früher, an die Zeit, als es den Umhang noch nicht getragen hatte, an die Zeit, als es ein anderer gewesen war. Die Erinnerungen stimmten es traurig, und es schien, dass ihm etwas Böses zugefügt worden war und es deshalb wegen der Erinnerungen so traurig wurde.

Ich habe einen Moment lang etwas gesehen, im Licht meines Verstandes, in jener Vision, ich habe etwas über mich selbst gesehen, darüber, wer ich war, bin, sein könnte. Ich möchte es erneut sehen!

Inzwischen floh es vor dem Wesen, das es einst gejagt hatte, und fürchtete es, ohne zu wissen, warum. Der Umhang verlieh ihm Sicherheit, aber selbst der Umhang genügte nicht, um ihn vor diesem anderen zu schützen. Und die Flucht vor seinem Verfolger führte es immer wieder zu dem Punkt zurück, an dem dieser Verfolger wartete, ein Kreislauf, den es nicht verstehen konnte. Wenn es doch vor seinem Verfolger davonlief, warum kehrte es dann immer wieder zurück? Manchmal tröstete es der Umhang wegen des Verfolgers und der Erinnerungen, aber manchmal fühlte es sich so an, als wäre der Umhang Feuer auf seiner Haut und als verbrannte sein wahres Ich und verwandelte es in etwas Furchtbares.

Zieh den Umhang aus!

Nein, Narr, Narr! Der Umhang schützt dich!

Und so tobte der Kampf in dem gepeinigten Wesen, das sowohl Coll als auch ein Schattenwesen war, trieb es hierhin und dorthin, machte es mürbe und richtete es wieder auf, zog es an und stieß es gleichzeitig weg, bis nichts mehr an Vernunft und Frieden in ihm übrig blieb.

Hilf mir, bat es schweigend. *Bitte, hilf mir.*

Aber es wusste nicht, wen es um Hilfe bat oder was eine Hilfe sein konnte. Es blickte durch die Dunkelheit zu seinem Verfolger und dachte, der werde bald schlafen. Was sollte es dann tun? Sollte es dort hinuntergehen, hinschleichen, hinschleichen, so leise wie Wolken am Himmel, und es berühren, berühren …

Der Gedanke wurde jäh unterbrochen. Der Umhang schien sich fester zusammenzuziehen und lenkte es ab. Ja, vielleicht hinabschleichen, seinem Jäger zeigen, dass es keine Angst hatte (aber es hatte Angst!), dass es in der Nacht, in seinem Umhang, in der Sicherheit der Magie tun konnte, was es wollte …

Hilf mir.

Es würgte an den Worten und versuchte, sie laut hinauszuschreien, aber es gelang ihm nicht. Es schloss die Augen gegen den Schmerz und zwang sich nachzudenken.

Nimm dir etwas von ihm, etwas, was es braucht, was es schätzt. Nimm dir etwas, was es … so verletzt, wie ich verletzt bin. Der Verstand riss eine vertraute Erinnerung auf. *Ich kenne es, weiß auch woher, als wir … wir … Brüder waren! Es kann helfen, es kann einen Weg finden …*

Aber das Geschöpf, halb Coll und halb Schattenwesen, war sich dessen nicht sicher, und der Gedanke verlor sich mit den anderen in den unzähligen Fragmenten, die in dem verwirrten Geist um Beachtung kämpften. Es wurde von demjenigen, den es beobachtete, sowohl angezogen als auch abgestoßen, und dieser Widerspruch würde sich nicht auflösen lassen, egal, wie sehr es sich auch bemühte.

Erneut stiegen Tränen in die Augen, ungebeten und unerwünscht. Die schmutzige, zerkratzte Hand verkrampfte sich. Das entstellte Gesicht rang darum, sich in etwas Erkennbares zu verwandeln. Eine Sekunde lang war Coll wieder da, aus den Spinnweben der schwarzen Magie, die ihn gefangen hielt, errettet.

Muss handeln, etwas tun, damit der andere Bescheid weiß! Muss mir etwas nehmen! Ich muss!

Par war eingeschlafen, als er eine Bewegung an seinem Hals spürte. Er schrak hoch und schlug wild um sich, ohne zu wissen, was oder wer da an ihm zog. Etwas würgte ihn, drückte seine Kehle zu, sodass er nicht atmen konnte. Ein Gewicht lag auf ihm, stieg auf ihn und schlang sich um ihn.

Ein Schattenwesen.

Doch das Wünschlied hatte ihn nicht gewarnt, also konnte es das nicht sein. In dem verzweifelten Bemühen, sich zu retten, beschwor er die Magie jetzt. In betäubender Langsamkeit baute sie sich in ihm auf. Er spürte fremden Atem auf seinem Gesicht und seinem Hals. Ein Aufblitzen von Zähnen war zu sehen, und er spürte grobes Haar, das über seine Haut strich. Er streckte seine Hand aus, um sich abzustützen, damit er sich dem Angreifer entgegenstemmen könnte. Er streifte das Heft des Schwertes von Shannara und verbrannte sich die Hand an dem Metall.

Dann ließ der Druck auf seiner Kehle abrupt nach, das Gewicht gab seinen Körper wieder frei, und durch einen Nebel aus farbigem Licht und Düsterkeit sah er eine gebeugte Gestalt in die Nacht davoneilen.

Coll! Es war Coll gewesen!

Erschrocken und ängstlich sprang er auf, rang um Luft und um sein Gleichgewicht. Was ging hier vor? War Coll gesandt worden, um ihn nun doch zu töten? Hatte er versucht, ihn zu ersticken? Er beobachtete, wie die dunkle Gestalt in den Schatten verschwand, zwischen Felsen und Bäumen. Da war kein Irrtum möglich. Es war Coll gewesen. Dessen war er sich sicher.

Aber was hatte sein Bruder vorgehabt?

Er dachte plötzlich an das Schwert, sah schnell hinab und fand es unberührt neben sich auf dem Boden. Nicht das Schwert, dachte er. Was dann?

Er griff sich an den Hals und wurde sich plötzlich eines neuen Schmerzes bewusst. Seine Hand war blutig. Er tastete noch einmal seinen Hals ab. Er fand einen Streifen gequetschter, aufgerissener Haut und berührte ihn, ohne jede Vorsicht, weil er der Sache auf den Grund gehen wollte.

Und dann erkannte er, dass das Skree fort war.

Sein Bruder hatte es gestohlen. Offenbar hatte er, während er sich in der Dunkelheit versteckt hielt, gesehen, wie Par es hervorgeholt hatte. Nachdem Par eingeschlafen war, hatte er sich angeschlichen und ihn auf den Boden gedrückt. Dann hatte er offenbar an dem Lederband um seinen Hals gezogen, sodass Par gewürgt wurde, hatte es schließlich durchgebissen, als es nichts anders ging, und Damsons Talisman mitgenommen.

Warum?

Natürlich damit Par ihm folgen würde. Damit Par gezwungen war, ihm nachzujagen.

Der Talbewohner stand da und schaute wie betäubt seinem Bruder hinterher, dem Geschöpf, zu dem sein Bruder geworden war. In der Stille seines Kopfes schien es, als könnte er den anderen etwas rufen hören.

Hilf mir, sagte Coll.

Hilf mir.

15

Als es hell genug war, dass er sehen konnte, folgte Par seinem Bruder. Die Sonne ging früh auf, der Tag war klar und strahlend, und die Spur, die Coll hinterließ, war immer noch leicht zu erkennen. Par strengte sich noch mehr an als am Tag zuvor. Er wollte Coll dieses Mal auf keinen Fall entkommen lassen.

Sie befanden sich jetzt tief im Runnegebirge, waren von den Wänden seiner Schluchten umgeben, während sie dem Mermidon in südlicher Richtung folgten, und es gab wenig Raum zum Ausweichen. Dennoch ging Coll immer wieder vom Ufer des Flusses fort, als suchte er nach einem Ausweg. Manchmal kam er fast eine halbe Meile weit, bevor die Berge ihm das Weiterkommen versperrten. Einmal gelang es ihm, einen niedrigen Bergkamm zu erklettern und ihm mehrere Meilen weit zu folgen, bevor dieser an einer Steilwand endete und Coll erneut seitwärts ausweichen musste. Par war jedes Mal gezwungen, ihm zu folgen, damit er die Spur nicht verlor, denn er befürchtete, dass Coll vielleicht kehrtmachte, während er einfach weiter am Ufer entlangzog. Die Verfolgung war anstrengend und kostete ihn alle Kraft, und von der schwülen, windstillen Luft wurde ihm schwindelig. Der Tag verging, die Sonne ging unter, und er hatte Coll noch immer nicht gefunden.

Für seine Abendmahlzeit ging er fischen. Er benutzte den Haken und die Angelleine, kochte und aß seinen Fang und ließ das, was übrig geblieben war – eine mehr als großzügige Portion –, auf einem Felsen ein Stück von seinem Schlafplatz entfernt liegen. Er war den größten Teil der Nacht wach, hörte und sah Dinge, die nicht da waren, und döste aber gelegentlich unruhig. Coll bekam er nicht zu Gesicht. Als er erwachte, war der Fisch fort – aber er konnte genauso gut von wilden Tieren gefressen worden sein. Er glaubte es nicht, aber er hatte keine Möglichkeit, sich Gewissheit zu verschaffen.

Während der nächsten drei Tage setzte er die Verfolgung fort, immer flussabwärts, und näherte sich beständig dem Regenbogensee und der Südwacht. Er befürchtete, dass er Coll nicht erreichen würde, bevor es zu spät war. Irgendwie gelang es seinem Bruder, ihm immer ein Stück voraus zu sein, obwohl er keinen klaren Kopf hatte und in diesem Schattenwesenzustand nicht vernünftig planen konnte. Coll wählte auch nicht den leichtesten oder schnellsten Weg aus und machte sich nicht die Mühe, seine Spuren zu verwischen. Er blieb einfach immer nur gerade außer Reichweite. Es war niederschmetternd und besorgniserregend zugleich und schien unvermeidbar, dass er Coll zu spät erreichen würde, um ihm noch helfen zu können – oder vielleicht auch zu spät, um sich selbst helfen zu können, wenn die Schattenwesen ihn entdeckten. Wenn Coll zuerst von Rimmer Dall gefunden würde, was konnte Par dann tun? Das Schwert von Shannara benutzen? Er hatte dies bereits einmal getan, ohne dass es etwas genützt hätte. Die Magie des Wünschlieds einsetzen? Er hatte auch das schon versucht und festgestellt, dass sie auf gefährliche Weise unberechenbar war. Dennoch würde er vielleicht keine andere Wahl haben. Er würde das Wünschlied benutzen müssen, wenn das die einzige Möglichkeit war, seinen Bruder zu befreien. Welchen Preis es ihn kosten würde, spielte keine Rolle.

Er dachte jetzt oft darüber nach, wie sich das Wünschlied entwickelt hatte und was es mit ihm anstellte, wenn er es heraufbeschwor. Er dachte darüber nach, wie er sich schützen und die Magie unter Kontrolle halten könnte, damit sie ihm nicht ganz entglitt. Die Magie baute sich in einer Weise auf, die er nicht verstand, entwickelte sich wie schon vor langen Jahren bei Wil Ohmsford und manifestierte sich auf erschreckende Art, was vermuten ließ, dass auch bei Par tiefgreifende Veränderungen eintreten würden. Als er das Ausmaß dieser Entwicklung überdachte, erschrak er. Es war einst die Magie Jair Ohmsfords gewesen, ein Wünschlied, das Bilder aus der Luft formen konnte, Bilder, die wirklich erschienen, aber doch für die existierten, die zuhörten. Jetzt ähnelte die Magie eher der von Jairs Schwester Brin und konnte die Dinge tatsächlich und unwiderruflich verwandeln. Auch bei Par konnte sie etwas erschaffen, Dinge aus dem Nichts zaubern: das Feuerschwert in der Grube oder die scharfen Geschosse aus Metall und Wind im Wachturm in Tyrsis. Woher kam diese Magie? Was konnte die Ursache für diese drastischen Veränderungen sein?

Aber am meisten ängstigte ihn die Tatsache, dass die Antwort auf all seine Fragen über den Ursprung der Magie immer dieselbe war: dieses leise, heimtückisch zuversichtliche Flüstern in seinem Kopf, die Worte von Rimmer Dall, als er dem Ersten Sucher in dem Kuppelbau mit dem Schwert von Shannara gegenübergestanden hatte.

Du bist ein Schattenwesen, Par Ohmsford. Du gehörst zu uns.

An einem Nachmittag, sechs Tage nachdem die Verfolgung begonnen hatte, vier Tage nach dem Diebstahl des Skree war die Nachmittagshitze so groß, dass sie die Luft in der Lunge zu verbrennen schien. An diesem Nachmittag führte Colls Spur abrupt in den Fluss hinein und verschwand.

Par blieb am Ufer des Flusses stehen und untersuchte ungläubig den Boden. Er verfolgte die Spur zurück, um sicherzugehen, dass er nicht irregeführt worden war, und setzte sich dann in den Schatten unter einer hohen Pappel, um seine Gedanken zu sammeln.

Coll war in den Fluss gegangen.

Par starrte über das Wasser hinweg, über den trägen breiten Fluss zu dem gegenüberliegenden, von Bäumen gesäumten Ufer hinüber. Der Mermidon wand sich an der Stelle, wo sie sich jetzt befanden, aus dem Runnegebirge heraus und floss dem Regenbogensee zu. Die Berge erstreckten sich am Ostufer weiter gen Süden, aber die Westseite ging in hügeliges Grasland mit einzelnen Baumgruppen über. Wenn Coll bei klarem Verstand gewesen wäre, hätte er sich vielleicht entschlossen, den Fluss dort zu überqueren, wo man leichter hinübergelangte. Aber Coll stand unter dem Bann des Spiegeltuchs. Par gelangte zu der Erkenntnis, dass er sich nicht sicher sein konnte. Auf jeden Fall musste er ebenfalls hinüber, nachdem Coll den Fluss überquert hatte.

Er legte seine Kleidung ab, nahm die Angelschnur und etwas Treibholz, um sich ein Behelfsfloß zu bauen, band seine Kleidung, die Decke, das Gepäck und das Schwert von Shannara darauf fest und stieg in den Fluss. Das Wasser war angenehm kalt. Er stieß sich vom Ufer ab und ließ sich mit der Strömung schräg zum anderen Ufer treiben. Er ließ sich dabei Zeit und legte ungefähr eine Meile flussabwärts wieder an. Am Ufer trocknete er sich ab, zog sich an, schnallte sich das Schwert und seine Ausrüstung auf den Rücken und machte sich daran, Colls Spur wiederzufinden.

Aber die Spur war nirgendwo zu sehen.

Er suchte flussaufwärts und flussabwärts, bis es dunkel war, und entdeckte nichts. Coll war verschwunden. Par saß im Dunkeln, schaute über den Fluss hinweg, über die glitzernde Oberfläche und fragte sich, ob sein Bruder ertrunken war. Coll war unter normalen Umständen ein guter Schwimmer, aber vielleicht hatte ihn schließlich die Kraft verlassen. Par zwang sich, etwas zu essen, nahm einen Schluck aus dem Wasserschlauch, rollte sich in seine Decke und versuchte zu schlafen. Der Schlaf wollte nicht kommen. Gedanken an Coll und Erinnerungen an früher peinigten ihn. Die Last dessen, was seit Beginn der Träume passiert war, bedrückte ihn, und Par wurde von widersprüchlichen Gefühlen bedrängt. Was sollte er jetzt tun? Was war, wenn Coll wirklich verschwunden war?

Der Sonnenaufgang zog als tiefes rotes Glühen im Osten herauf, wurde aber überschattet von einer Wolkenansammlung im Westen. Die Wolken rollten über den Horizont und kamen auf Callahorn zu wie eine Wand. Das Tageslicht war fahl und trübe, und die Luft wurde totenstill. Par erhob sich und brach wieder auf. Er eilte am Fluss entlang nach Süden und suchte weiter nach seinem Bruder. Allerdings war er müde und entmutigt und nahe daran, endgültig aufzugeben. Noch immer fragte er sich, was er hier eigentlich tat. Jagte er einem Gespenst nach, und wurde er an der Leine gezogen wie ein Tier ohne Verstand? Woher wusste er, dass es sich wirklich um Coll handelte? Vielleicht hatte Damson recht. War es nicht denkbar, dass ihn das Schattenwesen in irgendeiner Weise getäuscht hatte? Was war, wenn Rimmer Dall ihn mit dem Schwert betrogen oder dessen Magie so verändert hatte, dass es ihn täuschte? Angenommen, dies alles war nur eine Art wohldurchdachter Falle. Wie könnte er das feststellen?

Nach einer Weile hörte er mit dem Grübeln auf, denn es gab nichts mehr, was er nicht bereits erwogen hatte, und es hatte keinen Sinn mehr. Er ging einfach weiter und folgte dem Fluss, der sich südwärts durch die Hügellandschaft wand. Mechanisch untersuchte er den Boden, und in ihm breitete sich düstere Stille aus.

Im Westen verdunkelten sich die herannahenden Wolken, und heftige Böen eilten ihnen warnend voraus. Vögel flohen kreischend in die Berge im Osten.

Vor ihm, nur wenige Meilen flussabwärts, tauchte die Südwacht auf, die sich wie ein schwarzer Obelisk vom Horizont abhob. Par beobachtete, wie sie ständig größer wurde, während er sich ihr näherte, eine Festung, die sich von dem herannahenden Sturm nicht beeindrucken ließ. Sein Blick wanderte über ihre Mauern und Türme. Schließlich suchte er in einer Ansammlung von Bäumen und Felsen Deckung. Nichts zeigte sich. Nichts bewegte sich.

Und dann stieß er unerwartet erneut auf Colls Spur. Er fand sie am Ufer, mindestens sieben oder acht Meilen südlich der Stelle, wo Coll verschwunden war. Er war überzeugt, dass es Coll war, bevor er noch einen Schuhabdruck gefunden hatte, der ihm dies sicher bestätigte. Die Spur führte nach Westen in die Berge und in den aufziehenden Sturm.

Aber die Spur war bereits Stunden alt. Coll war gestern ans Ufer gekommen und sofort weitergegangen. Par lag mindestens einen Tag zurück.

Dennoch folgte er der Spur. Er war dankbar, dass er überhaupt eine Spur gefunden hatte, und erleichtert, dass sein Bruder noch lebte. Mühsam schleppte er sich vom Fluss landeinwärts. Das Licht schwand jetzt schnell, als sich der Sturm näherte, die Luft wurde feucht, und das Gras peitschte wild gegen seine Beine. Wolken rumorten aufgewühlt über ihm und füllten den Himmel vollständig aus. Par schaute zurück zu der Stelle, von der aus er die Südwacht zuletzt gesehen hatte, aber der Turm der Schattenwesen war in der Dämmerung verschwunden.

Regen begann in dicken Tropfen zu fallen, sie trafen erst kühl auf seine erhitzte Haut, dann aber bald stechend, als sie ihm der scharfe Wind ins Gesicht blies.

Nur Momente später hatte er die Kuppe eines Hügels überschritten und sah Coll.

Sein Bruder lag reglos mit dem Gesicht nach unten auf staubigem Gras unter einer kahlen, sturmgeschüttelten Eiche, die aus einem flachen Tal aufragte. Auf den ersten Blick schien er tot zu sein. Par eilte mutlos vorwärts. *Nein,* war alles, was er denken konnte. *Nein.* Dann sah er, dass Coll sich bewegte, erst einen Arm, dann folgte ein Bein, wurde hochgezogen, dann wieder heruntergenommen. Coll war nicht tot, er war nur erschöpft. Er hatte sich völlig verausgabt.

Par eilte von dem Hügel herab in den schwarzen Sturm. Seine Schritte wurden von dessen Heulen und Tosen übertönt. Er senkte den Kopf und stolperte vorwärts. Coll war wieder ruhig geworden. Er hörte Par nicht. Par würde ihn erreichen, bevor Coll wusste, dass er da war.

Und was dann, fragte Par sich plötzlich. Was würde er dann tun?

Er griff über die Schulter und zog das Schwert von Shannara aus der Scheide. Irgendwie musste er die Magie des Talismans erneut beschwören und sie dazu bringen, seinen Bruder zu erfassen und ihn zu zwingen, die Wahrheit zu sehen, den Umhang der Schattenwesen zu zerreißen und sich zu befreien.

Zumindest hoffte er, dass das gelänge. Er atmete den Geruch und den Geschmack des Sturms ein. Jetzt würde er seine Gelegenheit bekommen. Coll war sicherlich nicht mehr so stark wie zuvor. Und er selbst würde nicht unvorbereitet sein.

Als er sich Coll näherte und unter die windgepeitschten, skelettartigen Zweige der Eiche gelangte, grollte aus dem Schwarz der erste Donner. Coll schrak hoch, drehte sich auf den Rücken und blickte nach oben in das Gesicht seines Bruders.

Par blieb verunsichert stehen. Coll sah ihn aus der samtschwarzen Kapuze des Spiegeltuchs heraus an, doch seine Augen waren leer und ohne jeden Verstand. Eine Hand hob sich schwach, um den Umhang enger um den zusammengekauerten Körper zu ziehen. Wimmernd zog Coll die Knie hoch.

Par hielt den Atem an und näherte sich Coll noch einen Schritt und noch einen. Der Wind fuhr unter seine Kleidung und peitschte sein Haar von einer Seite zur anderen. Er hielt das Schwert von Shannara so ruhig, wie er konnte, drückte es an seinen Körper, konnte es jetzt aber nicht mehr verbergen und hoffte, dass Coll sich nicht nur darauf konzentrierte.

Ein Blitz zuckte über den Himmel, gleich gefolgt von einem ohrenbetäubenden Donnerschlag, der von Horizont zu Horizont widerhallte.

Coll kam auf die Knie. Er hatte die Augen vor Schreck weit aufgerissen. Eine Sekunde lang ließen seine Hände den Umhang locker, ließen ihn zurückfallen, und sein Gesicht nahm fast wieder sein altes Aussehen an. Coll Ohmsford war auf einmal wieder da, sah zu seinem Bruder herüber, als wäre er niemals fort gewesen. Erkenntnis lag in seinem Gesicht, eine dankbare Erleichterung, die Schmerz und Verzweiflung vertrieb. Par spürte eine Woge der Hoffnung in sich aufsteigen. Er wollte seinen Bruder rufen und ihm versichern, dass alles wieder gut würde. Er wollte ihm sagen, dass er jetzt in Sicherheit sei.

Aber im nächsten Moment war Coll fort. Sein Gesicht verschwand wieder in dem Schattenwesen, das von dem Spiegeltuch erschaffen worden war, und ein verzerrtes, verschlagenes Gesicht nahm seinen Platz ein. Mit gefletschten Zähnen kauerte sich sein Bruder zusammen und knurrte.

Er wird erneut fliehen, dachte Par bekümmert.

Aber stattdessen stürmte Coll auf ihn zu. Er war aufgesprungen und hatte die Entfernung zwischen ihnen überwunden, fast bevor Par zur Abwehr das Schwert von Shannara heben konnte. Coll packte das Heft des Schwertes und zog daran, um es sich zu nehmen. Par hielt es fest. Er wankte vor und zurück, während er mit seinem Bruder um die Klinge kämpfte. Unterdessen strömte Regen auf sie herab, ein Wolkenbruch von solcher Heftigkeit, dass Par fast nichts mehr sehen konnte. Coll kämpfte aufrecht gegen ihn und drängte sich so nahe heran, dass Par den Herzschlag seines Bruders spüren konnte. Ihre

Hände waren über ihren Köpfen ineinander verschlungen, während sie an dem Schwert zerrten, es hierhin und dorthin schwangen. Nass glänzte das Metall.

Ein Blitz schlug im Norden mit einem Aufflammen grellen Lichts ein, und ein gewaltiger Donnerschlag folgte. Der Boden bebte.

Par versuchte, die Magie des Schwertes anzurufen, aber es gelang ihm nicht. Sie hatte sich beim letzten Mal leicht beschwören lassen – warum rührte sie sich jetzt nicht? Er versuchte, gegen den Wahnsinn seines Bruders und die Wut seines Angriffs anzukämpfen und seine Angst zu beherrschten, dass nichts helfen würde, dass die Magie auf geheimnisvolle Weise wieder verschwunden war. Über das rutschige Gras hinweg kämpften die Ohmsfordbrüder um den Besitz des Schwertes von Shannara. Ihr Stöhnen und Schreien ging im Tosen des Sturms unter. Wieder und wieder versuchte Par erfolglos, die Magie zu beschwören. Verzweiflung bemächtigte sich seiner. Er würde diesen Kampf verlieren, denn Coll war größer und schwerer als er. Schlimmer noch, sein Bruder wirkte immer stärker, während seine eigenen Kräfte nachließen. Coll war ihm überlegen, trat und kratzte und kämpfte, als wäre er völlig wahnsinnig geworden.

Aber Par gab nicht auf. Er klammerte sich verzweifelt an das Schwert und war entschlossen, es um keinen Preis loszulassen. Er ließ sich von seinem Bruder zurückschieben, ließ sich rücksichtslos abdrängen, ließ sich hierhin und dorthin stoßen und hoffte dabei, dass die Anstrengung Coll ermüdete, sodass er langsamer und so weit geschwächt würde, bis Par eine Möglichkeit fand, Coll bewusstlos zu schlagen. Wenn ihm das gelänge, hatte er vielleicht eine Chance.

Wieder zuckten Blitze über den Himmel. In ihrem kurzen Flackern erblickte Par einen Moment lang schattenhafte Gestalten, die sich auf dem Hügel hinter dem Tal versammelten.

Es waren Dutzende, und alle waren verkrümmt und verdreht und gebeugt, und ihre Augen schimmerten wie Blut.

Dann waren sie wieder fort, von der dunklen Sturmnacht verschluckt. Verwirrt blinzelte Par, wischte den Regen aus den Augen und versuchte, hinter Coll etwas zu erkennen. Was hatte er gerade dort draußen gesehen? Erneut flammte ein Blitz auf, gerade als Coll wild zuschlug und ihn auf das nasse Gras warf. Dieses Mal sah er nichts, sondern kämpfte darum, den Atem in seiner Lunge zu halten, als er auf dem Boden auftraf. Coll warf sich heulend auf Par, aber der nutzte den Schwung seines Bruders gegen ihn selbst, indem er den anderen über seinen Kopf schleuderte und sich so befreite. Benommen stand er auf und sah sich suchend um. Die Dunkelheit war so tief, dass er kaum die malträtierte Eiche sehen konnte. Und von dem Hügel war überhaupt nichts zu erkennen.

Coll griff erneut an, aber dieses Mal war Par vorbereitet. Er täuschte Coll und schlug ihm mit dem Schwertheft fest auf den Kopf. Coll fiel wie betäubt auf die Knie und tastete suchend vor sich in der Luft, als griffe er nach etwas, was nur er sehen konnte. Ein rotes Rinnsal lief über sein Gesicht von der Stelle herab, wo der Schlag seine Haut hatte aufplatzen lassen. Es war Blut, das sich hellrot färbte, als es sich mit dem Regen vermischte. Das Gesicht begann sich zu verändern, es verlor das Aussehen eines Schattenwesens und wurde wieder menschlich. Zitternd vor Verzweiflung und Erschöpfung wollte Par zuschlagen, aber er hielt inne, als er sah, wie sich der Blick des anderen plötzlich fragend auf ihn richtete.

Es war sein Bruder, der ihn ansah. Es war Coll.

Er kniete sich ins nasse Grass und blickte Coll an. Die Lippen seines Bruders bewegten sich, doch die Worte, die er sprach, gingen im Heulen des Windes und im Prasseln des Regens verloren. Er zitterte vor Kälte, schüttelte unter der schimmernden Decke des Spiegeltuchs langsam den Kopf und wand sich unter dem dunklen Stoff, als wäre es das Schwerste, das er jemals hatte tragen müssen. *Coll.* Par sprach seinen Namen aus. Coll hob die Hände, packte die Falten seines Umhangs, zerrte daran und ließ die Hände wieder fallen. *Coll.*

In dem verzweifelten Versuch, seinem Bruder zu helfen, bevor die Chance vertan war, stieß Par das Schwert von Shannara in die Erde und griff daran vorbei nach Colls Händen. Coll widersetzte sich nicht, aber seine Augen waren leer und stumpf. Par führte Colls Hände zum Knauf des Schwertes, legte die kalten zitternden Finger an ihren Platz und hielt sie mit seinen eigenen Händen zusätzlich fest. Bitte, *Coll. Bitte bleib bei mir.* Coll sah ihn an, sah ihn wirklich und starrte doch gleichzeitig durch ihn hindurch. Das Schwert von Shannara verband sie, hielt ihre Finger ineinander verschlungen an der erhobenen Fackel, die in das Heft eingearbeitet war.

Par sah sein verzerrtes Spiegelbild in der nassen Klinge. »Coll!«, schrie er.

Sein Bruder riss die Augen auf. *Bitte, lass die Magie kommen,* betete Par. *Bitte!*

Colls Blick war suchend auf ihn gerichtet.

»Coll, hör mir zu! Par! Ich bin es, dein Bruder Par!«

Coll blinzelte. Eine Spur des Begreifens war zu sehen. Ein helles Schimmern. Unter seinen Händen fühlte Par, wie sich Colls Finger um das Schwertheft schlossen.

Coll!

Licht flackerte schnell und blendend die Länge der glatten Klinge entlang, eine weiße Raserei, die im Handumdrehen alles einhüllte. Feuer folgte kühl und strahlend und loderte aus dem Schwert in Pars Körper. Er spürte, wie es sich ausbreitete und wirkte, ihn aus sich selbst heraus- und in den Talisman hineinzog, wo er Coll wartend vorfand und sich dort mit ihm verband. Er spürte, wie er sich durch das Metall hindurch und wieder hinaus zu einem weit dahinterliegenden Ort bewegte.

Die Welt, aus der er geholt worden war, verschwand – die Nässe und der Schlamm, die Dunkelheit und das Tosen. Es gab nur noch Reinheit. Und Stille. Etwas anderes gab es nicht.

Da waren nur Coll und er selbst. Nur sie beide.

Auf einmal wurde er sich der schimmernden schwarzen Fläche des Spiegeltuchs bewusst, das Kopf und Schultern seines Bruders umhüllte und sich wand wie eine Schlange. Der Umhang lebte. Er wand sich hierhin und dorthin und wehrte sich heftig dagegen, von etwas Unsichtbarem weggezogen zu werden, von etwas, das es zu zerreißen drohte.

Par hörte es zischen.

Das Schwert von Shannara. Die Magie des Schwertes.

Er ließ seine Gedanken tief in den Geist seines Bruders fließen, in die Dunkelheit, die sich dort ausgebreitet hatte und jetzt nicht weichen wollte. *Hör mir zu, Coll. Höre die Wahrheit.* Er zwang den Geist seines Bruders, sich zu öffnen, und schlug die Magie der Schattenwesen, die er dort vorfand, zurück, ungeachtet der Gefahr für sich selbst, getrieben allein von dem Bedürfnis, seinen Bruder zu befreien. Die Magie des Schwertes beschützte und unterstützte ihn. *Hör mir zu.* Seine Stimme knallte wie eine Peitsche in den Geist seines Bruders. Er sammelte Worte und gab ihnen Gestalt und Form, Bilder, die eindringlich wie das Wünschlied waren, wenn er die Geschichten aus alten Zeiten erzählt hatte. Die Wahrheit, wer und was er geworden war, prasselte auf Coll ein, wurde weder verlangsamt noch abgelenkt, als sie in ihn hineinströmte. Coll sah, wie er zugrunde gerichtet worden war. Er sah, was der Umhang ihm angetan hatte. Er sah, wie er gegen seinen Bruder aufgehetzt, wie er gesandt worden war, um dunklen Zielen zu dienen, deren sich keiner von ihnen bewusst war. Er sah alles, was durch die Magie der Schattenwesen so sorgfältig verborgen worden war.

Er sah auch, was notwendig war, um sich davon zu befreien.

Diese Enthüllungen verursachten schreckliche Qualen. Par spürte sie in seinem Bruder und spürte sie in Wogen am eigenen Leib. Das Leben seines Bruders lag offen vor ihm, eine klare, unerbittliche Reihe von Wahrheiten, die ihn bis ins Mark trafen. Par kämpfte gegen den Schrecken und den Schmerz an und stellte sich ihnen unerschütterlich entgegen, denn für seinen Bruder musste er stark bleiben. Er hörte Colls stummen Schrei der Qual angesichts dessen, was ihm offenbart wurde, und sah die Pein in Colls Augen gespiegelt. Er wandte sich nicht ab. Er wurde nicht weich. Die Wahrheit war das weiße Feuer des Schwertes von Shannara, das brannte und reinigte und das ihre einzige Hoffnung war.

Coll wich zurück und schrie auf einmal, und dieser Schrei vertrieb sie aus der weißen Stille heraus zurück in die Schwärze, in den heulenden Zorn des Sturms, wo sie beide in Schlamm und Gras knieten, unter der uralten Eiche und unter dunklen, tiefen Wolken. Eine wirbelnde, verschwommene Düsternis war überall um sie herum zu spüren, als wäre das letzte bisschen Tageslicht getilgt worden. Regen prasselte in ihre Gesichter, sodass sie nicht mehr sehen konnten als jeweils einen Schimmer des anderen, während sie vereint das leuchtende Schwert umklammerten. Grelle Blitze zuckten am Himmel, dann brach der Donner mit ungeheurer Wucht über sie herein.

Coll Ohmsfords Hand wand sich von dem Schwert los und zog damit auch Pars Finger fort. Coll erhob sich mit einem Ausdruck der Betroffenheit auf dem Gesicht. Aber Par sah *sein* Gesicht, das Gesicht seines *Bruders* und nichts von diesem schauerlichen Schattenwesen, das es hatte vereinnahmen wollen. Coll griff hastig hinter sich und löste das Spiegeltuch. Er riss es sich vom Leib und warf es zu Boden. Das Spiegeltuch landete in Nässe und Schmutz und begann zu dampfen. Es vibrierte und wand sich und warf Blasen. Grüne

Flammen entsprangen den schimmernden Falten und brannten lichterloh. Das Feuer breitete sich unerbittlich aus, und innerhalb von Sekunden war das Spiegeltuch zu Asche verwandelt.

Par stand mühsam auf und sah seinen Bruder an, entdeckte in Colls Augen, wonach er gesucht hatte. Coll war zu ihm zurückgekehrt. Das Schwert von Shannara hatte ihm die Wahrheit über das Spiegeltuch offenbart: dass es von Schattenwesen verhext, dass es geschaffen worden war, um ihn zu zerstören, dass die einzige Möglichkeit, sich jemals davon zu befreien, darin bestand, den Umhang abzulegen und wegzuwerfen. Coll hatte es getan. Das Schwert hatte ihm die Kraft dazu gegeben.

Aber selbst in diesem Moment freudigster Erregung, als der Kampf gewonnen und Coll zu ihm zurückgekehrt war, spürte Par, wie sich etwas Quälendes in ihm rührte. Es hätte mehr dort sein sollen, flüsterte eine Stimme. Die Magie hätte mehr erreichen müssen. Erinnerst du dich an die Geschichten von vor fünfhundert Jahren? Erinnerst du dich an den ersten Ohmsford? Erinnerst du dich an Shea? Die Magie hatte Shea etwas anderes gezeigt, als er sie beschworen hatte. Sie hatte ihm die Wahrheit über sich selbst offenbart, all das, was er zu verbergen, zu verschleiern versucht hatte. Was er vergessen wollte und was er für nicht existent erklärt hatte. Das Schwert hatte Shea Ohmsford die Wahrheit über sich selbst gezeigt, die härteste Wahrheit überhaupt, damit er in der Lage war, danach jede andere Wahrheit zu ertragen.

Warum war ihm selber nichts von dieser Wahrheit gezeigt worden? Warum hatte alles nur Coll allein betroffen?

Erneut blitzte es, und Par wurde von den dunklen Gestalten auf den Hügeln abgelenkt, Schemen, die dieses Mal so deutlich sichtbar wurden, dass kein Irrtum darüber möglich war, worum es sich handelte. Par wandte sich um, sah, wie sie geduckt und verkrümmt und dunkel lauerten, sah ihre roten Augen glühen. Er spürte, wie Coll näher kam, spürte, wie sein Bruder ihm den Rücken deckte. Coll sah sie jetzt auch.

Eine seltsame Mischung aus Verzweiflung und Zorn überwältigte Par Ohmsford. Die Schattenwesen hatten sie gefunden.

Kurz darauf löste sich Rimmer Dall aus ihren Reihen. Er beachtete den Regen nicht, der ihm ins harte, grobe Gesicht fiel, und seine Augen waren so kalt wie Stein und so rot wie Blut. Ein Dutzend Schritte vor ihnen blieb er stehen. Wortlos hob er die behandschuhte Hand und winkte sie zu sich. Die Geste sagte alles. Sie mussten mit ihm kommen. Sie gehörten ihm. Sie waren jetzt sein Eigentum.

Par hörte die Stimme des Ersten Suchers in seinem Kopf, hörte sie so deutlich, als hätte der andere gesprochen. Er schüttelte den Kopf. Er würde nicht mitkommen. Weder er noch Coll. Niemals wieder.

»Par«, hörte er seinen Bruder sanft seinen Namen sagen. »Ich bin bei dir.«

Plötzlich sirrte die Klinge, als Coll das Schwert von Shannara langsam aus der Erde zog. Par sah sich um. Coll hielt den Talisman in beiden Händen und wandte sich den Schattenwesen zu.

Wild entschlossen, dass nichts sie wieder trennen sollte, beschwor Par Ohmsford die Magie des Wünschlieds. Sie reagierte sofort, erpicht darauf, entfesselt zu werden und zum Einsatz zu kommen. Es lag etwas Erschreckendes in ihrem unersättlichen Anschwellen. Par erschauerte unter den Gefühlen, die sie in ihm auslöste. Er musste sie kontrollieren, warnte er sich und begann zu zweifeln, dass ihm das gelingen würde.

Über die sie trennende Dunkelheit hinweg konnte Par Rimmer Dall lächeln sehen. Überall von den Hügeln stiegen die Schattenwesen herab. Par hörte das Kratzen von Klauen und das Knirschen der Zähne. Er sah das Glühen roter Augen, die den Regen zum Dampfen brachten. Wie viele sind das?, fragte er sich. Zu viele. Sogar für die Magie des Wünschlieds zu viele. Verzweifelt sah er sich um und suchte nach einer Stelle, an der sie durchbrechen konnten. Irgendwann würden sie fliehen müssen. Sie würden versuchen müssen, den Fluss oder die Wälder zu erreichen, irgendeinen Ort, an dem sie eine Chance hatten, sich zu verbergen.

Als ob es einen solchen Ort gäbe! Als ob sie überhaupt eine Chance hätten!

Vor Zorn überschäumend sammelte sich die Magie als weißes Glühen in seinen Fingerspitzen. Par spürte, wie sich Coll an ihn drängte, und sie standen Rücken an Rücken den Schattenwesen gegenüber, deren Kreis sich um sie schloss.

Blitze zuckten, und Donner rollte durch die Dunkelheit und fiel ins Tosen des Windes ein. In der Ferne schwankten Bäume, und Blätter, die von ihren Zweigen gerissen worden waren, zerstreuten sich wie erschrockene Gedanken. Lauf, dachte Par. Lauf jetzt, solange du es noch kannst.

Und dann flammte am Fuß der uralten Eiche ein Licht auf, eine stete Helligkeit und Geborgenheit, die aus der Luft zu wachsen schien. Sie kam aus der Dunkelheit, wogte sanft hin und her und drang durch den Vorhang aus Regen kaum stärker als das Flackern einer Kerze. Die Schattenwesen erstarrten. Der Wind ebbte zum matten Sausen ab. Par sah, wie das Lächeln in Rimmer Dalls Gesicht erstarb. Der kalte Blick wanderte zu der Stelle, von der her sich das Licht näherte und allmählich die kleine schmale Gestalt preisgab, die das Licht trug.

Es war ein Junge mit einer Lampe.

Der Junge kam auf Par und Coll zu, ohne innezuhalten. Er hielt die Lampe vor sich, um den Weg zu beleuchten. Seine Augen waren dunkel und eindringlich, das Haar klebte feucht auf der Stirn, und das Gesicht war glatt und eben und ruhig. Par spürte, wie die Magie des Wünschlieds sich zurückzog. Er fühlte sich von diesem Jungen nicht bedroht. Er hatte keine Angst. Rasch sah er zu Coll hinüber und entdeckte Verwunderung in den dunklen Augen seines Bruders.

Der Junge erreichte sie und blieb stehen. Er hatte für die Monster, die in der Dunkelheit außerhalb des Lichtkreises seiner Lampe unheilvoll knurrten, keinen einzigen Blick übrig. Seine Augen blieben fest auf die Brüder gerichtet.

»Ihr müsst jetzt mit mir kommen, wenn Ihr in Sicherheit gebracht werden wollt«, sagte er ruhig.

Rimmer Dall, ein dunkler Geist, richtete sich auf, warf seine Robe zurück, sodass seine Arme frei waren, und der schwarze Handschuh wurde sichtbar, als sollte er das Licht fortziehen. »Du gehörst nicht hierher!«, zischte er mit seiner harschen Stimme. »Du hast hier keine Macht!«

Der Junge wandte sich ein wenig um. »Ich habe Macht, wo immer ich es will. Ich trage das Licht des Wortes, jetzt und für alle Zeiten.«

Rimmer Dalls Augen glühten. »Deine Magie ist alt und verbraucht! Verschwinde, solange du es noch kannst!«

Par schaute von einem Gesicht zum anderen. Was ging hier vor? Wer war dieser Junge?

»Par!«, hörte er Coll seufzen.

Und er sah, wie sich der Junge plötzlich in einen alten Mann verwandelte, der gebrechlich und vom Alter gebeugt war und die Lampe weit von sich hielt, als könnte sie ihn verbrennen.

»Und deine Magie«, flüsterte der alte Mann Rimmer Dall zu, »ist gestohlen und wird dich am Ende verraten.«

Er wandte sich wieder Par und Coll zu. »Kommt jetzt, lasst uns fortgehen und habt keine Angst. Es gibt Kleinigkeiten, die ich noch immer für Euch tun kann, und dies ist eine davon.« Aus faltigem Gesicht musterte er sie. »Ihr habt doch keine

Angst, nicht wahr? Vor einem alten Mann? Vor einem alten Freund so vieler Mitglieder Eurer Familie? Kennt Ihr mich? Ihr erkennt mich, nicht wahr? Natürlich. Natürlich erkennt Ihr mich.« Er streckte eine Hand aus und berührte die Brüder. Seine Haut fühlte sich an wie altes Papier oder trockene Blätter. Und irgendwie sprang ein Funken über, während er dies tat. »Sprecht meinen Namen aus«, sagte er.

Und plötzlich wussten sie es. »Ihr seid der König vom Silberfluss«, flüsterten sie gemeinsam, und der Lampenschein dehnte sich aus und schloss auch sie ein.

Im selben Augenblick griffen die Schattenwesen an. Sie kamen als schwarze Flut von dem Abhang herab, und ihre Schreie und ihr Geheul erschütterten die seltsame Stille, die der König vom Silberfluss mit sich gebracht hatte. Sie preschten zähneknirschend und mit ausgestreckten Klauen vor und zerrissen wütend Luft und Erde. Noch vor ihnen war Rimmer Dall da, in ein unbeschreibliches Ungeheuer verwandelt, und er hatte den Abstand zwischen sich und den Ohmsfords in Sekundenschnelle überbrückt. Eisenbänder wickelten sich um Pars Kehle und Colls Brust, zogen sich fest zu und drohten sie zu ersticken. Sie hatten das Gefühl, als würden sie vollständig in die Schwärze eingesogen, als würden sie in einer Grube versinken, die zu tief war, um gemessen zu werden. Einen Augenblick lang waren sie verloren, und dann erreichte sie die Stimme des Königs vom Silberfluss wieder und barg sie wie die Hände einer Mutter, die ihr Kind wiegt, befreite sie von den Eisenbändern und hob sie aus dem Schwarz heraus.

Rimmer Dalls Stimme schnarrte kratzend wie Eisen auf Stein, und die Stimme des Königs vom Silberfluss verklang abermals. Wieder schloss sich die Dunkelheit um sie, und die Bänder packten sie erneut. Par versuchte verzweifelt, sich zu befreien. Er spürte das furchtbare Schwanken der Magien, die beide Gegner losgelassen hatten, die Kräfte des Ersten Suchers und die des uralten Geistes. So kämpften sie um ihr Leben, um Colls und um seins. Sein Bruder war von ihm getrennt worden, denn er spürte ihn nicht mehr. Einen Moment lang sah er Coll, erkannte die vertrauten Gesichtszüge, und dann war auch das fort.

»Par, ich muss dir sagen …«, hörte er seinen Bruder rufen.

Die Magie des Wünschlieds baute sich in ihm auf, und die Worte seines Bruders verklangen in deren Ansturm.

Die Lampe des Königs vom Silberfluss schnitt eine helle Schneise in die Dunkelheit der Schattenwesen und vertrieb sie. Par griff nach dem Licht und streckte seine Hände danach aus. Aber die Dunkelheit wogte wieder heran wie ein Schrei der Verzweiflung und der Verärgerung. Sie trennte Par vom Licht und schloss ihn aus.

Vor Schreck ließ Par seine Magie frei. Sie sprühte aus ihm heraus wie eine Flut im Frühlingssturm, wie ein reißender Strom, der nicht gebremst werden kann. Weiß und heiß brach die Magie hervor und verbrannte alles. Sie fegte wütend über ihn hinweg, und Par konnte ihr nicht mehr Einhalt gebieten.

Er spürte, wie er sich veränderte, spürte, wie er seinen Körper verließ, wie er das Gesicht zur Seite wandte und so verbarg, wer und was er war. Die Veränderung war erschreckend und fühlte sich überaus wirklich an. Es war, als würde er seine Haut abstoßen.

Er sah die Lampe des Königs vom Silberfluss verschwinden. Er sah, wie sich die Dunkelheit um ihn schloss.

Dann verließen ihn die Kräfte, er verlor das Bewusstsein und sah gar nichts mehr.

16

Barsimmon Oridio musste Wren Mitteilung machen. Er richtete sich nach der Entscheidung des Hohen Rates, sich der herannahenden Föderationsstreitmacht zu stellen, anstatt sie in Arborlon zu erwarten, aber er musste ihr melden, dass es mindestens eine Woche dauern würde, die gesamte Armee zu versammeln und auszurüsten. Daher beschloss sie, mit so vielen Männern, wie er in zwei Tagen bereitstellen konnte, als Vorhut auszuziehen. Wie es vorauszusehen gewesen war, wehrte sich der alte Krieger dagegen und zweifelte den Sinn dieses Vorhabens an, eine kleine Streitmacht gegen eine so große Armee zu führen. Er stellte die Frage, was geschehen würde, wenn sie in einen Hinterhalt gerieten und kämpfen müssten. Sie hörte ihm geduldig zu und erklärte dann, dass der Zweck dieser Vorhut nicht sei, sich dem Feind zu stellen, sondern der, ihn auszukundschaften und vielleicht den Vormarsch zu verlangsamen, indem man ihn die Anwesenheit einer anderen Armee entdecken ließ. Es gab keinen Grund, sich Sorgen zu machen, versicherte sie ihm. Bar sollte den Kommandanten der Vorhut auswählen, und sie würde an dessen Entscheidungen gebunden sein. Bar regte sich auf, aber schließlich lenkte er ein und gab sich mit ihrem Versprechen zufrieden, dass sie warten würde, bevor sie irgendeine Art von Angriff unternähme, bis er mit dem Hauptteil der Armee nachgekommen wäre.

Die Nachricht vom Anmarsch der Föderationsarmee und von der Gefahr, die sie darstellte, wurde auch unter den Elfen verbreitet, die sich in der Umgebung niedergelassen hatten.

Wer wollte, konnte nach Arborlon kommen, das als Festung für das Elfenvolk dienen würde. Wer bleiben wollte, wo er war, sollte zur Flucht vorbereitet sein, falls die Föderation durchbrach. Flugreiter wurden zu den entferntesten Punkten und nach Rockshort ausgesandt, und außerdem wurden Boten eingesetzt. Familien aus den Orten in der Nähe strömten bald darauf in die Stadt. Wren brachte sie in Lagern unter, die über die Hochebene verteilt waren und von den Schutzwällen, die gerade errichtet wurden, ein Stück entfernt lagen. Dieses Mal war die Stadt nicht hinter Mauern geborgen. Der Elfitch war zu Elventine Elessedils Zeiten bei dem Angriff der Dämonen zerstört worden, und den Keel hatten sie auf Morrowindl zurücklassen müssen. Sie würden Bollwerke errichten, aber diese würden weder groß und hoch noch unüberwindbar sein. Die Felswand des Carolan und das Wasser des Singenden Flusses boten einen gewissen natürlichen Schutz vor einem Angriff von Westen, und im Norden und im Süden standen hohe Berge. Aber die Föderation würde sehr wahrscheinlich von Osten, durch das Tal von Rhenn, angreifen. Welche Schutzwälle auch immer zu errichten waren, sie würden dort gebaut werden müssen.

Wren sprach mit ihren Ministern und den Kommandanten ihrer Armee lange darüber, in welcher Form diese Schutzwälle errichtet werden sollten. Im Osten der Stadt gab es bis zur Ebene überall riesige Wälder, und viele von ihnen waren unpassierbar für eine Streitmacht von der Größe derjenigen, die sich näherte. Alle waren sich einig, dass die Föderationsarmee versuchen würde, ihre geballte Kraft einzusetzen, um die Elfen zu vernichten, und zwischen den Bäumen auszuschwärmen würde ihren Befehlshabern sicher nicht als erwägenswerte Alternative erscheinen. Daher würde die Armee sicher durchs Rhenntal kommen und der Hauptstraße von Westen bis zur Stadt folgen. Aber selbst diese Annäherung würde den Angreifern nicht leicht werden. Es war viele Jahre her, seit die Straße regelmäßig benutzt worden war, wenn sie überhaupt benutzt worden war, seit die Elfen aus dem Westland verschwunden waren. Große Teile des Weges hatte der Wald sich zurückgeholt. In jenen Tagen musste man eigentlich mehr von einem Pfad als einer Straße sprechen. Die Hauptstraße war schmal und gewunden, und es gab Stellen, an denen sich eine kleine Truppe geraume Zeit gegen eine weitaus größere Armee würde behaupten können. Befestigungsanlagen sollten an so vielen dieser Stellen errichtet werden, wie die Zeit es zuließ, wobei Fallgruben und andere Arten von Hindernissen eingesetzt werden sollten, um den Vormarsch des Feindes zu behindern. Zunächst sollte die Elfenarmee versuchen, die Föderationsstreitmächte auf dem Grasland im Osten mithilfe der Reiterei, der Bogenschützen und der Flugreiter zu dezimieren. Wenn das fehlschlug, mussten sie am Rhenn eine letzte Verteidigungslinie errichten.

Ein Bautrupp wurde ausgesandt, der die Arbeit an einer Befestigung gegen die Annäherung von Osten her beginnen sollte, während ein zweiter sich daranmachte, am Carolan Wälle zu errichten. Ein Angriff von Westen war zwar unwahrscheinlich, aber es gab auch keinen Grund, irgendetwas dem Zufall zu überlassen.

Inzwischen gab es bei der gewaltigen Aufgabe, die Elfenarmee auszurüsten und mit Proviant zu versorgen, unter der Leitung von Barsimmon Oridio Fortschritte. Wren ging dem alten Soldaten aus dem Weg. Sie war zufrieden, dass er beschäftigt war und sie nicht ausfragen konnte. Ohne dass jemand anders es hören konnte, teilte sie Triss mit, dass sie eine größere Truppe der Leibwache dabeihaben wollte, und Tiger Ty, dass sie zudem ein Dutzend Flugreiter an ihrer Seite brauchte. Diese beiden Gruppen sollten unter ihrem persönlichen Befehl stehen. Es war gut, die Taktik für den Kampf auf dem Schlachtfeld von Männern wie Bar ersinnen zu lassen, aber eine größere Auseinandersetzung war das Letzte, was sie wollte. Sie hatte die Angelegenheit sehr sorgfältig durchdacht. Ständige Störmanöver, sodass sich der Marsch der Angreifer verzögerte, so hatte sie es dem Rat gesagt – und das war etwas, was die Elfen zu erreichen hoffen durften. Garth hatte sie alles gelehrt, was es über diese Art des Kampfes zu wissen gab. Sie hatte dem Rat nichts davon gesagt, aber die Woche, die nötig war, um die Elfenarmee zu versammeln, konnte sich als zu große Verzögerung erweisen. Die Vorhut sollte in Wahrheit einfach nur ein Schild sein, der es ihr ermöglichte, schneller zu handeln. Die Föderationsarmee musste jetzt aufgehalten werden. Sofort. Ausgefallene Taktiken waren dafür nötig, und die Leibwache und die Flugreiter waren für diese Aufgabe hervorragend geeignet.

Am Morgen des dritten Tages brach sie mit einer Streitmacht auf, die aus weit über tausend Mann bestand – weit achthundert Fußsoldaten, überwiegend Bogenschützen, dreihundert Reiter und einhundert Angehörige der Leibwache unter dem Befehl von Triss sowie ein Dutzend Flugreiter, wie sie es von Tiger Ty gefordert hatte. Die Flugreiter wurden von einem erfahrenen Veteranen namens Erring Rift angeführt, aber Tiger Ty war auch dabei, denn er hatte darauf bestanden, dass niemand außer ihm die Königin in den Himmel fliegen sollte, wenn sie den Wunsch nach weiteren Erkundungen äußern sollte. Barsimmon Oridio hatte einen hageren Veteranen namens Desidio zum Kommandanten der Voraustruppe ernannt. Wren kannte ihn als zuverlässig, zäh und klug. Es war eine gute Wahl. Hauptmann Desidio hatte genug Erfahrung, um zu tun, was getan werden musste, aber er würde auch nicht mehr unternehmen. Das war für Wren in Ordnung. Die Leibwache unterstand ihr, und die Flugreiter waren unabhängig und konnten folgen, wem immer sie wollten.

Die Tatsache, dass sie überhaupt mitziehen wollte, war ein Streitpunkt unter den Ministern gewesen, aber sie hatte vom ersten Abend an klargemacht, dass eine Elfenkönigin immer die Führung übernehmen muss, wenn sie erwarten will, dass irgendjemand ihr folgt. Sie hatte von Anfang an die Absicht gehabt, mit dem Heer hinauszuziehen, daran hatte sie die Minister erinnert, und es gab keinen Grund, damit zu warten. Sie hatte ihr Leben lang gelernt, wie man sich durchschlägt, und sie besaß die Elfensteine, die sie beschützen würden. Sie hatte weniger Grund denn je, sich Sorgen zu machen. Und sie hatte nicht die Absicht, Ausreden zu ersinnen.

Schließlich setzte sie sich durch, denn es war niemand darauf vorbereitet, sich in dieser Angelegenheit gegen sie aufzulehnen. Einige, so dachte sie wenig liebevoll, als sie die finsteren Mienen von Jalen Ruhl und Perek Arundel sah, hofften vielleicht sogar, dass ihre Beharrlichkeit ihr zum Schaden gereichen würde.

Sie überließ Eton Shart die Verantwortung für den Rat und die Stadt. Die Minister würden ihm nicht in die Quere kommen, und die Elfen kannten und respektierten ihn. Er konnte sie durch alle Notlagen führen, und sie vertraute darauf, dass er stets wissen würde, was zu tun wäre. Ihr Erster Minister war vielleicht noch nicht völlig davon überzeugt, dass sie die Königin war, die ihr Volk brauchte, aber er hatte ihr Unterstützung zugesagt, und sie glaubte nicht, dass er dieses Versprechen brechen würde. Bei den anderen war sie sich weniger sicher, obwohl Fruaren Laurel ihr jetzt durchaus gewogen zu sein schien. Eton Shart jedenfalls würden sie alle die Treue halten.

Barsimmon Oridio kam, um sie zu verabschieden, erklärte, er werde in wenigen Tagen folgen, und erinnerte sie an ihr Versprechen, auf ihn zu warten. Sie lächelte und zwinkerte ihm zu, was ihn so aufbrachte, dass er davonstolzierte. Sie war sich bewusst, dass Triss mit versteinertem Gesicht neben ihr stand und Desidio sie von der anderen Seite her heimlich betrachtete. Tiger Ty war bereits aufgebrochen. Er war bei Tagesanbruch mit Seele losgeflogen, um den augenblicklichen Aufenthaltsort der Föderation zu erkunden. Die restlichen Flugreiter würden bei Sonnenuntergang aufbrechen und sich in ihrem Lager in der Nähe des Rhenn mit ihnen treffen. Die Elfenjäger zogen unter dem Winken und Hurrarufen der Stadtbewohner hinaus. Jung und Alt, alle waren gekommen, um sie zu verabschieden. Banner und Bänder wurden geschwenkt, gute Wünsche gerufen. Wren sah sich zweifelnd um. Es fühlte sich alles sehr seltsam an. Ihr Aufbruch wurde von fröhlicher Festtagsstimmung begleitet, und nichts deutete auf Verwundungen und Tod hin, die unweigerlich folgen würden.

Sie kamen an diesem ersten Tag schnell voran und marschierten auf dem engen Pfad weit auseinandergezogen, um sich nicht gegenseitig zu behindern. In regelmäßigen Abständen waren Fährtensucher im Wald unterwegs, um vor drohenden Gefahren zu warnen. Sie war noch in ihrem eigenen Land und schenkten daher Vorsichtsmaßnahmen, die sie anderweitig vielleicht beachtet hätten, weniger Aufmerksamkeit. Wren ritt mit Triss und der Leibwache und wurde vorn und hinten abgeschirmt von Jägern, die sie sorgfältig gegen alle Gefahren schützten. Darüber musste sie lächeln und dachte daran, wie anders die Dinge doch gewesen waren, als sie noch eine einfache Fahrende gewesen war. Hin und wieder musste sie das Verlangen unterdrücken, vom Pferd zu springen, in die kühle grüne Stille der Bäume hineinzulaufen und zu dem friedlichen Leben zurückzukehren, aus dem sie gekommen war.

Faun hatte sie zu Hause zurückgelassen, in ihrem Zimmer im zweiten Stock des Palastes. Die Streleheim-Ebene war kein Ort für ein Waldwesen, hatte sie ihm erklärt. Aber der Baumschreier machte sich seine eigenen Gedanken und war nicht immer von dem überzeugt, was Wren für das Beste für ihn hielt. Daher tauchte Faun plötzlich auf, als die Vorhut am Mittag haltmachte, um sich auszuruhen und die Pferde zu tränken. Wie ein schwarzer Fleck schoss er aus dem dunklen Blätterwerk hervor und stürzte sich auf seine verblüffte Herrin. Innerhalb von Sekunden hatte sich das kleine Wesen in den Falten von Wrens Reitkleidung verborgen und es sich dort bequem gemacht. Wren zuckte nur die Achseln und nahm hin, was sie offensichtlich nicht würde ändern können.

Die späte Sommerhitze war stickig und feucht, und am Ende des Tages waren Männer und Pferde gleichermaßen verschwitzt. Sie lagerten mehrere Meilen vom Rhenn entfernt auf einer geschützten Lichtung zwischen Eichen und Hickorybäumen, nahe an einem Fluss und einem Teich, sodass sie sich waschen und trinken, aber auch in den Schatten und den Schutz des Waldes zurückweichen konnten. Desidio sandte eine Patrouille Reiter auf den Pass vor ihnen, um sicherzustellen, dass alles in Ordnung war, und setzte sich dann mit Wren und Triss zusammen, um darüber zu beraten, wie sie weiter vorgehen wollten. Tiger Ty würde bei seiner Rückkehr Neuigkeiten über den Standort der Föderationsarmee bringen, aber wenn man annahm, dass die Armee noch immer auf dem Vormarsch durch den Tirfing war, würden die Elfen südwärts über die freie Ebene ziehen und sich dabei darauf verlassen können, dass ihre Kundschafter sie nicht in einen Hinterhalt laufen ließen. Sie würden aber auch unter den Bäumen bleiben können, wo sie nicht so leicht zu entdecken wären. Wren hörte geduldig zu, sah dann Triss an und erklärte, sie zöge es vor, außerhalb des Waldes weiterzuziehen, damit sie Zeit gewännen. Wenn sie erst einmal in Sichtweite der Föderation gelangt wären, konnten sie den Wald als Deckung benutzen, während sie darüber entschieden, was dann als Nächstes zu tun sei. Desidio sah sie bei den Worten »entscheiden, was als Nächstes zu tun ist«, scharf an, nickte dann aber zustimmend und ging davon.

Sie hatten gerade ihre Mahlzeit beendet, als Tiger Ty staubig, erhitzt und müde durch die Bäume herabschwebte. Er ließ Seele in einiger Entfernung landen, damit der riesige Rock die Pferde nicht erschreckte, und marschierte dann selbstbewusst zum Lager. Wren und Triss gingen ihm entgegen, um ihn zu begrüßen, und Desidio schloss sich ihnen an. Der Flugreiter berichtete kurz über das Wichtigste. Die Föderationsarmee hatte den Mermidon erreicht und bereits mit der Überquerung begonnen. Irgendwann morgen würden sie nach Norden weiterziehen können. Sie kamen sehr zügig voran.

Wren nahm die Neuigkeiten mit einem Stirnrunzeln auf. Sie hatte gehofft, die Föderation zu erreichen, wenn sie noch auf der anderen Seite des Flusses war, und sie dort aufhalten zu können. Aber die Dinge entwickelten sich schneller, als ihr lieb war.

Sie dankte Tiger Ty für den Bericht und schickte ihn fort, um etwas zu essen.

»Ihr glaubt, dass die Elfenarmee zu spät eintreffen wird«, sagte Desidio leise, und sein hageres Gesicht war grübelnd verzogen.

Sie nickte. »Sie wird hier erst in einer Woche ankommen.« Ihre grünen Augen richteten sich auf ihn. »Ich glaube nicht, dass wir die Föderation so nahe an Arborlon heranlassen dürfen, sondern wir sollten sie vorher aufhalten.«

Sie sahen einander an. »Ihr habt den Oberbefehlshaber gehört«, sagte Desidio. »Wir müssen auf die Hauptarmee warten.« Sein Gesicht zeigte keinerlei Regung.

Sie zuckte die Achseln. »Ich habe es gehört. Doch Oridio ist nicht hier. Ihr hingegen schon.«

Er zog fragend die dunklen Brauen hoch. »Ihr führt etwas im Schilde, Hoheit?«

Sie hielt seinem Blick stand. »Vielleicht. Wärt Ihr bereit zuzuhören, wenn es so weit ist?«

Desidio erhob sich. »Ihr seid die Königin. Ich muss stets zuhören.«

Als er gegangen war, lächelte sie Triss zweifelnd an. »Er weiß, was ich vorhabe, meint Ihr nicht auch?«

Triss hob den geschienten Arm ein wenig an und ließ ihn wieder sinken. Am nächsten Tag würde die Schiene abgenommen werden. Triss wartete ungeduldig darauf. Er dachte über ihre Frage nach und schüttelte dann den Kopf. »Ich glaube nicht, dass irgendjemand weiß, was Ihr im Schilde führt, Hoheit«, sagte er weich. »Darum haben sie Angst vor Euch.«

Sie nahm diese Beobachtung kommentarlos zur Kenntnis. Triss durfte ihr alles sagen. Was sie auf ihrer Flucht von Morrowindl zusammen erlebt hatten, gab ihm das Recht. Ihr Blick schweifte über die Bäume. Die Dämmerung breitete sich aus und verschlang das Licht. Seit Garth gestorben war, stellte sie manchmal fest, dass sie sich fragte, ob diese versuchen würde, auch sie zu verschlingen.

Nur Momente später lenkte Hufschlag ihre Aufmerksamkeit wieder dem Lager zu. Die zum Rhenn entsandten Kundschafter waren zurückgekehrt, und sie hatten jemanden mitgebracht. Sie rissen an den Zügeln ihrer schnaubenden, schaumbedeckten Tiere und kamen donnernd zum Halten. Die Pferde waren hart geritten worden. Triss stand schnell auf, und Wren begleitete ihn. Die Reiter und der Mann, den sie mitgebracht hatten, waren abgestiegen und bahnten sich einen Weg durch eine Gruppe Elfenjäger zu der Stelle, an der Desidio als hagerer Schemen vor dem Feuerschein wartete. Worte wurden gewechselt, und dann wandten sich Desidio und der unbekannte Mann um und kamen auf sie zu.

Sie konnte mehr erkennen, als sich die beiden näherten, und sah, dass es keineswegs ein Mann war, der da mit Desidio herankam. Es war ein Junge.

»Hoheit«, sagte ihr Hauptmann, als er eintraf. »Ein Bote von den Geächteten.«

Der Junge trat ins Licht. Er war blond und blauäugig und unter der Bräune von Sonne und Wind sehr hellhäutig. Er war klein und wirkte flink und kräftig, ohne sehr muskulös zu sein. Lächelnd verbeugte er sich eher unbeholfen.

»Ich bin Tib Arne«, verkündete er. »Padishar Creel und die Geächteten haben mich entsandt, um dem Elfenvolk Grüße zu entrichten und ihre Unterstützung in dem Kampf gegen die Föderation anzubieten.« Seine Worte klangen wie auswendig gelernt.

»Ich bin Wren Elessedil«, erwiderte sie und reichte ihm die Hand. Er nahm sie, hielt sie einen Moment lang unsicher fest und ließ sie dann wieder los. »Wie hast du uns gefunden, Tib?«

Er lachte. »Eure Männer haben mich gefunden. Ich kam von Westen aus dem Callahorn und wollte die Elfen suchen, aber Ihr habt es mir leicht gemacht. Eure Kundschafter warteten bereits am Eingang des Tales, als ich es betrat.« Er sah sich um. »Es scheint, als wäre ich gerade rechtzeitig angekommen.«

»Welche Art von Hilfe bieten die Geächteten uns an?«, fragte sie und ignorierte seine Bemerkung. Er war zu neunmalklug.

»Mich, für den Anfang. Ich soll Euch dienen und Euer Verbindungsglied zu den anderen sein, bis sie kommen. Die Geächteten versammeln sich in den Drachenzähnen zum Marsch nach Westen. Sie werden innerhalb einer Woche hier sein. Mit ihren Verbündeten fünftausend oder mehr, meine Königin.«

Wren sah, wie Triss die Augenbrauen hochzog. »Fünftausend Mann?«, wiederholte sie.

Tib zuckte die Achseln. »So hat man es mir gesagt. Ich bin nur ein Bote.«

»Und ein ziemlich junger noch dazu«, bemerkte sie.

Er lächelte selbstsicher. »Oh, nicht so jung, wie ich aussehe. Und ich reise nicht allein. Ich habe Gloon zum Schutz bei mir.«

Wren lächelte zurück. »Gloon?«

Er nickte, steckte dann die Finger in die Mundwinkel und stieß einen schrillen Pfiff aus, der alles andere ringsum zum Schweigen brachte. Sein rechter Arm fuhr hoch, und jetzt sah Wren, dass er einen dicken Lederhandschuh trug, der ihm bis zum Ellenbogen reichte.

Plötzlich stieß ein Schatten herab, der noch dunkler war als die Dunkelheit und die Luft durchschnitt wie ein schwarzer Pfeil. Er landete mit einem dumpfen Schlag auf dem Handschuh des Jungen, die Flügel ausgebreitet, den Kopf schief gelegt und die Federn gesträubt, dass sie wie Dornen hervorstanden. Unwillkürlich wich Wren zurück. Es war ein Vogel, aber einer, wie sie noch nie einen gesehen hatte. Er war größer als ein Falke oder sogar eine Eule, seine Federn waren schiefergrau mit roter Spitze, und sein Kamm war drohend aufgerichtet. Der Schnabel war gelb und scharf gebogen, und seine Krallen waren gewaltig. Der gedrungene Körper schien ganz aus Sehnen und Muskeln zu bestehen. Der Vogel zog den Kopf zwischen die Schultern und starrte Wren aus harten, bösartigen Augen an.

»Was ist das?«, fragte sie den Jungen und überlegte plötzlich, wo sich Faun verbarg – sie hoffte, dass er sich gut versteckt hielt.

»Gloon? Er ist ein Kampfhaubenwürger, eine Jagdvogelzüchtung aus dem Gebiet der Trolle. Ich habe ihn als Küken gefunden und aufgezogen. Und ich habe ihn zur Jagd abgerichtet.« Tib schien stolz auf ihn zu sein. »Er sorgt dafür, dass mir nichts geschieht.«

Wren glaubte ihm. Ihr gefiel der Vogel überhaupt nicht. Sie riss ihren Blick von ihm los und richtete ihn auf den Jungen. »Du musst etwas essen und dann eine Nacht schlafen, Tib«, bot sie ihm an. »Aber solltest du morgen früh nicht zurückkehren und den Geächteten mitteilen, wo wir sind? Es ist wichtig für uns, dass sie so schnell wie möglich herkommen.«

Er schüttelte den Kopf. »Sie sind bereits unterwegs, und nichts, was ich tun kann, würde ihren Marsch beschleunigen. Wenn sie näher kommen, werden sie eine Nachricht schicken – einen weiteren Vogel. Dann schicke ich Gloon ab.« Er lächelte. »Sie werden uns finden, keine Sorge. Aber ich soll bei Euch bleiben, meine Königin. Ich soll Euch hier dienen.«

»Du kannst vielleicht am besten dienen, indem du zurückkehrst«, erwiderte Desidio unerbittlich.

Tib blinzelte verwirrt. »Aber … aber ich will nicht zurückgehen!«, brach es aus ihm heraus. Plötzlich wirkte er so jung, wie er aussah. »Ich möchte hierbleiben. Es werden große Dinge geschehen, nicht wahr? Ich möchte dabei sein.« Er sah schnell zu Wren. »Ihr seid Elfen, meine Königin, und niemand hat jemals zuvor Elfen gesehen! Ich … ich war nicht die erste Wahl für diesen Botengang. Ich musste lange reden, damit man mir diese Aufgabe übertragen hat. Schickt mich nicht sofort weg. Ich kann auf irgendeine Weise helfen, das kann ich ganz bestimmt. Bitte, meine Königin? Ich habe einen langen Weg hinter mir, um Euch zu finden. Lasst mich eine Weile bleiben.«

»Und Gloon vermutlich auch?« Sie lächelte.

Er lächelte augenblicklich zurück. »Oh, Gloon wird überhaupt nicht zu sehen sein, bis er gerufen wird.« Er schwang die Hand hoch, und der Kampfhaubenwürger schoss aufwärts und verschwand. Tib sah ihm nach und sagte: »Er sorgt meistens selbst für sich.«

Wren sah Desidio an, der zweifelnd den Kopf schüttelte. Tib schien es nicht zu bemerken, denn sein Blick war zum Himmel gerichtet.

»Tib, warum gehst du nicht etwas essen und legst dich dann hin?«, schlug Wren vor. »Über alles andere reden wir morgen früh.«

Der Junge sah sie an, blinzelte, unterdrückte ein Gähnen, nickte und trottete pflichtgemäß hinter Desidio davon. Tiger

Ty kam mit einem Teller an ihnen vorbei und warf über die Schulter einen scharfen Blick auf den Jungen, als er Wren erreicht hatte.

»War das ein Kampfhaubenwürger, den ich da gesehen habe?«, knurrte er. »Abscheuliche Vögel sind das. Kaum zu glauben, dass dieser Junge einen abgerichtet hat. Die meisten würden einem eher den Kopf abreißen.«

»So gefährlich?«, fragte Wren interessiert.

»Mörderische Vögel«, antwortete der Flugreiter. »Jagen alles, sogar Moorkatzen. Denen entkommt niemand, wenn sie ihn erst aufgestöbert haben. Es gibt ein Gerücht, dass sie in früheren Zeiten dazu benutzt wurden, Menschen zu jagen – ausgesandt wie gedungene Mörder. Klug und grausam.« Er schüttelte den Kopf. »Abscheulich, wie ich bereits sagte.«

Sie sah Triss an. »Vielleicht sollten wir ihn dann lieber nicht mitnehmen.«

Tiger Ty wandte sich zum Gehen. »Ich würde ihn bestimmt nicht mitnehmen.« Er reckte sich. »Zeit zu schlafen. Die anderen sind vor einer Stunde gekommen, falls Ihr es nicht bemerkt habt. Wir werden die Lage morgen früh wieder auskundschaften. Gute Nacht.«

Gebeugt und krummbeinig schlenderte er in die Dunkelheit davon und wankte dabei wie ein wackeliges Möbelstück, das jemand angestoßen hat. Wren und Triss schauten ihm schweigend nach. Als er gegangen war, sahen sie einander an.

»Ich werde Tib zurückschicken«, sagte sie.

Triss nickte. Danach sprachen sie nicht mehr.

Wren schlief am Rande des Feuerscheins. Sie war in ihre leichte Wolldecke eingerollt und hatte Träume, die sofort vergessen waren, wenn sie endeten. Zweimal wachte sie von den nächtlichen Geräuschen auf, von leisem Zwitschern und Summen, leichten Bewegungen im Gebüsch und dem Rascheln unsichtbarer Wesen in den Ästen der Bäume über ihr. Es war warm, und kein Lüftchen regte sich, und das sorgte nicht gerade für einen erholsamen Schlaf. Die Leibwache schlief in ihrer Nähe, und Triss war nur ein paar Schritte von ihr entfernt. Weiter hinten sah sie andere Wachen, vage Schemen im Dunkeln. In ihrer Armbeuge rührte sich Faun unruhig. Die Nacht kroch dahin, und Wren schwamm träge durch Schlaf und Erwachen.

Sie richtete sich gerade auf einen weiteren Versuch ein, Schlaf zu finden, denn die dunkelste Stunde der Nacht war erreicht, als genau vor ihr ein stacheliges Gesicht auftauchte. Sie zuckte erschrocken zusammen.

»Hssst! Ruhig, Wren Elessedil!«, raunte eine bekannte Stimme.

Eilig richtete sie sich auf einem Ellenbogen auf. »Stresa!«

Faun quietschte, als er ihn wiedererkannte, und der Stachelkater zischte ihm zu, er solle still sein. Er kam nahe heran, setzte sich hin und sah sie mit seinen seltsamen blauen Augen an. »Es schien keine phhttt gute Idee, dich allein losziehen zu lassen.«

Sie lächelte wider Willen. »Du hast mich fast zu Tode erschreckt! Wie bist du denn an den Wachen vorbeigekommen?«

Die Zunge des Stachelkaters fuhr heraus, und sie hätte schwören können, dass er lächelte. »Nun aber wirklich, Elfenmädchen. Sie sind nur Menschen. Sssstt! Wenn du mich vor eine Herausforderung stellen willst, phfttt, dann bring mich wieder nach Morrowindl.« Er blinzelte mit den glänzenden Augen. »Wenn ich noch mal darüber nachdenke, dann tu es lieber nicht. Es gefällt mir hier in deiner Welt.«

Wren hielt Faun an ihrem Körper fest, als der Baumschreier sich wand und sich zu verstecken versuchte. »Schön, dass du hier bist«, sagte sie zu Stresa. »Ich mache mir manchmal Sorgen um dich.«

»Sorgen um mich! Phaagg! Warum denn? Nach Morrowindl kann mich nichts mehr erschrecken. Dies ist eine gute Welt, in der du lebst, Wren von den Elfen.«

»Aber dort, wo wir hingehen, ist es nicht so gut. Weißt du das?«

»Hssstt. Ich habe davon gehört. Noch mehr über die dunklen Wesen, dieselben wie auf Morrowindl. Aber wie böse sind diese, Elfenmädchen? Sind es solche Wesen wie der rrowwwll Wisteron?«

Die Nase des Stachelkaters war feucht und glitzerte im Sternenlicht. »Nein«, antwortete sie. »Zumindest noch nicht. Dieses sind Menschen, aber sie sind so viele mehr als wir, und sie wollen uns vernichten.«

Stresa dachte einen Moment darüber nach. »Na ja, immer noch besser als die Ungeheuer.«

»Ja, besser.« Sie atmete seufzend die heiße Nachtluft ein. »Aber einige von diesen Menschen sind auch Ungeheuer.«

»Also bleibt alles beim Alten, nicht wahr?« Der Stachelkater schüttelte seine Stacheln und erhob sich. »Ich bleibe in deiner Nähe, hssttt, aber du wirst mich nicht sehen. Wenn du mich brauchst, werde ich jedoch, phhfftt, da sein.«

»Du könntest bleiben«, schlug sie vor.

Stresa spie aus. »Im Wald bin ich glücklicher. Und auch sicherer. Rowwlll. Du wärst auch sicherer, aber du wirst bestimmt nicht mitkommen. Ich werde für dich Ausschau halten. Hssstt! Was ich sehe, wirst du als Erste erfahren.« Die Zunge fuhr heraus. »Pass gut auf dich auf, Wren Elessedil. Vergiss die Lektionen von Morrowindl nicht.«

Sie nickte. »Das werde ich nicht.«

Stresa wandte sich zum Gehen. »Schick mir den Baumschreier, ssttt, wenn du mich brauchst«, flüsterte er, und dann war er fort.

Sie sah ihm in der Dunkelheit eine Weile lang hinterher

und hielt den kleinen warmen Faun geborgen in ihren Armen. Schließlich legte sie sich wieder hin, lächelte und schloss die Augen. Sie fühlte sich besser, seit sie wusste, dass der Stachelkater für sie da war.

In Sekunden war sie erneut eingeschlafen. Erst am Morgen wachte sie wieder auf.

17

Im Morgengrauen machte sich die Vorhut der Elfenarmee zum Aufbruch bereit. Wren rief Tib Arne zu sich und teilte ihm mit, dass sie ihn zu den Geächteten zurückschicken wolle, damit diese auf jeden Fall erfuhren, dass er sie gefunden hatte. Er sollte sie drängen, so schnell wie möglich zu kommen. Sie versicherte ihm, wie wichtig diese Aufgabe sei, denn sonst hätte sie ihm seine Bitte, bleiben zu dürfen, sicherlich erfüllt. Sie sagte außerdem, er könne gern zurückkehren, wenn die Botschaft überbracht sei. Tib schmollte ein wenig und zeigte deutlich seine Enttäuschung, aber schließlich stimmte er zu, dass sie recht hätte, und versprach, sein Bestes zu tun, damit die Geächteten ihnen möglichst bald zu Hilfe kamen. Desidio gab ihm zwei Elfenjäger als Eskorte mit – trotz seiner wiederholten Einwände, dass er niemanden brauche –, und das Trio machte sich durch das Tal auf den Weg zur Streleheim-Ebene. Gloon zeigte sich nicht, und Wren war froh darüber.

Fast zwei Tage dauerte es, bis die Elfen die Entfernung zwischen sich und der Föderation überwunden hatten. Sie zogen über das freie Grasland rasch und stetig voran; sie wollten schnell sein und verließen sich darauf, dass die Flugreiter und die berittenen Kundschafter ihre Entdeckung verhindern würden. Die Flugreiter erstatteten regelmäßig Bericht über das Vorankommen der Südlandarmee, die langsamer geworden war. Sie hatte einen Tag gebraucht, um den Mermidon zu überqueren, und einen weiteren für das Instandsetzen der Ausrüstung, die vom Wasser beschädigt worden war. Die Föderation war noch nicht allzu weit über das nördliche Ufer des Mermidons hinausgekommen, als sich die Elfen, am Nachmittag des zweiten Tages, ihr so weit genähert hatten, dass ein erster Schlagabtausch in Reichweite geriet.

Die Flugreiter überbrachten diese Nachricht. Zwei von ihnen stießen aus der Sonne herab, die gnadenlos herabbrannte. Die Elfen waren am Rand des Westlandwaldes ausgeschwärmt, nicht weit von der Stelle, wo der Mermidon, aus dem Pykon kommend, eine Kehre machte. Als Wren darüber benachrichtigt wurde, dass das gegnerische Heer keine fünf Meilen mehr entfernt war und beständig näher kam, wies sie Desidio an, er sollte den Elfen befehlen, in den Schutz der Bäume zurückzuweichen und dort auf den Einbruch der Nacht zu warten. Im kühlen Schatten rief sie dann die Kommandanten der Expedition zusammen.

»Wir müssen eine Entscheidung treffen«, erklärte sie.

Sie waren zu fünft: Triss, Desidio, Tiger Ty, Erring Rift und sie selbst. Rift war ein großer Elf mit hängenden Schultern, einem struppigen schwarzen Bart, schütterem Haar und Augen wie Obsidiansplitter. Er war Anführer der Flugreiter, und daher war seine Anwesenheit unabdinglich. Tiger Ty war aus Höflichkeit dabei und weil Wren seinem Urteil vertraute. Sie saßen unter einem alten Hickorybaum und stupsten mit den Fußspitzen Nussschalen und Zweige hin und her, während sie ihr zuhörten.

»Wir haben sie gefunden«, fuhr sie fort, »aber das genügt nicht. Jetzt müssen wir entscheiden, wie wir weiter vorgehen wollen. Es ist eine gewaltige Armee, und sie bewegt sich sehr viel schneller vorwärts, als wir angenommen hatten. Fünf Tage, und sie haben bereits den Mermidon überquert und sind hier angelangt. Unsere eigene Armee ist mindestens eine Woche von diesem Punkt entfernt. Die Föderation wird nicht auf uns warten. Wenn man sie gewähren lässt, erreicht sie noch in dieser Woche den Rhenn. Dann werden wir unsere erste Verteidigungslinie dort einrichten, wo eigentlich die letzte stehen sollte.«

»Die Hitze macht sie hier auf dem freien Grasland vielleicht ein wenig langsamer«, gab Desidio zu bedenken.

»Ein Feuer würde sie noch wirkungsvoller bremsen«, schlug Rift vor. Er rieb sich den Bart. »Geschickt angelegt, würde der Wind es genau auf sie zutreiben.«

»Und auch genau auf die Westlandwälder«, entgegnete Triss.

»Oder der Wind wendet und treibt es auf einmal auf uns zu«, sagte Wren kopfschüttelnd. »Das ist zu gefährlich, außer vielleicht als letzte Rettung. Nein, ich denke, wir haben eine bessere Wahl.«

»Ein Gefecht«, erklärte Desidio ruhig. »Wie Ihr es die ganze Zeit geplant hattet, Hoheit. Was mir aber durch den Befehl des Oberbefehlshabers verboten ist.«

Wren lächelte und sah ihn direkt an. »Ich habe Euch gesagt, dass der Zeitpunkt kommen könnte, an dem es notwendig ist, dass Ihr mir zuhört. Jetzt ist der Zeitpunkt, Hauptmann. Ich weiß, wie Eure Befehle lauten. Ich weiß, was ich Oridio versprochen habe. Ich weiß aber auch, was ich ihm nicht versprochen habe.«

Sie verlagerte ihr Gewicht und beugte sich vor. »Wenn wir hier sitzen bleiben und nichts tun, wird die Föderation den Rhenn vor uns erreichen und uns einschließen. Arborlon wäre verloren. Es bliebe für niemanden mehr Zeit, uns zu Hilfe zu kommen, weder für die Geächteten noch für sonst jemanden. Wir müssen diese Armee aufhalten, damit unsere Truppen genug Zeit bekommen, ihre Stellungen einzunehmen. Befehle sind Befehle, Hauptmann, aber auf dem Schlachtfeld bestimmen die Ereignisse, wie genau man sich an diese Befehle halten muss.«

Desidio sagte nichts.

»Wir haben beide versprochen, dass die Vorhut nicht in den Kampf gegen die Föderationsarmee geführt wird, bis Oridio angekommen ist. Sehr gut, wir halten dieses Versprechen. Aber an dieses Versprechen sind weder die Leibwache, die ich befehlige, noch die Flugreiter gebunden, die in ihren Entscheidungen frei sind. Ich denke, wir sollten Möglichkeiten überlegen, wie sie vielleicht gegen diesen Feind eingesetzt werden können.«

»Ein Dutzend Flugreiter und einhundert Mann der Leibwache?« Desidio zog fragend die Augenbrauen hoch.

»Mehr als genug für das, was sie meiner Meinung nach im Sinn hat«, schaltete sich Tiger Ty ein. »Wir sollten sie zu Ende anhören.«

Desidio nickte. Erring Rift rieb sich das Kinn kräftiger, und sein Blick war gespannt. Triss machte den Eindruck, als sprächen sie über das Wetter.

»Wir sind zu wenige, um die Föderationsarmee offen angreifen zu können«, sagte sie und ließ den Blick von einem zum anderen schweifen. »Aber wir haben Schnelligkeit und das Überraschungsmoment auf unserer Seite, und das können während eines nächtlichen Angriffs wertvolle Waffen sein, wenn er dazu gedacht ist, den Gegner zu verwirren. Die Flugreiter können von überall her angreifen, und die Leibwache ist darin geübt, unsichtbar zu sein. Was wäre, wenn wir sie im Dunkeln angreifen, wenn sie es nicht erwarten? Was wäre, wenn wir sie dort treffen, wo sie verwundbar sind?«

Triss nickte. »Ihre Wagen und die Vorräte.«

Erring Rift klatschte in die Hände. »Ihre Belagerungsmaschinen!«

»Wir könnten sie in Brand setzen«, flüsterte Tiger Ty eifrig. »Sie in Grund und Boden brennen, während sie schlafen!«

»Mehr als das«, schaltete sich Wren schnell wieder ein und zog die Aufmerksamkeit damit wieder auf sich. »Wir können sie verwirren und verängstigen. Nachts sieht man schlecht. Daraus sollten wir unseren Vorteil ziehen. Tut alles, was Ihr vorgeschlagen habt, aber lasst sie denken, dass eine ganze Armee dort draußen im Anmarsch ist. Greift sie aus einem Dutzend Richtungen an und seid wieder verschwunden, bevor sie feststellen können, was eigentlich geschehen ist. Hinterlasst bei ihnen den Eindruck, dass sie von allen Seiten belagert werden. Danach werden sie nicht mehr so schnell vorrücken. Selbst wenn sie den Schock überwunden haben, werden sie verstärkt nach uns Ausschau halten, und das macht sie langsamer.«

Erring Rift lachte. »Wie eine wahre Fahrende gesprochen!«, rief er begeistert aus und fügte dann hastig hinzu: »Hoheit.«

»Und was soll ich dabei tun?«, fragte Desidio ruhig. »Und was die Vorhut?«

Wren mochte sich irren, aber sie glaubte, einen Hauch von Vorfreude in Desidios Stimme vernommen zu haben, als hoffe er, dass sie etwas für ihn geplant hatte. Sie wollte ihn nicht enttäuschen.

»Der Proviant und die Belagerungsmaschinen werden der Nachhut der Armee unterstellt sein. Die Flugreiter und die Leibwache werden aus dieser Richtung angreifen. Wenn Ihr seht, dass der Weg frei ist, Hauptmann, wird ein Angriff von Euren Bogenschützen und der Kavallerie entlang der Vorderseite und der Flanke der Föderationsarmee ein nicht unerhebliches Maß an zusätzlicher Verwirrung auslösen.«

Desidio dachte darüber nach. »Sie sind vielleicht wachsamer, als Ihr glaubt. Vielleicht sind sie darauf vorbereitet.«

»Innerhalb der Grenzen ihres eigenen Gebietes? Wo sie während ihres bisherigen Marsches nach Norden keinen einzigen Elfen gesehen haben?« Sie schüttelte den Kopf. »Inzwischen werden sie sich fragen, ob sie überhaupt einen vorfinden werden.«

»Vielleicht gibt es Schattenwesen«, sagte Triss ruhig.

Wren nickte. »Aber die Schattenwesen werden als Menschen

verkleidet sein und sich der Armee nicht offenbaren wollen. Erinnert Euch, Triss – sie nehmen Einfluss, indem sie im Verborgenen bleiben. Wenn sie sich offenbaren, verlieren sie ihre Tarnung und versetzen ihre eigene Armee in Panik. Ich glaube nicht, dass sie das riskieren werden oder auch nur Zeit haben, darüber nachzudenken, wenn wir sie unvorbereitet überraschen.«

»Das wird uns aber nur einmal gelingen.«

Sie lächelte schwach. »Also sollten wir lieber das Beste daraus machen, nicht wahr?« Sie sah Desidio an. »Könnt Ihr uns helfen?«

Er blickte sie kläglich an. »Ihr wollt wissen, ob ich gegen die Befehle von Oberbefehlshaber Oridio handeln werde?« Er seufzte. »Sie sind eindeutig, aber andererseits ist einem Befehlshaber auf dem Schlachtfeld ein gewisses Maß an unabhängigem Denken erlaubt. Außerdem habt Ihr recht mit Eurer Einschätzung, was geschieht, wenn wir nichts unternehmen.«

Er sah die anderen an. »Ihr seid alle dabei?« Sie nickten, jeder von ihnen. Er wandte sich erneut Wren zu. »Dann muss ich tun, was ich kann, um Euch vor Euch selbst zu schützen, selbst wenn das bedeutet, die Offensive zu ergreifen. Der Oberbefehlshaber wird hoffentlich die Logik der Lage erkennen. Er weiß, dass ich keine Befehlsgewalt über die Flugreiter oder die Leibwache habe und gewiss keine über Euch, Hoheit.« Er hielt inne und fügte dann hinzu: »Ich gestehe, ich bin überrascht, wie leicht Ihr mich überzeugen konntet.«

»Die Vernunft hat Euch überzeugt, Hauptmann«, korrigierte sie ihn. »Das ist ein Unterschied.«

Man wechselte gegenseitig Blicke. »Ist die Angelegenheit damit geklärt?«, fragte Tiger Ty barsch.

»Bis auf die Strategie«, erwiderte Wren. »Ich überlasse sie Euch. Aber denkt daran, dass ich Euch begleiten werde. Nein, Tiger Ty, keine Widerrede. Seht Triss an – er macht sich nicht einmal mehr die Mühe, es zu versuchen.«

Der Flugreiter blickte sie finster an und verkniff sich jeglichen Einwand, den er gerade hatte vorbringen wollen.

»Wann geht es los, Hoheit?«, fragte Erring Rift. Seine schwarzen Augen funkelten.

Wren erhob sich. »Heute Nacht natürlich. Sobald sie schlafen.« Sie entfernte sich einige Schritte von ihnen. »Ich werde mich jetzt waschen und etwas essen. Lasst mich wissen, wenn Euer Plan steht.«

Sie lächelte zufrieden über die Stille, die folgte, und schaute nicht zurück.

Am Ende des Tages färbte sich der westliche Horizont rot und purpurn, und die Wolken trieben träge dahin. Die Hitze blieb, als die Sonne verschwand, die Farben verblassten, und eine stickige Feuchtigkeit machte sich in der windstillen Luft breit. Die Kleidung klebte an der juckenden Haut. Die Elfen aßen früh und versuchten dann zu schlafen, aber selbst im Schatten der Wälder war wenig Erleichterung zu finden. Als Mitternacht herannahte, wurden Desidios Elfenjäger geweckt, zogen sich an, bewaffneten sich, bewegten sich dann aus den Bäumen hervor über das Grasland und schlichen leise auf die Erhebung im Norden zu, hinter der die Föderationsarmee schlief.

Wren begleitete sie, denn sie wollte sich erst einmal einen Überblick vom Boden aus verschaffen, bevor sie mit den Flugreitern aufstieg. Sie zog mit einer Abordnung der Leibwache hinaus, die von Desidio und Triss angeführt wurde. Zur Tarnung trugen sie grüne und braune Waldfarben und hohe Stiefel, Gürtel und Handschuhe, um sich gegen Dickicht und Buschwerk zu schützen. Wren hatte Faun in einem Rucksack mitgenommen (der Baumschreier hatte nicht zurückbleiben wollen) und sich einen Lederbeutel um den Hals gebunden, damit sie die Elfensteine nahe bei sich hatte. Einen Riemen mit langen Messern hatte sie um ihre Taille geschlungen, und ein Dolch steckte in einem ihrer Stiefel. Für alles gewappnet, dachte sie. Sie ritten ein kurzes Stück auf die Ebene hinaus, stiegen dann ab und bahnten sich zu Fuß ihren Weg zu den vordersten Linien der Elfenjäger, die in der Dunkelheit kauerten.

Mit Triss und Desidio kroch sie dann allein vorwärts bis zu einer Stelle, von der aus sie das Lager der Föderation einsehen konnte.

Die Armee war gewaltig. Obwohl sie es mit Tiger Ty aus der Luft gesehen hatte, war sie nicht darauf vorbereitet, wie riesig sie jetzt wirkte. Sie breitete sich in einem Gewirr von Hunderten von Herdfeuern so weit aus, wie man blicken konnte, und überschwemmte die Ebene mit so viel Licht, dass man kaum noch Sterne erkennen konnte. Gespräche und Gelächter schwebten so deutlich herüber, als redeten die Stimmen nur wenige Meter entfernt. Vor dem Himmel zeichneten sich die riesigen Belagerungsmaschinen im Feuerschein ab, große skelettartige Massen hölzerner Knochen und eiserner Gelenke, die wie missgebildete Riesen aufragten. Wagen drängten sich in Gruppen zusammen. Sie waren vollgeladen mit Vorräten und Waffen, und der Geruch von Öl und Pech wehte mit dem Wind heran. Obwohl es inzwischen nach Mitternacht war, schliefen viele noch immer nicht, wanderten von Feuer zu Feuer, von klingenden Gläsern und Zinnbechern angespornt, vom Rufen und Schreien und dem Versprechen auf Getränke und Gesellschaft angezogen.

Wren sah Triss an. Die Föderation verhielt sich ganz unbekümmert und war offenbar überzeugt davon, dass ihre Größe und Stärke sie vor jeder Gefahr schützen würde. Sie formte mit ihren Lippen fragend das Wort »Wachen«. Triss zuckte die Achseln, deutete nach links und dann nach rechts und zeigte auf die Wachen, die die Kommandanten der Föderation aufgestellt hatten. Es waren nur wenige, und sie standen weit verstreut. Sie hatte recht gehabt mit ihrer Vermutung. Die Südländer erwarteten keine Schwierigkeiten.

Sie schlichen den Hang wieder hinunter, bis sie außer Sichtweite des Lagers waren, erhoben sich dann und gingen durch die Linien der Bogenschützen und Reiter den Weg zurück. Als sie in sicherer Entfernung waren, zog sie Triss und Desidio nah zu sich heran.

»Geht so nahe heran wie möglich, Hauptmann«, flüsterte sie Desidio zu. »Wartet auf die Flugreiter, bevor ihr von hinten angreift. Kümmert Euch um die Feuer und greift dann an. Die Bogenschützen, gefolgt von der Reiterei, wie geplant, und dann schnell wieder zurückziehen. Geht kein Risiko ein. Lasst sie nicht mehr von Euch sehen, als notwendig. Wir wollen, dass sie ihre Fantasie zu Hilfe nehmen, wenn sie schätzen, wie viele wir sind.«

Desidio nickte. Er konnte seine Aufgabe besser beurteilen als sie, aber sie war die Königin, und es war nicht an ihm, ihr das zu sagen. Sie lächelte schwach, nahm seine Hand, um ihre Zuversicht auszudrücken, wandte sich dann mit Triss ab und schlich davon. Ihre Eskorte wartete bereits, und sie stiegen wieder auf und ritten zurück in den Wald.

Die Flugreiter und der Hauptteil der Leibwache warteten auf einer Lichtung. Ein Dutzend Körbe war aus Zweigen geflochten und mit Lederriemen zusammengeschnürt worden. Jeder war groß genug, um ein Dutzend Männer aufzunehmen. Bewaffnet mit Langbogen und Kurzschwertern, kletterten die Elfenjäger hinein. Jeder Korb würde von einem Rock hinter der Föderationsarmee auf der Ebene abgesetzt werden. Wren eilte zu Tiger Ty, der bereits auf Seele saß, stieg hinter ihm hinauf und band die Gurte fest, die sie sicher halten würden. Triss kletterte in den Korb, der vorn befestigt war. Erring Rift stieß einen leisen Pfiff aus, und einer nach dem anderen stiegen die Rocks himmelwärts auf, die Krallen um Bänder gekrallt, an denen die Körbe hingen. Sanft hoben sie diese an, trugen sie vorsichtig aufwärts durch die Bäume und in den dunklen Himmel empor.

Der Wind strich in kühlen Wogen über Wren Elessedils Gesicht, als Seele aus den Bäumen aufstieg und ostwärts auf die Ebene zuflog. Die Feuer der Föderationsarmee kamen sehr schnell in Sicht, und ihre Ausdehnung erschien von hier aus sogar noch größer. Erring Rift übernahm mit seinem Rock Grayl die Führung, lenkte die Formation südwärts an der Baumlinie entlang und so weit von dem Licht entfernt wie möglich. Sie flogen leise an der Baumlinie entlang, beobachteten, wie sich die Feuer ausdehnten und dann wieder schmaler wurden, als sie jenseits ihres Lichts wieder in die Dunkelheit gelangten. Als sie weit genug geflogen waren, wendete Rift wieder auf das Licht zu, sodass sie in der Mitte der Armee landen würden.

Wren klammerte sich mit einer Hand an Tiger Ty, um Halt und Verbindung zu haben. Der Flugreiter saß sicher und fest auf seinem Platz, blieb während des Fluges vorgebeugt und hatte das Gesicht nach vorn gewandt. Keiner von beiden sprach.

Als sie so nahe herangekommen waren, wie sie wagen konnten, ohne gesehen zu werden, begannen die Rocks zur Erde hinunterzugleiten. Die Körbe wurden hinabgelassen und die Bänder gelöst. Die Leibwache stieg aus und verschwand in der Nacht. Die Rocks hoben wieder ab, Wren noch immer hinter Tiger Ty, und schwebten in weitem Bogen davon. Triss blieben wenige Minuten, um sich der Wachen zu entledigen.

Die Rocks beschrieben erneut einen Bogen zurück, richteten sich aus und hielten dann auf das Föderationslager zu. Immer schneller wurden sie dabei. Dies war der gefährlichste Teil des Angriffs – so gefährlich, dass es Tiger Ty verboten war, sich daran zu beteiligen, da er die Königin der Elfen bei sich hatte. Was auch immer sonst geschehen würde, sie musste in Sicherheit bleiben. Sie eilten auf das Lager der Föderation zu und wechselten ungefähr fünfzig Fuß über dem Boden, als sie über die ersten Feuer flogen, in den Gleitflug.

Dann stießen sie abwärts wie dunkle Pfeile aus der Nacht. Alle außer Seele. Elf Rocks stürzten sich in das Föderationslager und hielten auf die Wachfeuer zu. Sie wurden erst im letzten Moment bemerkt, und die Männer unter ihnen heulten überrascht auf. Aber die Warnung kam zu spät. Mit ausgebreiteten Flügeln löschten die Rocks die Wachfeuer, wobei sie sich jene aussuchten, die schon fast niedergebrannt waren, und ergriffen mit ihren schwieligen Klauen glühende Kohlen. Warum sollte man Feuer für einen Brand mit sich führen, wenn bereits welches zur Verfügung stand, hatte Erring Rift argumentiert. Schnell verschwanden die Rocks wieder und drehten nach rechts und nach links zu den Belagerungsmaschinen ab. Föderationssoldaten krochen in Schwärmen aus ihren Decken und Betten und versuchten aus den wirren Worten, die ihnen andere zuriefen, schlau zu werden. Inzwischen hatten die Rocks die Belagerungsmaschinen und die Wagen mit den Vorräten erreicht. Sengende Glut stürzte aus ihren Klauen auf das trockene, verwitterte Holz. Der Wind entfachte die Kohlen im Fall, und das Holz ging sofort in Flammen auf. Einige der glühenden Kohlen wurden über staubigem gewachstem Segeltuch abgeworfen, einige über den schindelgedeckten Dächern auf den riesigen Belagerungstürmen, einige über den Bottichen mit Pech, das für die Geschosse der Katapulte bestimmt war.

Feuer loderte an einem Dutzend Stellen auf und leckte hungrig in die Höhe. Rufe verwandelten sich in Schreie des Zorns und Schreie nach Wasser, aber die Flammen waren überall gleichzeitig. Die Rocks schossen zu den Soldaten hinab, die die Flammen sofort zu ersticken versuchten und schlugen sie in die Flucht.

Dann griff die Leibwache aus der Nacht an. Die Langbogen sandten Pfeilhagel auf die verwirrten Föderationssoldaten, und während sie noch darum kämpften, ihre Waffen zu ziehen, gingen viele schon zu Boden. Sie starben, bevor sie wussten, wie ihnen geschah. Schwertkämpfer tauchten plötzlich überall an den Rändern des Lagers auf, schnitten Streitrösser und Packtiere los und trieben sie in die Nacht hinaus, schütteten säckeweise Getreide aus, kippten Wasserfässer um und erschlugen jeden, der ihnen im Weg stand.

Im Föderationsheer herrschte völliges Durcheinander. Männer rannten wild umher, schlugen auf jeden und alles ein, was ihnen begegnete, häufig auch aufeinander. Offiziere versuchten, die Ordnung wiederherzustellen, aber niemand war sich sicher, wer wer war, und alle Bemühungen waren vergebliche Liebesmühe.

Und dann griffen Desidios Elfenjäger von vorn an, die Bogenschützen zuerst, und ließen Pfeile auf das Lager regnen, eine Salve nach der anderen. Gleich darauf stürzte die Reiterei mit erschreckendem Geheul aus der Nacht hervor. Von hoch oben beobachtete Wren, wie die Elfenreiter eine Schneise in die vorderen Reihen der Föderation schlugen, tief in das Lager vordrangen und dann wieder hinausstürmten, Wachen und Männer auseinandertrieben und Soldaten und Dienstburschen in die Dunkelheit fliehen ließen.

Aber die Föderationsarmee war riesig, und die Angriffe kratzten kaum an ihren Rändern. In ihrer Mitte, wo noch Ruhe herrschte, formierten sich bereits Reihen und machten sich nach außen auf, zur Quelle der Unruhen. Hunderte von Fußsoldaten mit Schilden und Kurzschwertern marschierten durch den Tumult. Die eigenen Männer schoben sie beiseite oder trampelten sie nieder, denn sie suchten die Eindringlinge. Im Handumdrehen waren sie an den Rand des Lagers gelangt, und der Schein der brennenden Wagen und Belagerungsmaschinen glänzte auf ihren Rüstungen wie Blut.

Wren suchte in der Dunkelheit nach den Elfen. Die Rocks flogen bereits wieder nach Süden, und auch Tiger Ty hatte Seele gewendet, um ihnen zu folgen. Sie beobachtete das Lager über ihre Schulter hinweg, während sie in die Dunkelheit davoneilten, aber es war keine Spur mehr von Desidios Jägern oder der Leibwache zu entdecken. Die Föderationssoldaten drangen aus dem Feuerschein vorwärts und suchten vergeblich nach einem Feind. Der war bereits wieder verschwunden. In der Ferne standen alle Kriegsgerätschaften und der gesamte Tross in Flammen. Die Feuer loderten Hunderte von Fuß hoch in den Nachthimmel und strahlten eine so intensive Hitze ab, dass sogar Wren sie noch spüren konnte. Rauch stieg ihr in die Nase, und die Schreie der Verletzten erfüllten ihre Ohren. Überall lagen Männer, blutig und starr.

Wir haben unseren Sieg, dachte sie, aber sie spürte, wie die anfängliche Befriedigung nachließ.

Sie flogen davon, Seele knapp hinter den anderen, bis er sie dann einholte. Weit auseinandergezogen, glitten sie zu den wartenden Körben hinab, fanden die Leibwache bereits an ihrem Platz vor, ergriffen die Halteriemen, hoben die Männer in die Luft und flogen westwärts auf den Wald zu. Das alles dauerte nur wenige Augenblicke, und dann schwebten sie über die Bäume hinweg, fern des Wahnsinns im Föderationslager, wieder in Sicherheit.

Als sie im Wald gelandet waren, rief Wren ihre Kommandanten zu sich, um das Ausmaß ihrer eigenen Verluste festzustellen. Die Rocks waren unversehrt aus dem Angriff hervorgegangen, und bis auf einen Angehörigen war die ganze Leibwache sicher zurückgekehrt. Nur drei der Elfenjäger waren gefallen, Reiter, die von ihren Pferden gezogen worden waren. Es gab eine Reihe von Verletzungen, aber nur eine war ernster Natur. Der Angriff war ein vollständiger Erfolg gewesen.

Wren bedankte sich bei Triss, Desidio und Erring Rift und befahl der Vorhut, das Lager abzubrechen. Sie sollten jetzt sofort nach Norden ziehen, bevor die Föderation nach ihnen zu forschen begann, und sich dort in den Westlandwäldern ein neues Versteck suchen. Sobald der Morgen graute, würden sie auskundschaften, welchen Schaden sie dem Feind zugefügt hatten, und entscheiden, was als Nächstes zu tun sei. Diese Nacht war ein guter Anfang gewesen, aber ein Ende war bei weitem noch nicht in Sicht.

Eilig machten sich die Elfen zum Abmarsch bereit. Zufrieden flüsterten die Männer und schüttelten sich die Hände, während sie arbeiteten. Die Elfen hatten ihren ersten Kampf in der Heimat seit mehr als hundert Jahren bestritten und gesiegt. Morrowindls lange Nacht lag endlich hinter ihnen, und ein kleiner Teil des Zorns und der Enttäuschung, die ihr Leben bestimmt hatten, war von ihnen genommen worden. Viele hatten das Gefühl, endlich wieder frei zu sein.

Wren Elessedil verstand das. In dieser Nacht war sie nicht mehr nur dem Namen nach die Königin der Elfen, denn die große Hoffnung ihrer Großmutter, was aus ihr werden könnte, und Garths Versprechen, was sie werden würde, hatten auch in ihr etwas ausgelöst. Sie merkte es daran, wie die Elfen sie ansahen. Sie fühlte ihren Respekt. Jetzt gehörte sie zu ihnen. Endlich war sie eine der ihren.

Innerhalb einer Stunde war alles bereit. Verstohlen und leise verschmolzen die Elfen aus Morrowindl mit der Nacht.

18

Nachdem die Elfen stundenlang stetig marschiert waren, verbrachten sie den Rest der Nacht in einem Wald nördlich des Pykons, der sich zwischen dem riesigen Kobelwald und der Ebene ausdehnte, auf der in der Ferne das Lager der Föderation stand. Die ganze Nacht über konnten sie die Feuer der brennenden Belagerungsmaschinen und Proviantwagen sehen, die den Horizont mit einem hellen Schein überzogen, und bis in die Stille und Abgeschiedenheit des Waldes konnten sie schwache Rufe und Schreie hören.

Sie schliefen unruhig und standen in der Dämmerung auf, wuschen sich, aßen und rüsteten sich für den Tag. Desidio sandte Reiter nach Norden, nach Arborlon, die sowohl die Nachricht vom erfolgreichen Angriff als auch eine persönliche Bitte von Wren an Barsimmon Oridio übermitteln sollten, dass der Hauptteil der Armee so schnell wie möglich südlich ziehen möge. Reiterpatrouillen wurden mit dem Befehl ausgesandt, sich zu vergewissern, ob nicht noch eine weitere Südlandarmee außer der, von der sie wussten, in der Nähe war. Besondere Aufmerksamkeit sollten sie auf die Truppen in den Städten Callahorns richten. Flugreiter flogen gen Süden, um das Ausmaß des Schadens einzuschätzen, den ihr Angriff in der letzten Nacht der Föderationsarmee zugefügt hatte. Besonders berücksichtigen sollten sie die Frage, wie bald sich die Armee wieder in Marsch setzen würde. Der Tag war bewölkt und grau, und die Rocks waren vor dem dunklen Hintergrund der Westlandberge und Wälder praktisch unsichtbar.

Die restlichen Elfen wurden, nachdem sie die Tiere versorgt und die Waffen gesäubert und instand gesetzt hatten, fortgeschickt, um bis zum Mittag zu schlafen.

Wren verbrachte den Morgen mit ihren Befehlshabern Desidio, Triss und Erring Rift. Tiger Ty war nach Süden geflogen, da er davon überzeugt war, dass er sich bei der Einschätzung des Schadens, den die Föderationsarmee erlitten hatte, unbedingt persönlich beteiligen müsse. Wren war sowohl müde als auch aufgeregt, gleichzeitig voller Tatkraft und starr vor Erschöpfung, und sie wusste, dass auch sie selbst einige Stunden Schlaf brauchte, damit sie wieder klar denken könnte. Dennoch forderte sie ihre Kommandanten auf – und besonders Desidio, jetzt, wo sie ihn für sich gewonnen hatte –, sich zu überlegen, was ihre kleine Streitmacht als Nächstes tun könnte. Zum Großteil würde dies davon abhängen, wie die Föderation reagierte. Trotzdem gab es unterschiedliche Möglichkeiten, und Wren wollte ihre Überlegungen erst einmal grundsätzlich in die richtige Richtung lenken. Mit etwas Glück würden die Südländer erst in einigen Tagen weiterziehen können, und das würde der Elfenarmee genug Zeit verschaffen, den Rhenn zu erreichen. Wenn die Föderation jedoch früher weiterzog, mussten Wren und die Vorhut sie erneut aufhalten. Sie beabsichtigte unter keinen Umständen, tatenlos abzuwarten. Sie konnten jetzt nicht einfach die Hände in den Schoß legen. Mit dem Angriff der letzten Nacht hatten sie einen wichtigen Sieg über den so sehr überlegenen Gegner errungen, und sie durften den errungenen Vorteil nicht gleich wieder aufs Spiel setzen. In der Föderationsarmee würde jetzt sicher jeder nach ihnen Ausschau halten, und sie wollte erreichen, dass dies möglichst lange so blieb. Es war wichtig, dass ihre Kommandanten genauso dachten wie sie.

Sie war zufrieden, dass sie dies erreicht hatte, als die Besprechung endete, und daher legte sie sich schließlich auch schlafen. Sie schlief fast bis zum Mittag und sah beim Erwachen, dass Tiger Ty mit der Flugreiterpatrouille zurückgekehrt war. Sie brachten gute Neuigkeiten. Die Föderationsarmee machte keinerlei Anstalten, sofort weiterzuziehen. Alle Belagerungsmaschinen und der größte Teil ihrer Vorräte waren zu Asche verbrannt. Das Lager befand sich noch genau an der Stelle, wo die Elfen es letzte Nacht angegriffen hatten, und alle Bemühungen der Armee schienen darauf ausgerichtet zu sein, sich um die Verletzten zu kümmern, die Toten zu begraben und festzustellen, was ihnen an Proviant geblieben war. Kundschafter patrouillierten am Rande des Lagers, und Suchtrupps erkundeten das Gebiet, aber der Hauptteil des Heeres war damit beschäftigt, die Ordnung wiederherzustellen.

Dennoch war Tiger Ty nicht zufrieden.

»Es ist eine Sache, heute festzustellen, dass sie sich wieder formieren«, erklärte er Wren, ohne auf die anderen zu hören. »Es war zu erwarten, dass sie nach einem solchen Angriff festsitzen. Sie haben anständigen Schaden erlitten, und sie müssen ein wenig ihre Wunden lecken. Aber Ihr solltet Euch da nicht täuschen. Sie werden das tun, was wir tun: Sie werden darüber nachdenken, wie sie auf unseren Überfall reagieren sollen. Wenn sie morgen noch immer dort sind, sollten wir uns das näher ansehen. Denn dann haben sie bestimmt einen Plan geschmiedet. Darauf könnt Ihr Euch verlassen.«

Wren nickte und nahm ihn mit, weil sie mit Triss Mittag essen wollte. Triss stimmte Tiger Tys Überlegungen zu. Sie standen einer erfahrenen Armee gegenüber, deren Befehlshaber sehr bemüht sein würden, den augenblicklichen Vorteil, den die Elfen errungen hatten, wieder wettzumachen.

Sie hatten ihre Mahlzeit gerade beendet, als eine Elfenpatrouille mit einem verschrammten und aufgelösten Tib Arne im Schlepptau ins Lager ritt. Die Patrouille hatte das untere Ende Callahorns auf der Streleheim-Ebene erkundet, als sie auf den Jungen gestoßen war, der auf der Suche nach den Elfen über die Ebene gewandert war. Da die Männer ihn allein und verletzt vorgefunden hatten, hatten sie ihn mitgenommen und hierhergebracht.

Tib hatte Schnitte und blaue Flecken im Gesicht und war von Kopf bis Fuß mit Dreck und Staub bedeckt. Er war sehr erschöpft und konnte zunächst kaum sprechen. Wren brachte ihn zu einem Platz, wo er sich hinsetzen konnte, und wusch ihm mit einem feuchten Tuch das Gesicht. Triss und Tiger Ty standen dabei, weil sie wissen wollten, was er zu sagen hatte.

»Erzähle mir, was geschehen ist«, drängte Wren ihn, nachdem sie ihn ausreichend beruhigt hatte, dass er wieder sprechen konnte.

»Es tut mir leid, meine Königin«, entschuldigte er sich. Er machte ein beschämtes Gesicht und litt darunter, dass er die Beherrschung verloren hatte. »Ich war einen Tag und eine Nacht lang dort draußen, ohne etwas zu essen oder zu trinken zu haben, und ich habe auch nicht geschlafen.«

»Was ist mit dir geschehen?«, wiederholte sie.

»Wir wurden angegriffen, ich und die Männer, die Ihr mit mir ausgesandt hattet. Das war nicht weit von den Drachenzähnen entfernt. Es war Nacht, als sie kamen, mehr als ein Dutzend. Wir hatten ein Lager aufgeschlagen, und sie stürmten auf uns zu. Eure Männer kämpften so gut, wie sie konnten. Aber sie wurden getötet. Ich wäre sicherlich auch umgebracht worden, wenn Gloon nicht gewesen wäre. Er kam mir zu Hilfe, stürzte auf meine Angreifer herab, und ich entkam in die Dunkelheit. Ich konnte Gloons Schrei hören und die Rufe der Männer, die gegen ihn kämpften, und dann nichts mehr. Ich habe mich die ganze Nacht lang in der Dunkelheit verborgen gehalten und kehrte dann zurück, um Euch zu suchen. Ich hatte Angst, ohne Gloon weiterzugehen, Angst, dass mich andere Patrouillen aufgreifen würden.«

»Ist der Kampfhaubenwürger tot?«, fragte Tiger Ty abrupt.

Tib brach in Tränen aus. »Ich glaube, ja. Ich habe ihn nicht mehr gesehen. Ich habe nach ihm gepfiffen, als es hell war, aber er ist nicht gekommen.« Er sah Wren niedergeschlagen an. »Es tut mir leid, dass ich Eure Aufgabe nicht erfüllen konnte, Hoheit. Ich weiß nicht, wie sie uns so leicht finden konnten. Es war, als hätten sie über uns Bescheid gewusst!«

»Mach dir keine Gedanken, Tib«, tröstete sie ihn und legte ihm die Hand auf die Schulter. »Du hast dein Bestes getan. Es tut mir leid wegen Gloon.«

»Ich weiß«, murmelte er und rang erneut um seine Fassung.

»Du wirst jetzt hier bei uns bleiben«, sagte sie zu ihm. »Wir finden eine andere Möglichkeit, die Geächteten zu erreichen, und wenn nicht, werden wir einfach darauf warten, dass sie zu uns kommen.«

Sie ließ Nahrung und Getränke für den Jungen bringen, wickelte ihn in eine Wolldecke und zog dann Tiger Ty und Triss beiseite. Sie standen unter einer hohen Eiche, durch deren Laubwerk fahles Licht vom wolkenverhangenen Himmel fiel.

»Was denkt Ihr?«, fragte sie.

Triss schüttelte den Kopf. »Es waren erfahrene Männer, die den Jungen begleitet haben. Sie hätten eigentlich nicht so leicht überrascht werden sollen. Ich denke, sie hatten entweder großes Pech, oder der Junge hat recht, und es hat jemand auf sie gewartet.«

»Ich werde Euch sagen, was ich glaube«, sagte Tiger Ty. »Ich glaube, es ist sogar dann sehr schwer, einen Kampfhaubenwürger zu töten, wenn man ihn sehen kann, ganz zu schweigen davon, wenn man nachts gegen ihn kämpft.«

Sie sah ihn an. »Was wollt Ihr damit sagen?«

Sein Stirnrunzeln vertiefte sich. »Es bedeutet, dass mich an der Sache etwas sehr stört. Glaubt Ihr nicht, dass dieser

Junge eine seltsame Wahl war, um uns Nachricht von den Geächteten zu bringen?«

Sie betrachtete ihn einen Moment schweigend und dachte darüber nach. »Er ist jung, ja. Aber gerade darum fällt er wahrscheinlich weniger auf. Und er scheint selbstbewusst genug zu sein.« Sie hielt inne. »Ihr traut ihm nicht, Tiger Ty?«

»So weit würde ich nicht gehen.« Er furchte angestrengt die Stirn. »Ich denke nur, wir sollten vorsichtig sein.«

Sie nickte, denn sie wusste, dass sie Tiger Tys Verdacht nicht auf die leichte Schulter nehmen sollte. »Triss?«

Der Hauptmann der Leibwache zupfte an den Verbänden um seinen gebrochenen Arm. Die Schlinge war gestern vor dem Angriff abgenommen worden, und nur ein Paar schmale Schienen an seinem Unterarm war geblieben.

Er blickte nicht auf, während er ein loses Band wieder festzog. »Ich glaube, Tiger Ty hat recht. Vorsicht kann nicht schaden.«

Sie verschränkte die Arme. »In Ordnung. Sucht jemanden aus, der auf ihn achten soll.« Sie wandte sich Tiger Ty zu. »Ich möchte, dass Ihr etwas Wichtiges für mich erledigt. Ich möchte, dass Ihr dort weitermacht, wo Tib aufgehört hat. Nehmt Seele und fliegt ostwärts. Seht zu, ob Ihr die Geächteten finden könnt, und führt sie zu uns. Nur für den Fall, dass sie Schwierigkeiten haben, uns zu erreichen. Dafür braucht Ihr vielleicht mehrere Tage, und Ihr müsst sie ohne unsere Hilfe ausfindig machen. Ich kann Euch nicht einmal sagen, wo Ihr mit der Suche anfangen sollt. Aber wenn es fünftausend Geächtete sind, sollten sie nicht schwer zu entdecken sein.«

Tiger Ty runzelte erneut die Stirn. »Es gefällt mir nicht, Euch allein zu lassen. Schickt jemand anders.«

Sie schüttelte den Kopf. »Nein, Ihr müsst das übernehmen. Bei Euch kann ich mich darauf verlassen, dass die Suche erfolgreich sein wird. Macht Euch um mich keine Sorgen.

Triss und die Leibwache beschützen mich. Mir passiert schon nichts.«

Der knorrige Flugreiter schüttelte den Kopf. »Es gefällt mir zwar nicht, aber ich werde es tun, wenn Ihr es befehlt.«

Da es auch möglich war, dass er unterwegs Par oder Coll Ohmsford oder Walker Boh oder auch Morgan Leah traf, gab sie ihm eine kurze Beschreibung von jedem Einzelnen und nannte ihm eine Möglichkeit, wie er sicher sein konnte, wer sie waren. Als sie fertig war, gab sie ihm die Hand und wünschte ihm Glück.

»Passt gut auf Euch auf, Wren von den Elfen«, warnte er rau und hielt ihre Hand einen Moment lang fest. »Die Gefahren dieser Welt sind denen Morrowindls nur allzu ähnlich.«

Sie lächelte und nickte, und dann ging er los. Sie beobachtete, wie er einige Vorräte und Decken zusammenpackte, sie auf Seele befestigte, hinaufkletterte und ins Grau entschwebte. Sie schaute noch lange Zeit, nachdem er außer Sicht geraten war, himmelwärts. Die Wolken wurden dunkler. Bei Einbruch der Nacht würde es regnen.

Wir werden bessere Unterkünfte brauchen, dachte sie. Wir müssen weiterziehen.

»Ruft Desidio zu mir«, befahl sie Triss.

Ein ausreichend starker Regen würde das ganze Grasland, auf dem die Föderation lagerte, in Schlamm verwandeln. Es war vielleicht eine unbegründete Hoffnung, aber sie konnte nicht umhin, daran zu denken.

Schenkt uns nur eine Woche Zeit, bat sie, den Blick auf das aufgewühlte Grau gerichtet. Nur eine Woche.

Der erste Regentropfen platschte ihr ins Gesicht.

Die Elfenvorhut sammelte sich, brach das Lager ab und zog sich unter die dichten Bäume des Kobelwaldes zurück, um dort das Ende des Sturms abzuwarten. Es begann heftiger zu regnen, als der Tag dem Ende zuging, und in der Dämmerung goss es in Strömen. Die Flugreiter hatten ihre Rocks weitab von den Pferden angepflockt, und die Männer hatten Segeltuch zwischen die Bäume gespannt, um sich und ihren Proviant trocken zu halten. Die Patrouillen waren bis auf den Meldetrupp, der nach Arborlon ziehen sollte, zurückgekehrt und hatten berichtet, dass es keinerlei Anzeichen irgendeiner weiteren Föderationsstreitmacht gab.

Sie aßen eine warme Mahlzeit, da der Rauch vom Regen verschluckt wurde, und zogen sich dann zum Schlafen zurück. Wren spielte Dutzende von Möglichkeiten durch, was als Nächstes geschehen könnte, und dachte, sie würde noch stundenlang wach liegen, aber sie schlief fast sofort ein. Ihr letzter Gedanke galt Triss und seinen Männern, die nahe bei ihr Wache hielten.

Als sie erwachte, regnete es noch immer genauso beständig wie am Abend zuvor. Der Himmel war bewölkt, und die Erde war durchweicht und verwandelte sich in Schlamm. Es regnete den ganzen Tag lang und auch noch am Morgen des nächsten Tages. Kundschafter zogen aus, um den Standort der Föderationsarmee zu erkunden, und kehrten mit der Nachricht zurück, dass sie nicht weitergezogen war. Wie Wren gehofft hatte, war das Grasland sumpfig und trügerisch geworden, und die Soldaten der Südlandarmee hatten ihre Kragen hochgeschlagen und warteten das Ende des schlechten Wetters ab. Sie erinnerte sich an Tiger Tys Warnung, fälschlicherweise zu glauben, dass die Föderation, nur weil sie nicht weiterzog, untätig blieb, aber das Wetter war so schlecht, dass die Flugreiter nicht starten wollten, und vom Boden aus war wenig zu erspähen.

Von Arborlon traf die Nachricht ein, dass die Hauptmacht der Elfenarmee noch immer mehrere Tage brauchen würde, bevor sie ihren Marsch nach Süden beginnen konnte. Wren knirschte enttäuscht mit den Zähnen. Das Wetter war auch den Elfen nicht wohlgesinnt.

Sie verbrachte ein wenig Zeit mit Tib, da sie mehr über ihn erfahren wollte, und fragte sich, ob Tiger Tys Verdacht begründet war. Tib war offen und herzlich, außer wenn Gloon erwähnt wurde. Ermutigt durch ihre Zuwendung, erzählte er auch über sich selbst. Er war in Varfleet aufgewachsen, hatte später seine Eltern verloren, die in Föderationsgefängnissen gelandet waren, und war dann von den Geächteten rekrutiert worden, um im Widerstand zu helfen. Seitdem hatte er bei den Geächteten gelebt. Er wurde überwiegend als Bote eingesetzt, denn er konnte fast überallhin gelangen, weil er so harmlos aussah. Er lachte darüber und brachte Wren damit ebenfalls zum Lachen. Er sagte, er sei ein- oder zweimal nordwärts zu den Festungen der Geächteten in den Drachenzähnen gezogen, sei aber nicht dortgeblieben, weil er in den Städten zu wertvoll war. Er sprach begeistert von den Zielen der Geächteten und von der Notwendigkeit, das Grenzland von der Herrschaft der Föderation zu befreien. Über Schattenwesen sagte er nichts und ließ auch nicht erkennen, ob er etwas über sie wusste. Sie hörte aufmerksam zu und entdeckte nichts, was darauf schließen ließ, dass Tib ihr etwas vorgelogen hätte. Sie bat Triss, ebenfalls mit dem Jungen zu sprechen, damit er sich auch eine Meinung bilden konnte. Triss kam danach zu demselben Schluss wie sie. Tib Arne schien zu sein, wer und was er behauptete. Wren war davon inzwischen überzeugt und ließ daher die Angelegenheit auf sich beruhen.

Der Regen endete am frühen Morgen des dritten Tages, als sich die Wolken teilten, der Himmel aufklarte und die Sonne schien. Wasser tropfte von den Blättern und bildete Pfützen, und die Luft dampfte feucht. Desidio sandte Reiter zur Ebene zurück, und Erring Rift schickte zwei Flugreiter südwärts.

Die Elfen zogen aus dem tiefen Wald zum Rand des Graslands und richteten sich dort ein.

Die Kundschafter und die Flugreiter kehrten am Mittag mit unterschiedlichen Berichten zurück. Die Elfenjäger hatten nichts gefunden, aber die Flugreiter berichteten, dass das Föderationslager abgebrochen worden war und sich die Armee auf den Weitermarsch vorbereitete. Da es bereits Mittag war, konnte man nicht mit Sicherheit sagen, was dies bedeutete, denn die Armee konnte nicht darauf hoffen, bis zur Dämmerung mehr als nur wenige Meilen zurückzulegen. Wren hörte sich die Berichte an, ließ sie sich ein zweites Mal wiederholen, durchdachte die Angelegenheit und rief dann Erring Rift herbei.

»Ich möchte aufsteigen und mir das selbst ansehen«, erklärte sie ihm. »Könnt Ihr jemanden auswählen, der mich fliegt?«

Der schwarzbärtige Rift lachte. »Und der soll dann Tiger Ty unter die Augen treten, wenn etwas passiert? Keine Chance! Ich werde Euch selbst fliegen, meine Königin. Auf diese Weise werde ich, wenn etwas schiefgeht, wenigstens nicht derjenige sein, der dafür geradezustehen hat!«

Sie sagte Triss Bescheid, lehnte sein Angebot ab, sie zu begleiten, und ging zu der Stelle, wo Rift sich gerade auf Grayl festgurtete. Tib kam dazu und fragte, ob er mitkommen dürfe. Sie lachte und lehnte es ab, versprach ihm aber, angespornt von der Mischung aus Eifer und Enttäuschung auf seinem Gesicht, dass er ein anderes Mal mitfliegen könne.

Minuten später flogen sie auf Grayl südwärts und spähten auf den feuchten Baldachin der Wälder unter ihnen und auf den windbewegten Teppich des östlichen Graslands hinab. Nebel stieg in dampfenden Schwaden vom Land auf, und die Luft flimmerte. Grayl schoss schnell am Pykon vorbei und am Waldrand entlang, bis sie in Sichtweite der Föderationsarmee waren. Rift lenkte den Rock in den Schatten der Bäume und

Berge und hielt sich zwischen den Südländern und dem grellen Schein der späten Nachmittagssonne.

Wren spähte auf das weite Lager hinab. Der Bericht stimmte. Die Armee machte sich marschbereit, packte ein, bildete Kolonnen und bereitete sich darauf vor weiterzuziehen. Einige Abteilungen zogen bereits gen Norden. Was auch immer der Elfenangriff bewirkt haben mochte, er hatte nicht am ursprünglichen Vorhaben der Armee gerüttelt. Der Marsch auf Arborlon wurde fortgeführt.

Grayl strich an der Armee vorüber, und gerade als Rift den riesigen Rock erneut umwenden wollte, berührte Wren seinen Arm und bedeutete ihm weiterzufliegen. Sie war nicht sicher, wonach sie suchte, sie wollte sich nur überzeugen, dass sie nichts übersehen hatte. Kamen Reiter aus den Städten des Südlandes heran, wurden Berichte übermittelt, wurde Verstärkung gesandt? Sie hatte Tiger Tys Warnung noch in den Ohren.

Sie flogen weiter, folgten dem schlammigen Band des Mermidons, wo er südlich aus dem Pykon heraus und an der Ebene vorbeifloss, bevor er sich östlich oberhalb des Totenmoors Kern zuwandte. Das Grasland erstreckte sich leer und grün und in der Sommerhitze dampfend nach Süden und Osten. Der Wind wehte ihr übers Gesicht und peitschte in ihre Augen, bis sie tränten. Erring Rift beugte sich vor, seine Hände ruhten so beständig wie ein Fels auf Grayls Hals und lenkten ihn.

Vor ihnen wandte sich der Mermidon scharf nach Westen, verengte sich und weitete sich dann wieder, während er im Grasland verschwand. Der Fluss war träge und nach den Regenfällen angeschwollen und trug Geröll und Treibholz aus den Gebirgen und Wäldern mit sich. Unaufhörlich wühlte er sich seinen Weg durch sein ausgehöhltes Bett weiter.

Am anderen Ufer des Flusses wurde die Sonne von Metall gespiegelt, als sich etwas bewegte. Wren blinzelte und berührte dann Rift an der Schulter. Der Flugreiter nickte. Er hatte es auch gesehen. Er verlangsamte Grayls Flug und lenkte den Rock näher an die Bäume am nördlichen Ende des Irrybis heran.

Wieder blitzte unten Licht auf, und Wren sah genauer hin. Dort unten bewegte sich etwas Großes. Nein, es waren mehrere. Alle schleppten sich schwerfällig dahin wie riesige Ameisen …

Und dann konnte sie die Ungetüme deutlicher sehen. Sie hatten sich unten am Ufer zusammengekauert, während sie sich darauf vorbereiteten, eine Furt zu überqueren. Offenbar waren sie aus dem Tirfing gekommen.

Kriecher.

Acht insgesamt.

Sie holte tief Luft, sah die gepanzerten, mit Stacheln versehenen Körper mit den scharfen Kanten, den Insektenbeinen und Scheren, diese von der Magie der Schattenwesen erschaffene Mischung aus Haut und Eisen.

Sie wusste über die Kriecher Bescheid.

Rift lenkte Grayl in scharfem Bogen zurück über die Bäume, fort von den Wesen am Ufer, fort von dem verräterischen Sonnenlicht. Wren schaute über die Schulter zurück, um sicherzugehen, dass sie sich nicht geirrt hatte. Es waren wirklich Kriecher, die da aus dem Südland gekommen waren. Sie sollten der auf Arborlon zumarschierenden Föderationsarmee helfen – sie waren die Antwort der Schattenwesen auf den Angriff der Elfen, der die Armee aufgehalten hatte. Sie erinnerte sich an die Geschichte, die Garth ihr als Kind beigebracht hatte, eine Geschichte, die die Menschen der Vier Länder mehr als fünfzig Jahre lang eher geflüstert als laut erzählt hatten: wie die Zwerge dem Vormarsch der Föderation widerstanden hatten, bis die Kriecher gekommen waren, um sie zu vernichten.

Kriecher. Jetzt wurden sie offenbar geschickt, um die Elfen zu vernichten.

Ihr wurde flau im Magen. Erring Rift sah sie an. Er wartete darauf, dass sie ihm sagen würde, was zu tun sei. Sie deutete auf den Weg, den sie gekommen waren. Rift nickte und drängte Grayl vorwärts. Wren warf einen letzten verstohlenen Blick zurück und beobachtete, wie die Kriecher in der Hitze verschwanden.

Für den Moment sind sie nicht mehr zu sehen, dachte sie düster.

Aber was konnten die Elfen tun, wenn sie wieder auftauchten?

19

Walker Boh blinzelte.

Es war einer jener kristallklaren Tage, an dem das Sonnenlicht so grell ist und die Farben so sehr strahlen, dass es die Augen fast schmerzt, sie anzusehen. Der Himmel war von Horizont zu Horizont wolkenlos, eine tiefblaue Leere, die sich endlos erstreckte. Aus diesem leeren Himmel brannte die Sonne am Mittag so herab, dass man ihn nur ansehen konnte, wenn man blinzelte und schnell wieder den Blick abwandte. Die Sonne schien auf die Vier Länder herab und brachte die Farben des späten Sommers mit erschreckender Klarheit hervor, sogar die dumpfen Brauntöne getrockneter Gräser und staubiger Erde, aber besonders die Grüntöne der Wälder und des Graslands, die Blautöne der Flüsse und Seen und die eisengrauen Farbtöne und das verbrannte Kupfer der Berge und Tiefebenen. Wo kein Wind für Abkühlung sorgte, stieg die Hitze in Wellen auf, aber selbst dort schien alles klar gezeichnet zu sein, und man hatte das Gefühl, dass ein einziger greller Schrei dies alles würde zerstören können.

Es war ein Tag der Lebensfreude, an dem vielleicht alle Versprechen erfüllt würden, die jemals gemacht wurden, und alle erdenklichen Hoffnungen und Träume wahr würden. Es war ein Tag des Nachdenkens über das Leben, und Gedanken an den Tod schienen merkwürdig fehl am Platz.

Walker lächelte verbittert. Er hätte gern einen Weg gefunden, solche Gedanken loszuwerden.

Er stand allein außerhalb der Mauern Paranors, an der

nordwestlichen Ecke unter einer vorspringenden Brustwehr, die einen Überhang bildete. Er stand dort schon seit dem Sonnenaufgang, war durch das Nordtor hinausgeschlüpft, während sich die Vier Reiter zu ihrer täglichen Herausforderung an der Westseite versammelt hatten. Fast sechs Stunden waren seither vergangen, und die Schattenwesen hatten ihn nicht entdeckt. Er war auch diesmal in einen Unsichtbarkeitszauber gehüllt. Der Zauber hatte beim letzten Mal gewirkt, hatte er Cogline gegenüber argumentiert, als er ihm seinen Plan erläuterte. Es gab keinen Grund, warum er nicht erneut wirken sollte.

Bisher stimmte das.

Sonnenlicht strahlte auf die Wände der Drachenzähne, verjagte auch die hartnäckigsten Schatten und entblößte die flache kahle Oberfläche der Felsen. Er konnte nördlich über die Baumlinie hinweg bis zu den kahlen Flächen der Streleheim-Ebene sehen. Er konnte östlich bis zum Jannisson und südlich bis zum Kennon sehen. Flüsse und Teiche schimmerten blau durch die Bäume, und bunte Singvögel flogen durch die Luft.

Walker Boh atmete die Mittagsluft tief ein. An einem Tag wie diesem war alles möglich. Alles.

Er war mit einer lockeren, grauen, um die Taille gegürteten Robe bekleidet und hatte die Kapuze nicht aufgesetzt, sodass sein schwarzes Haar über seine Schultern hing. Er trug einen Bart, der aber ordentlich geschnitten und gekämmt war. Natürlich war nichts davon zu sehen. Für jeden Vorübergehenden, und besonders für die Schattenwesen, war er ein Teil der Mauer. Mit Ruhe und gutem Essen war er wieder zu Kräften gelangt. Die Verletzungen, die er vor drei Tagen erlitten hatte, waren fast völlig geheilt, wenn auch nicht vergessen. Aber er dachte allenfalls flüchtig daran, was ihn danach befallen hatte. Er richtete seine Aufmerksamkeit auf das, was jetzt geschehen sollte, an diesem Tag, zu dieser Stunde.

Es war der zehnte Tag der Belagerung durch die Schattenwesen. Es war der Tag, den er ausersehen hatte, um diese Belagerung zu beenden.

Er sah über die Schulter zurück und an der Festungsmauer entlang, als einer der Vier Reiter in Sicht kam. Es war Hungersnot, der um die Ecke ritt, die ihn zur Nordseite der Mauer führen würde, ein skelettartiger Schemen, über sein Schlangenreittier gebeugt, verloren in seiner eigenen seltsamen Art von Wahnsinn. Grau wie Asche und vergänglich wie Rauch, folgte er arglos seinem Weg. Er kam in wenigen Fuß Entfernung an Walker Boh vorbei und schaute nicht auf.

Heute, dachte der Druidennovize bei sich.

Er sah erneut über das Tal hinweg und dachte an andere Zeiten und Orte, an die Geschichte, dic ihm vorausgegangen war, an all die Druiden, die nach Paranor gekommen waren und es zu ihrem Heim gemacht hatten. Es waren einst Hunderte gewesen, aber alle bis auf einen waren gestorben, als der Dämonenlord sie vor tausend Jahren dort gefangen gesetzt hatte. Nur Brimen hatte überlebt und als einziger Träger der Hoffnung für die Rassen und Hüter der Druidenmagie weitergemacht. Dann war Brimen gestorben, und Allanon war gekommen. Jetzt war Allanon gestorben, und es gab nur noch Walker Boh.

Der leere Ärmel seines fehlenden Armes war zurückgeschlagen und an seinem Körper festgemacht. Er griff hinüber, um seinen Sitz zu überprüfen und um versuchsweise seine Schulter und das Narbengewebe zu berühren, das nur wenige Zentimeter darunter endete. Er konnte sich jetzt kaum noch daran erinnern, wie es gewesen war, zwei Arme zu haben. Es schien ihm seltsam, dass das so schwierig sein sollte. Aber in den Wochen seit seiner Begegnung mit der Asphinx war vieles mit ihm geschehen, und begreiflicherweise konnte man nicht von ihm erwarten, sich besonders gut an etwas aus seinem alten Leben zu erinnern, so vollständig hatte er sich verändert. Sogar die

Verärgerung und das Misstrauen, die er gegenüber den Druiden empfunden hatte, waren verschwunden, denn was nützte das jemandem, der ihr Nachfolger geworden war. Die Druiden, die er verachtet hatte, gehörten der Vergangenheit an. Auch der Zorn auf den Finsterweiher, den er in sich getragen hatte, war verraucht und in jene selbige Vergangenheit verbannt. Der Finsterweiher hatte sein Bestes versucht, ihn zu vernichten, und war gescheitert. Er würde keine weitere Chance bekommen. Der Finsterweiher war ein Schatten in einem Schattenland. Er würde niemals hervorkommen, und Walker würde niemals wieder zu ihm gehen. Die Vergangenheit hatte Pe Ell und auch den Steinkönig davongetragen. Walker hatte die Kraft gefunden, alle Feinde, die gegen ihn ausgesandt worden waren, zu überleben, und jetzt waren sie nur noch Erinnerungen, die angesichts der gegenwärtigen Anforderungen seines Lebens kaum eine Rolle spielten.

Walker atmete ein, schloss seine Augen und entschwebte zu einem Ort tief in sich selbst. Krieg ritt jetzt vorbei, scharfe Kanten und Dornen, glitzernde Rüstung und schwarze Luftlöcher. Walker ignorierte das Schattenwesen. Er zog sich in die Stille und Ruhe in sich zurück und spielte noch einmal durch, was geschehen sollte. Schritt für Schritt ging er den Plan durch, den er während seiner Genesung ersonnen hatte, wobei er noch einmal die Ereignisse durchdachte, die er herbeiführen würde, und die Folgen, die er unter Kontrolle halten musste. Dieses Mal würde nichts dem Zufall überlassen bleiben. Es würde kein Ausprobieren geben, keine halbherzigen Maßnahmen, kein Zurückweichen. Er würde erfolgreich sein, oder er würde …

Er lächelte beinahe.

Oder er würde nicht erfolgreich sein.

Er öffnete die Augen und schaute zum Himmel empor. Mittag war vorbei, und der Tag strebte jetzt dem Nachmittag zu.

Aber das Licht hatte noch nicht seine stärkste Helligkeit erreicht und die Hitze noch nicht ihren Höhepunkt, also würde er noch ein wenig warten. Licht und Hitze würden eher ihm nützen als den Schattenwesen, und das war der Grund, warum er am Mittag dort draußen war. Vorher hatte er die Absicht gehabt, im Dunkeln zu entkommen. Aber die Dunkelheit war der Verbündete der Reiter, denn sie waren Wesen, die daraus geboren waren und daraus ihre Kraft schöpften. Walker würde seine Kraft mithilfe seiner Druidenmagie in der Helligkeit finden.

Es würde trotz allem ein Kräftemessen werden, und es würde sich entscheiden, wer an diesem Tag leben und wer sterben würde.

Kräfte aller Art.

Er erinnerte sich an seine letzte Unterhaltung mit Cogline. Es war kurz vor dem Morgengrauen gewesen, und er hatte sich darauf vorbereitet hinauszugehen. Bewegung war auf der Treppe zu spüren gewesen, die zu dem Eingangshof führte, wo er stand, und Cogline war dazugekommen. Sein dürrer Körper war mit leisem Flattern der Gewänder und mühsamem Atmen aus den Schatten der Treppe geglitten. Sein zerfurchtes bärtiges Gesicht hatte Walker unter dem Rand seiner ausgefransten Kapuze heraus kurz angesehen, und dann hatte er wieder fortgeschaut. Er hatte sich genähert und war stehen geblieben, der nach draußen führenden Tür zugewandt.

»Bist du bereit?«, hatte er gefragt.

Walker hatte genickt. Sie hatten alles besprochen – oder zumindest so viel, wie Walker zu erörtern bereit gewesen war. Es blieb nichts mehr zu sagen.

Die Hände des alten Mannes hatten auf der steinernen Mauer geruht, die den Eingang schützte und stützte. Die Hände waren so dünn, dass sie fast durchsichtig erschienen. »Lass mich mitgehen«, hatte er leise gesagt.

Walker hatte den Kopf geschüttelt. »Darüber haben wir bereits gesprochen.«

»Überlege es dir noch einmal, Walker. Lass mich mitgehen. Du wirst mich brauchen.«

Er hatte so überzeugt geklungen, erinnerte sich Walker, als er jetzt erneut darüber nachdachte. »Nein. Du wartest mit Ondit hier. Bleibt in der Nähe der Tür – damit ihr mich wieder hereinlassen könnt, wenn dies fehlschlägt.«

Coglines Kinn hatte sich angespannt. »Wenn dies fehlschlägt, wirst du mich nicht brauchen, um dich wieder hereinzulassen.«

Wie wahr, hatte Walker gedacht. Aber das hatte nichts an den Tatsachen geändert. Er hatte den alten Mann und die Moorkatze nicht mit hinausnehmen wollen. Er hatte nicht auch noch für ihr Leben verantwortlich sein wollen. Es genügte, wenn er sich Gedanken darüber machen musste, wie er selbst heil aus der Sache herauskommen konnte.

»Du denkst, ich kann nicht auf mich selbst aufpassen«, hatte der alte Mann gesagt, als habe er seine Gedanken gelesen. »Du vergisst, dass ich schon jahrelang auf mich selbst aufgepasst habe, bevor du dahergekommen bist – bevor es überhaupt Druiden gegeben hat. Ich habe früher auch auf dich aufgepasst.«

Walker hatte genickt. »Ich weiß.«

Der alte Mann war unruhig gewesen. »Es könnte sein, dass ich wieder einmal auf dich aufpassen muss, weißt du. Es könnte sein, dass du mich da draußen brauchst.« Er hatte ihm sein Gesicht unter der Kapuze zugewandt, um ihn anzusehen. »Ich bin ein alter Mann, Walker. Ich lebe schon lange – ein ganzes Leben lang. Es ist nicht mehr so wichtig, was mit mir geschieht.«

»Mir ist es wichtig.«

»Das sollte es nicht. Das sollte es dir kein bisschen sein«, hatte Cogline eindringlich gesagt. »Warum sollte es wichtig sein? Seit wann magst du mich überhaupt so gern? Ich war derjenige, der dich in diese Geschichte hineingezogen hat. Ich war derjenige, der dich dazu überredet hat, zum Hadeshorn zu gehen und dann die Druidenchronik zu lesen. Hast du das vergessen?«

Walker hatte den Kopf geschüttelt. »Nein, ich habe nichts davon vergessen. Aber ich war es, der die wichtigen Entscheidungen getroffen hat – nicht du. Wir haben auch über das alles gesprochen. Du warst genauso sehr ein Unterpfand der Druiden wie ich. Alles wurde bereits vor dreihundert Jahren beschlossen, als Allanon sein Erbe an Brin Ohmsford übergeben hat. Dir kann man für nichts davon die Schuld geben.«

Cogline hatte betrübt und abwesend gewirkt. »Man kann mir für alles, was in meinem und auch in deinem Leben geschehen ist, die Schuld geben, Walker Boh. Ich habe mich früh für den Druidenweg entschieden und mich später entschieden, ihn wieder zu verlassen. Ich habe mich entschieden, die alten Wissenschaften zu erlernen und in kleinen Schritten wieder aufzudecken. Ich habe mich zu einem Wesen beider Welten herausgebildet, Druide und Mensch, habe genommen, was ich brauchte, behalten, wonach mir verlangte, und von beiden gestohlen. Ich bin das Bindeglied zwischen der Vergangenheit und der Gegenwart, zwischen dem Neuen und dem Alten, und Allanon konnte mich als solches benutzen. Wie vieles von dem, was ich bin, hat deine eigene Umwandlung möglich gemacht, Walker? Wie weit wärst du gegangen, wenn ich nicht da gewesen wäre, um dich anzuspornen? Glaubst du auch nur einen Moment lang, ich sei mir dessen nicht bewusst gewesen? Oder dass Allanon es nicht bemerkt hätte? Nein, ich kann nicht von meiner Schuld freigesprochen werden. Auch du kannst das nicht, indem du sie auf dich selbst lädst.«

Walker erinnerte sich an die Vehemenz in der Stimme des

anderen, die Härte, die sie ausgedrückt hatte, die Beharrlichkeit, die sie offenbart hatte. »Dann will ich nicht versuchen, dich von der Schuld freizusprechen, alter Mann«, hatte er erwidert. »Aber ich sollte auch mich nicht von Schuld freisprechen. Du hast weder für mich die Wahl getroffen, noch hast du mich daran gehindert, sie selbst zu treffen. Ja, es gab zwingende Gründe für meine jeweilige Entscheidung, aber diese Gründe wurden erst von dir vorgebracht, nachdem ich sie mir selbst überlegt hatte. Außerdem könnte ich, wenn ich wollte, dasselbe über dich behaupten. Welchen Anteil hättest du ohne mich an alledem gehabt? Wärst du mehr als ein Bote für Par und Wren geworden, wenn du nicht auch an mich gebunden gewesen wärst? Ich glaube nicht, dass du das sagen kannst.«

Das Gesicht des alten Mannes hatte sich daraufhin in den Schatten gesenkt, hatte die Unbeugsamkeit des anderen gesehen und seine Entschlossenheit gehört.

»Du kannst mir am besten helfen, indem du hier wartest«, hatte Walker erklärt und dem anderen die Hand auf den Arm gelegt. »Früher hast du immer genau gewusst, wann man handeln muss und wann nicht. Tu es für mich auch jetzt.«

Damit war die Debatte beendet gewesen, und Cogline hatte bei ihm gestanden, bis die Schattenwesen ihre Herausforderung überbrachten und das Pochen durch die Steinmauern Paranors hallte, bis Walker in die Dämmerung hinausgegangen war, um sich ihnen zu stellen.

Kräfte aller Art, wiederholte er, während er jetzt im Schutz der Festungsmauer stand und nach dem nächsten der die Festung umkreisenden Schattenwesen lauschte. Vor allem brauchte er eine Entschlossenheit von der Art, wie Cogline sie besaß – eine wilde Entschlossenheit, auch nicht den härtesten und unbestreitbarsten Diktaten des Lebens nachzugeben –, wenn er diesen Tag überleben wollte. Hungersnot, Seuche, Krieg und Tod – die Vier Reiter der Apokalypse waren gekommen, um seine Seele zu fordern. Aber an diesem Tag war er Verhängnis, und Verhängnis würde das Schicksal aller bestimmen.

Er schaute auf, als Seuche erschien, und reckte sich. Es war an der Zeit.

Walker Boh wartete im Schatten der Mauer. Eine unsichtbare Präsenz, während sich der Reiter näherte. Er kam gelangweilt und lethargisch an, von seinem Schlangenreittier getragen, dieser summende Schwarm Insekten, die sich in der Gestalt eines Mannes versammelt hatten. Seuche fehlte ein Gesicht und somit auch ein Gesichtsausdruck, und daher konnte man nicht sagen, was er sah oder dachte. Er zog vorüber, ohne langsamer zu werden, die Schlangenklauen rau über die Erde scharrend. Walker schloss sich ihm an. Der Unsichtbarkeitszauber verhinderte, dass er gesehen wurde, und wegen der Geräusche der Schlange wurde er nicht gehört. Walker hatte überlegt, den Unsichtbarkeitszauber zu benutzen, um an den Schattenwesen vorbeizuschleichen. Aber sie hatten ihn sofort entdeckt, als er versucht hatte, durch den unterirdischen Tunnel Paranors zu entkommen, obwohl er so leise wie ein Gedanke gewesen war, und deshalb glaubte er, dass sie ihn spüren konnten, wenn er sich zu weit von der Burg entfernte, von seiner Zufluchtsstätte und der Quelle seiner Druidenmacht. Selbst die Unsichtbarkeit würde ihn dann vielleicht nicht beschützen. Es war besser, so hatte er beschlossen, seinen Vorteil zu nutzen, solange er sich darauf verlassen konnte, und den Reitern ein für alle Mal den Garaus zu machen.

Hinter Seuche umkreiste er die Festungsmauern, und nur das Scharren der Schlangenklauen und das Summen der eingesperrten Insekten störten die Stille des Mittags. Sie zogen nach der kühleren Nordmauer an der westlichen Mauer entlang, kamen an dem Tor vorbei, an dem sich die Reiter jeden Morgen versammelten, um ihre Herausforderung zu erklären.

Er hatte sich die Nordmauer ausgesucht, um sich darin zu verbergen, sowohl eingedenk der Tatsache, dass er stundenlang draußen in der Hitze sein würde, und in der Hoffnung, dass ihm die Schatten der windabgewandten Seite der Festung ein wenig Schutz bieten würden. Aber er würde die Schattenwesen an der Südmauer angreifen – im Süden, wo das Sonnenlicht am grellsten war. Die Sonne brannte bereits stärker, als sie von den letzten Schatten, die die Brustwehr warf, ins Licht traten.

Sie umrundeten die Ecke zur südlichen Mauer, einer hoch aufragenden glatten Fläche heißen Steins, von der man über einen breiten Streifen Waldland zu den Gipfeln der Drachenzähne hinausschaute. Ein ausgedörrtes, staubiges Stück Fels gewährte Durchgang unterhalb der Mauer, kahl bis auf einige Büsche und wenige verkümmerte Bäume, und führte steil abwärts zum kühlen Wald. Die Hitze stieg hier so stickig auf, dass sie Walker die Luft aus der Lunge zu saugen drohte, aber er kämpfte entschlossen gegen das Brennen an, folgte Seuche immer in der gleichen Entfernung, erblickte weit voraus kurzzeitig Hungersnot, der gerade in den von einem Bogen der Brustwehr erzeugten Schatten unter dem östlichen Teil der Festung verschwand.

Die Sekunden verstrichen. Walker spürte, wie sich die Spannung in ihm aufbaute. Geduld, mahnte er sich. Warte, bis es so weit ist.

Seine Magie begann sich in ihm zu sammeln.

Als sich Seuche auf halbem Weg zwischen dem nächsten Wachturm und dem Südtor befand, schlug Walker zu. Noch immer vom Unsichtbarkeitszauber verborgen, schoss er einen Blitzstrahl auf Seuche ab, der sowohl den Reiter als auch sein Tier zu Boden gehen ließ. Der Reiter versuchte aufzustehen, aber Walker schlug erneut zu. Die Magie schoss mit kalter Hitze aus seinen Händen hervor und ließ das Schattenwesen entsetzt rückwärtstaumeln. Walker konnte bereits die anderen herannahen hören wie ein schrilles Kreischen in seinem Kopf. Ihre Wut war unverkennbar.

Hungersnot erschien als Erster, preschte unter dem von den Brustwehren gebildeten Bogen durch, hinter dem er kurzzeitig verschwunden war. Er war näher am Geschehen gewesen als die anderen. Der skelettartige Umriss beugte sich tief herab, streckte die knochigen Hände aus und stürmte vorwärts. Aber eine Wolke aus Staub und Rauch hing in seinem Weg. Walker hatte sie aufgewühlt, weil er ihn erwartete, und Hungersnot konnte nicht klar erkennen, was vor sich ging. Als er durch die Staubwand brach, fand er sich genau vor dem Geschehen wieder. Walker Boh kämpfte mit Seuche, rang mit dem Schattenwesen und versuchte, es von der sich windenden Schlange zu ziehen und dafür zu sorgen, dass sich beide nicht wieder erheben würden.

Hungersnot donnerte vorbei, und die Fingerknochen reckten sich nach Walkers Gesicht.

Aber sie verfehlten ihn.

Sie erwischten stattdessen Seuche. Und Hungersnot wurde umgekehrt von dem anderen getroffen.

Beide Reiter schrien auf, als ihre jeweilige Magie den anderen attackierte. Seuche wankte, geschwächt von Hunger und Not. Hungersnot wich von Übelkeit und Würgen geplagt zurück.

Feuer loderte aus den Steinmauern zwischen ihnen auf und versetzte Hungersnot einen wilden Stoß, der ihn herumwirbelte.

Jetzt erschien Krieg. Er preschte um das Westende der Mauer herum, die riesige Keule über den Kopf erhoben. Seine Schlange stieß Flammen aus, und ein feuriges Funkeln zeigte sich in den Augenschlitzen der Rüstung. Krieg sah Walker Boh, sah den Druiden mit Hungersnot ringen und griff sofort an. Er hatte vielleicht den Warnschrei von Hungersnot nicht gehört, aber selbst wenn er ihn gehört hatte, beachtete er ihn nicht. Er senkte die Keule mit knirschender Wut und der Absicht, Walker Boh mit einem Hieb zu vernichten. Aber Walker war verschwunden, und der Hieb traf stattdessen Hungersnot, durchschlug krachend das Schattenwesen und drang tief in seine Schlange ein. Hungersnot heulte vor Schmerz und brach zu einem Knochenhaufen zusammen. Schlange und Reiter lagen reglos im Staub.

Krieg wirbelte herum, und plötzlich waren lästige Fliegen überall um ihn herum, stachen und bissen trotz Waffen und Rüstung. Krieg brüllte, aber der Schlag war schnell und sicher ausgeführt worden. Seuche hatte Walker Boh dem Angriff, der Hungersnot gefällt hatte, ausweichen sehen, hatte gesehen, wie er sich auf Krieg geworfen und das Schattenwesen zu würgen begonnen hatte. Seuche, benommen und angeschlagen, hatte instinktiv reagiert und in einem schnellen Gegenschlag Fieber und Übelkeit gesandt. Aber es kam nicht so wie beabsichtigt. Nicht Walker Boh wurde getroffen, sondern Krieg.

An die Festungsmauer gedrückt, zog Walker das Trugbild seines Selbst hinter dem kämpfenden Krieg in eine Staubwolke hinein und sandte einen Feuerblitz in Seuche, der das Schattenwesen endgültig von seinem Reittier warf. Die sich windenden, knurrenden Schlangen und ihre rasenden Reiter wirbelten mehr und mehr Staub auf. Die Trugbilder waren ein alter Trick, den der junge Jair Ohmsford vor drei Jahrhunderten in seinem Kampf mit den Mordgeistern vervollkommnet hatte. Walker hatte sich daran erinnert und wandte den Trick jetzt zu seinem Vorteil an. Er legte ein Bild von sich selbst zuerst über den einen und dann über den anderen, während er die ganze Zeit über seinen Rücken fest an die Festungsmauer presste. Die Schattenwesen wirbelten wild hin und her, wie er es wollte.

Nur Spiegel und Licht, aber es erwies sich als ausreichend.

Von einem Dutzend tödlicher Fieberanfälle getroffen, riss Krieg seine Schlange herum. Walker Boh war erneut erschienen, saß rittlings auf dem gefallenen Reiter Seuche, versuchte, die anderen Schattenwesen auszulöschen. Krieg griff halb blind und rasend an und hob eine große Streitaxt. Im nächsten Moment war er über dem Druiden, und die Axt fuhr herab und schnitt ihn entzwei.

Nur dass der Druide wieder nicht da war und die Klinge stattdessen Seuche und seine Schlange zerhackte.

Von seinem Platz an der Mauer bedachte Walker Krieg mit einem Feuerstoß. Das Schattenwesen ging zu Boden und wurde von seinem Reittier getrennt. Als sich das Tier zu erheben versuchte, verbrannte Walker es zu Asche.

Die Tiere waren längst nicht so beweglich wie ihre Reiter, hatte Walker inzwischen erkannt. Und die Vier Reiter konnten sich zwar von seiner Magie erholen, waren aber nicht immun gegen ihre eigene. Er hatte sehr wohl bemerkt, wie sie ihn jedes Mal angegriffen hatten – immer nur einer von ihnen, einer nach dem anderen, niemals alle zugleich. Ein gemeinsamer Angriff hätte ihn vernichtet, aber trotzdem war der nie erfolgt. Die Vier Reiter waren nicht nur für ihre Feinde, sondern auch füreinander tödlich. Als schwache Nachahmung der Legenden war ihre Magie ein Fluch. Darauf hatte er gebaut. Davon war sein Plan genauso abhängig gewesen wie von dem Mittagslicht und der Hitze, die diese Wesen der Dunkelheit schwächen würden. Er hatte sich nicht getäuscht.

Krieg lag am Boden, wand sich in seiner Rüstung und kämpfte verzweifelt gegen die Übelkeit an, die in ihm wütete. Hungersnot und Seuche waren reglose Haufen. Ihre Schlangen lagen still neben ihnen, und grünliches Blut sickerte aus ihren Körpern in den Boden. Die trübe Luft klarte auf, Staub und Sand setzten sich auf der Erde ab. Der Himmel, die Berge und der Wald wurden wieder sichtbar.

Walker trat von der Mauer fort. Blieb noch ein Reiter. Wo war …

Das mit einem Gewicht versehene schwarze Seil pfiff kreischend aus dem Dunst heran, traf Walker und schlang sich um ihn, während er dem Schlag standzuhalten versuchte. Verwirrt fiel er auf die Knie und dann auf den Rücken. Sofort erschien Tod, kam aus dem Sonnenlicht herangeritten und hob die große Sense. Walker sog Luft in seine stechende Lunge. Wie hatte er ihn entdeckt? Wie hatte er sehen können, wo er war? Der Reiter stürzte sich auf ihn, während die Klauen seiner Schlange wild auf der felsigen Erde scharrten. Walker richtete sich wieder auf die Knie auf und versuchte sich zu befreien. Tod war vorsichtiger herangekommen als die anderen. Er hatte sicherlich gesehen, wie Walker die Schlange des Reiters Krieg verbrannt hatte, hatte dann das Feuer bis zu seinem Ursprung verfolgt und abgeschätzt, wo sich der Druide verbarg.

Walker ließ den Unsichtbarkeitszauber fallen, da er ihm jetzt nichts mehr nützte, und beschwor in einem blendenden Wirbelwind das Druidenfeuer, das das Seil von Tod zerfetzte. Gerade als der Reiter ihn erreichte, kämpfte sich Walker auf die Beine, baute einen Schutzschild auf und wehrte die Sense ab, als sie herabfuhr. Dennoch warf ihn die Wucht des Hiebs zu Boden. Er sprang wieder auf, als das Schattenwesen herumwirbelte. Walker machte sich bereit. Es war niemand geblieben, der diesen Kampf für ihn hätte führen können. Den Bildertrick hatte er so lange benutzt wie möglich. Jetzt musste er die Sache allein durchstehen.

Erneut beschwor er das Feuer. Tod gegen Verhängnis. Walker duckte sich.

Der Reiter stürmte ein zweites Mal vorbei, und Walker sandte das Feuer gegen ihn. Tod wurde zurückgeschleudert, und die Sense wurde gerade weit genug abgelenkt, dass sie ihr Ziel verfehlte. Aber die Luft in ihrem Schwung wurde frostig, und Walker spürte eine Woge der Übelkeit durch sich wallen.

Das Schattenwesen fuhr erneut herum, und Walker ging sofort zum Gegenangriff über und ließ das Druidenfeuer aus seiner ausgestreckten Hand schießen. Die Sense fuhr hoch, fing das Feuer ab und zerschmetterte es. Tod drängte seine Schlange erneut auf Walker zu. Wieder schlug der Druide zu, aber das Feuer wollte die Abwehr des Reiters nicht durchdringen. Tod war jetzt fast über ihm, die Schlange zischte Walker durch den Staub und die Hitze böse an, und die Sense funkelte. Walker erkannte plötzlich, dass Tod seine Art des Angriffs geändert hatte und ihn einfach niederreiten wollte. Sofort zielte er mit dem Druidenfeuer auf die Beine der Schlange, bekämpfte sie von unten und traf den sich windenden Körper, von dem nur noch eine Masse geschwärzten Fleisches übrig blieb.

Die Schlange erschauerte, warf sich zur Seite, verlor das Gleichgewicht und stürzte nach vorn. Walker sprang aus dem Weg, als die panisch schreiende Bestie in Flammen eingehüllt vorbeischoss. Der Schwanz schlug wild hin und her, traf Walker vor die Brust und ließ ihn heftig auf den Boden krachen. Staubwolken stiegen auf, vermischten sich mit dem Rauch des verkohlten Körpers der Schlange, und alles löste sich in Nebelwolken auf.

Zerschlagen und blutig, mit zerrissenen Gewändern, zwang Walker sich hoch. Neben ihm lag die sterbende Schlange. Ihr Atem klang als unregelmäßiges Rasseln durch die plötzliche Stille. Walker sah sich um und suchte den Nebel ab.

Dann erschien Tod plötzlich hinter ihm und schwang die Sense auf seinen Kopf zu. Walker warf ihm Druidenfeuer entgegen, blockierte damit den Schlag und richtete sich auf, um dem Angriff von Tod zu begegnen. Seine Hand schloss sich um den Griff der Sense, und sein Körper drängte sich gegen Tods Körper. Lähmende Kälte durchdrang ihn. Der mit einer

Kapuze bedeckte Kopf des Schattenwesens senkte sich, als sie über den Fels hin und her wankten. Die seltsamen roten Augen waren auf ihn gerichtet und versuchten, ihn langsam in sich hineinzuziehen. Walker wandte das Gesicht ab und ließ das Druidenfeuer aus seiner Hand heraus- und in den Griff der Sense hineinschießen. Tod schrak zurück, und die Kapuze fiel nach hinten vom Kopf, aber innen war sie leer bis auf die blutroten Augen. Eine Hand ließ die Sense los und stieß Walker weg. Walker schwankte von dem Stoß und spürte, wie sich die Kälte erneut in ihm ausbreitete. Seine Magie ließ ihn im Stich. Erneut schlug Tod zu und richtete einen verheerenden Schlag auf seine Kehle. Walker ließ die Sense los und zog sich zurück.

Tod schritt entschlossen voran, ein schwarzes Ungeheuer im Nebel. Walker wälzte sich auf die Knie, und der Schmerz schoss durch seinen Körper. Er umklammerte seine Brust und rang um Atem. Die Sense holte aus und senkte sich.

Dann plötzlich, wie aus dem Nichts, war Cogline zwischen ihnen, eine dürre Gestalt in zerschlissenen, flatternden Gewändern und mit dünnem, fliegendem Haar. Er umfasste den Griff der Sense und lenkte den Schlag ab, sodass sich die Klinge tief in die Erde neben Walker bohrte. Walker wirbelte herum, versuchte, wieder auf die Beine zu kommen, und schrie dem alten Mann zu, er solle sich fernhalten. Aber Cogline hatte sich auf das Schattenwesen geworfen und drängte es weiter zurück. Tod hatte eine Hand an Coglines Kehle und die andere um den Griff der Sense gelegt und holte mit der Waffe aus. Der alte Mann war zu allem entschlossen und kämpfte mit jedem Quäntchen Kraft, das er aufbringen konnte, aber das Schattenwesen war zu stark für ihn. Cogline wurde langsam zurückgedrängt, die Hand an seiner Kehle drückte ihn nach hinten, die andere Hand verlagerte sich, um die Sense besser halten zu können. *Lauf weg!*, flehte Walker still, ohne die Worte aussprechen zu können. *Cogline, flieh!*

Walker kam stolpernd auf die Beine, kämpfte gegen Erschöpfung und Schmerz an und holte die letzten Kraftreserven aus sich heraus.

Coglines dürrer Schemen bog sich wie totes Holz im Sturm und brach unter dem Angriff des Schattenwesens zusammen. Dann schrie er plötzlich auf, nahm eine Handvoll schwarzen Pulvers, das er in seinem Gewand verborgen hatte, und warf es mit einem Fluch auf den Reiter.

Im selben Augenblick fuhr die Sense herab.

Das Pulver explodierte als Feuerblitz durch Tod hindurch, erwischte aber auch Cogline und warf beide zu Boden. Walker wich vor der Druckwelle, dem plötzlichen grellen Licht und dem Anblick der zerfetzten Körper zurück. Dann taumelte er vorwärts, beschwor im Lauf die Magie und ließ das Druidenfeuer in seiner Faust aufbauen. Er sah, wie sich Tod aus dem Staub erhob, eine versengte, rauchende Gestalt in Schwarz, aus deren Ärmeln Flammen schlugen. Die Sense lag zerschmettert neben ihm am Boden, und die roten Augen flackerten, als er nach ihren Überresten griff.

Walker durchbohrte das Schattenwesen mit Feuer, schoss auf die gesichtslose Kapuze, auf das, was darin lebte. Tod schwankte getroffen rückwärts; Walker folgte ihm, ließ das Feuer unaufhörlich brennen und brennen. Tod wandte sich abrupt ab und versuchte zu fliehen. Aber es gab kein Entkommen. Walker holte ihn ein, rammte seine Faust in die flatternde Kapuze und legte alle ihm verbliebene Kraft in diesen Schlag hinein.

Tod erschauerte einmal und loderte dann in Flammen auf.

Walker wich zurück, riss seinen Arm los und wandte sich von Licht und Hitze ab. Sie waren seine Verbündeten, Licht und Hitze, dachte er benommen – er hatte gewusst, dass die Schattenwesen sie nicht überleben konnten. Er warf nur einen Blick zurück. Tod brannte, zerfetzt und leblos, still auf dem staubigen Boden vor sich hin.

Walker Boh eilte zu Cogline, der auf dem Boden zusammengebrochen war. Sanft drehte er den alten Mann um, kniete sich hin und bettete den versengten Kopf auf seinen Schoß. Coglines Haare und Bart waren fast vollständig abgebrannt. Blut lief aus seinem Mund und seiner Nase. Er war zu dicht am Feuer gewesen, als dass er ihm hätte entgehen können. Walker spürte, wie sich etwas in seiner Brust zusammenschnürte. Der alte Mann hatte das natürlich gewusst. Er hatte es gewusst und das Pulver dennoch benutzt.

Cogline schlug die Augen auf. Sie waren erschreckend weiß in dem verrußten Gesicht. »Walker?«, hauchte er.

Walker nickte. »Ich bin hier. Es ist vorbei, alter Mann. Sie sind erledigt – sie alle.«

Ein rasselnder Atemzug endete in einem keuchenden Luftschnappen. »Ich wusste, dass du mich brauchen würdest.«

»Du hattest recht. Ich habe dich gebraucht.«

»Nein.« Coglines Hand griff aufwärts und umfasste besitzergreifend seinen Arm. »Ich *wusste* es lange vorher, Walker.« Er hustete Blut, aber seine Stimme fand Kraft. »Es wurde mir gesagt. Von Allanon. Am Hadeshorn, als er mich gewarnt hat, dass meine Zeit vorbei sei, dass mein Leben enden werde. Erinnerst du dich, Walker? Ich habe dir nur einen Teil von dem erzählt, was ich an diesem Tag erfahren habe. Den Teil über die Druidenchroniken. Aber den anderen Teil habe ich vor dir geheim gehalten. Du würdest mich brauchen, wurde mir mitgeteilt. Mir würde noch ein wenig Zeit gegeben sein, hier, in Paranor, bei dir. Ich würde lange genug am Leben bleiben, um mich noch einmal nützlich machen zu können.«

Er hustete und wurde vom Schmerz überwältigt. »Verstehst du?«

Walker nickte. Er erinnerte sich daran, wie abwesend und zurückgezogen der alte Mann in der Druidenfestung gewirkt hatte. Etwas hatte sich verändert, hatte er gedacht, aber er hatte sich nicht die Zeit genommen herauszufinden, was es war, weil er so sehr mit seinem Kampf gegen die Schattenwesen beschäftigt gewesen war. Jetzt war es klar. Cogline hatte gewusst, dass sein Leben dem Ende zuging. Allanon hatte ihm einen Aufschub gewährt, aber er hatte ihm den Tod nicht erlassen. Die Magie der Druidenchroniken hatte ihn am Kamin gerettet, damit er in Paranor sterben konnte. Auf diesen Handel war der alte Mann bereitwillig eingegangen.

Walker betrachtete den geschundenen Körper. Wo die Sense ihn durchbohrt hatte, zeigten sich silberne Froststreifen im Stoff der Kleidung.

»Du hättest es mir sagen sollen«, sagte er leise. Seine Augen standen voller Tränen. Er wusste nicht, wann sie gekommen waren. Ein Teil von ihm erinnerte sich daran, dass er einst, vor langer Zeit, fähig gewesen war zu weinen. Er verstand nicht, warum er jetzt weinen konnte, dachte aber auch nicht, dass er es jemals wieder tun würde.

Cogline schüttelte langsam und voller Schmerzen den Kopf. »Nein. Ein Druide sagt nichts, was er nicht unbedingt sagen muss.« Er hustete erneut. »Du weißt das.«

Walker Boh brachte kein Wort heraus. Er blickte nur den alten Mann an.

Cogline blinzelte. »Du hast mir einmal gesagt, dass ich immer wüsste, wann ich handeln muss und wann nicht.« Er lächelte. »Du hattest recht.«

Er schluckte erneut. Dann wurde sein Blick starr, und er hörte auf zu atmen. Walker sah weiterhin auf ihn hinab, kniete im Staub und in der Hitze, lauschte in die Stille, die sich ausgebreitet hatte, und dachte in bitterem Trost, dass Allanon den alten Mann ein letztes Mal benutzt hatte.

Dann schloss er Coglines blinde Augen.

Es musste sich erst noch zeigen, ob der Druide ihn zum Guten benutzt hatte.

20

Walker begrub Cogline im Wald außerhalb von Paranor. Er bettete ihn auf einer Lichtung zur Ruhe, die ein Fluss, der sich durch eine Reihe flacher Stromschnellen schlängelte, kühlte, und die von Eichen und Hickorybäumen gesäumt wurde, deren belaubte Zweige einen Teppich aus Wildblumen und grünen Gräsern mit schattigen Mustern überdachten. Jeden Tag würde sich mit dem Zug der Sonne gen Westen das Farbenspiel verändern. Es war eine Umgebung, die Walker an die verborgenen Täler am Kamin erinnerte, wo sie beide so gern gewandert waren. Er wählte einen Platz auf der Lichtung, von dem aus die Spitzen Paranors deutlich zu sehen waren. Cogline, der sich bis zum Ende als irregeleiteter Druide gefühlt hatte, war endlich heimgekehrt.

Als Walker fertig war, verweilte er noch eine Zeitlang auf der Lichtung. Er fühlte sich zerschlagen und erschöpft, aber die tiefsten Wunden waren jene, die nicht zu sehen waren, und es bedeutete für ihn ein gewisses Maß an Trost, inmitten der uralten Bäume zu stehen und die Waldluft zu atmen. Vögel sangen, eine Böe ließ die Blätter und Gräser rascheln, der Fluss strömte dahin, und alle Geräusche waren tröstlich und friedlich. Er wollte noch nicht nach Paranor zurückkehren. Er wollte nicht an den schwarzen verkohlten Überresten der Vier Reiter und ihrer Reittiere vorbeigehen. Er wollte alles, was in seinem Leben geschehen war, auslöschen wie Kreide von einer Tafel und von neuem beginnen. In ihm war eine Bitterkeit, die er nicht loswerden konnte, die mit der Beharrlichkeit eines hungrigen Tieres an ihm nagte und sich nicht vertreiben ließ. Diese Bitterkeit hatte viele Ursachen – er machte sich nicht die Mühe, sie aufzulisten. Am stärksten empfand er natürlich Verbitterung über sich selbst. Er war in diesen Tagen immer von sich selbst enttäuscht, wie es schien, ein Fremder, aus dem Nichts gekommen, ein Mann, den er kaum wiedererkannte, ein allzu williger Diener der Wünsche und Bedürfnisse alter Männer, die seit tausend Jahren tot waren.

Er saß auf der Lichtung am Fluss, schaute zu der frischen Erde, wo Cogline lag, und zwang sich dazu, sich an den alten Mann zu erinnern. Seine Verbitterung brauchte Linderung. Vielleicht würden Erinnerungen an den alten Mann dies bewirken. Er nahm sich einen Moment Zeit, um sich das Gesicht mit kaltem Wasser aus dem Fluss zu waschen und es von Schmutz und Asche und Blut zu säubern, ließ sich dann auf einem sonnigen Fleck nieder und hing seinen Gedanken nach.

Wenn Walker sich an Cogline erinnerte, dachte er vor allem an den Lehrer, einen Mann, der zu ihm gekommen war, als sein Leben durcheinander und wirr gewesen war, als er die Rassen verlassen hatte, um allein am Kamin zu leben, wo ihn niemand anstarrte oder über ihn tuschelte, wo er nicht als der Dunkle Onkel bekannt sein würde. Die Magie war für Walker damals ein Mysterium gewesen, das Vermächtnis des Wünschlieds von Brin Ohmsford, ein Wirrwarr verknoteter Fäden, die er allein nicht auseinanderzurren konnte. Cogline hatte ihm Möglichkeiten aufgezeigt, wie er die Magie beherrschen konnte, sodass er sich ihr gegenüber nicht mehr hilflos fühlen musste. Cogline hatte ihn gelehrt, wie er sein Leben ausrichten musste, damit er Herr der weißen Hitze sein konnte, die in ihm wühlte. Er hatte ihm die Angst und die Verwirrung genommen und Walker den Sinn für das Wesentliche und seine Selbstachtung zurückgegeben.

Der alte Mann war sein Freund gewesen. Er hatte für ihn

gesorgt, hatte sich auf eine Art um ihn gekümmert, wie sich ein Vater um seinen Sohn kümmerte. Er hatte ihn unterwiesen und angeleitet und war da gewesen, wenn er gebraucht wurde. Selbst als Walker reifer geworden war und jene Distanz zwischen ihnen entstanden war, wenn Väter und Söhne sich als gleichberechtigt ansehen müssen, ohne es jemals selbst ganz zu glauben, blieb Cogline so nahe bei ihm, wie Walker es zuließ. Sie hatten gestritten und gezankt, sich misstraut und beschuldigt und einander herausgefordert, das zu tun, was richtig war, und nicht das, was leicht war. Aber sie hatten einander nie aufgegeben oder im Stich gelassen. Sie hatten niemals den Glauben an ihre Freundschaft verloren. Das Wissen um diese Tatsache half Walker jetzt.

Manchmal war es leicht zu vergessen, dass der alte Mann vor diesem schon andere Leben gehabt hatte, einige, von denen Walker noch immer kaum etwas wusste. Cogline war einst jung gewesen. Was hatte er da erlebt? Der alte Mann hatte es niemals erzählt. Er hatte mit den Druiden gelernt – mit Allanon, mit Brimen, vielleicht auch mit jenen, die zuvor verstorben waren, obwohl er das niemals gesagt hatte. Wie alt war Cogline gewesen? Wie lange hatte er gelebt? Walker erkannte plötzlich, dass er es nicht wusste. Cogline war bereits ein alter Mann gewesen, als Kimber Boh ein Kind gewesen und Brin Ohmsford auf der Suche nach dem Ildatch zum Dunkelstreif gekommen war. Das war vor hundert Jahren gewesen. Was Walker über jene Zeit wusste, hatte er von Cogline. Der alte Mann hatte über diese Zeit gesprochen, über das Kind, das er aufgezogen hatte, über den Wahnsinn, den er nachgeahmt und sich dann zu eigen gemacht hatte, darüber, wie er Brin und ihre Gefährten zum Maelmord geführt hatte, damit sie den Mordgeistern ein Ende bereiten konnten. Walker hatte die Geschichten gehört. Dennoch kannte er damit nur einen sehr kleinen Teil von Coglines Leben – einen kurzen Zeitraum aus der Spanne eines ganzen Jahres. Was war mit dem Rest? Welche Teile seines Lebens hatte Cogline versäumt zu offenbaren – welche Teile waren jetzt für immer verloren?

Walker schüttelte den Kopf und schaute über die Bäume hinweg nach Paranor. Teile, die der alte Mann sicherlich nicht ungern vergessen hatte, entschied er. Walker beneidete Cogline nicht darum, dass er beschlossen hatte, sie geheim zu halten. So erging es doch jedem. Jeder behielt Teile dessen, wer und was er war und wie er gelebt hatte, für sich, Dinge, die nur ihm gehörten, Dinge, die niemand sonst mit ihm teilen sollte. Im Tode waren das die dunklen Löcher in den Erinnerungen jener, die weiterlebten, aber so musste es sein.

Er stellte sich das bärtige Gesicht des alten Mannes vor. Er lauschte in der Stille auf den Klang seiner Stimme. Cogline hatte lange gelebt. Er hatte unzählige Leben gelebt. Er hatte länger gelebt, als er hätte leben sollen, am Kamin verschont, um nach Paranor zu gelangen und dafür zu sorgen, dass es zurück in die Welt käme, und er war so gestorben, wie er es sich erwählt hatte, hatte sein eigenes Leben gegeben, damit Walker nicht sterben musste. Es wäre Walker falsch erschienen, dieses Geschenk zu beklagen, denn damit hätte er nur dessen Wert gemindert. Cogline hatte miterleben wollen, wie Walker zu dem Druiden umgewandelt wurde, zu dem der alte Mann niemals geworden war. Er hatte gelebt, um Walker beim Aufwachsen zu helfen, bis zu den Träumen von Allanon und der Erfüllung von Brin Ohmsfords Vermächtnis. Und unabhängig davon, ob es nun zum Guten oder zum Schlechten geschehen war, Walker hatte alles dank Cogline sicher überstanden.

Er spürte, wie die Bitterkeit zu schwinden begann. Die Bitterkeit war falsch. Sich zu beklagen war falsch. Es gab Ketten, die einen festhielten und herabzogen. Nichts Gutes konnte daraus erwachsen. Stattdessen brauchte man Ausgewogenheit und Aussichten, wenn die Zukunft eine Bedeutung haben sollte. Walker konnte sich erinnern – und sollte es auch tun. Aber die Erinnerungen waren dazu gedacht, das zu gestalten, was kommen würde, die Möglichkeiten zu ergreifen, die vor ihm lagen, und sie den Zwecken zuzuführen, für die sie bestimmt waren. Er dachte erneut an die Druiden und ihre Machenschaften, an die Art, wie sie die Geschichte der Rassen gestaltet hatten. Er hatte ihre Bemühungen verachtet. Jetzt war er einer von ihnen. Cogline hatte gelebt und war gestorben, damit er dazu werden konnte. Seine Chance bestand darin, das besser zu machen, was er an seinen Vorgängern so schnell kritisiert hatte. Er musste das Beste aus dieser Chance machen. Cogline durfte das erwarten.

Die Sonne sank im Westen hinter den Baldachin des Waldes, als er aufstand und ein letztes Mal zum Grab des alten Mannes ging. Er fand sich jetzt besser mit dem ab, was geschehen war, war jetzt ein wenig mit den Tatsachen versöhnt. Cogline war gegangen. Walker blieb. Er würde Kraft und Entschlossenheit aus dem Beispiel des alten Mannes schöpfen. Er würde seine Erinnerung im Herzen tragen.

Als das Licht im Dunst der Sommerhitze feuerrot und golden und purpurfarben wurde, ging er den Weg durch den dämmernden Wald nach Paranor zurück.

In dieser Nacht träumte er von Allanon.

Es war das erste Mal seit dem Kamin. Sein Schlaf war tief und ruhig, und der Traum weckte ihn nicht, obwohl er hinterher dachte, dass es ein- oder zweimal nahe daran gewesen war. Er war erschöpft von seinem Kampf, und er hatte wenig gegessen. Er hatte gebadet, sich umgezogen und dann einen Becher Bier getrunken, während er in dem Studierzimmer gesessen hatte, das Cogline so geliebt hatte. Ondit hatte zusammengerollt zu seinen Füßen gelegen, die leuchtenden Augen hin und wieder auf ihn gerichtet, als wollte er fragen, was aus dem alten Mann geworden sei. Als er so müde geworden war, dass er sich kaum noch hatte aufrecht halten können, war er zu seiner Kammer gegangen, unter die Decken gekrochen und in den Schlaf gedämmert.

Der Traum hatte wohl sofort angefangen. Es war Nacht, und er ging allein auf dem schimmernden schwarzen Gestein entlang, das den Boden des Schiefertales bedeckte. Der Himmel war klar und voller Sterne. Der Vollmond stand weiß wie frisches Leinen über dem zerklüfteten Grat der Drachenzähne. Die Luft roch sauber und rein wie seit jeher, und ein sanfter Wind strich kühl über sein Gesicht. Walker war schwarz gekleidet, in eine Robe mit Kapuze, mit Gürtel und Stiefeln, ein Druide, der den Spuren früherer Druiden folgte. Er stellte nicht infrage, wer er war. Er war aus der Dunkelheit des Schwarzen Elfensteins gekommen, durch das Feuer der Umwandlung im Schacht der Burg gegangen, zurückgekehrt in die Welt der Menschen. Er war Herr von Paranor und Diener der Rassen. Es war ein seltsames, belebendes Gefühl. Das Gefühl schien dazuzugehören.

So zog der Traum träge vorüber, und dann näherte Walker sich dem Hadeshorn, dessen Wasser schwarz und ruhig in der Nacht schimmerte. Wie Glas glänzte der See glatt und unbewegt im Mondlicht und spiegelte den Himmel und die Sterne. Das Geröll knirschte unter seinen Füßen, während er ging, aber abgesehen von diesem Geräusch herrschte Stille. Es kam ihm vor, als wäre er allein auf der Welt, der letzte Mensch, der sie bewanderte, ein einsamer Wächter über die verbliebene Leere.

Er erreichte den Hadeshorn und blieb stehen. Reglos harrte er an seinem Ufer aus. Der Wind erstarb unterdessen, und die Stille drängte rund um ihn herum heran. Er zog die Kapuze seines Umhangs zurück. Er wusste nicht, warum. Mit entblößtem Kopf wartete er.

Es dauerte nicht lange. Fast sofort begann der Hadeshorn

zu brodeln. Sein Wasser kochte, als wäre es in einem Kessel erhitzt worden. Dann bildete sich ein Strudel, und es kreiste in einer langsamen und stetigen Bewegung, die sich von einem Ufer zum anderen erstreckte. Walker erkannte, was geschah. Er hatte es schon einmal gesehen. Der Hadeshorn zischte, Gischt erhob sich in weit über die Oberfläche aufragenden Geysiren und fiel dann in einem Wirrwarr von Edelsteinen in sich zusammen. Wehklagen begann. Er hörte den Klang von Stimmen, die an einem fernen Ort gefangen waren und um Erlösung baten. Das Tal bebte, als erkenne es die Schreie, als weiche es von ihnen zurück. Walker Boh rührte sich nicht.

Dann erschien Allanon erneut. Er erhob sich zu einem Chor von Schreien aus dem schwarzen Wasser. Aus der Unterwelt kam ein grauer Geist, der mit einer Kapuzenrobe bekleidet war. Er wollte mit dem Mann sprechen, der zu seinem Nachfolger erwählt worden war. Er schimmerte durchscheinend im Mondlicht, denn die Haut und die Knochen seines sterblichen Körpers waren vor langer Zeit zu Staub vergangen, und er war nur noch ein blasses Bild dessen, der er gewesen war. Er stieg aus den Tiefen empor, bis er auf der Wasseroberfläche stand, verharrte dort still und blickte Walker Boh an.

»Allanon«, grüßte der Dunkle Onkel mit einer Stimme, die er nicht als seine eigene erkannte.

– Du hast es gut gemacht, Walker Boh –

Die Stimme klang tief und voll, als würde sich innerhalb des Schattens eine riesige Höhle verbergen.

Walker Boh schüttelte den Kopf. »Nicht gut. Nur angemessen. Ich habe getan, was ich tun musste. Ich habe den, der ich war, für den aufgegeben, der du mich werden lassen wolltest. Zuerst war ich verärgert darüber, dass es so sein sollte, aber ich habe diesen Ärger hinter mir gelassen.«

Das Wasser des Hadeshorns brodelte und zischte erneut, als der Schatten vorwärtskam und über die Oberfläche glitt. Er schwebte, als müsste er sich nicht bewegen. Er blieb stehen, als er bis auf ein paar Schritte an Walker herangekommen war.

– Das Leben ist eine Zeit, in der man wählen muss, Walker Boh. Der Tod ist eine Zeit, sich daran zu erinnern, wie man gewählt hat. Manchmal sind die Erinnerungen nicht unbedingt erfreulich –

Walker nickte. »Ich weiß, dass es so sein muss.«

– Trauerst du um Cogline –

Walker nickte erneut. »Aber auch das liegt hinter mir. Er hat gut gewählt. Sogar dieses letzte Mal.«

Der Arm des Schattens hob sich und zog einen glitzernden Sprühregen hinter sich her, der wie Silberstaub herabfiel.

– Ich konnte ihn nicht retten. Sogar Druiden haben nicht die Macht, dem Tod zu widerstehen. Mir wurde es von Brimen mitgeteilt, als meine Zeit fast gekommen war. Cogline hat es von mir erfahren. Ich habe ihm alle Hilfe zuteilwerden lassen, die ich ihm geben konnte – eine Chance, in die Vier Länder zurückzukehren, wenn Paranor wiederhergestellt sein würde –, eine Chance, dir bei deinem Kampf gegen die Schattenwesen ein letztes Mal zu helfen. Mehr konnte ich nicht tun –

Walker sagte nichts. Er sah die Erscheinung an, schaute unmittelbar durch sie hindurch, sah Ereignisse, die gekommen und gegangen waren, bis hin zu Coglines letztem Kampf. Der Tod hatte den alten Mann geholt, aber Cogline hatte seine eigenen Bedingungen gestellt.

– Wenn ich könnte, würde ich dir all jene zurückgeben, die du verloren hast, Walker Boh. Aber ich kann es nicht. Ich kann dir nichts von dem geben, was vergangen ist, und nichts von dem, was noch verloren wird. Ein Druide sieht viele sterben –

In seinem Traum wurde das Tal von einem verschwommenen Dunst verdunkelt, wie Regen in einem Wald oder wie Wolken vor der Sonne. Der Nebel zog langsam vorüber und brachte ein Gefühl mit sich, als wären innerhalb von Sekunden

Leben entstanden und gelebt worden. Da waren Gesichter, alle unbekannt. Da waren Stimmen, die lachend und auch schmerzerfüllt aufschrien. Die Zeit verging, Stunden wurden zu Tagen, Tage zu Jahren, und Walker stand da, unverändert während der ganzen Zeit, wurde immer wieder zurückgelassen, war ewig allein.

– So wird es für dich sein. Erinnere dich –

Aber Walker brauchte sich nicht zu erinnern. Er hatte dafür Allanons Erinnerungen. Die Umwandlung hatte sie ihm zugänglich gemacht. Er kannte die Erinnerungen aller früheren Druiden. Er wusste, wie sein Leben aussehen würde. Er sah, was ihm bevorstand.

– Erinnere dich –

Das Flüstern des Schattens ließ die Zeit erneut stillstehen, das Schiefertal erschien wieder, und Walkers Gedanken wurden erneut auf den Zweck des Traums gelenkt.

»Warum bin ich hier, Allanon?«, fragte er.

– Du bist jetzt vollendet, Walker Boh. Du bist zu dem geworden, was du werden solltest, und es bleibt nichts mehr zu tun. Du trägst den Druidenmantel, du wirst ihn an meiner statt tragen. Trage ihn jetzt von Paranor in die Vier Länder. Du wirst dort gebraucht –

»Ich weiß.«

Gischt zischte und sang. Allanons Gesicht senkte sich unter der Kapuze.

– Du weißt es nicht. Du hast die Umwandlung erfahren, Walker Boh, aber das ist nur der Anfang. Du bist ein Druide geworden, gewiss, aber ein Werden ist kein Sein. Du trägst die Verantwortung für die Rassen, für ihr Wohlergehen, Dunkler Onkel. Für jene, von denen du dich einst absondern wolltest, musst du jetzt sorgen. Sie warten –

»Um von den Schattenwesen befreit zu werden.«

– Deine Aufgabe ist es, ihnen zu zeigen, wie sie sich befreien können. Deine Aufgabe ist es, ihnen den Weg zu zeigen. Deine Aufgabe ist es, sie aus der Dunkelheit herauszuführen –

Walker Boh schüttelte verwirrt den Kopf. »Aber ich kenne diesen Weg nicht besser als sie.«

Die Oberfläche des Hadeshorns dampfte, und die Luft war von Nebel erfüllt. Die Feuchtigkeit legte sich auf Walkers Gesicht wie Tau an einem frühen Wintermorgen. Es war tödlich, das Wasser des Hadeshorns zu berühren, aber nicht für ihn. Denn die Druiden hatten vor langer Zeit Geheimnisse entdeckt, die sie in die Lage versetzten, den Tod zu überwinden.

Allanons Stimme klang dunkel und fest.

– Du wirst den Weg finden. Du hast die Kraft und die Weisheit all jener, die dir vorausgegangen sind. Du hast die Magie der Jahrhunderte. Verlasse Paranor und finde die anderen Kinder von Shannara. Jeder von euch wurde ausgesandt, um eine Aufgabe zu erfüllen. Ihr seid die Träger der Talismane, Walker Boh. Diese Talismane sollen euch stärken –

Walker schüttelte verwirrt den Kopf. »Welchen Talisman trage ich?«

Der Schatten Allanons schimmerte kurzzeitig in einem sich aus dem See erhebenden Wehklagen von Schreien und drohte zu verschwinden.

– Den mächtigsten Talisman von allen, den Druidenmantel, den du angenommen hast. Er kann niemals gesehen werden, aber er ist immer da und gehört dir allein. Seine Macht nimmt zu, wenn du ihn benutzt, er wird stärker mit jedem Gebrauch. Denk nach, Walker Boh. Bevor du die Reiter vernichtet hast, warst du weniger, als du es jetzt bist. So wird es bei jeder Herausforderung sein, die dir begegnet und die du bewältigst. Du bist noch jung und beginnst gerade erst zu entdecken, was es bedeutet, ein Druide zu sein. Mit der Zeit wirst du wachsen –

»Aber im Moment …?«

– Du hast genug Verantwortung. Die Verantwortung

bedingen Talismane, und die Talismane bedingen die Magie. Magie zusammen mit Wissen sollte das Ende der Schattenwesen herbeiführen können. So war es, als ich das erste Mal mit dir sprach. So ist es jetzt. Wenn ich könnte, würde ich dir mehr geben, Walker Boh. Aber ich habe dir bereits alles gegeben, was ich dir geben konnte, alles, was ich weiß. Vergiss das nicht, Dunkler Onkel. Ich bin aus eurer Welt gegangen und wurde in eine andere hineinversetzt. Ich habe keine Substanz mehr. Ich bestehe jetzt aus etwas anderem. Ich sehe von meinem Standort aus nicht alles. Ich sehe nur Schatten dessen, was sein könnte, und muss mich darauf verlassen. Auf das, was du siehst, kann man sich stützen. Geh, Walker. Suche die Nachfahren von Shannara und finde heraus, was sie geleistet haben. In ihren Geschichten und in deiner eigenen wirst du entdecken, was du brauchst. Du musst glauben –

Walker sagte nichts mehr und dachte einen Moment lang, dass er wieder einmal gefordert war, allein aufgrund von Vertrauen weiterzumachen. Aber das war nur das, was er schon die ganze Zeit tat, seit ihm die Träume zum ersten Mal erschienen waren und er dazu überredet worden war, zum Hadeshorn und zu Allanon zu ziehen. War es wirklich so schwer zu akzeptieren, dass er sich erneut von Vertrauen leiten lassen musste?

Er betrachtete die fahle Gestalt vor sich, deren Umrisse schon fast transparent waren, die nur noch aus Erinnerungen an ihr früheres Leben bestand. »Ich glaube«, sagte er zu Allanons Schatten und meinte es auch so.

– Walker Boh –

Die Stimme des Schattens war sanft und von einem Bedauern erfüllt, das Worte nicht vermitteln konnten.

– Finde die Kinder von Shannara. Du besitzt die visionäre Kraft der Druiden. Du hast die Weisheit, die sie brauchen. Lass sie nicht im Stich –

»Nein«, sagte Walker rau. »Das werde ich nicht.«

– Vernichte die Schattenwesen, bevor sie die Vier Länder vollkommen zerstören. Ich spüre, wie sich ihre Krankheit sogar schon hier auszubreiten beginnt. Sie stehlen der Erde das Leben. Halte sie auf, Walker Boh –

»Ja, Allanon. Das werde ich.«

– Dann höre mich an, Dunkler Onkel. Höre mich ein letztes Mal an, bevor du gehst. Der Schlaf trägt uns dem Tagesanbruch entgegen, und wir müssen verschiedene Pfade beschreiten. Höre das Letzte, was ich dir sagen werde, und lass deine Weisheit und deinen Verstand erkennen, was vor uns beiden verborgen bleibt. Konzentriere dich auf mich, Walker Boh, und hör mir zu –

Der Schatten näherte sich, Dampf in menschlicher Gestalt auf dem Wasser des Hadeshorns, Nebel und graues Licht, das alles einhüllte, ein Gespenst, das sich aus Lauten bildete, die aus schrecklicher Dunkelheit kamen.

Angespannt und unsicher wartete Walker Boh, den Blick auf das brodelnde Wasser gesenkt, auf die Spiegelung der Sterne und des Himmels, bis beides in der Schwärze der Schatten verschwand.

Dann spürte er, wie der andere seine Haut berührte, und er zitterte unkontrolliert.

Er erwachte bei Sonnenaufgang. Das Licht kroch schwach aus dem Gang in seine verdunkelte Kammer. Er lag eine Zeitlang reglos da und dachte über den Traum nach und darüber, was ihm gezeigt worden war. Allanon hatte den Traum gesandt, damit Walker einen Ort hatte, wo er sein neues Leben beginnen konnte. Der Traum hatte seine Absicht erneut bekräftigt, Par und Wren zu suchen, aber er hatte ihm auch einen Grund gegeben, an sich selbst zu glauben. Er konnte akzeptieren, wer und was er geworden war, wenn zumindest eine Chance bestand, dass er die verwüsteten Länder und ihre

Bewohner aus der Unterwerfung durch die Schattenwesen herausführen konnte.

Finde die Kinder von Shannara. Lass sie nicht im Stich.

Dann erhob er sich von seinem Bett, wusch sich, zog sich an, frühstückte auf dem Wehrgang und schaute im Licht des neuen Tages über das Land hinaus. Er dachte erneut an Cogline, an all das, was ihn der alte Mann gelehrt hatte. Er wiederholte für sich die Litanei von Regeln und Einsichten, die mit der Umwandlung eines sterblichen Menschen zu einem Druiden verbunden gewesen war, die gesamte Geschichte von Druiden, die je gekommen und gegangen waren. Er ging sorgfältig die Lehren über den Gebrauch seiner Magie durch, von denen er einige bereits ausprobiert hatte und einige noch ungeprüft geblieben waren.

Zuletzt wiederholte er den Traum noch einmal im Geiste, die Geheimnisse, die er ihm offenbart hatte. Und da waren Geheimnisse gewesen – einige wenige, wichtige, vor allem jenes zuletzt, als Allanon ihn berührt hatte. Was er erfahren hatte, deutete bereits Antworten auf seine bisher unbeantworteten Fragen an. Die Geschichte der Vier Länder seit der Zeit des Ersten Rates in Paranor bildete ein Muster für die jetzigen Geschehnisse. Die Ereignisse der vergangenen Wochen verliehen diesem Muster Farbe und Gestalt. Aber erst der Traum der letzten Nacht und die Einsichten daraus brachten dieses Muster ans Licht.

Was noch immer fehlte, war der Grund, warum Wren mit der Aufgabe betraut worden war, die Elfen zurückzuholen.

Was fehlte, war der Grund, warum Par ausgesandt worden war, um das Schwert von Shannara zu finden.

Und vor allem fehlte die Wahrheit hinter dem Geheimnis der Schattenwesenmacht.

Schließlich erhob er sich und stieg hinab in die Tiefen der Festung. Ondit folgte ihm leise wie ein Schatten in seinem

Rücken. Er würde die Moorkatze mitnehmen, beschloss er. Cogline hatte ihm die Katze immerhin überlassen. Es lag in seiner Verantwortung, für sie zu sorgen. Sie konnte nicht in der Burg eingesperrt bleiben, und ihre Freundschaft könnte sich auch vielleicht als nützlich erweisen. Er lächelte über den Gedanken. Die Wahrheit war, dass er hoffte, Ondit würde ihm ein wenig die Gesellschaft sein, die ihm ohne Cogline fehlen würde.

Er stieg in den Schacht der Festung hinab, legte dort seine Hände an die Steinmauern und langte hinein nach dem Leben, das dort ruhte. Die Magie kam zu ihm. Sie gehorchte seinem Ruf, und er sorgte dafür, dass bis zu seiner Rückkehr niemand hereinkommen konnte.

Dann schloss er die Tore Paranors und zog wieder in die Welt hinaus. Er betrat die Wälder, die sich der Hitze versperrten und schattig und kühl waren. Ondit ging mit ihm. Er war dankbar, dass er aus den engen Mauern befreit war, schlich durch die Schatten, um Futter und Spuren zu suchen, kehrte aber hin und wieder an Walkers Seite zurück, um sich zu vergewissern, dass er noch da war. Sie zogen nördlich an Coglines Grab vorbei, und Walker wandte sich nicht zur Seite. Er hatte sich bereits von dem alten Mann verabschiedet. Es war das Beste, es dabei zu belassen.

Der Tag neigte sich dem Ende zu, der sengende Glanz der Sonne zog westlich zu den Drachenzähnen, die Hitze löste sich in der Kühle der Abendschatten langsam auf. Walker und die Moorkatze wanderten beständig weiter. Vor ihnen wurden die Wachfeuer der am Kennonpass lagernden Föderationssoldaten entzündet. Sie saßen um den Schein der Flammen und aßen. Nur einige Wächter mussten auf ihren Posten bleiben.

Um Mitternacht waren Walker und die Moorkatze ungesehen an ihnen vorbeigelangt und befanden sich auf dem Weg nach Süden.

21

An jenem Morgen, an dem die beiden zerrissenen Lumpensammlerinnen zusammen mit ihrem alten blinden Vater und den anderen Händlern, Kaufleuten, Trommlern, Hausierern und umherziehenden Straßenverkäufern, die aus den umliegenden Dörfern gekommen waren, durch die Tore von Tyrsis schritten, waren die Wolken jener Regengüsse, die die Westlandelfen und die Föderationsarmee in Schlamm hatten versinken lassen, noch immer am westlichen Horizont zu sehen. Wie die meisten anderen, die in die Stadt wollten, hatten sie während der Nacht vor den Toren gelagert. Alle waren bestrebt, früh hineinzugelangen, damit sie die besten Standplätze auf dem Markt erwischten, wo Handel und Tauschen stattfand. Sie mühten sich so schnell voran, wie sie konnten, aber der alte Mann war ein Hemmnis, wie er sich unsicher seinen Weg suchte, von beiden Seiten gestützt werden musste und die Füße vorsichtig den staubigen Weg entlangsetzte.

Föderationswachen säumten die Eingänge an der äußeren und inneren Mauer und überprüften jeden, der vorbeiging. Es war ungewöhnlich, dass sie sich darum kümmerten, wer die Stadt betrat, denn in der Vergangenheit hatten sie eher verstärkt darauf geachtet, wer die Stadt verlassen wollte. Aber Padishar Creel, der Anführer der Geächteten, sollte zur Mittagszeit des folgenden Tages hingerichtet werden, und die Föderation befürchtete, dass ein Befreiungsversuch unternommen werden würde. Man glaubte zwar, dass ein solcher Befreiungsversuch auf jeden Fall scheitern würde, egal, wie gut er vorbereitet wäre, denn die Stadtgarnison besaß mit mehr als fünftausend Mann ihre volle Stärke, und zudem waren außergewöhnliche Sicherheitsmaßnahmen eingeleitet worden. Dennoch sollte nichts dem Zufall überlassen bleiben, und daher hatten die Wachen an den Toren ausdrückliche Anweisungen erhalten, jeden genau zu kontrollieren.

Sie beschlossen, die beiden Lumpensammlerinnen und den alten Mann beiseitezunehmen. Es war eine willkürliche Auswahl, die der Befehlshaber der Wache früh am Morgen als Kompromiss angeordnet hatte, damit sie nicht jedermann anhalten mussten, was endlos dauern würde, und auch nicht der Pflichtversäumnis beschuldigt werden konnten, wenn sie niemanden kontrollierten. Die drei erhielten den Befehl, abseits von der Menge auf einem freien Platz im Hof zwischen den Stadtmauern stehen zu bleiben und dort auf ihr Verhör zu warten. Aus der Menge wurden ihnen verstohlen misstrauische Blicke zugeworfen. Besser ihr als ich, schienen sie zu sagen. Staub wallte auf, als die Menge vorbeieilte, und selbst jetzt, wo die Sonne noch längst nicht ihren Höhepunkt erreicht hatte, war die Luft schon heiß und stickig.

»Namen«, sagte der Offizier vom Dienst zu den Lumpensammlerinnen und dem alten Mann.

»Asra, Wintath und unser Vater Criapc«, sagte diejenige mit dem verwilderten, zotteligen rötlichen Haar. Infektionen überzogen die Haut ihres Gesichts, und sie roch wie alter Müll.

Der Offizier sah die andere Frau an, die sofort den Mund öffnete und schwarze Zähne und eine raue rote Kehle zeigte, der die Zunge fehlte. Der Offizier schluckte.

»Sie kann nicht sprechen«, sagte die Erste grinsend.

»Aus welchem Dorf kommt ihr?«

»Spekese«, sagte die Frau. »Kennt Ihr das?«

Der Offizier schüttelte den Kopf. Er betrachtete die Lumpenstapel, die sie auf ihre Rücken gebunden trugen. Wertloses

Zeug. Er betrachtete den alten Mann, der sein Gesicht unter der Kapuze verborgen hielt, konnte aber nicht viel von ihm erkennen. Daher trat er vor und zog die Kapuze zurück. Der Kopf des alten Mannes fuhr hoch, und seine schwarzen Lider öffneten sich ruckartig und ließen eine dicke milchige Flüssigkeit an der Stelle sehen, wo seine Augen hätten sein sollen. Der Offizier würgte.

»Weiter mit euch.« Er winkte und ging schnell weiter, um den nächsten Unglücklichen zu verhören.

Die Frauen und der alte Mann schlurften gehorsam davon. Sie reihten sich in der Menge ein, passierten die Postenkette am Tor der inneren Mauer und betraten die Stadt. Sie waren ein gutes Stück von der Tyrsis-Allee entfernt und hielten sich an die Seitenstraßen, in denen keine Föderationswachen patrouillierten. Schließlich spuckte Matty Roh die gefärbte Fruchtschale aus, die sie sich in den Mund geklebt hatte, und sagte: »Ich habe Euch gesagt, dass es riskant ist!«

»Wir sind drin, nicht wahr?«, knurrte Morgan gereizt. »Hört auf, Euch zu beschweren, und bringt mich irgendwohin, wo ich mir dieses Zeug aus den Augen waschen kann!«

»Seid still, alle beide!«, befahl Damson Rhee und scheuchte sie weiter.

Ihre Stimmung war inzwischen ziemlich gereizt. Es hatte erbitterte Auseinandersetzungen gegeben, wer mit in die Stadt kommen sollte, und dieser Streit war durch die Nachricht von Padishar Creels drohender Hinrichtung noch verstärkt worden. Anderthalb Tage waren nicht annähernd genug Zeit, um die Befreiung erfolgreich durchzuführen, aber mehr hatten sie nicht zur Verfügung. Morgan hatte sich gesagt, dass sein ursprünglicher Plan der Änderung bedurfte. Nicht nur Matty und Damson sollten in die Stadt gehen, um den Maulwurf zu suchen, sondern er ging ebenfalls mit. Im besten Falle hatten sie den heutigen Tag und den Abend, um den Maulwurf aufzuspüren und danach Chandos und die anderen Geächteten durch die unterirdischen Tunnel hereinzubringen, dann einen Plan für Padishars Befreiung zu ersinnen und in die Tat umzusetzen. Morgan bestand darauf, dass er die beiden Frauen in die Stadt begleiten müsste, um entscheiden zu können, was zu tun war. Er konnte es sich nicht leisten, auf den Einbruch der Nacht und den Maulwurf zu warten, ehe er sich die Lage in der Stadt ansehen konnte. Damson und Matty wiesen immer wieder darauf hin, dass jeder Versuch, an den Wachen vorbeizugelangen, sie alle gefährden würde. Es würde für sie beide allein schon schwer genug werden, aber doppelt gefährlich, wenn sie gezwungen wären, auch ihn hineinzuschmuggeln. Warum konnte er seine Pläne nicht vor der Stadt schmieden? Hatte er nicht genug Zeit in Tyrsis verbracht, um sich ein Bild zu machen?

So hatten sie sich gestritten, aber am Ende hatte Morgan sich durchgesetzt, indem er erklärte, er könne überhaupt keine Pläne schmieden, bis er wüsste, wo Padishar gefangen gehalten würde, und das könne er nicht wissen, solange er nicht in der Stadt sei. Der Preis für seinen Sieg war die unerbittliche Forderung beider Frauen, dass er sein Schwert zurücklassen sollte. Die Täuschung mit einer Verkleidung würde vielleicht funktionieren, aber nicht, wenn er diese Waffe mit sich truge. Die Gefahr, entdeckt zu werden, war einfach zu groß. Trotz seiner Proteste wollte keine der Frauen nachgeben. Das Schwert von Leah war bei Chandos geblieben.

Damson führte sie eine Straße hinab zu der Seitentür eines verlassenen Gebäudes, stieß die Tür auf und trat mit ihnen ein. Das Innere war eng und stickig, und Staub hing in der Luft. Sie schloss die Tür hinter ihnen, und dann durchquerten sie den Raum zu einer zweiten Tür und betraten von dort einen weiteren, genauso stickigen Raum. Ein winziger Hof lag dahinter, und sie gingen durch die morgendlichen Schatten und den schwachen Duft von Wildblumen, die in einer sonnengefluteten Ecke wuchsen, zu einem offenen Schuppen mit altem Werkzeug und Werkbänken. Dort verließ Damson ihre Gefährten. Als sie zurückkehrte, hatte sie eine Schale mit Wasser gefüllt, und die drei wuschen sich.

Als sie sauber waren, wühlten sie sich durch die Lumpenbündel und zogen ihre normale Kleidung hervor. Sie legten die Lumpen ab, zogen sich um und setzten sich auf zwei Werkbänke, um zu beraten, was als Nächstes zu tun sei.

»Ich gehe los und versuche, den Maulwurf zu finden«, sagte Damson, während sie die Knoten aus ihrem zerzausten roten Haar auskämmte. Sorgfältig band sie es zurück und verstaute es unter einem Tuch. »Ich kann Zeichen hinterlassen, die er verstehen wird. Wenn das erledigt ist, komme ich zurück, und wir werden sehen, was wir über Padishar herausfinden können. Dann werde ich Euch irgendwo zurücklassen müssen, während ich auf den Maulwurf warte. Er kommt vielleicht nicht, wenn er uns alle sieht – er kennt Euch beide nicht, und er wird nach den letzten Ereignissen sehr vorsichtig sein. Wenn er kommt, werde ich mit ihm Chandos und die anderen holen, und wir treffen Euch in der Dämmerung wieder. Wenn er nicht kommt …«

»Sagt es nicht«, unterbrach Morgan sie. »Tut einfach Euer Bestes.«

Damson sah Matty an. »Wie gut kennt Ihr die Stadt?«

»Gut genug, um nicht in Schwierigkeiten zu geraten.«

Damson nickte. »Wenn mir etwas zustößt, werdet Ihr Morgan hier herausbringen müssen.«

»Einen Moment!«, rief Morgan aus. »Ich werde nicht …«

»Ihr werdet tun, was man Euch sagt. Eure Pläne sind nichts mehr wert, wenn ich scheitere. Wenn die Föderation den Maulwurf erwischt hat oder wenn sie mich gefangen nimmt, dann ist sowieso alles aus.«

Morgan starrte sie an, war aber durch die Verärgerung in ihrer Stimme und die Entschlossenheit, die er in ihren grünen Augen wahrnahm, zum Schweigen gebracht.

Matty ergriff seinen Arm und zog ihn einen Schritt zurück. »Ich werde mich um ihn kümmern«, versprach sie.

Damson nickte, und ihr Gesichtsausdruck wurde eine Spur weicher. Sie erhob sich, wickelte ihren Umhang um sich, nickte ihnen kurz zu und verschwand auf dem Weg, auf dem sie gekommen war. Morgan sah ihr nach und fühlte sich hilflos. Sie hatte recht. Er konnte nichts mehr tun, wenn sie scheiterte. Der Erfolg eines jeden Plans, den er sich ausgedacht hatte, hing von dem Mädchen ab und davon, dass der Maulwurf Chandos und die Geächteten in die Stadt hineinbrachte. Ohne die Geächteten oder die Magie seines Schwertes war er nicht in der Lage, Padishar zu helfen. An was für einem dünnen Faden alles hängt, dachte er grimmig.

»Möchtet Ihr etwas essen?«, fragte Matty Roh freundlich, sah ihn mit ihren dunklen Augen fragend an und hielt ihm einen Apfel hin.

Sie warteten bis fast zur Mittagszeit im Schatten des Lagerschuppens. Die Luft begann zu dampfen und war fürchterlich heiß. Die Sonne brannte über die Steine und das verdorrte Gras und kletterte schließlich an der nördlichen Mauer hinauf. Morgan döste ein wenig, denn er war müde von dem langen Marsch hierher und von der unsicheren Nacht, in der er in seiner unbequemen Verkleidung vor den Toren geschlafen hatte. Er dachte an Par und Coll und an die Zeiten vor den Schattenwesen und Allanon, an die Jahre, als sie im Hochland auf die Jagd gegangen waren und gefischt hatten, an seine Kindheit, an die langen, bedächtigen Tage, als das Leben ein aufregendes Spiel gewesen zu sein schien. Er dachte an Steff und Großmutter Elise und Tante Jilt. Er dachte an Quickening. Sie waren Erinnerungen an eine Vergangenheit, die mit jedem Tag, der verstrich, ein wenig Farbe verlor. Sie schienen alle schon vor sehr langer Zeit aus seinem Leben verschwunden zu sein.

Die Sonne stand über ihnen, als Damson Rhee schließlich zurückkehrte. Sie war rot von der Hitze und staubbedeckt, aber ihren Augen war die Aufregung anzusehen.

»Sie halten Padishar in demselben Wachturm gefangen wie mich«, verkündete sie und ließ sich auf eine der Bänke fallen. Sie trank einen großen Schluck aus dem Becher mit Wasser, den Matty Roh ihr anbot. »Es scheint allgemein bekannt zu sein. Morgen um die Mittagszeit soll er zum Haupttor gebracht werden und dort, für die ganze Stadt sichtbar, aufgehängt werden.«

»Wie geht es ihm?«, fragte Morgan rasch. »Hat jemand etwas darüber gesagt?«

Sie schüttelte den Kopf und schluckte. »Niemand hat ihn gesehen. Aber unter den Soldaten munkelt man, dass er den Galgen aus eigener Kraft betreten kann.«

Sie sah Matty Roh an. Die runzelte die Stirn. »Allgemein bekannt?« Sie blickte Damson nachdenklich an. »Ich würde dem nicht sonderlich trauen. Wenn etwas allgemein bekannt ist, bedeutet das meiner Erfahrung nach oft, dass es sich nur um ein Gerücht handelt.«

Damson zögerte. »Alle schienen so sicher zu sein.« Sie brach ab. »Aber natürlich müssen wir uns selbst davon überzeugen, oder?«

Matty Roh beugte sich vor, die Ellenbogen auf den Knien, das Kinn in den Händen, das jungenhafte Gesicht angespannt. »Ihr habt mir erzählt, wie Padishar gefangen genommen wurde.« Morgan sah auf. Wie viel mehr hatte Damson ihr erzählt, was er nicht wusste? »Es hat einmal geklappt, also könnte es recht gut sein, dass sie es erneut versuchen werden. Aber sie werden die Regeln ändern. Sie werden sicherstellen, dass dieses Mal niemand davonkommt. Anstatt einen lebenden Köder zu benutzen, werden sie jetzt vielleicht … die Tatsache ausnutzen, dass es allgemein bekannt ist.«

Morgan nickte. Er hätte selbst drauf kommen müssen. »Ein Köder. Sie erwarten einen Befreiungsversuch, also stellen sie eine Falle auf. Sie halten Padishar irgendwo anders gefangen.«

Matty nickte ernst. »Darauf würde ich wetten.«

Damson stand wieder auf. »Ich habe Zeichen für den Maulwurf hinterlassen, die er nicht übersehen kann. Wenn er kommt, dann heute Abend. Bis dahin habe ich Zeit und kann noch einmal losgehen. Vielleicht finde ich doch heraus, wo Padishar wirklich ist.«

»Ich komme auch mit.« Morgan erhob sich und griff nach seinem Umhang.

»Nein«, entgegnete Matty Roh heftig und entschieden. Sie stand auf und trat zwischen sie. »Weder der eine noch der andere.« Sie griff nach ihrem Umhang. »Ich übernehme das.« Sie sah Morgan an. »Ihr könntet erkannt werden, nachdem Ihr Eure Verkleidung abgelegt habt, und Ihr könnt ohnehin unentdeckt nirgends hingehen, wo Ihr etwas erfahren könntet. Ihr seid besser dran, wenn Ihr hierbleibt.« Sie wandte sich Damson zu. »Und Ihr dürft Euer Leben nicht noch einmal riskieren. Immerhin wissen sie auch, wer Ihr seid. Es war riskant genug, heute Morgen hinauszugehen. Was auch immer geschieht, Ihr müsst in Sicherheit bleiben, bis Ihr den Maulwurf trefft und die anderen hereinholen könnt. Das ist aber nicht möglich, wenn Ihr entdeckt und Euch in Padishar Creels Gesellschaft wiederfinden würdet. Außerdem bin ich in diesen Dingen besser als Ihr. Ich weiß, wie man lauscht, wie man herausfindet, was man wissen will. Geheimnisse aufzudecken ist meine Arbeit.«

Sie sahen sie einen Moment schweigend an. Als Morgan widersprechen wollte, brachte Damson ihn mit einem Blick zum Schweigen. »Sie hat recht. Padishar würde das genauso sehen.«

Morgan setzte erneut an, etwas zu sagen, aber Damson unterbrach ihn: »Wir warten hier auf Euch, Matty. Passt auf Euch auf.«

Matty nickte und schlang sich den Umhang um die Schultern. Ihr schmales Gesicht strahlte Ruhe aus. »Wartet nicht auf mich, wenn ich bis zur Dunkelheit noch nicht zurückgekommen bin.« Sie lächelte Morgan schnell und ironisch an. »Wiegt mich in Euren Gedanken in Sicherheit, Hochländer.«

Dann ging sie über den Hof und durch die Tür hinaus und war fort.

Sie warteten den ganzen Tag auf Matty Roh, hockten im Schutz des Schuppens und versuchten, wenigstens den Schatten zu genießen. Die Sonne zog langsam nach Westen, die Hitze staute sich in ihrem Schlepptau auf, und die Luft stand ruhig und staubig in dem stickigen Hof.

Damit die Zeit schneller vorüberging, begann Morgan Damson zu erzählen, wie Padishar und er am Zeigefinger zusammen gegen die Föderation gekämpft hatten. Aber darüber zu sprechen verminderte die Langeweile nicht, wie er gehofft hatte. Stattdessen brachte es eine Erinnerung zurück, die er hatte vergessen wollen – nicht die an Steff oder Teel oder den Kriecher oder auch an seinen entsetzlichen Kampf in den Katakomben, sondern an das erschreckende Gefühl, unvollständig zu sein, das er empfunden hatte, als er der Magie des Schwertes von Leah beraubt worden war. Nachdem seine Magie durch Generationen seiner Familie hindurch geruht hatte, hatte ihre Wiederentdeckung ihm Türen geöffnet, die seinem Empfinden nach besser geschlossen geblieben wären. Die Magie hatte bei ihm eine Abhängigkeit ausgelöst. Sie war ein Elixier der Macht, das stärker war als Vernunft oder Selbstverleugnung, das in seinem Streben, alles zu dominieren, heimtückisch war, das in seinem Bedürfnis, immer zu befehlen, keinen Widerspruch zuließ. Er erinnerte sich daran, wie ihn diese Macht eingebunden hatte, wie er danach unter ihrem Verlust gelitten hatte und wie sie ihm den Mut und die Tatkraft geraubt hatte, als er beides gebraucht hätte – und jetzt war er zwar erneut im Besitz dieser Macht, hatte aber Angst davor, was ihr erneuter Gebrauch ihn kosten könnte. Er musste an Par denken, der verflucht, nicht gesegnet war mit der Magie des Wünschlieds, einer Magie, die möglicherweise zehnmal stärker war als die des Schwertes von Leah, einer Magie, mit der Par seit seiner Geburt hatte ringen müssen und die sich jetzt auf unangenehme Weise entwickelt hatte, dass sie ihn vollständig zu vereinnahmen drohte. Morgan hatte auf gewisse Weise Glück gehabt, der Talbewohner dagegen nicht. Viele hatten dem Hochländer geholfen – Steff, Padishar, Walker, Quickening, Horner Dees und jetzt Damson und Matty Roh. Jeder hatte ein Maß an Vernunft und Ausgewogenheit in sein Leben gebracht, hatte ihn davon abgehalten, sich in der Verzweiflung zu verlieren, die ihn andernfalls vielleicht überwältigt hätte. Mancher von ihnen war ihm für immer genommen worden, und andere waren durch die Ereignisse von ihm getrennt. Aber sie waren da gewesen, als er sie gebraucht hatte. Auf wen hatte Par sich verlassen können? Auf Coll, der vom Wahnsinn der Schattenwesen vereinnahmt war? Auf Padishar, der jetzt in Gefangenschaft saß? Auf Walker oder Wren oder einen der anderen, die sich auf diese endlose Reise begeben hatten? Auf Cogline? Auf ihn selbst? Sicherlich nicht auf ihn selbst. Nein, da waren nur Damson und der Maulwurf gewesen – und von denen vor allem Damson. Jetzt war auch sie von ihm getrennt, und Par war wieder allein.

Ein Gedanke führte zum nächsten, und obwohl er mit Padishar und dem Zeigefinger begonnen hatte, stellte er jetzt fest, dass er schließlich abgelenkt worden war und einmal mehr über das sprach, was ihn am meisten beschäftigte, über Par, seinen Freund, den er, wie er es empfand, wieder und wieder im Stich gelassen hatte. Er hatte Par versprochen, dass er bei ihm bleiben würde. Er hatte versprochen, als sein Beschützer mit ihm in den Norden zu kommen. Er hatte dieses Versprechen gebrochen, und er wünschte inständig, eine zweite Chance zu bekommen, nur eine einzige, um wiedergutzumachen, was er versäumt hatte.

Damson sprach auch über den Talbewohner, und ihre Stimme verriet ihre Gefühle deutlicher als alle Worte. Da schwangen ihre eigenen Gefühle des Verlusts und des Versagens mit. Sie hatte sich für Padishar Creel anstatt für Par entschieden, und obwohl diese Wahl sicherlich gerechtfertigt war, fand sie darin trotzdem keinen Trost.

»Ich bin es leid, eine Wahl treffen zu müssen, Morgan Leah«, flüsterte sie ihm zum Schluss zu. Sie hatten eine Zeitlang nicht gesprochen, hatten sich in ihrem Versteck zurückgelehnt und an warmem Wasser genippt, um ihre Körper vor dem Austrocknen zu bewahren. Ihre Hand vollführte eine hilflose Geste.

»Ich bin es leid, gezwungen zu werden, zu wählen oder ständig irgendwelche Entscheidungen zu treffen, die ich nicht treffen will, denn bei allem, was ich entscheide, weiß ich, dass ich jemanden verletzen werde.« Sie schüttelte den Kopf, und Kummerfalten runzelten ihre Stirn. »Ich bin ganz schlicht und einfach müde, Morgan, und ich weiß nicht, wie lange ich noch durchhalte.«

Die unterdrückten Gedanken und Gefühle trieben ihr Tränen in die Augen. Er schüttelte den Kopf. »Ihr werdet weitermachen, weil Ihr es müsst, Damson. Das Schicksal der Menschen hängt davon ab, dass Ihr es tut. Ihr wisst das. Padishar jetzt. Par später.« Er richtete sich auf. »Macht Euch keine Sorgen, wir finden ihn, Ihr und ich. Wir hören nicht eher auf, bis wir es geschafft haben. Wir dürfen vorher nicht einknicken, oder?«

Er hatte das Gefühl, dass seine Worte herablassend klangen, und das gefiel ihm nicht. Aber sie nickte als Antwort, wischte sich die Tränen aus den Augen, und dann warteten sie weiter auf Matty Roh.

Es wurde Abend, und sie war noch immer nicht zurückgekehrt. Schatten traten anstelle von Licht, und der Himmel verdunkelte sich bald und füllte sich mit Sternen. Im Westen, weiter entfernt, als sie sehen konnten, rückte die Unwetterfront stetig näher, und innerhalb der Mauern der Stadt begann die Luft abzukühlen.

Damson erhob sich. »Ich kann nicht länger warten, Hochländer. Ich muss jetzt gehen, wenn ich den Maulwurf finden will und dann noch Zeit haben soll, die Geächteten in die Stadt zu holen.« Sie legte ihren Umhang um und band ihn fest. »Wartet hier auf Matty. Wenn sie kommt, überlegt Euch, was uns weiterhelfen könnte.«

»Wenn sie kommt«, wiederholte Morgan. »Vorausgesetzt, sie kommt.«

Sie legte ihm die Hand leicht auf die Schulter. »Was auch immer geschieht, ich komme zu Euch zurück, so schnell ich kann.«

Er nickte. »Viel Glück, Damson. Seid vorsichtig.«

Sie lächelte und verschwand über den dunklen Hof in den Schatten. Ihre Schritte hallten auf dem Stein wider und wurden dann von der Stille aufgesogen.

Morgan saß allein in der Dunkelheit und lauschte, wie die Geräusche der Stadt langsam leiser wurden und dann ganz erstarben. Über ihm zogen Wolken vor die Sterne und verhüllten sie nach und nach. Die Nacht wurde dunkler, und eine seltsame Stille legte sich über die Hochebene. Padishar, dachte er, halte durch, wir kommen. Irgendwie kommen wir.

Er versuchte zu schlafen und konnte es nicht. Er überlegte, was er tun könnte, aber alles hätte bedeutet, dass er sein

Versteck verlassen musste, und wenn er dies tat, würde er wahrscheinlich nicht zurückkommen. Er musste warten. Befreiungspläne gingen ihm durch den Kopf, aber sie blieben so flüchtig wie Rauch, nährten sich aus reiner Spekulation und nicht aus Tatsachen und blieben daher nutzlos. Er hätte so gern das Schwert von Leah bei sich gehabt, um sich nicht so wehrlos zu fühlen. Er hätte gern bei seinen Versuchen, seinen Freunden zu helfen, eine bessere Wahl getroffen. Er hätte sich am liebsten in eine dunkle Ecke verkrochen und durfte diesem Wunsch auf gar keinen Fall nachgeben, weil er fürchtete, dass ihn sein Kummer lähmen würde.

Es war fast Mitternacht, als er Stiefel auf dem Stein des Hofes hörte. Als er aus seinem leichten Dösen aufsah, stand Matty Roh plötzlich vor ihm. Er richtete sich ruckartig auf, und sie bedeutete ihm, leise zu sein. Sie kam zu ihm und setzte sich schnaufend neben ihn.

»Ich bin die letzte Meile gerannt«, sagte sie. »Ich hatte Angst, Ihr wärt fort.«

»Nein.« Er wartete. »Geht es Euch gut?«

Sie sah ihn an, und ihr Blick verriet Sorge. »Damson?«

»Sie ist auf die Suche nach dem Maulwurf gegangen, und dann will sie Chandos und die anderen durch die Tunnel hereinholen. Wir treffen uns in der Dämmerung hier wieder.«

Matty lächelte ihn gespannt und forschend an. »Ich bin froh, dass Ihr hier seid.«

Er lächelte zurück, aber das Lächeln erschien fehl am Platz. »Was ist geschehen, Matty?«

»Ich habe ihn gefunden.«

Morgan atmete tief ein. »Erzählt«, drängte er leise, obwohl er spürte, dass man sie nicht zur Eile antreiben durfte. Ihre Haut glänzte von Schweiß, und sie hatte einen seltsamen Ausdruck in ihren Augen.

Sie beugte sich vor, sodass sich ihre Schultern berührten.

Ihre jungenhaften, zarten Gesichtszüge waren angespannt, und da war eine Dringlichkeit, die von ihr ausstrahlte wie Licht. »Ich habe in den Schenken angefangen, habe beobachtet und zugehört. Ich habe ein paar Bekanntschaften gemacht, Soldaten, einen untergeordneten Offizier. Aus denen habe ich herausgeholt, was ich konnte, und bin dann weitergezogen. Padishars Name fiel, aber nur nebenbei, in Verbindung mit der Hinrichtung. Es wurde Nacht, und ich hatte noch immer nicht rausgefunden, wo sie ihn gefangen halten.«

Sie schluckte, goss sich einen Becher Wasser ein und trank in tiefen Zügen. Er spürte die Kraft in ihrem schlanken Körper, als sie sich beiläufig berührten.

Sie wandte sich wieder ihm zu. »Ich war sicher, dass sie ihn irgendwo gefangen halten, wo niemand sich gern aufhält. Der Wachturm war ein Trick, wo sonst konnte er also sein? Es gibt Gefängnisse, aber von dort würde etwas durchdringen. Es musste an einem Ort sein, den niemand gern aufsucht.«

Morgan wurde blass. »Die Grube.«

Sie nickte. »Ja.« Sie hielt ihren Blick auf ihn gerichtet. »Ich bin zum Volkspark gegangen, und das Wachhaus war schwer bewacht. Warum war das wohl so?, fragte ich mich. Ich wartete, bis ein Offizier herauskam, ein höherer, einer, der etwas wissen könnte. Dem folgte ich und setzte mich dann mit ihm zum Trinken hin. Ich legte es darauf an, dass er mich am Ende fragte, ob ich nicht Lust hätte, mich mit ihm ein bisschen zurückzuziehen. Als wir allein waren, legte ich ihm ein Messer an die Kehle und stellte ihm Fragen. Er wich aus, aber ich habe erreicht, dass er zugab, was ich bereits wusste: dass Padishar in seinem Kerker gefangen gehalten wird.«

»Lebt er denn noch?«

»Er lebt, damit er öffentlich hingerichtet werden kann. Sie wollen vermeiden, dass hinterher Gerüchte die Runde machen, er habe entkommen können. Alle sollen sehen, wie er stirbt.«

Sie blickten einander in der Dunkelheit an. Die Grube, dachte Morgan mit einem flauen Gefühl im Magen. Er hatte gehofft, niemals wieder dorthin zurückkehren zu müssen, niemals wieder auch nur in ihre Nähe gehen zu müssen. Er dachte an die Wesen, die dort lebten, die Ausgeburten der Schattenwesen, die Monster, die von der Barriere der Magie festgehalten wurden. Sie hatten das Schwert von Leah zerstört …

Er schob den Gedanken beiseite. Die Grube. Zumindest wusste er, was ihm bevorstand. Mit diesem Wissen konnte er einen Plan ersinnen.

»Habt Ihr sonst noch etwas herausgefunden?«, fragte er leise.

Sie schüttelte den Kopf. Er konnte den Pulsschlag an ihrer Kehle sehen. Ihr Haar umrahmte ihr zartes Gesicht wie ein schwarzer Helm.

»Und der Offizier?«

Ein langes Schweigen entspann sich, während sie ihm in die Augen blickte, aber eigentlich weit hindurch ins Leere schaute. Dann schenkte sie ihm ein leeres Lächeln.

»Als ich mit ihm fertig war, habe ich ihm die Kehle durchgeschnitten.«

22

Danach schwiegen sie. Sie saßen Seite an Seite auf einer Werkbank, berührten sich noch immer und starrten in die Dunkelheit. Mehrere Male dachte Morgan daran, aufzustehen und wegzugehen, aber er hatte Angst, dass sie den Grund missverstehen würde, und blieb daher, wo er war. Gelächter zerriss die Stille im Hof von irgendwo außerhalb. Es dröhnte rau und schien ihre Nerven, die bereits stark beansprucht waren, noch mehr zu strapazieren. Morgan wusste nicht, wie viel Zeit vergangen war. Er wusste, dass er etwas sagen sollte. Er hätte dem düsteren Bild ihrer Worte etwas entgegensetzen müssen. Aber er wusste nicht, wie.

In der Ferne bellte ein Hund. Er kläffte rhythmisch, bis er plötzlich verstummte.

»Es gefällt Euch nicht, dass ich ihn getötet habe«, sagte sie schließlich. Es war keine Frage, es war eine Feststellung.

»Nein, es gefällt mir nicht.«

»Denkt Ihr, ich hätte etwas anderes tun sollen?«

»Ja.« Er gestand es nur ungern ein. Er mochte es nicht, wie er redete. Aber er konnte nicht anders.

»Was hättet Ihr getan?«

»Ich weiß es nicht.«

Sie legte ihm die Hände auf die Schultern und zog ihn herum, bis sie einander ansahen. Ihre Augen waren winzige blaue Punkte. »Seht mich an.« Er tat es. »Ihr hättet dasselbe getan.«

Er nickte, aber er war nicht überzeugt davon.

»Ihr hättet es getan, denn wenn Ihr aufhört, darüber

nachzudenken, dann gab es keine andere Wahl. Dieser Mann wusste, wer ich war. Er wusste, was ich vorhatte. Er hat mich bestimmt nicht missverstanden. Wenn ich ihn am Leben gelassen hätte, selbst wenn ich ihn gefesselt und irgendwo versteckt hätte, hätte er entkommen oder gefunden werden können. Oder was auch immer. In dem Fall wären wir erledigt gewesen. Eure Pläne, wie auch immer sie aussehen mögen, hätten keine Chance mehr gehabt. Und ich muss irgendwann nach Varfleet zurückkehren. Dort hätte er mich zufällig sehen können, und dann hätte er Bescheid gewusst. Versteht Ihr?«

Er nickte erneut. »Ja.«

»Aber es gefällt Euch trotzdem nicht«, flüsterte sie rau. Sie schüttelte den Kopf, sodass ihr schwarzes Haar flog. Tiefe Traurigkeit lag in ihrer Stimme. »Mir auch nicht, Morgan Leah. Aber ich habe schon vor langer Zeit gelernt, dass es eine Menge Dinge gibt, die ich tun muss, um zu überleben, obwohl sie mir nicht gefallen. Und ich kann es nicht ändern. Es ist lange her, dass ich ein Heim oder eine Familie oder ein Land oder etwas oder jemanden außer mir selbst gehabt habe, worauf ich mich verlassen konnte.«

Er unterbrach sie und schämte sich plötzlich. »Ich weiß.«

Sie schüttelte den Kopf. »Nein, das wisst Ihr nicht.«

»Doch. Was Ihr getan habt, war notwendig, und ich sollte daran nichts falsch finden. Wahrscheinlich stört mich allein die Vorstellung. Ich habe einfach ein anderes Bild von Euch.«

Sie lächelte traurig. »Das kommt nur daher, dass Ihr mich nicht richtig kennt, Morgan. Ihr seht mich eine kurze Zeitlang auf Eure Weise, und so bin ich dann für Euch. Aber ich bin eine ganze Menge mehr, als Ihr bis jetzt erfahren habt. Ich habe auch früher schon Menschen getötet. Ich habe sie Auge in Auge getötet und auch aus dem Hinterhalt. Ich habe es getan, um überleben zu können.« Tränen traten in ihre Augen. »Wenn Ihr das nicht verstehen könnt …«

Sie hielt inne, biss sich auf die Unterlippe, erhob sich abrupt und ging davon. Er versuchte nicht, sie aufzuhalten. Er beobachtete, wie sie sich auf der anderen Seite des Hofes mit dem Rücken an die Wand setzte. Lange Zeit verharrte sie dort reglos im Dunkeln. Die Zeit verstrich, und Morgans Augen wurden schwer. Er hatte seit der vorigen Nacht nicht mehr geschlafen und auch da nur schlecht. Die Dämmerung würde eher hereinbrechen, als er dachte, und er würde erschöpft sein. Er hatte noch keinen Befreiungsplan für Padishar Creel – er hatte die Angelegenheit noch nicht einmal richtig durchdacht. Er fühlte sich aller Gedanken und Hoffnungen beraubt.

Schließlich breitete er seinen Umhang auf dem Boden des Schuppens aus, bildete mit den Lumpen, die sie hereingetragen hatten, ein Kissen und legte sich hin. Er versuchte, über Padishar nachzudenken, aber er schlief fast augenblicklich ein.

Irgendwann während der Nacht wurde er von einer Bewegung neben sich geweckt. Er spürte, wie sich Matty Roh neben ihm zusammenrollte und wie sich ihr Körper eng an seinen schmiegte. Ein schlanker Arm legte sich um ihn, und ihre Hand fand die seine.

So lagen sie den Rest der Nacht beieinander.

Es dämmerte schon fast, als er davon geweckt wurde, dass Damson ihn an der Schulter berührte. In den Schatten war bereits ein Zwielicht zu erkennen, das den anbrechenden Tag ankündigte, schwache und silbrige Rahmen um die Mauern des Hofes. Er blinzelte sich den Schlaf aus den Augen und erkannte, wer neben ihm hockte. Er lag noch immer mit Matty verschlungen da und stupste sie jetzt sanft an. Zusammen standen sie steif und unbeholfen auf.

»Sie sind hier«, sagte Damson einfach. Ihr Blick verriet nichts über das, was sie dachte, nachdem sie die beiden zusammen vorgefunden hatte. Sie deutete über die Schulter. »Der

Maulwurf hält sie in einem Keller in der Nähe verborgen. Er hat mich letzte Nacht aufgesucht, kurz nachdem ich Euch verlassen hatte, hat mich durch die Tunnel geführt, und gemeinsam haben wir Chandos und die anderen hergeholt. Wir sind bereit. Habt Ihr Padishar gefunden?«

Morgan nickte. Er war jetzt wach. »Matty hat ihn gefunden.« Er betrachtete ihr Gesicht. »Ich hätte es, glaube ich, nicht geschafft.«

Damson lächelte die junge Frau dankbar an und ergriff ihre schlanken Hände. »Danke, Matty. Ich hatte Angst, dass dies alles umsonst gewesen sein könnte.«

Mattys kobaltblaue Augen funkelten wie Edelsteine. »Dankt mir noch nicht. Erst müssen wir ihn dort herausholen. Er wird in den Zellen des Wachhauses der Grube gefangen gehalten.«

Damson spannte den Unterkiefer an. »Natürlich. Sie mussten ihn dorthin bringen, nicht wahr?« Sie wirbelte herum. »Morgan, wie werden wir …«

»Wir sollten uns besser beeilen«, sagte er und unterbrach sie schnell. »Ich werde es Euch erzählen, wenn wir die anderen erreicht haben.«

Wenn mir bis dahin etwas einfällt, fügte er im Stillen hinzu. Aber die Anfänge einer Idee formten sich bereits in seinem Unterbewusstsein, ein Plan, der beim Erwachen plötzlich da gewesen war. Er warf sich den Umhang um, und zusammen verließen die drei den kleinen Hof, gingen durch das Vorderhaus wieder hinaus und betraten die Straße.

Dort war es still und leer. Die Straße war ein schwarzer Korridor zwischen Häusern entlang, bis sie in einem Gewirr von Querstraßen und Durchgängen verschwand. Sie gingen schnell, blieben im Schatten nahe den Mauern und drängten durch das Schwarz der ausklingenden Nacht. Morgans Verstand arbeitete jetzt. Er überdachte die Möglichkeiten wieder und wieder, überprüfte sie und bedachte die Alternativen. Sie wollten

Padishar gegen Mittag hinrichten. Er sollte an den Stadttoren aufgehängt werden. Um das tun zu können, würden sie ihn vom Wachhaus an der Grube zu der Außenmauer transportieren müssen. Wie würden sie dies bewerkstelligen? Sie würden ihn sicherlich die Tyrsis-Allee hinabbringen, die breit und leicht zu überwachen war. Würde er laufen? Nein, das war zu langsam. Auf einem Pferd oder in einem Wagen? Ja, in einem Wagen stehend, damit jedermann ihn sehen konnte …

Sie wandten sich einem Gang zu, der zwischen zwei Gebäuden zu einer Sackgasse führte. Auf halbem Wege befand sich eine Tür, und sie traten hindurch. Innen war es dunkel, aber sie bahnten sich ihren Weg bis zu einer Tür in der gegenüberliegenden Wand, die sich zu einem flackernden Lampenlicht hin öffnete. Chandos stand mit struppigem schwarzem Bart in der Tür. Er hielt das Schwert in der Hand. So im Schatten sah er grimmig aus, riesig und wie aus Eisen. Aber er lächelte zum Gruß und führte sie die Treppe hinunter in den Keller, wo die anderen warteten.

Man begrüßte sich und schüttelte sich die Hände. Ein Gefühl der Vorfreude lag in der Luft. Der kleine Trupp von vierundzwanzig Leuten hatte fast die ganze Nacht gebraucht, um durch die Tunnel nach Tyrsis hineinzugelangen, aber sie wirkten frisch und voller Eifer, und Entschlossenheit lag in ihren Augen. Chandos reichte Morgan das Schwert von Leah, und der Hochländer band es sich auf den Rücken. Er war genauso voller Eifer wie sie.

Er sah sich nach dem Maulwurf um und konnte ihn nirgends entdecken. Als er nach ihm fragte, sagte Damson ihm, er halte Wache.

»Ich werde ihn brauchen, denn er muss mir zeigen, wo die Tunnel unter den Straßen verlaufen«, verkündete er. »Und ich werde Euch brauchen, damit Ihr mir eine Karte der Stadt zeichnet.«

»Hast du einen Plan, Hochländer?«, fragte Chandos und drängte sich nahe heran.

Gute Frage, dachte Morgan. »Ja«, erwiderte er und hoffte, dass es stimmte.

Dann winkte er alle zu sich und erklärte ihnen, wie dieser Plan aussah.

Die Dämmerung zog grau und drückend herauf, und die Gewitterwolken bewegten sich zum Rand Callahorns. Trotz der schwarzen Wolken, die ihre dunklen Schatten östlich über das Runnegebirge warfen, war es heiß und stickig in Tyrsis, als ihre Bewohner erwachten, um ihre Tagewerk zu beginnen. In der Luft hing der Geruch von Schweiß und Staub und Essensdunst vom Vortag. Männer und Frauen schauten zum Himmel und warteten sehnsüchtig auf den bevorstehenden Regen, weil sie sich zumindest ein geringes Maß an Erleichterung erhofften.

Als der Morgen auf Mittag zuging, machte sich überall Aufregung wegen der bevorstehenden Hinrichtung des Geächteten Padishar Creel breit. Die Menschen versammelten sich erwartungsvoll, schlecht gelaunt und matt von der Hitze am Stadttor. Sie warteten begierig auf Zerstreuung. Läden wurden geschlossen, Straßenhändler räumten ihre Stände ab, und die Arbeit wurde beiseitegelegt. Die Stimmung wurde ausgelassener. Es waren Possenreißer, Gauner, Verkäufer von Getränken und Süßigkeiten, Straßenhändler und Mimen unterwegs, aber auch überall Föderationssoldaten, die mit ihren schwarz-roten Uniformen von der inneren bis zur äußeren Mauer die Tyrsis-Allee säumten. Zur Mittagszeit füllten die Gewitterwolken den Himmel von Horizont zu Horizont, und Regen begann als dünner Schleier zu fallen. Damit wurde es dämmriger.

Mitten in der Stadt lag der Volkspark still und verlassen da.

Der Wind, der das nahe Unwetter ankündigte, fegte durch die Blätter der Bäume und ließ die Banner am Eingang des Wachhauses flattern. Ein Wagen war angekommen. Er wurde von einem Pferdegespann gezogen und war von Föderationswächtern umgeben. Segeltuch war über Metallstreben gezogen, die den Holzboden überspannten, und die Räder und Seiten waren eisenbeschlagen. Die Pferde stampften und schäumten zwischen ihren Deichseln, und den Männern in Uniform lief der Schweiß über das Gesicht. Die Bäume und Wege des Parks wurden abgesucht, auch die Mauern, die die Grube umgaben, und die Schatten, die überall zusammengeballt hingen. Die Eisenspitzen der Spieße und die Schneiden der Äxte glänzten matt. Wenn man sprach, dann nur leise, als könne jemand lauschen.

Dann schwangen die Türen des Wachhauses auf, und eine Gruppe Soldaten führte Padishar heraus. Die Arme des Anführers der Geächteten waren fest auf seinen Rücken gebunden, und er war geknebelt. Sein Gang war unsicher und stockend, seine Haltung schmerzgebeugt. Sein Gesicht war voller Blut, blauer Flecke und Schnitte. Er hielt trotz der offensichtlichen Schmerzen den Kopf aufrecht, und sein Blick, mit dem er seine Gefangenenwärter betrachtete, war hart und wild. Nur wenige begegneten diesem Blick, die meisten richteten ihre Aufmerksamkeit woandershin und warteten, bis er vorbeigegangen war, um dann verstohlen in seine Richtung zu sehen. Der Geächtete wurde zur Rückseite des Wagens gebracht und hineingestoßen. Segeltuchklappen wurden zurechtgezurrt, der Wagen gewendet, und die Soldaten stellten sich auf beiden Seiten in Reihen auf. Als alles bereit war, setzte sich der Zug langsam in Bewegung.

Es dauerte lange, bis sie aus dem Park herausgelangt waren, und die Pferde wurden vorsichtig gelenkt. Die Reihen der Soldaten umschlossen den Wagen wie eine Mauer. Es waren über fünfzig bewaffnete Männer mit harten Gesichtern, die da durch die Bäume auf die Tyrsis-Allee hinauszogen. Die wenigen Leute, denen sie begegneten, wurden schnell zurückgedrängt, und der Wagen rollte langsam in die Stadt hinein. Zu beiden Seiten erhoben sich Gebäude, und Zuschauer lehnten aus den Fenstern. Die Soldaten schwärmten aus, gingen in Gruppen voran, um Eingänge und Nischen zu durchsuchen, um Querstraßen und Gänge zu überprüfen, um jedes Hindernis, das sie fanden, aus dem Weg zu räumen. Der Regen fiel jetzt stetig, prasselte auf die Steine der Straße, färbte sie dunkel und begann Pfützen zu bilden. Donner rollte aus der Ferne heran, ein langes Grollen, das durch die Mauern der Stadt hallte. Der Regen wurde heftiger, und die Sicht wurde zunehmend schlechter.

Der Wagen hatte eine Stelle erreicht, an der mehrere Querstraßen kreuzten, als die Frau erschien. Sie schrie hysterisch und rief den Soldaten zu, sie sollten anhalten. Ihre Kleidung war in Unordnung, und Tränen liefen über ihr Gesicht. Sie hätten doch den Anführer der Geächteten bei sich, nicht wahr? Sie brachten ihn zu seiner Hinrichtung, nicht wahr? Gut, schrie sie hasserfüllt, denn er war für den Tod ihres Mannes und ihres Sohnes verantwortlich, die für die Föderation gekämpft hatten. Gute Männer waren sie gewesen, und sie wollte ihn hängen sehen. Und sie wollte unbedingt dabei sein, wenn es so weit war.

Der Zug geriet ins Stocken, als andere erschienen und mit einstimmten. Die zornige Rede der Frau spornte sie an. »Hängt den Anführer der Geächteten!«, schrien sie wütend. Sie drängten vorwärts, rissen die Hände hoch und gestikulierten wild. Die Soldaten hielten sie mit Spießen und Speeren auf Abstand, und der befehlshabende Offizier der Einheit befahl den Bürgern zurückzuweichen.

Niemand bemerkte, wie unterdessen das Kanalgitter unter

dem Wagen beiseiteglitt, oder sah die schattenhaften Gestalten, die eine nach der anderen aus der Dunkelheit auftauchten und unter dem Wagen kauerten.

»Hängt ihn hier und jetzt!«, schrie die Menge und drängte weiter gegen die Reihen der Soldaten an. Der Föderationsoffizier hatte sein Schwert gezogen und schrie seinen Männern verärgert zu, sie sollten den Weg frei machen.

Dann sprangen die Gestalten unter dem Wagen plötzlich an allen Seiten auf, einige auf den Fahrersitz, einige ins Innere. Der Fuhrmann und der Offizier wurden auf die Straße gestoßen und umklammerten ihre Kehlen. Einige Soldaten wurden an der Rückseite aus dem Wagen geworfen und blieben blutend und reglos auf der Straße liegen. Die Soldaten, die den Wagen umstanden, wandten sich instinktiv um und sahen nach, was vor sich ging, und dann fielen sie im Handumdrehen, als die Geächteten, die den größten Teil der Menge bildeten, sie mit ihren Dolchen töteten. In dem Tumult wurden die Soldaten hin und her geschoben, während sie versuchten, ihre Waffen einzusetzen.

Morgan Leah erschien auf dem Fahrersitz des Wagens, riss an den Zügeln und schrie den Pferden einen Befehl zu. Der Wagen fuhr ruckartig an, als die Pferde mit wildem Blick losgaloppierten. Soldaten stürzten ihm hinterher, versuchten, auf den Wagen aufzuspringen und ihn aufzuhalten, aber sofort war Matty Roh da und stach mit schneller, tödlicher Klinge auf sie ein. Der Wagen durchbrach die erste Linie der Soldaten, das Gespann zertrampelte einige Männer unter seinen Hufen, und die Räder des Wagens zermalmten weitere. Morgan riss an den Zügeln und lenkte die Pferde in eine Seitenstraße. Hinter ihm wurde weitergekämpft, mit Händen, Fäusten und mit Waffen. Die Zahl der Föderierten wurde rasch kleiner. Kaum eine Handvoll Soldaten stand noch, und diese wenigen hatten sich vor ein Gebäude zurückgezogen und hämmerten an die Türen.

Damson Rhee hatte sich längst von ihrer Rolle als trauernde Witwe verabschiedet, sie rannte jetzt los, packte die Lehne des Fahrersitzes und zog sich hoch, als der Wagen vorbeifuhr. Die Geächteten eilten ebenfalls hinter ihnen her und kamen langsam näher. Eine Sekunde lang schien es, als würde Morgans Plan funktionieren. Aber dann bewegte sich etwas im Schatten an der Seite, und Morgan wurde kurzzeitig abgelenkt und wandte sich danach um. Während er dies tat, fuhr der Wagen in ein wassergefülltes Loch, eine Achse brach, ein Rad löste sich, und die Deichsel splitterte. Der Wagen kippte auf die Seite, und den Bruchteil einer Sekunde später stand er kopfüber und warf alle Insassen auf die Straße.

Morgan lag mit Damson und Matty Roh auf einem Haufen. Langsam kamen sie schmutzig und voller Blutergüsse wieder auf die Füße. Der Wagen war zerstört, die Plane zerrissen und das Holz zersplittert und zerbrochen. In der Ferne verschwand das erschrockene Gespann im verregneten Zwielicht. Chandos kroch unter dem Wrack hervor, die stämmigen Arme um Padishar geschlungen. Der Anführer der Geächteten hatte seine Hände befreit und löste gerade den Knebel. Feuer brannte in seinen Augen, als er versuchte, allein zu stehen.

»Wartet nicht!«, keuchte er. »Geht weiter!«

Die anderen Geächteten erreichten sie. Ihre Kleidung war blutgetränkt und zerrissen. Einige fehlten, und manche waren verwundet. Rufe und Schreie folgten ihnen, und ein weiterer Trupp Soldaten eilte auf den Platz.

»Schnell! Hier entlang!«, drängte Damson und begann zu laufen.

Sie eilten über eine schlammige Straße in ein Labyrinth regennasser Häuser. Dunst stieg vom feuchten, erhitzten Stein auf, als sich die Luft abkühlte, und alles, was weiter als zwanzig Fuß entfernt war, verschwand hinter einem Schleier. Immer mehr Föderationssoldaten erschienen, drangen mit gezogenen

Waffen aus den Seitenstraßen heran. Die Geächteten traten ihnen entgegen, drängten sie zurück und kämpften für einen Weg in die Freiheit. Matty Roh focht katzenschnell und tödlich an vorderster Front und öffnete für die anderen eine Schneise. Padishar, dem es noch an Kraft fehlte, sich selbst zu beschützen, obwohl er bereit war, es zu versuchen, wurde von Morgan und Chandos in die Mitte genommen. Er stürzte ständig, und schließlich musste Chandos ihn tragen.

Sie erreichten eine Brücke, die ein trockenes Flussbett überspannte, und stolperten müde hinüber. Ohne den Wagen, der sie hätte befördern können, ermüdeten sie schnell. Fast die Hälfte der Männer, die mit in die Stadt gekommen waren, um Padishar zu befreien, waren bereits tot. Einige der Übrigen waren so schwer verwundet, dass sie nicht mehr kämpfen konnten. Föderationssoldaten kamen von überall her auf sie zu. Sie wurden von den Toren herangerufen, wo die Nachricht vom Ausbruchsversuch angekommen war. Die kleine Gesellschaft kämpfte sich tapfer voran, aber die Zeit wurde knapp. Bald wären zu viele Soldaten da, als dass sie ihnen noch ausweichen könnten. Auch der Dunst und der Regen würden sie dann nicht verbergen können.

Eine Gruppe von Reitern preschte aus dem Dunst hervor, so schnell, dass keine Chance zum Entkommen blieb. Morgan sah, wie sich Matty zur Seite warf, und versuchte, es ihr gleichzutun. Einige wurden überrannt. Pferde stolperten und gingen zu Boden, und auch ihre Reiter stürzten. Schreie und Rufe erhoben sich aus der kämpfenden Menge. Chandos war verschwunden, unter einem Berg von Leibern begraben. Padishar sprang zur Seite und fiel auf die Knie. Morgan erhob sich und stand auf einmal ganz allein mitten auf der Brücke und schwang das Schwert von Leah gegen alles, was in seine Reichweite gelangte. Er stieß den Schlachtruf seiner Familie aus: *»Leah! Leah!«*, suchte Kraft in diesem

Wort und forderte alle, die noch übrig waren, dazu auf, sich um ihn zu sammeln.

Eine Sekunde lang dachte er, sie seien verloren.

Dann kam Chandos wieder in Sicht. Er blutete und war übel zugerichtet, aber er stieß Föderationssoldaten aus dem Weg wie totes Holz, als er zu der Stelle stolperte, wo Padishar an der Brückenmauer lehnte, und den Anführer der Geächteten wieder hochzog. Damson rief ihnen von irgendwo vorn etwas zu und drängte sie vorwärts. Matty Roh war wieder da, stürzte sich auf den letzten noch stehenden Föderationssoldaten, tötete ihn im Vorbeilaufen und eilte weiter. Morgan und die Geächteten folgten ihr und rutschten auf Blut und Regen, die die Brücke überzogen, aus.

Vom unteren Ende der Brücke sahen sie Damson im geöffneten Tor eines großen Lagerhauses stehen. Sie winkte, dass sie sich beeilen sollten. Sie kämpften sich zu ihr vor, hörten den Lärm von Verfolgern, Schritte, Waffengeklirr, Flüche und Wutschreie. Eilig betraten sie das dunkle Gebäude, und Damson schlug das Tor hinter ihnen zu und verriegelte es. Der Maulwurf streckte seinen Kopf aus einer Falltür, die im Schatten auf der Rückseite des Gebäudes fast nicht zu erkennen war, und verschwand wieder.

»Runter in die Tunnel!«, befahl Damson und zeigte hinter dem Maulwurf her. »Schnell!«

Die Geächteten beeilten sich, und jeder, der konnte, half den Verwundeten so gut wie möglich. Chandos ging voran, zog Padishar halb und trug ihn halb und verschwand außer Sicht. Die Schreie ihrer Verfolger erreichten das Tor des Lagerhauses, und ein wütendes Hämmern begann. Spieße und Speere schlugen gegen das Tor, und das Holz splitterte. Morgan hielt auf halbem Wege zum Tunnel inne. Matty Roh stellte sich allein dem drohenden Angriff und hielt das Schwert bereit.

»Matty!«, rief er.

Der letzte Geächtete verschwand durch die Falltür. Streitäxte zerteilten den Riegel, der das Tor des Lagerhauses blockiert hatte, und das schwere Tor gab nach. Matty Roh wich langsam zurück. Selbst jetzt noch gab sie nur widerwillig Boden preis. Sie wirkte klein und verwundbar angesichts des Angriffs, der ihr bevorstand, aber sie stand da, als wäre sie aus Eisen geschmiedet.

»Matty!«, rief Morgan erneut und eilte dann zu ihr zurück. Er packte ihren Arm und zog sie gerade auf den Tunneleingang zu, als das Tor aufsprang und Föderationssoldaten hereinströmten. Zuerst kamen in ihren Kapuzenmänteln die Sucher, auf deren Uniformen das Wolfskopf-Emblem prangte. Als sie ihn sahen, jubelten sie vor Freude.

Morgan stand bereits vor dem Tunneleingang, wandte sich jetzt aber um und trat ihnen entgegen. Es war zu spät zu fliehen. Wenn er es versuchte, würden sie ihn von hinten niedermachen und die anderen ebenfalls erwischen. Wenn er blieb, konnte er den ersten Ansturm aufhalten, und die anderen würden einige wertvolle Augenblicke gewinnen. Matty Roh stand geduckt neben ihm. Er dachte kurzzeitig daran, ihr zu sagen, sie solle weglaufen, aber ein verstohlener Blick auf ihr Gesicht sagte ihm, dass er damit nur Zeit verschwenden würde.

Der Angriff erfolgte von drei Seiten, aber Morgan und das Mädchen kämpften mit dem Mut der Verzweiflung und schlugen ihn zurück. Das Schwert von Leah wurde zu blauem Feuer, als es die Sucher abwehrte, durchschlug ihre Verteidigung und verwandelte die Schattenwesen in Asche. Einige der Föderationssoldaten beobachteten, was geschah, und wichen entsetzt zurück. Matty Roh ging beim ersten Anzeichen eines Zurückweichens zum Angriff über. Ihr schmales Schwert schoss so schnell vor, dass es kaum zu sehen war, und ihre Bewegungen waren geschmeidig und wirkungsvoll. So drängte sie die Angreifer zurück. Morgan ging mit ihr, hielt ihr den Rücken frei und verspürte durch den plötzlichen Ansturm der Magie, die aus dem Talisman von Leah in seine Glieder flutete, neuen Mut. Wieder schrie er seinen Schlachtruf heraus: *»Leah, Leah«*, und warf sich auf die Männer vor ihm. Die Sucher starben, und die Soldaten, die ihnen gefolgt waren, stolperten und fielen bei ihrer entsetzten Flucht übereinander. Matty Roh schrie ebenfalls, und ihr Schrei gellte durch die Kakofonie der Schreie der Toten und Verwundeten. Morgan war wie von Sinnen, aller Gedanken beraubt, aller Bedürfnisse und Wünsche ledig; er fühlte nichts anderes mehr als das Feuer der Magie.

Dann brach die Föderation den Angriff plötzlich ganz ab, und die letzten Lebenden flohen durch das Tor des Lagerhauses wieder zurück auf die Straße. Morgan wirbelte zornig herum, er wurde von der Magie getrieben, und das Schwert von Leah strahlte Feuer aus. Er schwang den Talisman wie eine Sense, schlug gegen die aufrechten Balken, die die Deckenträger stützten, schnitt so tief hinein, dass er sie durchtrennte und das ganze Gebäude zusammenzubrechen begann.

»Genug!«, schrie Matty, packte seinen Arm und zog ihn fort.

Er kämpfte einen Moment lang gegen sie an, erkannte dann, was geschah, und fügte sich. Sie eilten auf die Falltür zu und taumelten gerade in dem Moment in Sicherheit, als die Decke einstürzte und alles mit donnerndem Krachen unter sich begrub.

Unten liefen sie durch den dunklen Tunnel einfach voran, ohne darauf zu achten, wohin. In der Ferne lockte ein schwaches Licht, und sie rannten hinterher, um es zu erreichen. Das seltsame Gefühl der Ganzheit, das Morgan empfand, wenn er die Magie des Schwertes einsetzte, ebbte langsam ab und öffnete ein Loch in ihm, das sich zu einem Verlangen ausweitete, zu einem vertrauten Gefühl des Verlusts, zu den Anfängen eines verzweifelten Bedürfnisses, die Magie erneut zu erleben.

Er kämpfte dagegen an, warnte sich selbst, dass er sich nicht von der Magie beherrschen lassen dürfe, wie sie es früher getan hatte, erinnerte sich an Par und Walker und schließlich auch an Quickening, um seine Entschlossenheit zu stärken. Er streckte die Hand nach Matty aus und nahm ihre Hand. Sie hielt sie fest, als spürte sie seine Angst, und sie ließ nicht los.

Bleib bei mir, betete er im Stillen. Lass mich nicht fallen. Staub und Feuchtigkeit füllten seine Lunge, und er hustete und rang um Atem. Seine Müdigkeit fühlte sich schwer an, wie Ketten an seinen Gliedern und auf seinem Körper. Sie liefen weiter, und das Licht wurde heller und kam näher. Mattys abgehackter Atem passte zu dem Trommeln ihrer Stiefel auf dem Stein. Das Blut pochte in seinen Ohren.

Dann erreichten sie das Licht, eine helle Säule unter einem Abflussgitter. Von der Straße oben stürzte Regen wie ein Wasserfall herunter und bildete einen silbernen Vorhang. Vom Himmel kam Donnergrollen. Matty brach an einer Wand zusammen und zog ihn mit sich hinab. Sie lehnten mit den Rücken am kühlen Stein und keuchten.

Sie wandte sich ihm zu. Ihre Augen waren ungezähmt und wild, und ihr Gesicht glänzte. Sie sah aus, als hätte sie vor Freude am liebsten geschrien, als hätte sie etwas entdeckt, das sie für immer verloren geglaubt hatte.

»Das war wunderbar!«, sagte sie und lachte wie ein Kind.

Als sie das Erstaunen in seinem Gesicht sah, beugte sie sich schnell zu ihm vor und küsste ihn fest auf den Mund. Sie küsste ihn lange, schlang die Arme um ihn und hielt ihn fest.

Dann ließ sie ihn los, lachte erneut und zog ihn hoch. »Komm, wir müssen die anderen einholen! Komm, Morgan Leah! Lauf!«

Sie folgten weiter dem Tunnel, und die Geräusche des Unwetters folgten ihnen in die Dunkelheit. Sie liefen nicht mehr weit, sondern wurden bald langsamer, als ihre Kraft nachließ. Ihre Augen gewöhnten sich an die Dämmerung, und sie konnten die Bewegungen der Ratten ausmachen. Der Regen strömte in immer heftigeren Bächen durch die Gitter herab, und bald standen sie knöcheltief im Wasser. Von Lichtsäule zu Lichtsäule bahnten sie sich ihren Weg, lauschten auf die Geräusche sowohl von möglichen Verfolgern als auch jener, die sie suchten. Sie hörten Schreie und Rufe von den Straßen, galoppierende Pferde, das Rumpeln von Wagen und die dumpfen Schritte von Stiefeln. In der Stadt wimmelte es von Soldaten, die nach ihnen suchten, aber im Moment waren es nur oberirdische Geräusche.

Noch immer war kein Zeichen von Damson und den Geächteten zu sehen.

Schließlich erreichten sie eine Abzweigung in dem Gang, sodass sie wählen mussten. Morgan tat sein Bestes, aber es gab nichts, was ihm bei dieser Entscheidung hätte helfen können. Wenn das Regenwasser das untere Stockwerk nicht überflutet hätte, wären dort vielleicht Spuren gewesen. Sie drängten vorwärts, Seite an Seite, Matty Roh dicht bei ihm, als fürchtete sie, sie könne ihn an die Dunkelheit verlieren. Die Entfernung zwischen den Gittern begann größer zu werden, bis der Tunnel so dunkel war, dass sie kaum noch etwas sehen konnten.

»Ich glaube, wir haben eine Abzweigung verpasst«, sagte Morgan leise und ärgerlich.

Sie gingen wieder zurück und versuchten einen anderen Gang. Dieser führte in Windungen zunächst scharf zu einer und dann zu der anderen Seite. Erneut vergrößerte sich der Abstand zwischen den Gittern, und das Licht wurde schwächer. Sie fanden eine erloschene Fackel, die in einer Spalte klemmte, und es gelang ihnen, sie mit Mattys Feuersteinen anzuzünden. Wegen der Feuchtigkeit dauerte es lange, und als die Fackel brannte, hörten sie Bewegung in den wassergefüllten Gängen hinter sich.

»Sie haben sich durch die Trümmer gegraben – oder haben einen anderen Weg gefunden«, flüsterte das Mädchen und lächelte geheimnisvoll. »Aber sie werden uns nicht erwischen, und wenn doch, werden sie es bitter bereuen. Komm!«

Sie eilten durch Tunnel voran, die zunehmend enger wurden. Die Schächte verschwanden schließlich vollständig, und die Fackel wurde zu ihrer einzigen Lichtquelle. Stunden vergingen, und es wurde offensichtlich, dass sie sich hoffnungslos verirrt hatten. Keiner von beiden sprach es aus, aber sie wussten es beide. Irgendwie hatten sie die falsche Richtung eingeschlagen. Es war noch immer möglich, dass sie aus dem Labyrinth herausfinden würden, aber Morgan zweifelte daran. Sogar Damson, die in der Stadt lebte und oft in die Tunnel ging, hatte nicht erwartet, das Labyrinth von Gängen ohne die Hilfe des Maulwurfs durchqueren zu können. Er fragte sich, was aus ihr und den anderen Geächteten geworden war und ob sie wohl annahmen, dass er und Matty tot seien.

Sie fanden eine weitere Fackel, die in besserem Zustand war, und nahmen sie als Reserve mit. Als der mit Pech bestrichene Teil der ersten abgebrannt war, zündete Morgan die zweite Fackel daran an, und dann gingen sie weiter. Sie gelangten tiefer in die Erde und konnten den Regen nicht mehr sehen und hören. Die Geräusche wurden erst leiser und verklangen dann ganz. Nur ihr eigener Atem und ihre Schritte waren noch zu vernehmen. Morgan versuchte, sich immer in eine Richtung zu bewegen, aber die Tunnel kreuzten sich so oft und führten so oft im Kreis, dass er es aufgab. Die Zeit verrann, aber es gab keine Möglichkeit festzustellen, wie viele Stunden vergangen waren. Sie wurden hungrig und durstig, doch sie hatten keine Vorräte.

Schließlich blieb Morgan stehen und wandte sich Matty zu. »So kommen wir nirgendwohin. Wir müssen etwas anderes versuchen. Wir sollten den Weg wieder zurück zur ersten

Ebene finden. Vielleicht können wir heute Nacht in die Stadt hinausschlüpfen und morgen durch ein Tor entkommen.«

Das war allenfalls eine geringe Hoffnung – die Föderation würde sicherlich überall nach ihnen suchen –, aber alles war besser, als hoffnungslos durch die Dunkelheit zu irren. Die Nacht würde bald hereinbrechen, und Morgan musste ununterbrochen an die Schattenwesen denken. Damson hatte ihm erzählt, dass sie in der Umgebung der Grube durch die Tunnel geisterten. Angenommen, sie stolperten über eins dieser Ungeheuer. Es war zu gefährlich für sie, noch länger hier unten zu bleiben.

Sie gingen zurück, suchten sich einen aufwärtsführenden Tunnel und folgten ihm, während die Fackel langsam niederbrannte. Die Zeit wurde knapp, wenn sie nicht bald wieder auf die Straßen der Stadt gelangten, denn ihr Licht würde verlöschen, und sie würden in der Dunkelheit festsitzen. Aber jetzt hörten sie in der Ferne fortwährend Geräusche, die Bewegungen von Männern, die durch Wasser und Feuchtigkeit wateten, das Flüstern von Stimmen. Die Verfolger waren offensichtlich in großer Zahl unterwegs, und Matty und Morgan waren nicht näher daran als zuvor, einen Weg an ihnen vorbeizufinden.

Es dauerte lange, bis sie wieder die Abwasserkanäle erreichten und einen Streifen Tageslicht durch ein Straßengitter fallen sahen. Das Licht war jetzt schwach, denn der Tag ging rasch der Dunkelheit entgegen. Der Regen war in ein sanftes Nieseln übergegangen, und die Stadt war still und machte einen verlassenen Eindruck. Sie zogen weiter, bis sie eine Leiter nach oben fanden. Morgan holte tief Luft und stieg hinauf. Als er durch das Gitter hinausspähte, sah er gegenüber von sich Föderationssoldaten, die grimmig und schweigend in der Dämmerung lauerten. Er kletterte geräuschlos wieder nach unten, und sie gingen weiter.

Ihre Fackel brannte aus, und das Tageslicht wurde zu

Dunkelheit. Der Himmel war so bewölkt, dass in den Tunneln fast kein Licht mehr vorhanden war, und die Geräusche ihrer Verfolger verklangen und wurden vom Rascheln der Ratten und Tröpfeln der Abflüsse abgelöst. Alle Gitteröffnungen, die sie überprüften, waren bewacht. Sie gingen weiter, denn sie hatten keine andere Wahl, und sie fürchteten, dass sie vielleicht nicht wieder weitergehen könnten, wenn sie erst einmal stehen blieben.

Morgan begann bereits zu verzweifeln, als Augen vor ihm auftauchten. Katzenaugen, die in der Dunkelheit leuchteten und dann verschwanden.

Er blieb stehen. »Hast du das gesehen?«, flüsterte er Matty Roh zu.

Er spürte ihr Nicken mehr, als er es sah. Sie standen lange Zeit wie erstarrt da, denn sie wollten sich nicht bewegen, bevor sie wussten, was vor ihnen war. Diese Augen hatten keiner Ratte gehört.

Dann hörten sie ein Geräusch aus dem aufgewühlten Wasser und Stiefel, die über Stein scharrten.

»Morgan?«, rief jemand leise. »Seid Ihr das?«

Es war Damson. Morgan antwortete, und kurz darauf umarmte sie ihn und dann Matty und erzählte ihnen, dass sie die Tunnel schon seit Stunden von einem Ende zum anderen abgesucht hätte, um sie zu finden.

»Allein?«, fragte Morgan ungläubig. Er war so erleichtert, sie zu sehen, dass ihm fast schwindelig wurde. »Habt Ihr etwas zu essen oder zu trinken?«

Sie reichte ihnen beiden einen Bierschlauch und Brot und Käse aus ihrem Gepäck. »Der Maulwurf hat mir geholfen«, sagte sie flüsternd. »Als Ihr die Decke des Lagerhauses zum Einsturz gebracht habt, brach auch ein Teil der Tunnel ein. Vielleicht habt Ihr es nicht einmal bemerkt. Auf jeden Fall waren wir von Euch abgeschnitten, und Ihr habt den falschen

Weg eingeschlagen.« Sie warf ihr feuriges Haar zurück und seufzte. »Wir mussten zuerst Padishar und die anderen hinausbringen. Da war noch keine Zeit, nach Euch zu suchen. Als sie in Sicherheit waren, sind der Maulwurf und ich zurückgegangen.«

In der Dunkelheit auf einer Seite blinzelten und glänzten die hellen Augen des Maulwurfs. Morgan war verblüfft. »Aber wie habt Ihr uns gefunden? Wir haben uns vollkommen verirrt, Damson. Wie konntet Ihr …?«

»Ihr habt eine Spur hinterlassen«, sagte sie und legte beruhigend eine Hand auf seinen Arm.

»Eine Spur? Aber das Regenwasser hat alles fortgewaschen!«

Sie lächelte, obwohl sie sich deutlich bemühte, es nicht zu tun. »Nicht auf dem Boden, Morgan – in der Luft.« Er schüttelte verwirrt den Kopf. »Maulwurf?«, rief sie. »Erzähle es ihm.«

Das pelzige Gesicht des Maulwurfs kam ins Licht. Er blinzelte fast schläfrig, und seine Nase drehte sich, als er in Richtung des Hochländers in die Luft schnüffelte. »Euer Geruch ist sehr stark«, sagte er. »Überall in den Tunneln. Die liebliche Damson hat recht. Ihr wart leicht aufzuspüren.«

Morgan sah ihn an. Er hörte Matty Rohs unterdrücktes Lachen und errötete.

Sie rasteten gerade lange genug, um etwas zu essen, und brachen dann mit dem Maulwurf als Führer erneut auf. Sie begegneten weder Föderationssoldaten noch Schattenwesen und kamen gut voran. Unterwegs wanderten Morgans Gedanken langsam in die Vergangenheit und wieder zurück. Er dachte über sich selbst nach und beurteilte, wie er sich verändert hatte. Als er fertig war, stellte er fest, dass er nicht unzufrieden war. Er hatte wichtige Lektionen gelernt.

Als sie nördlich der Bergflanke hervorkamen, war der Himmel wieder klar und hell vom Licht des Mondes und der

Sterne. Die Luft war vom Regen reingewaschen und roch nach Wald, und die aus dem Westen heranwehende Brise war kühl und sanft wie Daunen. Sie standen auf Gras, das vom Unwetter noch feucht war, und schauten über die Ebene und die Hügel zu den Drachenzähnen und über den dahinterliegenden Horizont.

Morgan sah Matty Roh an und bemerkte, dass sie ihn ebenfalls anblickte und schwach lächelte. Sie schien sehr persönliche und geheimnisvolle und seltsam verführerische Gedanken zu hegen. Schlicht und hübsch, zurückhaltend und offen und ein Dutzend weiterer Widersprüche trafen auf sie zu, etliche Gegensätze von Stimmungen und Verhaltensweisen, die er nicht verstand, aber gern verstehen wollte. Er sah Bilder von ihr in seiner Erinnerung aufblitzen – von dem Jungen, für den er sie in der Alten Pfeife gehalten hatte, von dem Mädchen mit den verunstalteten Füßen und der schrecklichen Kindheit im Feuerrotland, von der tödlichen Schwertkämpferin, die sich in Tyrsis gegen die Föderation und die Schattenwesen behauptet hatte, und von der Waise, die in einem Atemzug Dämon und Elfe sein konnte.

Er konnte nicht anders, er lächelte sie ebenfalls an und versuchte, an einem Geheimnis teilzuhaben, das nur sie kannte.

Damson kniete vor dem Maulwurf. »Willst du dieses Mal nicht mit uns kommen?«, fragte sie ihn. Der Maulwurf schüttelte den Kopf. »Jedes Mal, wenn du zurückgehst, wird es gefährlicher für dich.«

Der Maulwurf dachte nach. »Ich habe keine Angst um mich, liebliche Damson. Ich habe nur Angst um dich.«

»Die Ungeheuer, die Schattenwesen sind in der Stadt«, erinnerte sie ihn.

Er antwortete mit einem kurzen Achselzucken und einem ernsten Blick. »Die Ungeheuer sind überall.«

Damson seufzte, legte die Arme um den kleinen Burschen

und drückte ihn. »Auf Wiedersehen, Maulwurf. Danke für alles. Danke auch für Padishar. Ich schulde dir so viel.«

Der Maulwurf blinzelte. Seine hellen Augen glänzten.

Sie ließ ihn los und stand auf. »Ich komme zurück, wenn ich kann«, sagte sie. »Ich verspreche es.«

»Wenn du den Talbewohner gefunden hast?« Der Maulwurf wirkte plötzlich verlegen.

»Ja, wenn ich Par Ohmsford gefunden habe. Dann kommen wir beide zurück.«

Der Maulwurf strich sich über das Gesicht. »Ich werde auf dich warten, liebliche Damson. Ich werde immer auf dich warten.«

Dann wandte er sich um und verschwand wieder in den Felsen. Er verschwand dahin wie einer der nächtlichen Schatten. Morgan stand mit Matty Roh da, sah ihm hinterher und konnte nicht ganz glauben, dass er wirklich fort war. Die Nacht war still und kühl, bar aller Geräusche und angefüllt mit Erinnerungen, die durcheinandergerieten wie zu hastig gesprochene Worte, und es schien, als wäre alles ein Traum, aus dem er jeden Augenblick erwachen könnte.

Damson wandte sich ihm zu. »Ich suche Par«, verkündete sie ruhig. »Chandos hat Padishar und die anderen zum Feuerrotland zurückgebracht, wo sie einen oder zwei Tage ausruhen werden, bevor sie nach Norden ziehen, um die Trolle zu treffen. Ich habe für ihn getan, was ich konnte, Morgan. Er braucht mich nicht mehr. Aber Par Ohmsford braucht mich, und ich beabsichtige, das Versprechen zu halten, das ich ihm gegeben habe.«

Morgan nickte. »Ich verstehe. Ich komme mit Euch.«

Matty Rohs Stimme klang plötzlich unerklärlich trotzig: »Dann komme ich auch mit«, erklärte sie. Sie suchte erst in dem einen, dann in dem anderen Gesicht nach einem Einwand, fand keinen und fragte dann friedlicher: »Wer ist Par Ohmsford?«

Morgan lachte fast. Er hatte vergessen, dass Matty die ganze Geschichte nur zum Teil kannte. Es gab vermutlich keinen Grund, warum sie nicht alles erfahren sollte. Sie hatte sich das Recht dazu erworben, als sie zur Befreiung von Padishar mit nach Tyrsis gekommen war.

»Erzählt es ihr unterwegs«, mischte sich Damson plötzlich ein und blickte voller Unbehagen über ihre Schulter. »Wenn wir hier herumstehen, sind wir ungeschützt. Vergesst nicht, dass sie uns noch immer jagen.«

Und so brachen sie auf, nach Osten, wanderten von der Felswand fort auf den Mermidon zu. Eine Stunde Marsch, und sie würden im Schutz der Bäume sein und einige Stunden schlafen können. Es war das Beste, was sie sich für diese Nacht erhoffen durften.

Unterwegs erzählte Morgan die Geschichte von Par Ohmsford und den Träumen, die Allanon geschickt hatte. Die Schemen der drei verschwanden langsam in der Ferne, Mitternacht kam und ging, und der neue Tag begann.

23

Sie verbrachten den Rest der Nacht in einem Wäldchen weißer Eichen, die den Mermidon wenige Meilen unterhalb des Kennonpasses säumten. Es war kühl und schattig, wo sie schliefen, geschützt vor der Spätsommerhitze, die sich bald auf dem offenen Grasland staute, und sie wachten erst weit nach Sonnenaufgang auf. Sie wuschen sich und aßen etwas von den Vorräten, die Damson mitgebracht hatte, lauschten dem steten Rauschen des Stroms und dem lebhaften Vogelgesang. Morgan rieb sich den Schlaf aus den Augen und versuchte, sich alles in Erinnerung zu rufen, was am vorangegangenen Tag geschehen war, aber es verschwamm in seinem Kopf bereits, als wäre es vor langer Zeit passiert. Dass Padishar Creel wieder in Sicherheit war, wie lange her dieses Ereignis auch sein mochte, war das einzig Wichtige, sagte er sich missmutig und ließ die Angelegenheit in die Tiefen des Gestern entgleiten.

Er zog sich die Stiefel an, während er Brot und Käse aß, und überlegte, was vor ihnen lag. Das Heute war eine heiße, drückende Hoffnung, die durch die gefleckten Schatten der Blätter und Zweige schimmerte, und konnte ihn überallhin führen. Die Vergangenheit war eine Mahnung an die Wechselhaftigkeit des Lebens, an das Schicksal, das mit Gelegenheiten spielte und verteilte, was es wollte. Das Ungemach und die Verluste, die Morgan hatte erfahren müssen, hatten ihn abgehärtet, und eine Leere hatte sich in ihm gebildet, von der er glaubte, dass nichts sie jemals wieder würde füllen können. Sie war ein unzugänglicher Ort, an dem Schmerz und Enttäuschung und Angst nicht überleben konnten, ein Schild, der es ihm erlaubte, alles von sich fernzuhalten, sodass er auch dann noch weitermachen könnte, wenn er manchmal glaubte, er schaffe es nicht mehr. Das Problem dabei war natürlich, dass er sich so auch anderes auf Abstand hielt – wie Hoffnung und Sorge und Liebe. Er konnte sie zulassen, wenn er sich dazu entschloss, aber es bestand immer die Gefahr, dass sich die anderen Gefühle dann auch einstellten. Wenn man eines zuließ, riskierte man immer, auch die anderen zuzulassen. Es war sein Vermächtnis von Steff und Quickening, vom Zeigefinger und von Eldwist, von Druidengeistern und Schattenwesen. Es war eine Wahrheit, die ihn verfolgte.

Er schob die Überlegungen und Grübeleien beiseite, beendete seine Mahlzeit, erhob sich und streckte sich.

»Fertig?«, fragte Damson Rhee. Ihr Gesicht war vom kalten Wasser gerötet, und ihr feuerrotes Haar glänzte, nachdem sie es ausgebürstet hatte. Sie war hübsch und sprühte vor Leben und war von einer Entschlossenheit erfüllt, die von ihr ausstrahlte wie Hitze von einer Flamme. Morgan betrachtete sie und dachte erneut, wie glücklich Par sein musste, dass jemand wie sie ihn liebte.

Matty Roh wusch ihren Teller ab und gab ihn Damson, damit sie ihn einpacken konnte. »Wohin geht es von hier aus?«, fragte sie in ihrer gewohnt offenen Art. »Wie wollen wir die Suche nach Par Ohmsford angehen?«

Damson packte den Teller zusammen mit den anderen ein. »Wir werden ihn aufspüren.« Sie schnürte das Gepäck zu und stand auf. »Hiermit.«

Sie griff vorn in ihr Hemd und zog an einem Lederband etwas heraus, das wie die Hälfte eines Medaillons aussah. Morgan und Matty beugten sich vor. Das Medaillon, tatsächlich eine Metallscheibe, trug keine Zeichen oder Insignien, und die schartige Schärfe des Randes verriet deutlich, dass es kürzlich zerbrochen worden war.

»Das ist ein Skree«, erklärte Damson und hielt es ins Licht, wo es kupfern schimmerte. »Ich hab die andere Hälfte Par gegeben, als wir uns trennten. Die Scheibe wurde aus einem Metall geformt, in einem Arbeitsgang geschmiedet und kann nur einmal gebraucht werden. Die Hälften ziehen die Besitzer zueinander. Sie strahlen Licht aus, wenn sie sich nahe kommen.«

Matty Roh schaute skeptisch drein. »Wie nah muss man sich kommen?« Ihr schwarzes kurzes Haar lag straff um ihr Elfengesicht, und ihre Augen blickten tiefgründig und durchdringend. Sie sah frisch, zerzaust und jung aus – jünger, als sie war, dachte Morgan, und es war nichts davon zu erkennen, in wen sie sich auch verwandeln konnte.

Damson lächelte. »Das Skree ist eine Straßenmagie. Ich habe gesehen, wie sie ihre Arbeit tut. Sie kann einiges vollbringen.« Ihr Lächeln wurde breiter. »Wollen wir es ausprobieren?«

Sie hielt das Skree auf ihrer ausgestreckten Handfläche zuerst nach Westen, dann nach Norden und dann nach Osten. Es geschah nichts. Damson sah sie schnell an. »Er ist gen Süden gezogen«, erklärte sie. »Das habe ich mir bis zuletzt aufgehoben.«

Sie richtete ihre Hand nach Süden aus. Die kupferartige Vorderseite des Skree hatte möglicherweise schwach geflackert, aber Morgan war sich dessen absolut nicht sicher. Damson nickte jedoch zufrieden.

»Er ist anscheinend nicht weit entfernt.« Ihr Lächeln war verhalten, als ihr Blick dem der anderen begegnete. »Man muss wissen, wie man es lesen muss.« Sie verbarg die Scheibe wieder unter ihrer Kleidung. »Wir sollten besser losgehen.«

Sie griff nach ihrem Gepäck und schwang es sich über die Schulter. Matty Roh sah Morgan von der Seite an, und ihr Kopfschütteln besagte: *»Hast du etwas gesehen, was mir entgangen ist?«* Morgan zuckte die Achseln. Er war sich nicht sicher.

Sie brachen in der Hitze auf, folgten dem Mermidon auf seinem gewundenen Weg östlich nach Varfleet hin und hielten sich dabei so weit wie möglich in den Schatten der Bäume. Eine Brise wehte vom Wasser her und verschaffte ihnen ein wenig Kühlung, aber das umliegende Land lag bar aller Bewegung still in der Hitze. Die Gipfel der Drachenzähne im Norden waren in der Schwüle des Sommers kahl und grau, und das Auf und Ab aus Hügeln und niedrigen Bergen im Süden zeigte sich ausgebrannt und trocken. Die Sonne stand in einem wolkenlosen Himmel, und die Hitze strömte in Wellen heran. Tote Tiere lagen auf der offenen Ebene, und ihre Kadaver gingen bereits in Verwesung über. Weite Gebiete der Wälder Callahorns waren krank, und die Erde darunter war kahl. Die Sonne spiegelte sich auf stinkenden grünen Teichen. Die Bäume waren verdorrt wie zum Trocknen aufgehängte Kadaver von Tieren. Oft erstreckte sich die verödete Erde meilenweit. Morgan roch die Verwesung in der Luft. Das lag nicht nur an Sommerhitze und Trockenheit. Dies war das Gift der Schattenwesen, dem er begegnete, seit er in den Norden gekommen war. Überall sah er die Verheerung des Landes, deren Ursache die dunklen Wesen waren. Und es wurde immer schlimmer.

Der Tag ging in den Nachmittag über, und sie zogen im Norden an Varfleet vorbei, folgten aber weiter dem Mermidon, der südwärts zu verlaufen begann. Sie trafen auf ihrem Weg eine Handvoll fliegender Händler, aber die Hitze hatte die meisten Reisenden aus der Sonne vertrieben, sodass sie den Weg am Fluss entlang ziemlich allein bewanderten. Sie bemerkten eine Föderationspatrouille, als sie sich Varfleet näherten, und zogen sich zwischen die Bäume zurück, um die Soldaten passieren zu lassen.

Damson gebrauchte erneut das Skree, während sie warteten, und das Ergebnis war das Gleiche. Die Scheibe schimmerte schwach, als sie in Richtung Süden gehalten wurde – aber vielleicht war es auch nur eine Spiegelung des Sonnenlichts. Erneut wechselten Morgan und Matty Roh im Stillen einen Blick. Es war heiß, und sie waren müde. Sie fragten sich, ob dies wohl irgendwohin führen würde oder ob Damson sich einfach nur von Hoffnung treiben ließ. Es gab noch andere Möglichkeiten, Par aufzuspüren, wenn die Scheibe nicht ihren Dienst nicht tun würde, aber keine davon würde Damson jetzt überzeugen.

Sie müssten ein Boot besorgen, um den Mermidon hinab zum Regenbogensee zu reisen, erklärte sie und versteckte das Skree wieder. So würden sie dreimal schneller sein, als wenn sie versuchten, die Strecke zu Fuß zurückzulegen. Matty zuckte mit den Schultern und sagte, sie würde in die Stadt gehen, denn für sie sei es weniger gefährlich als für die anderen, und sie würden sich hier wieder treffen, sobald sie gefunden hätte, was sie brauchten. Sie legte ihr Bündel mit dem Bettzeug ab, das sie mit sich getragen hatte, und verschwand in der Hitze.

Morgan saß mit Damson im Schatten einer alten Weide nahe am Ufer, wo sie jeden sehen konnten, der sich näherte. Der Fluss hatte nach dem Unwetter der letzten Nacht eine schlammige Farbe und beförderte viel Unrat. Sie beobachteten, wie er träge und bedächtig vorüberfloss. Morgans Lider waren vom Schlafmangel schwer, und er schloss die Augen, weil es so hell war.

»Ihr seid Euch meiner noch immer nicht sicher, nicht wahr?«, hörte er Damson nach einiger Zeit fragen.

Er sah zu ihr hinüber. »Was meint Ihr?«

»Ich habe den Blick bemerkt, den Ihr mit Matty getauscht habt, als ich das Skree benutzt habe.«

Er seufzte. »Das bedeutet nicht, dass ich mir Euretwegen nicht sicher bin, Damson. Es bedeutet, dass ich nichts gesehen habe, und das beunruhigt mich.«

»Man muss wissen, wie man es benutzt.«

»Das sagtet Ihr bereits. Aber was ist, wenn Ihr Euch irrt? Ihr könnt es mir nicht verübeln, dass ich skeptisch bin.«

Sie lächelte ironisch. »Doch, das kann ich. Zu irgendeinem Zeitpunkt dieser Reise müssen wir anfangen, einander zu vertrauen, wir alle drei. Wenn wir es nicht tun, werden wir eine Menge Schwierigkeiten bekommen. Denkt darüber nach, Morgan.«

Das tat er und dachte noch immer darüber nach, als sich die Dämmerung über das Grenzland senkte und Matty mit müdem Gesichtsausdruck aus dem Dunst auftauchte.

»Wir haben ein Boot«, verkündete sie, ließ sich im Schatten der Weide erschöpft fallen und griff nach dem Wasserkrug, den Damson ihr anbot. Sie schüttete sich Wasser auf das staubbedeckte Gesicht und ließ es an sich hinablaufen. »Ein Boot, Vorräte und Waffen, alles ist am Ufer versteckt. Wir können alles nach Einbruch der Dunkelheit holen, wenn wir nicht gesehen werden können.«

»Irgendwelche Probleme?«, fragte Morgan.

Sie sah ihn angespannt an. »Ich musste niemanden töten, wenn du das meinst.« Sie zog eine finstere Miene, setzte sich dann zurück und sagte nichts mehr.

Jetzt waren beide Frauen nicht mehr gut auf ihn zu sprechen, dachte er und beschloss, sich deswegen keine Gedanken zu machen.

Bei Anbruch der Nacht folgten sie dem Ufer in die Stadt, bis sie den Hafen nördlich der Stelle erreichten, an der Matty das Boot versteckt hatte. Es war ein älteres Ruderboot mit flachem Kiel, Stangen, Rudern, einem Mast und einem Segel, und es war mit Vorräten und Waffen ausgestattet, wie Matty es versprochen hatte. Sie stiegen schweigend an Bord und stießen sich ab, steuerten das Boot flussabwärts bis zur ersten unbewohnten Bucht, zogen ihr Fahrzeug dann an Land und legten sich sofort schlafen. Bei Sonnenaufgang waren sie wieder auf den Beinen und brachen auf. Sie fuhren auf dem Mermidon bis zum Sonnenuntergang in südlicher Richtung auf das Runnegebirge zu und schlugen ihr Lager dann in der Nähe eines Eschenhains in einem Gewirr von Felsen auf, das sich zu einer schmalen Sandbank hin öffnete. Sie nahmen ein kaltes Abendessen zu sich, wickelten sich in ihre Decken und schliefen. Zwei Tage vergingen, ohne dass viel gesprochen wurde. Die Stimmung war angespannt, und die Unsicherheit über die Richtung, die sie eingeschlagen hatten, hatte jegliche wirkliche Bemühung um Verständigung im Keim erstickt. In Tyrsis war eine Verbundenheit spürbar gewesen, die inzwischen verschwunden war – vielleicht wegen der Zweifel, die sie gegenseitig hegten, vielleicht wegen ihres Unbehagens darüber, was ihnen bevorstehen mochte. In Tyrsis hatte es einen Plan gegeben – oder zumindest die Ansätze eines Plans. Hier war nur eine vage Entschlossenheit vorhanden, weiterhin nach Par Ohmsford zu suchen, bis sie ihn gefunden hätten. Bei Padishar hatten sie gewusst, wo er war, und sie hatten das Gefühl gehabt, dass sie eine gewisse Kontrolle darüber hätten, wie sie ihn finden könnten. Aber Par konnte überall sein, und nichts ließ vermuten, dass sie nicht bereits zu spät kamen, um ihm zu helfen.

Daher machte sich außerordentliche Erleichterung breit, als Damson am nächsten Morgen das Skree herausnahm, ihre Hand nach Süden ausrichtete und das Kupfermetall in den Schatten der Felsen, die sie ringsum einschlossen, hell leuchtete. Nach kurzem Zögern lächelten sie einander wie wiederentdeckte alte Freunde an und brachen mit neugewonnener Entschlossenheit auf.

Danach ließ die Anspannung nach, und das Gefühl der Kameradschaft, das sie bei der Befreiung von Padishar geteilt hatten, kehrte zurück. Das Boot schwamm den Fluss hinab, und das Wasser, das wieder ruhig und glatt geworden war, trug sie stetig südwärts. Der Tag war heiß und windstill, und die Reise ging langsam voran, aber die beiden Frauen und der Hochländer tauschten sich über ihre Gedanken und Träume aus und schafften es so, die Vorbehalte auszuräumen, die zwischen ihnen entstanden waren.

Bei Einbruch der Nacht befanden sie sich tief im Runnegebirge. Die Berge ragten wie eine schattenhafte Mauer in die zunehmende Dunkelheit, verdeckten das Sternenlicht und ließen nur ein schmales Himmelsband über ihnen frei. Sie lagerten auf einer Sandinsel zwischen ausgebleichtem Treibholz, die eine Ansammlung verkümmerter Pinien umgab. Die Luft blieb stickig und war mit beißenden Flussgerüchen gesättigt – nach toten Fischen, Schlamm und Stromschnellen. Morgan angelte, und sie brieten seinen Fang über einem Feuer, aßen ihn, tranken von dem Bier, das Damson mitgebracht hatte, und beobachteten, wie der Fluss vorüberzog. Damson benutzte das Skree, und es leuchtete hell kupferfarben, als es nach Süden gehalten wurde. Vorerst war damit alles gut. Sie waren keinen ganzen Tag mehr von der Stelle entfernt, wo der Mermidon in den Regenbogensee mündete. Vielleicht würden sie dort etwas darüber erfahren, wo sich Par aufhielt.

Nach einiger Zeit streckten sich Damson und Matty auf ihren Decken aus, um zu schlafen, während Morgan ans Flussufer schlenderte, sich dort niederließ und an andere Zeiten und Orte dachte. Er wollte die Fäden von allem, was geschehen war, zusammenführen, um einen Sinn in dem zu entdecken, was kommen würde. Er war es leid, vor einem Feind davonzulaufen, über den er noch immer fast gar nichts wusste, und dachte wie so oft, dass er doch etwas verstehen müsste, wenn er nur lange genug über die Angelegenheit nachdachte. Aber die Fäden liefen vor ihm auseinander, als wären sie vom Winde verweht, und er konnte sie offenbar nicht zusammenführen. Sie trieben dahin und verstreuten sich, und die Fragen, die ihn seit Wochen quälten, blieben unbeantwortet.

Er stocherte mit einem Stock im Sand, als Matty erschien und sich neben ihn setzte.

»Ich kann nicht schlafen«, sagte sie. Ihr Gesicht war blass und wirkte kühl im Sternenlicht. Ihre Augen waren unermesslich tief. »Was machst du?«

Er schüttelte den Kopf. »Nachdenken.« Ihm fiel auf, dass sie ihn duzte, sagte aber nichts dazu, sondern empfand es als angenehm.

»Worüber?«

»Über alles und nichts.« Er lächelte sie an. »Ich kann anscheinend zu keinem Schluss kommen. Ich wollte eigentlich ein paar Dinge endlich verstehen, aber meine Gedanken schweifen ständig ab.«

Sie sagte einen Moment lang gar nichts, hielt die Augen abgewandt und schaute auf den Fluss. »Du versuchst, alles zu erzwingen«, sagte sie schließlich.

Er sah sie an.

»Du gehst alles an, als wäre es deine letzte Chance. Du bist wie ein kleiner Junge, der von seiner Mutter eine Aufgabe übertragen bekommen hat. Es bedeutet dir so viel, dass du es dir nicht leisten kannst, auch nur den kleinsten Fehler zu machen.«

Er zuckte mit den Schultern. »Nein, das stimmt so nicht. Vielleicht sieht es im Moment so aus, aber so bin ich eigentlich nicht. Außerdem, wer beurteilt jetzt wen?«

Sie begegnete seinem Blick direkt. »Ich beurteile dich nicht. Ich teile dir meinen Eindruck mit. Das unterscheidet sich von dem, was du getan hast. Du hast mich zu beurteilen versucht.«

»Oh.« Er glaubte ihr keinen Moment lang. Sein Gesicht verriet das, und er machte sich nicht die Mühe, es zu verbergen. »Wie dem auch sei, etwas unbedingt zu wollen ist doch nichts Schlechtes.«

»Erinnerst du dich daran, als ich dir erzählt habe, dass ich schon viele Männer getötet hätte?« Er nickte. »Das war eine Lüge. Oder zumindest eine Übertreibung. Ich habe das nur gesagt, weil du mich wütend gemacht hast.« Sie sah nachdenklich fort. »Es gibt vieles an mir, was du nicht verstehst. Ich glaube nicht, dass ich dir alles erklären kann.«

Er sah sie fest an, aber sie weigerte sich, seinen Blick zu erwidern. »Ich habe dich aber nicht gebeten, etwas zu erklären«, erwiderte er abwehrend.

Sie ignorierte ihn. »Du bist sehr gut mit diesem Schwert. Fast so gut wie ich. Ich könnte dich lehren, noch besser zu sein, wenn du willst. Ich könnte dir eine Menge beibringen. Erinnere dich daran, was in der Alten Pfeife mit dir passiert ist, als du mich packen wolltest. Ich könnte dich lehren, das auch zu können.«

Er errötete. »Das wäre nicht geschehen, wenn …«

»… du bereit gewesen wärst.« Sie lächelte. »Ich weiß, das hast du schon mal gesagt. Aber die Sache ist, dass du nicht bereit warst – und sieh, was geschehen ist. Außerdem ist bereit zu sein alles. Padishar hat mich das gelehrt. Bereit zu sein ist sicherlich wichtiger, als etwas krampfhaft zu versuchen.«

Er spannte das Kinn an. »Bist du bald fertig damit, in allen Einzelheiten darzustellen, was ich anders machen sollte? Oder möchtest du vielleicht noch etwas hinzufügen?«

Das Lächeln verschwand aus ihrem Gesicht. Sie sah ihn nicht an, sondern hielt ihren Blick auf den Fluss gerichtet. Er wollte noch etwas sagen, besann sich aber dann eines Besseren. Sie schien plötzlich seltsam verwundbar. Er beobachtete, wie sie die Knie vor die Brust zog und den Kopf darauflegte. Er konnte langsam und gleichmäßig das Geräusch ihres Atems hören.

»Ich mag dich sehr«, sagte sie schließlich. Sie hielt ihr Gesicht weiterhin gesenkt. »Ich wollte nicht, dass dir etwas zustößt.«

Er wusste nicht, was er sagen sollte. Er sah sie einfach nur an.

»Darum bin ich hier«, sagte sie. »Darum bin ich mitgekommen.« Sie hob den Kopf und sah ihn an. »Wie denkst du darüber?«

Er schüttelte den Kopf. »Ich weiß nicht, was ich denken soll.«

Sie atmete tief ein. »Damson hat mir von Quickening erzählt.«

Sie sagte dies so, als könnten die Worte in ihrem Mund Feuer fangen. Ihr Blick suchte den seinen, und er sah, dass sie Angst vor dem hatte, was er wohl denken mochte, aber auch entschlossen war, dies dennoch zu Ende zu führen. »Damson sagte, du hättest Quickening geliebt und dass dieser Verlust das Schlimmste war, was dir je passiert ist. Sie hat mir davon erzählt, weil ich sie gefragt habe. Ich wollte etwas über dich erfahren, was du mir nie selbst erzählt hättest. Dann wollte ich mit dir darüber sprechen, aber ich wusste nicht, wie. Ich bin eine sehr gute Zuhörerin, aber ich kann nicht so gut Fragen stellen.«

Morgan blinzelte. Er sah Quickening vor sich, flüchtig wie Rauch, eine makellose silberhaarige Vision. Die Erinnerung ließ den alten Schmerz wieder aufflammen. Er versuchte, ihn zu verdrängen, aber es war sinnlos. Er wollte nicht an sie denken, aber im Hinterkopf war die Erinnerung immer da.

Matty Roh ergriff seine Hände und sagte zögernd: »Ich könnte jetzt zuhören, wenn du es zulassen würdest. Ich würde wirklich gern zuhören.«

Er dachte, nein, ich will nicht darüber sprechen, ich will nicht einmal darüber nachdenken, nicht mit dir, und mit sonst auch niemandem! Aber dann sah er sie erneut vor seinem inneren Auge, wie sie ihre verunstalteten Füße in dem Fluss badete und ihm erzählte, wie sie so missgestaltet geworden waren, wie die Verseuchung des Landes ihr Leben für immer verändert hatte. Galt der Schmerz ihrer Erinnerungen denn weniger als seiner? Er dachte auch an Quickening, wie sie im Sterben lag und das zerstörte Schwert von Leah wieder heilte, ihm einen Teil von sich selbst schenkte, den er mit sich nehmen konnte, etwas, das ihren Tod überdauern würde. Was sie zurückgelassen hatte, war nicht dazu gedacht, sollte nicht wie ein Geheimnis verborgen gehalten werden. Es sollte weitererzählt werden.

Und Erinnerungen waren keine Schätze aus Glas, die man in einer Schachtel verschlossen halten musste. Sie waren helle Bänder, die man im Wind flattern lassen sollte.

Er drehte seine Hand um und fasste die ihre. Dann beugte er sich so nah heran, dass er ihr Gesicht deutlich sehen konnte, und begann zu sprechen. Er redete lange, fand es zunächst schwierig und dann leichter, arbeitete sich durch das Labyrinth von Empfindungen, das in ihm aufstieg, suchte nach Worten, die manchmal nicht kommen wollten, zwang sich weiterzumachen, selbst wenn er dachte, es sei unmöglich.

Als er fertig war, hielt sie ihn fest, und ein Teil des Schmerzes fiel von ihm ab.

In der Morgendämmerung brachen sie auf. Unter den Regenwolken blieb der Tag grau und dunstig. Die Wolken zogen von Westen heran wie eine schwere dunkle Lawine, die sich über alles in ihrem Weg wälzte. Es war heiß und ruhig auf dem Fluss, und das Plätschern der Wellen, die an die Wände der Schlucht schlugen, hallte scharf wider. Morgan setzte das Segel, aber es war zu wenig Wind, als dass es geholfen hätte, und nach einer Weile holte er es wieder ein und überließ das Boot der Strömung. Es war fast Mittag, als sie an der Südwacht vorüberkamen, am schwarzen Obelisken, der groß und still und undurchdringlich hoch über ihnen aufragte und seinen Schatten wie die Verfemung über den Mermidon warf. Sie betrachteten ihn voller Widerwillen, während sie vorüberfuhren, denn sie dachten an die dunklen Wesen darin und verspürten

Unbehagen, als ihnen bewusst wurde, dass man sie vielleicht beobachtete. Aber niemand zeigte sich, und sie fuhren unbehelligt vorüber. Die Südwacht verschwand in der Ferne, verschmolz mit dem Dunst und lag hinter ihnen.

Kurz darauf erreichten sie die Mündung des Flusses. Das Wasser wurde sehr viel breiter und dehnte sich zum Regenbogensee aus, dessen glatte Oberfläche blau schimmerte. Der Regenbogen, der dem See seinen Namen gegeben hatte, war nur schwach zu sehen. Er glänzte in der Hitze und dem Dunst, schwebte über dem Wasser wie ein verwittertes, verblasstes Banner, das frei in der Luft flatterte. Sie lenkten das Boot zum Westufer, zogen es an Land und betraten eine kahle Fläche, die östlich und südlich zum Wasser hin abfiel und sich im Nordwesten über eine Ebene hinweg bis zu einer Hügelkette am Horizont erstreckte. Sie schauten sich um, entdeckten aber, so weit sie sehen konnten, nur verkümmertes Gras und verkrüppelte, unbelaubte Eisenbäume.

Damson strich das feuerrote Haar zurück, band es mit einem Tuch über ihrer Stirn fest und zog das Skree hervor. Sie hielt es auf ihrer geöffneten Handfläche vor sich und richtete es nach Süden. Morgan sah, dass die kupferrote halbe Scheibe hell zu leuchten begann.

Sie wollte es schon wegstecken, überlegte es sich dann aber offensichtlich anders und probierte noch einmal die anderen Himmelsrichtungen aus. Als sie sich nach Norden wandte, in die Richtung, aus der sie gekommen waren, schimmerte das Skree erneut. Diesmal war es ein schwaches Aufflammen. Damson betrachtete es ungläubig, schloss ihre Hand darüber, wandte sich ab und wieder zurück und öffnete ihre Hand erneut. Abermals flackerte das Skree unruhig.

»Warum tut es das?«, fragte Matty sofort.

Damson schüttelte den Kopf. »Ich weiß es nicht. Ich habe niemals davon gehört, dass es sich so verhalten könnte.«

Sie wandte sich erneut nach Süden und bewegte ihre Hand dann am Horizont entlang von Osten nach Westen und wieder zurück. Dann tat sie das Gleiche, indem sie sich nach Norden wandte, und betrachtete die Oberfläche des Skree, während sie sich drehte. Es gab keinen Zweifel an dem, was sie sahen. Das Skree leuchtete in beiden Richtungen.

»Könnte es noch einmal durchgebrochen worden sein, sodass die Stücke in verschiedenen Richtungen zu finden sind?«, fragte Morgan.

»Nein. Es kann nur einmal geteilt werden. Es ein weiteres Mal zu brechen würde es nutzlos werden lassen. Das ist nicht geschehen.« Damson sah besorgt aus. »Aber da ist etwas anderes. Das Leuchten in Richtung Süden deutet auf das Silberflussgebiet westlich von Culhaven oberhalb des Streithügels hin. Es ist das stärkere von beiden.« Sie blickte über die Schulter. »Das Leuchten in nördlicher Richtung zeigt auf die Südwacht.«

Sie schwiegen, während sie überlegten, was das bedeuten könnte. Ein Reiher schrie über dem See auf, kam als heller Strich aus dem Dunst und verschwand wieder.

»Ein doppeltes Leuchten«, sagte Morgan und schüttelte den Kopf. »Und eines davon ist falsch.«

»Also, welchem glauben wir?«, fragte Matty. Sie ging einige Schritte, als wäre ihr etwas eingefallen, wandte sich dann plötzlich um und kam wieder zurück. »Welches ist das richtige?«

Damson schüttelte erneut den Kopf. »Ich weiß es nicht.« Mattys kobaltblaue Augen richteten sich auf den Horizont, über dem sich die Wolken aufbauten. »Dann werden wir beiden nachgehen müssen.«

Damson nickte. »Das denke ich auch. Ich weiß keine andere Möglichkeit.«

Morgan seufzte enttäuscht. »In Ordnung. Wir gehen zuerst nach Süden. Das Leuchten ist das stärkere von beiden.«

»Und wir lassen die Südwacht links liegen?« Matty schüttelte den Kopf. »Das geht nicht. Jemand muss hierbleiben, falls Par Ohmsford dort ist. Denke darüber nach, Hochländer. Was ist, wenn er dort ist und sie versuchen, ihn woanders hinzubringen? Was ist, wenn eine Gelegenheit kommt, ihn zu befreien, und niemand hier ist, um etwas zu unternehmen? Wir könnten ihn verlieren und müssten ganz von vorn anfangen. Ich glaube nicht, dass wir das riskieren sollten.«

»Sie hat recht«, stimmte Damson zu.

»Gut, du bleibst, und Damson und ich gehen nach Süden«, erklärte Morgan. Er war verärgert, weil er nicht zuerst daran gedacht hatte.

Aber Matty schüttelte erneut den Kopf. »Du musst derjenige sein, der bleibt. Dein Schwert ist die einzige Waffe gegen die Schattenwesen, die wir haben. Wenn eine Befreiung nötig wird, wenn es zu irgendeiner Art von Kampf kommt, ist dein Schwert ein Talisman gegen ihre Magie. Ich weiß, was ich kann, Morgan Leah, aber ich weiß auch, wann mir jemand überlegen ist. Das alles gefällt mir nicht besser als dir, aber es hilft nichts. Damson und ich gehen nach Süden.«

Ein langes Schweigen entstand, während sie einander ansahen. Morgan kämpfte gegen einen fast unwiderstehlichen Zwang an, einfach zu verwerfen, was er für Wahnsinn hielt, während Matty ihn mit ihren kobaltblauen Augen ruhig und entschlossen ansah, wobei sich das Gewicht ihrer Argumente in deren blauem Glanz widerspiegelte.

Schließlich wandte Morgan den Blick ab, sein Verstand gewann die Oberhand über das Gefühl, und widerwillig ordnete er sich der Notwendigkeit unter und klammerte sich an die Hoffnung. »In Ordnung«, sagte er leise. Die Worte klangen bitter und hart. »In Ordnung. Es gefällt mir nicht, aber es ist in Ordnung.« Er blickte sie wieder an. »Aber wenn ihr Par findet und es zu einem Kampf kommt, dann holt ihr mich.«

Matty nickte. »Wenn das möglich ist.«

Morgan zuckte bei dieser Einschränkung zusammen, schüttelte ärgerlich den Kopf und sah Damson herausfordernd an. Aber Damson nickte nur zustimmend. Morgan atmete langsam aus. »Wenn ihr könnt«, wiederholte er niedergeschlagen.

Sie besprachen die Sache noch eine Weile und überlegten, was sie tun würden, wenn die Zeit und die Umstände es erlaubten. Morgan betrachtete die Landschaft und deutete dann westwärts zu einem Steilhang, der am See hoch aufragte. Von dort aus konnte er alles beobachten, was zur Südwacht zog oder von dort kam. Wenn in der Zwischenzeit nichts vorfiele, würden sie ihn bei ihrer Rückkehr dort finden.

Er ging mit ihnen zum Boot zurück und versorgte sich für eine Woche mit Vorräten. Dann umarmte er sie zögernd, zuerst Damson, dann Matty. Matty drückte ihn fest, fast so, als wollte sie ihm nachdrücklich klarmachen, dass sie nicht gern ging. Sie sagte nichts, aber sie klammerte sich an ihn, und ihre Lippen streiften seine Wange. Sie blickte ihm tief in die Augen, nachdem sie sich von ihm gelöst hatte, und er hatte das Gefühl, als ließe sie mit diesem Blick etwas von sich bei ihm zurück. Er wollte ihr als Antwort ermunternd zulächeln, aber da hatte sie sich bereits abgewandt.

Als sie in dem Dunst verschwunden waren, der sich über dem Fluss gebildet hatte, wandte er sich westwärts seinem auserwählten Wachposten zu und ging in die zunehmende Dämmerung hinein. Die Wolken bedeckten den Himmel von Horizont zu Horizont, und die Luft wurde allmählich kühler. Wind war aufgekommen, wehte über die Ebene und trieb ihm Staub und Sand in die Augen. Weit im Westen war der Regen als dunkler Vorhang zu erkennen, der sich auf ihn zubewegte. Er zog die Kapuze seines Umhangs hoch und senkte seinen Blick zu Boden.

Als er gerade seinen Bestimmungsort erreicht hatte, begann es wie aus Kübeln zu schütten. Der Regen prasselte auf die

Ebene und machte im Handumdrehen alles nass. Morgan verkroch sich unter einer Tanne und ließ sich am Fuß des Stammes nieder. Dort war es trocken und geschützt. Der Regen hielt mehrere Stunden lang an, schwächte dann zu einem Nieseln ab und hörte schließlich ganz auf. Die Gewitterwolken zogen östlich vorbei, der Himmel klarte auf, und der Sonnenuntergang glühte im fahlen Licht wie purpurrotes Feuer.

Morgan verließ den Schutz der Tanne und fand eine Gruppe großblättriger Ahornbäume, unter denen er sich verbergen konnte. Gleichzeitig hatte er von hier aus einen klaren Ausblick auf die Südwacht und den Mermidon im Osten und auf eine weite Fläche des Regenbogensees im Süden sowie einen Einschnitt durch die Hügel unterhalb des Runnegebirges. Es war ein idealer Posten, um in fast einem Dutzend Meilen Umkreis alles zu beobachten, was sich dem Turm der Schattenwesen näherte. Gut genug, entschied er und machte es sich bequem, um die Nacht abzuwarten.

Er aß ein wenig, trank etwas Wasser und fragte sich, ob Damson und Matty den Regenbogensee wohl vor dem Unwetter zu überqueren begonnen hatten oder ob sie abgewartet hatten. Vielleicht lagerten sie irgendwo am Fluss und schauten zu ihm zurück.

Das Licht wurde zu Grau, und die Sterne erschienen allmählich. Morgan schaute zur Südwacht hinüber und wünschte sich, hineinsehen zu können. Er versuchte, nicht darüber nachzudenken, was dort vor sich ging. Zu viel Vorstellungskraft konnte gefährlich sein. Er betrachtete die Ebene im Osten, die sich karg und bar allen Lebens als Einöde mit brauner Erde und grauem totem Holz vom Turm der Schattenwesen wie vergossene Flüssigkeit ausbreitete. An den Rändern, wo das Gift gerade zu wirken begann, verdunkelte sich die Erde. Bäume verrotteten, und Gräser verdorrten. Der Hügel, auf dem er saß, war eine Insel, die bereits in Bedrängnis geriet.

Er nahm das Schwert von Leah vom Rücken und barg es in seinen Armen. Einen Talisman gegen die Schattenwesen hatte Matty Roh es genannt. Aber seine Macht stahl die Seele, und man konnte nur wenig tun, um sich davor zu schützen. Jedes Mal, wenn er die Magie gebrauchte, wurde es zum Kampf zweier Willen, seines eigenen gegen den des Schwertes, und beide rangen um die Vormacht und die Herrschaft. Vor dreihundert Jahren hatte Allanon Rone Leahs verzweifelten, wütenden Ruf beantwortet, indem er der alten Waffe einen Hauch Druidenmagie übertragen hatte, und das Vermächtnis dieses Geschenks oder Fluchs – wie man es auch sehen wollte – war ein bittersüßer Geschmack, nach dem es einen immer wieder verlangte, wenn man einmal davon gekostet hatte.

Ähnlich erging es Par mit dem Wünschlied. Bei aller Magie, die jemals war oder jemals sein würde, war es so – Sirenengesänge der Macht, die alles in ihrer zwingenden Art überschritten und ein unerbittliches Bedürfnis äußerten, gesungen zu werden.

Er lächelte düster. Sei vorsichtig mit dem, was du dir wünschst. War das nicht die alte Warnung für jene, die um etwas baten, was sie nicht hatten?

Das Lächeln verblasste. Vielleicht würde er es herausfinden, wenn die Zeit gekommen war, die Magie des Schwertes erneut anzurufen – was er sicherlich früher oder später tun musste. Vielleicht würde sich Quickenings heilsame Berührung, die Magie, die seinen Talisman wiederhergestellt hatte, am Ende als genauso tödlich erweisen wie die der Schattenwesen.

Dieser Gedanke verursachte ein Gefühl der Kälte und der Leere und unglaublicher Einsamkeit in ihm. Er saß reglos in den Schatten, schaute aufs Land hinaus und wartete darauf, dass die Dunkelheit es verschlang.

24

Drei Tage zuvor war schon einmal ein Unwetter vorübergezogen, ein deutlich heftigeres, ein wolkenbruchartiger, lang anhaltender Regen, der von krachendem Donner und Blitzschlägen begleitet worden war und von einem rauen, heulenden Wind getrieben wurde. Er hatte zu einer Überschwemmung geführt, wie sie regelmäßig durch die spätsommerliche Hitze im Grenzland verursacht wurde. Diese Sintflut brach in der Dämmerung über Callahorn herein, überschwemmte das Land die ganze Nacht lang und zog in der Morgendämmerung nach Süden weiter.

Im Gefolge des Unwetters erhob sich eine einsame Gestalt aus dem durchnässten Boden am Rande des Regenbogensees. Sie war bis zur Unkenntlichkeit beschmutzt und gebeugt wie unter der Last von Ketten.

Dunkle Augen blinzelten und versuchten, sich auf einen Punkt zu konzentrieren. Der Tag erwachte spät, vielleicht aus Sorge, dass das Unwetter zurückkehren könnte, denn dunkle Wolken verweilten noch bedrohlich am bleiernen Himmel, und der zaghafte eisengraue Sonnenaufgang vermochte kaum die hartnäckigen Schatten der Nacht zurückzudrängen. Die Gestalt schaute über die weite Fläche des Sees hinweg. Eine Hand hielt ein Schwert, das nur an den Stellen schwach schimmerte, wo Gras und Schlamm, die an ihm klebten, den Blick auf das Metall freigaben. Die Gestalt zögerte unsicher, taumelte dann zum Rand des Sees, tauchte Hände und Gesicht ein und schließlich auch den Körper, wusch sich den Matsch ab, bis darunter ein Gewirr von Lumpen und bloßer Haut zum Vorschein kam.

Schlamm und Dreck trieben mit dem dunklen Wasser davon. Coll Ohmsford erhob sich und sah sich um.

Zunächst konnte er sich an nichts anderes erinnern als daran, wer er war – obwohl ihm das sehr wichtig war, als wäre seine Identität einmal fragwürdig gewesen. Er erkannte den Regenbogensee, den Boden, auf dem er stand, und das Land, das ihn umgab. Er stand am südlichen Ufer des Sees, westlich von Culhaven und nördlich des Tieflands der Streithügel. Aber er wusste nicht, wie er hierhergekommen war.

Er betrachtete die Klinge in seiner Hand – hatte er es geschafft, sich zu waschen, ohne sie loszulassen? – und erkannte, dass er das Schwert von Shannara hielt.

Und dann trafen ihn die Erinnerungen mit solcher Wucht, dass er keuchte und zurückwich, als hätte ihn ein Schlag in die Magengrube getroffen. Die Bilder hämmerten auf ihn ein. Er war von den Schattenwesen gefangen genommen und in der Südwacht festgehalten worden. Ihm war die Flucht gelungen, aber in Wahrheit hatte Rimmer Dall ihm diese Flucht ermöglicht. Man hatte ihn fälschlicherweise glauben lassen, dass das Spiegeltuch ihn verbergen würde, während es ihn in Wahrheit auf eine Art verändert hatte, an die er sich gar nicht erinnern mochte. Es hatte ihn langsam in einen von ihnen verwandelt, hatte ihn nach ihrem Bild geformt. Er hatte die Gewalt über sich selbst verloren und war zu etwas geworden, was einem Tier sehr ähnlich war, hatte auf der Suche nach seinem Bruder das Land durchstreift, hatte ihn gesucht, ohne darüber nachzudenken oder einen Grund dazu zu haben, außer dem Wunsch, ihm Schaden zuzufügen. In die dunklen Falten des Spiegeltuchs eingehüllt hatte er ihn verfolgt, gefunden und angegriffen …

Er atmete heftig durch den Mund. Seine Brust schnürte sich zusammen, und sein Magen rebellierte.

Sein Bruder.

… und hatte versucht, ihn zu töten – und hätte es getan, wenn ihn nicht etwas aufgehalten und ihn dann fortgetrieben hätte.

Er schüttelte den Kopf und kämpfte sich durch das Labyrinth seiner Erinnerungen. Er war verwirrt und wie wahnsinnig vor Par geflohen, hin- und hergerissen zwischen dem, der er gewesen war, und dem, der er geworden war. Danach hatte er Par hinter sich hergelockt, ohne sich wirklich bewusst zu sein, was er tat, war bei Tage vor ihm geflohen und hatte ihn bei Nacht gesucht, hatte ihn stets gejagt, irgendwo tief in sich selbst verloren. Hass und Angst hatten ihn getrieben, aber ihr Ursprung war niemals deutlich geworden. Er konnte spüren, wie sich die Wirkung des Spiegeltuchs aufzulösen begann, war jedoch noch unentschlossen, ob das gut war oder nicht. Er verwandelte sich allmählich wieder zurück, aber nicht ganz, denn die Schattenwesenmagie hielt ihn immer noch in Bann. In der Dunkelheit kehrte er zurück und suchte seinen Bruder in der Absicht, ihn zu töten, und gleichzeitig dachte er daran, dass er auf diese Weise Erlösung finden konnte. Die Gedanken verknoteten sich miteinander wie Schlangen. *Folge mir!,* hatte er Par gebeten – und dann versucht, so schnell und so weit zu laufen, dass sein Bruder ihn nicht erreichen konnte.

Er legte die Arme um sich selbst, als ihn Kälteschauer durchströmten, schaute über die dunstige Weite des Sees hinaus und erinnerte sich. Wie viele Tage war er gelaufen? Wie viel Zeit war verloren?

Folge mir!

Er hatte dann die Metallscheibe gestohlen, die Par um seinen Hals trug – hatte sie gestohlen, ohne zu wissen, warum, einfach nur, weil er gesehen hatte, wie Par sie in den dämmrigen Schatten gehalten und liebkost hatte, und hatte, als er ihre Bedeutung gespürt hatte, beschlossen, Par wehzutun, indem er sie sich nahm. Er hatte aber auch gedacht, dass sein Bruder ihm folgen würde, wenn er ihm die Scheibe stahl.

Und so war es auch gekommen.

Er war in das verwüstete Land unterhalb der Südwacht geflohen.

Warum war er hierhergelaufen? Der Grund war ihm schleierhaft und blieb eine schwer fassbare Ahnung in seinem Unterbewusstsein. Er runzelte die Stirn, während er versuchte zu verstehen. Er war von der Magie des Spiegeltuchs getrieben und gezwungen worden zurückzukehren …

Seine Augen weiteten sich. Um Par hierherzubringen, weil …

Und Par hatte ihn dort unter dieser alten Eiche eingeholt, hatte ihn erschöpft und zerschlagen und am Boden zerstört aufgefunden. Sie hatten ein letztes Mal gegeneinandergekämpft, hatten um das Schwert von Shannara gerungen, hatten versucht, die Barrieren zu durchbrechen, die sie voneinander trennten, jeder auf seine eigene Art – Par, indem er die Magie des Schwertes beschwor, damit Coll befreit werden könnte, Coll, indem er umgekehrt darum kämpfte, zu … zu …

Was?

Um es Par zu erzählen. Um es ihm zu erzählen.

»Par«, flüsterte er entsetzt, und seine Erinnerung an die Wahrheit, die das Schwert ihm offenbart hatte, loderte in ihm auf wie weißes Feuer. Er sah auf die schlammbedeckte Klinge hinab, auf die Gravur unter seinen Fingern – die Hand mit der brennenden Fackel. Er sah sie im Wiedererkennen verwundert an, und seine Finger strichen an dem Emblem entlang, als könnten sie weitere Geheimnisse entdecken.

All diese Monate, die sie nach dem Schwert von Shannara gesucht hatten, dachte er, und sie hatten es niemals erkannt. So große Mühen, um es zu erlangen, verzweifelte Kämpfe und verlorene Leben, und sie hatten niemals Verdacht geschöpft. Allanons Aufgabe hatte sie erbarmungslos vorangetrieben.

Sie hatte Par getrieben, und Coll war ihm gefolgt. Finde das Schwert von Shannara, hatte der Druidenschatten angeordnet. Nur dann können die Vier Länder gesunden. Finde das Schwert, hatte er in dem Wirbelwind der Schreie geflüstert, die aus dem Hadeshorn heraushallten.

Und das hatte Par Ohmsford getan – ohne auch nur einmal auf den Gedanken zu kommen, dass nicht er es benutzen sollte.

Coll Ohmsfords Herz raste, und er atmete langsam und tief durch, um sich zu beruhigen. Er verspürte einen fast überwältigenden Drang, daran zu verzweifeln, was diese Täuschung sie gekostet haben mochte, aber er wollte sich nicht in diesen Abgrund ziehen lassen. Beide Hände um den Talisman geschlungen, trat er vom Regenbogensee zurück an eine Stelle, wo eine Gruppe von Ahornbäumen verstreute Schatten über eine grasbewachsene Kuppe warf. Benommen und geschwächt ließ er sich dort nieder, wo ihn das Sonnenlicht durch die Zweige hindurch finden konnte, und versuchte die Bilder, die er aus seiner Erinnerung befreit hatte, zu ergründen.

Par war ihm bis zu dieser Ebene westlich der Südwacht gefolgt, und sie hatten ein letztes Mal miteinander gekämpft, Bruder gegen Bruder. Par war zu ihm gekommen, weil das Spiegeltuch eine Magie der Schattenwesen war, von der Coll sich nicht selbst befreien konnte. Par hatte versucht, Coll mit dem Schwert von Shannara das zu geben, was er für das Zerreißen seiner Fesseln brauchte – die Erkenntnis dessen, wer und was er geworden war, Verständnis dafür, wie er verwandelt worden war. Die Wahrheit, die besondere Fertigkeit des Schwertes, würde ihm helfen. Par war überzeugt gewesen, dass es wirklich das Schwert von Shannara war, das er besaß, weil sich die Magie offenbart hatte, als Coll ihn bei Tyrsis angegriffen hatte. In der Hitze ihres Gefechts hatte sie sich in sie beide hineingedrängt, hatte Par wissen lassen, dass Coll lebte, und hatte Coll einen erschreckenden Einblick in das gegeben, wozu er geworden war. Lass die Magie des Schwertes meinen Bruder durchdringen, hatte Par geglaubt, und Coll wird frei sein.

Tränen traten ihm in die Augen, als er sich der Anspannung auf Pars Gesicht erinnerte, als sie im Kampf verflochten in der Gewalt dieses Sturms gestanden hatten. Erneut sah er die Lippen seines Bruders, wie sie sich bewegten und ihm zuflüsterten: *Coll. Hör mir zu. Coll. Höre die Wahrheit.*

Und die Wahrheit war gekommen, war aus dem Schwert von Shannara in befreiender weißer Hitze heraufgelodert, hatte sich in Coll ausgebreitet und die Magie der Schattenwesen zerschmettert, sodass er das Spiegeltuch hatte abnehmen und für immer fortwerfen können. Die Wahrheit war erschienen, und Coll war tatsächlich befreit worden.

Aber diese Wahrheit war nicht Pars Wahrheit gewesen – und es war auch nicht Par, der sie entdecken sollte. Es war Colls Wahrheit gewesen – und ihm allein war bestimmt, sie zu finden.

Im Osten brach die Sonne durch das abziehende Unwetter, und das Grau der Dämmerung wich goldenem Tageslicht. Coll fühlte sich, als wäre alle Traurigkeit, die er jemals erfahren hatte, in diesen einzigen Moment der Zeit hineingepresst worden.

Par hatte nicht die Magie des Schwertes von Shannara heraufbeschworen. Coll hatte es getan. Nicht ein Mal, sondern beide Male, und jedes Mal, ohne zu erkennen, was er tat oder dass sie seinem Befehl unterstand. Coll, nicht Par, war der Ohmsford, für den das Schwert bestimmt war. Aber die Wahrheit war hier, wie bei so vielen Dingen, genauso schwer erfassbar wie Rauch, und es brauchte Zeit, sie zu erkennen. Allanon hatte Coll keine Aufgabe übertragen, als sie sich am Hadeshorn versammelt hatten – und dennoch besaß er die Macht, die Magie des Schwertes von Shannara zu beschwören. Es war einsichtig, dass es so sein sollte, wenn man darüber nachdachte. Er war Pars Bruder und wie Par ein Erbe der Elfenmagie. Sie hatten dasselbe Elfenblut und dieselbe Abstammung. Aber Par war die Aufgabe übertragen worden, und so hatte sich alle Aufmerksamkeit auf ihn gerichtet. Par war gesandt worden, das Schwert zu finden, geschützt durch seine eigene Magie und seine unbeugsame Entschlossenheit. Er war sich seines Zweckes selbst da noch sicher gewesen, wo die anderen der kleinen Gruppe gezweifelt hatten. Par war gesandt worden, und Allanon musste gewusst haben, dass er nicht scheitern würde. Aber warum hatte man ihnen nicht gesagt, dass das Schwert für Coll bestimmt war? Warum hatte man von ihm nichts verlangt?

Er knetete die Hände und erinnerte sich daran, wie es sich angefühlt hatte, als er die Magie des Schwertes zum Leben erweckt hatte, ein unerklärliches, kühles weißes Feuer. Sogar noch während er in der Knechtschaft des Spiegeltuchs gefangen gewesen war, hatte er gespürt, wie sie aufkam, wie eine Flut, die alles überschwemmte. Wahrheiten zerbrachen die Barrieren der Magie der Schattenwesen, zuerst kleinere, Erinnerungen an die Kinderzeit und Jugend, dann größere, beharrlichere, Schläge, die seine Entschlossenheit stärkten und ihn nach und nach gegen das abhärteten, was folgen sollte. Die Wahrheiten waren schmerzlich, aber sie waren auch heilsam, und wenn die letzte Wahrheit aufgedeckt wäre – die Wahrheit dessen, wer und was er geworden war –, konnte er sie akzeptieren und der Scharade ein Ende bereiten, in die er verstrickt gewesen war.

Er hatte die Geschichte des Schwertes von Shannara tausendmal erzählt – wie der Talisman in den Händen Shea Ohmsfords vor fünfhundert Jahren zum Leben erwacht war, wie er sich selbst den Talbewohnern offenbart und dann den Dämonenlord entlarvt hatte. Er hatte diese Geschichte so oft erzählt, dass er sie im Schlaf aufsagen konnte.

Aber selbst das hatte ihn nicht auf das vorbereitet, was er als

Nachwirkung der Magie jetzt empfand. Dass er der Wahrheit ausgesetzt gewesen war, hatte ihn aller Illusionen und Ideen beraubt, die ihn sein ganzes Leben lang beschützt hatten. Er war der Schutzbarrieren beraubt worden, die er für sich selbst gegen seine schlimmsten Fehler und Verfehlungen errichtet hatte. Er stand nackt und ungeschützt da. Er hatte sich dabei so einfältig und beschämt gefühlt.

Und er hatte fürchterliche Angst um Par.

Weil das Schwert von Shannara bei seiner Befreiung auch Wahrheiten über Par offenbart hatte. Eine davon war, dass Par das Schwert nicht benutzen konnte. Eine andere war, dass er das nicht erkannte. Eine dritte war, dass das Wünschlied die Ursache für die Probleme seines Bruders war.

Geheimnisse, die er alle enthüllt gesehen hatte. Par aber nicht. Aus unbekannten Gründen ließ das Wünschlied es nicht zu, dass Par die Magie des Schwertes beschwor, ließ es nicht zu, dass er die Magie in sich aufnahm, und ließ es nicht zu, dass er Wahrheiten über sich selbst erfuhr. Das Wünschlied war eine Mauer, es wies die Schwertmagie ab und verbarg, was diese offenbaren konnte. Sie hielt seinen Bruder gefangen. Coll wusste nicht, warum das so war – nur dass es so war. Das Wünschlied tat Par etwas an, und Coll war sich nicht sicher, was es war. Er hatte den Widerstand gegen das Schwert gespürt, als er mit seinem Bruder um den Besitz der Klinge gerungen hatte. Er hatte gespürt, wie es die Magie verdrängte, sie in Coll verschloss, um sicherzustellen, dass die Wahrheiten, die offenbar wurden, seine waren und nicht die seines Bruders.

Er fragte sich, warum. Warum sollte das so sein? Warum hatte Allanon ihnen nichts dazu gesagt, und auch nichts darüber, wer das Schwert benutzen könnte und wie sie das Schwert einsetzen sollten? Was *war* der Zweck des Schwertes? Sie waren ausgesandt worden, um es zurückzuerlangen, und hatten das getan. Was sollten sie jetzt damit anfangen?

Was wollte *er* jetzt damit anfangen?

Sonnenlicht fiel auf sein Gesicht, und er schloss die Augen und lehnte sich hinein. Die Wärme war tröstlich, und er ließ sich von ihr umhüllen wie von einer Decke. Er war müde und verwirrt, aber er war auch in Sicherheit, und das war mehr, als man über Par sagen konnte.

Er wich aus dem Licht zurück und öffnete die Augen wieder. Der König vom Silberfluss hatte versucht, sie beide in seinen Schutz aufzunehmen, aber der Versuch war gescheitert. Par war in Panik geraten und hatte das Wünschlied gebraucht, und seine Magie hatte der ihres Befreiers entgegengewirkt. Coll war in das Licht hinauf- und sicher davongetragen worden, aber Par war wieder in die Dunkelheit und die wartenden Hände der Schattenwesen zurückgefallen.

Rimmer Dall hatte ihn jetzt.

Coll biss die Zähne zusammen. Er hatte nach Par gerufen, als er ihn fallen sah, hatte dann gespürt, wie er von dem Licht, das ihn davongetragen hatte, eingehüllt und getröstet wurde. Der König vom Silberfluss hatte ihm beruhigende Worte zugeflüstert. Die Stimme des alten Mannes hatte sanft in seinen Ohren geklungen. Er würde in Sicherheit sein, hatte sie geflüstert. Er würde schlafen und vorübergehend vergessen, aber wenn er erwachte, würde er sich wieder erinnern. Er würde das Schwert von Shannara als sein Eigentum behalten, denn er sollte es führen. Er würde es auf die Suche nach seinem Bruder mitnehmen, und er würde es benutzen, um ihn zu befreien.

Coll nickte, als er sich erinnerte. Es benutzen, um ihn zu retten. Für Par tun, was Par für ihn getan hatte. Par suchen und ihn, indem er die Magie des Schwertes von Shannara anrief, dazu zwingen, sich den Wahrheiten zu stellen, die das Wünschlied vor ihm verbarg. Um ihn so zu befreien.

Aber wovon befreien?

Ein düsteres Unbehagen regte sich in ihm, als er sich an Pars

Ängste erinnerte, als sich die Magie des Wünschlieds entwickelt hatte. Rimmer Dall hatte beide Ohmsfords gewarnt, dass Par ein Schattenwesen sei, dass das Wünschlied ihn dazu gemacht habe und dass er in Gefahr sei, von der Magie vereinnahmt zu werden, weil er nicht erkennen könne, wie man sie kontrollierte. Er hatte sie gewarnt, dass nur er den Talbewohner davor bewahren könne, vernichtet zu werden. Natürlich gab es keinen Grund, dem Ersten Sucher Glauben zu schenken. Aber wenn er auch nur ein kleines bisschen recht hatte? Das wäre sicherlich Grund genug für das Wünschlied, die Wahrheit des Schwertes vor Par zu verbergen. Denn wenn Par wirklich ein Schattenwesen war …

Coll atmete zornig aus. Er würde sich nicht erlauben, diesen Gedanken zu beenden. Das war einfach unmöglich. Wie konnte Par ein Schattenwesen sein? Wie konnte er eines dieser Monster sein? Es gab einen Grund für das, was vor sich ging. Es musste einen Grund geben.

Hör auf, noch länger zu grübeln! Du weißt, was du tun musst! Du musst Par finden!

Er erhob sich, stand dann da und schaute zerschlagen und erschöpft von seinem Kampf ums Überleben und von den Offenbarungen des Schwertes über den dunstigen See hinaus. Er dachte an die Jahre, in denen er sich um seinen Bruder gekümmert hatte, während sie aufgewachsen waren. Par war so wankelmütig und streitsüchtig gewesen, hatte darum gekämpft, die Magie in sich zu verstehen und zu beherrschen, und Coll war der Friedensstifter gewesen, der mit seiner Größe und beruhigenden Art dafür sorgte, dass die Dinge nicht aus dem Ruder liefen. Wie viele Male war er für Par aufgestanden, hatte er ihn vor Strafe und Rache geschützt und ihn vor Schaden bewahrt? Wie oft hatte er seine eigenen Zweifel beiseitegeschoben, um seinem Bruder beistehen und ihn beschützen zu können? Er konnte es nicht mehr zählen. Er wollte es auch nicht.

Es war einfach etwas, was er hatte tun müssen. Es war etwas, was er jetzt erneut tun würde. Par und er waren Brüder, und Brüder standen einander bei, wenn es notwendig war. Die Entscheidung war bereits vor langer Zeit gefallen.

Finde Par und befreie ihn.

Bevor es zu spät ist.

Er schaute auf das Schwert von Shannara hinab und befühlte versuchsweise den Knauf. Er erinnerte sich an das Gefühl, als die Magie durch ihn hindurchgeströmt war. Seine Magie. Die Magie, von der er geglaubt hatte, dass er sie niemals besitzen würde. Es war ein seltsames Gefühl zu wissen, dass diese Kräfte ihm gehörten. Er erinnerte sich daran, wie sehr er sie früher ersehnt hatte. Er hatte sie nicht so sehr deswegen gewollt, was sie erreichen konnte, sondern weil er geglaubt hatte, dass sie ihn Par näherbringen würde. Er erinnerte sich daran, wie einsam er sich nach dem Treffen mit Allanon gefühlt hatte – das einzige Mitglied der Ohmsfords, dem keine Aufgabe übertragen worden war. Er erinnerte sich daran, dass er gedacht hatte, er hätte gar nicht dabei zu sein brauchen. Die Erinnerung brannte auch jetzt noch in ihm.

Was würde er also aus der Chance machen, die er bekommen hatte? Er blickte an sich herunter, zerrissen und zerschlagen, ohne Vorräte und Wasser, ohne Waffen (bis auf das Schwert), ohne Geld oder Besitz, den er hätte eintauschen können. Er schaute erneut über den See hinaus, in den Dunst, der sich langsam auflöste, als die Sonne stärker wurde.

Finde Par.

Sein Bruder war bestimmt in der Südwacht. Aber war er überhaupt noch sein Bruder? Coll glaubte, dass er Par erreichen konnte, dass er eine Möglichkeit finden würde, alle Hindernisse aus dem Weg zu räumen, aber was würde inzwischen mit seinem Bruder geschehen? Würde das Schwert von Shannara gegen das helfen, was die Schattenwesen Par vielleicht angetan hatten? Würde die Magie ihm helfen, wenn Par einer von ihnen geworden war?

Das waren verstörende Fragen. Wenn er länger darüber nachdachte, würde er seine Meinung über das, was er als Nächstes zu tun hatte, vielleicht ändern.

Aber was ist anders gewesen, als Par mich gesucht hat?

Hat er danach gefragt, ob ich noch immer sein Bruder bin?

Er schob die Frage beiseite, packte das Schwert von Shannara und brach auf.

Er ging in östliche Richtung und folgte dem Ufer auf die Mündung des Silberflusses zu. Nach Westen zu ziehen stand außer Frage, weil das bedeutet hätte, den Nebelsumpf durchqueren zu müssen, und das wollte er auf gar keinen Fall versuchen. Die Wolken zogen davon, und die Sonne kam heraus. Dampfende Feuchtigkeit stieg in Wogen von der durchnässten Erde auf, und die Pfützen und Rinnsale, die das Unwetter geschaffen hatte, trockneten wieder ein. Reiher und Kraniche glitten im Flug über den See und versahen das Wasser in ihrer Spur mit Silberspitzen.

Da er sich noch immer als ein Fremder in seinem neuen Leben fühlte, dachte er lange und gründlich über das Geschehene nach und versuchte, alles in Einklang zu bringen, was noch nicht zusammenpassen wollte. Das wichtigste Teil war Rimmer Dalls Besessenheit bezüglich Par. Es war offensichtlich, dass der Erste Sucher von seinem Bruder besessen war. Rimmer Dall hatte zu viel Zeit und zu viele Bemühungen aufgewendet, als dass man etwas anderes hätte denken können. Zunächst war da sein wohldurchdachter Schwindel, der Par glauben machen sollte, dass Coll tot sei. Dann durfte Coll ins Leben zurückkehren, von dem Spiegeltuch verwandelt, um Par zu finden. Und dann der Versuch, Par das Schwert von Shannara zu überlassen, obwohl Par es nicht gebrauchen konnte. Was sollte das alles? Warum war sein Bruder so wichtig für Rimmer

Dall? Wenn er für den Ersten Sucher ein Hindernis gewesen wäre, hätte der ihn schon vor langer Zeit getötet. Stattdessen schien Rimmer Dall mit komplizierten Spielen zufrieden zu sein – mit der Suche nach dem Schwert von Shannara, mit der Vorspiegelung von Colls Tod und Verwandlung und mit wiederholten Hinweisen, dass Par möglicherweise derjenige sei, den er vernichten wollte. Was hatte Rimmer Dall vor?

Coll wusste, dass dies alles irgendwie mit der Aufgabe verbunden war, die Allanon seinem Bruder übertragen hatte: dass er das Schwert von Shannara holen sollte. Vielleicht sollte das Schwert die Wahrheit hinter den Täuschungen offenbaren. Vielleicht war es für etwas anderes bestimmt. Was auch immer der Grund war, hier waren Machenschaften und Finten am Werk, die weder er noch Par jemals durchschaut hatten, aber irgendwie mussten sie die Rätsel lösen.

Am Mittag machte er Rast, trank Wasser aus einem Fluss und sehnte sich nach Essen. Er näherte sich dem Silberfluss und würde sich dann nördlich dem Rabb zuwenden. Er war in der Südwacht bei den Übungen mit Ulfkingroh stark geworden, aber seine Verwandlung durch das Spiegeltuch hatte ihn erheblich geschwächt. Der Hunger nagte an ihm, und schließlich gab er nach. Er schnitt sich mit dem Schwert aus einem Weidenstock einen Speer und ging fischen. Er watete durch die seichten Stellen des Sees bis zu einer stillen Bucht, wo er knietief im klaren Wasser stehen blieb, bis ein Fisch vorbeischwamm und er zustechen konnte. Er musste es ein Dutzend Mal versuchen, aber schließlich hatte er seinen Fang gemacht. Er trug ihn an Land und erinnerte sich dann daran, dass er keine Möglichkeit hatte, ihn zu kochen. Er konnte ihn nicht roh essen – nicht nach so langer Zeit in der Knechtschaft des Spiegeltuchs. Er suchte seine Kleidung nach Utensilien ab, mit denen er ein Feuer hätte entzünden können, fand aber nur die seltsame Scheibe, die er Par gestohlen hatte.

Ärgerlich und enttäuscht warf er den Fisch in den See zurück und brach wieder auf.

Der Nachmittag verging. Coll rastete jetzt häufiger. Er war benommen von der Schwüle, und seine Aufmerksamkeit schwand. Schlaf wäre gut, aber er hatte beschlossen, bis zum Einbruch der Nacht weiterzugehen. Er sah Par jetzt hin und wieder im Schimmern der vom Gras aufsteigenden Hitze erscheinen, hörte ihn sprechen und sah, wie er sich bewegte. Erinnerungen kamen und gingen, Bilder stiegen auf und verschwanden, wenn er sich zu nah heranzuwagen versuchte. Er brauchte einen besseren Plan, sagte er sich. Es reichte nicht, einfach zur Südwacht zurückzukehren. Er würde Par niemals allein befreien können. Er brauchte Hilfe. Was, so fragte er sich, war mit Morgan Leah und den anderen geschehen? Was war aus Walker Boh und Wren geworden? Wo war Damson? Suchte sie auch nach Par? Padishar Creel würde helfen, falls Coll ihn fand. Aber Padishar konnte überall sein.

Er lief in die frühe Dämmerung hinein und sah den Silberfluss als helles Band vor sich auftauchen, das sich landeinwärts wand. Er ging am Rande einer Schlammfläche entlang, die durch die Vergiftung einer seichten, schmalen Bucht entstanden war. Das lauwarme Wasser war grün und trüb, die Vegetation krankhaft grau, und der Gestank von Verwesung hing schwer in der Luft. Er atmete durch den Mund und beeilte sich voranzukommen.

Als er aus einem Pinienhain heraustrat, sah er einen Wagen und blieb stehen.

Fünf Männer, die um ein Herdfeuer herumsaßen, schauten auf. Mit harten, rauen Gesichtern sahen sie ihn reglos an. Fleisch briet auf einem Spieß, und Suppe kochte in einem Kessel. Die Gerüche zogen verlockend zu Coll herüber. Zwei Maultiere grasten angepflockt. Zusammengerolltes Bettzeug lag verstreut auf dem Boden, bereit, zum Schlafen ausgerollt zu werden. Die Männer reichten gerade einen Bierschlauch herum.

Einer von ihnen bedeutete Coll, er solle sich zu ihnen gesellen. Coll zögerte. Die anderen winkten ihn ebenfalls herüber, sagten ihm, er solle kommen, etwas essen und trinken, und was, bei allen guten Geistern, denn mit ihm geschehen sei?

Coll ging hinüber. Er war sich wohl bewusst, wie seltsam er aussehen musste, aber er war verzweifelt hungrig. Er setzte sich zu ihnen, bekam einen Teller, eine Schüssel und einen Becher Bier gereicht. Er hatte kaum seinen ersten Bissen genommen, als ihn der erste Schlag hinterm Ohr traf und sie alle über ihn herfielen. Er wollte aufstehen, sich befreien und fliehen, aber zu viele Hände hielten ihn zurück. Er wurde fast bis zur Bewusstlosigkeit geprügelt und getreten. Das Schwert von Shannara wurde ihm abgenommen. Ketten wurden um seine Hand- und Fußgelenke geschlossen, und man warf ihn hinten in den Wagen. Er bat sie, das nicht zu tun. Er bat sie, ihn freizulassen, sagte ihnen, dass er nach seinem Bruder suche, dass er ihn finden müsse, dass sie ihn gehen lassen müssten. Sie lachten ihn aus, verhöhnten ihn und sagten ihm, er solle still sein, sonst würden sie ihn knebeln. Er wurde aufgerichtet und bekam einen Becher Suppe und eine Decke.

Seine Waffe, so wurde ihm gesagt, würde einen guten Preis erzielen. Aber einen sogar noch besseren Preis würden sie erzielen, wenn sie ihn der Föderation für die Sklavenminen in Dechtera verkauften.

25

Par Ohmsford träumte.

Er rannte durch einen dunklen Wald, der bar allen Lebens war. Es war Nacht, der Himmel, der durch den Baldachin der Zweige schimmerte, zeigte ein tiefes, der Sterne und des Mondes beraubtes Blau. Par konnte es deutlich sehen, während er lief, obwohl er keine Lichtquelle ausmachen konnte. Die Stämme der Bäume vor ihm bewegten sich, schwankten wie Grashalme im Wind, zwangen ihn immer wieder, beiseitezuspringen und im Zickzack auszuweichen. Zweige streckten sich nach unten und strichen über sein Gesicht und seine Arme und versuchten, ihn aufzuhalten. Stimmen wisperten, riefen ihn wieder und wieder.

Schattenwesen. Schattenwesen.

Er hatte Angst.

Die Kleidung, die er trug, war schweißnass, und er spürte, wie die Stiefel an seinen Knöcheln scheuerten. Hin und wieder kam er an Bächen und Teichen vorüber, und er musste hinüberspringen oder die Richtung ändern, denn er wusste instinktiv, dass es Sumpflöcher waren, in denen er versinken würde. Während er rannte, lauschte er nach anderen Lebewesen. Er dachte, dass er doch nicht derart verlassen sein könnte, dass ein Wald auch noch andere Lebewesen beherbergen müsste. Er dachte ebenfalls, dass der Wald schließlich enden müsste, dass er nicht unendlich weiterführen könnte. Aber je weiter er lief, desto tiefer wurde die Stille und desto dunkler wurde der Wald. Kein Geräusch störte die Stille. Kein Licht drang durch die Bäume.

Nach einiger Zeit bemerkte er, dass ihm etwas folgte, ein namenloses schwarzes Wesen, das genauso schnell lief wie er und ihn so sicher wie sein eigener Schatten begleitete. Er wollte ihm entkommen, indem er schneller lief, aber er konnte es nicht. Er änderte die Richtung, zuerst hierhin und dann dorthin, aber das Wesen folgte ihm weiter. Er wollte sich flach an einen riesigen alten Stamm unbestimmbarer Art drücken, aber das Wesen blieb bei ihm stehen und wartete.

Es war das Wesen, das flüsterte.

Schattenwesen. Schattenwesen.

Er rannte weiter, denn er wusste nicht, was er tun sollte, und ein Gefühl der Panik durchströmte ihn. Verzweiflung machte alle Hoffnung zunichte. Er war von den Bäumen und der Dunkelheit gefangen und konnte nicht entkommen, und er wusste, dass das Wesen ihn früher oder später erwischen würde. Er konnte das Blut in seinen Ohren pochen und den abgehackten Rhythmus seines Atems hören. Seine Brust hob und senkte sich heftig, und seine Beine schmerzten. Er glaubte nicht, dass er weitergehen könnte, aber er wusste auch, dass er nicht stehen bleiben konnte. Er griff nach seinen Waffen und stellte fest, dass er keine bei sich trug. Er versuchte, durch reine Willenskraft jemanden dazu zu bringen, ihm beizustehen, aber die Namen und Gesichter jener, die er hätte rufen können, wollten ihm nicht einfallen.

Dann befand er sich am Ufer eines Flusses, der dunkel und schnell durch sein breites, gerades Bett schoss. Er wusste, dass es nicht wirklich ein Fluss war, dass es etwas anderes war, aber er wusste nicht, was. Er sah eine Brücke, die ihn überspannte, und eilte darauf zu. Hinter sich hörte er das Wesen folgen. Er sprang auf die Brücke, die sich weit wölbte und aus Holzplanken zusammengenagelt war. Seine Stiefel machten beim Laufen keine Geräusche. Seine Schritte blieben lautlos. Die Brücke war ihm als Fluchtweg erschienen, als er begonnen hatte, sie zu überqueren, aber jetzt merkte er, dass er das andere Ufer nicht sehen konnte. Er schaute zurück, und der Wald war ebenfalls verschwunden. Der Himmel hatte sich gesenkt, und das Wasser war gestiegen, und plötzlich befand er sich in einer Falle, die zuschnappte.

Das Wesen, das ihn verfolgte, zischte. Es gewann schnell an Boden, und es wuchs, während sich die Falle verengte.

Par wandte sich dann um, denn er wusste, dass er nicht entkommen konnte, dass er in eine Falle geführt worden war, dass alles, was er mit seinem Davonlaufen zu gewinnen erhofft hatte, verloren war. Er wandte sich um und erinnerte sich währenddessen daran, dass er doch nicht wehrlos war, dass er über die Macht des Wünschlieds verfügte und dass die Elfenmagie ihn vor allem schützen konnte. Eine Woge der Hoffnung durchflutete ihn, und er beschwor die Magie zu seinem Schutz. Sie schoss als wilder, euphorischer Ansturm weißen Lichts durch ihn hindurch und verwandelte sein Blut in Feuer und seinen Körper in Eis. Er spürte, wie es ihn ausfüllte, spürte, wie es ihn in die Rüstung seiner Macht hüllte und ihn unverwundbar machte.

Er sah dem Wesen, das ihm folgte, erwartungsvoll entgegen.

Es kroch aus der Nacht heraus wie eine Katze, ein Wesen ohne Form und Substanz. Er konnte es spüren, lange bevor er es sah. Er spürte, wie es ihn beobachtete, dann wie es atmete, dann wie es sich näherte. Es befand sich zuerst auf einer Seite und dann auf der anderen und schließlich überall. Aber er wusste, dass er so lange nicht in Gefahr war, bis er das Gesicht des Wesens sehen konnte. Es wand und drehte sich um ihn herum, blieb sorgfältig außer Reichweite. Er wartete darauf, dass es müde würde.

Dann begann es, Gestalt anzunehmen, und es war nicht seltsam oder missgebildet und auch nicht so groß. Sein Körper hatte die Größe seines eigenen, und es stand direkt vor ihm und glich ihm in allem. Bis auf sein Gesicht. Er ließ die Magie des Wünschlieds in seine Fingerspitzen fließen und hielt sie dort fest wie einen in einer Bogensehne zurückgezogenen Pfeil, angespannt, voller Begierde, losgelassen zu werden, rasiermesserscharf. Das Wesen vor ihm beobachtete ihn. Sein Kopf war jetzt ihm zugewandt, aber sein Gesicht war trübe und verschwommen. Seine Stimme flüsterte erneut.

Schattenwesen. Schattenwesen.

Dann setzte sich sein Gesicht zusammen, und Par betrachtete sich selbst.

Schattenwesen. Schattenwesen.

Par erschauerte und ließ die Magie des Wünschlieds auf das Wesen zuschießen. Das Wesen fing sie auf, und sie war verschwunden. Par sandte die Magie ein zweites Mal, ein Donnerschlag der Macht, der das Wesen in Rauch verwandeln musste. Das Wesen schluckte sie, als wäre sie Luft. Sein Gesicht lächelte ihn an, wirkte hohl und an den Rändern ausgefranst, ein Trugbild, das wieder in der Hitze zu verschwinden drohte.

Weißt du nicht?

Erkennst du nicht?

Die Stimme flüsterte listig und hasserfüllt auf ihn ein, und er griff erneut an, und wieder und wieder flog die Magie aus ihm heraus. Aber etwas Seltsames geschah. Je stärker er die Magie anrief, desto erfreuter schien das Wesen zu sein. Er konnte seine Befriedigung spüren, als wäre sie greifbar. Er konnte sein Vergnügen spüren. Das Wesen verwandelte sich, gewann noch mehr an Substanz, nährte sich von der Magie und saugte sie in sich ein.

Verstehst du nicht?

Par stöhnte auf und trat zurück. Er war sich jetzt bewusst, dass er sich ebenfalls verwandelte, Form und Gestalt verlor und sich zersetzte wie Holz, das zu Asche wird. Er klammerte sich verzweifelt an sich selbst und sah, wie die Hände durch seinen Körper hindurchglitten. Das Wesen kam näher und streckte sich nach ihm aus. Er sah sich selbst in seinen Augen widergespiegelt.

Schattenwesen. Schattenwesen.

Er sah sich selbst, und er erkannte, dass kein Unterschied mehr zwischen ihnen bestand. Er selbst war zu dem Wesen geworden.

Er schrie, als es ihn in die Arme nahm und ihn langsam in sich hineinzog.

Der Traum endete, und Par wachte mit einem Ruck auf. Er war benommen, und in der Stille hörte er sein eigenes Keuchen. Nur ein Traum, dachte er. Er legte das Gesicht in die Hände und wartete darauf, dass die Benommenheit verging. Ein Albtraum, aber so real! Er schluckte.

Dann öffnete er die Augen wieder und schaute sich um. Er befand sich in einem Raum, der so dunkel war wie der Wald, durch den er geflohen war. Der Raum roch nach Moder und Verfall. Die Fenster in einer gegenüberliegenden Wand öffneten sich in den bewölkten und mondlosen Nachthimmel. Die Luft fühlte sich heiß und stickig an, und es wehte kein Wind. Er saß auf einem Bett, das kaum mehr als ein Holzrahmen und ein Strohsack war, und seine Kleidung war feucht und steif von getrocknetem Schmutz.

Dann erinnerte er sich.

Die Ebene, der Sturm, der Kampf mit Coll, bei dem sie die Magie des Schwertes von Shannara ausgelöst hatten, das Herannahen der Schattenwesen, der König vom Silberfluss, das Licht und dann das Dunkel – die Bilder zogen blitzartig an ihm vorüber.

Wo war er?

Ein Licht flackerte plötzlich auf der anderen Seite des Raumes, ein schimmerndes Glühwürmchen, das auf den

Fingerspitzen eines bis zum Ellenbogen behandschuhten Armes saß. Das Licht ließ sich auf einer Lampe nieder, und die Lampe wurde hell und warf ihren Schein in den Schatten.

»Jetzt, wo du wach bist, können wir uns vielleicht unterhalten.«

Eine Gestalt in einem schwarzen Umhang trat ins Licht. Sie war groß und schlank, und ihr Kopf war mit einer Kapuze bedeckt. Sie bewegte sich lautlos, anmutig und leicht, und auf der Brust schimmerte das weiße Emblem eines Wolfskopfes.

Rimmer Dall.

In Par breitete sich von Kopf bis Fuß Kälte aus, und er konnte sich nur mühsam davon zurückhalten, die Flucht zu ergreifen. Sein Blick flog über die Steinmauern ringsum, über die Riegel an den Fenstern, die eisenbeschlagene Holztür, die hinter Rimmer Dall geschlossen worden war. Er befand sich in der Südwacht. Er sah sich nach dem Schwert von Shannara um. Es war fort. Und Coll war auch nicht da.

»Du scheinst nicht gut geschlafen zu haben.«

Rimmer Dalls Flüstern schwebte durch die Stille. Er zog die Kapuze zurück, und sein grobknochiges bärtiges Gesicht kam ans Licht. Es blieb eine ausdruckslose Maske. Wenn Rimmer Dall Pars Qual bemerkte, so zeigte er es nicht. Er trat zu einem Stuhl und setzte sich hin. »Möchtest du etwas essen?«

Par schüttelte den Kopf. Er traute sich nicht zu sprechen. Seine Kehle fühlte sich trocken an, und seine Muskeln waren steif. Nur nicht in Panik geraten, sagte er sich. Bleibe ruhig. Er zwang sich, langsam und tief zu atmen, schwang die Beine aus dem Bett und stellte die Füße auf den Boden, versuchte aber, nicht aufzustehen. Rimmer Dall beobachtete ihn aus unergründlich tiefen Augen. Sein Mund war eine schmale, zusammengepresste Linie, sein Körper reglos. Wie eine Katze auf dem Sprung, dachte Par.

»Wo ist Coll?«, fragte er, und seine Stimme klang fest.

»Der König vom Silberfluss hat ihn mitgenommen.« Die flüsternde Stimme klang glatt und seltsam tröstlich. »Er hat auch das Schwert von Shannara mitgenommen.«

»Aber es ist dir gelungen, ihn daran zu hindern, auch mich mitzunehmen.«

Der Erste Sucher lachte leise. »Das hast du selbst getan. Ich hatte nichts damit zu tun. Du hast das Wünschlied benutzt, und die Magie hat gegen dich gearbeitet. Sie hat den König vom Silberfluss vertrieben.« Er hielt inne. »Die Magie wird immer unberechenbarer, nicht wahr? Erinnerst du dich, wie ich dich davor gewarnt habe?«

Par nickte. »Ich erinnere mich. Ich erinnere mich an alles. Aber es ist nicht wichtig, an was ich mich erinnere, denn ich würde dir nicht einmal glauben, wenn du mir sagtest, dass die Sonne im Osten aufgeht. Du hast mich von Anfang an belogen. Ich weiß nicht, warum, aber du hast es getan. Und ich werde nicht mehr zuhören, also kannst du einfach tun, was du vorhast, und es dabei bewenden lassen.«

Rimmer Dall betrachtete ihn schweigend. Dann sagte er: »Sage mir, worin ich dich belogen habe.«

Par war zornig. Er wollte sprechen, hielt aber dann inne, denn er wurde sich plötzlich der Tatsache bewusst, dass er sich eigentlich an keine Lüge des großen Mannes erinnern konnte. Die Lügen waren da, so deutlich wie der Wolfskopf, der auf den schwarzen Gewändern schimmerte, aber er konnte sie anscheinend nicht greifen.

»Ich habe dir bei unserer Begegnung gesagt, dass ich ein Schattenwesen bin. Ich habe dir das Schwert von Shannara gegeben und zugelassen, dass du es gegen mich ausprobierst, um herauszufinden, ob ich log. Ich habe dich gewarnt, dass deine Magie eine Gefahr für dich sein könnte, dass sie dich verwandeln würde und dass du sie vielleicht nicht ohne Hilfe würdest kontrollieren können. Was von alledem war gelogen?«

»Du hast meinen Bruder gefangen genommen, nachdem du mich glauben gemacht hattest, ich hätte ihn getötet!«, schrie Par und hatte sich trotz seines Entschlusses drohend erhoben. »Du hast mich glauben lassen, er sei tot! Dann hast du ihn mit dem Spiegeltuch entkommen lassen, damit er zum Schattenwesen wird und ich ihn erneut töten müsste! Du hast uns gegeneinander ausgespielt!«

»Habe ich das?« Rimmer Dall schüttelte den Kopf. »Warum sollte ich das tun? Was würde mir das einbringen? Sage mir, welchem Zweck irgendetwas davon dienen sollte?« Er blieb vor dem Zorn auf Pars Gesicht ruhig sitzen und wartete ab. Par stand da und sah ihn an, antwortete aber nicht. »Nein? Dann hör mir zu. Ich habe dich nicht glauben gemacht, du hättest Coll getötet – das hast du selbst getan. Deine Magie hat das getan. Sie hat dich verwirrt und das, was du sahst, verändert. Erinnerst du dich, Par? Erinnerst du dich daran, wie du geglaubt hast, du hättest die Kontrolle verloren?«

Par hielt den Atem an. Ja, genauso war es gewesen, ein Gefühl, als schwebte er aus sich selbst heraus, als würde er fortgetragen.

Der große Mann nickte. »Meine Sucher haben deinen Bruder gefunden, nachdem du geflohen warst, und haben ihn zu mir gebracht. Ja, sie sind rau mit ihm umgegangen, aber sie wussten nicht, wer er war, nur dass er sich dort befand, wo er sich nicht befinden sollte. Ich habe ihn in der Südwacht gefangen gehalten, ja – ich habe versucht, ihn zu überreden, mir zu helfen. Er sollte dich finden. Ich glaubte, dass er meine letzte Chance sei. Als er entkam, nahm er das Spiegeltuch mit – aber ich habe ihm nicht dabei geholfen, es zu stehlen. Er hat es sich selbst genommen. Ja, es hat ihn verwandelt, denn die Magie ist zu stark für einen normalen Menschen. Du, Par, hättest es tragen können, ohne beeinflusst zu werden. Und ich habe euch nicht als Gegner gesehen, das hast du selbst getan. Jedes Mal, wenn ich zu dir kam, habe ich zu helfen versucht, und jedes Mal bist du vor mir davongelaufen. Es ist an der Zeit, dass das Davonlaufen aufhört.«

»Sicherlich würde dir das gefallen!«, fauchte Par wütend. »Es würde die Dinge so sehr vereinfachen!«

»Denke über das nach, was du sagst, Par. Es ist unvernünftig.«

Par biss die Zähne zusammen. »Unvernünftig? Wo auch immer ich hingehe, warten Schattenwesen und versuchen, mich und meine Freunde zu töten. Was war mit Damson Rhee und Padishar Creel in Tyrsis? Ich vermute, das war alles ein Irrtum?«

»Ein Irrtum, aber nicht meiner«, antwortete Rimmer Dall ruhig. »Die Föderation hat euch dort verfolgt, hat das Mädchen gefangen genommen und dann folglich auch den Anführer der Geächteten. Die Sucher, die du im Wachturm getötet hast, als du das Mädchen befreit hast, waren auf Befehl der Föderation dort. Sie wussten nicht, wer du warst, nur dass du ein Eindringling warst. Dafür haben sie mit dem Leben bezahlt. Du musst zugeben, dass darin eine gewisse Logik liegt.«

Par schüttelte den Kopf. »Ich glaube dir nicht. Ich glaube nichts von all dem, was du sagst.«

Rimmer Dall bewegte sich auf seinem Stuhl ein wenig, und Par nahm es als ein Kräuseln von Schwärze wahr. »Das hast du jedes Mal gesagt, wenn wir uns unterhielten. Aber jeglicher greifbare Grund für deinen Standpunkt scheint dir zu fehlen. Wann habe ich etwas getan, was dich bedroht hätte? Wann habe ich etwas anderes getan, als aufrichtig zu sein? Ich habe dir die Geschichte der Schattenwesen erzählt. Ich habe dir gesagt, dass die Magie unser Geburtsrecht ist, ein Geschenk, das hilfreich sein kann und das retten kann. Ich habe dir gesagt, dass die Föderation der Feind ist, dass sie uns überall gejagt und vernichtet hat, weil sie fürchtet und hasst, was sie nicht verstehen kann oder will. Feinde, Par? Nicht du und ich. Wir sind von einer Art. Wir sind gleich.«

Par sah plötzlich seinen Traum, und die Erinnerung daran entzündete etwas Dunkles und Unerbittliches in ihm. Vor sich selbst davongelaufen, vor der Magie, vor seinem Geburtsrecht, vor seinem Schicksal – es war möglich, nicht wahr?

»Wenn wir von einer Art sind, wenn du nicht der Feind bist, dann kannst du mich ja gehen lassen«, forderte er.

»O nein, dieses Mal nicht.« Der große Mann schüttelte den Kopf, beim Lächeln verzerrte er nur ein wenig die Mundwinkel. »Das habe ich einmal getan, und du hast dich fast selbst vernichtet. So dumm werde ich nicht noch einmal sein. Dieses Mal richten wir uns nach mir. Wir reden, betrachten, erforschen, entdecken und lernen hoffentlich. Danach kannst du gehen.«

Par schüttelte verärgert den Kopf. »Ich will nicht reden. Es gibt nichts, worüber wir reden müssten.« Er funkelte den anderen an. »Wenn du mich festzuhalten versuchst, beschwöre ich das Wünschlied.«

Rimmer Dall nickte. »Tu es, beschwöre es.« Er hielt inne. »Aber vergiss nicht, was die Magie dir antut.«

Sie verwandelt mich, dachte Par in Erkenntnis der Bedeutung der Warnung. Jedes Mal, wenn ich sie gebrauche, verwandelt sie mich mehr. Jedes Mal verliere ich ein wenig mehr an Kontrolle. Ich versuche, es zu verhindern, aber es gelingt mir nicht. Und ich weiß nicht, was die Folgen sein werden, aber es fühlt sich nicht so an, als würden sie erfreulich sein.

»Ich bin kein Schattenwesen«, sagte er teilnahmslos.

Rimmer Dalls Blick war ausdruckslos und fest. »Das ist nur ein Wort.«

»Das ist mir egal. Ich bin keins.«

Der Erste Sucher erhob sich und trat zum Fenster hinüber. Er schaute wie abwesend und fern in die Nacht hinaus.

»Früher hat es mich beunruhigt, wer ich war und als was ich bezeichnet wurde«, sagte er. »Ich dachte, ich sei ein Monstrum, eine gefährliche Abweichung von der Norm. Aber ich habe gelernt, dass das falsch war. Es war nicht wichtig, was andere Leute von mir hielten. Wichtig war, was ich selbst über mich dachte. Wenn ich mich von der Meinung anderer Leute formen ließe, würde ich zu dem werden, was sie aus mir machen wollten.«

Er wandte sich wieder zu Par um. »Die Schattenwesen werden grundlos vernichtet. Wir werden grundlos beschuldigt. Wir besitzen Magie, die auf viele Arten helfen kann, und man erlaubt uns nicht, sie zu gebrauchen. Frage dich selbst, Par – inwiefern ist es für dich anders?«

Par war plötzlich erschöpft. Die Wucht dessen, was ihm passiert war, und seine Verwirrung, was dies bedeuten mochte, lasteten schwer auf ihm. Rimmer Dall war ruhig und glatt und unerschütterlich. Seine Argumente klangen überzeugend. Par konnte sich nicht vorstellen, wie der Erste Sucher gelogen haben sollte. Er bekam es einfach nicht zu fassen. Es war ihm immer so erschienen, dass er der Feind war – und Allanon und Cogline hatten es auch so gesagt –, aber wo war der Beweis dafür? Wo waren, was das betraf, der Druide und der alte Mann jetzt? Wo war überhaupt irgendwer, der ihm helfen könnte?

Die Erinnerung an seinen Traum verfolgte ihn. Wie viel Wahrheit hatte der Traum enthalten?

Er wandte sich wieder dem Bett zu, von dem er aufgestanden war, und setzte sich erneut hin. Es schien, als wäre von dem Moment an, in dem er die Aufgabe Allanons, das Schwert von Shannara wiederzuerlangen, angenommen hatte, für ihn nichts mehr so verlaufen, wie es sollte. Nicht einmal das Schwert selbst hatte für ihn irgendeinen Nutzen gehabt. Er war allein und verlassen und hilflos. Er wusste nicht, was er tun sollte.

»Warum schläfst du nicht noch ein wenig«, schlug Rimmer

Dall ruhig vor. Er ging bereits auf die Tür zu. »Ich lasse dir bald etwas zu essen und zu trinken bringen, und wir können dann später weiterreden.«

Er war durch die Tür und schon fast fort, bevor Par auch nur daran dachte aufzuschauen. Der Talbewohner stand schnell auf, um ihn aufzuhalten, und setzte sich dann gleich wieder. Das merkwürdige Gefühl zu taumeln war zurückgekehrt. Sein Körper fühlte sich schwach und bleiern an. Vielleicht sollte er wieder schlafen. Vielleicht würde er die Dinge danach besser durchdenken können.

Schattenwesen. Schattenwesen.

War es möglich, dass er eines war?

Er rollte sich auf dem Bett zusammen und ließ sich davontreiben.

Wieder träumte er, und dieser zweite Traum war eine Variation des ersten, war genauso düster und beängstigend. Er erwachte schweißgebadet, zitternd und völlig erschöpft und sah durch die Fenster, wie das Tageslicht den Himmel erhellte. Essen und Trinken wurden von einem lautlosen Schattenwesen in schwarzer Robe gebracht, und er dachte einen Moment lang daran, das Wesen mit seiner Magie zu vernichten und zu fliehen. Aber er zögerte, denn er war sich der Weisheit so eines Plans nicht sicher, die Gelegenheit verging, und die Tür schloss sich für ihn einmal mehr.

Er aß und trank und fühlte sich nicht besser. Er saß in seinem düsteren Gefängnis und lauschte in die Stille. Hin und wieder konnte er die Schreie der Reiher und Kraniche von dort draußen hören und das leise Pfeifen des Windes am Stein. Er trat an die Fenster und sah hinaus. Er schaute nach Osten in die aufgehende Sonne. Unter ihm wand sich der Mermidon aus dem Runnegebirge heraus und setzte seinen Weg zum Regenbogensee fort. Sein schlammiges Wasser war nach dem

Unwetter angeschwollen und voller Treibholz. Die Fenster in der dicken Mauer erlaubten nur einen flüchtigen Blick auf das umliegende Land, aber er konnte die Bäume und Gräser riechen und hörte den Fluss rauschen.

Danach setzte er sich erneut auf sein Bett und versuchte, darüber nachzudenken, was er tun sollte. Während er das tat, wurde ihm ein Pochen aus den Tiefen der Burg bewusst, eine seltsame Vibration, die wie Donner bei einem Unwetter durch Stein und Eisen lief. Tief und beharrlich schien es wie eine stetige, unaufhörliche Woge zu verlaufen, aber hin und wieder dachte er, er könne es brechen spüren und aus seinem Klagen etwas anderes heraushören. Er lauschte genau, spürte die Bewegung in seinem Körper und fragte sich, was es war.

Es ging auf Mittag zu, als Rimmer Dall zurückkehrte. So dunkel, dass er das Licht um sich herum zu absorbieren schien, glitt er wie ein Schatten durch die Tür und saß plötzlich wieder auf dem Stuhl. Er fragte Par, wie er sich fühle, wie er geschlafen habe, ob er genug zu essen und zu trinken bekommen habe. Er war freundlich und ruhig und bestrebt, sich zu unterhalten, hielt sich jedoch auf Abstand, als fürchtete er, jeder Versuch, sich zu stark anzunähern, könnte vorhandene Wunden weiter aufreißen. Er sprach erneut über die Schattenwesen und die Föderation, über den Fehler, den Par beging, wenn er diese beiden gleichsetzte, wie gefährlich es sei, wenn er glaubte, dass sie beide seine Feinde wären. Er sprach erneut über sein Misstrauen gegenüber den Druiden, über ihre Machenschaften und Täuschungen und ihre Besessenheit von Macht. Er erinnerte Par an die Geschichte seiner Familie – wie die Druiden die Ohmsfords benutzt hatten, um Ziele zu erreichen, die sie für notwendig gehalten, und dabei für immer das Leben der Betroffenen verändert hatten.

»Du würdest nicht unter der Unbeständigkeit des Wünschlieds leiden, wenn man damals nicht Wil Ohmsford diese

Sache angetan hätte«, erklärte er, und seine Stimme klang wie stets leise und zwingend. »Du kannst das genauso klar sehen wie ich, Par. Alles, was du in den letzten Wochen durchgemacht hast, wurde von den Druiden und ihrer Magie herbeigeführt. Wer trägt die Schuld daran?«

Dann sprach er von der Krankheit der Vier Länder und den Schritten, die unternommen werden mussten, um eine Heilung zu beschleunigen. Es seien nicht die Schattenwesen, die diese Krankheit verursachten. Es sei die Vernachlässigung der Rassen durch jene, die sie einst geschützt und bewahrt hatten. Wo waren die Elfen, wenn man sie brauchte? Verschollen, weil die Föderation sie voller Angst vor dem Vermächtnis ihrer Magie vertrieben hatte. Wo waren die Zwerge, die immer die besten Hüter gewesen waren? Von der Föderation versklavt, damit sie keine Bedrohung für die Südlandregierung mehr darstellen konnten.

Er sprach eine Zeitlang, und dann war er plötzlich wieder fort, im Stein und der Stille der Festung verschwunden. Par saß dort, wo er zurückgelassen worden war, und rührte sich nicht. Er hörte das Flüstern des Ersten Suchers in seinem Kopf – den Rhythmus seiner Stimme, den Klang seiner Worte und die Litanei seiner Argumente, wie sie begann und endete und erneut begann. Der Nachmittag verging, und die Sonne versank im Westen. Die Dämmerung brach herein, und das Abendessen wurde gebracht. Er nahm an, was ihm von dem schweigsamen Träger gebracht wurde, und dieses Mal dachte er nicht an einen Fluchtversuch. Er aß und trank abwesend, betrachtete die Mauern seines Raumes und dachte nach.

Die Nacht brach an, und mit ihr kam Rimmer Dall erneut zu ihm. Par sah ihm dieses Mal entgegen, erwartete ihn, spürte ihn im Voraus wie den Donner bei einem Unwetter. Er hörte den Türgriff nachgeben, sah, wie die Tür sich öffnete, und beobachtete, wie der Erste Sucher hindurchtrat. Die schwarzverhüllte

Gestalt ging wortlos zu dem Stuhl und setzte sich. Sie sahen einander schweigend an und maßen einander ab.

»Gibt es etwas, was ich dir noch nicht erzählt habe?«, fragte Rimmer Dall schließlich reglos aus dem Schatten. »Welche Antworten kann ich dir noch geben?«

Par schüttelte den Kopf. Der Erste Sucher hatte ihm zu viele Antworten und zu viel zu denken gegeben, und das alles drehte sich in seinem Kopf wie gefärbtes Glas in einem Kaleidoskop. Ein Teil von ihm widerstand weiterhin allem, was er hörte, blieb starrsinnig und unbeugsam. Diese Seite seines Wesens wollte ihn nicht glauben lassen, wollte ihn nicht einmal nachdenken lassen. Par wünschte, er könnte mit dem Grübeln aufhören. Sein Schlaf wurde von Albträumen heimgesucht, und sein Wachen war von einem sinnlosen Kampf der Möglichkeiten bevölkert. Er wollte, dass dies alles bald endete.

Doch das sagte er Rimmer Dall nicht. Er fragte stattdessen nach den Geräuschen in der Festung, dem Pochen, das durch die Mauern drang, dem Schreien und Jammern, dem Gefühl, dass sich dort etwas bewegte. Der Erste Sucher lächelte. Die Erklärung war einfach. Was Par hörte, war der Mermidon, der unter dem Turm durch einen unterirdischen Tunnel hindurchströmte und dessen Wasser gegen die Mauern uralter Höhlen dort unten schlug. Manchmal konnte man die Vibration meilenweit wahrnehmen, manchmal sogar in den Knochen spüren.

»Stören sie deinen Schlaf?«, fragte der große Mann.

Par schüttelte den Kopf. Die Albträume störten seinen Schlaf. »Wenn ich beschließen sollte, dir zu glauben«, sagte er und ließ die Worte herausschlüpfen, bevor seine starrsinnige Seite es sich anders überlegen konnte, »was würdest du dann tun, um mir bei der Beherrschung des Wünschlieds zu helfen?«

Rimmer Dall saß vollkommen still. »Ich würde dich den Umgang damit lehren. Ich würde dich lehren, dich damit wohl zu fühlen. Du könntest lernen, wie du das Wünschlied wieder sicher gebrauchen kannst.«

Par starrte vor sich hin ins Leere. Er wollte glauben. »Du denkst, das könntest du?«

»Ich habe viele Jahre Zeit gehabt, es zu lernen. Ich war gezwungen, es mit meiner eigenen Magie zu tun, und die Lektionen waren nicht verschwendet. Die Magie ist eine mächtige Waffe, Par, und sie kann sich gegen dich wenden. Du brauchst Disziplin und Verständnis, um sie richtig beherrschen zu können. Das kann ich dich lehren.«

Pars Geist fühlte sich bleiern an, und seine Augen fielen zu. Seine Müdigkeit war eine dunkle Wolke, die ihn nicht nachdenken lassen wollte. »Ich glaube, wir könnten darüber sprechen«, sagte er.

»Sprechen, ja. Und es ausprobieren.« Rimmer Dall beugte sich gespannt vor. »Kontrolle über die Magie erwächst aus Übung, sie ist ein erworbenes Können. Die Magie ist ein Geburtsrecht, aber sie braucht Übung.«

»Übung?«

»Ich könnte es dir zeigen. Ich könnte dich in meine Gedanken gelangen lassen, dich sehen lassen, wie die Magie in mir funktioniert. Ich könnte dir Zugang zu den Arten geben, wie ich sie blockiere und lenke. Dann könntest du dasselbe für mich tun.«

Par schaute auf. »Wie?«

»Du könntest mich in deine Gedanken sehen lassen. Du könntest mich auskundschaften lassen, welchen Schutz du brauchst, und dann helfe ich dir, ihn aufzubauen. Wir könnten zusammenarbeiten.«

Er fuhr fort, erklärte genau und überzeugend, aber Par hörte ihm nicht mehr zu, denn er fühlte sich durch etwas vage Beunruhigendes blockiert, durch etwas, dem jegliche Identität fehlte, das aber dennoch da war. Der starrsinnige Teil, der sich weigerte, irgendetwas von dem zu glauben, was der Erste Sucher gesagt hatte, hatte sich keuchend erhoben und seinen Geist wie eine Falltür verschlossen. Er gab vor zuzuhören, nahm Bruchstücke von dem wahr, was der andere sagte, und gab mit seinen Antworten nichts preis.

Was war es? Was war los?

Nach einiger Zeit ließ Rimmer Dall ihn wieder allein. »Denke über das nach, was ich dir gesagt habe«, drängte er. »Überlege dir, was bewirkt werden kann.« Die Nacht brach herein. Par legte sich schlafen, ohne Grund erschöpft, und kämpfte dann gegen den Drang an, die Augen zu schließen, weil er nicht wollte, dass die Albträume erneut kämen. Er schaute zur Decke und dann aus den Fenstern in einen klaren und sternenerfüllten Himmel. Er dachte an seinen Bruder und an das Schwert von Shannara, und er fragte sich, was der König vom Silberfluss mit ihnen gemacht hatte. Er dachte an Damson und Padishar, Walker und Wren und an all die anderen, die in diese Bemühungen eingebunden gewesen waren. Er fragte sich vage, was diese Bemühungen bewirkt haben konnten.

Schließlich schlief er ein, dämmerte hinüber, ohne es zu merken, und versank in tröstlicher Dunkelheit. Aber der Albtraum kam sofort, und zum dritten Mal erlebte er eine Konfrontation mit sich selbst als einem Schattenwesen. Er schlug um sich und wand sich und kämpfte darum aufzuwachen. Danach lag er schwitzend und keuchend in der Dunkelheit.

Nun erkannte er mit erschreckender Gewissheit, dass etwas furchtbar falsch war.

Was geschah mit ihm? Er konnte nicht schlafen, ohne zu träumen, und der Traum war immer derselbe. Er aß, aber er verlor an Kraft. Er verbrachte seine Zeit in diesem Raum, indem er nichts tat, und doch war er immer müde. Er konnte nicht klar denken. Er konnte sich nicht konzentrieren. Seine Tatkraft wurde ihm entzogen.

Dies geschah nicht zufällig, warnte er sich. Irgendetwas war die Ursache hierfür.

Er saß aufrecht auf dem Bett, schwang über die Kante und starrte in den Schatten des Raumes. *Denk nach!* Er kämpfte gegen seine Erschöpfung an, gegen die Ketten seiner Lethargie und Verwirrung. Die Erkenntnis kam, und langsam entwirrten sich Fäden, die verknotet worden waren. Es gab zwei Möglichkeiten. Die erste war die, dass die Magie des Wünschlieds ihn auf irgendeine neue Art beeinflusste und er tun musste, wozu Rimmer Dall ihn drängte. Die zweite war die, dass die Magie, die ihn beeinflusste, Magie der Schattenwesen war und dass Rimmer Dall bestrebt war, seine Standfestigkeit zu unterlaufen. All sein Gerede, dass er ihm helfen wolle, war nur eine List.

Aber was sollte diese List bewirken?

Par atmete tief und ruhig. Er wollte wieder unter die Decken kriechen, aber er erlaubte es sich nicht. Er verspürte einen Drang zu schreien und unterdrückte ihn. Log Rimmer Dall, oder sagte er die Wahrheit? Was waren seine wahren Absichten bei alledem? Par legte die Hände aneinander, damit sie nicht zitterten. Er war kurz vorm Zusammenbruch. Er spürte, wie er sich auflöste, und er wusste nicht, wie er diese Entwicklung aufhalten konnte. Wenn Rimmer Dall die Wahrheit über das Wünschlied sagte, dann brauchte er seine Hilfe. Wenn er log, war es eine so verzwickte und weitgreifende Täuschung, dass sie alles in den Schatten stellte, was sich der Talbewohner vorstellen konnte, denn sie musste dann schon von dem Moment an, als der Erste Sucher ihn vor Wochen im Wirtshaus zum Blauen Bart aufgesucht hatte, geplant gewesen sein.

Schatten! Ich muss es wissen!

Par erhob sich, trat ans Fenster, stand dann da und schaute in die Nacht hinaus. Langsam atmete er die kühle Luft. Die Unentschlossenheit betäubte ihn. Wie sollte er die Wahrheit erfahren? Gab es einen Weg zu erkennen, ob eine Täuschung im Gange war? Das Schwert von Shannara hatte ihm nichts gezeigt, erinnerte er sich. Nichts! Was sonst konnte er versuchen?

Er beobachtete, wie die von den Nachtwolken geworfenen Schatten wie Tiere durch die Bäume und über den Fluss zogen. Er musste Rimmer Dall hinhalten, sagte er sich. Er konnte zuhören und reden, aber er durfte nicht zulassen, dass etwas unternommen wurde. Er würde eine Möglichkeit finden müssen, seine Verwirrung loszuwerden und zu durchschauen, was Wahrheit und was Lüge war, und gleichzeitig würde er eine Möglichkeit finden müssen zu verhindern, dass er sich vollständig auflöste.

Er schloss die Augen, legte das Gesicht in die Hände und fragte sich, wie er das bewerkstelligen sollte.

26

Hitze stieg in dunstigen Wogen von dem Grasland östlich des Kobelwaldes auf. Die Mittagssonne hing wie ein Feuerball am wolkenlosen Himmel, und die Luft war erfüllt vom Geruch und Geschmack von Schweiß und Staub. Wren Elessedil lag flach auf der Kuppe eines Hügels und beobachtete, wie sich die Föderationsarmee wie ein langsames vielbeiniges Insekt über die Ebene voranmühte.

Geistlos und beharrlich, dachte sie bitter.

Sie machte sich nicht die Mühe, zu den anderen hinüberzuschauen – zu Triss, Erring Rift und Desidio. Sie wusste bereits, was sie auf ihren Gesichtern sehen würde, und konnte sich vorstellen, was sie dachten.

Sie beobachtete das Voranschreiten der Föderation schon seit mehr als einer Stunde – nicht in der Erwartung, etwas Wichtiges zu erfahren, sondern weil sie den Drang verspürte, etwas zu tun. Die Elfen waren in Schwierigkeiten. Die Föderation hatte ihren Marsch gen Norden zum Rhenn vor zwei Tagen wiederaufgenommen, und die Zeit wurde knapp. Barsimmon Oridio hatte die Mobilisierung und Ausrüstung der Hauptarmee der Elfen schließlich beendet und war in aller Eile östlich zum Pass marschiert. Daher würden die Elfen mindestens drei Tage vor dem Feind zum Rhenn gelangen. Aber die Elfen waren der Föderation noch immer zehn zu eins unterlegen, und jeder offene Angriff würde mit einer vernichtenden Niederlage enden. Schlimmer noch, die Kriecher zogen ebenfalls heran. Sie holten die langsameren Südländer schnell ein. In vier, vielleicht fünf Tagen würden die Kriecher sie erreichen, zu ihrer Vorhut werden und zu einem Vernichtungsangriff vorstoßen. Wenn das geschah, wäre es das Ende der Elfen.

Wren spürte, wie Hoffnungslosigkeit an ihr zehrte, und verdrängte sie ärgerlich.

Was kann ich tun, um mein Volk zu retten?

Sie konzentrierte sich erneut auf die vorankriechende Armee und dachte nach. Ein weiterer nächtlicher Überfall stand außer Frage. Die Föderation war jetzt gewarnt und ließ sich nicht ein zweites Mal im Schlaf überraschen. Reiterpatrouillen ritten Tag und Nacht rund um die Armee herum und suchten das Land nach Spuren von Elfen ab. Einmal oder zweimal hatten sich eher dreiste als kluge Reiter sogar bis an die Wälder vorgewagt. Wren hatte sie vorüberreiten lassen. Die Elfen waren mit den Bäumen verschmolzen und in den Schatten unsichtbar geblieben. Sie wollte ihren Aufenthaltsort der Föderation nicht preisgeben. Sie wollte ihnen nichts geben, was sie ihnen nicht geben musste. Nicht dass es wichtig gewesen wäre. Die Patrouillen hielten sie in Schach, und Wachposten wurden bis auf eine Viertelmeile außerhalb des Lagers aufgestellt, wenn die Dunkelheit hereinbrach. Die Flugreiter konnten von oben hereingelangen, aber sie wollte ihre wertvollste Waffe nicht aufs Spiel setzen, wenn sie keine anderen Kräfte mehr in Reserve hatte.

Außerdem war es unwichtig, was sie gegen die Föderationsarmee unternahm, wenn sie nicht zuvor einen Weg fand, die Kriecher aufzuhalten. Obwohl sie noch immer ein Stück weit entfernt waren, stellten sie doch die gefährlichste und unmittelbarste Bedrohung dar. Wenn sie zuließ, dass sie den Rhenn oder auch die Westlandwälder südlich von ihnen erreichten, würde nichts mehr sie daran hindern können, sich einen Weg direkt bis nach Arborlon zu bahnen. Die Kriecher würden sich nicht die Mühe machen, eine Straße zur Stadt freizukämpfen.

Sie würden sich nicht mit Hinterhalten und Fallen aufhalten lassen. Sie brauchten keine Kundschafter oder Patrouillen, um den Feind ausfindig zu machen. Die Kriecher würden die Elfen finden, wo auch immer sie sich verbargen, und sie auf die gleiche Art vernichten, wie sie fünfzig Jahre zuvor die Zwerge vernichtet hatten. Wren kannte die Geschichten. Sie wusste, welcher Sorte Feind sie gegenüberstanden.

Der Schweiß überzog ihr Gesicht wie eine feuchte Maske. Sie seufzte, gab den anderen ein Zeichen und begann sich von dem Hügel zurückzuziehen. Als sie sich im sicheren Schutz der Bäume befanden, erhoben sie sich und gingen zu der Stelle, an der ihre Pferde von Elfenjägern gehalten wurden. Niemand sprach. Niemand hatte etwas zu sagen. Wren führte sie an und versuchte, den Eindruck zu vermitteln, als hätte sie etwas geplant, auch wenn das nicht der Fall war. Sie war besorgt, dass sie das Vertrauen verlieren könnte, das sie sich mit dem Angriff vor drei Nächten erworben hatte, Vertrauen, das sie brauchte, wenn sie die Ereignisse auch dann noch unter Kontrolle halten wollte, wenn erst Barsimmon Oridio eintraf. Sie war die Königin der Elfen, sagte sie sich. Aber sogar eine Königin konnte scheitern.

Sie saßen auf und ritten zum Elfenlager zurück. Wren dachte an all das zurück, was seit der Ankunft Coglines geschehen war, und fragte sich, was aus dem alten Mann geworden war – und was aus den anderen geworden war, die er am Hadeshorn versammelt hatte, um mit dem Schatten Allanons zu sprechen. Sie verspürte ein schwaches Gefühl des Bedauerns, weil sie so wenig über deren Schicksale wusste. Vielleicht sollte sie nach ihnen suchen, sie aufspüren und ihnen die Wahrheit über den Ursprung der Schattenwesen mitteilen. Sie hielt es für wichtig, dass sie davon erführen. Ein Teil dessen, wer und was die Schattenwesen waren, würde zu ihrer Vernichtung führen. So viel hatte Allanon gewusst, wie sie glaubte. Aber wenn er es gewusst hatte, warum hatte er es ihnen dann nicht einfach erzählt? Sie schüttelte den Kopf. Es war sicherlich komplizierter als das. So musste es sein. Aber war das nicht alles bei diesem Kampf?

Sie erreichten das Lager der Vorhut, das mehrere Meilen nördlich errichtet worden war, stiegen ab und gaben ihre Pferde in die Obhut der Jäger. Wren zog sich ein wenig zurück, noch immer ohne etwas zu sagen, nahm sich von einem Tisch etwas zu essen, nicht weil sie hungrig war, sondern weil sie wusste, dass sie essen musste, setzte sich allein an das Ende einer Bank und ließ den Blick durch die Bäume schweifen. Die Antworten waren irgendwo dort draußen, sagte sie sich. Sie dachte noch immer, dass sie irgendwie mit der Vergangenheit verknüpft waren, dass sich die Geschichte wiederholte, dass man aus dem lernen konnte, was zuvor geschehen war. Morrowindls Lektionen zogen in Form lebloser Gesichter und kurzer Bilder von unendlichen Opfern an ihren Augen vorbei. So vieles hatte aufgegeben werden müssen, um die Elfen aus dieser Todesfalle herauszubringen. Das durfte nicht alles umsonst gewesen sein. Es musste noch für etwas anderes gut sein, als jetzt hier zu sterben anstatt dort.

Sie sehnte sich plötzlich nach Garth. Sie vermisste seine beruhigende Gegenwart, die Art, wie er jedes Problem angehen und es lösbar erscheinen lassen konnte. Egal, wie düster alles geworden war, Garth hatte immer weitergemacht, hatte sie mitgezogen, als sie klein war, hatte sie führen lassen, als sie größer war. Sie vermisste ihn so sehr. Tränen traten ihr in die Augen, und sie wischte sie unsicher fort. Sie würde nicht wieder um ihn weinen. Sie hatte versprochen, es nicht zu tun.

Sie erhob sich und brachte ihren Teller zum Tisch zurück, während sie sich nach Erring Rift umsah. Sie würde erneut gen Süden fliegen, beschloss sie, um einen weiteren Blick auf die Kriecher zu werfen. Es musste eine Möglichkeit geben, sie aufzuhalten oder zumindest zu behindern. Vielleicht würde sich von selbst etwas ergeben. Es war eine schwache Hoffnung, aber es war alles, was sie hatte. Sie wünschte, Tiger Ty wäre hier. Er verkörperte ein wenig von jener Beständigkeit, die Garth ihr gegeben hatte. Aber der knorrige Flugreiter war von seiner Suche nach den Geächteten noch nicht zurückgekehrt, und die Geächteten zur Hilfe der Elfen herzubringen, war wichtiger, als ihr Trost zu spenden.

Sie entdeckte Rift und rief ihn zu sich.

»Wir werden aufsteigen, um noch einmal einen Blick auf die Kriecher zu werfen«, verkündete sie mit entschlossenem Blick, während sie ihn ansah. Sein bärtiges Gesicht umwölkte sich. »Ich muss es tun. Streitet nicht mit mir.«

Rift schüttelte den Kopf. »Das würde mir nicht im Traum einfallen«, murmelte er. »Hoheit.«

Sie nahm seinen Arm und führte ihn durch das Lager. »Wir werden nicht lange draußen bleiben. Lasst uns einfach nachsehen, wo sie sind, in Ordnung?«

Er sah sie aus obsidianschwarzen Augen an und wieder fort. »Sie sind verflixt zu nah, das ist es, wo sie sind. Das wissen wir bereits beide.« Er rieb sich den Bart. »Das ist kein Geheimnis. Wir müssen sie aufhalten. Ihr habt nicht zufällig einen Plan dafür, nicht wahr?«

Sie lächelte ihn zaghaft an. »Ihr werdet es als Erster erfahren.«

Sie gingen auf die Lichtung zu, auf der die Rocks standen, als Tib Arne atemlos und rot im Gesicht auf sie zugerannt kam.

»Hoheit! Hoheit! Fliegt Ihr mit einem der großen Vögel? Nehmt Ihr mich dieses Mal mit, bitte? Das nächste Mal, wenn Ihr hinauffliegt, würdet Ihr mich mitnehmen, sagtet Ihr. Bitte? Ich bin es leid, herumzusitzen und nichts zu tun.«

Sie wandte sich um und sah ihn an. »Tib«, begann sie.

»Bitte?«, bat er und blieb abrupt vor ihr stehen. Er strich

seine blonde Haarmähne zurück. Seine blauen Augen funkelten aufgeregt. »Ich werde Euch keine Schwierigkeiten bereiten.«

Sie sah Rift an, der sie düster und warnend anblickte. Aber sie fühlte sich ausgelaugt und seltsam losgelöst von allem, und sie brauchte eine neue Sicht auf die Dinge. Warum nicht?, dachte sie. Vielleicht würde es helfen, Tib dabeizuhaben. Vielleicht würde es etwas bewirken.

Sie nickte. »In Ordnung. Du kannst mitkommen.«

Tib lächelte von einem Ohr zum anderen. Das Lächeln war fast so breit wie Erring Rifts Stirnrunzeln.

Sie flogen vor den Bergen südwärts und hielten sich in nicht allzu großer Höhe dicht über dem Land. Es ging an der sich vorwärtsmühenden Föderationsarmee vorbei, einer Kette, die in einer dichten Staubwolke über die karge Ebene zog und dann weiter an der öden Weite des Wirrnismoors vorbei auf das blaue Band des Mermidons zumarschierte. Der Wind wehte ihnen in angenehm kühlenden Wogen entgegen, und das Land breitete sich wie ein Flickwerk von Erdfarben unter ihnen aus. Teiche und Flüsse spiegelten das Sonnenlicht in blitzenden Einsprenkseln. Wren saß zwischen Erring Rift und Tib. Sie spürte die Anspannung des Jungen, als er sich bemühte, an Grayls Schwingen vorbei hinabzusehen, als er das Land in sich aufnahm, zuerst die eine und dann die andere Seite absuchte, während kleine Ausrufe der Begeisterung seinen Lippen entschlüpften. Sie lächelte und verlor sich in Erinnerungen.

Nur einmal kehrten ihre Gedanken in die Gegenwart zurück. Das zweite Mal hintereinander hatte sie Faun auf einem Flug mit Erring Rift nicht mitgenommen. Faun hatte darum gebeten, mitkommen zu dürfen, und sie hatte es ihm verweigert. Vielleicht hatte sie Angst um den Baumschreier und befürchtete, dass er vom Rücken des Rock herabfallen würde.

Vielleicht war es aber auch etwas anderes. Sie war sich dessen nicht sicher.

Die Stunden vergingen. Sie erreichten den Pykon, flogen das gewundene Flussbett des Mermidons hinauf und eilten gen Süden. Noch immer kein Zeichen von den Kriechern. Wren suchte das Land ab. Sie befürchtete, dass die Monster die Bäume erreicht hatten, wo man sie nicht mehr verfolgen könnte. Aber Sekunden später flackerte ein Schimmern von Metall in der Ferne, und Erring Rift führte Grayl in weitem Bogen vom Mermidon fort und näher an die Berge im Westen heran. Sie hielten sich an die Felsen, als sie sich den Kriechern näherten, die der Föderationsarmee östlich des Flusses folgten. Wren beobachtete, wie die Insektenwesen unermüdlich durch die Hitze und den Staub zogen. Monster, die unmenschlichen Herren und Bedürfnissen dienten, die niemals zu rechtfertigen waren. Sie dachte an die Wesen, die sie auf Morrowindl hinter sich gelassen hatte, und erkannte, dass sie ihnen eigentlich gar nicht entkommen war. Die dunklen Wesen, die die Elfenmagie dort geschaffen hatte, waren hier einfach in neuer Form wiedererschaffen worden. Die Geschichte wiederholt sich, dachte sie. Welche Lektionen sollte sie also lernen?

Sie flogen zweimal vorüber, und dann ließ Wren Erring Rift an einem Steilhang inmitten einer Reihe bewaldeter Hügel landen, die sich an den Rocksporn anlehnten. Von dort konnten sie die Kriecher beobachten, die sich über das Grasland vorwärtsarbeiteten, indem sie ihre vielen Beine in stetigem Rhythmus hoben und senkten.

Wren ließ sich kommentarlos nieder. Tib Arne setzte sich neben sie, die Knie hochgezogen, die Arme um die Beine geschlungen, das Gesicht angespannt, während er zu den Kriechern hinausschaute. *Kriecher.* Sie formte das Wort mit dem Mund, ohne es auszusprechen. Wie konnte man sie aufhalten? Sie scharrte mit den Absätzen ihrer Stiefel im Boden, während sie nachdachte. Hinter ihr überprüfte Erring Rift Grayls Geschirr. Wind wehte sanft durch die Bäume und umschmeichelte angenehm kühl ihre Haut. Sie dachte an den Wisteron, jenen entfernten Verwandten der Kriecher, der nahe der Stelle, an der er sein Lager errichtet hatte, im Schlamm versunken war.

Rift berührte sie an der Schulter und reichte ihr einen Wasserschlauch herab. Sie nahm ihn, trank und bot ihn Tib an, doch der lehnte ab. Sie erhob sich, trat mit Rift zum Rand der Erhebung und beobachtete erneut die Kriecher. Was gab es dort draußen, was diesen Wesen schaden konnte? Aßen und schliefen sie wie andere Geschöpfe? Brauchten sie Wasser? Brauchten sie Luft zum Atmen?

Sie wischte sich den Schweiß vom Gesicht.

»Wir sollten zurückfliegen«, sagte Rift ruhig.

Sie nickte, rührte sich aber nicht. Unter ihnen mühten sich die Kriecher weiter voran. Das Sonnenlicht glitzerte auf ihren Panzern, und Staub stieg unter ihren schweren Schritten auf.

Der Wisteron, dachte sie. *In der Erde versunken.*

Sie blinzelte. Da war doch etwas, erkannte sie. Etwas Nützliches …

Auf einmal hörte sie ein vertrautes leises Pfeifen und wendete sich zur Seite. Tib Arne kam neben ihr naher, blond und blauäugig, lächelnd und aufgeregt, und zeigte auf die Ebene hinaus. »Seht.«

Sie schaute in den Dunst hinaus und sah nichts.

Auf ihrer anderen Seite stieß Erring Rift ein scharfes Keuchen aus und taumelte vorwärts. Hinter sich hörte sie einen dumpfen Schlag und dann einen Schrei, der ihr das Blut gefrieren ließ.

Sie wandte sich um, als etwas ihren Kopf traf, und dann wurde alles schwarz.

Weit im Osten warfen die Drachenzähne im späten Nachmittagslicht bereits lange Schatten. Tiger Ty ritt mit Seele auf einem milden stetigen Wind, der sie nordwärts über die höchste Spitze hinweg zur verdorrten und versengten Ebene brachte. Der Tag des Flugreiters war erfolglos verlaufen – genauso wie die anderen Tage, seit er sich auf die Suche nach den Geächteten begeben hatte. Von der Morgen- bis zur Abenddämmerung suchte er das Land nach einem Hinweis auf die versprochene Armee ab und fand nichts. Überall waren Föderationspatrouillen unterwegs, einige von beträchtlicher Größe wie diejenige, die den Pass am Südende der Berge versperrte. Er hatte Seele eine Zeitlang zurückgelassen, um sich auf den Straßen mit Reisenden zu unterhalten und nach Neuigkeiten zu fragen. Dabei hatte er von einem Gefängnisausbruch in einer Stadt namens Tyrsis erfahren, jener Stadt, in der der Anführer der Geächteten, Padishar Creel, gefangen gehalten worden war und hingerichtet werden sollte. Es war seinen Gefolgsleuten jedoch gelungen, ihn zu befreien. Das war eine wahre Heldentat gewesen, und jedermann sprach darüber. Aber niemand schien zu wissen, wo er sich jetzt aufhielt oder wo andere Geächtete zu finden waren.

Oder zumindest verriet es ihm niemand.

Die Tatsache, dass Tiger Ty ein Elf war und fast nichts über die Vier Länder wusste, war bei dieser Angelegenheit nicht gerade hilfreich. Durch seine Unkenntnis beschränkt, musste er blind suchen. Er hatte schließlich herausgefunden, dass sich die Geächteten wahrscheinlich in den Bergen, die er jetzt überflog, niedergelassen hatten, aber die Gipfel lagen weit auseinander, und es gab so viele mögliche Verstecke, dass er fünfzig Jahre hätte suchen können, ohne jemanden zu entdecken.

Allmählich begann er zu glauben, dass es hoffnungslos war. Aber er hatte Wren sein Versprechen gegeben, dass er die Geächteten finden würde, und er war nicht weniger entschlossen, als sie es gewesen war, als sie nach Morrowindl geflogen war, um die Elfen zu suchen.

Er schaute auf das karge, verbrannte Felsgestein hinab, und sein ledriges Gesicht furchte sich düster. Es sah alles gleich aus. Es gab nichts zu sehen. Als sich die Berge weiter nach Norden erstreckten, lenkte er Seele nach links und flog dieselbe Strecke noch einmal ab. Er hatte diese gleiche Schleife jetzt schon zweimal gezogen, wobei er jedes Mal einen etwas abgeänderten Kurs einschlug, sodass er einen neuen Streifen des weiten Landes überprüfen konnte, obwohl er sich auch bewusst war, dass es noch immer Hunderte von Stellen gab, die er nicht einsehen konnte.

Enttäuschung und Müdigkeit machten ihm zu schaffen. Wenn es dort draußen eine Armee der Geächteten gab, warum war sie dann so verdammt schwer zu finden?

Er dachte einen Moment an Wren und die Landelfen, und er fragte sich, ob sich die Föderationsarmee ausreichend erholt hatte, um sie weiterhin zu verfolgen. Lächelnd erinnerte er sich an den Nachtangriff. Das Mädchen hatte es faustdick hinter den Ohren. Kaum erwachsen und schon eine Anführerin. Die Landelfen, dachte er, würden genauso weit gehen, wie sie ihr erlaubten, sie zu führen. Wenn sie ihr nicht zuhörten, wären sie einfältig jenseits …

Seine Gedanken wurden unterbrochen, als unten etwas aufblitzte. Er schaute genau hin. Es blitzte erneut. Ein Signal, ganz sicher. Aber von wem? Tiger Ty stupste Seele an und flog einen Bogen, damit er besser überprüfen konnte, worauf sie zuflogen. Es blitzte ein drittes und viertes Mal auf und hörte dann auf, als wäre derjenige, der das Signal erzeugt hatte, zufrieden, dass er gesehen worden war. Die Quelle war eine Steilwand oben im nördlichen Gebirge, und als er sich näherte, sah er eine Gruppe von vier Männern auf dem Felsen stehen und warten. Sie versuchten nicht, sich zu verbergen. Es schien nicht so, als seien noch andere in der Nähe oder als seien Plätze vorhanden, an denen sich andere hätten verbergen können. Ein gutes Zeichen, dachte der Flugreiter. Aber er würde dennoch vorsichtig sein.

Er ließ Seele auf dem Felsen landen, war aber auf einen Hinterhalt vorbereitet. Der riesige Rock kam ein gutes Stück von den vier Männern entfernt am Rand zum Stehen. Tiger Ty wartete einen Moment lang dort, wo er war, und schaute sich um. Die Männer warteten geduldig. Tiger Ty löste die Haltegurte und kletterte von Seele herab. Er ermahnte ihn zur Vorsicht und schlenderte über eine Fläche trockenen Riedgrases und zerbrochenen Gesteins gemächlich auf die Gruppe zu. Zwei der vier Männer kamen ihm entgegen, einer groß und hager und wie aus Stein gemeißelt, der andere schwarzbärtig und wild. Der größere hinkte.

Als sie nur noch weniger als sechs Schritte voneinander entfernt waren, blieb Tiger Ty stehen. Die beiden Männer taten es ihm gleich.

»War das Euer Signal?«, fragte Tiger Ty.

Der Größere nickte. »Ihr seid nun schon zwei Tage lang hier vorübergeflogen und habt etwas gesucht. Wir haben beschlossen, dass es an der Zeit sei herauszufinden, was Ihr sucht. Der Legende nach fliegen nur Flugreiter die riesigen Rocks. Stimmt das? Kommt Ihr von den Elfen?«

Tiger Ty verschränkte die Arme. »Das kommt darauf an, wer fragt. Es gibt viele Leute, denen man in diesen Zeiten nicht trauen kann. Seid Ihr einer von denen?«

Der schwarzbärtige Mann errötete und trat einen Schritt vor, aber ein Blick des anderen ließ ihn innehalten. »Nein«, antwortete er und hob fragend eine Augenbraue. »Und Ihr?«

Tiger Ty lächelte. »Das Spiel könnte vermutlich noch eine Weile fortgeführt werden, nicht wahr? Seid Ihr Geächtete?«

»Jetzt und für alle Zeiten«, sagte der große Mann.

»Dann seid ihr es, die ich suche. Ich heiße Tiger Ty. Wren Elessedil, die Königin der Landelfen, hat mich ausgesandt.«

»Dann sind die Elfen wahrhaftig zurückgekehrt?«

Tiger Ty nickte.

Der große Mann lächelte zufrieden. »Ich bin Padishar Creel, Anführer der Geächteten. Mein Freund heißt Chandos. Willkommen zurück in den Vier Ländern, Tiger Ty. Wir brauchen Euch dringend.«

Tiger Ty grunzte. »Wir brauchen Euch dringender. Wo ist Eure Armee?«

Padishar Creel sah ihn verwirrt an. »Meine Armee?«

»Diejenige, die zu unserer Rettung kommen sollte! Wir werden von einer Föderationsmacht angegriffen, die uns zehnfach überlegen ist – Reiterei, Fußsoldaten, Bogenschützen, Belagerungsmaschinen –, nun, davon nicht mehr so viele, aber genug Ausrüstung und Waffen, um über uns hinwegzurollen wie ein Besen über Ameisen. Der Junge sagte, Ihr wärt mit fünftausend Mann unterwegs, um uns zu helfen. Nicht halbwegs genug, aber jede Hilfe wäre willkommen.«

Chandos runzelte düster die Stirn und strich über seinen Bart. »Moment mal. Von welchem Jungen redet Ihr?«

Tiger Ty sah ihn an. »Von dem mit dem Kampfhaubenwürger.«

Ein plötzliches Unbehagen erfasste den Flugreiter. »Tib Arne.« Er schaute von einem Gesicht zum anderen. »Blaue Augen, blond, ziemlich klein. Ihr habt ihn doch gesandt, nicht wahr?«

Die Männer, die ihm gegenüberstanden, wechselten einen schnellen Blick. »Wir haben einen Mann gesandt, der ungefähr vierzig Jahre alt war. Sein Name war Sennepon Kipp«, sagte Chandos vorsichtig. »Ich sollte es wissen. Ich habe ihn selbst ausgewählt.«

Tiger Ty spürte, wie Kälte seinen ganzen Körper durchdrang. »Aber der Junge? Kennt Ihr den Jungen denn überhaupt nicht?«

Padishar Creels harter Blick richtete sich auf ihn. »Bis jetzt nicht, Tiger Ty. Aber ich möchte wetten, dass sich das nun ändern wird.«

Helles Licht drang durch Wrens Augenlider, als sie wieder zu Bewusstsein kam, und sie wandte blinzelnd den Kopf ab. Eine Faust krallte sich in ihr Haar und riss sie hoch, und die Stimme, die in ihr Ohr flüsterte, war voller Hass und Verachtung.

»Wacht auf, wacht auf, Königin der Elfen.«

Die Hand gab sie frei, ließ sie nach vorn auf die Knie fallen, dass ihr Kopf von dem Schlag, der sie gefällt hatte, schmerzte. Ein Knebel füllte ihren Mund aus, und er war so gut befestigt, dass sie nur durch die Nase atmen konnte. Ihre Hände waren hinter ihren Rücken gebunden und ihre Handgelenke mit Stricken festgezurrt, die in die Haut einschnitten. Staub und der Geruch ihres eigenen Schweißes und ihrer Angst stiegen ihr in die Nase.

»Ah, Hoheit, Hoheit, die Hübscheste der Hübschen, Herrscherin der Westlandelfen – Ihr seid so eine Närrin!« Die Stimme wurde zu einem Zischen. »Setzt Euch auf und seht mich an.«

Sie wurde seitlich am Kopf von einem Schlag getroffen, der sie erneut zu Boden warf, und wieder krallte sich die Faust in ihr Haar und riss sie hoch. »Seht mich an!«

Sie hob den Kopf und blickte Tib Arne in die blauen Augen. Jetzt war kein Lachen in ihnen zu sehen, nichts von dem Jungen, den er gespielt hatte. Sie waren hart und kalt und voller Drohung.

»Hat es Euch die Sprache verschlagen?«, spottete er und lächelte sie freudlos an. An seinen Händen klebte Blut. »Euch hat es die Sprache verschlagen, und ich habe Schlaf nötig. Aber was soll ich mit Euch machen? Welchen Dienst soll ich der Königin der Elfen erweisen?«

Er wirbelte herum, lachte leise, schüttelte den Kopf, beglückwünschte sich fröhlich. Wren sah sich in qualvoller Erkenntnis um. Erring Rift lag tot neben ihr auf dem Boden, die tödliche Klinge steckte noch immer bis zum Heft in seinem Rücken. Grayl lag genauso leblos ein wenig weiter entfernt, und der größte Teil seines Kopfes fehlte. Hoch über ihm ragte Gloon auf. Er war auf einmal genauso groß wie der Rock. Seine Federn spreizten sich wie Stacheln von seinem sehnigen Körper, Klauen und Schnabel waren bereits rot vom Blut des toten Rock, und er riss gerade weitere Stücke Fleisch aus ihm heraus. Plötzlich hielt Gloon in seiner Mahlzeit inne und schaute zu ihr herüber. Seine gewölbte Stirn war gefurcht, und was sie in den Augen des Kampfhaubenwürgers sah, war unverhohlener Hunger.

Der Atem stockte ihr in der Kehle, aber sie konnte den Blick nicht abwenden.

»Größer, als Ihr ihn in Erinnerung habt, nicht wahr?«, sagte Tib Arne, der plötzlich wieder sehr nah war und dessen Schatten auf sie fiel, als er sich herabbeugte. Sein hartes Gesicht strafte seine jungenhafte Stimme Lügen. »Das war Euer erster Fehler – zu denken, dass wir wären, was wir schienen. Ihr wart sehr einfältig.«

Er packte ihren Hals und wandte ihr Gesicht zu sich um. »Es war leicht, wirklich. Ich hätte jederzeit in das Lager gelangen können, hätte Euch erzählen können, dass ich irgendein Freund wäre. Aber ich habe geduldig und klug gewartet. Ich habe den Boten der Geächteten gesehen und ihn abgefangen. Er hat mir alles erzählt, bevor er starb. Dann habe ich seinen Platz eingenommen. Ich brauchte Euch nur einen Moment lang allein zu erwischen, seht Ihr. Das war alles.«

Seine Augen funkelten. Plötzlich begann er sie mit seiner freien Hand zu schlagen. Er hielt sie fest, während er dies tat, damit sie nicht fiel. »Aber Ihr wolltet mir das nicht zugestehen!«

Er hielt inne, riss ihr blutiges Gesicht herum, sodass sie ihn erneut ansehen musste. Sein blondes Haar war in Unordnung, und seine blauen Augen funkelten, aber jetzt konnte die sympathische Erscheinung des Jungen nicht mehr das Monster verbergen, das unmittelbar unter der Oberfläche der Haut lauerte und danach drängte hervorzubrechen. »Ihr wolltet mich fortschicken, und während ich unterwegs war, habt Ihr diesen Nachtangriff auf die Föderationsarmee geführt! Dummes, dummes Mädchen! Sie sind nichts! Damit habt Ihr das Unaufhaltsame nur verzögert und uns gezwungen, die Kriecher einfach ein wenig früher herzubringen. Nun müssen wir etwas härter arbeiten!«

Er ließ sich vor ihr auf die Knie nieder, während er mit eisernem Griff noch immer ihren Hals hielt. Ein einziges Wort wiederholte sich in ihrem vom Schmerz getrübten Kopf wieder und wieder. *Schattenwesen.*

»Aber ich habe jene Männer getötet, das heißt, Gloon hat das für mich getan. Er hat sie in Stücke gerissen, und ich habe ihren Schreien zugehört und nichts getan, um ihren Tod zu beschleunigen. Aber es war Euer Fehler, dass sie sterben mussten, nicht meiner. Ich habe Gloon befohlen, sich zu verstecken, und bin zurückgekehrt – zu spät, um Euren einfältigen Nachtangriff zu stoppen, aber früh genug, um sicherzustellen, dass es nicht wieder geschehen wird. Und dann wartete ich ab, denn ich wusste, dass die Gelegenheit kommen würde, Euch allein zu erwischen, ich wusste, dass sie kommen musste!«

Er schenkte ihr seinen flehenden Klein-Jungen-Blick, und seine Stimme wurde spöttisch. »O Hoheit, bitte, bitte nehmt mich mit. Ihr habt versprochen, es zu tun. Bitte? Ich werde Euch keine Schwierigkeiten bereiten!«

Sie atmete kräftig durch die Nase, durch das Blut und den Staub und kämpfte darum, bei Bewusstsein zu bleiben.

»Oh, es tut mir leid. Geht es Euch nicht gut?« Er schlug sie leicht auf eine Wange und dann auf die andere. »Da! Ist das besser?« Er lachte. »Wo war ich stehen geblieben? O ja – abwarten. Und der heutige Tag brachte dann das Ende der Warterei, nicht wahr? Ihr habt mir den Rücken zugewandt, und ich habe Gloon herangepfiffen, damit er den Rock kaltmachte. Ich habe Eure Aufmerksamkeit auf die Kriecher gelenkt, während ich den Flugreiter erledigt habe, und habe Euch dann niedergeschlagen. So schnell, so leicht. Eine Sache von Sekunden.«

Er ließ sie los und stand auf. Wren sackte zusammen, wollte aber nicht hinfallen und ihm die Befriedigung gönnen. Ihr Zorn wuchs, überwand die Erschöpfung und den Schmerz und gab ihr genug Kraft, sich auf den Jungen zu konzentrieren.

Auf das Schattenwesen.

Tib Arne kicherte. »Im Moment keine Hoffnung für Euch, nicht wahr, Königin der Elfen? Nicht die geringste. Sie werden nach Euch suchen, aber sie werden Euch nicht finden. Euch nicht, den Flugreiter nicht, den Rock nicht. Ihr werdet alle einfach verschwunden sein.« Er lächelte. »Wollt Ihr wissen, wo? Natürlich wollt Ihr das. Für die anderen beiden ist es egal, aber für Euch …«

Er stemmte die Hände in die Hüften und neigte den Kopf. Seine lässige Haltung wurde von der Härte in seinen Augen und der Bosheit in seiner Stimme Lügen gestraft. »Ihr kommt in die Südwacht, zu Rimmer Dall – und das hier auch!«

Er griff in seine Tasche und zog den Lederbeutel mit den Elfensteinen daraus hervor. Ihr stockte das Herz. Die Elfensteine, ihre einzige Waffe gegen die Schattenwesen.

»Wir wissen von ihnen, seit Ihr am Rockshort unseren Bruder getötet habt. Solche Macht – aber sie gehört nicht mehr Euch. Sie gehört jetzt dem Ersten Sucher. Und Ihr werdet ihm ebenfalls gehören, Hoheit. Bis er mit Euch fertig ist. Und ich werde darum bitten, dass ich Euch dann zurückbekomme!«

Er schob den Beutel wieder in die Tasche. »Ihr hättet Euch

nicht einmischen sollen, Elfenkönigin. Es wäre für Euch besser gewesen, wenn Ihr das getan hättet. Ihr hättet Euch daran erinnern sollen, dass wir alle gleichen Ursprungs sind – die Elfen sind aus der alten Welt gekommen, in der wir die Könige waren. Ihr hättet darum bitten sollen, eine von uns sein zu dürfen. Eure Magie hätte das ermöglicht. Schattenwesen sind das, was den Elfen zu werden bestimmt ist. Einige von uns wussten das. Einige von uns lauschten dem Flüstern der Erde!«

Wren fragte sich, wovon er redete. Aber ihre Gedanken waren wirr und getrübt.

Er wandte sich ab, beobachtete eine Zeitlang, wie Gloon fraß, und pfiff den Kampfhaubenwürger dann herüber. Gloon kam widerwillig und trug dabei Teile von Grayl in seinem gebogenen Schnabel. Tib Arne tätschelte und besänftigte den großen Vogel, redete leise mit ihm, lachte und scherzte. Gloon hörte aufmerksam zu, den Blick auf den Jungen gerichtet, den Kopf gehorsam geneigt. Wren blieb, wo sie war, und dachte darüber nach, wie sie sich selbst helfen könnte.

Dann kam Tib zu ihr, hob sie leicht hoch, schwang sie wie einen Sack Getreide über Gloons schiefergrauen Rücken und band sie dort fest. Der Junge ging zu Erring Rift zurück und warf den Körper des Flugreiters über die Felskante in das Dickicht darunter. Auf Tib Arnes Befehl versenkte Gloon seinen blutbefleckten gelben Schnabel in Grayl, zog den unglückseligen Rock zum Rand und ließ ihn dann ebenfalls hinabfallen. Wren schloss die Augen. Tib Arne hatte recht. Sie war so unglaublich dumm gewesen.

Der Junge kam zu ihr zurück und zog sich auf Gloon hinauf.

»Ihr seht, die Magie erlaubt uns alles, Elfenkönigin«, zischte er über die Schulter hinweg, während er es sich bequem machte. »Gloon kann sich groß oder klein machen, ganz wie er will, in die Federn des Haubenwürgers gehüllt, aus der

Schattenwesengestalt entsprungen, die er angenommen hatte, als er die Magie empfing. Und ich kann der Sohn sein, den Ihr niemals haben werdet. War ich ein guter Sohn, Mutter? War ich es?« Er lachte. »Ihr habt niemals Verdacht geschöpft, nicht wahr? Rimmer Dall sagte, Ihr würdet keinen Argwohn hegen. Er sagte, Ihr würdet mich mögen und mir vertrauen wollen, würdet jemanden brauchen, nachdem Ihr auf Morrowindl Euren großen Freund verloren habt.«

Wren spürte Bitterkeit in sich aufsteigen, die sich mit Scham und Verzweiflung vermischte. Tib Arne beobachtete sie einen Moment lang und lachte.

Und dann breitete Gloon die Schwingen aus, und sie flogen ostwärts über die Ebene, fort von den Westlandwäldern, den Kriechern, der Föderationsarmee und den Elfen. Sie beobachtete, wie alles allmählich im Sonnenuntergang und dann in den Schatten verschwand und die Nacht in dunstigem grauem Licht herabstieg. Sie flogen in die Dunkelheit hinein, folgten der Linie des Mermidons nach Callahorn hinein, passierten Kern und Tyrsis und flogen durch das Grasland nach Süden.

Es wurde Mitternacht, und sie sanken zu einer dunklen Fläche hinab, auf der ein Wagen und Reiter warteten. Die Männer trugen schwarze Umhänge und das Wolfskopfemblem der Sucher. Es waren acht, und alle warteten dunkel und schweigsam in ihren Gewändern, Geister in der Stille der Nacht. Sie wirkten, als hätten sie Tib Arne und Gloon erwartet. Tib gab einem von ihnen den Beutel mit den Elfensteinen, und zwei andere hoben sie von Gloon herab und brachten sie in den Wagen. Es wurde nichts gesprochen. Wren wandte sich um und versuchte, etwas zu erkennen, aber die Klappen aus Plane waren bereits festgezurrt worden.

Sie lag in der Dunkelheit und Stille und hörte Gloons Schwingen, als er sich wieder in die Luft erhob. Dann machte der Wagen einen Ruck und begann vorwärtszurollen. Räder quietschten, und Pferdehufe trappelten in stetigem Rhythmus durch die Nacht.

Sie war auf dem Weg zur Südwacht und zu Rimmer Dall, wie sie wusste, und sie fühlte sich, als hätte sich ein großes Loch in der Erde geöffnet, um sie zu verschlingen.

27

Kurz vor der Dämmerung sah Morgan Leah den Wagen und die Reiter aus dem Grasland im Westen herankommen. Sie wurden langsamer, als sie den Aufstieg zur Südwacht beginnen mussten. Er stand auf der Steilwand im Süden, wo seit mittlerweile drei Tagen sein Wachposten war, und schaute über das erwachende Land hinweg. Die Sterne und der Mond verblassten in einem wolkenlosen Nachthimmel, und die Hügel waren dicht mit Nebel bedeckt, der sich an Senken und Täler klammerte. Auf der Erde hielten sich die letzten Schatten und verschmolzen mit dem Grau der vergehenden Nacht, bevor der Morgen sie gänzlich tilgen würde.

Anders natürlich der Wagen und die Reiter, Schatten mit Substanz, deren Bewegungen sich vor der Dunkelheit abzeichneten. Morgan beobachtete sie schweigend und reglos, als könnte jegliches Geräusch oder jegliche Bewegung seinerseits sie dazu veranlassen, im Nebel zu verschwinden. Sie waren noch ein gutes Stück entfernt, fast verloren in der Dämmerung, und schimmerten vor der Nacht wie dunkle Geister.

Sie waren das erste Anzeichen von Leben, das er gesehen hatte, seit er seinen Wachposten bezogen hatte. Und wie er erkannte, waren sie diejenigen, auf die er gewartet hatte.

Drei Tage waren vergangen, und niemand war in die Südwacht hineingegangen oder auch herausgekommen. Niemand war auch nur in die Nähe gelangt. Das Land war bar jeglichen Lebens bis auf eine Handvoll Vögel, die zielstrebig in Sicht kamen und wieder verschwanden. Auf dem Mermidon und dem

Regenbogensee waren Boote zu sehen gewesen, aber alle waren gen Süden gefahren, weit an der Zitadelle der Geächteten vorbei. Morgan hatte lange und sorgfältig nach Anzeichen von Leben in dem Obelisken Ausschau gehalten, aber er hatte keine bemerkt. Er hatte zeitweise geschlafen und war einen guten Teil der Tage und Nächte wach geblieben, um die Chance, dass jemand an ihm vorbeischlüpfte, gering zu halten. Er hatte beobachtet und gewartet, und nichts war geschehen.

Aber jetzt waren da Reiter und ein Wagen, und er war sich bereits sicher, dass sie zur Südwacht wollten.

Er betrachtete sie genau und wusste dann auch, dass sie Sucher waren. Er sah es an den schwarzen Mänteln und Kapuzen, an ihrer Haltung und an der dunklen Verschwiegenheit ihres Herannahens. Sie kamen heimlich und im Schutz der Nacht, und sie wollten, dass nicht bekannt würde, was auch immer sie vorhatten. Es waren sechs Reiter, vier vor dem Wagen und zwei dahinter, und es waren mindestens zwei Wagenlenker dabei. In der seltsamen Stille der vergehenden Nacht wirkten sie wie ein Flüstern über dem kargen Land, krochen in Nebel und Schatten hinein und wieder heraus und zogen langsam dem kommenden Licht entgegen.

Er atmete tief durch. Sie waren diejenigen, so wiederholte er für sich, auf die er gewartet hatte. Er wusste nicht, warum er das spürte. Er konnte weder ihren Zweck noch ihre Absicht erkennen. Sie hatten vielleicht Par Ohmsford in dem Wagen bei sich. Vielleicht aber auch nicht. Das war nicht wichtig. Etwas in ihm flüsterte ihm zu, dass er sie nicht vorbeilassen sollte. Es sprach mit einer so deutlichen und sicheren Stimme, dass er sie nicht ignorieren konnte.

Darauf hast du gewartet. Jetzt handle.

Es war fünf Tage her, seit sich Damson Rhee und Matty Roh auf die Suche nach Par begeben hatten und dem schimmernden Skree in der Hoffnung gefolgt waren, dass es sie zum

Talbewohner führen könnte. Das Unwetter hatte alle Spuren ausgelöscht, sodass nur das Skree ihnen bei der Suche helfen würde. Morgan war an der Südwacht geblieben, um auf ihre Rückkehr zu warten. Aber sie waren noch nicht wieder da, und es gab keinerlei Hinweis darauf, dass sie bald kommen würden. Es blieb Morgan überlassen herauszufinden, ob Par ein Gefangener der Schattenwesen war, eine Aufgabe, die, mangels einer Gelegenheit, in die Südwacht hineingelangen und sich umsehen zu können, eigentlich unmöglich erschien.

Aber jetzt …

Er holte tief Luft. Jetzt würde es anders sein.

Aber er musste sich schnell entscheiden, was er tun wollte. Er musste sofort handeln.

Er verfolgte bereits den Weg des Wagens, während dieser sich durch die neblige Hügellandschaft arbeitete. Er konnte ihn abfangen, wenn er wollte. Er konnte ihn erreichen, bevor er an der Südwacht ankam, ihm den Weg abschneiden, wenn er noch mehrere Meilen entfernt war. Mit den Augen folgte er den Furchen, in denen der Wagen bleiben musste, wenn er die Zitadelle erreichen wollte. Es war ein ausgefahrener Feldweg. Nah genug, entschied er. Er konnte den Wagen aufhalten.

Wenn er wollte.

Einer gegen acht, und jene acht waren Sucher und wahrscheinlich auch Schattenwesen. Er biss die Zähne zusammen und lächelte dann höhnisch. Er sollte lieber sichergehen.

Im Osten spähten die ersten schwachen Schimmer silbrigen Lichts hinter dem bewaldeten Horizont hervor und sandten leuchtende Spinnweben über die flache dunkle Oberfläche des Regenbogensees. Die Stille vertiefte sich, Erwartung lauerte in der Luft.

Morgan stand reglos auf dem Berg, schaute über die Hügel hinweg zu dem Wagen und den Reitern und merkte, dass er über das Hier und Jetzt hinweg in die Vergangenheit schaute.

Er sah sich selbst erneut in Leah, in dem Hochland, in dem seine Familie jahrhundertelang gelebt hatte, und rief sich in Erinnerung, wie sein Leben noch vor so kurzer Zeit gewesen war. Er dachte daran, wie er es Matty beschrieben hatte. Damals hatte er seine Zeit damit verbracht, den Föderationsoffizieren, die in seinem einstigen Familienwohnsitz einquartiert worden waren, das Leben schwer zu machen, und war damit zufrieden gewesen, lästige Verwirrung zu stiften, zufrieden damit, Unglück und Unzufriedenheit zu verursachen. Von damals an hatte er eine weite Reise hinter sich gebracht, nach Norden zum Hadeshorn und zum Schatten Allanons, über Tyrsis und die Grube hinaus zu den Drachenzähnen und dem Zeigefinger, zu Padishar Creel und den Geächteten und noch weiter nach Eldwist und zum Steinkönig, zum Schwarzen Elfenstein und dem Malmschlund. Er hatte die Schattenwesen und ihre Diener bekämpft und überlebt, was niemand hätte überleben sollen. Er hatte ein Leben hinter sich gelassen und war für immer verwandelt in einem anderen hervorgegangen. Er würde niemals wieder der Alte sein. Aber das wollte er auch nicht. Eine Lebensspanne war gefühlt seit seinem Aufbruch aus dem Hochland vergangen, und seine Erfahrungen hatten ihn auf eine Weise gestärkt, wie er es sich einst nur in seinen Träumen hatte vorstellen können.

Die Vergangenheit verschwand wieder in der Erinnerung, und die Gegenwart drängte als stetige und sichere Gewissheit in den Vordergrund, als Erfordernis. Er schaute zu dem Wagen und den Reitern und lauschte auf das Flüstern in seinem Kopf. Er wusste, was er tun musste.

Als er dann den Entschluss gefasst hatte, handelte er sofort. Er ließ alles außer dem Schwert von Leah zurück. Von seinem Gepäck und dem schweren Umhang befreit, das Schwert über den Rücken gebunden, glitt er durch die Bäume den nördlichen Hang des Abhangs hinab, wobei er sein Ziel im Auge behielt. Er erreichte unten die Hügel und durcheilte sie, strebte nordwärts auf den Engpass zu, durch den der Wagen und die Reiter mussten, um die Südwacht zu erreichen, dachte bei sich, dass er seine Meinung noch immer ändern könnte, wenn er erst einmal dort wäre und es dann falsch erschien. Er dachte ebenfalls, dass er einen Plan brauchte, wenn er eine Chance haben wollte, einen Kampf gegen so viele zu gewinnen. Der Boden war hart und fühlte sich unter seinen Füßen hohl an, aber das Gras war feucht vom Morgentau und verursachte ein nasses Klatschen, als er hindurchging. Er roch die Erde und die Bäume in der windstillen Luft. Ihre Gerüche waren dicht und beißend. Der Nebel verdichtete sich, streckte sich aus, umhüllte Morgan in einem Moment und ließ ihn im nächsten Moment wieder frei. Er sagte sich, dass er schnell sein musste – so schnell wie ein Gedanke und so sicher wie das Schicksal. Er würde die meisten von ihnen getötet haben müssen, ehe sie mitbekamen, dass er da war. Er würde noch dunkler sein müssen als sie. Er würde tödlicher sein müssen.

Von einer Senke lief er in einen Hain schwarzer Walnuss- und Kirschbäume, deren Zweige sich schwer vom Tau zu Boden neigten, schaute über die Hügel hinweg und lauschte. Er hörte den Wagen, obwohl sein Quietschen und Ächzen durch den Nebel gedämpft wurde. Er war ihnen ein gutes Stück voraus, in der Nähe der Stelle, wo er sie abfangen wollte, und die Finsternis der Nacht hielt der einsetzenden Dämmerung stand. Er schaute nach Osten und sah, dass die Sonne noch immer in den Bäumen verborgen war und ihr Licht nicht mehr als ein schwacher Schimmer am Himmel war. Ihm blieb genug Zeit zum Handeln, bevor der Sonnenaufgang ihn verraten würde. Er würde seine Chance bekommen.

Er ging erneut weiter, hielt sich in Deckung, wo immer er konnte, und verursachte keinen Laut. Er hatte jahrelang im Hochland gejagt, bevor er in den Norden gegangen war, hatte sich vor der Dämmerung erhoben, um mit seinem Bogen loszuziehen. Er war in einer Welt, in der er ein Eindringling war, allein gewesen und hatte gelernt, mit den Tieren, die er jagte, zu einer Einheit zu verschmelzen. Manchmal schoss er sie, um Nahrung zu haben, häufiger jedoch schlich er sich nur an sie an. Er brauchte sie nicht zu töten, um ihre Eigenarten zu erkunden und ihre Geheimnisse zu entdecken. Schließlich hatte er es beherrscht. Er war jetzt gut darin. Aber die Schattenwesen waren ebenfalls Jäger. Sie konnten besser als er spüren, was dort draußen war. Daran musste er denken. Äußerste Vorsicht war geboten.

Denn wenn sie ihn zuerst entdeckten …

Er atmete tief durch den Mund ein und beruhigte den Schlag seines Herzens, während er weiterging. Wie sah sein Plan aus? Was beabsichtigte er eigentlich? Sie aufhalten, sie töten, sehen, was in ihrem Wagen war? Was war, wenn er nichts in dem Wagen fand? War das wichtig? Wie viel würde er verlieren, wenn dies alles umsonst war?

Aber es war nicht umsonst. Er wusste, dass es das nicht war. Der Wagen war nicht leer. Es gab keinen Grund für die Sucher, einen leeren Wagen zur Südwacht zu eskortieren. Der Wagen enthielt etwas. Die innere Stimme, die Stimme, die ihn vorwärtsdrängte, versprach es ihm.

Darauf hast du gewartet.

Einen Moment lang schien es ihm, als sei es Quickenings Stimme, die er hörte, die aus dem Reich der Toten zu ihm sprach oder vielleicht aus der Erde, in die sie zurückgekehrt war. Es war, als ob sie ihn leitete und behütete, ihn dem entgegenführte, was nur sie allein sehen konnte. Aber der Gedanke war vielleicht nur ein Wunschtraum und irgendwie auch gefährlich, und er schob ihn sofort beiseite. Die Stimme war seine eigene und nicht die eines anderen, sagte er sich. Die Entscheidung und ihre Folgen musste er tragen.

Er erreichte die Senke, durch die die Reiter und ihr Wagen kommen würden, die Stelle, an der er sie aufhalten wollte, und er blieb in der Stille abrupt stehen und lauschte. In der Ferne, irgendwo hinten im Nebel, hörte er ihre Geräusche. Er stand in der Mitte der Senke und versuchte, die verbleibende Zeit abzuschätzen. Dann schritt er die Senke ab, hielt sich auf einer Seite im Schatten, damit seine feuchten Fußabdrücke nicht zu sehen sein würden, und atmete die neblige Kühle, um seinen Kopf freizubekommen. Pläne kamen und gingen wie der Wind, wurden aussortiert und so schnell beiseitegeschoben wie Träume beim Erwachen. Keiner gefiel ihm. Keiner schien richtig zu sein. Er erreichte das Ende der Senke und kehrte um. Doch dann blieb er stehen.

Er stand an der engsten Stelle der Senke.

Hier, sagte er sich. Hier würde es beginnen, nachdem der Wagen in die Senke gelangt war, nachdem die ersten Reiter davor festsaßen und nicht umkehren konnten, um den hinteren zu helfen. Das würde ihm ein wertvolle Hilfe sein, zumindest zwei Reiter außer Gefecht setzen zu können und vielleicht auch noch die Sucher, die den Wagen lenkten. Wenn er dann im Wagen nichts fand, konnte er schnell wieder fort sein …

Und doch wusste er in dem Moment, als er das dachte, auch, dass ihm das nicht gelingen würde, denn die anderen würden ihn aufspüren. Nein, er würde bleiben und kämpfen müssen, gleichgültig, was er in dem Wagen fand. Es würde kein Entrinnen geben.

Er fühlte sich, als würde das Pochen in seiner Brust sein Herz sprengen, und ihm wurde flau im Magen. Bei dem Gedanken daran, was er plante, wurde ihm schwindelig, und er war gleichzeitig entsetzt und begeistert und unfähig, auch nur eine der unzähligen Empfindungen zurückzuhalten, die ihn durchströmten.

Aber die Stimme flüsterte immer noch. *Darauf hast du gewartet. Darauf.*

Die Geräusche der Schattenwesen wurden lauter. Das Licht im Osten blieb schwach. Hier in der Senke hing dichter Nebel. Er hatte genug Deckung, sagte er sich. Er trat zurück in die Bäume, zog das Schwert von Leah aus der Scheide und kauerte sich hin.

Bitte habe recht. Bitte irre dich nicht. Lass in diesem Wagen Par sein. Lass es nicht umsonst sein.

Die Worte wiederholten sich wie eine Litanei in seinem Kopf und vermischten sich mit dem Flüstern, das ihn zu seinem Vorhaben drängte, zu der Gewissheit, dass es richtig war. Er konnte das Gefühl nicht erklären: Es war wie eine Frage des Glaubens, den man manchmal nicht infrage stellt, den man einfach annimmt und nicht rechtfertigt. Er wurde von der Wahrheit, die er darin spürte, und der Möglichkeit, dass sie eine Täuschung war, hin- und hergerissen. Der Verstand riet ihm zur Vorsicht, aber das Gefühl beharrte auf blinder Einlassung. Die Gefühle, die in ihm kämpften, während er wartete, zerrten an ihm und verwirrten sich.

Er sprang abrupt auf und eilte durch die Bäume zurück und den dahinterliegenden Hügel hinauf, hielt sich in den tiefsten Schatten, während er voraneilte, atmete durch den Mund, um Luft zu bekommen. Auf dem Kamm des Hügels kroch er zu einer Stelle, von der aus er gen Westen schauen konnte. Sein Körper war erhitzt und angespannt. Die Reiter und ihr Wagen schienen aus einem Vorhang weißen Reifs langsam und stetig näher zu kommen. Sie zeigten kein Zögern und keine Besorgnis. Sie sahen sich nicht um und ritten auch nicht vorsichtiger. Zu nah an ihrem Zuhause, um sich noch Gedanken zu machen, dachte Morgan. Er hätte zu gern gesehen, was in dem Wagen war. Er spähte darauf hinab, als könnte er dadurch die Plane durchdringen, die ihm die Sicht ins Innere versperrte, aber nichts zeigte sich. Er verspürte ein Brennen in sich, und der Kampf zwischen Zweifel und Sicherheit ging weiter.

Er glitt in die Schatten zurück und kauerte sich dort schwitzend nieder. Was sollte er tun? Es war die letzte Gelegenheit, seine Meinung zu ändern, die Weisheit seines Entschlusses erneut zu überdenken. Wie wahr war die Stimme, die ihn drängte? Was waren die Chancen, die sie vortäuschte?

Dann stand er erneut auf und ging weiter, glitt wieder durch die Schatten hinab und auf das kleine Tal zu, ließ alles Denken hinter sich, nachdem der Kurs für sein Handeln festgelegt war. *Unternimm etwas. Unternimm etwas.* Das Flüstern wurde zu einem Schrei. Er nahm ihn auf und hüllte sich darin ein wie in eine Rüstung.

Er erreichte wieder eine Deckung und fiel auf die Knie. Beide Hände ergriffen den Knauf seines Schwertes, des Talismans, den er so oft verleugnet hatte und auf den er sich jetzt erneut verlassen musste. Wie schnell und leicht hatte er es wieder angenommen, dachte er verwundert. Schweiß rann seine Stirn hinab, kitzelte ihn, und er wischte ihn fort. Die kühle Luft der Dämmerung schien seine Körperhitze nicht mildern zu können, und er sog die Luft in tiefen Atemzügen ein, um seinen Herzschlag zu beruhigen. Er fühlte sich, als würde er platzen. Was würde die Magie des Schwertes tun – ihn retten oder ihn verschlingen? Was würde es dieses Mal sein?

Das Geräusch des herannahenden Wagens war jetzt sehr deutlich, die Räder rumpelten über den Pfad und über die Unebenheiten, die Pferde schnaubten in der Stille. Er erstarrte in seiner Deckung, den Blick auf den Vorhang aus Nebel gerichtet. Eine Hand glitt an der schwarzen Fläche des Schwertes von Leah hinab, und er erinnerte sich daran, wie sich die Magie des Schwertes gezeigt hatte, als sein Vorfahre Rone Leah Allanon darum gebeten hatte, damit er Brin Ohmsford beschützen konnte, wie der Druide dem Wunsch nachgekommen war, indem er die Klinge des Schwertes in das Wasser des Hadeshorns getaucht hatte. So vieles war daraus entstanden, so viele Leben hatte diese einzige Handlung verändert.

Er legte beide Hände um das geschnitzte Heft und umklammerte es so fest, bis die Knöchel weiß hervortraten.

Der Nebel teilte sich vor ihm, und die schwarzgewandeten Reiter erschienen. Ihre Kapuzen hatten sie aufgesetzt, und so waren sie gesichtslos und außerdem größer, als er erwartet hatte. Der Atem der Pferde hing in Wölkchen in der Luft, und Dampf stieg von den erhitzten Flanken auf, als sie in die Senke herabkamen. Vier ritten voraus, dann folgte der quietschende, schwankende Wagen mit seiner Begleitung, und zwei ritten hinterher. Morgan Leah war jetzt ruhig, die Zeit des Abwartens war vorbei, und gleich würde er handeln. Die Geister saßen auf ihren Reittieren und auf dem Wagen vornübergebeugt, still und reglos. Weder von ihren Gesichtern noch von ihren Gedanken war etwas zu erkennen. Auf jeder Brust schimmerte das Wolfskopfemblem wie weißes Metall. Morgan zählte sie erneut, es waren insgesamt acht. Aber es befanden sich vielleicht noch andere unter der Plane des Wagens, dessen Klappen zugezogen und festgezurrt waren.

Er holte tief Luft und atmete dann langsam wieder aus. Sollte er es wagen? Er biss die Zähne zusammen. Er hatte Föderationssucher und Schattenwesen von einem Ende Callahorns bis zum anderen bekämpft und überlebt. Er war kein unreifer, unerfahrener Junge. Er würde tun, was er tun musste.

Die Reiter zogen vorüber, und der Wagen rumpelte vorbei und gelangte zu der Engstelle der Senke. Morgan richtete sich lautlos und geschmeidig auf und hob das Schwert von Leah. *Sei schnell. Sei sicher. Zögere nicht.*

Er verließ seine Deckung und folgte den letzten Reitern. Die Vorausreitenden und der Wagen waren an die Engstelle gelangt. Er erwischte die letzten Reiter als Erste, führte seine

Klinge in einem Bogen herum und legte dabei seine ganze Kraft hinein. Er durchschlug ihre Taillen. Sie stürzten von den Pferden wie gefällte Baumstämme und waren nach einem kleinen überraschten Grunzen still. Sie waren sofort tot. Ihr Blut lief grünlich und dickflüssig über ihre Gewänder, als sie fielen, und einiges davon blieb an Morgans Händen kleben. Die Pferde scheuten und zogen in verschiedene Richtungen, als Morgan vorbeidrängte und auf den Wagen zusprang. Vor ihm war die Senke schattig und dicht mit Gestrüpp und Bäumen bewachsen, und der Zug behielt seinen Schritt bei. Morgan erreichte den Wagen, sprang zu der Plane hoch und zog sich hinauf. Er durchschnitt die Schnüre und duckte sich hinein. Im schwachen Licht der Dämmerung sah er nur eine einzige Gestalt mit gefesselten Händen und Füßen reglos auf dem Boden liegen. Er eilte an ihr vorbei und sah, dass sich die dunklen Gestalten vorn auf dem Wagen bereits umwenden wollten. Sein Schwung trug ihn blitzschnell zur Vorderseite des Wagens, und sein Körper drehte sich, als er sein Schwert zurückführte. Jemand rief einen Warnruf, aber da brach er schon wütend durch die Plane, zerriss sie, als wäre sie nicht vorhanden, und schlug auf die Sucher ein, die ihre Waffen ziehen wollten. Sie schrien und stürzten zur Seite, und in Morgans Händen begann das Schwert von Leah wie Feuer zu glühen.

Er stieß durch die zerrissenen Fetzen hindurch zum Wagensitz vor und trat dort die Überreste eines Suchers vom Bock. Dann riss er die Zügel an sich, brüllte wütend einen Befehl und peitschte auf das Gespann ein. Die Pferde schrien und schossen vorwärts, galoppierten in die Vorausreitenden hinein, die sich gerade hatten umdrehen und nachsehen wollen, was vor sich ging. Der Wagen donnerte auf sie zu, und da sie noch immer an der Engstelle waren, konnten sie nicht ausweichen. Sie versuchten, sich wieder nach vorn zu wenden, versuchten, aus dem Weg zu eilen, preschten vorwärts und wanden sich in dem engen Spalt wie Schlangenmenschen, während ihre schwarzen Gewänder flogen. Aber der Wagen krachte in sie hinein, riss zwei sofort nieder, zerquetschte einen Sucher unter seinen Rädern und schleuderte den anderen in die Bäume. Der Wagen wankte und kippte, und gleichzeitig scheuten die Pferde. Morgan erhob sich auf dem Sitz, als er an den verbliebenen zwei Reitern vorüberjagte, das Schwert von Leah erhoben, um die drohenden Schläge abzublocken.

Er donnerte aus der Senke heraus und auf die dahinterliegende Ebene zu, riss an den Zügeln und lenkte das Gespann im Kreis, wobei der Wagen fast umkippte. Die Räder rutschten auf dem feuchten Gras, und Morgan ließ sein Schwert in den Wagen fallen, um beide Hände frei, und das Gespann unter Kontrolle zu bekommen. Hinter ihm kamen die beiden letzten Reiter näher, und ihre dunklen Umrisse tauchten aus dem Nebel auf. Einer der beiden, die gestürzt waren, erschien ebenfalls wieder, doch jetzt zu Fuß. Morgan lenkte das Gespann mit zunehmender Geschwindigkeit auf sie zu. Schweiß rann ihm übers Gesicht und behinderte ihn beim Sehen. Er langte in den Wagen, tastete nach dem Schwert von Leah und zog es hervor, während die Magie an der Klinge entlanglief wie Feuer. Die berittenen Sucher erreichten ihn zuerst, teilten sich zu beiden Seiten auf und hoben ihre Klingen. Er schob sich so weit nach rechts wie möglich, konzentrierte sich auf den nächstgelegenen Reiter, donnerte an der Deckung des anderen vorbei und zerschmetterte ihm den Schädel. Er spürte einen sengenden Stich an seiner Schulter, als der andere Reiter von seinem Pferd auf den Wagensitz sprang und ihm einen Hieb versetzte, der ihn beinahe das Gleichgewicht kostete. Er fuhr herum, fiel fast herunter und trat dann mit seinem Stiefel zu, um den anderen zurückzustoßen. Der Wagen schwankte stark und richtete sich dieses Mal nicht wieder von selbst auf. Er löste sich von Zügeln und Deichsel und kippte um, wodurch die

Kämpfer zu Boden geschleudert wurden. Morgan prallte hart auf, roter Nebel waberte vor seinen Augen, Schmerz schoss durch seinen Körper, und dennoch stand er sofort wieder auf.

Der Sucher, der ihn verwundet hatte, wartete, und der andere kam schnell näher. Beide nahmen ihre Gestalt als Schattenwesen an, stiegen als Nebel der Dunkelheit aus ihren schwarzgekleideten Körpern, und ihre Augen glühten rot und kalt. Sie hatten das Feuer an seinem Schwert gesehen und wussten, dass Morgan über Magie verfügte. Sie legten ihre Sucherverkleidung ab und beschworen ihre eigene Magie. Karmesinrotes Feuer schoss von ihren Waffen auf Morgan zu, aber er blockte es ab und griff sie mit zielstrebiger Entschlossenheit an. Er überlegte nicht mehr lange, sondern handelte jetzt einfach. Er stieß gegen den Ersten und warf ihn um. Das Schwert von Leah fuhr herab, zerschmetterte die Waffe des anderen, und das Feuer brannte sich von der Kehle bis zum Leib durch ihn hindurch. Das Schattenwesen schrie auf, erschauerte und lag still.

Morgan stürzte auf das andere zu, ohne den Schritt zu verlangsamen. Jetzt war er von der Magie völlig vereinnahmt und wurde von Kräften getrieben, die nicht mehr unter seiner Kontrolle standen. Das Schattenwesen zögerte, sah sein Gesicht und erkannte zu spät, dass es ihm unterlegen war. Es schleuderte sein Feuer, das jedoch an Morgans Klinge abprallte. Dann hatte Morgan den Gegner erreicht, schlug einmal zu, zweimal und dreimal, und dabei fuhr die Magie am Talisman als weiße Hitze auf und ab. Das Schattenwesen schrie und wollte sich befreien, und dann explodierte das Feuer als greller Lichtblitz durch es hindurch, und es war fort.

Morgan wirbelte herum und suchte die Dämmerung nach allen Seiten ab, aber es herrschte Stille. Im Osten stieg die Sonne in flammendem Gold über den Horizont, Licht strömte durch die Bäume und durchdrang die Schatten und den

Nebel. Die Senke war ein dunkler Tunnel, in dem sich nichts mehr bewegte. Die Schattenwesen lagen leblos um ihn herum. Nur ein Pferd war noch zu sehen, ein dunkler Fleck in ungefähr zwanzig Metern Entfernung. Seine Zügel schleiften am Boden, während es den Kopf schüttelte und aufstampfte, weil es unsicher war, was es tun sollte. Morgan betrachtete es, beruhigte seine schweißnassen Hände und richtete sich langsam auf. Die Magie des Schwertes schlief ein, und die Klinge wurde wieder unergründlich schwarz.

Nah bei ihm sang eine Drossel. Morgan Leah lauschte ihr, ohne sich zu regen, und sein Atem klang in seinen Ohren wie ein scharfes Pfeifen. *Die Schattenwesen in der Südwacht werden es gehört haben. Sie werden kommen. Setz dich in Bewegung!*

Er steckte das Schwert von Leah in die Scheide und eilte zu dem umgestürzten Wagen. Plötzlich fiel ihm Par wieder ein, und er wollte nachsehen, ob es dem Talbewohner gut ging. Es war Par dort drinnen, sagte er sich. Er musste es sein. Morgan war benommen und blutete, seine Kleidung war zerrissen und verschmutzt und die Haut von Staub und Schweiß bedeckt. Er fühlte sich schwindelig, aber gefährlich unbesiegbar.

Natürlich war es Par!

Er kletterte auf den umgestürzten Wagen und näherte sich der gefesselten Gestalt, die an eine der zerbrochenen Seitenwände gefallen war und zu ihm aufschaute. Schatten verbargen das Gesicht, und er beugte sich herunter, blinzelte und schaute.

Es war nicht Par, den er gerettet hatte.

Es war Wren.

28

Wren war genauso überrascht, Morgan zu sehen, wie er, als er sie erkannte. Er war so groß und hager und scharfsichtig, wie sie ihn in Erinnerung hatte – und gleichzeitig hatte er sich verändert. Er kam ihr irgendwie älter und erschöpfter vor. Und da war etwas in dem Blick, mit dem er sie bedachte. Sie blinzelte ihn an. Was machte er hier? Sie versuchte, sich aufzurichten, aber ihre Kräfte versagten, und sie wäre zurückgefallen, wenn der Hochländer nicht zugepackt und sie aufgefangen hätte. Er kniete sich neben sie, zog ein Jagdmesser aus seinem Gürtel, zerschnitt ihre Fesseln und nahm ihr den Knebel ab.

»Morgan«, hauchte sie, über alle Maßen erleichtert, und umarmte ihn. »Ich bin so froh, dich zu sehen.«

Ihm gelang ein schnelles, zuversichtliches Lächeln, und ein wenig Schalkhaftigkeit kehrte auf sein abgehärmtes Gesicht zurück. »Du siehst schlimm aus, Wren. Was ist geschehen?«

Sie lächelte erschöpft zurück und war sich wohl bewusst, wie sie aussehen musste. Ihr Gesicht war blau und geschwollen. »Ich habe mich in meinem Urteil erheblich geirrt, fürchte ich. Mach dir keine Sorgen, jetzt geht es mir gut.«

Er hob sie dennoch hoch und trug sie aus den Überresten des Wagens in das Licht der Dämmerung, wo er sie sanft absetzte. Sie rieb sich ihre Handgelenke und Knöchel, um das Blut wieder in Fluss zu bringen, kniete sich dann hin, um ihre Hände mit dem Tau des noch immer feuchten Grases zu benetzen, und betupfte vorsichtig ihr verletztes Gesicht.

Sie sah zu ihm hoch. »Ich dachte, es gäbe überhaupt keine Hoffnung mehr für mich. Wie hast du mich gefunden?«

Er schüttelte den Kopf. »Zufall. Ich habe nicht einmal nach dir gesucht, sondern nach Par. Ich dachte, die Schattenwesen hätten ihn in dem Wagen befördert. Ich hatte absolut keine Ahnung davon, dass du es bist.«

Enttäuschung war in seinen Augen zu erkennen gewesen, als er sie erkannt hatte. Jetzt verstand sie es. Er war überzeugt gewesen, dass er Par gerettet hatte.

»Es tut mir leid, dass ich nicht Par bin«, erklärte sie. »Aber ich danke dir trotzdem.«

Er zuckte die Achseln, verzog bei der Bewegung das Gesicht, und sie sah die Mischung von rotem und grünem Blut auf seiner Kleidung. »Was machst du hier, Wren?«

Sie erhob sich und sah ihn an. »Das ist eine lange Geschichte. Wie viel Zeit hast du übrig?«

Er schaute über die Schulter. »Nicht viel. Die Südwacht ist nur wenige Meilen von hier entfernt. Die Schattenwesen dürften den Kampf gehört haben. Wir sollten so bald wie möglich verschwinden.«

»Dann werde ich mich kurzfassen.« Sie fühlte sich jetzt kräftiger und wurde durchströmt von neuerlicher Entschlossenheit. Sie war wieder frei, und sie hatte vor, das Bestmögliche daraus zu machen. »Die Elfen sind in die Vier Länder zurückgekehrt, Morgan. Ich habe sie auf einer Insel in der Blauen Spalte gefunden, wo sie fast hundert Jahre lang gelebt haben, und ich habe sie zurückgebracht. Das war Allanons Aufgabe für mich, und ich habe sie schließlich doch übernommen. Ihre Königin, Ellenroh Elessedil, war meine Großmutter. Sie starb unterwegs, und jetzt bin ich Königin.« Sie sah das Erstaunen in seinen Augen und ergriff seinen Arm, um ihn zum Schweigen zu bringen. »Hör einfach zu. Die Elfen werden von einer Föderationsarmee belagert, die ihnen um ein Zehnfaches überlegen ist. Sie haben sich unmittelbar südlich des Tales von Rhenn auf eine Verzögerungstaktik verlegt. Ich muss sofort zu ihnen zurückkehren. Willst du mitkommen?«

Der Hochländer sah sie an. »Wren Elessedil«, sagte er leise und probierte den Namen aus. Dann schüttelte er den Kopf, und seine Stimme festigte sich. »Nein, ich kann nicht, Wren. Ich muss Par finden. Er wird vielleicht von den Schattenwesen in der Südwacht gefangen gehalten. Andere suchen dort draußen ebenfalls nach ihm. Ich habe versprochen, auf sie zu warten.«

Seine Stimme klang, als dulde er keine Widerrede, aber er fügte dennoch widerwillig hinzu: »Aber wenn du mich wirklich brauchst …«

Sie unterbrach ihn, indem sie seine Hand drückte. »Ich schaffe das allein. Aber es gibt etwas, was ich dir zuerst noch sagen muss, und du musst mir versprechen, es den anderen weiterzusagen, wenn du sie wiedersiehst.« Sie griff fester zu. »Wo sind sie übrigens? Was ist aus ihnen geworden? Was ist mit Allanons Aufgaben geschehen? Haben die anderen ihre ebenfalls erfüllt?« Sie sprach zu schnell und zwang sich, ruhig zu bleiben, nicht nach Osten und in den heller werdenden Himmel zu schauen. »Hier, setz dich. Lass mich deine Wunde ansehen.«

Sie nahm seinen Arm und führte ihn zu einem moosbedeckten Baumstamm, wo sie ihm das Hemd auszog, es in Streifen riss und die Schwertwunde, so gut sie konnte, reinigte und verband.

»Par und Coll haben das Schwert von Shannara gefunden, aber dann sind sie verschwunden«, erzählte er ihr, während sie seine Wunde versorgte. »Es ist eine zu lange Geschichte, um sie jetzt zu erzählen. Ich bin Par gefolgt, der seinerseits vielleicht Coll folgt. Ich weiß nicht, wer das Schwert hat. Was Walker betrifft, so war ich bei ihm, als er nach Norden ging, um die

Magie wiederzuerlangen, die Paranor und die Druiden wiederherstellen würde. Er war erfolgreich, und wir sind zusammen zurückgekommen, aber seitdem habe ich ihn nicht mehr gesehen.« Er schüttelte den Kopf. »Paranor ist wieder da. Das Schwert ist gefunden worden. Die Aufgaben sind alle erfüllt worden, aber ich weiß nicht, welchen Unterschied das macht.«

Sie beendete ihre Arbeit und trat wieder vor ihn hin. »Ich auch nicht. Aber irgendwie macht es einen Unterschied. Wir müssen nur herausfinden, welchen.« Sie schluckte, weil ihre Kehle trocken war, und sah ihn aus braunen Augen an. »Nun hör zu. Folgendes musst du den anderen erzählen:« Sie atmete tief ein. »Die Schattenwesen sind Elfen. Sie sind Elfen, die die alte Magie wiederentdeckt haben und leichtfertig damit umgegangen sind. Sie sind zurückgeblieben, als das restliche Elfenvolk den Vier Ländern und der Föderation entfloh. Die Magie hat sie verwandelt, wie sie alles verwandelt. Sie hat sie zu Schattenwesen gemacht. Sie sind eine andere Art alter Geister, wie die Schädelträger, und sie können ihrer Gier nach Magie nicht widerstehen. Ich weiß nicht, wie sie vernichtet werden können, aber es muss getan werden. Allanon hatte recht – sie sind ein Übel, das uns alle bedroht. Die Antworten, die wir brauchen, sind in den Aufgaben, die wir erfüllt haben, zu finden. Einer von uns wird die Wahrheit entdecken. Dieses Ziel müssen wir erreichen. Erzähl ihnen, was ich dir gesagt habe, Morgan. Versprich es.«

Morgan erhob sich. »Ich werde es ihnen erzählen.«

Der Schrei eines Reihers durchbrach die morgendliche Stille, und Wren fuhr herum. »Warte hier«, sagte sie.

Sie hinkte zu den toten Schattenwesen hinüber und durchstöberte ihre Kleidung. Einer von ihnen, das wusste sie, hatte die Elfensteine, die Tib Arne ihr gestohlen hatte. Ihr Zorn auf ihn flammte erneut auf. Sie durchsuchte zwei der Schattenwesen und fand nichts. Sie durchwühlte die Asche desjenigen, den Morgan verbrannt hatte, und fand auch dort nichts. Dann ging sie zu dem Fahrer und seinem Begleiter hinüber und durchsuchte sorgfältig ihre Kleidung.

In der Umhangtasche des einen fand sie den Beutel und die Steine. Sie atmete erleichtert auf, steckte den Beutel ein und humpelte zu Morgan zurück.

Auf halbem Wege sah sie das Pferd der Schattenwesen am Rande der Bäume grasen. Sie blieb stehen, dachte einen Moment lang nach, legte dann die Finger an den Mund und stieß einen seltsamen tiefen Pfiff aus. Das Pferd hob den Kopf und wandte seine Ohren dem Geräusch zu. Sie pfiff erneut und änderte leicht die Tonhöhe. Das Pferd sah sie an und scharrte dann mit den Hufen. Sie ging langsam zu dem Tier herüber, sprach sanft auf es ein und streckte die Hand aus. Das Tier schnupperte an ihr, und sie streichelte seinen Hals und seine Flanken. Sie prüften sich eine kleine Weile lang, und dann schwang sie sich plötzlich auf seinen Rücken und sprach noch immer beruhigend auf es ein, während sie die Zügel in die Hände nahm.

Das Pferd wieherte und tänzelte bei ihrer Berührung. Wren führte es zu Morgan und stieg ab.

»Ich werde es brauchen, denn die Zeit drängt«, sagte sie, die Zügel fest um eine Hand geschlungen. »Was wir finden, gehört uns, pflegten die Fahrenden zu sagen. Ich habe wohl noch nicht alles vergessen, was sie mich gelehrt haben.« Sie lächelte und streckte die Hand aus, um seinen Arm zu berühren. »Ich weiß nicht, wann wir uns wiedersehen werden, Morgan.«

Er nickte. »Du solltest lieber aufbrechen.«

»Ich stehe in deiner Schuld, Hochländer. Ich werde es nicht vergessen.« Sie schwang sich wieder in den Sattel. »Wir haben vom Hadeshorn aus eine weite Strecke zurückgelegt, nicht wahr?«

»Vom Hadeshorn. Von allem. Eine weitere Strecke, als ich mir hätte träumen lassen. Pass auf dich auf, Wren.«

»Du auch. Viel Glück für uns beide.«

Sie sah ihm noch einen Moment länger in die Augen, nahm die Kraft auf, die sie darin fand, schöpfte Mut aus der Tatsache, dass sie nicht so allein war, wie sie geglaubt hatte, und dass Hilfe manchmal aus überraschenden Quellen kam.

Dann stieß sie dem Pferd die Fersen in die Flanken und galoppierte davon.

Sie ritt westwärts der sich zurückziehenden Nacht hinterher, bis sie vom Tageslicht überstrahlt wurde, und hielt dann inne, damit das Pferd sich ausruhen und aus einem Teich trinken konnte. Sie rieb ihre Handgelenke und Knöchel noch ein wenig, wusch die tiefen Schnitte und dunklen Quetschungen aus und schwor sich, dass sie Tib Arne würde bitter bezahlen lassen, wenn sie ihm begegnete. Sie hatte fast zwölf Stunden lang nichts gegessen und getrunken, aber jetzt war keine Zeit, nach Nahrung zu suchen oder Wasser zu trinken. Wenn die Schattenwesen erst entdeckten, dass sie entkommen war, würden sie sich auf die Jagd nach ihr machen. Sie würden auch Morgan Leah jagen, dachte sie und hoffte, dass er ein gutes Versteck fand.

Sie stieg wieder auf, ritt weiter und folgte dem Grasland aus der Hügellandschaft zur Ebene unterhalb von Tyrsis, die in den Tirfing hineinführte. Der Tag wurde heiß und feucht, der Himmel war wolkenlos blau und die Sonne ein weißfeuriger Glutofen. Der Wald verschwand bis auf vereinzelte Haine und dann Gruppen von zwei und drei Bäumen und hörte schließlich ganz auf. Mittags überquerte sie den Mermidon an einer Furt, wo sich das Wasser des Flusses flach und träge in die Ebene ergoss. Ihr Körper und ihr Gesicht schmerzten von den Schlägen und Fesseln, aber sie ignorierte das Unbehagen und dachte stattdessen an die verheerende Wirkung, die ihr Verschwinden im Lager der Elfen gehabt haben musste. Inzwischen würden sie sicherlich überall nach ihr suchen. Vielleicht hatten sie Erring Rift und Grayl gefunden und glaubten, dass auch sie tot sei. Vielleicht hatte man sie aufgegeben und beschlossen, sich auf die Föderationsarmee und die Kriecher zu konzentrieren. Einige würden sicherlich empfehlen, sie zu vergessen. Einige würden ihr Verschwinden als Segen empfinden …

Sie schob diese Gedanken beiseite. Sie musste niemandem etwas beweisen. Was blieb, war die Notwendigkeit, dass sie schnell zurückkehrte. Barsimmon Oridio würde sich mit dem Hauptteil der Elfenarmee dem Rhenn nähern. Mit etwas Glück war Tiger Ty vielleicht schon zurück. Wenn sie ihre Leute nur erreichen konnte, bevor irgendwelche Kämpfe begannen …

Sie unterbrach sich.

Was?

Was würde sie tun?

Sie klammerte die Frage aus. Es war unwichtig, was sie tun würde. Es würde genügen, dass sie da war, dass die Elfen von der Rückkehr ihrer Königin erfuhren und dass die Föderation erneut mit ihr rechnen musste.

Sie wandte sich nach Norden, um dem Mermidon zu folgen, und fand auf der Ebene Wasser für das Pferd, aber keines für sich selbst. Die Sonne brannte auf sie herab, und die Luft saugte die Feuchtigkeit aus ihrem Körper. Sie war müde, und das Pferd wurde ebenfalls müde. Viel länger konnte sie nicht mehr weiterreiten. Sie würde anhalten und die Hitze abwarten müssen. Bei dem Gedanken biss sie die Zähne zusammen. Dafür hatte sie keine Zeit! Sie hatte keine Zeit für irgendetwas anderes, als weiterzureiten!

Schließlich machte sie doch Rast. Sie hatte einen Eschenhain nahe dem Ufer gefunden, in dem es kühl genug war, um der schlimmsten Hitze zu entgehen. Sie fand einige Beeren, die eher bitter als süß waren, und eine Kautschukwurzel, auf der sie kauen konnte. Sie sattelte das Pferd ab und pflockte es an. Aus dem Schatten der Bäume beobachtete sie, wie der Fluss vorüberzog, und schlief wider Willen ein.

Es war später Nachmittag, als sie wieder erwachte. Das sanfte Wiehern ihres Pferdes schreckte sie aus einem ruhelosen Schlummer hoch. Sie sprang sofort auf, sah seinen zottigen Kopf gen Süden gerichtet, schaute über die Ebene und den Fluss hinaus und sah in mehreren Meilen Entfernung Reiter auf sich zukommen – mit schwarzen Umhängen und Kapuzen bekleidete Reiter, deren Identität kein Geheimnis war.

Sofort sattelte sie ihr Pferd und ritt los. Sie ritt mehrere Meilen in schnellem Trab am Ufer entlang und schaute immer wieder nach, ob die Reiter ihr folgten. Das taten sie natürlich, und sie hatte das Gefühl, dass vor ihr in Tyrsis weitere warten könnten. Das Licht im Westen schwand, wurde silbern, dann rosafarben und grau, und als in der frühen Dämmerung Nebel aufstieg, wandte sie sich vom Fluss ab und ritt eilig nach Westen auf die Ebene zu. Dort hatte sie eine bessere Chance, ihren Verfolgern zu entkommen, überlegte sie. Sie war schließlich eine Fahrende. Wenn es erst einmal dunkel wäre, würde ihr niemand mehr folgen können. Alles, was sie brauchte, war ein wenig Zeit und Glück.

Ihr wurde keines von beidem gegönnt. Denn kurz danach begann ihr Pferd zu lahmen. Sie drängte es mit geflüsterten Versprechungen und ermutigendem Tätscheln an Hals und Ohren weiter, aber es war erschöpft. Hinter ihr hatten sich die Verfolger über den Horizont verteilt, noch immer weit entfernt zwar, aber sie holten auf. Der Nebel verdichtete sich, aber der Mond und die ersten Sterne waren hervorgekommen, und es war für einen Jäger auf jeden Fall hell genug, einer Spur folgen zu können. Trotzdem ritt sie entschlossen weiter.

Als ihr Pferd stolperte und stürzte, rollte sie von ihm fort, stand auf, ging zu ihm zurück, half ihm wieder hoch, nahm ihm Sattel und Zaumzeug ab und ließ es frei. Sie ging weiter, hinkend, weil ihre Verletzungen noch immer schmerzten und sie behinderten, war zornig und müde, wollte aber auf keinen Fall wieder in Gefangenschaft geraten. Sie ging lange Zeit weiter, ohne sich umzusehen, bis die Nacht vollständig hereingebrochen war und die Ebene in silbernen Schein getaucht war. Die Ebene war still und leer, und sie wusste, dass ihre Verfolger noch nicht nah genug herangekommen waren, dass sie sich hätte Sorgen darüber machen müssen, sonst hätte sie etwas gehört, und so konzentrierte sie sich darauf, einen Fuß vor den anderen zu setzen und einfach weiterzugehen.

Als sie sich schließlich umschaute, war niemand zu sehen.

Sie sah sich ungläubig um. Kein Reiter war da, kein einziges Pferd, niemand zu Fuß, nichts. Sie atmete tief durch und sah erneut hin – nicht nur nach Osten, sondern dieses Mal in alle Richtungen – und dachte in plötzlicher Angst, dass sie vielleicht umzingelt worden war. Aber es war niemand dort draußen. Sie war allein.

Sie lächelte verwirrt.

Und dann bemerkte sie den dunklen Schatten hoch über sich langsam und träge und so unentrinnbar wie Winterkälte auf sich zufliegen. Ihr Herz machte vor Schreck einen Satz, als sie sah, wie er Gestalt annahm. Nicht eine Sekunde lang glaubte sie, dass es einer der Flugreiter war, der nach ihr suchte. Nicht einen Augenblick lang verfiel sie dem Irrtum zu glauben, es sei ein Freund. Es war Gloon, den sie sah. Sie erkannte ihn sofort. Sie erkannte den wuchtigen, muskulösen Körper, den Umriss des wilden Kopfes des Kampfhaubenwürgers, die scharfe Krümmung seiner breiten Schwingen. Sie schluckte vor Angst. Kein Wunder, dass die Sucher zurückgefallen waren. Sie brauchten sich nicht zu beeilen, wenn Gloon sie jagte.

Natürlich ritt Tib Arne auf ihm. Im Geist sah sie das wandelbare Gesicht des Jungen, zuerst Freund, dann Feind, zuerst menschlich, dann Schattenwesen. Sie hörte sein gewinnendes Lachen, spürte die Hitze seines Atems auf ihrem Hals, als er sie niederschlug, schmeckte das Blut von seinen Schlägen in ihrem Mund …

Sie sah sich nach einem Versteck um und gab den Gedanken dann schnell wieder auf. Sie war bereits entdeckt worden, und wo auch immer sie sich verbarg, würde er sie finden. Sie konnte davonlaufen oder kämpfen – und sie war es leid davonzulaufen.

Sie griff in ihre Tunika und holte die Elfensteine hervor. Sie wog sie in der Hand, als könnte sie so das Gewicht ihrer Magie und auch im Voraus den Ausgang des Kampfes bestimmen. Sie schaute zum Horizont im Westen, aber dort war nichts zu sehen, die Wälder lagen noch immer hinter dem Horizont verborgen. Es würde ohnehin niemand nach ihr suchen – nicht so weit draußen und nicht bei Nacht. Sie biss die Zähne zusammen, dachte erneut an Garth und fragte sich, was er tun würde. Sie beobachtete, wie Gloon näher herankam, sich Zeit ließ und sanft auf den Luftströmungen ritt. Er schwebte dahin und vertraute auf seine Kraft und sein Können. Der Kampfhaubenwürger würde versuchen, sie beim ersten Angriff zu packen, dachte sie – schnell und entschlossen, bevor sie die Magie der Elfensteine benutzen konnte. Und es würde nicht leicht sein, die Elfensteine gegen ein bewegliches Ziel einzusetzen.

Sie eilte über die Ebene dahin, bis sie einen kleinen Hügel im Rücken hatte. Besser als nichts, sagte sie sich, den Blick weiterhin auf Gloon gerichtet. Sie dachte an das, was der Kampfhaubenwürger Grayl angetan hatte. Sie fühlte sich klein und verletzlich und fror, allein in der Weite des Graslands, wo nichts war, so weit sie sehen konnte, niemand, der ihr hätte helfen können. Dieses Mal gab es keinen Morgan Leah. Keinen Aufschub von unerwarteter Seite. Sie würde allein kämpfen müssen, und wie gut sie kämpfte – und wie viel Glück sie hatte –, würde über Leben und Tod entscheiden.

Ihre Hand umschloss die Elfensteine noch fester. *Komm her, Gloon. Komm und sieh, was ich für dich habe.* Der Kampfhaubenwürger schwang sich hinauf und stieß wieder herab, schwebte nach außen und wieder zurück und stieg in sorgloser Gleichgültigkeit auf und ab. Sie sah ihn als dunkle Bewegung vor dem blauen Samt des Himmels und wartete ungeduldig. *Komm schon! Komm schon!*

Dann fiel Gloon plötzlich wie ein Stein abwärts und war verschwunden.

Wren blieb ruckartig stehen. Die Nacht breitete sich weit und dunkel und leer vor ihr aus. Was war geschehen? Schweiß lief ihr den Rücken hinab. Wo war der Haubenwürger geblieben? Er war sicherlich nicht in den Boden gekracht, er war bestimmt nicht abgestürzt, das würde keinen Sinn ergeben …

Und dann erkannte sie, was vor sich ging. Gloon griff an. Er glitt dicht über die Erde, sodass sein Schatten nicht mehr zu sehen war, und er griff sie an. Wie schnell? Wie bald? Sie geriet in Panik und stolperte vor Angst rückwärts. Sie konnte ihn nicht sehen. Sie versuchte, den Haubenwürger vor dem dunklen Horizont auszumachen, konnte aber nichts sehen. Sie versuchte ihn zu hören, aber da war nur Stille.

Wo ist er? Wo …?

Ihr Instinkt rettete sie. Sie warf sich auf eine Ahnung hin zur Seite und spürte das wuchtige Gewicht des Haubenwürgers an sich vorbeistreichen, während seine Klauen nur Zentimeter neben ihr in die Luft schnappten. Sie schlug um sich und rollte schnell fort, schmeckte Staub und Blut in ihrem Mund, spürte den Schmerz ihres geschundenen Körpers erneut durch sich hindurchschießen.

Sie stand sofort wieder auf, wirbelte in die Richtung herum, in die der Haubenwürger, wie sie dachte, verschwunden war, beschwor die Magie der Elfensteine und ließ sie als Fächer blauen Feuers in die Nacht hinausschießen. Aber das Feuer loderte ins Leere und traf nichts. Wren kauerte sich zusammen und durchforschte verzweifelt die mondhelle Dunkelheit. Er würde kommen – aber sie konnte ihn nicht sehen! Sie hatte ihn aus den Augen verloren! Unter dem Horizont war er unsichtbar. Verzweiflung durchströmte sie. *Aus welcher Richtung würde er kommen? Aus welcher Richtung?*

Sie entsandte die Magie blind, nach rechts und nach links, warf sich zu Boden, rollte sich zur Seite, stand wieder auf und schlug erneut zu. Sie hörte, wie die Magie etwas traf. Ein Schrei erscholl, und dann hörte sie Gloon vorbeisausen, als der Haubenwürger zu ihrer Linken davonflog und wie Dampf zischte. Sie spähte in die Richtung und wischte sich den Staub aus den Augen. Nichts.

Sie stand auf und rannte los. Sie unterdrückte alle Gedanken an den Schmerz, lief über das leere Grasland zu einem Graben, den sie in einiger Entfernung entdeckt hatte. Sie erreichte die Vertiefung und warf sich aus dem Lauf heraus hinein. Sie hörte das jetzt schon vertraute Rauschen der Luft, und etwas Dunkles flog über sie hinweg. Gloon hatte sie wieder knapp verfehlt. Sie drückte sich flach in den Graben und spähte nach oben. Der Mond war da, sonst nichts. *Bei den Schatten!* Sie kniete sich hin. Der Graben bot ihr ein gewisses Maß an Schutz, aber nicht annähernd genug. Und die Nacht war nicht ihr Freund, denn das Sehvermögen des Kampfhaubenwürgers war um ein Zehnfaches besser als ihr eigenes. Er konnte sie in dem Graben deutlich sehen, aber sie konnte von ihm nichts erkennen.

Sie stand auf und benutzte die Elfenmagie. Vielleicht würde sie einen Glückstreffer landen. Das Feuer schoss über die Ebene, und sie spürte die Kraft durch sich hindurchströmen. Vor Erregung schrie sie auf, wusste wieder nicht, wie sie sich helfen sollte, sah den Kampfhaubenwürger nur Sekunden, bevor er auf sie zuflog, wirbelte die Magie wild herum – zu spät – und warf sich erneut zu Boden. Ihre Schnelligkeit rettete sie, und das blaue Feuer der Elfensteine zwang den Kampfhaubenwürger, in letzter Minute die Richtung zu ändern, und so verfehlte er sie erneut.

Dieses Mal sah sie Tib Arne, einen kurzen Augenblick nur, als er vorüberstrich. Sie sah sein blondes Haar fliegen, hörte seinen wütenden und enttäuschten Schrei, und sie schrie zornig und höhnisch zurück.

Der Himmel wurde ruhig und das Land still. Sie kauerte zitternd und schwitzend in dem Graben und umklammerte die Elfensteine. Sie würde diesen Kampf verlieren, wenn sie nicht etwas unternahm, um das Ungleichgewicht zu ändern. Früher oder später würde Gloon Erfolg haben.

Dann hörte sie einen anderen Schrei, weit aus dem Westen, einen wilden Schrei, der die drückende Stille durchbrach. Sie wandte sich ihm zu, konnte ihn jedoch erst nicht erkennen. Ein Vogel oder ein Rock? Der Schrei erklang erneut schnell und herausfordernd.

Seele! Es war Seele!

Sie beobachtete, wie sein dunkler Schatten aus der Nacht heranschoss. So schnell wie ein Gedanke kam er von hoch oben. Seele, dachte sie – und das bedeutete Tiger Ty! Hoffnung durchströmte sie. Sie wollte sich erheben und einen Antwortschrei ausstoßen, legte sich dann aber schnell flach hin. Gloon war noch immer dort draußen und lauerte auf eine Gelegenheit, sie zu vernichten. Ihre Augen durchforschten die Dunkelheit, aber sie suchten vergebens. Wo war der Haubenwürger?

Doch auf einmal erschien Gloon aus der Dunkelheit und stellte sich seinem neuen Herausforderer entgegen. Sie sah den wuchtigen schwarzen Körper, der an Geschwindigkeit gewann. Wren taumelte auf die Füße und stieß einen Warnruf aus. Seele kam herab, drehte im letzten Moment ab, sodass der Kampfhaubenwürger vorbeischoss, und wirbelte herum, um ihn zu jagen. Die Riesenvögel umkreisten einander wachsam und führten Scheinangriffe, wichen einander aus und kämpften darum, die Oberhand zu gewinnen. Wren knirschte mit den Zähnen. Sie war so erdgebunden und hilflos! Gloon war jetzt größer als Seele und wollte ihn töten. Gloon war ein Schattenwesen und konnte zusätzlich Magie anwenden. Seele war tapfer und schnell, aber welche Chance hatte er?

Ein Tumult aus Federn entstand, als die Vögel einander angriffen, sich kurzzeitig in einem Wutschrei umringten und sich dann wieder voneinander lösten. Erneut umkreisten sie sich, und jeder versuchte, in den Rücken des anderen zu gelangen. Wren verließ den Graben und kehrte auf das flache Land zurück. Sie folgte ihnen, als sie sich entfernten, weil sie nicht den Kontakt verlieren wollte, denn sie war noch immer entschlossen zu helfen. Sie konnte diesen Kampf nicht Tiger Ty und dem Rock überlassen. Es war nicht deren Kampf. Es war ihrer.

Erneut griffen sich die Vögel an und hackten aufeinander ein. Ihre Klauen und Schnäbel zerrten aneinander, ihre schwarzen Schatten drehten und wanden sich im mondhellen Himmel, und ihre Schwingen schlugen wie wahnsinnig, während sie sich abwärtsschraubten. Wren rannte hinter ihnen her und hielt die Elfensteine in den Händen bereit. *Lass mich nur nah genug herankommen!,* war alles, was sie denken konnte.

Im scheinbar letzten möglichen Moment lösten sich die Vögel voneinander, ließen sich eher fallen, als dass sie flogen. Federn und Knorpel und Blut von ihren verletzten Körpern regneten herab. Wren knirschte zornig mit den Zähnen. Gloon schüttelte sich und stieg wieder auf, schwebte in einer langen trägen Spirale dahin. Seele flog im Bogen aufwärts und fiel wieder zurück. Er schwankte unsicher, versuchte, sich aufzurichten, erschauerte einmal und fiel dann erdwärts und verschwand. Wren stöhnte entsetzt auf – und hielt dann verwundert den Atem an, als Seele plötzlich wieder auftauchte, jetzt wieder im Gleichgewicht und auf wundersame Weise erholt.

Eine Finte! Er war jetzt unter Gloon, stieg vom Boden auf wie ein Geschoss, wirbelte durch die Nacht und stieß in den Kampfhaubenwürger hinein. Es klang wie das Bersten von Felsen. Sie hörte ein scharfes Knirschen, und beide Vögel kreischten, lösten sich dann wieder voneinander und durchschnitten mit den Krallen die Luft.

Dann stürzte einer der Reiter ab. Offenbar hatte sich beim Aufprall der Harnisch gelöst. Seine Arme und Beine droschen jetzt in die Luft, und entsetzt schreiend stürzte der Mann erdwärts. Er fiel wie ein Stein, ohne sich helfen zu können, und schlug mit entsetzlichem Krachen auf. Über ihm ging der Kampf weiter, der Rock und der Kampfhaubenwürger jagten sich wieder über den Himmel, als wäre der Verlust eines Reiters bedeutungslos. Wren konnte nicht sagen, wer gefallen war. Als sie über das Gras lief, schlug ihr das Herz bis zum Hals, und ihre Kehle hatte sich vor Angst zusammengeschnürt. Sie lief lange Zeit, ohne etwas zu sehen. Dann lag vor ihr plötzlich ein verkrümmter Körper, eine blutige, zerrissene Gestalt, die aufzustehen versuchte und irgendwie noch immer lebte.

Sie verlangsamte den Schritt, und ein zerschmettertes, gebrochenes Gesicht wandte sich ihr zu. Sie erschauerte, als die Augen ihrem Blick begegneten. Es war Tib Arne. Er versuchte zu sprechen, aber es war nur ein undeutliches Gurgeln, das den Worten keine Form zu geben vermochte. Trotzdem konnte sie den Hass, den er ihr gegenüber empfand, aus jedem Laut heraushören. Unter den offenen Wunden war er noch immer dieser Junge, aber es war das Schattenwesen, das schließlich hervorbrach und sich wie schwarzer Rauch erhob, um sie anzugreifen. Sie hob blitzschnell die Elfensteine, und das blaue Feuer schoss durch das dunkle Wesen hindurch und verzehrte es.

Als sie erneut hinsah, starrten Tib Arnes blaue Augen leer zu ihr herauf.

Sie hörte dann über sich einen Schrei, entweder den des

Kampfhaubenwürgers oder den des Rock, und schaute gerade rechtzeitig hinauf, um Gloon auf der Flucht vor Seele herabsinken zu sehen. Der Haubenwürger hatte den Himmelskampf aufgegeben und ging auf sie los. Sie duckte sich unter seinem Schatten, denn jetzt war keine Deckung vorhanden und der Graben zu weit entfernt, als dass sie ihn noch erreichen konnte. Sie hob die Elfensteine, aber ihre Bewegungen waren bleiern, und sie wusste, dass sie nicht genug Zeit hatte, sich zu retten.

Doch auf einmal flog Seele einen letzten Bogen und fing Gloon von hinten ab und hämmerte so in den Kampfhaubenwürger hinein, dass er das Gleichgewicht verlor und trudelte. Gloon schoss herum, zerrte an dem Rock, und im selben Moment setzte Wren die Elfensteine ein. Die Magie traf Gloon, hüllte den Haubenwürger ein und begann ihn zu verbrennen. Sie fraß ihn auf, obwohl er zu entkommen versuchte. Gloon schrie zornig auf, wand sich wild und versuchte davonzufliegen. Aber die Elfenmagie hatte den Vogel bereits entzündet, und die Flammen waren überall. Er rollte sich herum und streckte sich mit schlagenden Schwingen. Als Wren ihn erneut traf, glühte das blaue Feuer weißheiß. Der Kampfhaubenwürger sank herab, und Flammen loderten aus seinem Körper. Er schlug auf dem Boden auf, erschauerte und lag still.

Binnen Sekunden hatte das Feuer ihn in Asche verwandelt.

In der folgenden Stille sank Seele leise aufs Gras hinab. Tiger Ty stieg ab und kam zu Wren herüber. Sein ledriges Gesicht war schweißbedeckt. Wren streckte ihm die Hände entgegen und ergriff die seinen.

»Geht es Euch gut, Mädchen?«, fragte er ruhig, und sie konnte die tiefe Sorge in seinen scharfen Augen erkennen.

Sie lächelte. »Dank Euch. Das ist das zweite Mal an einem Tag, dass ich von Freunden gerettet wurde, die ich verloren glaubte.« Und sie erzählte ihm von Morgan Leah und den Schattenwesen der Südwacht.

»Ich habe die Geächteten gestern Morgen in den Drachenzähnen gefunden.« Die knorrigen Hände wollten ihre nicht loslassen und hielten sie, als hätte er Angst, sie könne verschwinden. »Ihr Anführer hat mir gesagt, dass er keinen Jungen, sondern jemand anders gesandt hätte. Ich wusste, was geschehen war. Ich habe sie verlassen und sie gebeten, mir zu folgen, wenn sie können, und bin zu Euch zurückgekehrt. Zu spät, wie ich dachte. Ihr wurdet bereits vermisst. Wir haben den ganzen Tag nach Euch gesucht. Wir haben Rift und Grayl gefunden, aber es war kein Zeichen von Euch zu entdecken. Ich wusste, dass der Junge Euch mitgenommen haben musste. Aber ich wusste auch, dass Ihr entkommen würdet, wenn es eine Möglichkeit gab. Ich bin mit Seele allein losgeflogen, nachdem die anderen es für diese Nacht aufgegeben hatten, und suchte weiter.« Er sah sie ernst an. »Glücklicherweise.«

»Glücklicherweise«, stimmte sie zu.

»Verdammt, habe ich Euch nicht gesagt, Ihr sollt nicht mit anderen fliegen?«

Sie beugte sich nah zu ihm heran, und einen Moment lang waren ihre Gefühle so stark, dass sie kein Wort herausbrachte. »Bedrängt mich nicht, es auszusprechen«, flüsterte sie.

Vielleicht sah er den Schmerz in ihren Augen. Vielleicht hörte er ihn in ihrer Stimme. Er hielt ihrem Blick noch einen Moment länger stand, ließ dann ihre Hände los und trat zurück. »Hauptsache, Ihr tut es nie wieder. Ich habe eine Menge Zeit und Mühe in Euch gesteckt.« Er räusperte sich. »Ich muss nach Seele sehen. Ich will einfach sichergehen, dass ihm wirklich nichts passiert ist.«

Er verbrachte einige Minuten damit, den großen Rock zu untersuchen, indem er die Hände sorgfältig über den dunkel gefiederten Körper führte. Seele beobachtete ihn mit wildem

Blick. Während der Flugreiter mit ihm sprach, senkte der Rock den Schnabel, breitete die Schwingen aus und schüttelte sich.

Zufrieden winkte Tiger Ty sie herüber. Er betrachtete den Vogel stolz. »Er hätte auf jeden Fall gewonnen, wisst Ihr«, sagte er rau.

Wren sagte einen Moment lang nichts. Dann lächelte sie. »Das glaube ich auch.«

Tiger Ty half ihr hinauf und sicherte sie. Er streichelte Seele anerkennend, nickte vor sich hin und schnallte sich dann ebenfalls an. Wren schaute über die kalte, nächtliche Landschaft hinaus, die leer und still dalag bis auf die Stelle, an der Gloons Überreste zerschmolzen und rauchten. Ihr war schwindelig, und sie fühlte sich ausgelaugt, aber auch lebendig. Die Wirkung der Elfenmagie verweilte noch und schoss durch sie hindurch wie Funken eines Feuers.

Abermals hatte sie überlebt, dachte sie, und sie fragte sich, wie lange ihr das noch gelingen würde.

»Sie werden nicht siegen«, sagte sie plötzlich. »Das werde ich nicht zulassen.«

Er fragte sie nicht, was sie meinte. Er sprach überhaupt nicht. Er sah sie nur an und nickte einmal. Dann gab er Seele mit einem Pfiff ein Zeichen, und der große Vogel stieg auf und trug sie schnell in die Dunkelheit davon.

29

Morgan Leah beobachtete, wie Wren im weichenden Nachtdunkel verschwand, und seine Enttäuschung darüber, dass er Par nicht gefunden hatte, wurde von der Zufriedenheit gemildert, dass seine Bemühungen nicht umsonst gewesen waren. Welch ein Zufall, dass er ausgerechnet Wren gefunden hatte! Er kam zu dem Schluss, dass die Welt kleiner war, als sie schien, und dass die Kinder von Shannara deshalb vielleicht doch eine Chance gegen die Schattenwesen hatten.

Er wandte sich bald ostwärts, betrachtete den heller werdenden Horizont, das silbergraue Licht, das träge durch die Baumspitzen und die Berghänge schien. Der Tagesanbruch überraschte ihn. Die Deckung der Nacht, die ihn geschützt hatte, war bereits fort, und er war in größerer Gefahr, als er gedacht hatte.

Er schaute sich kurz nach dem umgestürzten Wagen und dem dunklen Gewirr der toten Schattenwesen um und verspürte einen Moment Stolz. Er hatte sich gegen sie alle behauptet!

Aber wohin sollte er gehen? Die Schattenwesen in der Südwacht würden anrücken. Es würde ihnen keine Probleme bereiten, seine Fährte zu finden, und sie würden ihn aufspüren, und er würde dafür bezahlen müssen, was er getan hatte. Er atmete tief durch und schaute sich genauer um, ob er nicht einen Ausweg finden konnte. Er durfte nicht zu dem Steilhang zurückkehren. Das wäre der erste Ort, an dem sie ihn suchen würden. Sie würden seine Spur finden und seine Schritte zurückverfolgen und hoffen, dass er dumm genug wäre, dorthin zurückzukehren, wo er sich verborgen gehalten hatte, wo auch immer das war.

Er lächelte schwach. Er war natürlich nicht so dumm, aber es war keine schlechte Idee, sie glauben zu machen, dass er es wäre.

Er überquerte die Engstelle, durch die er zuerst gekommen war, und ging auf seiner Spur durch die Bäume und über die Hügel wieder zurück, ohne sich die Mühe zu machen, seine Abdrücke zu verwischen. Stattdessen brachte er sie so durcheinander, dass verborgen blieb, zu wie vielen sie waren. Schließlich wandte er sich um und ging erneut zurück, diesmal allerdings vorsichtiger, denn die Schattenwesen waren in seiner Abwesenheit vielleicht bereits angekommen. Waren sie jedoch nicht. Die Engstelle und das flache Land dahinter waren leer bis auf die Toten. Er ging den Weg zurück, auf dem der Wagen hereingekommen war, und benutzte die Wagenspur, um seine Stiefelabdrücke zu verbergen. Er folgte ihr mehrere Meilen durch die Hügel, bevor er sich abrupt nordwärts dem hohen Gras zuwandte und vorsichtig in die Felsen eines Berggrates vordrang. Wenn er Glück hatte, fanden sie die Stelle nicht, an der er die Wagenspur verlassen hatte, und waren gezwungen, das Land weiträumig zu durchsuchen. Das würde ihm die Zeit verschaffen, die er brauchte, um sein Ziel zu erreichen.

Natürlich war das alles bedeutungslos, falls die Schattenwesen seinem Geruch folgen konnten. Wenn sie wie Tiere jagen konnten, dann war er auf jeden Fall in Schwierigkeiten, außer wenn er sich vielleicht im Schlamm wälzte und übelriechende Pflanzen anwandte, und dazu war er noch längst nicht bereit. Wozu waren diese Fast-Elfen in der Lage? Er hätte gern mehr über sie gewusst und hätte sich die Zeit nehmen sollen, Wren danach zu fragen, aber das half jetzt nichts. Er würde es ausprobieren müssen. Er atmete die Morgenluft und dachte, wie glücklich er war, dass er die Magie des Schwertes von

Leah als Schutz hatte, erkannte dann aber, dass er eine Antwort auf seine Frage bekommen hatte, ob die Macht ihn retten oder verschlingen würde. Natürlich bedeutete das nicht, dass er mit ihr sicher war und dass er sich bei ihrem Gebrauch entspannen konnte, dass er auch nur sicher sein konnte, dass sich die Dinge beim nächsten Mal genauso entwickeln würden. Es bedeutete nur, dass er dieses Mal überlebt hatte, aber es wurde zunehmend deutlicher, dass das Überleben, egal zu welchen Bedingungen, das Beste war, was er – was jeder von ihnen – im Kampf gegen die Schattenwesen erhoffen durfte.

Eines Tages wird es anders sein, sagte er sich, aber insgeheim fragte er sich, ob das wirklich stimmte.

Das Land vor ihm verengte sich zu einer Ansammlung von Hügeln und Graten, von Senken, die mit Buschwerk überwuchert waren, und dichten Wäldern, die sich ans Runnegebirge erstreckten. Er bewegte sich auf Felsgestein, nahm sich Zeit, versuchte, leicht aufzutreten, damit nicht lose Steine und herabgebogene Zweige unter seinem Schritt nachgaben. Er hatte sich Folgendes überlegt: Im Süden lag der Steilhang, auf dem er Wache gehalten hatte, und die Schattenwesen würden dort mit der Suche nach ihm beginnen. In den Westen war Wren geritten, und dort würden sie ihn sicherlich auch jagen. Im Norden lagen die Städte Callahorns – Tyrsis, Kern und Varfleet –, und das war eigentlich die nächste logische Wahl. Der letzte Ort, an dem sie suchen würden, war das Land, das im Osten die Südwacht, ihre Zitadelle, umgab, denn es würde ihnen wenig wahrscheinlich erscheinen, dass jemand, der gerade eine ihrer Patrouillen vernichtet hatte, um die Königin der Elfen zu retten, an denselben Ort eilen würde, den dieser Trupp angestrebt hatte.

Königin der Elfen, dachte er und unterbrach damit seine Gedanken. Wren Elessedil. Kleine Wren. Er schüttelte den Kopf. Er hatte sie kaum gekannt, als sie in der Kindheit noch bei Par und Coll gelebt hatte. Es war schwer zu glauben, wer sie jetzt war.

Er verzog das Gesicht. Das traf natürlich auf sie alle zu, dachte er wehmütig, und er ließ das Thema achselzuckend fallen.

Die Sonne stand jetzt über dem Horizont. Die Schatten der Nacht hatten sich wieder in ihre Verstecke verzogen, die Schwüle der Sommerhitze stieg durch das Gras und die Bäume auf. Die Luft waberte übelriechend um ihn herum, und die Erde zu seinen Füßen stob zu Staubwolken auf. Morgan stieß auf einen Fluss, folgte ihm bis zu einer Stromschnelle, an der das Wasser klar war, und trank. Er hatte weder Nahrung noch Wasser bei sich, und er würde sich beides besorgen müssen, wenn er überleben wollte. Einen Augenblick lang dachte er an Damson und Matty und hoffte, dass sie nicht gerade diesen Tag für ihre Rückkehr von der Suche im Süden ausgewählt hatten. Sie würden ihn auf diesem Berg erwarten, würden dort aber stattdessen wahrscheinlich Schattenwesen vorfinden. Kein erfreulicher Gedanke. Er musste sie warnen, aber dafür musste er erst einmal selbst am Leben bleiben.

Er ließ den Fluss hinter sich und stieg zu höhergelegenem Land hinauf. Aus dem Schutz eines Kiefernhaines heraus schaute er über die Hügel nach Süden zurück und suchte die Landschaft nach Anzeichen einer Verfolgung ab. Er blieb lange Zeit dort und beobachtete die Umgebung. Nichts zeigte sich. Schließlich ging er weiter und zog östlich auf die Berge und den Fluss und die Südwacht zu. Er befand sich oberhalb der Zitadelle, ausreichend tief in den schützenden Bäumen, dass er nicht gesehen wurde, aber nah genug, um sie nicht aus den Augen zu verlieren. Er kam trotz seiner Wunde stetig voran, denn der Schmerz war nur noch ein dumpfes Pochen, das er in sein Unterbewusstsein abgeschoben hatte. Er arbeitete sich mit der Erfahrung und Entschlossenheit eines geübten Waldläufers voran, spürte, was um ihn herum geschah, und fühlte sich als Teil des Landes. Er lauschte auf die Geräusche der Vögel und Tiere, nahm wahr, wie es ihnen erging, und wusste, dass alles in Ordnung war.

Der Tag näherte sich dem Mittag, und noch immer gab es keinerlei Anzeichen für eine Verfolgung. Er wagte zu hoffen, dass er vielleicht entkommen war. Er fand Früchte und wilde Kräuter, auf denen er kauen konnte, und weiteres Trinkwasser, und als er die Wand des Runnegebirges erreichte, wandte er sich erneut gen Süden. Er verlagerte das Schwert von Leah, damit es nicht auf die Wunde drückte, und dachte über seine Vergangenheit nach. So viele Jahre der Ruhe, ein Relikt einer anderen Zeit, in der seine Magie bis zu seiner Begegnung mit den Schattenwesen während seiner Reise nach Culhaven vergessen war. Zufall, nichts weiter. Seltsam, wie sich die Dinge entwickelten. Er dachte über die Wirkung nach, die das Schwert auf sein Leben gehabt hatte, daran, wie es sowohl für als auch gegen ihn gearbeitet hatte, an die Hoffnung und die Verzweiflung, die es ihm auferlegt hatte. Er dachte, dass es nicht mehr wichtig war, ob er es gutheiße oder nicht, ob er grübelte, ob seine Verbindung mit der Magie eine gute oder eine schlechte Sache sei, weil es im Nachhinein schließlich nicht wichtig war – die Magie war einfach da. Quickening, dachte er, hatte diese Unausweichlichkeit klarer erkannt als er, und sie hatte das Schwert geheilt, weil sie gewusst hatte, dass die Magie ihm ganz gehören musste, wenn sie die seine sein sollte, und nicht nur eingeschränkt oder fehlerhaft. Quickening hatte verstanden, wie das Spiel gespielt wurde. Sie hatte ihm die Regeln beigebracht, und das war ihr Vermächtnis gewesen.

Er machte Rast, als die Hitze des Tages ihren Höhepunkt erreicht hatte und die Luft über der verdorrten Erde flimmerte. Er saß im Schatten eines alten Ahornbaums, dessen breitblättrige Zweige ihn wie ein Zelt überspannten. Eichhörnchen und Vögel turnten durch die schützenden Äste, ohne ihn zu beachten. Sie waren mit ihren eigenen Verfolgungsjagden beschäftigt. Morgan spähte durch die Bäume zu den Hügeln und dem Grasland im Süden und Osten; er hatte das Schwert von Leah zwischen seinen Beinen aufgestellt und die Arme über dem Heft gekreuzt. Er fragte sich, ob Wren in Sicherheit war und wo all die anderen waren, die mit ihm in dieses Abenteuer aufgebrochen und irgendwo auf dem Weg verloren gegangen waren. Einige waren natürlich tot. Aber was war mit den anderen? Er scharrte mit den Stiefeln auf dem Boden und wünschte, er könnte alles Verborgene sehen, und dachte dann, dass es vielleicht besser war, wenn er es nicht sah.

Am späten Nachmittag sank die Temperatur wieder auf ein erträgliches Maß ab, und er zog weiter. Die Schatten wurden länger und strebten von den Bäumen und den Felsen und den Wasserrinnen und den Graten fort, hinter denen sie sich verborgen gehalten hatten. Die Südwacht kam in Sicht, und er sah, wie sich der dunkle Obelisk dort aus der vergifteten Ebene erhob, wo der Mermidon in den Regenbogensee mündete. Der See selbst war flach und silbrig, ein Spiegel des Himmels und des Landes, und die Farben seines Bogens waren in dem verblassenden Licht fahl und ausgewaschen. Kraniche und Reiher glitten über seine Oberfläche, er sah sie als vage Blitze von Weiß vor dem grauen Dunst einer herannahenden Dämmerung.

Er blieb stehen, um sich umzusehen, und das rettete ihm wohl das Leben.

Die Vögel waren plötzlich verstummt, und vor ihm in den Bäumen bewegte sich etwas, kaum wahrnehmbar zwar und auch nur fern und unbestimmt im schwindenden Licht. Morgan wich so lautlos wie ein Schatten ins Gestrüpp zurück und erstarrte. Kurz darauf erschienen Schattenwesen, eines, zwei, dann vier weitere, eine Patrouille, die geräuschlos durch den Wald zog. Sie schienen keiner Spur zu folgen, sondern nur zu suchen, und der Gedanke, dass sie ihren Geruchssinn gebrauchen könnten, ließ Morgan frösteln. Sie waren noch mehrere hundert Meter entfernt und zogen am Hang entlang. Ihr Weg würde sie unterhalb der Stelle, an der er sich verbarg, vorbeiführen, aber über die Spur hinweg, die er hinterlassen hatte. Er wollte davonlaufen, so schnell wie der Wind davonfliegen, doch das durfte er nicht, und daher zwang er sich zu warten. Die Jäger trugen schwarze Umhänge und Kapuzen, aber kein Emblem der Sucher. Sie versuchten gar nicht erst, sich zu verstellen, und das bedeutete, dass sie sich entweder nicht bedroht fühlten oder sich nicht darum scherten. Keiner dieser beiden Gedanken war sehr ermutigend.

Wie Vorboten der Nacht schlichen sie durch den Wald und verschwanden außer Sicht.

Sofort ging er weiter, und zwar schnell, um so viel Entfernung wie möglich zwischen sich und die schwarzgewandeten Jäger zu legen. Suchten sie nach ihm oder nach jemand anderem? Vielleicht waren sie ja, nach allem, was ihrer Patrouille geschehen war, besorgt, dass sich noch andere verbergen könnten? Es spielte keine Rolle, beschloss er rasch. Es genügte, dass sie dort draußen waren und dass sie ihn wahrscheinlich früher oder später finden würden.

Er überdachte seinen ursprünglichen Plan, richtete seine Aufmerksamkeit auf seine Füße und wurde keinen Moment langsamer. Er würde nicht auf dieser Seite des Mermidons bleiben. Er wollte den Fluss überqueren und auf der anderen Seite warten. Von dort könnte er das Ufer und den See nach Anzeichen von Damsons und Mattys Rückkehr absuchen. Leider würde er keine Stelle finden, von der aus er auch die Südwacht im Auge behalten konnte, aber es war zu gefährlich, in der Nähe zu bleiben. Am besten wartete er auf Damsons Bericht darüber, was das Skree auf ihrer Reise nach Süden offenbart hatte. Sollte sie ruhig die Magie ausprobieren. Das musste zunächst genügen.

Er war der Südwacht jetzt sehr nah und sah, dass er den Mermidon nicht erreichen konnte, ohne den Schutz der Bäume zu verlassen. Das bedeutete, dass er auf die Nacht warten musste, und es würde noch Stunden dauern, bis es dunkel wurde. Zu lange, um an einer Stelle zu bleiben, wie er wusste. Er setzte sich in den Schatten und beobachtete das Land zu seinen Füßen und hielt nach einem Grund Ausschau, seine Pläne erneut zu überdenken. Der Wald wurde vom Runnegebirge aus lichter und erstreckte sich so gen Süden, dass Morgan auf der Ebene, die sich östlich zum Fluss hin erstreckte, keine Deckung mehr hätte. Er knirschte vor Enttäuschung mit den Zähnen. Es war zu riskant, er durfte es nicht versuchen. Er würde in die Berge zurückgehen und einen Pass suchen müssen, der nach Osten führte, oder er musste einfach den Weg zurückgehen, den er gekommen war. Letzteres war unmöglich, die erste Route aber gefährlich.

Aber noch während er über seine Möglichkeiten nachdachte, bemerkte er neuerliche Bewegung in den Bäumen vor sich. Abermals verhielt er sich still und suchte die Schatten ab. Er hatte sich vielleicht geirrt, sagte er sich. Es schien dort nichts zu sein.

Dann trat eine Gestalt in einem schwarzen Umhang kurzzeitig ins Licht und verschwand sofort wieder.

Schattenwesen.

Er zog sich hastig weiter unter die Bäume zurück, und sein Verstand arbeitete fieberhaft. Er machte kehrt und arbeitete sich höher in die Felsen hinauf. Er würde nach einem Pass durch das Runnegebirge suchen müssen. Wenn ihm das jedoch nicht gelang, würde er im Schutz der Dunkelheit zurückkehren müssen. Der Gedanke, bei Nacht dort draußen zu sein, während die Schattenwesen nach ihm suchten, behagte ihm nicht, aber er hatte auf einmal keine andere Wahl mehr. Er zwang sich, tief und langsam zu atmen, ging durch die Bäume zurück und bemühte sich, ruhig zu bleiben. Es waren hier zu viele Schattenwesen unterwegs, sodass er von einer gezielten Suche nach ihm ausgehen musste. Irgendwie hatten sie herausgefunden, wo er steckte, und sie kreisten ihn ein. Er spürte, wie sich seine Kehle zuschnürte. Er hatte an diesem Tag einen Kampf überlebt, und bei der Aussicht auf einen weiteren fühlte er sich nicht sehr wohl.

Bald würde die Sonne untergehen, und im Bergwald kehrte windstille Ruhe ein. Er bewegte sich methodisch und vorsichtig, denn er wusste, dass jedes kleine Geräusch ihn verraten konnte. Das Gewicht des Schwertes von Leah lastete auf seinem Rücken, und er widerstand der Versuchung, nach ihm zu greifen. Es wäre dort, falls er es brauchte, sagte er sich – und er hoffte inständig, dass er es nicht brauchen würde.

Er überquerte einen Grat, als er in den Bäumen über einer Schlucht weit vor sich einen Schatten sah. Der Schatten war kurz da und im nächsten Moment wieder fort, und er hatte den Eindruck, dass er ihn eher gespürt als gesehen hatte. Aber es gab keinen Zweifel daran, worum es sich handelte, und er bahnte sich geduckt einen Weg in das dichte Gebüsch zu seiner Rechten und stieg höher in die Felsen hinein. Einer von ihnen, schloss er – nur einer. Ein einsamer Jäger. Schweiß klebte auf der warmen Haut seines Gesichts und seines Nackens, und seine Rückenmuskeln schmerzten, weil sie so verkrampft waren. Die Wunde pochte wieder, und er sehnte sich nach einem Schluck Bier für seine verdorrte Kehle. Er merkte, dass der Weg hinauf von einer Steilwand versperrt war, und wandte sich widerwillig um. Er hatte das Gefühl, dass er in eine Sackgasse getrieben wurde, und er bekam Angst, dass er allmählich überall Sackgassen finden würde.

Er blieb am Rande eines Abgrunds stehen und schaute zu den Bäumen zurück. Nichts bewegte sich, aber dennoch war dort etwas, das unbeirrbar herankam. Morgan überlegte, ob er sich auf die Lauer legen sollte. Aber jegliche Art von Kampf würde die anderen Schattenwesen im Wald anlocken. Es war besser, wenn er weiterging. Kämpfen konnte er immer noch später.

Die Bäume vor ihm wurden lichter und mehr und mehr von Felsen durchsetzt, und die Hänge fielen zu jähen Steilhängen ab. Er war so hoch hinaufgelangt, wie er kommen konnte, ohne den Schutz der Bäume zu verlassen, und es war noch immer kein Pass zu sehen, der durch die Berge führte. Er dachte, er könne das Geräusch des irgendwo jenseits der Felswand vorbeiströmenden Flusses hören, aber das war vielleicht auch nur Einbildung. Er fand einen Hain dichter Nadelbäume, suchte darin Schutz und lauschte in den Wald. Vor ihm und jetzt auch unter ihm waren Bewegungen spürbar. Die Schattenwesen waren überall. Sie mussten seine Spur gefunden haben. Es war noch hell genug, um einer Spur zu folgen, und sie bewegten sich auf ihn zu. Sie würden ihn vielleicht nicht einholen, bevor es zu dunkel wurde, um seinen Fußabdrücken folgen zu können, aber er glaubte nicht, dass das noch wichtig war, wenn sie nun schon so nah waren. Ihnen war die Dunkelheit vertrauter als ihm, und es war sicher nur eine Frage der Zeit, bis sie ihn erwischten.

Zum ersten Mal gestattete er sich den Gedanken, dass er vielleicht nicht entkommen würde.

Er griff nach hinten und zog sein Schwert hervor. Die Obsidianklinge schimmerte matt im dämmerigen Zwielicht und lag tröstlich in seiner Hand. Er meinte spüren zu können, wie ihre Magie mit geflüsterten Versicherungen, dass sie da sein würde, wenn er sie riefe, auf ihn reagierte. Sein Talisman gegen die Dunkelheit. Er senkte den Kopf und schloss die Augen. Hatte das alles nur dazu geführt? Zu einem weiteren Kampf in einer endlosen Reihe von Überlebenskämpfen? Er war das alles so leid. Er konnte nicht anders, er musste so denken. Er war müde, und sein Herz war schwer.

Hör auf damit!

Er öffnete die Augen, erhob sich und ging durch die Bäume weiter, erneut gen Süden auf die Ebene zu, die zur Südwacht hinabführte. Er hatte seine Meinung geändert. Er fühlte sich besser, wenn er in Bewegung blieb, als wäre die Bewegung natürlich und könnte ihn auf irgendeine Weise schützen. Er schlich durch den Wald abwärts, wählte sehr sorgfältig seinen Weg und lauschte nach jenen, die ihn gefangen nehmen wollten. Schatten bewegten sich um ihn herum, er sah sie als leichte Veränderungen des Lichts, kleine Bewegungen, die sein Herz heftig schlagen ließen. Irgendwo in der Ferne schrie sanft eine Eule. Der Wald war wie eine schimmernde, wandelbare Strömung in einem langsamen, stetigen Fluss.

Auf der Suche nach dem einsamen Jäger hinter ihm schaute er wiederholt zurück, aber er sah nichts. Die Schattenwesen vor ihm waren genauso unsichtbar, und er dachte, dass sie vielleicht genauso wenig wie der andere wussten, wo er war. Er hoffte, dass sie nicht ihre Gedanken austauschen konnten, aber dagegen gewettet hätte er nicht. Es schien nur wenige Beschränkungen für die Magie zu geben, die sie leitete. Aber so sollte er nicht denken, schalt er sich. Es gab immer Grenzen. Er musste herausfinden, welcher Art sie waren.

Er erreichte eine Gruppe Zedern, die vor einem Hang wuchs, kauerte sich zwischen ihnen nieder und lauschte. Er blieb einige Minuten lang so still wie der Fels hinter ihm und hörte nichts. Aber die Schattenwesen waren dort draußen, das wusste er. Sie suchten nach ihm …

Und dann sah er sie. Zwei von ihnen waren ganz nah und strichen nur einige hundert Fuß unter ihm durch die Bäume. Und dann sah er die Schatten in ihren schwarzen Umhängen auf sein Versteck zukommen. Er spürte, wie sein Mut sank. Wenn er sich jetzt rührte, würden sie ihn sehen. Wenn er blieb, wo er war, würden sie ihn finden. Welch großartige

Wahlmöglichkeiten, dachte er verbittert. Er hielt das Schwert von Leah in den Händen und packte es fester. Er musste ihnen entgegentreten und kämpfen. Er musste es tun, obwohl er wusste, wie es wahrscheinlich enden würde.

Er dachte zurück an den Zeigefinger, an Tyrsis, Eldwist, Culhaven und an all die anderen Orte, an denen er in eine Falle oder in die Enge getrieben worden war, wenn er zu fliehen versucht hatte, und er dachte verzweifelt und verärgert, dass dies nur einmal …

Und dann legte sich plötzlich eine Hand wie eine Eisenklammer über seinen Mund, und er wurde rückwärts in die Bäume gerissen.

30

Die Dämmerung überzog das Land südlich des Regenbogensees mit purpurfarbenem und silbernem Dunst, der wie eine Katze aus dem Anar herankroch, um einen feurigen Sonnenuntergang gen Westen in die Schwarzen Eichen und die Gebiete dahinter zu jagen. Das Zwielicht war weich und seidig und milderte die Schwüle des Tages mit einer Brise, die angenehm kühl aus dem tiefen Wald heranwehte. Bauernhöfe, die das Land oberhalb des Streithügels sprenkelten, waren in eine Mischung aus Licht und Schatten gebadet und erinnerten an alte Gemälde. Tiere hatten ihre Gesichter dem Wind zugewandt und standen reglos auf den schattigen grünen Weiden. Knechte und Gehilfen kamen von der Arbeit herein, Wasser plätscherte in die Waschbecken, und der Geruch von Essen zog vom Herd heran. Gelassene Heiterkeit lag in den Schatten und Erleichterung in der abkühlenden Luft. Stille sammelte sich und versprach Ruhe für jene, die einen weiteren Tag zu Ende gebracht hatten.

In einem Hartholzhain nördlich des Streithügeltieflands, auf einem kleinen Berg am Rande des Anars, stieg Rauch aus einem zerfallenen Schornstein. Er gehörte zur Hütte eines alten Jägers, die aus vier splitternden Holzwänden bestand und vom Wetter und der Zeit gezeichnet war. Ihr Schindeldach war löcherig und verwahrlost, die überdachte Veranda war an einem Ende abgesackt. Im Schatten der Bäume gab es einen Brunnen. Ein Wagen stand neben der Hütte, und das Gespann aus Maultieren, das ihn gezogen hatte, war an einem Halteseil am Rande der Bäume angepflockt. Die Männer, denen beides gehörte, waren im Inneren versammelt und saßen an einem Tisch beim Essen, während einer auf den Stufen der Steinveranda Wache hielt und das Tal südlich und östlich beobachtete. Sie waren insgesamt fünf mit dem, der draußen hockte, einfache und schmutzige Männer mit harten Gesichtern. Sie trugen Schwerter und Messer und waren mit Narben aus vielen Kämpfen gezeichnet. Wenn sie sprachen, klangen ihre Stimmen rau und laut. Und wenn sie lachten, hörte man keine Fröhlichkeit.

Sie schauten nicht zu Damson Rhee und Matty Roh hinüber und verhielten sich auch nicht wie jemand, der Grund gehabt hätte, sich allzu sehr vorzusehen.

Die Frauen kauerten im Westen in einem Gebüsch und blickten sich an.

»Seid Ihr sicher?«, fragte die größere Frau leise.

Damson nickte. »Er ist dort, dort drinnen.«

Sie wurden still, als fehlten ihnen die Worte, um die Unterhaltung fortzusetzen. Sie hatten sich vom Skree südlich am Regenbogensee entlangführen lassen und waren dem Trupp gefolgt, seit sie auf die Wagenspuren gestoßen waren. Drei Tage zuvor hatten sie den See überquert, waren unmittelbar vor dem Unwetter aus der Mündung des Mermidons herausgesegelt, nachdem sie sich von Morgan Leah getrennt hatten. Der Wind, der dem Sturm vorausging, hatte sie sanft über den See geschoben, und das Unwetter selbst hatte sie erst erwischt, als sie schon fast das andere Ufer erreicht hatten. Doch dann waren sie abgetrieben und so stark durchgeschaukelt worden, dass sie östlich des Nebelsumpfes gekentert und gezwungen gewesen waren, an Land zu schwimmen. Sie waren mit dem größten Teil ihrer Vorräte im Schlepptau, vollgesogen und erschöpft, davongekommen und hatten die Nacht in einem Eschenhain verbracht, der nur wenig Schutz vor der

Feuchtigkeit gewährte. Sie waren von dort nach Süden gezogen, geführt vom Licht des Skree und auf der Suche nach einem Zeichen von Par Ohmsford. Sie hatten nichts gefunden, nur die Wagenspuren und jetzt auch die Männer, die den Wagen gelenkt hatten.

»Es gefällt mir nicht«, sagte Matty Roh leise.

Damson Rhee nahm die abgebrochene Hälfte des Skree hervor, legte sie in ihre gewölbte Hand und hielt sie der Hütte entgegen. Sie brannte hell und stetig wie kupfernes Feuer. Damson sah Matty an. »Er ist dort.«

Die andere nickte. Die Kleidung der beiden war zerknittert und von Dornengestrüpp und Felsen zerrissen. Sie hatten sie gewaschen, aber das hatte nur den Schmutz beseitigt, nicht ihr Aussehen verbessert. Mattys jungenhaftes Gesicht war sonnengebräunt und schweißgebadet, und ihre Stirn war gefurcht, während sie nachdenklich den leuchtenden Metallhalbmond betrachtete.

»Wir werden uns das näher ansehen müssen«, sagte sie. »Wenn es dunkel ist.«

Damson nickte. Sie hatte ihr rotes Haar geflochten und hielt es mit einem Band aus der Stirn. Ihre Kleidung sah genauso schlimm aus wie Mattys. Sie war müde, sehnte sich nach einer warmen Mahlzeit und brauchte ein Bad, aber sie wusste, dass sie im Moment ohne das alles auskommen musste.

Sie kehrten zu der Stelle zurück, an der sie ihre Ausrüstung abgelegt hatten, ließen sich dort nieder, aßen etwas Obst und Käse und tranken etwas Wasser. Sie schwiegen beide während der Mahlzeit. Die Schatten wurden länger. Dunkelheit schloss sich um sie herum, der Mond und die Sterne kamen hervor, und die Luft kühlte so sehr ab, dass sie beinahe erträglich wurde. Sie waren sehr verschieden, diese beiden Frauen. Damson war leidenschaftlich und den Menschen zugewandt und sich dessen, was sie wollte, sehr sicher. Matty war kühl und zurückhaltend und glaubte daran, dass man nichts für selbstverständlich nehmen durfte. Über ihre gemeinsame Unternehmung hinaus verband sie eiserne Entschlossenheit, die im jahrelangen Überlebenskampf im Dienst der Geächteten geschmiedet worden war. Diese drei Tage gemeinsamer Suche nach Par Ohmsford hatten gegenseitigen Respekt bewirkt. Sie hatten wenig voneinander gewusst, als sie aufgebrochen waren, und in Wahrheit wussten sie auch jetzt nicht viel mehr. Aber was sie wussten, war ausreichend, damit beide überzeugt waren, dass sie sich auf die andere verlassen konnten, wenn es nötig würde.

»Damson.« Matty Roh sprach plötzlich ihren Namen aus. »Kennt Ihr das Gefühl, wenn man sich plötzlich mitten im Geschehen wiederfindet und sich fragt, wie das passiert ist?« Sie schien fast bestürzt. »Genau so fühle ich mich gerade jetzt. Ich bin hier, aber ich habe keine Ahnung, warum das so ist.«

Damson rückte nah heran. »Möchtet Ihr lieber irgendwo anders sein?«

»Ich weiß es nicht. Nein, ich glaube nicht.« Sie schürzte die Lippen. »Aber ich bin verwirrt darüber, was ich hier tue. Ich weiß, warum ich gekommen bin, aber ich verstehe nicht, warum ich beschlossen habe, das zu tun.«

»Vielleicht ist der Grund ja gar nicht wichtig. Vielleicht ist es nur wichtig, dass wir hier sind.«

Matty schüttelte den Kopf. »Das glaube ich nicht.«

»Vielleicht ist es gar nicht so schwierig, das herauszufinden. Ich bin wegen Par hier. Weil ich ihm versprochen habe, dass ich kommen würde.«

»Weil Ihr ihn liebt.«

»Ja.«

»Ich kenne ihn nicht einmal.«

»Aber Ihr kennt Morgan.«

Matty seufzte. »Ich kenne ihn besser, als er sich selbst kennt.

Aber ich liebe ihn nicht.« Sie hielt inne. »Ich glaube es jedenfalls nicht.« Sie wandte den Blick ab, denn dieses Eingeständnis beunruhigte sie. »Ich bin hierhergekommen, weil ich es satt hatte, nur herumzusitzen. So habe ich es dem Hochländer erklärt. Es war ja auch wahr. Aber ich bin noch aus einem anderen Grund hierhergekommen. Ich weiß nur nicht, worin der besteht.«

»Ich denke, Morgan Leah könnte der Grund sein.«

»Das ist er nicht!«

»Ich glaube, Ihr braucht ihn.«

»Ich brauche ihn?«, fragte Matty ungläubig. »Es ist eher umgekehrt, glaubt Ihr nicht? Er braucht mich!«

»Das auch. Ihr braucht einander. Ich habe Euch beobachtet, Matty – Euch und Morgan. Ich habe gesehen, wie Ihr ihn anschaut, wenn er es nicht bemerkt. Ich habe gesehen, wie er Euch ansieht. Da ist mehr zwischen Euch, als Ihr wahrhaben wollt.«

Die große Frau schüttelte den Kopf. »Nein.«

»Ihr sorgt Euch um ihn, nicht wahr?«

»Das ist nicht dasselbe. Das ist etwas anderes.«

Damson betrachtete sie, ohne etwas zu sagen. Mattys Blick war auf irgendeinen Punkt zwischen ihnen gerichtet, und ihre kobaltblauen Augen schimmerten unergründlich und ruhig. Sie sah etwas, was niemand sonst sehen konnte.

Als sie wieder aufschaute, war ihr Blick leer und traurig. »Er liebt noch immer Quickening.«

Damson nickte bedächtig. »Das vermute ich auch.«

»Er wird sie immer lieben.«

»Vielleicht, Matty. Aber Quickening ist tot.«

»Das ist unwichtig. Habt Ihr gehört, wie er von ihr spricht? Sie war wunderschön und zauberhaft, und sie liebte ihn auch.« Die blauen Augen blinzelten. »Es ist zu schwer, dagegen antreten zu müssen.«

»Das müsst Ihr auch nicht. Das ist nicht notwendig.«

»Doch.«

»Er wird sie rechtzeitig vergessen. Er wird nichts dagegen tun können.«

»Nein, das wird er nicht. Niemals. Das wird er sich nicht erlauben.«

Damson seufzte und sah zur Seite. Die Nacht lag in stiller Erwartung tief und ruhig um sie herum. »Er braucht Euch«, flüsterte sie schließlich und wusste nicht, was sie sonst noch sagen sollte. Sie blickte wieder Matty an. »Quickening ist fort, Matty, und Morgan Leah braucht Euch.«

Sie sahen einander in der Dunkelheit an, maßen den Sinn dieser Worte und wogen ihre Kraft. Keine von beiden sprach. Dann erhob sich Matty plötzlich und schaute über das Grasland zurück zu der Hütte. »Wir sollten hingehen und uns die Sache ansehen.«

»Ich gehe.« Damson stand mit ihr auf. »Ihr wartet hier.«

Matty ergriff ihren Arm. »Warum nicht ich?«

»Weil ich weiß, wie Par aussieht, und Ihr nicht.«

»Dann sollten wir beide gehen.«

»Und uns beide in Gefahr begeben?« Damson hielt dem Blick der anderen stand. »Ihr wisst es doch besser!«

Matty sah sie einen Moment lang an und ließ ihren Arm dann los. »Ihr habt recht. Ich warte hier. Aber seid vorsichtig.«

Damson lächelte, wandte sich um und verschwand in der Dunkelheit. Sie gelangte leicht hinab, bis sie sich nördlich der Hütte befand. Lampenlicht warf von innen einen gelblichen Schimmer durch die vorhanglosen Fenster und die geöffnete Vordertür. Sie hielt inne und dachte nach. Aus dem Inneren hörte sie Männerstimmen, und das rote Glühen eines Pfeifenkopfes und der Geruch nach Tabak warnten sie, dass der Wächter noch immer auf der Verandatreppe saß. Sie beobachtete die dunklen Umrisse der Maultiere, die sich an ihrem Halteseil neben der Hüttenwand bewegten, und hörte dann Splittern von Glas und Fluchen. Die Männer tranken und stritten.

Sie ging weiter bis zum Wald und hinten um die Hütte herum, da sie sich von der Südseite aus nähern wollte, denn wenn sie von Norden herankam, würden die Tiere sie verraten. Wolken glitten wie Fabelwesen über sie hinweg und veränderten die Helligkeit der Nacht, während sie über den Mond und die Sterne hinwegzogen. Damson schlich durch den Schatten unter den Bäumen und näherte sich vorsichtig, obwohl die Stimmen und das Gelächter andere Geräusche sicherlich verschlucken würden. Als sie sich hinter der Hütte befand, verließ sie den Schutz der Bäume und eilte zur Rückwand hinüber. Sie schlich daran entlang und richtete ihren Blick auf das Südfenster. Inzwischen waren die Stimmen deutlich, und sie konnte Verärgerung und Drohungen heraushören. Harte Männer waren es, und Damson durfte sie nicht unterschätzen.

Geduckt schlich sie zum Fenster, richtete sich vorsichtig auf und spähte hinein.

Coll Ohmsford lag an der Rückwand der muffigen, verwitterten Hütte und lauschte dem Streit der Männer, die um Geld würfelten. Er war in eine Decke gewickelt und hatte sich der Wand zugedreht. Seine Hände und Füße waren zusammengebunden und an einen Ring gekettet, den die Männer in die Bretter gehämmert hatten. Sie hatten ihm Essen und Wasser gegeben und ihn dann vergessen. Was wirklich nicht schlecht war, dachte er erschöpft, wenn man ihren gegenwärtigen unerfreulichen Zustand bedachte. Trinken und Spiel hatten sie noch boshafter als sonst werden lassen, und er wollte nicht erleben, was geschehen würde, wenn sie sich an ihn erinnerten. Er war bereits zweimal verprügelt worden, seit sie ihn gefangen genommen hatten – einmal für den Versuch zu fliehen und einmal, weil einer von ihnen über irgendetwas verärgert gewesen war und beschlossen hatte, es an ihm auszulassen. Er hatte Blutergüsse und Schnitte und war überall wund, nachdem er den ganzen Tag auf dem Wagen umhergeschüttelt worden war. Jetzt wollte er einfach in Ruhe gelassen werden und schlafen.

Das Problem war allerdings, dass er unter diesen Bedingungen nicht schlafen konnte. Seine Müdigkeit und seine Schmerzen waren nicht so stark, dass sie den Lärm ausblenden konnten. Er lag lauschend da, fragte sich, was er tun könnte, und dachte erneut an Flucht. Sie kamen mit dem Wagen und den Maultieren nur langsam voran, aber sie waren nur noch drei oder vier Tage von Dechtera entfernt, und wenn sie erst einmal dort waren, wäre er erledigt. Er hatte von den Sklavenminen gehört, in denen hauptsächlich Zwerge arbeiteten. Morgan hatte die Minen beschrieben, nachdem er von Steff etwas darüber erfahren hatte. Sie wurden als Lager für Zwerge benutzt, die sich der Föderation widersetzt hatten, und ganz besonders auch für Mitglieder des Widerstands. Die Zwerge, die in die Minen geschickt wurden, kehrten niemals zurück. Niemand kehrte von dort jemals zurück. Morgan hatte ihm von Gerüchten erzählt, dass Südländer zum Arbeiten in die Minen gesandt worden waren, aber bis jetzt hatte Coll das nicht für möglich gehalten.

Er starrte die gespaltenen und zersplitterten Wandbretter an und dachte, dass es ihm wohl bestimmt war, vieles auf die harte Art zu erfahren.

Er atmete tief ein und langsam und erschöpft wieder aus. Die Zeit wurde knapp, und das Glück hatte ihn schon lange verlassen. Er war in einer besseren Verfassung, als zu erwarten gewesen wäre, denn nach den Übungen mit Ulfkingroh in der Südwacht hatte er das Schlimmste recht gut überstanden. Aber das war jetzt nur ein geringer Trost, so angekettet, wie er war. Er hatte keine Hoffnung, ohne Schlüssel von seinen Ketten befreit zu werden. Zwar hatte er versucht, die Schlösser zu öffnen, aber sie waren schwer und stabil. Er hatte auch schon versucht, seine Wärter davon zu überzeugen, sie ihm abzunehmen, damit er sich ein wenig bewegen könnte, aber sie hatten nur gelacht. Sein Plan, Par aus den Händen von Rimmer Dall und den Schattenwesen zu befreien, war nur noch eine schwache Erinnerung. Er war so weit davon entfernt wie von seiner Heimat in Schattental, und von dort war er so weit entfernt, dass er das Gefühl hatte, er würde wohl niemals dorthin zurückkehren können.

Einer der Männer schob seinen Stuhl nach hinten, stand auf und ging hinaus. Coll riskierte einen Blick aus seiner Decke. Das Schwert von Shannara lag auf dem Tisch. Sie spielten darum, wer es bekommen sollte. Die drei am Tisch verspotteten den Verlierer, ließen einander aber auch nicht aus den Augen.

Coll drehte sich wieder der Wand zu und schloss die Augen. Es half nichts, dass diese Männer keine Ahnung vom wahren Wert des Schwertes hatten. Es half nichts, dass nur er die Magie gebrauchen konnte und dass vielleicht so vieles davon abhing, dass er es einsetzte. Im Augenblick konnte nur noch ein Wunder helfen. Er faltete die Hände unter der Decke und stieg zu einem dunklen Ort hinab.

Was soll ich bloß tun?

»Ist er es?«

Mondlicht spiegelte sich auf Matty Rohs glattem Gesicht und gab ihr ein geisterhaftes Aussehen. Damson trank aus dem Wasserschlauch, den sie ihr gereicht hatte, und schaute den Weg zurück, den sie gekommen war, um sicherzugehen, dass ihr niemand gefolgt war. Aber die Nacht war ruhig, und das Land lag leer und wie erstarrt im Sternenlicht.

»Ist er es?«, wiederholte Matty aufgeregt.

Damson nickte. »Er muss es sein. Er kauerte an der Rückseite des Raumes unter einer Decke, und ich konnte sein Gesicht nicht sehen, aber das macht nichts. Das Schwert auf dem Tisch war ohne jeden Zweifel das Schwert von Shannara. Er ist es. Sie haben ihn angekettet. Es sind Sklavenhändler, Matty. Ich habe auf dem Rückweg in den Wagen geschaut, und der war voller Fesseln und Ketten.« Sie hielt inne, und ihre Miene verriet Besorgnis. »Ich weiß nicht, wie er an sie geraten ist oder wie er es zulassen konnte, dass sie ihn gefangen genommen haben, aber das hätte eigentlich nicht geschehen dürfen. Mit der Magie des Wünschlieds müsste er diesen Männern doch leicht entkommen können. Ich verstehe es nicht. Irgendetwas stimmt nicht.«

Matty schwieg und wartete einfach ab.

Damson gab ihr den Wasserschlauch zurück und seufzte. »Ich hätte so gern sein Gesicht gesehen. Er hat einmal aufgeschaut, nur einen Moment lang, aber es war zu dunkel, um es deutlich erkennen zu können.« Sie schüttelte den Kopf. »Sklavenhändler – mit denen kann man nicht verhandeln.«

Matty änderte die Stellung. »Verhandlungen würden solche Männer ohnehin nicht verstehen. Wir sind Frauen. Wenn sie jemals auch nur halbwegs die Chance bekommen, werden sie uns ergreifen, sich an uns vergehen und uns dann die Kehlen durchschneiden. Oder sie verkaufen uns zusammen mit dem Talbewohner.« Sie schaute in die Nacht hinaus. »Wie viele habt Ihr gezählt?«

»Fünf. Vier drinnen und einen, der Wache hält. Sie trinken und würfeln und streiten sich untereinander.« Sie hielt hoffnungsvoll inne. »Wenn sie schlafen, könnten wir vielleicht an ihnen vorbeischlüpfen und Par befreien.«

Matty sah sie an. »Das wäre zu riskant im Dunkeln. Wir können sie nicht von uns unterscheiden, wenn es zu einem Kampf kommt. Und wenn der Talbewohner an der Wand festgekettet ist, kostet uns das zu viel Zeit und wird auch zu laut, wenn wir ihn befreien wollen. Außerdem bleiben sie vielleicht die ganze Nacht wach, so wie die Dinge stehen. Das kann man nicht wissen.«

»Lass uns doch eine Weile warten! Einen Tag oder zwei, wenn es sein muss. Früher oder später bekommen wir eine Gelegenheit.«

Matty schüttelte den Kopf. »Wir haben nicht so viel Zeit. Wir wissen nicht, wie lange es dauert, bis sie ihr Ziel erreichen. Vielleicht sind irgendwo noch mehr von ihrer Sorte. Nein. Wir müssen jetzt handeln. Noch heute Nacht.«

Jetzt war es an Damson, Matty anzustarren. »Noch heute Nacht«, wiederholte sie kopfschüttelnd. »Wie?«

»Was glaubt Ihr wohl? Wenn sie eine Möglichkeit gefunden haben, den Talbewohner trotz seiner Magie gefangen zu nehmen, sind sie zu gefährlich, als dass man mit ihnen spielen dürfte.« Matty Roh schien etwas abzuzählen. »Wenn wir schnell sind, werden sie tot sein, bevor sie wissen, wie ihnen geschieht. Schafft Ihr das?«

Damson holte tief Luft. »Schafft Ihr es?«

»Folgt mir einfach und bleibt hinter mir. Gebt mir Rückendeckung. Vergesst nicht, wie viele es sind. Verliert das nicht aus den Augen. Wenn es mich erwischt, dann verschwindet einfach.« Sie richtete sich auf. »Seid Ihr bereit?«

»Jetzt?«

»Je eher wir beginnen, desto eher sind wir fertig.«

Damson nickte schweigend. Sie fühlte sich vom Geschehen so weit entfernt, als beobachtete sie es von einem anderen Punkt aus. »Ich habe nur ein Jagdmesser.«

»Nehmt, was immer Ihr habt. Erinnert Euch einfach an das, was ich gesagt habe.«

Matty legte ihren Umhang ab, zog das schlanke Kampfschwert aus ihrem Gepäck hervor und band es sich auf den Rücken. Sie trug es auf dieselbe Weise wie Morgan Leah. Sie schnallte sich einen Gürtel mit Wurfmessern um und ließ ein Jagdmesser mit breiter Klinge in ihren Stiefel gleiten. Damson beobachtete sie schweigend. Zwei gegen fünf, dachte sie. Aber es gab noch mehr Ungleichheiten. Diese Männer waren erfahrene Kämpfer, Meuchelmörder, die sie töten würden, ohne auch nur mit der Wimper zu zucken. Doch dann schob sie alle Grübeleien beiseite.

Sie tauchten in die Nacht ein und schwebten über das Grasland wie Geister. Damson führte Matty denselben Weg zurück, den sie zuvor gegangen war. Das Licht der Öllampen in der Hütte wurde heller, während sie näher kamen. Die Stimmen der Männer drangen bis zu ihnen vor, empfingen sie rau und heiser. Damson konnte das Glühen der Pfeife auf der Veranda nicht mehr sehen, aber das bedeutete nicht, dass der Wächter verschwunden war. Sie betraten nördlich der Hütte den Wald, näherten sich von hinten und drückten sich schließlich flach an die raue Bretterwand. Die Geräusche von innen begleiteten offenbar weiterhin Spiele und Trinken.

Sie spähten um die südliche Ecke der Hütte herum, aber auf der Vorderseite war kein Zeichen von dem Wächter zu sehen. Matty ging jetzt voran und hielt dabei das Schwert gezückt vor sich. Gemeinsam eilten sie zu dem Fenster und spähten kurz ins Innere. Die Szene war unverändert geblieben. Der Gefangene lag noch immer an der Rückwand der Hütte in seine Decke gewickelt auf dem Boden, und vier Männer saßen an dem Tisch. Damson und Matty wechselten einen schnellen Blick und tasteten sich dann zur Vorderseite der Hütte vor. Sie erreichten die Ecke und schauten zu der abgesackten Veranda hinüber.

Der Wächter war nicht da.

Mattys Gesicht verfinsterte sich, aber sie trat dennoch ins Licht. Mit dem Schwert in der Hand ging sie auf die geöffnete Tür zu. Damson folgte ihr, schaute nach links und nach rechts und überlegte, wo der Wächter sein konnte. Sie hatten die Tür fast erreicht, als der Mann wieder aus der Dunkelheit auftauchte. Er war vielleicht bei den Tieren gewesen, achtete jetzt bei jedem Schritt darauf, wohin er trat, und brabbelte dazu vor sich hin. Daher bemerkte er die Frauen auch nicht, bis er die Veranda erreichte, grunzte dann überrascht und griff nach seinen Waffen. Aber Matty war schneller. Sie hob das Schwert mit ihrer linken Hand, griff mit ihrer rechten nach unten, zog eines der Wurfmesser heraus und schleuderte es auf den Mann. Die Klinge erwischte ihn in der Brust, und er fiel mit gequältem Stöhnen rückwärts von der Veranda hinab.

Dann waren sie durch die Tür hindurch und standen in der Hütte. Matty als Erste und Damson hinter ihr. Der Raum war klein und verraucht und so beengt, dass es schien, als wollten sie sich einfach zu den Sklavenhändlern in den Kreis setzen. Damson sah ihre Gesichter deutlich, den Schweiß auf ihrer Haut und die Verärgerung und Überraschung in ihren Augen. Die Männer sprangen vom Tisch auf und rissen ihre Waffen aus Gürteln und Scheiden heraus. Schreie und Flüche wurden laut, Gläser und Zinnbecher wurden umgestoßen, und Bier ergoss sich über den Boden. Matty tötete den Mann neben ihr und wandte sich dann dem nächsten zu. Der Tisch kippte um, und alles, was sich darauf befand, wurde im Raum verstreut. Einer der Männer drehte sich dem Gefangenen zu, aber Matty war schon zu nah, und so wandte er sich erneut um, um ihr entgegenzutreten. Ein zweiter Mann ging zu Boden, Blut strömte aus seiner Kehle, die er mit den Händen umklammerte, bis er zusammensank. Die beiden letzten Männer stürzten sich auf Matty Roh. Ihre Schwerter und Messer blitzten gefährlich im Lampenschein, und sie drängten sie zur Wand zurück. Damson versuchte zu helfen. Jemand packte sie von hinten; der fünfte Mann, aus dessen Wunde das Blut rann, war durch den Eingang hereingesprungen und umklammerte sie mit seinen Fingern. Sie entwand sich ihm, da er wegen seiner Verletzung nicht richtig zupacken konnte, schob ihn dann wieder zur Tür hinaus und die Stufen hinab. Draußen schrien die Maultiere und traten erschrocken an die Hüttenwand.

Matty stürzte auf die Männer vor ihr zu und stach auf sie ein. Sie wollte nicht von zwei Seiten angegriffen werden und rief nach Damson. Eine Lampe zerbrach, Öl spritzte umher, und Flammen breiteten sich über den Boden der Hütte aus. Damson sprang dem nächststehenden Mann auf den Rücken und krallte die Finger in seine Augen. Er heulte vor Schmerz auf und ließ seine Waffen fallen. Dann versuchte er mit bloßen Händen, sie abzuschütteln. Sie ließ los, sprang ab und fasste nach ihrem Messer. Der Mann griff sie wütend an, ohne auf irgendetwas anderes zu achten, stolperte und fiel in die Flammen. Seine Kleidung fing Feuer und begann zu brennen, und er lief schreiend durch die Tür in die Nacht hinaus.

Der letzte Mann hielt noch einen Moment stand und rannte dann ebenfalls zur Tür hinaus. Flammen schossen jetzt die Wände hinauf, strebten den Balken zu und verschlangen hungrig das trockene Holz. Damson und Matty eilten zur Rückwand der Hütte, wo sich der Gefangene auf die Knie erhoben hatte und an dem Ring riss, der ihn an die Wand kettete. Matty schob ihn schweigend beiseite, zog das große Jagdmesser aus ihrem Stiefel und hackte und schnitt und stieß auf die Wand ein, bis der Ring herausbrach. Dann eilten sie auf die Hüttentür zu, während die Flammen überall um sie herum hochschlugen und die Hitze ihr Haar und ihre Haut versengte. Sie waren fast hinausgelangt, als sich der Gefangene ihnen entwand und zurücklief. Seine Ketten schleiften über den Boden, als er in den Rauch und das Feuer zurückeilte und den Schutt auf dem Boden absuchte, bis er mit dem Schwert von Shannara wieder herauskam.

Erst als sie alle draußen waren, nach Luft rangen und Rauch

und Staub aushusteten, während die Hütte hinter ihnen abbrannte, erkannte Damson, dass es nicht Par Ohmsford war, den sie befreit hatten, sondern sein Bruder Coll.

Sie nahmen sich gerade lange genug Zeit, um die Fesseln von Colls Handgelenken und Knöcheln zu lösen, warfen ängstliche Blicke über die Schultern in die Nacht und eilten dann davon. Die qualmende Ruine der Hütte, den leeren Wagen und die Leichen ließen sie zurück. Die Maultiere waren längst ausgerissen, die beiden übrigen Sklavenhändler waren mit ihnen verschwunden, und nirgendwo war ein Zeichen von Leben zu sehen. Coll und die Frauen rochen nach Feuer und Asche, ihre Augen tränten von dem Rauch, und sie waren mit dem Blut der Männer beschmiert, die sie getötet hatten. Matty hatte mehrere leichtere Wunden erlitten, und Damson hatte Kratzer im Gesicht, aber beide waren ohne ernsthaften Schaden davongekommen. Coll Ohmsford ging wie ein Mann, dessen Beine keinen Halt mehr fanden.

Im Schutz der Bäume, unter denen sie ihre Ausrüstung zurückgelassen hatten, säuberten sie sich, so gut es ging, aßen etwas, tranken ein wenig Wasser und tauschten sich darüber aus, was geschehen war. Sie entdeckten ziemlich bald, dass Coll die andere Hälfte des Skree trug, die Hälfte, die er Par gestohlen hatte, als er noch unter dem Einfluss des Spiegeltuchs gestanden hatte, und das erklärte, warum Damson und Matty geglaubt hatten, sie würden Par folgen. Es erklärte aber noch nicht, warum das Skree in zwei Richtungen aufgeleuchtet hatte, als Damson es an der Südwacht geprüft hatte, obwohl sie nach Colls Geschichte annehmen konnte, dass Pars Magie die Scheibe in irgendeiner Weise beeinflusst hatte. Pars Magie schien fast alles zu beeinflussen, mit dem sie in Berührung kam, merkte Coll an. Irgendetwas geschah mit seinem Bruder, und wenn sie nicht bald zu ihm gelangten und das aufhielten, was auch immer ihm zusetzte, würden sie ihn verlieren. Coll konnte Damson und Matty nicht erklären, warum das so war, aber er war davon überzeugt. Als er die Magie des Schwertes von Shannara ausgelöst hatte, war ihm die Wahrheit über verschiedene Dinge offenbart worden, die ihm zuvor verborgen waren, und dies war eine davon.

Es gab keine Fragen, was sie als Nächstes zu tun hatten. Sie hatten ein gemeinsames Ziel, sogar Matty Roh. Sie packten ihre Ausrüstung zusammen und brachen erneut gen Norden auf, zogen über das Grasland in Richtung Regenbogensee und bereiteten sich auf eine Auseinandersetzung mit den Schattenwesen und Rimmer Dall vor. Morgan Leah würde dort auf sie warten, und mit ihm zusammen wollten sie eine weitere Befreiungsaktion versuchen. Sie würden vier sein, wenn sie ihren Feinden entgegentreten würden, und sie hatten Unterstützung von ihren Talismanen und ihren kleinen Magien, von ihrem Mut und ihrer Entschlossenheit und von wenig mehr. Was sie vorhatten, war schon ziemlich verrückt, aber die Vernunft hatten sie schon vor langer Zeit aufgegeben. Sie nahmen es hin wie den neuen Tag, der im Osten aufzog und dessen schwaches Schimmern den Horizont mit goldenen Streifen überzog. Sie nahmen es hin wie den Weg, auf dem die unterschiedlichsten Richtungen ihres Lebens sie zu einem gemeinsamen Schicksal zusammengeführt hatten. Manches im Leben war unausweichlich und ließ sich nicht ändern, wie sie wussten, und was sie jetzt taten, gehörte dazu.

Sie hofften, während jeder von ihnen schweigend dieselben Gedanken wälzte, dass das Unausweichliche diesmal zu einem guten Ende führen würde.

Morgan Leah hatte kaum Zeit, nach Luft zu schnappen.

Der Angriff war so schnell und unerwartet erfolgt, dass er am Boden war, bevor er auch nur daran denken konnte, sich zu wehren. Die Hand war noch immer fest auf seinen Mund gepresst, während eine Gestalt in einem dunklen Mantel sich anstrengte, ihn festzuhalten. Er hatte sein Schwert verloren und damit den einzigen Gegenstand, der ihm hätte helfen können, und vor lauter Staunen darüber, dass er unvorbereitet erwischt worden war, erstarrte er wie ein kleines Tier, das in einer Falle gefangen wird, obwohl sein Verstand ihm zuschrie, er müsse sich wehren. Seine Kehle schnürte sich zu, und er hörte auf zu atmen. Er wusste, dass es aus mit ihm war.

Ein großes pelziges Gesicht schob sich nah an seines heran, als wollte es neugierig ergründen, welche Art Lebewesen er sein könnte, und die leuchtenden gelben Augen einer Moorkatze blinzelten zu ihm herab.

»Still, Hochländer«, flüsterte eine bekannte Stimme sanft in sein Ohr. »Du bist in Sicherheit. Ich bin es nur.«

Die Hand löste sich, und Morgan sog hastig Luft in die Lunge. Er spürte, wie sich die Verspannungen in seinem Körper lösten und die Kälte aus seinem Magen verschwand. »Still«, flüsterte die Stimme. »Sie sind noch immer in der Nähe.«

Dann verschwand das Katzengesicht, und er erkannte Walker Boh.

31

Stresa kam erst zu Wren Elessedil, als die Dämmerung schon fast hereingebrochen war. Sterne standen am samtigen schwarzen Himmel, und der Wald war voller Schatten. Ein schwacher Lichtstreifen im Osten kündigte den neuen Tag an. Aufgeregt und erleichtert erhob sie sich, als er erschien. Sie hatte die ganze Nacht lang auf ihn gewartet, obwohl er ohne Weiteres auch noch einen weiteren Tag hätte entfernt sein können. Mit dem Hörvermögen der Elfen hatte sie seine Bewegungen schon wahrgenommen, bevor er aus dem Dunkel kam, daher rief sie ihn.

»Stresa«, flüsterte sie. »Hier drüben.«

Er walzte bereitwillig heran, die Stacheln an seinen muskulösen Körper angelegt, die Schnauze angehoben, um die Luft zu prüfen. Die Augen schimmerten wie Kerzen.

»Ich kann dich ganz gut sehen, Elfenkönigin«, murmelte der Stachelkater. »Und auch ganz gut hören.«

Wren lächelte beim Klang seiner Stimme. Es war noch keine drei Tage her, dass sie gefürchtet hatte, sie würde sie niemals wieder hören. Nachdem sie Tib Arne und Gloon so knapp entkommen war, hatte vieles, das sie einst für selbstverständlich erachtet hatte, einen neuen Wert für sie erlangt. Es war seltsam, dass man plötzlich besser hört, wenn das Flüstern des Todes erklingt. Sie fragte sich, wie viele Male sie ihm wohl noch lauschen musste, bevor sie sich an ihre Lektion erinnern würde.

»Was hast du gefunden?«, fragte sie ihn und kauerte sich hin, damit sie sein Gesicht besser sehen konnte.

Stresa witterte. »Einen Weg hinein für sie und einen hinaus für uns. Phffftt. Es kann gelingen.« Er sah sich um. »Wo ist der sstttpp Baumschreier?«

Sie machte eine Handbewegung. »Er wartet bei den anderen. Ich wollte nicht, dass jemand unser Gespräch mithört. Seltsam, wie viel besser er und ich uns jetzt verständigen können.«

Die Stacheln des Stachelkaters richteten sich auf und legten sich wieder an. »Das ist kaum eine Leistung. Baumschreier haben nicht viel zu sagen. Hsssttt. Halte dich mit deinen Verständigungsbemühungen zurück, Elfenkönigin.«

Sie verkniff sich ein Lächeln, um ihn nicht zu ermutigen. »Also können wir es tun, du und ich?«

»Hier ist nicht Morrowindl, und das Wirrnismoor ist nicht der In Ju. Natürlich können wir es tun. Sppptt!« Er spie aus. »Die Idee hätte mir selbst kommen sollen.«

Kaum drei Tage waren seit ihrer Flucht vor den Schattenwesen vergangen, und Wren schickte sich bereits wieder an, sie herauszufordern. Sie war mit Tiger Ty zum Lager geflogen und von den Elfen der Vorhut mit großer Freude begrüßt worden. Sie lagerten noch immer in den Randgebieten des Kobelwaldes, beobachteten den fortgesetzten Vormarsch der Föderationsarmee und lenkten die Südländer ab, wann immer sie sich ihrer Deckung näherten, während sie auf Barsimmon Oridio und die Hauptstreitmacht der Elfenarmee warteten. Desidio war bei seiner Begrüßung sehr überschwänglich gewesen und hatte ihr geradeheraus gesagt, dass die Elfen ihre Führung brauchten und er sich ihrem Befehl unterstellte. Damit sagte er in diesem einzigen Moment mehr, als er die ganze Zeit über gesagt hatte, seit sie Arborlon verlassen hatten. Triss war wütend auf sie gewesen und hatte ihr erklärt, dass sie sich mit ihrer Impulsivität ihre Entführung selbst zuzuschreiben hatte, hatte sie gewarnt, dass sie ohne die Leibwache nirgendwohin gehen sollte, vor allem niemals ohne seine persönliche

Begleitung. Sie hatte beide mit einem Handschlag und der Zusicherung begrüßt, dass sie ein solches Risiko nie wieder auf sich nehmen würde – obwohl sie wusste, dass sie längst die Absicht hegte.

In ihrer Abwesenheit war die Vorhut fleißig gewesen. Desidio und Triss hatten alle strategischen Differenzen beseitigt, um weiterführen zu können, was sie so erfolgreich begonnen hatte, und hatten nach ihrer Gefangennahme nachts einen zweiten Überfall auf die Föderation durchgeführt, hatten die Vorräte und Wagen in Brand gesteckt, das Vieh vertrieben, schlafende Gruppen aufgescheucht und alles getan, was ihnen einfiel, um bei ihren Feinden Unbehagen und Verwirrung zu stiften und sie am Weiterziehen zu hindern. Mit dem Tode Erring Rifts war die Befehlsgewalt über die Flugreiter an Tiger Ty übergegangen, denn der war der erfahrenste von ihnen und ein Anführer, mit dem sie sich wohl fühlten. Tiger Ty, schroff und rau, aber der Herausforderung gewachsen, hatte die Flugreiter ausgesandt, damit sie die Landelfen unterstützten. Die Föderationsarmee war diesmal besser vorbereitet gewesen, aber noch immer nicht gut genug, um Schaden an den Vorräten und am Vieh zu verhindern. Die Elfen hatten dieses Mal mehr als ein Dutzend Männer verloren, aber die Truppen der Föderierten waren erneut zum Halten gezwungen worden und mussten ihren Marsch so lange unterbrechen, bis die Pferde sich erholt hatten, Vorräte und Wasser besorgt und die Verwundeten behandelt worden waren.

Barsimmon Oridio hatte das Tal von Rhenn erreicht und zog ihnen durch das Tal hindurch entgegen. Boten waren ihnen von dem alten Befehlshaber gesandt worden, die ankündigten, dass Hilfe unterwegs sei. Desidio und Triss hatten die Boten mit Grüßen von der Königin wieder zurückgesandt, denn sie wollten nicht gerade jetzt verkünden, dass die Elfenkönigin selbst vermisst wurde. Außerdem waren sie nicht darauf vorbereitet gewesen einzugestehen, dass sie unauffindbar war, vor allem nicht, nachdem sie entdeckt hatten, was mit Erring Rift und Grayl passiert war. Wren nahm erfreut zur Kenntnis, dass man ihr Verschwinden geheim gehalten hatte.

Aber sie hatte bereits beschlossen, dass die Vorhut mehr tun musste, als nur auf den Rest der Armee zu warten. Sie hatte es während des Fluges vom Grasland her überdacht. Körperlich war sie nach dem Kampf mit Tib Arne und Gloon erschöpft gewesen, aber ihr Verstand arbeitete selten scharf und klar. Sie wusste, was zu tun war, und zwar ungeachtet aller anderen Ereignisse. Die Kriecher mussten aufgehalten werden. Sie würden die Föderationsarmee jetzt sicherlich bald einholen, da sie aus dem Tirfing heraus und über den Mermidon hinweg und in das Grasland östlich des Pykon gelangt waren. Sie würden in wenigen Tagen herangekommen sein und sich mit ihren Verbündeten bei der Jagd nach den Elfen zusammenschließen können. Wenn das geschah, war alles vorbei. Die Elfen konnten sich nicht gegen die Kriecher verteidigen, weder von ihrer Anzahl noch von ihren Fähigkeiten oder ihrer Kraft her, und die Schattenwesen würden sie durch die Westlandwälder hindurch bis nach Arborlon verfolgen und ihnen ein schnelles Ende bereiten.

Sie hatte versprochen, dass sie das verhindern würde, und sie hatte an Morrowindl und die Wesen gedacht, die sie dort gejagt hatten, und dann wieder an die Monster, die die Ohmsfords in alten Zeiten während ihres Dienstes für die Druiden verfolgt hatten. Überraschenderweise und gänzlich unerwartet hatte sie die Antwort gefunden, die sie brauchte.

Aber sie würde sich dadurch erneut in Gefahr begeben, und sie würde erneut die Elfensteine einsetzen müssen.

Sie hatte Tiger Ty, Triss und Desidio noch in derselben Nacht von ihrem Plan erzählt, und alle drei waren entsetzt gewesen. Sie hatten sie gebeten, diesen Plan fallen zu lassen und sich etwas anderes auszudenken und eine andere Taktik zu versuchen. Sie hatten sie angefleht, darüber nachzudenken, was es für die Elfen bedeuten würde, wenn sie erneut verschwände – und wiederum aus eigenem Antrieb. Aber sie hatte ihnen mit Vernunft und harten Tatsachen, mit Stärke und Willen ihre Gründe entgegengehalten, und am Ende waren sie gezwungen gewesen, ihre Entscheidung zu akzeptieren, wie widerwillig auch immer. Es war ihnen allerdings gelungen, ihr ein Zugeständnis abzuringen – Tiger Ty und Triss würden sie begleiten, solange es irgend möglich war.

Das war zwei Tage her. Sie war am selben Tag mit Triss, Tiger Ty, fünfzig Angehörigen der Leibwache und einem halben Dutzend Flugreitern nach Süden gezogen. Die Rocks hatten die Leibwache in den großen Körben mit sich getragen und sich geschickt im Schutz der Bäume und Berge gehalten, wo sie von der Ebene aus nicht gesehen werden konnten. Wren war mit Tiger Ty geflogen. Sie hatte aber zuvor Faun in den Kobelwald geschickt, damit er Stresa ausfindig machte und zu ihr brachte. Daraufhin hatte sie dem Stachelkater erklärt, was sie vorhatte, und weil so vieles von ihm abhing, hatte sie auf seine Zusicherung gewartet, dass ihr Plan durchführbar wäre. Als er bestätigt hatte, dass dies der Fall war, hatte sie ihn hochgenommen, ihn auf Seeles Rücken festgegurtet, Faun in ihrem Gepäck verstaut, und dann erst waren sie aufgebrochen.

Desidio und die restliche Vorhut waren nach Norden gesandt worden, um sich mit Barsimmon Oridio zu treffen und auf ihre Rückkehr zu warten.

Das war vor zwei Tagen gewesen. Sie waren die ganze Nacht weitergezogen, um bis zu diesem Punkt zu gelangen, und hatten den ersten dieser beiden Tage ohne Schlaf verbracht. Stattdessen hatten sie die Umgebung erkundet.

Sie schüttelte den Kopf, schaute in die dunklen Bäume, roch Moos und Rinde und Wildblumen und wunderte sich darüber, dass so vieles in so kurzer Zeit geschehen konnte. Sie hörte, wie Stresa sich in der Dunkelheit vor ihr rastlos bewegte, und sah ihn an.

»Hast du das *Wesen* gefunden?«, fragte sie ihn, denn sie wusste nicht, wie sie es sonst hätte nennen sollen.

»Hssstt.« Stresa lachte. »Nicht das *Wesen,* Wren Elessedil. Die *Wesen*! Anscheinend hat es in dreihundert Jahren einige Veränderungen gegeben. Jetzt gibt es mehr als nur das eine.«

Aber vielleicht gab es sie ja immer schon, und nur eines war jemals gesehen worden, dachte sie plötzlich. Sie erhob sich und beobachtete das Herannahen des neuen Tages. Vor ihr, im Osten, warteten die Flugreiter und die Leibwache und jenseits von ihnen, irgendwo im Grasland, die Kriecher. Hinter ihr, im Westen, lag das Wirrnismoor.

Mehr als eines. Nun denn.

»Warte auf mich, Stresa«, befahl sie, erhob sich erneut, denn es drängte sie, endlich zu beginnen. »Das Tal öffnet sich in ein weiteres kleines Tal, das sie genau hierherbringen wird. Es wird sicher nicht mehr lange dauern.«

Stresa wandte sich um und trat wieder in die Schatten zurück. »Ich werde ein wenig schlafen. Ich bin müde von all diesem Hin und Her. Es stinkt im Wirrnismoor, weißt du. Pffftt. Pass auf dich auf, bis du zurückkommst, Königin der Elfen.«

Sie ließ ihn schweigend ziehen, wandte sich dann in östlicher Richtung den Bäumen zu und ging ins Licht der Dämmerung hinein. Der Wald war hier nicht so dicht, und das kleine Tal, das sie erwähnt hatte, war ein breites Becken unterhalb der Höhenzüge, an denen Regengüsse und Wind fast allen Bewuchs getilgt hatten. Sie fand Faun fast sofort, und das kleine Wesen sprang ihr auf die Schulter und blieb dort sitzen, während sie durch die Bäume schritt. Der Plan würde gelingen, sagte sie sich, und um sicherzugehen, ging sie ihn im Geiste noch einmal durch. Der Ablauf war denkbar einfach.

Die Durchführung würde entscheidend sein. Und die Durchführung lag fast vollständig bei ihr.

Sie wanderte in das Tal hinab, folgte dem nördlichen Hang, wo die Schatten im zunehmenden Licht am tiefsten waren, und spähte auf die Ebene hinaus, wo ein leichter Dunst verbarg, was dort lag. Zur Vorbereitung hatten sie am Tag zuvor alles sorgfältig ausgekundschaftet. Die Leibwache kannte das Gelände gut genug, um Vorteil daraus zu ziehen, und die Flugreiter hatten Verstecke in den Bäumen nahe beim Wirrnismoor gefunden. Komplizierte Spiele, dachte sie. Komplizierte Machenschaften. Sie dachte an Morrowindl zurück, wo sie gelernt hatte, mit den Schattenwesen Katz und Maus zu spielen und alles Wissen der Fahrenden anzuwenden, das Garth sie gelehrt hatte. Sie dachte, wie weitsichtig ihre Mutter und ihr Vater gewesen waren, als sie Wren in Garths Obhut gegeben hatten, weil sie ahnten, was im Leben eines Tages auf sie zukommen würde. Es war selbst jetzt noch seltsam, wenn sie dachte, wie vieles für sie aufgegeben worden war, aber es war nicht mehr so schwer, dies anzunehmen. Das Leben vergab Verantwortung, wie es erforderlich war, und niemals zu gleichen Anteilen. Der Trick lag darin, nicht aus Angst klein beizugeben, wenn man erfuhr, dass es so war.

Faun schnatterte ihr leise ins Ohr, und sie griff nach oben und streichelte sein flaumiges Fell. Wir müssen füreinander sorgen, dachte sie bei sich. Wir müssen lehren und lieben, wenn das Leben eine wirkliche Bedeutung haben soll. Aber zuerst müssen wir leider einen Weg finden, trotz dieser Wesen, die uns daran hindern wollen zu überleben.

Sie fand Triss und die Leibwache in ihrem Versteck am Eingang des Tales in einer Ansammlung von Pinien und dichtem Gebüsch. Auf der Ebene war es ruhig und dunstig, und das nahende Licht schien durch den Bodennebel, sodass er wie Schnee leuchtete. Feuchtigkeit lag in der Luft, und sie hatte einen stechenden, kupferartigen Geschmack auf der Zunge.

»Sie sind nicht einmal mehr eine Meile unterhalb unseres Verstecks«, teilte Triss ihr leise und ruhig und mit klarem Blick mit, während er sie ansah. Er hatte dieselbe Art wie einst Garth. »Kundschafter beobachten sie, damit wir nicht überrascht werden. Seid Ihr bereit, Hoheit?«

Sie nickte und verbarg Faun in dem Rucksack, den sie für ihn mitgenommen hatte. Faun würde sie auch nicht verlassen. »Schickt jemanden zu Tiger Ty und lasst uns aufbrechen.«

Ein Bote wurde gesandt, und die Männer der Leibwache, bewaffnet mit Langbogen und Köchern mit Pfeilen, glitten aus ihrem Versteck und bahnten sich ihren Weg durch dichte Gräser und Gebüsch auf die Ebene hinaus. Die Ebene war nass vom Tau, aber der Boden darunter noch so hart wie Fels. Sie gingen langsam und vorsichtig voran, kauerten sich nieder, wenn der Anführer ihnen das Zeichen dazu gab, und achteten aufmerksam auf Monster, die möglicherweise heranschlichen.

Tatsächlich war es so, dass sie Letztere eher hörten als sahen. Die gepanzerten Körper erschütterten den Boden, waren jedoch weitaus leiser in ihren Bewegungen, als Wren gedacht hatte. Die vordersten Kundschafter blieben zurück, um zu berichten, dass die Kriecher vor ihnen und östlich von ihnen waren, nicht mehr als fünfhundert Meter entfernt. Es waren insgesamt acht dieser Ungeheuer, und sie gingen zu zweit nebeneinanderher. Auch Sucher mit schwarzen Gewändern waren bei ihnen, und sie trugen das Wolfskopfemblem, sodass ein Irrtum ausgeschlossen war. Wren war überrascht. Sie hatte zuvor keine Sucher gesehen. Aber ihre Anwesenheit änderte nichts, und so gab sie Triss den Befehl, die Leibwache solle ausschwärmen. Lautlos glitten die Männer in den Nebel davon und breiteten sich fächerförmig aus wie Geister.

Dann konnten sie nur warten. Die Sekunden zogen zäh

dahin. Sie lauschten auf die Geräusche der Kriecher und auf die plötzliche Stille des Landes um sie herum, die ihr Kommen ankündigte. Triss murmelte etwas über den Nebel. Er sah sie an, und sie lächelte. Triss wandte den Blick ab. Selbst jetzt noch, nach allem, was sie zusammen durchgestanden hatten, blieb er auf Distanz. Sie war immerhin die Königin.

Der Himmel wurde allmählich heller, und der Nebel lichtete sich.

Die ersten beiden Kriecher tauchten auf, materialisierten sich wie geisterhafte Erscheinungen riesig und wuchtig und ließen die schwarzgewandeten Gestalten neben sich winzig wirken. Ungefähr zwanzig Sucher zählte Wren schnell.

Sie griff in ihre Tunika und nahm die Elfensteine hervor. Die Steine lagen angenehm in ihrer Handfläche und glitzerten wie kleine blaue Flammen. Nur ich kann sie benutzen, dachte sie. Sie schloss ihre Finger und wartete.

Als das zweite Paar Kriecher vor ihr war, erhob sie sich, streckte die Elfensteine vor, beschwor die Magie und entließ das blaue Feuer. Es schoss durch das Zwielicht und den Nebel und schlug in das erste Schattenmonster ein. Die Kriecher wichen erschrocken zurück, als einer der Ihren rauchend und brennend zu Boden ging. Die anderen wirbelten zu ihr herum, und sofort griff die Leibwache an. Ein Hagel von Pfeilen ging auf die Kriecher und die Schattenwesen nieder, und die Elfen stießen schrille Schreie aus. Einige Momente der Verwirrung entstanden, während derer die Kriecher und ihre Wärter unsicher schwankten, und dann gingen sie schwerfällig zum Gegenangriff über und stürmten auf der Suche nach ihren Gegnern über das Grasland.

Aber die Leibwache wich bereits zum Waldrand hin zurück, feuerte Pfeile ab, schrie Flüche und rannte um ihr Leben. Die Kriecher waren groß, aber sehr flink, und der Abstand verringerte sich. Wren bremste sie mit dem blauen Feuer aus den

Steinen, zog sich dabei jedoch mit Triss ebenfalls zurück. Der Kriecher, der zu Boden gegangen war, stand bereits wieder aufrecht, und alle acht kamen auf sie zu. Das war es, worauf sie gehofft hatte, was sie erwartet hatte, nur jetzt, wo es tatsächlich geschah, war es beängstigend. Als sie durch den Nebel taumelten, sah sie wieder den Wisteron auf Morrowindl vor sich, diesmal aber in achtfacher Ausführung, und sie musste gegen die Angst ankämpfen, die die Erinnerung hervorrief. Sie konnte das Kratzen der Klauen und das Zusammenschlagen der Kiefer und Scheren hören. Im Westen sah sie die Bäume in Sicht kommen, steckte die Elfensteine in ihre Tasche und rannte davon.

Sie erreichten das Tal vor den Kriechern und machten sich nicht die Mühe, ihren Schritt zu verlangsamen, um nachzusehen, ob sie verfolgt wurden, denn die Geräusche hinter ihnen waren unmissverständlich. Auf halbem Wege durch das Tal hindurch wandte Wren sich um, nahm die Elfensteine erneut hervor und sandte eine Wand blauer Flammen zum Eingang zurück. Sie hörte die Kriecher wütend aufschreien, ein Geräusch, das an das Kreischen rostigen Metalls erinnerte, schrill und unmenschlich. Die Kriecher drängten sich mit rauchendem Fleisch und dampfenden Rüstungen durch die Wand. Sie griff sie erneut an, wurde durch die Wucht auf die Zehenspitzen gehoben und so von der Magie aufrecht gehalten, dass sie dachte, sie könne in der Luft schweben. Erfüllt von ihren Kräften, begann sie herausfordernd zu schreien.

»Genug!«, rief Triss und riss sie zurück. »Lauft, jetzt!«

Verärgerung über seine Einmischung flammte in ihren Augen auf. Sie schloss ihre Finger über den Elfensteinen, fuhr mit einem Schnauben herum und riss sich los. Aber sie tat, wozu er sie aufforderte, lief mit ihm in das jenseitige Tal hinein, unter die Bäume und die kühlen Schatten. Sie atmete, als könne sie niemals wieder genug Luft in ihre Lunge bekommen, spürte die Magie drängend und fordernd durch ihren Körper rauschen, spürte ihre Bitte, befreit und gebraucht zu werden. *So viel Macht!* Sie ballte die Hände zu Fäusten und lief weiter.

Sie eilten durch das Tal und in den jenseitigen Wald, und die Elfenjäger bahnten Wren und Triss und einer Handvoll Männer der Nachhut den Weg. Die Kriecher schlossen auf und rissen alles in ihrem Weg in Stücke, angefangen von Büschen bis hin zu kräftigen Bäumen. Der Lärm ihrer Zerstörung war furchterregend. Es gelingt, dachte Wren. Es lief wie geplant. Aber die Kriecher waren zu schnell!

Auf einer Lichtung vor ihnen warteten die Flugreiter mit ihren Tragekörben. Die Leibwache kletterte hinein, alle außer Triss, der darauf bestanden hatte, bei Wren zu bleiben. Die Rocks erhoben sich himmelwärts und verschwanden gen Westen. Wren überquerte die Lichtung zu den Bäumen und nahm erneut die Elfensteine hervor. Als die Kriecher erschienen und sich mit den Schultern wütend ihren Weg durch das Unterholz bahnten, sandte sie das Feuer erneut in das Gewirr gezackten Metalls und stachelbewehrter Glieder, verbrannte dabei auch die andere Seite der Lichtung und verwischte alle Spuren der Flucht ihrer Leibwache. Unterdessen kamen die Monster immer näher.

Dann trat sie wieder zurück und rannte mit Triss in die Dunkelheit. Stresa erschien plötzlich vor ihnen auf dem Weg und übernahm die Führung. Er sagte nichts, schaute nicht einmal zu ihnen zurück, während seine wuchtige Gestalt sich weitaus schneller bewegte, als es möglich schien, und sie auf die Düsterkeit zuführte, die den östlichen Rand des weiten Sumpfes begrenzte, den man das Wirrnismoor nannte.

Wren schaute einmal zurück, um sicherzugehen, dass die Kriecher ihnen noch folgten, und lief dann weiter. Sehr bald befanden sie sich im Moor. *Kommt mir nach, kommt mir nach,* wiederholte sie im Geiste wieder und wieder und hoffte inständig, dass es so geschehen möge. Ihr Plan zur Vernichtung der Kriecher war einfach. Es ging darum, sie auf der Ebene mit so vielen Männern anzugreifen, dass sie glaubten, sie seien eine Vorhut der Elfenarmee oder ein erheblicher Teil davon. Damit sollten sie in den Wald jenseits des Wirrnismoors gelockt und einen Pfad hinabgeführt werden, den Stresa ausgewählt hatte und den auch Wren nicht kannte. Er würde sie in eine Falle führen, der sie nicht würden entkommen können – in eine Falle, in der ihre Kraft und Verschlagenheit nutzlos wären.

Wie bei so vielen Dingen waren die Antworten auf die Gegenwart in der Vergangenheit verwurzelt, und in diesem Fall in den Liedern von Par Ohmsford und den Legenden der Shannaravorfahren.

Mit Stresa als Führer und Triss als Begleiter lockte sie die Schattenwesen tiefer in den Sumpf und verhinderte geschickt, dass sie jemals erkannten, dass sie keine Armee mehr jagten, sondern nur ein Mädchen, einen Mann und ein Geschöpf aus einer anderen Welt. Sie ließ das Feuer der Elfensteine in ihre Körper hineinschießen und in die Erde, über die sie hinwegwankten, in die Bäume mit ihren Ranken und dem Moosbewuchs und in das übelriechende grüne Wasser um sie herum. Sie benutzte das Feuer, um sie zu verwirren und zu verärgern, damit sie nicht zu Sinnen kamen und die Jagd abbrachen. Einst hatte sie Angst gehabt, die Elfensteine zu gebrauchen. Aber das schien vor langer Zeit gewesen zu sein, so fern wie das Leben, das sie vor ihrer Reise nach Morrowindl und der Entdeckung ihres Vermächtnisses geführt hatte. Sie war von ihren Ängsten befreit worden, als sie ihr Geburtsrecht auf den Thron der Elfen angenommen und ihr Volk von Morrowindl in die Vier Länder gebracht hatte. Die Magie war jetzt eine Erweiterung ihrer selbst, ein Teil des Erbes, das ihr von ihrer Großmutter hinterlassen worden war, Feuer, das vom Blut ihrer Vorfahren stammte und sie vor allem schützte, was auch immer sie bedrohen würde. Wenn sie nur stark war, so glaubte sie, konnte ihr kein Schaden zugefügt werden.

Der Tag klarte auf und ging auf Mittag zu. Sie aßen und tranken, wann immer sie auf ihrer Flucht haltmachen konnten. Es waren kurze Aufenthalte, um darauf zu horchen, ob ihre Verfolger ihnen auch wirklich noch folgten. Das Wirrnismoor verdichtete sich zu einem Morast aus verflochtenen Wurzeln und Bäumen, deren Zweige tief herabhingen, stillem, unergründlichem Wasser und Treibsand, der einen Menschen im Handumdrehen verschlingen konnte. Stresa wählte seinen Weg voller Sorgfalt, suchte den festen Boden und ging unentwegt voran. Zweimal holten die Kriecher sie unerwartet ein, einmal bei einer Schleife, durch die sie fast in eine Falle geraten wären, das zweite Mal bei einem Angriff, bei dem die eisenverkleideten Ungeheuer so schnell durch den Wald heranpreschten, dass die Gruppe beinahe niedergetrampelt worden wäre. Der Sumpf schien keine abschreckende Wirkung auf sie zu haben. Die Kriecher durchquerten ihn, als bestünde er aus festem Untergrund. Wren konnte nicht sagen, ob eins der Monster sich verirrt hatte oder umgekehrt war. Sie hoffte, dass es nicht der Fall war, dass sie noch alle hinter sich hatte und dass sie ihnen folgten. Sie waren zu diesem und keinem anderen Zweck geschaffen worden, und sie betete, dass ihr Instinkt sie auch dann noch weiter vorantrieb, wenn vernünftigere Wesen kehrtmachten.

Es war kurz nach Mittag, als sie den See erreichten.

Sie verlangsamten den Schritt, als sie in die Nähe kamen, und bewegten sich möglichst leise. Hinter ihnen hallte der rücksichtslose Lärm ihrer Verfolger durch den höhlenartigen Wald. Sie kamen rasch näher. Der grüne See mit dem stehenden Wasser war riesig und so still wie ein Grab. Er dehnte sich in eine Nebelwolke hinein, die über ihm hing wie ein

Leichentuch. Das Ufer verschwand zu beiden Seiten im Nebel, und die gegenüberliegende Seite war vollständig verborgen. Kletterpflanzen und Moos hingen wie Schleier von den umstehenden Bäumen herab, und verschlungenes Wurzelwerk wand sich schlangengleich ins Wasser hinab. Überall herrschte Stille. Keine Vögel, keine Insekten, keine Fische, nicht einmal das Wispern einer Brise störte die Ruhe. Hier stand die Zeit still, und das Leben schien innezuhalten. Alles verharrte in stummer Erwartung.

Hier, dachte Wren und hielt unwillkürlich den Atem an. Hier findet es ein Ende.

Aber es war keine Zeit für weitere Gedanken. Die Kriecher kamen heran, walzten durch den Sumpf, zerschlugen und zerhackten und zerstörten, was nicht weichen wollte. Stresa wandte sich bereits nach rechts, wo das Ufer über eine schmale Landzunge in die Mitte des riesigen Sees hinausführte. Wren und Triss eilten ihm nach. Sie betraten die Landzunge aus Erde und Wurzeln und gingen auf die Nebelwand zu. Wren schaute einmal zum Himmel. Sie erlaubte sich dies zum ersten Mal, seit sie aufgebrochen waren. Aber der Himmel war leer. Es war noch nicht so weit. Sie eilten weiter, traten leicht und leise auf und lauschten auf die Geräusche der Kriecher. Wren schaute auf den See hinaus und suchte nach den *Wesen,* aber außer der glatten undurchdringlichen Oberfläche war nichts zu sehen.

Sie hatten die Nebelwand fast erreicht, als die Kriecher aus dem Wald auftauchten und ruckartig stehen blieben. An ihren eisenbewehrten Körpern hingen Ranken, und sie dampften vor Hitze. Sie walzten alles in ihrer Nähe nieder, während sie sich am Ufer des Sees zusammendrängten. Die Sucher waren bei ihnen. Als sie Wren erblickten, folgten sie ihr sofort.

»Dort«, zischte Stresa plötzlich und wandte den Kopf ruckartig nach links.

Sie sah hinüber und entdeckte den Rückenkamm, der aus

dem Wasser herausragte und wie verkrusteter Fels mit dichtem Moos- und Flechtenbewuchs aussah, solange man nicht die beiden Dampfstrahlen sah, die an einem Ende aufstiegen, und erkannte, dass es Atemlöcher waren. Zwei von ihnen waren hier, und drüben, fast im Nebel verborgen, ein drittes. Die *Wesen* waren noch immer hier, genau wie zu Zeiten Wil Ohmsfords, Monster aus den Tiefen des Wirrnismoors.

Stresa ging weiter voran, und Wren eilte hinterher und bemühte sich, nicht zu laufen, sondern versuchte stattdessen, sich so leise zu bewegen wie eine Wolke am Himmel. Stör sie nicht auf, sagte sie sich. Lass sie noch ein wenig schlafen. Der Nebel hüllte sie ein, aber er war nicht dicht genug, um sie vor den Verfolgern zu verbergen. Die Kriecher befanden sich jetzt ebenfalls auf der Landzunge, stellte sie fest, als sie schnell zurückschaute.

Aber nur zwei von ihnen!

Sie blieb abrupt stehen und zischte Stresa und Triss zu, sie sollten warten. Zwei waren nicht genug! Sie brauchte sie alle! Sie wirbelte herum, nahm die Elfensteine hervor und hielt sie vor sich hin. *»Nein!«*, hörte sie Stresa heiser aufschreien. Aber sie ließ das Feuer dennoch aufflammen, schickte es über das stille Sumpfwasser in die Kriecher, die am Ufer kauerten. Sie schleuderte Flammen in sie hinein wie Pfeile, die alles verbrannten und versengten. Die Kriecher wichen zurück und krallten sich in die Erde. Sie spürte, wie sich im See etwas rührte. Noch nicht! Die Kriecher am Ufer taumelten umher, und ihre schwarzgewandeten Wärter versuchten, sie zu beruhigen. Einer der Sucher verschwand schreiend unter einem Gewirr von Eisenklauen.

Leichte Wellen breiteten sich langsam auf dem schillernden grünen Wasser aus. Wren holte tief Luft. Ruhig, ruhig!

Dann schlug sie erneut zu, das Elfenfeuer traf die Kriecher, und dieses Mal kamen sie alle und donnerten in einem wütenden Angriff auf die stegartige Landzunge.

Jetzt gab es überall in dem See Bewegung. Wren bemerkte aus den Augenwinkeln eine langsame Verlagerung der Felsen, eine Versammlung dunkler Umrisse, während sie hinter Triss und Stresa hereilte. Sie sah sie plötzlich auf beiden Seiten und dann auch vor sich und hinter sich, und sie erkannte die Gefahr, in der sie schwebte. Wenn die *Wesen* jetzt angriffen, würde keiner von ihnen davonkommen. Es waren Monster des Sumpfes, älter als die Brut von Schattenwesen und so unerbittlich wie die Zeit. Ihnen hatte sie die Kriecher zugeführt. Die *Wesen* waren schon hier gewesen, als Wil Ohmsford und Amberle Elessedil das Wirrnismoor auf der Suche nach dem Blutfeuer vor mehr als dreihundert Jahren durchquert hatten. Sie hatten zwei der Elfenjäger verschlungen, die gesandt worden waren, um den Talbewohner und die Frau zu schützen. Sie hoffte jetzt, dass sie auch die Kriecher verschlingen würden.

Vor ihnen lag eine Insel, wenig mehr als ein flacher Streifen felsverkrusteter Erde, die mit Gestrüpp und einer kleinen Gruppe von Zypressen bewachsen war. Die Landzunge führte auf diese Insel und wand sich dann jenseits wieder weiter. Bar allen Lebens lag sie einsam im Nebel.

»Beeile dich!«, hörte sie Stresa zischen.

Sie schaute zurück und sah die Kriecher, alle acht, wie sie über das von Wurzeln durchsetzte Stück Land stampften, das sich hinter ihr erstreckte. Die Sucher liefen hinterher. Einige schrien, und die meisten strengten sich an, nicht zerquetscht zu werden. Die Kriecher waren außer Rand und Band, weil sie ihre Beute so dicht vor sich sahen und in wenigen Augenblicken erwischen konnten. Sie kamen sehr schnell heran, ohne auf die Gefahren um sie herum zu achten. Sie vertrauten allein auf ihre Kraft und ihre Panzer. Die Elfenmagie mochte vielleicht brennen, aber sie konnte nicht zerstören. Jäger dachten nur an die Jagd, niemals daran, sich zu verbergen, niemals daran aufzugeben. Einer glitt aus und fiel, zappelte einen

Moment lang in dem stehenden Wasser des Sees herum, bevor er sich wieder herauskämpfen konnte.

Kommt, kommt, zischte sie ihnen lautlos zu. *Kommt und seht, was ich für euch geplant habe.*

Dann war sie auf der Insel und wandte sich erneut um, während sich das Feuer der Elfensteine in ihrer Hand bereits aufbaute. Ihr wurde kalt, als sie erkannte, dass sie vielleicht schon zu lange gewartet hatte und dass der erste Kriecher kaum noch fünfzig Meter entfernt war. Sie beschwor die Magie und ließ das Feuer nicht in die Kriecher, sondern in den See um sie herum schießen, in die Rückenkämme mit ihren Atemlöchern, in die *Wesen.*

Der See explodierte in Geysiren, die Hunderte von Fuß in die Luft schossen, als sich die dunklen Umrisse himmelwärts hoben wie aus dem Wasser springende Wale. Auf der Landzunge wurden die Kriecher langsamer. Sie waren verwirrt, was da vor sich ging, und ihre Eisenkiefer knackten, und ihre Klauen scharrten in der Erde. Der See brodelte und schäumte um sie herum, und dann griffen die *Wesen* an. Sie fuhren aus dem stehenden Grün heraus, aus dem unermesslich tiefen, schattenhaften Dunkel, und rissen die Kriecher von der Landzunge. Die Monster schlugen wild um sich, konnten aber im Wasser keinen Vorteil erringen und wurden unter die Oberfläche gezogen. Die Sucher nahmen schreiend den gleichen Weg. Es geschah so schnell, dass es vorbei war, fast bevor es begonnen hatte. Es dauerte nur Sekunden: ein gewaltiges Tosen im See, etwas stieg aus der Dunkelheit empor, Eisen und Fleisch schlugen um sich. Und dann waren die Kriecher verschwunden.

Bis auf denjenigen, der die Insel schon fast erreicht hatte. Dieser kam heran, stampfte über die Überreste der schmalen Landzunge und erschütterte die Erde mit der Wut seines Angriffs. Wren verlagerte das Feuer, um ihn zu treffen, aber er durchbrach die Flammen, als wären sie nur goldene und scharlachrote Blätter. Kurz darauf befand er sich bereits auf der Insel. Er war so riesig, dass man hinter ihm nichts mehr vom ganzen Sumpf sehen konnte, wo sich die letzten Wellen glätteten und die Oberfläche wieder still und glatt wurde. Triss schrie und sprang mit gezogenem Schwert zu Wrens Verteidigung heran. Stresa schrie wild auf, und sogar Faun war aufgetaucht, hatte sich aus dem Rucksack befreit und kreischte vor Angst.

Dann schoss, schneller als ein Gedanke, ein dunkler Umriss aus dem Nebel herab, und Seeles Klauen zerrten am Kopf des Kriechers, rissen ihn zurück und stießen ihn beiseite. Der Kriecher sprang auf die Füße und wirbelte zornig herum. Seele strich an ihm vorbei, flog eine Kurve, schwang herum und griff ihn ein zweites Mal an und schlug ihn noch weiter zurück. Triss ergriff Wren an der Taille, warf sie sich über die Schulter und rannte über die Insel und zurück auf die Landzunge. *Nein!*, wollte sie ihn warnen. *Die* Wesen *sind dort draußen!* Aber der Atem war aus ihrer Lunge herausgepresst worden, und sie konnte Triss nur erfolglos mit den Fäusten bearbeiten. Faun schnatterte vor ihnen mit Stresa.

In den tiefen Schatten des Sees entstand neuerliche Bewegung.

Aber Tiger Ty hatte die Aufgabe nicht vergessen, die Wren ihm zugeteilt hatte, und Seele strich ein drittes Mal über den See, ignorierte den Kriecher und kam auf die Landzunge zu. Da Seele ihnen gefolgt war, seit sie den Sumpf betreten hatten, war er jetzt bereit, sie in Sicherheit zu bringen. Seine Klauen streckten sich nach einem sicheren Halt auf dem Steg aus, und der große Rock hielt sich dort lange genug, dass Triss Wren wie einen Sack Federn Tiger Ty zuschieben und ihr hinauffolgen konnte, dass Faun hinterhereilen und sogar Stresa hinaufgehoben werden konnten. Dann erhob sich Seele erneut und entkam gerade eben den riesigen Kiefern, die sich aus dem Sumpf über die Landzunge reckten und erfolglos zuschnappten.

Langsam ging es in die Höhe, und Wren richtete sich auf, zog ihre Haltegurte fest und schaute nach unten. Der letzte Kriecher kauerte auf der Insel. Auf allen Seiten wurde er von den Schrecken des Sees gefangen gehalten. Er konnte nicht entkommen und würde dort in dem Sumpf sterben wie die anderen. Wren starrte ihn unverwandt an und empfand kein Mitleid.

Seele durchbrach den Nebel und stieß ins Sonnenlicht über den Wolken empor. Wren musste in der plötzlichen Helligkeit blinzeln. Der Sumpf und mit ihm alles, was in Nebel und Dunkelheit verborgen war, verschwand unter ihnen.

Wie Morrowindl, in die Vergangenheit verbannt … Wren wandte ihr Gesicht der Sonne zu und schaute nicht mehr zurück.

32

Die Schatten des Zwielichts reckten ihre Finger in die Nacht, und der Himmel über der Südwacht hing voller Wolken, die Sterne und Mond verdeckten und Kühle und Feuchtigkeit vor der Dämmerung versprachen. Die Hitze des Tages nahm schnell ab, und Staub und Sand ließen sich als winzige Teilchen, die wie Elfen tanzten, wieder auf der Erde nieder. Es war unwahrscheinlich, dass auch nur die kleinste Brise aus dem Runnegebirge herabwehen würde. Stille senkte sich über das Land, weich wie Samt und so zerbrechlich wie Glas. An den Boden klammerte sich Nebel in langen Ranken, die sich durch Senken und über Grate wanden und das verseuchte Grasland um den Turm der Schattenwesen in ein weites weißes Meer verwandelten.

Schäumend und wirbelnd begann das Nebelmeer aufzuwallen.

Es war eine Zeit für Geister, die auf dem Wind segelten wie Schiffe auf dem Meer, für Wesen, die einhergehen konnten, ohne bei ihrem Vorüberziehen Fußabdrücke zu hinterlassen. Es war eine Zeit, in der die Hoffnungen und Erwartungen und Ängste und Zweifel des Tages Gestalt annehmen und hervorkommen und nach einer Stimme suchen konnten, die mit ihnen sprach und sie Erlösung in erneuertem Glauben finden ließ. Es war eine Zeit, in der der Verstand den Weg räumen musste für das, was allein die Vorstellungskraft erfassen konnte. Es war eine Zeit für Träume.

Walker Boh beschwor seine herauf und beobachtete, wie sie

sich einem herabstoßenden Falken gleich schnell und sicher näherten, und als der ihn erreichte, streckte er sich ihm entgegen und stieg leicht wie Luft aus seinem Körper, klammerte sich fest und wurde emporgehoben. Lautlos, unsichtbar, eins mit den Geistern der Nacht, schwebte er aus den Wäldern an den Hängen des Runnegebirges herab, eilte mit der grausamen Gewissheit des herannahenden Todes durch die dunklen Stämme und belaubten Zweige und durch die Stille und die Dunkelheit. Er hielt sich so starr wie Eis im Winter, während er über das verdorrte, kahle Flachland hinausschwebte, durch den Nebel auf den wartenden schwarzen Obelisken zu. Er bewegte sich auf die Art der Druiden fort, auf die Art, die Allanon ihn gelehrt hatte, als ein entkörperlichter Geist. Seine Erinnerungen zerrten an ihm, Allanons und die des Mannes, der er früher gewesen war. Beide kamen ihm sofort in den Sinn, und er sah sich wieder als einen Verbannten, der nicht hatte glauben wollen und gegen die Umwandlung angekämpft hatte, die die Druidenmagie unweigerlich bewirkt hatte. Und Walker Boh sah sich auch wieder als Druidenschatten, der die Ereignisse in Bewegung gesetzt hatte, die in dieser Umwandlung gipfeln würden, indem er Brin Ohmsford das Vermächtnis hinterließ, das schließlich in ihm seine Erfüllung finden würde. Es war seltsam, mehr als eine Person zu sein, und doch war es auch richtig. Er war niemals in Frieden mit sich selbst gewesen, und seine Unzufriedenheit lag zum großen Teil in einem Gefühl der Unvollkommenheit begründet. Jetzt war er ganz, ein Mann, der aus vielen anderen entstanden war. Er lernte weiter zu sein, was er geworden war, sich mit dem, was er war, wohl zu fühlen, aber er begann allmählich, sich eins zu fühlen, und er glaubte zumindest, es zu sein.

Der Boden unter ihm war schwarz und verbrannt, und so kahl, leer und zerstört, als entbehrte er jeglichen Lebens. Die Schattenwesen hatten das angerichtet, aber er wusste noch nicht, um welche Art Gift es sich handelte. Heute Nacht, dachte er, würde er es vielleicht erfahren.

Die Südwacht ragte vor ihm auf. Ihr schwarzer Turm erhob sich hoch über ihm, und die messerscharfe Spitze strebte dem Himmel entgegen. Er konnte das Leben darin spüren. Er konnte den Puls spüren. Die Südwacht lebte. Es war Magie in ihren Mauern, Magie, die sie gestaltet hatte und die sie jetzt unterhielt und beschützte. Die Magie war mächtig, aber auch zögerlich. Er konnte das spüren. Er konnte ihre verzweifelten Bemühungen spüren, befreit zu werden. Tief in dem schwarzen Stein kauerte sie wie ein gefangenes Tier. Schattenwesen gingen innerhalb und außerhalb der Mauern umher, kaum sichtbar im Dunkeln, und hielten Wache. Die Magie floh vor ihnen.

Wie ein Teil des Nebels, wie ein Teil der Nacht, so leise wie schwebende Asche, so näherte er sich den Mauern. Offensichtlich spürten die Schattenwesen ihn nicht. Er kam zum Tor des Turms und entfernte sich rasch wieder davon. Es war zu gut bewacht, als dass er sich hindurchwagen konnte. Sogar als Geist war das unmöglich. Er wartete, bis eines der dunklen Wesen durch einen Riss in der Steinhülle hineinglitt, und folgte ihm. Er spürte, wie das Gewicht des Turms sich dabei um ihn zusammendrängte wie ein lebendiges Wesen. Er schlang seine Arme um sich gegen das Böse, das durch die Luft wirbelte, und spürte es als eine Mischung aus furchtbarem Zorn und Hass und Verzweiflung. Wo, fragte er sich überrascht, kam das her?

Er zögerte bei der Wahl seiner Richtung und folgte der Magie dann schnell entschlossen zu ihrem Ursprung. *Nur einen Moment lang, nur einen Blick darauf werfen.* Die Magie drang von unten herauf, von tief aus der Erde unter dem Turm. Sie bestand nur aus Dunkelheit und blinder Wut. Er schwebte durch die Gänge der Festung und achtete darauf, die Mauern nicht zu berühren, nichts von Substanz zu berühren, denn auch in Geistergestalt konnte er vielleicht erspürt werden. Die Wachen waren hier mächtig, mächtiger als jene von Uhl Belk in Eldwist, mächtiger sogar als jene der Druiden in der Halle der Könige. Diese Magie war unglaublich mächtig, eine großartige, zerstörerische Kraft, die alles vernichten konnte.

Alles, korrigierte er sich, außer den Fesseln, die sie sicherten und sie den Schattenwesen unterworfen hatten.

Er stieg eine Treppe abwärts, wand sich durch die Schwärze und hörte das erste Mal ein Knirschen und Schnaufen, als würde etwas arbeiten. Es klang wie ein angeketteter Drache. Es hatte den Geschmack und Geruch von Schweiß. Es hob und senkte sich wie ein Blasebalg in einer Schmiede – und doch war es nicht so einfach. Hieraus bezog die Magie ihr Leben, wie er spürte. Hier wurde sie geboren.

Dann erreichte er Wächter, an denen selbst ein Geist nicht unentdeckt vorbeigelangen konnte, und er musste sich verbergen. Er befand sich nah an dem, was in den Kellern der Südwacht gefangen war, nah am Ursprung der Magie, an dem Geheimnis, das die Schattenwesen so sorgfältig verborgen hielten. Aber er konnte nicht näher heran, und so würde das Geheimnis nicht gelüftet werden.

Er stieg die Treppe wieder hinauf, eilte wie ein kurzes Aufflackern eines Gedankens durch die Düsterkeit. Er kam auf seinem Weg noch an weiteren Schattenwesen vorüber, und eines oder zwei verlangsamten ihre Schritte, bevor sie weitergingen, aber keiner entdeckte ihn. Er begab sich jetzt auf die Suche nach Par, denn er wusste, dass der Talbewohner ein Gefangener war, und wollte herausfinden, wo er festgehalten wurde und ob er noch immer er selbst war. Denn es bestand Grund zu der Annahme, dass es vielleicht nicht mehr der Fall sein könnte. Es bestand Grund zu der Annahme, dass er verwandelt worden und für sie verloren war.

Walker Bohs Herz war hart wie Stein, während er über diese Möglichkeit nachdachte. Es gab deutliche Anzeichen dafür. Begonnen hatte es mit der Veränderung von Pars Magie, mit der Entwicklung des Wünschlieds, das plötzlich zu mehr fähig war als damals auf der Reise zum Hadeshorn und zu Allanon. Er hatte die Zuversicht in die Anwendung des Wünschlieds verloren, und schließlich hatte ihn das Gefühl beschlichen, dass die Magie sich irgendwie von ihm entfernte. Es würde hier enden, im Turm der Schattenwesen, wenn sich Par ihrer Sache anschloss und hinnahm, einer von ihnen zu sein.

Denn er war einer von ihnen, dachte Walker Boh düster.

Und doch auch wieder nicht.

Komplizierte Spiele. Er kannte einige ihrer Regeln, aber noch nicht alle.

Auf der Suche nach dem Talbewohner erklomm er die Treppen des Turms, durchforschte rasch und lautlos die dunklen Gänge und die noch dunkleren Räume. Er erinnerte sich daran, wie Par ihn davon überzeugt hatte, zum Hadeshorn zu kommen und mit dem Schatten Allanons zu sprechen. Er erinnerte sich daran, wie stark Par geglaubt hatte. *Die Magie ist ein Geschenk. Die Träume sind wahr.* Nun, ja und nein. So war es. Und so war es nicht. Wie bei vielen Dingen lag die Wahrheit irgendwo in der Mitte.

Alte Erinnerungen zogen neuere nach sich, und er sah sich selbst als Allanon, der Cogline die Gänge Paranors hinabführte, als die Druidenfestung noch in den Nebeln zwischen den Welten verborgen und von der Magie in die anderen Gefilde verbannt war. Er spürte die Mischung aus Angst und Entschlossenheit bei Cogline und fand in jenen Empfindungen erneut den Konflikt in sich selbst gespiegelt. Cogline hatte diesen Konflikt verstanden. Er hatte versucht, Walker zu helfen, als er lernen musste, diese Last im Gleichgewicht zu halten. Mensch und Druide – die Teile, die ihn geprägt hatten, würden für immer miteinander ringen, denn die Forderungen und Bedürfnisse beider lagen in ständigem Krieg. Es würde sich niemals ändern. Das beinhaltete die Vereinbarung, die er mit sich selbst abgeschlossen hatte, als er zustimmte, das Vermächtnis anzunehmen. Der Letzte der alten Druiden und der Erste der neuen – welcher war er? Beide, dachte er. Und er dachte auch, dass dies vielleicht der Weg war, den auch Allanon und Brimen und Galaphile und all die anderen gegangen waren.

Er stieg hinauf in den dunklen Turm, und plötzlich erklang das kaum wahrnehmbare Flüstern einer vertrauten Präsenz. Es kam von einer Stelle unten in dem Gang, der ihm gegenüberlag, nachdem er die Treppe hinter sich gelassen hatte, und fühlte sich an wie eine unterschwellige Drohung. Er ging vorsichtig darauf zu, weil auch noch eine zweite Präsenz spürbar war, ebenfalls eine vertraute. Er roch Rimmer Dall, wie er einen Sumpf gerochen hätte: weit und unergründlich. Der Anführer der Schattenwesen erfüllte die Luft mit seiner dunklen Magie, und ihr Duft war giftiger Wohlgeruch. Unmittelbar unter ihrem Schleier und jetzt kaum erkennbar kauerte unterdrückt und zornig Pars eigene Magie.

Walker ging zu der Tür, hinter der sie sich gegenüberstanden, hielt draußen inne, wo er nicht erspürt werden konnte, und beugte sich nah heran, um zu lauschen.

»Es wäre hilfreich«, sagte Rimmer Dall leise, »wenn du nicht solche Angst vor dem Wort hättest.«

Schattenwesen.

»Was du bist, ändert sich nicht dadurch, wie man dich nennt. Oder dadurch, wie du dich selbst nennst. Deine Angst, die Wahrheit über dich selbst zu akzeptieren, bedroht dich.«

Schattenwesen.

Par Ohmsford hörte das Flüstern in seinem Geist als unendliche

Wiederholung, die ihn jetzt nicht mehr im Wachen, sondern auch im Schlaf jagte. Und Rimmer Dall hatte recht – er konnte seiner Angst davor und der wachsenden Gewissheit, dass er genau solch ein Wesen war, nicht entkommen. Er hatte dagegen von Anfang an gekämpft, denn das war der Feind, den zu vernichten der Schatten Allanons die Kinder von Shannara ausgesandt hatte.

Er erhob sich vom Rand seines Bettes, trat ans Fenster und schaute in die Nacht hinaus. Der Himmel war bewölkt, und das Land lag neblig und still da wie ein zerrissener, schattenhafter Spielplatz für die Phantome seines Geistes. Er löste sich auf, und er wusste es. Er konnte es spüren. Seine Gedanken waren wirr und zusammenhanglos, sein Denken stockte ständig vor Hindernissen, und seine Aufmerksamkeit war bis zur Nutzlosigkeit zerrüttet. Es wurde jeden Tag schlimmer, und die äußere Dunkelheit füllte ihn aus wie eine Schale, die bald überzulaufen drohte. Er schien dem nicht entkommen zu können. Seine Nächte waren von Träumen geplagt, wie er sich selbst als Schattenwesen begegnete, und seine Tage waren leer und müde und aller Hoffnung beraubt. Die Verzweiflung richtete ihn zugrunde, und er glitt stetig in den Wahnsinn ab.

Immer wieder kam Rimmer Dall zu ihm, um mit ihm zu sprechen, um seine Hilfe anzubieten. Er wisse, wie schlimm es sei, versicherte er dem Talbewohner. Er kannte die Forderungen der Magie. Hin und wieder hatte er Par gewarnt, dass er sich dem stellen müsse, wer und was er sei, und die Schritte unternehmen müsse, die notwendig waren, um sich selbst zu schützen. Wenn es ihm nicht gelänge, dies zu tun – und nicht gelänge, es sofort zu tun –, wäre er verloren.

Die Gestalt in dem schwarzen Umhang trat neben ihn, und einen Moment lang hatte Par das Bedürfnis, Trost in der schattenhaften Kraft des anderen zu suchen. Der Drang war so groß, dass er sich auf die Unterlippe beißen musste, um es nicht zu tun.

»Hör mir zu, Par«, drängte die flüsternde Stimme leise und beschwörend. »Jene Wesen in der Grube in Tyrsis waren einst wie du. Sie verfügten über Magie – nicht wie deine, denn ihre Magie war von schwächerer Art, aber doch ähnlich wie deine, weil sie ebenfalls real war. Sie verleugneten, wer und was sie waren. Wir versuchten, sie zu überzeugen, oder zumindest alle, die wir finden konnten. Wir drängten sie zu akzeptieren, dass sie Schattenwesen waren, und die Hilfe anzunehmen, die wir ihnen anboten. Sie haben es abgelehnt.«

Er legte Par die Hand leicht auf die Schulter, und Par schreckte zusammen. Die Hand bewegte sich nicht. »Die Föderation hat sie alle gefunden, hat sie mit nach Tyrsis genommen, in die Grube gebracht und sie eingesperrt wie Tiere. Das hat sie vernichtet. In der Dunkelheit gefangen, aller Hoffnung und Vernunft beraubt, wurden sie schnell zu Opfern. Die Magie vereinnahmte sie und machte sie zu den Monstern, die du vorgefunden hast. Jetzt ist ihr Dasein fürchterlich. Wir, die wir Schattenwesen sind, können zwischen ihnen einhergehen, denn wir können sie verstehen. Aber sie können niemals befreit werden, und die Föderation wird sie dort lassen, bis sie sterben.«

Nein, dachte Par. Nein, ich glaube dir nicht. Ich glaube dir nicht.

Aber er war sich nicht sicher, genauso, wie er sich im Moment mit vielem nicht sicher war. Zu vieles war geschehen, als dass er hätte sicher sein können. Er wusste, dass er von Magie vereinnahmt wurde, aber er wusste nicht, wessen Magie es war. Er hatte beschlossen, dass er Rimmer Dall hinhalten müsste, bis er es herausfand, aber er hatte bisher keinerlei Fortschritte gemacht. Er war gefangen wie die Wesen in der Grube, und obwohl Rimmer Dall ihm wiederholt Hilfe angeboten hatte, konnte er nicht glauben, dass die Hilfe des Ersten Suchers das sein sollte, was er brauchte.

Dämonen wirbelten vor seinen Augen umher, scharfsichtige Monster, die spotteten und lachend davontanzten. Sie folgten ihm überallhin. Sie lebten mit ihm wie Parasiten. Die Magie nährte sie und gab ihnen Leben.

Unten in den Tiefen der Südwacht ging das Pochen beständig und unerbittlich weiter.

Er wandte sich von dem Fenster und der Berührung des großen Mannes ab. Er wollte sein Gesicht in den Händen verbergen. Er wollte weinen oder schreien. Aber er hatte beschlossen, nichts zu enthüllen, und wollte dieses Versprechen halten. So vieles war ihm widerfahren, dachte er. So vieles, von dem er sich wünschte, er hätte es nie erlebt. Einiges davon begann zu verblassen, und seine schwachen Erinnerungen verloren sich im Nebel der Verwirrung. Einiges lag wie der herbe Geschmack von Metall auf seiner Zunge. Es fühlte sich an, als würde er innerlich so getrieben wie Wolken im Wind, die erst eine Gestalt und dann wieder eine andere Gestalt annahmen und sich darin niemals länger als einen Augenblick zeigten.

»Du musst zulassen, dass ich dir helfe«, flüsterte Rimmer Dall, und es war eine Dringlichkeit aus seiner Stimme herauszuhören, die Par nicht ignorieren konnte. »Lass es nicht geschehen, Par. Gib dir eine Chance. Bitte. Du musst es tun. Du bist den Weg so lange allein gegangen. Die Magie ist eine zu große Last. Du kannst sie nicht allein weitertragen.«

Die großen Hände legten sich erneut auf seine Schultern, hielten ihn fest und erfüllten ihn mit Kraft.

Und Par spürte all seine Entschlossenheit schwinden und zerbröseln wie Scherben geborstenen Glases. Er war so müde. Er wollte, dass ihm jemand half. Irgendjemand. Er konnte nicht weitermachen. Die Dämonen wisperten heimtückisch. Ihre Augen glänzten vor Erwartung. Er fuchtelte erfolglos vor ihnen herum, und sie lachten nur. Er biss vor Wut über sie die Zähne zusammen. Er spürte, wie die Magie sich in ihm aufbaute, und er zwang sie nur mühsam zurück.

»Lass mich dir helfen, Par«, bat Rimmer Dall und hielt ihn weiterhin fest. »Es kostet mich nicht einmal einen Moment, es zu tun. Erinnerst du dich? Lass mich nur lange genug in dich hineingelangen, dass ich erkennen kann, wo die Magie droht. Lass mich dir helfen, den Schutz zu finden, den du brauchst.«

Genug von Allanon. Genug von den Druiden und ihren Warnungen. Genug von allem. Wo sind jetzt jene, die sagten, sie würden mir helfen? Jetzt, wo ich sie brauche? Alle fort, alle verloren. Sogar Coll. Ich bin so müde.

»Wenn du willst«, flüsterte Rimmer Dall, »kannst du zuerst in mich hinein. Es ist nicht schwer. Du kannst dich ganz leicht aus dir selbst herausbegeben, wenn du es versuchst. Ich kann es dir zeigen, Par. Sieh mich nur an. Dreh dich um und sieh mich an.«

Das Schwert von Shannara verloren. Wren und Walker und Morgan verschwunden. Wo ist Damson? Warum bin ich immer allein?

Tränen traten in seine Augen und machten ihn blind.

»Sieh mich an, Par.«

Er wandte sich langsam um und wollte aufschauen.

Aber in diesem Moment trat ein Schatten zwischen sie, schnell wie das Licht, im Handumdrehen erschienen und wieder gegangen, und auf einmal brach es aus Par Ohmsford heftig heraus.

Nein!

Feuer loderte zwischen ihnen auf. Die Berührung hatte es hervorgebracht, und es funkelte und schoss in die Schatten hinaus. Rimmer Dall wirbelte herum, und die Züge seines grobknochigen Gesichts waren vor Wut verzerrt. Seine schwarzen Gewänder bauschten sich auf, und seine behandschuhte Hand hob sich in einem Feuer roten Zorns. Par, der noch immer nicht wusste, was vor sich ging, keuchte, wich zurück und gab seine eigene Deckung auf. Er spürte, wie das blaue Feuer der Magie des Wünschlieds sich erhob, um ihn zu beschützen. Im Handumdrehen war er in Licht gebadet, und jetzt war es an Rimmer Dall, vor ihm zurückzuweichen.

Sie standen einander gegenüber, die Feuer ihrer Magien in ihren Fingerspitzen gesammelt und die Augen voller Zorn und Angst.

»Bleib fort von mir!«, zischte Par.

Reglos blieb Rimmer Dall einen Moment lang riesig und dunkel und unnachgiebig vor ihm stehen. Dann zog er sein Feuer zurück, senkte seine behandschuhte Hand und verließ wortlos den Raum.

Par Ohmsford ließ das Feuer seiner Magie ebenfalls ersterben. Er stand da, starrte in die Schatten, die ihn umgaben, und fragte sich, was er getan hatte.

Rund um ihn herum tanzten die Dämonen in scheinbarer Heiterkeit.

»Wie lange wird er so bleiben?«, fragte Matty Roh schließlich.

Morgan Leah schüttelte den Kopf. Walker Boh hatte sich seit mehr als einer Stunde nicht mehr bewegt. Er war in eine Art Trance verfallen, in einen Halbschlaf, den er selbst herbeigeführt hatte. Er saß mit geschlossenen Augen in seinen dunklen Umhang eingehüllt da, und sein Atem ging langsam und kaum wahrnehmbar. Er hatte ihnen gesagt, sie sollten Wache halten und auf seine Rückkehr warten. Er hatte ihnen nicht gesagt, wohin er wollte. Tatsächlich schien es nicht so, als sei er überhaupt irgendwohin gegangen, aber Morgan wusste es besser.

Sie hatten sich in einer Gruppe Fichten versammelt, hoch in den Wäldern, die die Steilhänge des Runnegebirges begrenzten, – Morgan, Matty, Damson Rhee, Coll Ohmsford und Walker Boh. Und in der Dunkelheit ein Stück entfernt leuchteten wachsam Ondits Augen. Die Nacht war tief und still, den Himmel bedeckten Wolken von Horizont zu Horizont, und in der Luft hing frischer Waldgeruch, den der Nordwind herangeweht hatte. Fünf Tage waren vergangen, seit Walker Morgan gefunden und ihn vor den Schattenwesen, die ihn eingekreist hatten, gerettet hatte. Er hatte die dunklen Wesen überlistet, indem er eines von ihnen mit dem Bild Morgans umkleidete, worauf die anderen es in Stücke gerissen hatten. Das hatte die Schattenwesen davon überzeugt, dass der Eindringling, den sie verfolgt hatten, vernichtet war, und sie waren wieder in die Südwacht zurückgekehrt. Gestern waren der Talbewohner und die beiden Frauen aufgetaucht und hatten den Regenbogensee mit einem kleinen Boot überquert. Walker und Morgan hatten sie an der Mündung des Mermidons abgefangen und hergebracht.

»Wo er wohl ist?«, fragte Matty mit ängstlicher und unsicherer Stimme.

»Ich weiß es nicht«, gestand Morgan.

Er beugte sich vor, um sich Walker genauer ansehen zu können, wich aber schnell wieder zurück, als er Ondit knurren hörte. Er sah Matty an und zuckte mit den Schultern. Die anderen beiden saßen schweigend und gesichtslos in der Dunkelheit. Sie waren jetzt ausgeruhter und satter, als sie in letzter Zeit gewesen waren, aber sie fühlten sich dennoch von dem langen Überlebenskampf ausgelaugt und abgezehrt. Was sie noch aufrechterhielt, war ihr gemeinsamer Wille, Par Ohmsford zu finden, und das Gefühl, das Walker Boh ihnen vermittelte, dass ihre Reise dem Ende zuging.

»Er sucht nach Par«, flüsterte Damson plötzlich in die Stille.

Natürlich suchte er nach Par. Er folgte der zweiten Spur des Skree zur Südwacht, um zu sehen, ob der Talbewohner dort gefangen war. Coll war sich die ganze Zeit sicher gewesen, dass sich sein Bruder in den Händen der Schattenwesen befand, und die anderen waren sich inzwischen ebenso sicher. Aber Walker suchte noch nach etwas anderem, wie Morgan spürte. Er wollte nicht darüber sprechen und hatte es für sich behalten. Er wusste etwas, was er ihnen nicht sagte, aber das war nun einmal die Art der Druiden, und Walker war jetzt einer von ihnen. Ein Druide. Morgan holte tief Luft, entspannte sich und schaute in die Dunkelheit. Wie seltsam. Walker Boh war genau eins der Wesen geworden, die er einst verabscheut hatte. Wer hätte das geglaubt? Nun, sie waren schließlich alle aus anderen Welten hierhergekommen, dachte er einsichtig. Sie hatten ein anderes Leben gelebt.

Er sah Walker gerade an, als sich dessen Augen öffneten, und das erschreckte ihn so, dass er zurückfuhr. Das blasse Gesicht schob sich geisterhaft weiß aus der Kapuze des Umhangs, und der hagere Körper zitterte.

»Er lebt«, flüsterte der Dunkle Onkel und kam wieder zu sich, während sie ihn ansahen. »Rimmer Dall und die Schattenwesen haben ihn gefangen genommen.«

Er erhob sich zögernd und schlang die Arme um sich, als fröre er. Die anderen standen mit ihm auf und wechselten unsichere Blicke. Ondit kam aus der Dunkelheit heran.

»Was hast du gesehen?«, fragte Coll. »Hattest du eine Vision?«

Walker Boh schüttelte den Kopf. Abwesend streichelte er Ondits breiten Kopf, als sich die Katze an ihm rieb. »Nein, Coll. Ich habe einen Druidentrick angewandt und meinen Körper in geistiger Gestalt verlassen, um in den Turm der Schattenwesen einzudringen. Sie konnten mich auf diese Weise nicht so leicht erspüren. Ich habe Par dort eingesperrt vorgefunden. Rimmer Dall war bei ihm. Der Erste Sucher versuchte gerade, Par davon zu überzeugen, dass er ihm die Kontrolle über die Magie des Wünschlieds übertragen soll. Er sagt, dass Par ein Schattenwesen sei wie er selbst.«

»Das hat er Par schon zuvor gesagt«, berichtete Damson ruhig.

»Es ist eine Lüge«, fauchte Coll erregt.

Aber Walker Boh schüttelte den Kopf. »Vielleicht nicht. Es ist einiges wahr an dem, was er sagt. Ich kann es in den Worten spüren. Aber die Wahrheit ist hier schwer zu fassen. Es ist mehr daran, als gesagt wird. Par ist verwirrt und verärgert und ängstlich. Er ist nahe daran zu glauben, was der Erste Sucher ihm erzählt. Er war nahe daran, sich dem anderen anzuvertrauen.«

»Nein«, flüsterte Damson mit bleichem Gesicht.

Walker atmete die Nachtluft ein und seufzte. »Nein, wahrhaftig. Aber die Zeit wird knapp für ihn. Seine Kraft schwindet. Ich habe eine kleine Einmischung riskiert, um das zu unterbinden, und daher wird es im Moment nicht geschehen. Aber wir müssen schnell zu ihm. Das Geheimnis, wie die Schattenwesen vernichtet werden können, liegt in Par. Das war schon immer so. Rimmer Dall ignoriert bei seinen Bemühungen, Par für sich zu gewinnen, alles andere. Er weiß von meiner Rückkehr, von Wrens Rückkehr, von unserer Flucht vor den Schattenwesen. Er weiß, dass wir ihm beständig näher kommen. Die Schattenwesen sind bedroht, aber er konzentriert sich nur auf Par. Par ist der Schlüssel. Wenn wir ihn von seiner Angst vor dem Wünschlied befreien können, haben wir vielleicht alles zusammen, was wir brauchen. Allanon hat uns ausgesandt, die Talismane zu finden, und das haben wir getan. Er hat uns ausgesandt, die Elfen und Paranor zurückzubringen, und wir haben auch das getan. Wir haben alles, was wir benötigen, um die Schattenwesen zu bekämpfen. Wir müssen nur noch herausfinden, wie wir es einsetzen müssen. Die Antworten liegen dort unten.«

Er schaute durch den Wald zu der Stelle im Tal hinab, wo der dunkle Obelisk der Südwacht am Horizont aufragte.

»Das Schwert von Shannara wird Par befreien«, versprach Coll und trat entschlossen vor. »Ich weiß, dass es das tun wird.«

Walker schien ihn nicht gehört zu haben. »Da ist noch etwas. Die Schattenwesen haben in den Kellern des Turms etwas eingesperrt, etwas Lebendiges, das von der Magie gefangen ist und gegen seinen Willen festgehalten wird. Ich weiß nicht, was es ist, aber ich spüre, dass es mächtig ist und dass wir einen Weg finden müssen, es zu befreien, wenn wir diesen Kampf gewinnen wollen. Was auch immer es ist, die Schattenwesen bewachen es mit ihrem Leben. Die Wächter sind sehr stark.«

Er sah sie wieder an. »Die Schattenwesen sind Elfengeborene und gebrauchen Elfenmagie aus der Zeit der Feen. Ihre Stärken und Schwächen kommen alle daher. Par ist vielleicht fast einer von ihnen, weil in seinen Adern Elfenblut fließt. Ich bin mir nicht sicher. Aber ich denke, die Frage, zu was er werden wird, ist noch nicht geklärt.«

»Er würde sich niemals gegen uns wenden«, flüsterte Damson und schaute fort.

»Was tun wir jetzt, Walker?«, fragte Coll leise. Er hielt das Schwert von Shannara in beiden Händen, und sein breites Gesicht wirkte wie aus Granit gemeißelt.

»Wir gehen zu ihm hinunter, Talbewohner«, antwortete der andere. »Wir gehen zu ihm, bevor es zu spät ist.«

»Nicht wir alle«, wandte Morgan hastig ein und blickte zu den Frauen.

Walker sah ihn an. »Sie haben sich entschlossen mitzugehen, Hochländer.«

Morgan wollte nicht nachgeben. Er wollte nicht, dass Damson und Matty das Versteck der Schattenwesen aufsuchten. Alle Männer besaßen Magie irgendeiner Art, um sich zu schützen. Die Frauen hatten nichts. Das erschien ihm falsch.

»Ihr könnt uns nicht zurücklassen«, wandte Damson schnell ein, und er sah Matty zustimmend nicken.

»Es ist zu gefährlich«, hörte er sich einwenden. »Wir können Euch dort nicht beschützen. Ihr müsst hierbleiben.«

Sie sahen ihn an, und er wich ihrem Blick nicht aus. Einen Moment lang sagte niemand etwas, sie standen zu dritt dicht beieinander in der Dunkelheit, und keiner wagte es, mehr zu sagen.

Dann hob Walker auf einmal die Hand, winkte Damson und Matty zu sich heran und bedeutete Morgan und Coll mit derselben Bewegung, sie sollten zurücktreten. Er war größer, als Morgan in Erinnerung gehabt hatte, und auch breiter, als sei er gewachsen und habe an Gewicht zugenommen. Das war natürlich nicht möglich, aber es wirkte so. Es schien, als sei er mehr als ein Mann. Er füllte den Raum zwischen ihnen gewaltig und ehrfurchtgebietend aus, und die Nacht um sie herum war plötzlich still vor Erwartung.

»Ich kann Euch keine Magie geben, mit deren Hilfe Ihr kämpfen könntet«, sagte er sanft zu den Frauen, »aber ich kann Euch Magie geben, mit deren Hilfe Ihr Euch vor den Angriffen der Schattenwesen schützen könnt. Bleibt jetzt ruhig stehen. Bewegt Euch nicht.«

Er streckte dann die Hand aus und durchschnitt damit die Luft über ihnen. Sie wurde von einer Helligkeit erfüllt, die sich ausbreitete und herabsenkte wie Staub, brannte und wieder verging, während sie die Frauen berührte. Walker führte seine Hand an einer Seite aufwärts und an der anderen wieder hinab, überzog sie von Kopf bis Fuß mit diesem Licht, ließ sie kurzzeitig schimmern und kleidete sie dann erneut in Dunkelheit.

»Wenn Ihr unbedingt mitkommen wollt«, sagte er, »dann wird das für Eure Sicherheit sorgen.«

Er versammelte sie wieder alle um sich, wie ein Vater kleine Kinder in seiner Umarmung versammelt. Er wirkte plötzlich müde und verloren, aber auch entschlossen. »Wir werden tun, was wir tun müssen und können«, erklärte er ihnen. »Alles, wofür wir gekämpft haben, jeder Weg, den wir beschritten haben, jedes Leben, das auf diesem Weg geopfert wurde, diente der Vorbereitung dieses Moments. So wurde es mir nach der Rückkehr Paranors von Allanon mitgeteilt und noch einmal nach meiner eigenen Umwandlung, nachdem Cogline sein Leben für meines gegeben hatte. Das Ende der Schattenwesen oder unser Ende wird sich dort zutragen. Niemand muss gegen seinen Willen mitkommen. Aber jeder wird gebraucht.«

»Wir kommen mit«, sagte Damson schnell. »Wir alle.«

Die anderen, sogar Morgan Leah, nickten zustimmend.

»Fünf also.« Walker lächelte leicht. »Wir werden zuerst versuchen, Par zu befreien, um ihm wieder den Gebrauch seiner Magie zu ermöglichen. Wenn wir damit Erfolg gehabt haben, steigen wir in die Keller hinab. Wir sollten jetzt aufbrechen, damit wir im Morgengrauen in die Südwacht hineingelangen können.« Er hielt inne, als suchte er nach etwas, was er noch sagen wollte. »Passt auf euch auf. Bleibt dicht bei mir.«

In der Dunkelheit des Waldes sahen die fünf einander an und besiegelten schweigend den Pakt. Sie würden versuchen zu beenden, was andere vor so langer Zeit in Gang gesetzt hatten, und wenn sie es sich vielleicht auch nicht gewünscht hatten, waren sie doch die Einzigen, die noch übrig geblieben waren, um es zu tun.

Wie stumme Schatten glitten die drei Männer, die zwei Frauen und die Moorkatze aus dem Wald hinaus und den Berghang hinab in das fahle Licht des heraufziehenden Tages.

33

Zwei Tage nach der Vernichtung der Kriecher im Wirrnismoor griffen die Elfen die Föderationsarmee auf der Ebene unterhalb des Tales von Rhenn an. Sie schlugen unmittelbar vor der Dämmerung zu, als das Licht schwach war und die Feinde noch schliefen. Der Himmel war bewölkt, es hatte die ganze Nacht geregnet, die Luft roch feucht und kühl, und der Boden war durchnässt und bewegte sich trügerisch unter den Füßen. Über dem Land ringsum hing eine tiefliegende Nebeldecke, die sich von den Westlandwäldern bis zum Sonnenaufgang erstreckte. Das Grasland wirkte wie eine gespensterhafte Unterwelt, Schatten bewegten sich im Nebel, der Himmel war schwarz und bedrohlich und drückte auf die Erde nieder, und die Geräusche erklangen gedämpft und undeutlich und ließen Dinge vermuten, wo keine waren. Alles sah anders aus als sonst und wurde auch so empfunden. Der Zeitpunkt war wie geschaffen für die Elfen.

Sie hatten überhaupt nicht angreifen wollen. Sie hatten eine Verteidigung geplant, die am Tal von Rhenn beginnen und je nach Lage bis zur Heimatstadt Arborlon zurückweichen sollte. Aber Barsimmon Oridio war am Tag zuvor angekommen. Seine Truppen hatten sich schließlich mit Wren Elessedil und der Vorhut vereinigt, hatten die Elfenarmee zum ersten Mal zu voller Stärke anwachsen lassen, und nachdem die Elfenkönigin und der Befehlshaber mit Desidio, Tiger Ty und einigen hochrangigen Befehlshabern der Hauptarmee beratschlagt hatten, war es beschlossene Sache, dass es keinen Sinn hatte, auf einen

Föderationsangriff zu warten, weil das der Föderation nur zusätzliche Zeit verschaffte, weitere Verstärkung heranzuholen. Die beste Verteidigung schien ihnen jetzt ein unerwarteter Angriff zu sein. Es war Desidios Vorschlag, und Wren war überrascht, dass er diesen Vorschlag machte, und war sogar noch überraschter, dass Bar zustimmte. Aber der alte Befehlshaber war kein Narr, wenn er auch von Natur aus vorsichtig und in seinen Gewohnheiten festgefahren war. Er sah die Gefahren ihrer Situation und erkannte genau, was notwendig war, um die zahlenmäßige Überlegenheit der Föderation wettzumachen. Wenn man den Angriff richtig durchführte, konnte er erfolgreich sein. Bar bereitete ihn vor und überwachte alles persönlich. So zogen sie in der Dämmerung des folgenden Tages los.

Die Föderation war noch nicht richtig wach. Man hatte jetzt den größten Teil der Ebene überquert und beabsichtigte, die letzten wenigen Meilen nach Sonnenaufgang zurückzulegen und gegen Mittag in das Tal zu ziehen. Der Gegner konnte am Rhenn nicht unbehelligt lagern, weil er wusste, dass die Elfen dort ihre Verteidigungslinien errichtet hatten, und er wiegte sich in der Sicherheit, dass die Elfen ihn dort erwarten würden. Wieder einmal lagen sie falsch. Die Elfen krochen aus dem Wald im Westen heran, während es noch dunkel war, stellten ihre Bogenschützen in Dreierlinien an der Flanke des Feindes auf und dahinter ein Dutzend Reihen mit Fußsoldaten, die mit Speeren und Kurzschwertern bewaffnet waren. Eine zweite Einheit von Bogenschützen und Fußsoldaten sowie die gesamte Reiterei wurden aus dem Tal hinaus gen Osten gesandt, um eine zweite Angriffslinie an der nordöstlichen Seite des Föderationslagers aufzustellen. Das alles geschah in absoluter Stille, denn die Elfen wandten die heimlichen Taktiken an, die sie auf Morrowindl sogar noch vervollkommnet hatten: eine langsame, aber stetige Vorbereitung und die

Zergliederung der Armee in Trupps und Patrouillen, die einzeln ausgesandt wurden und sich am Angriffspunkt wieder sammelten. Die Elfen hatten zehn Jahre lang unter Vorgaben wie diesen gekämpft. Sie ließen sich nicht beirren, und sie hatten keine Angst. Sie kämpften um ihr Leben, aber das taten sie schon seit langer Zeit.

Die Bogenschützen an der Westflanke griffen als Erste an und ließen Pfeile auf das erwachende Lager herabregnen. Während die Föderationssoldaten aufsprangen, nach ihren Rüstungen und Waffen griffen und der Schlachtruf ertönte, gingen die Elfenjäger mit gesenkten Speeren vorwärts, kamen zwischen den Bogenschützen hervor und drangen ins feindliche Lager ein. Während sie sich ihren Weg durch das Handgemenge bahnten, bildeten die Bogenschützen oberhalb der Föderation eine zweite Front. Inzwischen waren die Südländer davon überzeugt, dass sie umzingelt waren, und versuchten, sich auf allen Seiten zu verteidigen. Die Elfenreiterei, ein verhältnismäßig kleiner Trupp, kam aus dem Nebel herab, um die noch immer zerrüttete Föderation noch mehr zu verwirren und zum Zurückweichen zu zwingen. Auf der Ebene, auf der die Föderation lagerte, war überall ein Meer kämpfender, wogender Körper zu sehen.

Die Elfen drängten im Angriff voran, solange sie es konnten, ohne selbst in Gefahr zu geraten, und wichen dann wieder in den Nebel und in die Dunkelheit zurück. Barsimmon Oridio befehligte die Truppen auf der Westflanke und Desidio die auf der Nordostseite. Wren Elessedil, Triss und ein Trupp der Leibwache bewachten in den wabernden Nebelschwaden von einem Vorsprung aus den Eingang des Tales. Faun saß mit großen Augen und zitternd auf Wrens Schulter, Stresa kundschaftete allein die Wälder westlich des Tales aus, und Tiger Ty war bei den Flugreitern, die als Reserveeinheit zurückgehalten wurden.

Der Angriff brach wie geplant ab, die Elfen verlagerten ihre Stellung, zogen Vorteil aus der Dunkelheit und aus der Verwirrung und formierten sich schnell neu. Sie hatten jetzt seit fast zwei Wochen in dem Tal gelagert, und ihre Späher hatten das Terrain sorgfältig erkundet. Callahorn gehörte vielleicht der Föderation, aber die Elfen kannten diesen Teil des Landes besser als die Soldaten der Südlandarmee. Die Westflanke zog zur Front herum und die nordöstliche nach Osten. Dann griffen sie erneut an, brachten die Bogenschützen dieses Mal auf Schussweite zum gegnerischen Lager heran und sandten dann die Schwertkämpfer hinter ihnen her. Die Föderationsarmee wurde zurückgedrängt, und einige ihrer Soldaten brachen den Kampf schon ab und liefen davon. Die Mitte hielt stand, aber am Rand wurde die Armee planvoll vernichtet. Überall lagen Verwundete und Sterbende, und die Befehlskette des Südlandmolochs war an unzähligen Stellen unterbrochen.

Es hätte dann und dort enden können, als die Frontreihen der Föderationsarmee verstört über die Ebene zurückwichen, wenn nicht eine plötzliche Wendung eingetreten wäre, wie sie anscheinend immer eintritt und den Ausgang maßgeblich beeinflusst. Als Desidio am zentralen Punkt des Angriffs von der Ostflanke her voranritt, wurde sein Pferd unter ihm weggeschossen, und er ging in einem Gewirr von Leibern zu Boden. Sein Arm und sein Bein waren gebrochen, und er war unter dem Pferd gefangen. Er musste hilflos zusehen, wie die vordersten Reihen der Föderationsarmee, durch seinen Fall ermutigt, einen Gegenangriff starteten und auf den verletzten Elfenbefehlshaber zudrängten. Die Elfen gaben ihren Plan auf und eilten ihm zu Hilfe. Sie befreiten ihn von seinem Pferd und brachten ihn in Sicherheit, aber dadurch brach ihre gesamte Front zusammen.

Als die Föderationssoldaten Siegesrufe von der rechten Flanke hörten, gruppierten sie sich neu und führten ebenfalls einen

Gegenangriff auf Barsimmon Oridio. Ohne zweite Front war der Befehlshaber der Elfen gezwungen, ebenfalls zurückzuweichen oder überwältigt zu werden. Die Föderation wogte auf ihn zu, zwar noch immer ungeordnet, aber sie zählte Tausende und gewann schon durch die bloße Masse an Boden. Als es schien, als könnte Bar die Sicherheit des Rhenn nicht mehr erreichen, ohne sich stellen und kämpfen zu müssen, schickte Wren die Flugreiter ins Gefecht. Sie schossen aus den Wolken herab, stifteten Durcheinander in den vordersten Reihen des Föderationsangriffs und hielten den Gegner lange genug auf, bis der Großteil von Bars Truppe entkommen war.

Der Angriff endete, als beide Armeen innehielten, um sich neu zu formieren. Die Elfen verschanzten sich wieder an den Hängen und an der Vorderseite des Rhenn, um dort auf den Vorstoß der Föderation zu warten. Die Föderation barg ihre Toten und Verwundeten, brachte sie hinter die Linien und sammelte ihre Soldaten für einen massiven Angriff. Der Plan war schlicht. Man beabsichtigte, direkt auf die Elfen loszustürmen und sie zu überrennen. Es gab keinen Grund zu der Annahme, dass sie damit keinen Erfolg haben würden.

Wren besuchte Desidio und sah, dass er unter großen Schmerzen litt. Ein Bein und ein Arm waren gebrochen und bandagiert, und sein Gesicht war aschfahl. Er war wütend darüber, dass er verwundet worden war, und bat darum, zu seinen Soldaten zurückgebracht zu werden. Sie verweigerte ihm diesen Wunsch und sandte ihn, unterstützt durch die Befehle Barsimmon Oridios, zurück nach Arborlon, womit seine Teilnahme an der Schlacht beendet war.

Bar versuchte, sie zu beeindrucken, und verkündete, dass Desidios Posten ein Befehlshaber namens Ebben Cruenal übernehmen würde. Wren nickte wortlos. Sie beide wussten, dass niemand Desidio angemessen ersetzen konnte.

Der Tag wurde heller, aber die Wolken und der Nebel

blieben und sorgten für feuchtheiße Schwüle. Der Morgen ging auf den Mittag zu. Die Elfen sandten Kundschafter nach Osten und nach Westen, um gegen Angriffe von den Flanken gewappnet zu sein, aber sie fanden keine Anzeichen dafür. Die Föderation war anscheinend zuversichtlich, dass ein direkter Angriff erfolgreich sein würde.

Dieser begann kurz nach Mittag. Die Trommeln dröhnten aus dem Nebel, während die Armee vorrückte: Woge auf Woge Soldaten in Schwarz und Rot, die im Takt marschierten und glänzende Speere und Schwerter bereithielten. Bogenschützen deckten die Flanken, und Kavalleriepatrouillen sollten an den Außenrändern vor Überraschungsangriffen warnen. Aber die Elfen hatten nicht so viele Leute, dass sie ihre Kräfte hätten aufteilen können, und sie waren gezwungen, sich auf die Verteidigung des Rhenn zu konzentrieren. Die Föderation marschierte in das Tal hinein, als interessierte es sie nicht, was dort auf sie wartete, und stolzierte geradewegs in die Fänge der Elfenstreitmacht hinein.

Die Elfen schlugen von allen Seiten zu. Oberhalb verschanzt brachten die Bogenschützen mit ihren Salven aus der Deckung die Linien der Föderation durcheinander, bis die Südländer gezwungen waren, über die Leichen ihrer eigenen Männer hinwegzumarschieren. Aber sie drangen noch immer weiter voran, hauten sich ihren Weg frei und schirmten ihren Vorstoß durch ihre Bogenschützen ab. Wren beobachtete die Szene mit Bar und Triss vom Eingang des Tales aus, lauschte auf die Schreie und Rufe der kämpfenden Männer und auf das Klirren ihrer Waffen und Rüstungen. Sie hatte noch nie etwas dergleichen erlebt und schrak vor der Heftigkeit des Kampfes zurück. Bar stand abseits, beobachtete nüchtern, erteilte Befehle an Boten, die diese dann übermittelten, und tauschte mit Mitgliedern seines Stabs und gelegentlich auch mit Triss Beobachtungen aus. Die Elfen hatten viele Kämpfe gesehen und in vielen

Schlachten gestanden. Dies war für sie nichts Neues. Aber für Wren war es, als stünde sie inmitten eines Mahlstroms.

Während der Kampf voranschritt, stellte sie fest, dass sie daran dachte, wie sinnlos das alles war. Die Föderation versuchte, die Elfen zu vernichten, weil sie glaubte, dass Elfenmagie die Vier Länder zerstörte. Zwar war die Elfenmagie tatsächlich schuld, doch sie war nicht von den beschuldigten Elfen beschworen worden, sondern von den abtrünnigen Elfen. Dennoch waren die beschuldigten Elfen an erster Stelle dafür verantwortlich, denn sie hatten es zugelassen, dass ihre Magie umgewandelt wurde und die Schattenwesen entstanden waren. Und die Föderation war dafür verantwortlich, dass sie die Hexenjagd fortsetzte und alle Schuld den Westlandelfen zuschieben wollte. Irrtümer und Widersprüche, Missverständnisse und falscher Glaube – sie verflochten sich miteinander, um den Wahnsinn möglich zu machen. Die Vernunft hatte hier keinen Platz, dachte Wren angewidert. Aber andererseits war das im Krieg wohl selten der Fall.

Einige Zeit hielten die Elfen stand, und der Föderationsangriff kam zum Stillstand. Aber allmählich kam der Druck der Übermacht zum Tragen, und die Elfen wurden zurückgedrängt, zuerst an den Hängen des Tales und dann auch auf seinem Grund. Sie wichen widerwillig, aber stetig zurück. Die Angreifer schoben sie zusammen wie Blätter vor einem Besen. Bar setzte seine letzten Reserven ein und ging, um sich dem Kampf anzuschließen. Triss sandte den Hauptteil der Leibwache zu einer Position auf den Hängen mehrere hundert Meter unterhalb der Stelle, an der er mit Wren stand. Seine Befehle waren einfach. Es sollte keinen Rückzug geben, bis er es befahl. Die Leibwache würde standhalten und notfalls auch sterben, um die Königin zu beschützen.

Über ihnen trugen die Flugreiter mit ihren Rocks Holz- und Steinblöcke zum Abwurf über das Zentrum der Föderationsreihen. Sie richteten fürchterlichen Schaden an, aber die feindlichen Bogenschützen hatten zwei der riesigen Vögel verwundet, und die anderen wurden dadurch abgeschreckt. Aus dem Nebel marschierte weitere Verstärkung für die Südlandarmee heran. Es waren einfach zu viele, dachte Wren bedrückt. Zu viele, um sie aufhalten zu können.

Sie hatte sich damit einverstanden erklärt, sich aus dem Kampf herauszuhalten und die Elfensteine für den Zeitpunkt aufzubewahren, wenn sie am dringendsten benötigt würden, entweder gegen die Kriecher oder gegen die Schattenwesen oder gegen alles andere, was die dunkle Magie vielleicht heraufbeschwor. Bisher war nichts Derartiges an dem Föderationsangriff beteiligt. Sogar die schwarzgekleideten Sucher hatten sich nicht gezeigt. Es schien, als spürten sie, dass sie nicht gebraucht wurden und dass ihr Heer gut allein zurechtkam. Und offensichtlich hatten sie damit recht.

Der Nachmittag schritt mit qualvoller Langsamkeit voran. Die Föderationsarmee hielt jetzt den Eingang des Tales besetzt und bewegte sich stetig voran. Alle Bemühungen, den Vormarsch zu verzögern, waren fehlgeschlagen. Die Elfen wichen vor ihr zurück. Sie waren eindeutig in der Minderzahl, waren verzweifelt, erschöpft und kämpften überwiegend mit dem Herzen. Wren beobachtete, wie die schwarzen und scharlachroten Horden näher herandrängten, und sie schloss die Hand um den Beutel mit den Elfensteinen und zog ihn hervor. Sie hatte gehofft, die Steine nicht benutzen zu müssen. Sie war sich selbst jetzt nicht einmal sicher, ob sie es konnte. Dies waren keine Kriecher, die sie vernichten würde, es waren Menschen. Es kam ihr falsch vor, die Magie gegen Menschen einzusetzen. Es schien ihr gewissenlos. Die Elfensteine zu benutzen entzog ihr Stärke und Willenskraft. Sie wusste dies von ihren Begegnungen mit Schattenwesen hier und auf Morrowindl. Aber der Gebrauch entzog ihr auch Menschlichkeit und drohte, ihre Persönlichkeit auf eine Weise zu verändern, dass sie niemals wieder sie selbst sein würde. Das Töten bewirkte dies, aber es war sicherlich noch schlimmer, wenn sie gezwungen war, menschliche Wesen zu töten.

Triss trat zu ihr. »Steckt sie ein, Hoheit«, sagte er ruhig. »Ihr müsst sie nicht benutzen.«

Es war, als hätte er ihre Gedanken gelesen, aber so war es zwischen ihnen, so war es seit Morrowindl.

»Ich kann die Elfen nicht verlieren lassen«, flüsterte sie.

»Ihr könnt ihnen auch nicht zum Sieg verhelfen, wenn Ihr Euch selbst verliert.« Er legte seine Hand über ihre. »Steckt sie ein. Die Dämmerung bricht herein. Vielleicht können wir bis zur Dunkelheit durchhalten.«

Er erwähnte nicht, was geschehen würde, wenn der Morgen käme und die riesige Armee sie erneut angreifen würde, aber sie wusste, dass es keinen Sinn hatte, sich damit zu beschäftigen. Sie tat, was er vorgeschlagen hatte. Sie steckte die Elfensteine wieder ein.

Unter ihnen hatte der Kampf an Heftigkeit zugenommen. An manchen Stellen durchbrachen die Föderationssoldaten die Elfenlinien.

»Ich muss die Leibwache hinabschicken, um ihnen zu helfen«, sagte Triss schnell und wandte sich bereits zum Gehen. »Wartet hier auf mich.« Er rief den Angehörigen der Leibwache, die sie umstanden, um sie zu beschützen, etwas zu und eilte dann schnell den Hang hinab und außer Sicht.

Wren stand da und sah auf das Gemetzel unter ihr hinab. Sie war jetzt mit Faun und acht Beschützern allein. Allein auf einer Insel der Ruhe, während rund um sie herum die See wütete. Sie hasste den Anblick. Sie hasste, dass es geschah. Wenn sie dies überlebte, so schwor sie sich, würde sie den Rest ihres Lebens damit verbringen, die Elfentradition des Heilens zu neuem Leben zu erwecken und die Inhaber dieser Fähigkeit zurück in die Vier Länder und zu den anderen Rassen zu schicken.

Faun regte sich auf ihrer Schulter, rieb sich an ihrer Wange. »Ruhig, ruhig, Kleiner«, flüsterte sie tröstend. »Es ist in Ordnung.«

Das Tal war überflutet von Männern, die an den Hängen und auf dem Talboden vor- und zurückwogten, und der Kampflärm war lauter geworden. Sie suchte den Himmel im Westen nach Anzeichen der einbrechenden Dunkelheit ab, die den Kampf beenden würde, aber die Nacht war noch immer zu fern, um Hoffnung nähren zu können. Die Elfen würden bis dahin nicht durchhalten, dachte sie düster. Sie würden nicht überleben.

»So weit sind wir gekommen, um jetzt zu unterliegen«, murmelte sie so leise vor sich hin, dass nur Faun es hören konnte. Der Baumschreier schnatterte leise. »Das ist nicht fair. Das ist nicht ...«

Dann stieß Faun einen Warnschrei aus, und sie wirbelte herum und sah eine Woge schwarzgekleideter Sucher aus der Deckung hinter ihr hervorbrechen und aus dem Wald strömen, wo die Schatten und der Nebel die tiefste Dunkelheit bewirkten. Die Sucher marschierten eindeutig auf sie zu. Ihre Waffen glitzerten gefährlich in dem Zwielicht, und die Wolfskopfembleme auf ihrer Brust schimmerten. Die Leibwache eilte zu Wrens Verteidigung, um die Angreifer aufzuhalten. Aber die Sucher waren gnadenlos und töteten die Elfen fast so schnell, wie sie ankamen. Warnschreie erklangen, Hilferufe an jene unten im Tal, aber der Lärm der Schlacht übertönte sie vollständig.

Wren geriet in Panik. Sechs Angehörige der Leibwache waren gefallen, und den beiden letzten stand dasselbe Schicksal bevor. Die Sucher mussten sich an den Kundschaftern vorbei in den dichten Wald geschlichen haben, um zu ihr zu gelangen.

Sie war auf drei Seiten umzingelt, und der Kreis schloss sich. Es gab keinen Zweifel, was geschehen würde, wenn sie Wren erst einmal in der Falle hatten. Einmal war die Elfenkönigin ihnen entkommen. Ein zweites Mal würden sie das nicht riskieren.

Sie wandte sich um und wollte fliehen, strauchelte, stolperte und fiel hin. Die Sucher hatten den letzten Angehörigen der Leibwache getötet und kamen auf sie zu. Sie war jetzt auf sich allein gestellt. Faun zischte und sprang mit einem Satz von ihrer Schulter. Sie griff in ihre Tunika nach dem Beutel mit den Elfensteinen, ihre Finger schlossen sich darum, zogen ihn hervor und hoben ihn hoch. Alles dauerte so lange. Sie versuchte zu atmen und stellte fest, dass ihre Kehle wie zugeschnürt war. Klingen wurden von ihr gehoben, fuhren aufwärts. Die Sucher kamen auf sie zu. Sie taumelte rückwärts durch das hohe Gras und bemühte sich, die Elfensteine aus dem Beutel herauszubekommen. Nein! Nein! Sie war nicht schnell genug. Sie war in geschmolzenes Erz geworfen worden und kühlte zu Eisen ab. Sie war gelähmt. Rote Augen glühten in den Kapuzen der Angreifer. *Wie waren sie hindurchgelangt? Wie hatte das geschehen können?*

In Panik zerriss sie das Zugband, griff wild in den Beutel und tiefer hinein. Der vorderste Sucher erreichte sie, und sie trat mit dem Stiefel zu und stieß ihn zur Seite. Sie packte den Beutel, stand taumelnd auf und trat den restlichen Suchern unbewaffnet entgegen. Voller Zorn schrie sie, gab den Gedanken auf, die Elfensteine einzusetzen, schloss ihre Hand über dem Lederbeutel zu einer Faust und schwang sie dem nächststehenden Sucher entgegen, wehrte dabei seine Klinge von ihrer Kehle ab, aber so, dass sie an ihrem Arm entlangschnitt und ihren Umhang zerriss. Blut floss. Sie fuhr herum und trat zu, und ein weiterer Angreifer flog beiseite. Aber es waren zu viele, um sie allein besiegen zu können.

Auf einmal warf Faun seinen kleinen Körper in den Kampf,

sprang auf den nächststehenden Angreifer, zog und zerrte und riss mit seinen Klauen und Zähnen an ihm. Der nächste Sucher verlangsamte seinen Schritt. Er war nicht sicher, was sich ihnen entgegenstellte, denn er war von dem plötzlichen Auftauchen des Baumschreiers überrascht worden. Wren stolperte erneut rückwärts. *Faun!,* versuchte sie zu rufen, aber ihre Kehle schnürte sich bei dem Schrei zusammen. Der Sucher, den Faun angegriffen hatte, schlug wild um sich, riss den kleinen Körper von seinem Gesicht fort und schleuderte ihn zu Boden. *»Nein!«*, heulte Wren und hob den Arm, der die Elfensteine hielt. Faun schlug auf dem felsigen Untergrund auf, und der Sucher senkte den Stiefel. Sie hörte Knochen brechen und einen schrillen Schrei.

Und damit wurde alles in Wren Elessedil erschüttert, ein Wirbelwind des Zorns und der Qual und der Verzweiflung erhob sich, und aus seinem Kern stieg die Magie der Elfensteine auf. Die Magie loderte heftig in ihrer Faust auf, zerriss den Lederbeutel, drang zwischen ihren Fingern hindurch wie Wasser. Sie erwischte den Sucher, der über Faun stand, und verzehrte ihn. Sie raste auf die anderen zu, die Wren zu erreichen versuchten, und traf sie. Die Sucher gingen zu Boden, als wären sie aus Papier, als würden sie zerschnitten und wieder zusammengeklebt und an Fäden aufgehängt, um der Kraft und Gewalt eines Sturmwinds zu widerstehen. Einige gelangten vorbei und erreichten Wren, Hände ergriffen sie und zerrten an ihr. Einige hielten sie fest und wollten sie überwältigen. Aber sie war jenseits aller Kräfte und Empfindungen, für sie gab es nur noch die Elfenmagie, die durch sie hindurchrauschte. Sie hatte sich der Magie überlassen, und nichts konnte sie zurückbringen, bis die Magie befriedigt war. Die Magie fuhr erneut herum und wandte sich gegen jene, die sie ergriffen hatten, und riss sie fort wie lose Fäden ihrer Kleidung. Sie wandte sich um, um sie zu vernichten, und sie verbrannten in den Flammen der Magie wie Laub. Sie gab keinen Laut von sich, während sie kämpfte, alle Worte waren vergessen, und ihr Gesicht war zu einer Totenmaske verzerrt. Die Schlacht zwischen den Elfen und der Föderation verschwand in einem roten Nebel. Sie konnte über die Stelle hinaus, auf der sie kämpfte, nichts mehr sehen. Sucher griffen sie an und starben in dem Feuer der Elfensteinmagie, und der Geruch ihrer Asche war alles, was sie wahrnahm.

Dann war sie plötzlich wieder allein, und die letzten Sucher liefen auf den Wald zu. Sie flohen voller Entsetzen, und ihre zerfetzten schwarzen Gewänder qualmten. Wren sammelte das Feuer ein und ließ es hinter ihnen herschießen, und damit schwand ihre letzte Kraft. Ihr Arm sank herab, und das Feuer erlosch. Sie fiel auf die Knie. Das Gras um sie herum war schwarz verkohlt und stank. Zwischen den Leichen ihrer Leibwache waren überall Aschehaufen zu sehen. Sie hörte Rufe von den Hängen unter sich, wo Triss und der Hauptteil der Leibwache ihre Posten bezogen hatten, um der Föderation entgegenzutreten. Berührt mich nicht, sagte sie als Antwort. Kommt mir nicht nahe. Aber sie war nicht sicher, ob sie die Worte ausgesprochen hatte oder nicht. Die Rufe schwollen an und hallten jetzt von überall rund um das Tal von Rhenn her wider. Etwas geschah. Etwas Unerwartetes.

Sie stand mühsam wieder auf und schaute durch das schwindende, dunstige Licht hinaus.

Weit im Osten, jenseits der Stelle, an der sich der Eingang des Tales zum Grasland hin öffnete, war eine neue Armee erschienen. Sie kam eilig heran, die Kämpfer schwenkten ihre Waffen und stießen Schlachtrufe aus. Sie kamen fast alle zu Fuß und waren mit Schwertern und Bogen bewaffnet. Sie schlossen sich aber nicht den Föderationskräften an, wie sie zunächst geglaubt hatte, sondern griffen die Südländer stattdessen mit unvergleichlichem Zorn und unvergleichlicher

Entschlossenheit an und drängten in sie hinein wie ein Fels in die Brandung. Die Schreie, die sie ausstießen, waren selbst dort noch zu hören, wo sie stand. *Frei geboren! Frei geboren!* Sie hallten über den Wahnsinn hinweg wie ein frischer Wind über einen Sumpf. Und dann kam über die Hänge, an denen die Elfen gestanden hatten und gefallen und zurückgetrieben worden waren, Woge um Woge schwer gerüsteter Leiber heran, die wie aus Stein gemeißelt schienen. Bergtrolle, die acht Fuß lange Speere, Streitkolben, Äxte und große eisenbeschlagene Schilde trugen, marschierten im Gleichschritt aus der Dämmerung heran und in die Reihen der Föderation hinein.

Wie ein Mann zusammenstehend, fuhren die Geächteten und die Bergtrolle in die Südlandarmee hinein. Mehrere Minuten lang hielten die Föderationssoldaten stand, da sie ihren Angreifern an Zahl noch immer weit überlegen waren. Aber dieser neuerliche Ansturm war zu viel für Männer, die bereits seit Sonnenaufgang gefochten hatten. Die Südlandsoldaten fielen zunächst nur langsam zurück, dann schneller, und schließlich wandten sie sich um und liefen davon. Das Tal von Rhenn leerte sich von Föderationstruppen. Elfen beteiligten sich an der Verfolgung, und die vereinten Armeen der Geächteten, der Bergtrolle und der Elfen trieben die Masse der Föderierten zurück in den Nebel und die Dämmerung im Süden und hinterließen erneut Spuren der Vernichtung, tränkten den Boden erneut mit Blut.

Wren wandte sich um und suchte Faun. Sie hörte, wie Triss nach ihr rief, während er den Hang hinter ihr heraufkam, hörte auch die Geräusche der Leibwache, die ihn begleitete. Sie antwortete nicht. Sie stieß die Elfensteine in ihre Tasche, als wären sie mit der Pest verseucht, und ließ sie dort, die Hände noch immer vom Feuer der Magie kribbelnd, ihr Geist noch immer erfüllt von einem seltsamen Brummen. Faun lag zerschmettert inmitten von Aschehaufen. Überall war Blut. Wren kniete sich neben den Baumschreier und hob die geschundene Gestalt auf.

Sie hielt das kleine Wesen noch immer in den Armen, als Triss und die Leibwache sie schließlich erreichten. Sie schaute nicht auf. Sie konnte es nicht erklären, aber sie hatte das Gefühl, als wiege sie das ganze Elfenvolk.

34

Der Angriff auf die Südwacht begann weniger als eine Stunde vor Einbruch der Dämmerung.

Ohne Zwischenfälle konnten sie sich ihr nähern. Wolken überzogen weiterhin den Himmel, sperrten das Licht des Mondes und der Sterne aus und hüllten die Erde in eine weiche, schimmernde Decke der Dunkelheit. Unter den Wolken stieg Nebel vom Boden auf und hing in den Bäumen und Büschen und Gräsern wie Rauch. Die Nacht war still und tief, bar jeden Geräusches und jeder Bewegung, und auch auf dem verdorrten und kargen Land rund um den Turm regte sich nichts.

Walker Boh führte sie aus dem Hochland auf die Ebene hinab, führte sie durch den Nebel und die Schatten, gebrauchte seine Druidenmagie dazu, sie in Stille zu hüllen. Sie glitten wie Gespenster durch die Dunkelheit, so unsichtbar wie Gedanken und so leicht wie fließendes Wasser. Die Schattenwesen waren in dieser Nacht nicht unterwegs, oder zumindest nicht dort, wo die fünf Menschen und die Moorkatze entlanggingen, und das Land gehörte nur ihnen. Walker dachte an seinen Plan. Er dachte, dass sie niemals genug Zeit haben würden, Par zu finden, ihn von seinen Fesseln zu befreien und in den Keller hinabzusteigen. Sie würden das Schwert von Shannara brauchen, um den seltsamen Bann des Wünschlieds über Par zu brechen, und die Schattenwesen würden sie in dem Moment, in dem das Schwert benutzt wurde, von allen Seiten angreifen. Deshalb mussten sie Par aus seinem Gefängnis in den

Keller bringen, bevor das Schwert zum Einsatz kam. Er dachte darüber nach, wie das gelingen konnte.

Coll Ohmsford dachte ebenfalls nach. Vielleicht irrte er sich ja, wenn er glaubte, dass das Schwert von Shannara seinem Bruder helfen könnte. Es war möglich, dass die Wahrheit, die er enthüllen wollte, Par nicht befreien, sondern in den Wahnsinn treiben würde. Denn wenn die Wahrheit darin bestand, dass Par ein Schattenwesen war, dann war dies alles sinnlos. Vielleicht hatte Allanon das Schwert für einen anderen Zweck gedacht, überlegte er – für einen Zweck, den er noch nicht erkannt hatte. Vielleicht konnte das Schwert gegen Pars Zustand gar nicht helfen.

Einen Schritt seitlich hinter ihnen dachte Morgan Leah, dass ihre Aussichten bei diesem Wagnis selbst mit all den Talismanen, die sie bei sich trugen, und den Magien, die sie zur Verfügung hatten, gering waren. In Tyrsis, als sie Padishar Creel gesucht hatten, waren sie vielen Widrigkeiten ausgesetzt gewesen, aber hier gab es noch mehr. Sicherlich würden nicht alle überleben, dachte er. Der Gedanke behagte ihm nicht, aber er wurde ihn nicht los, weil er unablässig in seinem Hinterkopf rumorte. Morgan fragte sich, ob es möglich war, dass er hier sterben sollte, nachdem er so vieles überlebt hatte – die Grube, den Zeigefinger und Eldwist und all die Monster, die dort überall gelebt hatten. Es schien irgendwie lächerlich. Dies war das Ende ihrer Suche, der Abschluss einer Reise, die ihnen außer ihrer Entschlossenheit weiterzumachen alles genommen hatte. Hier zu sterben wäre nicht richtig. Aber er wusste auch, dass es möglich war.

Damson Rhee dachte an ihren Vater und an Par und fragte sich, ob sie wohl beide verloren hatte, nachdem sie sich entschlossen hatte, Par allein auf die Suche nach Coll gehen zu lassen, als dieser unerwartet wieder unter den Lebenden erschienen war. Sie fragte sich, ob der Preis für ihre

Entscheidung ihrer beider Leben sein würde, und sie beschloss, dass sie, wenn ihr Tod der Preis für diese Wahl sein sollte, ihn nur bezahlen wollte, wenn sie den Talbewohner noch einmal gesehen hatte.

Neben ihr fragte sich Matty Roh, wie stark die Magie war, die der Druide ihr gegeben hatte, ob sie ausreichte, um den dunklen Wesen zu widerstehen, denen sie gegenübertreten würde, und ob sie es ihr ermöglichen würde, sie zu töten. Sie glaubte, dass es so war. Sie spürte einen Hauch der Unbesiegbarkeit um sich herum. Sie war, wo sie sein sollte. Ihr Leben hatte in diese Zeit und zu diesem Ort und zur Auflösung vieler Dinge geführt. Sie freute sich darauf zu erfahren, was es erbringen würde.

Seitab in der Dunkelheit tappte ein hagerer Schatten durch das feuchte Gras, Ondit, und nur er dachte nichts. Er blieb unberührt von menschlichen Ängsten und Überlegungen und wurde nur von Instinkten getrieben und erregt durch das Wissen, dass sie auf der Jagd waren.

Sie glitten durch die Dunkelheit und kamen in Sichtweite des dunklen Turms, doch sie hielten nicht inne, um ihren Plan erneut zu überdenken, nicht einmal um zu schauen, sondern drängten schnell weiter, damit sie den Bau erreichten, bevor Ängste und Zweifel sie lähmen würden. Die Südwacht erhob sich undeutlich und nebelhaft aus dem Dunst. Sie wirkte, als wäre sie aus der Nacht geboren und liefe Gefahr, mit der Dämmerung wieder zu verschwinden. Sie ragte unveränderlich und starr auf, der schwärzeste Turm, den der Schlaf jemals hervorgebracht hatte, wie eine Verstärkung des Bösen, die bewirkte, dass die Seele sogar dann schon vergiftet wurde, wenn man nur in ihre Nähe kam. Sie konnten ihre Schwärze spüren, während sie sich näherten, ihren Zweck und das Ausmaß ihrer Macht. Sie konnten sie atmen und beobachten und lauschen spüren. Sie konnten ihr Leben spüren.

Walker führte sie zu den Mauern, wo sich der Obelisk glatt und schwarz aus der Erde erhob, und legte seine Hände an den Stein. Er vibrierte warm und feucht wie ein Lebewesen und reckte sich aufwärts, als suchte er Erlösung. Aber wie konnte das sein? Der Dunkle Onkel dachte erneut über die Beschaffenheit des Turms nach, drängte dann an seinen Mauern entlang weiter, um einen Weg hineinzufinden. Er streckte die Fühler seiner Magie aus, um die dunklen Bewohner des Turms zu orten. Sie waren alle beschäftigt und sich seiner Anwesenheit noch nicht bewusst. Er zog sich schnell zurück, denn er wollte sie nicht alarmieren, und ging dann vorsichtig weiter.

Sie kamen zu einem Eingang in einer gewölbten Nische, der einen breiten Steinkeil abschirmte, der sich als Tür entpuppte. Walker betrachtete die Tür, betastete ihre Ränder und suchte ihre Fugen. Die Schlösser konnten aufgesperrt und die Tür geöffnet werden, sagte er sich. Aber würden sie sich dabei nicht zu bald verraten? Er schaute zu den anderen zurück, den beiden Frauen, dem Hochländer, dem Talbewohner und der Moorkatze. Sie mussten Par unentdeckt erreichen. Sie mussten möglichst viel Zeit gewinnen, bevor der Kampf losging.

Er beugte sich zu ihnen vor. »Haltet mich fest. Lasst mich nicht los und rührt euch nicht vom Fleck.«

Dann schloss er die Augen und verließ in Geistergestalt seinen Körper, um in den Turm zu gelangen.

In der düsteren Enge seiner Gefängniszelle kauerte Par Ohmsford auf seinem Bett und versuchte, bei Verstand zu bleiben. Er war verzweifelt, denn er fühlte sich, als würde ein weiterer Tag in dem Turm sein Ende bedeuten, als würde ihn ein weiterer Tag, an dem er sich fragte, ob die Magie ihn unwiderruflich verwandeln würde, vollständig aus dem Gleichgewicht bringen. Er konnte die Magie jetzt ununterbrochen in sich arbeiten spüren, fühlte, wie sie durch seine Glieder lief, durch sein Blut brodelte, in seine Haut zwickte und an ihr kratzte wie ein Jucken, das niemals gelindert werden kann. Er hasste, was mit ihm geschah. Er hasste, wer er war. Er hasste Rimmer Dall und die Schattenwesen und die Südwacht und die düstere Leere seines Lebens. Hoffnung hatte für ihn keine Bedeutung mehr. Er hatte den Glauben verloren, dass die Magie ein Geschenk sei, dass der Schatten Allanons ihn in die Welt hinausgesandt haben könnte, um einem wichtigen Ziel zu dienen, dass es Unterschiede zwischen Gut und Böse gab und dass es ihm bestimmt war, alles zu überleben, was ihm widerfuhr.

Er zog die Knie vor die Brust und weinte. Sein Herz war schwer und von Verzweiflung erfüllt. Er würde niemals aus diesem Gefängnis freikommen. Er würde Coll oder Damson oder die anderen niemals wiedersehen – wenn überhaupt noch einer von ihnen lebte. Er schaute durch die Gitter seines schmalen Fensters und dachte, dass die Welt dahinter vielleicht bereits zu dem Albtraum geworden war, den Allanon ihm vor so langer Zeit gezeigt hatte. Er dachte, dass es vielleicht schon immer so gewesen war und nur seine falsche Wahrnehmung der Dinge ihn hatte glauben lassen, es sei anders.

Er achtete darauf, dass er nicht einschlief. Er wagte überhaupt nicht mehr zu schlafen, weil er die Träume nicht ertragen konnte, die der Schlaf ihm brachte. Er konnte spüren, dass er die Träume als Tatsachen zu akzeptieren begann und zu glauben anfing, dass es wahr sein musste, dass er ein Schattenwesen war. Beim Aufwachen hatte er kein Gespür mehr für die Dinge, und er konnte sich nicht gegen das Gefühl wehren, dass er nicht mehr er selbst war. Rimmer Dall war eine dunkle Gestalt, die Hilfe versprach und darüber hinaus noch mehr anbot. Rimmer Dall war die Chance, die er nicht zu ergreifen wagte – und die Chance, die er schließlich doch ergreifen musste.

Nein. Nein. Niemals.

An der Stelle seiner Zelle, wo sich die verschlossene und verriegelte Tür befand, bewegte sich die Luft. Er spürte es, bevor er es sah, und erhaschte dann einen Blick auf Schatten, die durch die Nacht zogen. Er blinzelte und dachte, es sei ein weiterer seiner Dämonen, die ihn heimsuchten, ein weiteres Zeugnis des Wahnsinns, der ihn langsam überwältigte. Daher durchschnitt er mit der Hand die Luft vor seinen Augen, als könnte dadurch wieder klar sehen, obwohl er wusste, dass da nichts war. Er lachte fast, als er die Stimme hörte.

Par. Hör mir zu.

Er schüttelte den Kopf. Warum sollte er?

Par Ohmsford!

Die Stimme klang scharf und spröde vor Ärger. Pars Kopf schnellte hoch.

Hör mir zu. Höre meine Stimme. Wer bin ich? Sag meinen Namen.

Par starrte auf das schwarze Nichts vor sich und dachte, dass er nun tatsächlich durchgedreht habe. Die Stimme, die er hörte, war die von Walker Boh.

Sag meinen Namen!

»Walker«, flüsterte er.

Das Wort war ein Funke in der Dunkelheit seiner Verzweiflung, und er richtete sich bei seinem hellen Flackern ruckartig auf. Seine Beine sanken wieder auf den Boden, und seine Arme fielen seitlich hinab. Er starrte ungläubig in die Dämmerung, hörte die Dämonen schreien und auseinanderstieben.

Hör mir zu, Par. Wir sind zu dir gekommen. Wir sind gekommen, um dich zu befreien und dich fortzubringen. Coll ist bei mir. Und Morgan. Und Damson Rhee.

»Nein.« Er konnte nicht anders. Das Wort war ausgesprochen, bevor er es sich anders überlegen konnte. Aber das war seine Überzeugung. Es konnte nicht so sein. Er hatte zu lange gehofft. Er hatte gehofft, und die Hoffnung hatte ihn wiederholt getrogen.

Die Bewegung in der Luft kam näher heran, und er spürte eine Gegenwart, die er nicht sehen konnte. Walker Boh. Wie hatte er ihn gefunden? Wie konnte er hier sein, aber unsichtbar? War er …?

So ist es. Ich habe getan, was mir aufgetragen wurde, Par. Ich habe Paranor zurückgebracht und bin der Erste der neuen Druiden geworden. Ich habe getan, was Allanon gefordert hat, und habe die mir übertragene Aufgabe erfüllt.

Par erhob sich, atmete hastig und griff ins Nichts.

Hör mir zu. Du musst zu der Stelle herunterkommen, an der wir warten. Wir können dich hier nicht erreichen. Du musst die Magie des Wünschlieds einsetzen, Par. Gebrauche sie, um die Tür aufzubrechen, die dich gefangen hält. Brich aus und komm zu uns herunter.

Par schüttelte den Kopf. Die Magie des Wünschlieds einsetzen? Nachdem er so viel Sorgfalt darauf verwandt hatte, ihren Gebrauch zu vermeiden? Nein, das konnte er nicht. Wenn er es tat, war er verloren. Die Magie würde ihn überwältigen und ihn zu dem Wesen machen, das er auf keinen Fall werden wollte. Lieber wollte er sterben.

Du musst es tun, Par. Gebrauche die Magie.

»Nein.« Das Wort war ein raues Flüstern in der Stille.

Anders können wir dich nicht erreichen. Gebrauche die Magie, Par. Wenn du aus deinem Gefängnis freikommen willst, sowohl aus dem, das du für dich selbst errichtet hast, als auch aus dem, in das die Schattenwesen dich gesperrt haben, dann musst du die Magie einsetzen. Tu es jetzt, Par.

Aber Par war plötzlich zu dem Schluss gekommen, dass dies ein weiterer Trug sein musste, ein weiteres Spiel, das entweder seine eigene Magie oder die Schattenwesen mit ihm trieben, indem Stimmen aus der Vergangenheit heraufbeschworen wurden, um ihn zu quälen. Er konnte die Dämonen lachen hören. Er wirbelte herum, drückte die Hände auf die Ohren und schüttelte heftig den Kopf. Walker Boh war nicht da. Niemand war da. Er war jetzt genauso allein, wie er es gewesen war, seit er in den Turm verschleppt worden war. Es war dumm, etwas anderes zu denken. Dies war nur eine weitere Prüfung seines zunehmenden Wahnsinns, die widerspiegelte, was er sich einst erträumt hatte, was aber niemals geschehen würde.

»Nein. Ich kann nicht.«

Er biss beim Sprechen die Zähne zusammen und stieß die Worte zischend hervor, als seien sie ein Fluch. Er wandte sich ruckartig von der erspürten Quelle seiner Hoffnung ab, von der Stimme, die nicht existierte, und wich in den Schatten zurück, führte sich selbst weiter in die Finsternis.

Walker Bohs Stimme beschwor ihn geduldig von neuem.

Par. Du hast mir einst gesagt, die Magie sei ein Geschenk, sie sei dir aus gutem Grund gegeben worden, sie sei zum Gebrauch bestimmt. Du hast mir gesagt, dass ich an die Träume glauben solle, die uns gezeigt wurden. Hast du das vergessen?

Par starrte in die Dunkelheit und erinnerte sich. Er hatte diese Dinge gesagt, als er Walker am Kamin zum ersten Mal getroffen hatte, vor vielen Wochen, als Walker sich geweigert hatte, mit ihm zum Hadeshorn zu kommen. Glaube, hatte er den Dunklen Onkel gedrängt. Glaube.

Gebrauche die Magie, Par. Befreie dich.

Er wandte sich um, und der Funke war in der Dunkelheit seiner Hoffnungslosigkeit, seiner Verzweiflung erneut aufgeflammt. Er wollte wieder glauben. Wie er einst den Dunklen Onkel gedrängt hatte zu glauben. Hatte er vergessen, wie? Er durchschritt den Raum und gewann neue Entschlossenheit, während er es tat. Er wollte glauben. Warum sollte er nicht? Warum sollte er es nicht versuchen? Warum sollte er nicht etwas tun, irgendetwas, anstatt einfach aufzugeben? Er sah die Tür aus der Dunkelheit auf sich zukommen, sah sie sich erheben, sah das Hindernis, an dem er nicht vorbeigelangen konnte. Es sei denn. Es sei denn, er setzte die Magie ein. Warum nicht? Was sollte er denn sonst tun?

Walker Boh war plötzlich so nah neben ihm, dass er ihn spüren konnte, obwohl er nicht wirklich da war. Walker Boh, der seine Verzweiflung überwunden hatte, seinen Mangel an Glauben, und die Aufgaben Allanons angenommen hatte. Ja, Paranor und die Druiden waren zurückgekehrt. Ja, er hatte das Schwert von Shannara gefunden. Und ja, Wren hatte auch die Elfen gefunden – musste sie gefunden haben oder würde sie gewiss finden.

Gebrauche die Magie, Par.

Dieses Mal überhörte er die Ermahnung. Er ging durch sie hindurch, als wäre sie nicht gewesen, und das einzige Geräusch, als er sich der Tür näherte, war sein Atem. In seinem Inneren löste sich etwas. Ich werde hier nicht sterben, dachte er. Ganz bestimmt nicht.

Dann flammte die Magie an seinen Fingerspitzen auf, und er ließ sie auf die Tür zufliegen und riss diese aus den Angeln, als wäre sie in einen Orkan geraten. Die Tür flog den ganzen Gang entlang und zerschellte an der Wand gegenüber. Sofort war Par durch die Öffnung hindurch und eilte durch den Gang auf die Treppe zu, hörte Walker Bohs Stimme erneut, folgte seinen Anweisungen und seinem Drängen, spürte innerlich aber nichts anderes als das Feuer der Magie, die in ihm umherwirbelte. Sie war erneut freigelassen und war entschlossen, frei zu bleiben. Er kümmerte sich nicht darum. Es gefiel ihm, dass er sie freigesetzt hatte. Er wollte, dass sie ihn verzehrte, dass sie alles verzehrte, was in ihre Reichweite geriet. Wenn dies der Wahnsinn war, der ihm versprochen worden war, dann wollte er ihn willkommen heißen.

Er stieg schnell die Treppe hinab, zog das Feuer der Magie hinter sich her, kämpfte um die Kontrolle über ihre Kräfte, die sich in ihm aufbauten. Dunkle Umrisse eilten auf ihn zu, und er verbrannte sie zu Asche. Schattenwesen? Etwas anderes? Er wusste es nicht. Der Turm war in der frühen Dämmerung erwacht, und seine Bewohner erhoben sich, als sie die Gegenwart der Magie spürten. Sie nahmen die Bedrohung wahr und beeilten sich, die Quelle zu ergründen. Feuer brannte von oben und von unten auf ihn ein, aber er spürte es lange, bevor es traf, und so wehrte er es mühelos ab. Ein dunkler Kern baute sich in ihm auf, eine gefährliche Mischung aus unerwarteter Unbekümmertheit und Freude am Gebrauch der Magie, und damit verschwanden Sorgen und Angst und Vorsicht. Er legte sein Menschsein ab, und jetzt konnte er tun, was er wollte. Die Magie gab ihm das Recht dazu.

Walker Boh schrie ihm etwas zu, aber er konnte seine Worte nicht verstehen. Und wollte es auch nicht. Er drängte weiter, stieg stetig abwärts und zerstörte alles, was ihm in den Weg kam. Nichts konnte ihm jetzt etwas anhaben. Er sandte das Feuer des Wünschlieds voraus und folgte ihm vergnügt.

Walker Boh erwachte mit einem Ruck, sein Körper zitterte, und seine Arme zuckten. Seine Gefährten wichen von ihm zurück. »Er kommt«, zischte er und schlug die Augen auf. »Aber er verliert sich in der Magie!«

Sie mussten nicht fragen, von wem er sprach. »Was meinst du?« Coll packte seinen Umhang und zog Walker heftig herum.

Walkers Blick war so hart wie Stein, als er den Talbewohner ansah. »Er hat die Magie eingesetzt, aber die Beherrschung darüber verloren. Er gebraucht sie gegen alles. Jetzt lass mich los!«

Er wand sich frei und wirbelte herum, legte seine Hände an die Steintür und drückte dagegen. Licht flackerte von seinen Handflächen auf, strahlte von seinen Fingerspitzen in die Fugen der wuchtigen Tür und rann durch den Türspalt. Die Schlösser schnappten auf, und die Eisenriegel zerbrachen. Die Zeit der Heimlichkeit und Vorsicht war vorbei. Die Tür bebte und gab mit einem Knirschen des Metalls nach.

Sie waren sofort hindurch und bewegten sich durch die Dunkelheit, die noch undurchdringlicher war als die Nacht und sich auf ihrer Haut kalt und feucht anfühlte. Sie atmeten Staub und stickige Luft, aber es waren nicht Alter und Nichtverwendung, die sie erwarteten, sondern eine furchtbare Fäulnis, die von etwas Gefangenem und Sterbendem zeugte. Sie mussten würgen, und Walker ließ Licht in die dunklen Ecken des Raumes gleiten, den sie betreten hatten. Es war ein großer Vorraum zu einer Reihe von Gängen, die unter einer Galerie hindurchführten. Dahinter war durch einen gewölbten Durchgang ein leerer Hof zu sehen.

Irgendwo aus der fernen Schwärze hörten sie Schreie, rochen Verbranntes und sahen das weiße Flackern von Pars Magie.

Ondit lief bereits voraus. Er trottete durch den Vorraum auf den Hof. Walker und die anderen folgten ihm mit grimmigen Gesichtern. Schatten bewegten sich am Rande der Lichtwirbel, und Geräusche drangen auf sie ein, aber nichts griff sie an. Während sie geduckt den Hof überquerten, schauten sie wachsam nach links und nach rechts. Die Schattenwesen waren irgendwo in der Nähe. Sie erreichten das andere Ende des Hofes, folgten noch immer den Geräuschen und Blitzen im Inneren und schoben sich in einen Gang.

Vor ihnen führte eine Treppe in den dunklen Turm hinauf, wand sich aufwärts in die Schwärze, die jetzt von dem hellen Flackern des weißen Feuers der Magie erhellt wurde. Par kam herunter. Sie standen wie erstarrt da, während er sich näherte, denn sie wussten nicht, was sie erwartete, wussten nicht, was sie tun sollten. Irgendwie mussten sie ihn erreichen und wieder zu sich bringen, aber sie wussten auch – sogar Matty Roh, für die Magie ein Rätsel war –, dass es nicht leicht werden würde und dass das, was mit Par Ohmsford geschah, unerbittlich und entsetzlich und furchtbar war. Auf Walkers lautlosen Befehl hin verteilten sie sich. Morgan zog das Schwert von Leah und Coll das Schwert von Shannara, ihre Talismane gegen die dunklen Wesen. Als Matty dies bemerkte, zog auch sie ihr schlankes Schwert. Walker trat einen Schritt vor die Gruppe, denn er dachte, dass es seine Aufgabe sei, einen Weg durch die Rüstung zu suchen, mit der die Magie des Wünschlieds Par umgeben hatte, dass er dafür verantwortlich war, dass Par die Wahrheit über sich selbst herausfand.

Und plötzlich erschien der Talbewohner. Er glitt ruhig die Treppe herunter, ein Phantom, das im Licht der Magie loderte. An seinen Fingerspitzen funkelte die Macht, auch auf seinem Gesicht und in der Tiefe seiner Augen. Er sah die fünf und sah sie gleichzeitig auch nicht. Er kam heran, ohne langsamer zu werden und ohne etwas zu sagen. Über ihm herrschte Chaos, aber es verfolgte ihn nicht nach unten. Par kam näher, noch immer schwebend, noch immer vergänglich, bewegte sich geradewegs auf Walker zu und zeigte keinerlei Anzeichen, dass er langsamer werden würde.

»Par Ohmsford!«, rief Walker Boh.

Der Talbewohner ging weiter.

»Par, sperre die Magie ein!«

Par zögerte, sah Walker zum ersten Mal oder erkannte ihn und wurde langsamer.

»Par. Sperre die Magie ein. Wir brauchen nicht …«

Par ließ ein Feuerband auf Walker zuschießen, das ihn zu ersticken drohte. Walkers eigene Magie erhob sich zur Abwehr, trieb das Band zurück und verwandelte es in Rauch. Daraufhin hielt Par inne, und die beiden standen sich in der Finsternis gegenüber.

»Par, ich bin es!«, rief Coll von der anderen Seite her.

Sein Bruder wandte sich zu ihm um, aber in seinen Augen war kein Hinweis auf ein Wiedererkennen zu sehen. Die Magie des Wünschlieds zischte, sang in der Luft um ihn herum und flatterte wie ein Umhang im Wind. Morgan rief ihm ebenfalls etwas zu und bat ihn zuzuhören, aber Par sah den Hochländer nicht einmal an. Er war der Magie hörig, war so in ihr gefangen, dass nichts anderes wichtig war und sogar die Stimmen seiner Freunde für ihn nicht wiederzuerkennen waren. Er wandte sich von einem zum anderen, als sie auf ihn einsprachen, aber der Klang ihrer Stimmen veranlasste die Magie nur, ihn noch fester zu packen.

Wir können ihn nicht zurückholen, dachte Walker verzweifelt. *Er wird auf keinen von uns hören.* Er spürte, dass die Verfolger kamen, spürte, wie die Schattenwesen durch die Verbindungsgänge herankamen. Wenn Rimmer Dall sie erst erreichte …

Und dann trat Damson Rhee plötzlich vor, schob sich an Walker vorbei, bevor er Einwände erheben konnte, stieg die Stufen hinauf und ging auf Par zu. Par sah sie kommen und richtete sich auf, um ihr entgegenzutreten. Die Magie an seinen Fingerspitzen flackerte bösartig. Damson näherte sich ihm ohne die Hilfe von Waffen oder Magie, die Arme gesenkt, die Handflächen geöffnet, den Kopf erhoben. Walker dachte einen Augenblick lang daran, zu ihr zu eilen und sie zurückzureißen, aber es war bereits zu spät.

»Par«, flüsterte sie und blieb stehen, als sie nur noch ungefähr einen Meter von ihm entfernt war. Sie stand einige Stufen tiefer und schaute zu ihm auf. Ihr rotes Haar hatte sie aus dem Gesicht gestrichen, und ihre Augen glänzten von Tränen: »Ich dachte, ich würde dich niemals wiedersehen.«

Par Ohmsford blickte sie an.

»Ich habe Angst, dich erneut zu verlieren, Par. An die Magie. An deine Angst, dass sie dich täuschen wird, wie sie es getan hat, als du geglaubt hast, du hättest Coll getötet. Verlass mich nicht, Par.«

Ein Anflug von Erkennen zeigte sich hinter dem Wahnsinn in seinen Augen.

»Komm zu mir, Par.«

»Damson?«, flüsterte er plötzlich.

»Ja«, antwortete sie lächelnd, während ihr die Tränen jetzt über das Gesicht liefen. »Ich liebe dich, Par Ohmsford.«

Einen langen Augenblick rührte er sich nicht, sondern stand in der Dunkelheit auf den Stufen wie aus Stein gemeißelt, während die Magie durch seine Glieder und seinen Körper raste. Dann schluchzte er auf, irgendetwas erwachte in ihm, das zuvor geschlafen hatte, und er kniff die Augen zu, um sich zu konzentrieren. Sein Körper schüttelte sich, verkrampfte sich, und die Magie flackerte noch einmal auf und erstarb dann. Er öffnete die Augen wieder. »Damson«, flüsterte er, erkannte sie jetzt, erkannte sie alle und taumelte vorwärts.

Sie fing ihn auf, als er fiel, und sofort war auch Walker da und dann die anderen. Sie ergriffen den Talbewohner und brachten ihn in den Gang, stützten ihn und betrachteten sein verstörtes Gesicht.

»Ich bekomme keine Luft«, flüsterte er ihnen zu. »Ich kann nicht atmen.«

Damson hielt ihn fest an sich gedrückt, flüsterte ihm zu, dass alles in Ordnung sei, dass er jetzt in Sicherheit sei, dass sie ihn fortbringen würden. Aber Walker sah die Wahrheit in Par Ohmsfords Augen. Er führte noch immer einen Kampf mit der Magie des Wünschlieds, und er würde ihn verlieren. Was auch immer mit ihm geschah, er musste sich ihm jetzt stellen, um von den Ängsten und Zweifeln befreit zu werden, die ihn seit Wochen quälten.

»Coll«, sagte er leise, als sie ihn auf die Knie sinken ließen und gegen Damson lehnten. »Es ist Zeit für das Schwert von Shannara. Warte nicht länger. Gebrauche es.«

Coll sah den Dunklen Onkel unsicher an. »Aber ich bin nicht sicher, was es tun wird.«

Walker Bohs Stimme wurde hart wie Stahl. »Gebrauche das Schwert, Coll. Gebrauche es, oder wir werden ihn verlieren!«

Coll kniete sich neben Par und Damson. Er hielt das Schwert von Shannara vor sich und hatte beide Hände um sein Heft gelegt. Er musste diesen Talisman einsetzen, aber er würde auch die Folgen tragen müssen.

»Morgan, kümmere dich um die Treppe«, befahl Walker Boh. »Matty Roh, die Gänge.« Er trat zu Par. »Damson, lasst ihn los.«

Damson sah betroffen zu ihm auf. Überraschende Wärme lag in Walkers Blick, eine Mischung aus Beruhigung und Freundlichkeit. »Lasst ihn los, Damson«, sagte er sanft. »Geht zurück.«

Sie ließ Par los, und der Talbewohner sackte vornüber. Coll fing ihn auf, hielt ihn einen Moment in seinen Armen, nahm dann die Hände seines Bruders und legte sie neben seine eigenen um das Heft des Schwertes. »Walker«, flüsterte er flehend.

»Mach schon«, zischte der Dunkle Onkel.

Morgan schaute unbehaglich herüber. »Das gefällt mir nicht, Walker …«

Aber er kam zu spät. Durch die Eindringlichkeit von Walkers Befehl überzeugt, hatte Coll die Magie bereits beschworen. Das Schwert von Shannara erwachte flackernd zum Leben, und der Raum wurde von Licht überflutet.

In eine erdrückende Wolke betäubender Unentschlossenheit gehüllt und seiner Angst ausgeliefert, spürte Par die Magie des Schwertes, die sich wie Feuer aus der Dunkelheit herandrängte und sich in ihn hineinbrannte. Die Magie des Wünschlieds hob sich ihr als weiße Wand entschlossenen Schweigens entgegen, um sie abzuwehren. Schutztüren fielen krachend zu, Schlösser schnappten ein, und das Zittern seiner Seele ließ ihn wanken. Er war sich vage bewusst, dass Coll die Magie des Schwertes beschworen hatte, dass die Kräfte dazu irgendwie seine waren und nicht Pars, und es fühlte sich an, als würde alles auf den Kopf gestellt. Er zog sich vor der Magie zurück, unfähig, die Wahrheit zu ertragen, die sie bringen würde. Er wollte sich nur für immer in sich selbst verbergen.

Aber die Magie des Schwertes von Shannara kam dieses Mal mit der Stimme seines Bruders und drängte sich in ihn hinein. *Hör zu, Par. Hör zu. Bitte hör zu.* Die Worte bahnten sich einen Weg an der Abwehr des Wünschlieds vorbei und ließen ein, was folgte. Er dachte, dass es zuerst nur Colls Worte waren, die seine Mauern durchbrachen und das weiße Licht hineinließen. Aber dann sah er, dass es mehr war. Es war sein eigenes erschöpftes Bedürfnis, ein für alle Mal das Schlimmste zu erfahren, was es zu erfahren gab, von den Zweifeln und dem Entsetzen befreit zu werden, mit denen das Unwissen ihn quälte. Er hatte lange genug damit gelebt und wollte nicht mehr. Seine Magie hatte ihn von allem abgeschirmt, aber das gelang ihr nicht mehr, wenn er es ablehnte. Er war an die Mauer seines Verstandes zurückgedrängt worden und konnte nicht weiter zurück.

Er versuchte, seinen Bruder zu erreichen, begierig und lockend. *Sage es mir. Sage mir alles.*

Das Wünschlied fauchte wie eine Katze, die in die Enge getrieben wurde, und das war die Magie ja auch, denn sie unterstand seinem Befehl, seinem Geburtsrecht und seinem Erbe, und nichts, was sie tun würde, konnte seiner Vernunft und seinen Bedürfnissen widerstehen. Er hatte sich ihrem Willen gebeugt, als seine Angst und seine Zweifel ihn ausgehöhlt hatten, aber er war nie vollständig gebrochen worden, und jetzt würde er für immer von dieser Unsicherheit befreit werden.

Coll, bat er. Sein Bruder war da und beruhigte ihn. *Coll.* Sie hielten gleichzeitig ihre Hände um das Schwert, verschränkten ihre Finger und schwebten in das Licht der Magie. Dort tröstete Coll Par und versicherte ihm, dass die Magie ihn heilen und ihm keinen Schaden zufügen würde, dass er seinen Bruder, was auch immer geschähe, nicht im Stich lassen würde. Und schließlich gab Par seinen Widerstand auf, die Schlösser öffneten sich, die Türen gingen auf, und die Dunkelheit war verbannt. Er schüttelte die letzten Fesseln des Wünschlieds ab und überließ sich mit einem Seufzen seinem Bruder.

Und dann kam die Wahrheit, erst als Rinnsal von Erinnerungen, die schnell zu einem Strom anschwollen. Alles, was je in Pars Leben passiert war, die Geheimnisse, die er sogar vor sich selbst verborgen gehalten hatte, die Schmach und die Peinlichkeiten, die Fehlschläge und Verluste, die er in sich verschlossen hatte, marschierten vorbei. Sie kamen ins Licht, und obwohl Par zunächst davor zurückschrak, vor dem qualvollen und unendlichen Schmerz, wuchs seine Kraft mit jeder Erinnerung, und die Aufgabe zu akzeptieren, was sie bedeuteten und wie sie ihn als Mensch maßen, wurde erträglich.

Dann veränderte sich das Licht, und er sah, wie er bis hierher gelangt war, wie er auf Allanons Drängen auf die Suche nach dem Schwert von Shannara gegangen und bestrebt gewesen war, diese Aufgabe zu erfüllen und die Wahrheit über sich selbst zu entdecken. Aber wie ernst war sein Anliegen wirklich gewesen? Denn was er fand, war die Möglichkeit, dass er genau eines dieser Wesen sein konnte, gegen die er in den Kampf gezogen war. Was er fand, war Rimmer Dall, der bereits auf ihn wartete und ihm sagte, dass er nicht der sei, für den er sich hielt, dass er jemand ganz anders sei, eines der dunklen Wesen, eines der Schattenwesen. Nur ein Wort, hatte Rimmer Dall geflüstert, nur ein Name. Ein Schattenwesen, das über Schattenwesenmagie verfügte, das eine Macht besaß, die sich von jener der rotäugigen Geister in nichts unterschied, und das so sein und so handeln konnte wie sie.

Und jetzt sah er in dem kühlen weißen Licht der Wahrheit des Schwertes, dass dies alles stimmte.

Einer von ihnen.

Er war einer von ihnen.

Er schreckte vor der Erkenntnis zurück, vor der Unausweichlichkeit dessen, was ihm offenbart wurde, und ihm war, als hätte er entsetzt aufgeschrien, obwohl er das innerhalb des Lichts nicht sagen konnte. Ein Schattenwesen! Er war ein Schattenwesen! Er spürte, wie Coll zuckte und zurückwich. Aber Coll ließ nicht los. Er hielt ihn weiterhin fest. *Es ist egal, was du bist, du bist mein Bruder,* hörte Par. *Es ist gleichgültig. Du bist mein Bruder.* Und damit verhinderte er, dass Par in den Wahnsinn abglitt. Und so blieb er trotz seines Entsetzens und der erschreckenden Erkenntnis seiner selbst auf dem Boden der Tatsachen.

Und so erkannte er den Rest dessen, was die Wahrheit enthüllen würde.

Er sah, dass ihn sein Elfenblut und seine Abstammung an die Schattenwesen banden, denn auch sie waren Elfen. Aus derselben Linie, aus derselben Geschichte stammend, waren sie so verbunden wie Menschen, die eine ähnliche Vergangenheit teilen. Aber er hatte auch die Wahl, anders zu sein. Er stammte sowohl von Shannara als auch von den Schattenwesen ab, und er brauchte nicht zu sein, was die Magie vielleicht aus ihm machte. Der Gedanke, dass es ihm vorherbestimmt sei, eines der dunklen Wesen zu sein, war eine Lüge, die Rimmer Dall ihm eingepflanzt hatte, als er ihn in dem Kuppelbau traf, der das Schwert von Shannara barg, als er mit Coll und Damson zum letzten Mal in die Grube hinabgestiegen war. Rimmer Dall hatte zugelassen, dass er das Schwert erprobte, denn er wusste wohl, dass es nicht funktionieren würde, weil seine eigene Magie es nicht zulassen wollte. Sie war ein Hindernis für eine so unerfreuliche Wahrheit, die er nicht akzeptieren konnte. Rimmer Dall hatte ihm weisgemacht, dass er die Ausgeburt eines Schattenwesens sei, dass er einer von ihnen sei, ein Gefäß für ihre Magien, und hatte in ihm den Zwist gesät, der verhinderte, dass die miteinander ringenden Magien des Schwertes und des Wünschlieds sich vereinten. So hatte er die lange Spirale des Zweifels in Gang gesetzt, die die Möglichkeit, was auch Par werden könnte, zur Tatsache hätte werden lassen.

Par stockte der Atem, und er wich zurück. Er sah es jetzt, sah alles. Glaube es lange genug, und es wird geschehen. Glaube, dass es so sein könnte, und es wird so sein. Das war es, was er sich selbst angetan hatte, während er in Magie eingehüllt war, die von nichts vernichtet werden konnte, wenn er es nicht zuließ. Er war in seinen eigenen Ängsten und Zweifeln vor der Wahrheit gefangen gewesen. Rimmer Dall hatte das gewusst. Er hatte erkannt, dass Par mit den Möglichkeiten ringen würde, die der Erste Sucher ihm anbot. Soll er glauben, dass er seinen Bruder mit seiner Magie getötet hat. Soll er glauben, dass die Magie des Schwertes von Shannara niemals die seine sein kann. Soll er glauben, dass er wegen dem, was er sein könnte, scheitern wird. Solange er das Wünschlied einsetzte, um die Magie des Schwertes in Schach zu halten, welche Chance hatte er da, den Konflikt in sich selbst zu lösen? Par würde sowohl der Erlöser der Druiden als auch der Diener der Schattenwesen sein, und das würde ihn innerlich zerreißen.

»Aber ich muss keiner von ihnen sein«, hörte er sich sagen. »Ich muss es nicht!«

Er erschauerte unter dem Gewicht dieser Worte. Colls Lächeln wärmte ihn wie die Sonne. Wie die Wahrheit des Schwertes für seinen Bruder die Lüge des Spiegeltuchs fortgerissen hatte, wurde die Erkenntnis auch jetzt für Par zu einem Weg, auf dem er zu sich selbst zurückkehren konnte. Hatte Allanon gewusst, dass es so geschehen würde, fragte er sich, während er sich aus dem Licht zu erheben begann. Hatte Allanon erkannt, dass dies der Sinn des Schwertes von Shannara war?

Als die Magie erlosch und er seine Augen öffnete, stellte er überrascht fest, dass er weinte.

35

Schatten und Nebel drehten und wanden sich das Tal von Rhenn hinab wie ein Meer der Bewegung, das über die Körper der Toten hinwegrollte und den Überlebenden die finstere Einladung zuwinkte, sich ihm anzuschließen. Wren Elessedil stand mit den Befehlshabern der Elfenarmee und ihren neuen Verbündeten am Eingang des Tales und erwog, der Verlockung seines Rufs zu folgen. Von den Leichen, die noch immer dort unten verstreut lagen, überwiegend Südländer, die von ihren Kameraden zurückgelassen worden waren, erhoben sich Arme, im Tode erstarrt wie Wegweiser zur Unterwelt. Das Gemetzel breitete sich südwärts bis auf die Ebene aus, bis die Dunkelheit es verschluckte, und es schien der Königin der Elfen, als ob es sich endlos erstrecken würde. Ihr war, als hätte sie einen kurzen Blick auf die Zukunft geworfen, die sie erwartete.

Sie stand abseits von den anderen – von Triss und Barsimmon Oridio, von dem Anführer des Geächteten, Padishar Creel, und seinem rauen Freund Chandos und von Axhind, dem geheimnisvollen Anführer der Trolle. Sie schauten alle zum Tal hinunter, als dächte jeder von ihnen über dasselbe Rätsel nach, dieses Gewirr aus Nebel und Schatten und Tod. Niemand sagte ein Wort. Sie standen dort, seit sie die Nachricht erhalten hatten, dass sich die Föderation wieder auf dem Vormarsch befand. Die Dämmerung war noch nicht angebrochen, und das Licht verharrte im Osten noch hinter dem Horizont. Der Himmel war dicht bewölkt und die Welt ein Ort der Schwärze.

Verzweiflung machte sich in Wren breit. Sie spürte die Hoffnungslosigkeit bis in die Knochen, und sie schien kein Ende nehmen zu wollen. Sie hatte gedacht, sie hätte zum letzten Mal weinen müssen, als Garth gestorben war, aber mit dem Verlust von Faun waren Tränen und Kummer zurückgekehrt, und jetzt glaubte sie, dass es damit vielleicht niemals aufhören würde. Sie fühlte sich, als sei ihr die Haut vom Körper gezogen worden, sodass das Blut darunter frei fließen konnte und die Nervenenden bloßgelegt waren. Sie fühlte sich, als habe sich der Sinn ihres Lebens zu einer Prüfung ihres Willens und ihrer Ausdauer entwickelt. Sie fühlte sich im Herzen elend und in der Seele leer.

»Es war nur ein Baumschreier«, hatte Stresa wenig überzeugend gezischelt, als er sie gegen Mitternacht gefunden hatte. Sie hatte ihm von Fauns Tod erzählt, aber der Tod war für Stresa nichts Neues. »Sie wachsen auf, um zu sterben, Wren von den Elfen. Zerbrich dir nicht den Kopf darüber.«

Die Worte sollten sie nicht verletzen, aber sie fühlte sich dennoch zum Widerspruch herausgefordert. »Du wärst mit deinen Bemerkungen nicht so schnell bei der Hand, wenn ich um dich trauern müsste.«

»Phhffft. Eines Tages wirst du das.« Der Stachelkater hatte die Achseln gezuckt. »So ist der Lauf der Dinge. Der Baumschreier ist gestorben, um dich zu retten. So hat er es gewollt.«

»Niemand will sterben.« Die Worte klangen verbittert und barsch. »Nicht einmal ein Baumschreier.«

Und Stresa hatte erwidert. »Es war seine Wahl, nicht wahr?«

Dann war er wieder gegangen. Er war in die Wälder weit im Westen gezogen, um dort Wache zu halten und um die Elfen zu warnen, wenn es notwendig war. Sie entfremdeten sich voneinander, spürte Wren. Stresa war ein Wesen der Wildnis und sie nicht. Eines Tages würde er fortgehen und nicht mehr zurückkommen, und dann wäre ihre letzte Verbindung zu Morrowindl verloren. Alles wäre dann der Erinnerung anheimgegeben, der Anfang dessen, wer sie jetzt war, und das Ende davon, wer sie gewesen war.

Sie wunderte sich, dass sich das Leben so vollkommen verändern konnte und sie sich dennoch noch genauso anfühlte wie vorher.

Aber vielleicht belog sie sich in dieser Beziehung selbst, wenn sie glaubte, sich nicht verändert zu haben, während sie sich tatsächlich doch verändert hatte und es nur einfach nicht zugeben konnte. Sie blickte stirnrunzelnd in die Dunkelheit, suchte den von Toten übersäten Talboden ab und fragte sich, wie viel von ihrem Selbst Morrowindls Schrecken überlebt hatte und wie viel verloren gegangen war. Sie wünschte, sie hätte jemanden, dem sie diese Frage stellen konnte. Aber die meisten, die sie hätte fragen können, waren tot, und jene, die noch lebten, würden die Antwort zurückhalten. Sie würde sich die Frage selbst beantworten und hoffen müssen, dass ihre Antwort richtig war.

Padishar Creel blickte suchend in ihre Richtung, aber sie ging nicht darauf ein. Sie hatte seit dem Morgen mit niemandem mehr gesprochen, nicht einmal mit Triss, und hatte sich mit ihrer Einsamkeit umgeben wie mit einer Mauer. Die Geächteten waren gekommen und hatten Axhind und seine Bergtrolle mitgebracht, die Verstärkung, die sie herbeigesehnt hatte. Aber plötzlich war es ihr schwergefallen, das alles für wichtig zu halten. Sie wollte nicht, dass die Elfen ausgerottet würden, aber das Töten machte sie krank. Der gestrige Kampf hatte unentschieden geendet, nichts war geklärt, und der Kampf des heutigen Tages versprach kein neues Ergebnis. Die Flucht der Föderation war zum Stillstand gelangt, ihre Armee formierte sich neu und marschierte wieder heran. Sie würden immer wieder kommen, dachte sie. Sie waren so viele, dass sie es immer wieder wagen konnten. Die zusätzliche

Hilfe der Geächteten und der Trolle vergrößerte die Überlebenschance der Elfen, gab aber keinen Grund zu der Hoffnung, dass die Föderation aufgehalten werden könnte. Von den Städten im Süden und von Tyrsis würde Verstärkung für die Föderation kommen. Ein endloser Strom, wenn notwendig. Die Invasion würde weitergehen, der Vorstoß ins Elfenwestland, und es stellte sich nur die Frage, wie lange die Zerstörung andauern würde.

Sie verdrängte die Verbitterung und die Verzweiflung und ärgerte sich über ihre Schwäche. Die Königin der Elfen konnte es sich nicht erlauben, einfach aufzugeben, schalt sie sich. Die Königin der Elfen musste immer an die Rettung glauben.

Ach, aber was war denn noch geblieben, woran sie glauben konnte?

Dass Par und Coll Ohmsford lebten und das Schwert von Shannara in ihren Besitz gebracht hatten, sagte sie sich entschlossen. Dass Morgan Leah ihnen folgte. Dass Walker Boh Paranor und die Druiden zurückgeholt hatte. Dass Allanons Aufgaben erfüllt worden waren, dass das Geheimnis der Schattenwesen bekannt war und dass Hoffnung für sie bestand. Daran konnte sie glauben, und darin musste sie ihre Kraft finden.

Sie fragte sich, ob ihr Onkel und ihre Vettern und Morgan Leah noch immer Kraft in ihrem Glauben fanden. Sie fragte sich, ob sie noch etwas übrig behalten hatten, woran sie glauben konnten. Sie dachte an die Verluste, die sie erlitten hatte, und fragte sich, ob es ihnen genauso ergangen war. Sie fragte sich schließlich auch noch, ob sie die Aufgaben Allanons auch dann noch angenommen hätten, wenn sie von Anfang an den Preis gekannt hätten, der dafür bezahlt werden musste. Sicher hätten sie sich anders entschieden.

Im Osten wurde es hell, wo die Sonne den Rand der Welt überschritt. Ein schwacher Silberschimmer erschien, der die Drachenzähne und den Wald davor sichtbar werden ließ. Das

Licht schien ins Tal hinab und jagte die Schatten aus dem Nebel. Trommeln und Marschgeräusche wurden in der Ferne hörbar, schwach noch, aber zunehmend deutlich. Padishar Creel stritt mit Barsimmon Oridio. Sie stimmten nicht darin überein, welcher Strategie die drei Armeen folgen sollten, wenn der Angriff begänne. Sie waren beide Männer mit starkem Willen, und sie misstrauten einander. Axhind hörte schweigend zu. Er blieb ungerührt und ausdruckslos. Triss war fortgegangen. Es widerstrebte dem Anführer der Geächteten, dass Bar hartnäckig auf dem alleinigen Oberbefehl bestand. Wren hatte sie bereits einmal getrennt. Sie würde es vielleicht wieder tun müssen, und das gefiel ihr nicht. Sie wollte keinen Anteil an alledem haben. Nicht mehr. Sie stand da und beobachtete und rührte sich nicht, während der Streit hitziger wurde. Triss sah herüber und wartete darauf, dass sie eingriff. Im Süden wurden die Trommeln lauter.

Dann erschien plötzlich Stresa. Er brach unerwartet aus dem Gebüsch hervor, hob seine Stacheln an, um Staub und Blätter abzuschütteln, und eilte auf sie zu. Wren wandte sich um und vergaß alles andere. Der Stachelkater war eindeutig aus einem dringenden Grund gekommen.

»Elfenkönigin«, zischte er mit abgehackter, rauer Stimme. »Sie haben Kriecher herangebracht!«

Sie spürte, wie ihr Herz aussetzte und ihre Kehle sich zusammenzog. »Wir haben sie doch alle im Sumpf versenkt«, wandte sie zögernd ein.

»Sie haben noch weitere gefunden! Sssttt!« Die nasse Schnauze hob sich, und seine dunklen Augen sahen sie hart an. »Aus Tyrsis anscheinend. Phhffttt! Auch Soldaten, aber die Kriecher sind das Problem. Fünf mindestens. Ich bin sofort gekommen, nachdem ich sie gesehen hatte.«

Sie wirbelte zu den anderen herum. Padishar Creel und Bar hatten ihren Streit beendet. Axhind und Chandos standen wie

Steinfiguren Schulter an Schulter da. Triss war bereits neben ihr.

Kriecher.

Es wurde heller, und der Nebel lichtete sich, während die Föderationsarmee aus der Dämmerung auf das Tal von Rhenn zumarschierte. Sie kam mit ihren schwarzen und scharlachroten Abteilungen und schwärmte weit über den Eingang des Tales und über seine Hänge hinweg aus. Die Reihen von Männern schienen endlos lang. Kavallerie ritt an den Flanken, und es gab rollende Schanzen mit Schießscharten, hinter denen sich Bogenschützen verbergen konnten. Mauern aus Schilden und Katapulte waren zu sehen sowie bei jedem Kommando Sucher in schwarzen Gewändern.

Aber aller Augen wandten sich dem Mittelpunkt der Armee zu. Dort bewegten sich die Kriecher in ihrem glänzenden schwarzen Metall, mit gezackten, haarigen Gliedern, Wesen zwischen Maschine und Tier. Sie kamen auf die Elfen und ihre Verbündeten zu, auf die Männer, die sie vernichten sollten.

Wren Elessedil betrachtete sie und empfand nichts. Deren Anwesenheit bedeutete für die Elfen das Ende, und das wusste sie. Ihre Anwesenheit bedeutete das Ende von allem.

Sie griff in ihrer Tunika nach den Elfensteinen und trat vor, um sich dem Feind ein letztes Mal entgegenzustellen.

»Steh auf, Par!«

Coll schrie ihn an, zog ihn am Arm hoch und auf die Füße. Er rappelte sich gehorsam auf, obwohl er noch immer unter Schock stand durch das, was ihm widerfahren war, obwohl er noch immer betäubt war von den Enthüllungen des Schwertes. Auf der Treppe kam Bewegung in jene, die gekommen waren – Walker, Damson, Coll, Morgan und die große, schlanke, schwarzhaarige Frau, deren Gesicht er nicht kannte – und die ihn jetzt umringten. Ondit durchstöberte eifrig den Raum.

Ein Flüstern war zu hören, das die Treppe herunterkam, aber die Dunkelheit verbarg, was dort herumkroch. Die Türen, die aus dem Turm herausführten, waren geschlossen bis auf eine, die über einen Hof zu Mauern und einem Durchgang zu dem dahinterliegenden Land zurückführte. Zumindest diese Richtung war frei, und in der Ferne konnte er das Morgenlicht über den Horizont des Runnegebirge heraufziehen sehen.

Walker schaute auch dorthin. Walker, der jetzt ganz in Schwarz gewandet war, bärtig und bleich, aber irgendwie stärker wirkte als je zuvor und in sich ein Feuer trug, das unmittelbar unter der Oberfläche brannte. Wie Allanon, dachte Par. Wie Allanon einst gewesen war. Walker sah kurzzeitig zu dem Durchgang hinüber. Er war unentschlossen wie die anderen, die dicht um Par versammelt waren, sich aber den geschlossenen Türen und der offenen Treppe zugewandt hatten und die Waffen bereithielten.

»Wohin!«, zischte das dunkelhaarige Mädchen.

Walker wandte sich schnell um und ging entschlossen zu den anderen. »Wir sind gekommen, um Par zu retten und das freizulassen, was die Schattenwesen in den Tiefen des Turms gefangen halten. Wir haben diese Aufgabe noch nicht erledigt.«

Damson legte den Arm um Par und hielt ihn, als wollte sie ihn niemals wieder loslassen. Par umarmte sie ebenfalls und sagte ihr, dass es in Ordnung sei, dass er jetzt in Sicherheit sei. Er fragte sich, ob das wirklich stimmte, fragte sich noch immer, was geschehen war. Die Magie des Wünschlieds gehörte wieder ihm, aber er war sich dennoch immer noch nicht sicher, was sie tun würde.

Aber zumindest bin ich kein Schattenwesen! Zumindest weiß ich das!

Coll stand dicht bei Walker. »Hinter der verriegelten Tür dort drüben liegt ein Gang, der zur Kellertreppe führt. Gehen wir?«

Walker nickte. »Schnell. Bleibt zusammen!«

Sie durchquerten eilig den Raum, und während sie dies taten, warf sich ein dunkler Schatten die Treppe hinab und stürzte sich auf das schwarzhaarige Mädchen. Sie wich dem Angriff aus, und das Wesen wandte sich ihr sofort zischend und rotäugig wieder zu, streckte Hände mit Klauen aus Feuer aus. Aber Ondit erwischte es, bevor es zuschlagen konnte, riss es in der Mitte entzwei und schleuderte es beiseite.

Walker stieß die Tür mit den Riegeln auf, und sie eilten hindurch und ließen ihre Verfolger hinter sich. Der Gang war hoch und dunkel, und sie glitten ihn vorsichtig hinab und spähten unablässig in die Schatten. Ondit war wieder vor ihnen. Seine Katzenaugen waren schärfer als ihre und führten sie voran. Von irgendwo unter ihnen erklang ein Malmen herauf, dann ein langes Seufzen und ein Schnaufen. Der Turm der Schattenwesen erschauerte als Antwort wie die Haut eines Lebewesens. Es war, als ob er im Rhythmus eines Herzschlags ruckartig zuckte. Was befand sich dort unten? Das war nicht das Geräusch von Wellen, die gegen die Mauern schlugen, wie Rimmer Dall ihm gesagt hatte – das war eine weitere Lüge gewesen. Etwas anderes. Etwas so Wichtiges, dass Walker alles riskierte, um es nicht dort zu lassen. Wusste er, was es war? Hatte Allanon ihm die Antworten gegeben, nach denen sie alle gesucht hatten?

Es war keine Zeit, das jetzt herauszufinden. Schatten füllten den Durchgang hinter ihnen, und Morgan wirbelte wieder herum und führte das Feuer des Schwertes von Shannara gegen sie. Sie stoben auseinander und verschwanden, waren aber im Handumdrehen wieder da. Coll flüsterte Walker drängend etwas zu, aber Walker schien zu wissen, wohin er ging, und zog Coll hinter sich her. Er hielt ihn dicht bei sich, und die anderen folgten hinter ihnen und hielten sich nah an den Mauern. Schatten wirbelten aus der Dunkelheit vor ihnen heran, aber es waren nur Spiegelungen dessen, was ihnen folgte. Par drückte Damson an sich und lief weiter.

Sie erreichten den Absatz, wo die Treppe begann, die bis in die Tiefen der Festung hinabreichte, und jetzt wurden die Geräusche von dem, was dort unten gefangen war, deutlich und klar. Es war das Atmen eines großen Tieres, an- und abschwellend und schnaufend, als striche der Atem durch eine verdorrte und von Wassermangel zugeschnürte Kehle. Das Malmen war das Geräusch einer Bewegung und erinnerte an Steine, die in einer Lawine verrutschen.

Schwarzgewandete Gestalten erschienen auf den unteren Stufen, und Schattenfeuer flog wie spitze rote Speere auf sie zu. Walker zog einen Schild hoch, der den Angriff abschmetterte, und schlug zurück. Weitere Schattenwesen kamen aus Quergängen. Dunkel und lautlos waren die Schattenwesen überall um sie herum und griffen an wie besessen. Morgan kümmerte sich um die Rückendeckung, während Walker sie anführte und die anderen dazwischen geduckt weitergingen. Sie stiegen eilig die Stufen hinab und spürten die Festung erbeben, als reagierte sie auf die Geschehnisse. Der Atem des Wesens unter ihnen beschleunigte sich.

Plötzlich waren überall Flammen. Coll ging zu Boden, als er getroffen wurde, und ließ das Schwert von Shannara fallen. Ohne nachzudenken, bückte sich Par und riss es hoch. Das Schwert verbrannte ihn nicht wie damals in der Grube. Hatte das alles an seiner Angst gelegen, wer er sein könnte? Er betrachtete das Schwert verwundert, wandte sich um und half Damson, die Coll auf die Beine zog, und hielt die Klinge dann wieder seinem Bruder hin. Ondit war die Stufen hinabgesprungen und hatte sich auf die vordersten Angreifer gestürzt. Sein glattes Fell war versengt und rauchte, aber er preschte in die Schattenwesen hinein, als wären die Wunden bedeutungslos. Walker ließ weißes Druidenlicht wie ein gewaltiges Tuch aus seinen Händen fließen, beschützte sie und wehrte die Schattenwesen ab. Ihm verdankten sie es, dass der Weg für ihren Abstieg freiblieb.

Und dann sah Par den Ersten Sucher. Rimmer Dall befand sich unter ihnen auf einem Steg über einem Abgrund, an dem die Treppe vorbeiführte. Er stand dort allein, hatte seine Hände um das Geländer des Stegs gelegt, und sein Gesicht drückte Wut und Unglauben aus. Seine behandschuhte Hand glomm wie als Antwort. Er blickte Par an, und Par sah ihn an, und zwischen ihnen fand etwas statt, das Par vielleicht als Verstehen beschrieben hätte, obwohl es selbst das noch zu übertreffen schien.

Im nächsten Moment war er fort, und Par kämpfte sich weiter durch den Angriff der Schattenwesen hindurch. Seine Magie war wieder erwacht, und er konnte spüren, wie sie sich in ihm aufbaute. Er würde sie jetzt einsetzen, dachte er. Er würde seine Chance ergreifen, denn er wusste inzwischen, dass es ihn nicht zu einem von ihnen machen würde, wenn er sie einsetzte. Die Schattenwesen kamen von hinten, und Morgan wandte sich um und trat ihnen entgegen, während er den anderen zuschrie, sie sollten weitergehen. Das dunkelhaarige Mädchen blieb bei ihm, drängte sich an seine Schulter, und die beiden verteidigten die Treppe gegen die Monster, die ihnen folgten.

Walker erreichte den Treppenabsatz an dem Abgrund und schaute über den Rand nach unten. Par trat zu ihm und wich dann plötzlich zurück. Etwas Riesiges war dort unten, etwas, das schwer atmete und sich wand und vor Licht pulsierte.

Eine zornige dunkle Gestalt warf sich gegen Ondit, als dieser die Stufen unterhalb des Absatzes hinabstieg, und dann stürzte die Moorkatze außer Sicht. Walker und die anderen eilten hinterher, während Pars Magie jetzt aufloderte, als er sie mit einem Schrei heraufbeschwor. Er erinnerte sich an seine Angst von dem, was sie tun würde, aber die Angst war jetzt nur noch eine Erinnerung, und er verbannte sie fast genauso schnell, wie sie gekommen war. Er wandte sich dem Steg und den dort kauernden Schattenwesen zu und versuchte zu verhindern, dass ihr Feuer Damson und Coll erreichte. Coll war verletzt, aber er stolperte weiter. Er hielt das Schwert von Shannara vor sich und stellte sich schützend vor Damson.

Sie hörten Ondit markerschütternd vor Schmerz und Angst schreien. Dann sprang er vor ihnen hoch, und das schwarze Wesen klammerte sich an ihn. Walker fuhr herum und ließ das Druidenfeuer vorwärtsschießen. Er erwischte das schwarze Wesen in der Mitte und riss es von Ondit. Die Moorkatze wirbelte in der Luft herum, erneut mit ihrem Angreifer verschlungen, fiel und verschwand.

Rauch stieg an den Stellen von den Mauern und vom Boden auf, wo die Magie brannte, und die Luft war erfüllt von Asche. Bis auf das Licht, das das Wesen unter ihnen abstrahlte, herrschte in den Tiefen der Südwacht Finsternis. Düsterkeit drängte sich um die Menschen, und die Schattenwesen schossen auf sie zu und wieder davon und suchten nach einer Stelle, wo sie angreifen konnten. Damson wurde getroffen und verbrannt und so schnell beiseitegestoßen, dass Par es nicht verhindern konnte. Sie stand auf und fiel wieder zurück. Coll griff nach ihr, ohne seinen Schritt zu verlangsamen, hob sie sich auf eine Schulter und eilte weiter.

Dann gab ein Teil der Treppe nach, und Walker Boh verschwand in einem Schwall aus Staub und Fels und Asche. Einen Augenblick lang standen Par, Coll und die halb bewusstlose Damson allein auf den zerfallenden Stufen, schauten in die Leere hinab, wo das Licht pulsierte, und drängten dann entsetzt an die Mauer. Sie hörten Ondit unten knurren, hörten Walker vor Zorn heulen und sahen das Flackern der Druidenmagie.

»Was ist los? Weiter!«

Es war Morgan Leah, der ihnen das zurief, nachdem er plötzlich aus dem Rauch und Feuer über ihnen aufgetaucht war. Das Schwert von Leah glühte dunkel und wild in seiner Hand. Er hinkte heftig, und er drückte sich den linken Arm an die Seite. Die dunkelhaarige Frau war bei ihm, und sie war genauso übel zugerichtet wie er. Eine Gesichtshälfte war blutverschmiert. Sie kamen aus dem Dunst hervor und scheuchten die anderen auf die Stelle zu, wo die Stufen verschwunden waren. Par glitt auf dem zerbrochenen Gestein nach unten und fiel in die Dunkelheit. Er landete auf den Füßen und wurde sofort bedrängt. Dunkle Gestalten fielen über ihn her, aber die Magie des Wünschlieds rettete ihn. Sie flackerte wie eine Rüstung rund um ihn herum auf und traf dann seine Angreifer. Die dunklen Wesen wurden in den Dunst zurückgeschleudert. Ondit eilte vorbei und schlug zu wie ein Schatten, der auftauchte und wieder verschwand. Par hörte die anderen, die ihm folgten, und Sekunden später waren sie wieder zusammen.

Vor ihnen pulsierte das Licht, und das Schnaufen war jetzt ein erschreckendes Stöhnen der Enttäuschung und der Qual.

Sie gingen weiter und suchten in der staub- und ascheerfüllten Dunkelheit nach Walker und der Moorkatze. Die Schattenwesen griffen sie wiederholt an, aber Morgan und Par vertrieben sie und schützten Coll und die Frauen zwischen sich. Damson regte sich, aber Coll trug sie weiterhin. Die andere Frau stolperte mit zusammengebissenen Zähnen allein vorwärts. Feuer loderte in ihren Augen. Sie gingen einen hohen engen Gang entlang und befanden sich plötzlich in dem Raum mit dem Licht, über dem die Treppe nach oben führte.

Der Raum war höhlenartig und hatte schroffe Wände. Vor einer Ewigkeit war er von der Zeit und den Elementen aus den Felsen der Erde gewaschen worden, eine riesige Kammer, von der aus Tunnel in alle Richtungen verliefen. In seiner Mitte ruhte das Licht. Es war eine knollige, pulsierende, rundherum mit Bändern aus rotem Feuer gefesselte Masse. Es kämpfte und schnaufte heftig gegen die Bänder an, konnte sich aber nicht befreien. Es sah aus, als gehörte es zum Höhlenboden und wäre mit dem Fels verbunden und aus seinem Kern in die Dunkelheit emporgestiegen. Es hatte keine Gestalt, und doch erinnerte etwas an der Art, wie es sich bewegte, Par an ein verwirrtes Tier. Das Atemgeräusch entstand durch diese Bewegung, und der ganze Raum hier in der Südwacht schien mit ihm verbunden zu sein. Es erschauerte, und die Höhle und die Mauern des Turms erschauerten als Antwort ebenfalls. Es seufzte, und die Höhle und der Turm seufzten auch.

»Was ist das?«, flüsterte Coll neben Par.

Und dann sahen sie Walker Boh. Er kämpfte auf der anderen Seite der Höhle verzweifelt mit Rimmer Dall. Die beiden dunkel gekleideten Gestalten hatten nur Augen füreinander. Rimmer Dalls behandschuhte Hand glühte im Schattenwesenfeuer rot, und Walkers war in Druidenweiß gehüllt. Der Fels unter ihnen dampfte vor Hitze, und die Luft um sie herum flimmerte. Rimmer Dalls Augen waren Blutpunkte, und sein breites, grobknochiges Gesicht war vor Zorn angespannt.

An der Seite versuchte Ondit verzweifelt, zu Walker vorzudringen, während Schattenwesen ihn umzingelten und vernichten wollten.

Morgan eilte ihnen, ohne zu zögern, zu Hilfe, stieß seinen Schlachtruf aus und hob die dunkle Klinge seines Talismans, der eine Feuerspur durch die Luft zog. Die dunkelhaarige Frau ging mit ihm. Coll stürzte stattdessen auf das gefangene Licht zu. Er wollte dort zuschlagen, war dann aber gezwungen, sich seitwärts zu wenden, um einen Angriff von Schattenwesen abzuwehren, die sich von dem Steg auf ihn herabwarfen. Er ließ Damson fallen, und Par, der von hinten heraneilte, fing sie auf. Die Schattenwesen schlossen sich um Coll und drängten ihn zurück. Das Schwert von Shannara bedeutete keine Bedrohung für sie, und Coll verfügte über keine andere Magie. Par schrie ihm zu, er solle aus dem Weg gehen, aber stattdessen stürmte Coll in den dunklen Tunnel hinein. Par setzte Damson eilig ab und folgte ihm. Coll stolperte und ging zu Boden, erhob sich gleich wieder und brach dann endgültig zusammen. Die Schattenwesen waren jetzt über ihm. Par heulte vor Wut auf und schlug mit der Magie des Wünschlieds auf sie ein und warf sie zur Seite. Feuer griff auch ihn von oben und von allen Seiten an, aber von der Rüstung seiner Magie prallte es einfach ab.

Coll war auf Händen und Knien, als Par ihn erreichte. Blutig und ausgelaugt hob er das Gesicht, um Par anzusehen, und schob ihm dann das Schwert von Shannara zu.

»Geh weiter!«, sagte er und brach zusammen.

Par riss das Schwert hoch und stürmte vorwärts, den beißenden Geruch von Asche und Feuer in der Nase. Er sollte weitergehen, aber was musste er dann tun? Er war sich bewusst, dass Morgan jetzt allein kämpfte, da das dunkelhaarige Mädchen ebenfalls gefallen war. Er konnte Walker oder Rimmer Dall nicht mehr sehen. Er spürte, wie seine Kräfte nachließen, denn der andauernde Gebrauch der Magie hatte sie erschöpft. Er würde sich beeilen müssen, was auch immer er tun sollte. Er stolperte vorwärts, näherte sich dem Licht und fragte sich erneut, was es war und was er damit tun sollte. Sollte er es befreien? Hatte Walker nicht gesagt, dass sie dafür in die Südwacht gekommen waren? Wenn es ein Gefangener der Schattenwesen war, dann sollte es befreit werden. Aber war es das wirklich? Er war nicht sicher. Er war selbst kaum frei, und seine eigene Verwirrung zerrte noch immer mit Ketten ihrer eigenen Art an ihm.

Er betrachtete das Schwert von Shannara und wurde sich plötzlich der Tatsache bewusst, dass er es trug, dass er es von

Coll angenommen hatte. Warum hatte er das getan? Das Schwert war nicht für ihn gedacht. Es war für Coll gedacht. Er war gar nicht fähig, es zu gebrauchen.

Und dann stand Rimmer Dall plötzlich vor ihm. Der Wolfskopf schimmerte im Licht, und seine dunklen Gewänder fielen zerrissen auseinander. Seine Kapuze war zurückgezogen, und sein rotbärtiges raues Gesicht war blutverschmiert. Er stand zwischen Par und dem Licht und ragte dunkel vor ihm auf. Seine behandschuhte Hand glühte in karmesinrotem Feuer. Sein Lächeln wurde zu einer entsetzlichen Grimasse.

»Bist du gekommen, um herauszufinden, was wir hier unten verborgen halten?«, fragte er.

»Geh mir aus dem Weg«, befahl Par.

»Nein«, sagte der andere, und Par erkannte plötzlich, dass der behandschuhte Arm überhaupt nicht mehr behandschuht war, dass der Arm nur noch aus Feuer bestand, dass es das war, was schon die ganze Zeit unter dem Handschuh verborgen gewesen war. »Ich habe dir so viele Chancen gegeben, Junge.«

Jetzt heuchelte er keine Freundlichkeit und keine Sorge mehr. Abscheu funkelte in Rimmer Dalls Augen, und sein Körper war vor Zorn starr. »Du gehörst mir! Du hast mir immer gehört! Du hättest dich mir ausliefern sollen, als du die Chance dazu hattest! So wäre es leichter gewesen!«

Par starrte ihn mit geöffnetem Mund an.

»Du gehörst mir!«, fluchte Rimmer Dall wütend. »Du verstehst es immer noch nicht, nicht wahr? Du gehörst mir, Par Ohmsford! Deine Magie gehört mir!«

Er sprang vorwärts, und Par hatte kaum Zeit, aufzuschreien und die Magie des Wünschlieds zu beschwören, um ihn aufzuhalten. Und das war auch alles, was sie vermochte. Der Erste Sucher durchdrang den Schild, als bestünde er aus Papier, und seine Hände krallten sich um Pars Schultern wie Schraubzwingen. Par war sich vage bewusst, dass es dies gewesen sein musste, was Rimmer Dall die ganze Zeit über gewollt hatte – die Magie des Wünschlieds und Pars Körper, in dem er sie nutzen konnte. Die ganzen Erklärungen, er wolle ihm helfen, die Magie zu beherrschen, waren nur ein Vorwand gewesen, um sie in seinen Besitz zu bringen. Wie alle Schattenwesen brauchte Rimmer Dall die Magie anderer, und wenige hatten so eine Magie wie Par.

Er wurde von dem Gewicht des anderen zurückgeworfen und auf die Knie gezwungen. Das Schwert von Shannara entglitt seinen kraftlosen Fingern. Er hob die Hände, um den anderen abzuwehren, rief die Magie zu seiner Verteidigung herauf, aber es war, als wäre all seine Kraft aus ihm herausgesaugt worden. Er konnte kaum atmen, während ihn der Schatten des anderen umhüllte. Rimmer Dall verließ seinen Körper und begann in Par einzudringen. Der Talbewohner sah, wie es geschah, und spürte es. Er schrie und wehrte sich, aber er war hilflos.

Nicht das!, dachte er entsetzt. *Nur nicht das!*

Er wand sich und schlug um sich und zerrte an dem anderen, aber Rimmer Dalls Schattenselbst drückte sich an ihn und durchdrang seine Haut. Par fühlte Kälte und Düsterkeit, Abscheu vor sich selbst. Einst hätte er dies verhindern können, spürte er. Früher, als die Magie außer Kontrolle war und von seiner Angst und seinen Zweifeln getrieben wurde, wäre er stark genug gewesen, um den anderen fernzuhalten. Rimmer Dall hatte das gewusst. Die Gedanken des Ersten Suchers suchten seine eigenen zu verdrängen, und Par wich vor dem zurück, was sie offenbarten. *Hilfe!* Er sah eine schnelle Bewegung zu seiner Linken, und Morgan Leah stürzte heulend heran. Rimmer Dall schlug mit seiner Flammenhand zu und ließ Par für einen winzigen Moment los. Morgan verschwand in einem Blitz roten Feuers und taumelte wieder in die Dunkelheit zurück. Die Hand kehrte zurück und packte Par erneut.

Der Talbewohner hatte sich in sich selbst zurückgezogen, wo seine Magie am stärksten war, und sammelte sie in seinem eisernen Kern. Aber Rimmer Dall drang unerbittlich ein und quetschte den Kern zusammen. Par konnte sogar spüren, dass ein Teil von ihm nachgab …

Doch dann wurde der Erste Sucher plötzlich zurückgerissen, und sein Schattenselbst löste sich von Par. Par keuchte und blinzelte und sah, dass Walker Boh seine gesunde Hand um die Kehle Rimmer Dalls gelegt hatte und dass das Druidenfeuer ihn einhüllte. Er war versengt und zerkratzt, und sein Gesicht war unter dem schwarzen Bart und den Blutstriemen so weiß wie Kreide, aber Walker Boh war die reinste Entschlossenheit und brachte seine Magie gegen den Feind mit voller Kraft zum Einsatz. Rimmer Dall bäumte sich brüllend auf, schlug mit seiner behandschuhten Hand um sich und versprühte die Schattenwesenmagie in alle Richtungen. Etwas an dem, was Walker mit ihm machte, hielt Rimmer Dall von seinem Körper fern, hielt das Schattenselbst gerade außerhalb und jenseits davon. Beide Teile kämpften darum, sich wieder zu vereinigen, aber Walker stand zwischen ihnen und hielt sie voneinander getrennt.

Par stolperte rückwärts und stand dann wieder fest auf den Beinen. Walkers Finger schlossen sich zur Faust und zerquetschten etwas in dem Schattenwesen. Rimmer Dall schlug um sich und schrie, und seine schlanke Gestalt bäumte sich auf und erschauerte wild. Schattenwesenfeuer brannte sich in den Boden und bohrte sich in den Fels. Weitere Schattenwesen wollten ihm zu Hilfe eilen, aber Ondit sprang dazwischen und zerrte und riss sie fort.

»Nimm das Schwert!«, zischte Walker Boh Par zu. »Befreie es!«

Par riss die Klinge an sich und rannte auf das Licht zu. Er erreichte es ungehindert innerhalb von Augenblicken, da alle nur auf den Kampf zwischen dem Druiden und dem Ersten Sucher achteten. Er erreichte die pulsierende Masse mit ihren scharlachroten Fesseln, hielt das Schwert von Shannara in beiden Händen und legte es flach an das Licht.

Dann beschwor er seine Magie, forderte sie auf zu kommen und betete, dass sie folgen würde.

Und sie kam, stieg geschmeidig und mühelos auf, frei von allen Beschränkungen, die die Magie des Wünschlieds bewirkt hatte, als seine Ängste und Zweifel und Rimmer Dalls Täuschung ihm eingeflüstert hatten, dass er ein Schattenwesen sei. Sie kam schnell und erhob sich als ein weißes Fanal, das sich in das Licht vor ihm hineinbohrte und dann zurückschnellte, um Par ganz zu vereinnahmen. Par sah erneut Wahrheiten über sein Leben, die Wahrheiten seiner Magie, des Vermächtnisses von Shannara und der Schattenwesen und seines Elfenerbes. Er sog sie in sich hinein wie die Luft, die ihm Leben verlieh, und wich nicht zurück.

Dann sah er schließlich die Wahrheit über das Licht vor sich. Er sah, was die Schattenwesen getan hatten, als sie ihre Magie dazu benutzt hatten, die Vier Länder umzustürzen. Er sah die Bedeutung hinter den Träumen Allanons und den Grund dafür, dass die Kinder von Shannara zum Hadeshorn berufen worden waren. Er sah, was er tun musste.

Er nahm die Magie des Schwertes zurück und ließ die Klinge auf den Höhlenboden fallen. Hinter ihm droschen Rimmer Dall und Walker Boh in einem scheinbar endlosen Kampf weiter aufeinander ein. Der Erste Sucher schrie – nicht vor Schmerz über das, was ihm angetan wurde, sondern vor Wut über das, was Par vorhatte. Schattenwesen drängten von allen Seiten heran und versuchten, an Morgan Leah vorbeizugelangen, der wieder auf die Beine gekommen war, und an Ondit, der unzerstörbar schien. Aber es war zu spät für sie. Dieser Augenblick gehörte Par und seinen Freunden und Verbündeten und all jenen, die dafür gekämpft hatten, diesen Augenblick zu ermöglichen, all den Lebenden und den Toten, all den Unerschrockenen.

Er beschwor die Magie des Wünschlieds ein letztes Mal, holte sie bis zum letzten Rest aus sich hervor und mit ihr alles, was in ihm brannte, was sich aus der dunklen Seite seines Erbes heraus zu dem Monster entwickelt hatte, das ihn fast vereinnahmt hätte. Er beschwor sie und formte sie zu jenem Gebilde aus blauem Feuer, das er zum ersten Mal gesehen hatte, als er darum gekämpft hatte, der Grube zu entkommen, das Gebilde, das wie das Bruchstück eines azurblauen Blitzes erschienen war, das vom Himmel gefallen war. Er hob es hoch über sich, ließ es auf die karmesinroten Fesseln der Magie herabsinken, die das Licht banden, und durchtrennte sie für alle Zeiten.

Par erschauerte unter der Wucht des Schlages und unter dem, was die Anstrengung von ihm forderte, darunter, wie sie an ihm zerrte, ihn verbog und ihn aussaugte.

Zur Antwort loderte das Licht auf, strahlte in die dunkelsten Ecken der Höhle und von dort aufwärts in die Südwacht. Es verjagte die Schatten und die Dunkelheit und verwandelte alles Schwarze in Weiß. Es schrie vor Freude, dass es seine Freiheit erhalten hatte, und dann strebte es nach Vergeltung für das, was ihm angetan worden war.

Zuerst senkte es sich über Rimmer Dall und saugte dem Ersten Sucher das Leben aus, als zöge es Rauch in seine Lunge. Rimmer Dall erbebte heftig, löste sich in rieselnder Asche auf und hörte auf zu existieren. Das Licht folgte den anderen Schattenwesen, die bereits in hoffnungsloser Verzweiflung flohen, und verschlang eins nach dem anderen. Schließlich erhob es sich, um die Südwacht zu auszulöschen, raste die dunklen Mauern hinauf und in das pulsierende Obsidiangestein hinein. Par wurde von Walker auf die Beine gezogen, bückte sich und hob das Schwert von Shannara auf. Walker rief Morgan etwas zu, und kurz darauf hatten sich alle versammelt. Einige mussten gestützt werden, weil sie nicht allein stehen konnten. Ondit führte sie an, als sie auf einen Tunnel am anderen Ende der Höhle zuliefen. Sie mussten sich beeilen, um der Verheerung zu entkommen.

Über ihnen schoss die Südwacht in einem Geysir aus Feuer und Asche in den Morgenhimmel.

Stresa spürte die Erschütterungen als Erster und zischte Wren eine Warnung zu. »Elfenkönigin. Phfftt! Spürst du das? Hsst! Hsst! Die Erde bebt!«

Wren stand ein Stück von Triss entfernt und hielt die Elfensteine mit der Hand umklammert, während sie den Vormarsch der Föderationsarmee beobachtete und auf den Kampf mit den Kriechern wartete. Der Gegner hatte den Eingang des Tales von Rhenn erreicht, und da die Frontlinien der Elfen und ihrer Verbündeten nur weniger als dreihundert Meter entfernt waren, würde der von ihr gefürchtete Zusammenprall in Kürze stattfinden. Barsimmon Oridio, Padishar Creel, Chandos und Axhind hatten sich zu ihren Truppen begeben. Tiger Ty war zu den Flugreitern aufgebrochen. Die Leibwache umringte die Königin von allen Seiten, und trotzdem fühlte sie sich entsetzlich allein.

Sie wandte sich bei den Worten des Stachelkaters um und spürte dann die Erschütterungen ebenfalls. »Triss«, flüsterte sie.

Denn die Erde bebte mit jedem Stoß heftiger, als ob mit dem Sonnenaufgang und dem Tageslicht eine Bestie erwachte und den Schlaf abschüttelte. Das Grollen erhob sich über die Schläge der Föderationstrommeln und das Marschgeräusch der Soldatenstiefel.

Wren hielt entsetzt den Atem an.

Was ging hier vor?

Dann loderten weit im Osten und Süden Flammen und

Rauch auf, erhoben sich vor der Sonne als wilde Feuersbrunst, und das Beben wurde zu einem verzweifelten Aufbäumen. Die Männer der feindlichen Armee hielten inne und wandten sich um. Sie suchten den Horizont ab, und die ersten Schreie erklangen. Das Feuer und der Rauch türmten sich zu einer Wolke schwarzer Asche auf, und dann erfolgte plötzlich ein gewaltiger Ausbruch weißen Lichts, das den Himmel mit seiner pulsierenden Helligkeit und Lebendigkeit erfüllte. Es raste wild vor der Sonne hin und her und lief mit Wind und Wolken dahin.

Als es wieder zur Erde sank, begannen die Erschütterungen erneut an- und abzuschwellen und erfüllten die Luft mit ihrem Dröhnen.

Dann brach das Licht auch in dem Tal hervor. Speere dieses Lichts durchbohrten die Erdkruste und stiegen zwischen den entsetzten Männern auf. Wren stöhnte angesichts der Helligkeit auf und spürte, wie sich die Elfensteine in ihre Handfläche gruben, weil sie die Talismane so fest umklammerte.

Das Licht eilte hierhin und dorthin, jedoch nicht ziellos, wie sie zunächst geglaubt hatte, sondern mit tödlicher Absicht. Es erwischte die Kriecher als Erste, zerfetzte sie und ließ ihre zerstörten Überreste rauchend und leblos liegen. Als Nächste waren die Sucher dran, ihnen wurde alles Leben entzogen. Zurück blieben Haufen rauchender Asche. Es raste durch die Föderationsarmee hindurch, befreite ihre Reihen von allen Schattenwesen und stahl der Truppe dabei die Zuversicht und den Mut, sodass die verbliebenen Soldaten sich umwandten und um ihr Leben rannten. Dabei warfen sie ihre Waffen ab, ließen ihre Befestigungsanlagen und Kriegsmaschinen zurück und hatten nur noch das Ziel, am Leben zu bleiben. Innerhalb von Augenblicken war alles vorbei, waren Kriecher und Schattenwesen vernichtet, die Soldaten der Föderationsarmee befanden sich in heilloser Flucht, und das Grasland war von den Überresten der Schlacht übersät. Es geschah so schnell, dass die Elfen, die Geächteten und die Bergtrolle nicht einmal Zeit hatten zu reagieren. Sie waren zu benommen, um etwas anderes zu tun, als zuzuschauen und dann schnell ihre eigenen Reihen zu überprüfen, um sicherzustellen, dass das Licht sie nicht angetastet hatte.

Auf dem Hang am Ende des Tales, von wo aus Wren Elessedil dies alles beobachtet hatte, atmete sie jetzt langsam in die Stille hinein. Triss stand mit offenem Mund neben ihr, und Stresa schnaufte aufgeregt. Ihre Kehle war trocken und sie schluckte und schaute dann erstaunt über das Tal von Rhenn hinweg, während ein letztes Wunder geschah.

So weit das Auge reichte, erblühten auf der verdorrten und kahlen Ebene überall Wildblumen im Sonnenlicht.

36

»Was war in dem Licht, Walker?«, fragte Coll.

Es war bereits später Vormittag, und sie saßen im Schatten der Bäume nördlich von den Ruinen der Südwacht auf den Hängen des Runnegebirges. Unter ihnen dampfte und rauchte und brannte der Turm der Schattenwesen noch immer. Seine Mauern waren zu Schutt zusammengefallen, und der einst glatte schwarze Stein war spröde und stumpf geworden. Walker saß allein an der Seite, in die zerrissenen Überreste seiner dunklen Gewänder gehüllt. Par und Coll saßen ihm gegenüber. Morgan lehnte am breiten Stamm eines roten Ahorns, kaute auf einem Grashalm und betrachtete seine Stiefel. Matty Roh hatte sich an ihn angeschmiegt, sodass ihre Schulter die seine berührte. Damson lag schlafend einige Meter entfernt. Sie waren übel zugerichtet und ausgelaugt und voller Blut und Staub, und Coll hatte außerdem einen gebrochenen Arm und gebrochene Rippen. Aber die Anspannung war aus ihren Körpern und die Vorsicht aus ihren Augen gewichen. Sie liefen nicht mehr davon, und sie hatten auch keine Angst mehr.

»Es war Magie«, sagte Par mit stiller Überzeugung.

Sie waren dem Keller des Turms durch den von Walker ausgesuchten Tunnel entkommen, während Steine rund um sie herum bröckelten und herabgefallen waren, als sie durch die unterirdische Dunkelheit eilten. Das Druidenfeuer hatte sie geführt. Der Tunnel bog und wand sich dahin, und es hatte den Anschein gehabt, als ob sie niemals rechtzeitig herausgelangen würden. Sie hatten hinter sich gehört, wie der Turm zusammenbrach, und hatten den Druck der stickigen Luft und des Staubs in ihrem Rücken spüren können, als die Mauern im Inneren einstürzten. Sie hatten befürchtet, eingeschlossen zu werden, aber Walker war sich des Weges anscheinend sicher gewesen, sodass sie ihm gefolgt waren. Schließlich war der Tunnel durch ein Dickicht auf einem flachen Hang oberhalb des Turms herausgekommen, und von dort waren sie aufwärts in den Schutz des Waldes gestolpert und hatten die Feuersbrunst und den Rauch beobachtet, die dem Einsturz des Turms vorausgingen. Damson war wieder bewusstlos, und Walker kümmerte sich um sie. Mithilfe der Druidenmagie heilte er sie, wie er auch Par vor Wochen geheilt hatte, als der Talbewohner von den Wehrbestien vergiftet worden war. Ihre Verletzungen hatten Fieber zur Folge, aber Walker konnte es senken und kühlte sie, damit sie schlafen konnte. Während er damit beschäftigt war, wuschen und verbanden sich die anderen, so gut sie konnten.

Während das Sonnenlicht jetzt die Hügel im Westen überflutete, saßen sie beisammen und schauten über die Ebene hinweg zurück zu der Stelle, an der die Südwacht glomm. Wo auch immer sie hinsahen, wuchsen Wildblumen, die mit dem Einsturz des Turms der Schattenwesen und der Rückkehr des Lichts zur Erde aufgeblüht waren. In einer Fülle von Farben bedeckten die Blüten das ganze Land, so weit das Auge reichte, bedeckten sogar jene Gebiete, die vergiftet und zerstört gewesen waren. Ihr Geruch schwebte mit der Morgenluft heran und schien einen neuen Anfang zu verkünden.

»Gestohlene Magie«, fügte Walker Boh hinzu.

Was Par von der Magie des Schwertes von Shannara enthüllt worden war, hatte Walker mit seinen Druideninstinkten erspüren können. Walkers dunkle Augen waren asche- und schmutzumrandet, und er sah erschöpft aus, aber trotzdem lag Kraft in seinem steten Blick. Sie hatten gemeinsam die Geschichten jedes Einzelnen gehört und dachten jetzt über die Gründe nach, die hinter allem, was ihnen widerfahren war, sichtbar wurden.

Walker hob sein Gesicht. »Das Licht war die Magie der Schattenwesen, die der Erde gestohlen worden war. So haben sie ihre Macht erlangt. Es war Elfenmagie, die sie in der Zeit der Feen von den Elementen ausgeborgt hatten, hauptsächlich von der Erde, denn die Erde war ihre stärkste Quelle. Als die Elfen diese verlorene Magie nach Allanons Tod entdeckten, gedachten die Abtrünnigen unter ihnen, die Schattenwesen, sie auf eine Art zu gebrauchen, für die sie nicht bestimmt war. Wie die Schädelträger und die Mordgeister zuvor verließen sich nun auch die Schattenwesen so sehr auf die Magie, dass diese sie schließlich zersetzte. Sie wurden süchtig danach und vertrauten darauf, dass sie ihnen helfen würde zu überleben. Schließlich war dies vielleicht ihr einziger Daseinsgrund. Zuerst stahlen sie Magie in kleinen Mengen, und als sie stärker werden mussten, als sie so viel Macht haben wollten, dass sie das Schicksal der Rassen und der Vier Länder kontrollieren konnten, bauten sie die Südwacht, um die Magie in großen Mengen entziehen zu können. Sie fanden einen Weg, sie aus dem Kern der Erde zu entnehmen und das, was sie gestohlen hatten, unter dem Turm festzuhalten. Die Südwacht und die darin gesammelte Magie wurden die Quelle ihrer allgegenwärtigen Macht. Aber als sie sie dazu benutzten, sich zu vermehren und Wesen wie die Kriecher zu erschaffen, um sich zu stärken, schwächten sie die Erde, der die Magie entnommen worden war. Die Vier Länder begannen zu erkranken, weil die Magie nicht mehr stark genug war, sie gesund zu erhalten.«

»Die Träume Allanons«, sagte Par.

»Sie wären bald wahr geworden. Nichts konnte das verhindern, es sei denn, die Magie wurde wieder freigesetzt.«

»Und als sie freigesetzt war, vernichtete sie ihre Kerkermeister.«

Walker schüttelte den Kopf. »Nicht so, wie du denkst. Sie hat nicht absichtlich getötet. Was geschehen ist, war grundlegender. Einmal befreit sog sie all das wieder in sich hinein, was gestohlen worden war. Sie nahm die Macht zurück, die entzogen worden war. Dabei ließ sie die Schattenwesen und ihre Monster ohne das zurück, was sie am Leben erhalten hatte. Sie hinterließ sie so hohl wie Seemuscheln, die zum Trocknen auf den Strand gelegt werden. Die Magie hat sie am Leben erhalten. Als sie ihnen genommen wurde, starben sie.«

Sie schwiegen einen Moment und dachten darüber nach. »War die Südwacht auch lebendig?«, fragte Coll.

Walker nickte. »Lebendig, aber nicht im gleichen Sinn wie wir. Sie war ein Organismus, eine Schöpfung der Schattenwesen, die dazu diente, sie zu ernähren und zu beschützen. Sie war die Mutter, die sie nährte, eine Mutter, die sie aus der Magie erschaffen hatten. Sie nährten sich von dem, was sie ihnen gab.«

Matty Roh verzog das Gesicht und scharrte auf der Erde. »Ihre Krankheit hat auf sie selbst zurückgewirkt«, murmelte sie.

»Ich verstehe aber nicht, warum es so verschiedene Arten von Schattenwesen gab«, sagte Morgan plötzlich. »Die in der Südwacht, wie Rimmer Dall und seine Sucher, schienen sich unter Kontrolle zu haben. Aber was ist mit jenen armen Wesen in der Grube? Was ist mit den Waldbewohnerinnen und dem Riesen, die wir auf unserem Weg nach Culhaven getroffen haben?«

»Die Magie hat sie auf unterschiedliche Weise beeinflusst«, antwortete Par und schaute herüber. »Einige kamen besser damit zurecht als andere.«

»Einige haben sich angepasst«, sagte Walker. »Aber viele konnten das nicht, obwohl sie es versuchten. Und unter denen in der Grube waren Männer, die ihre geringen Magien an die Schattenwesen verloren hatten. Schwache, die von den Starken umgewandelt worden waren. Erinnert ihr euch, wie die Schattenwesen wiederholt versucht haben, in euch hineinzugelangen und ein Teil von euch zu werden? Wie die Waldbewohnerin und das Kind am Tofferkamm?«

Wie Rimmer Dall, dachte Par bei sich, sprach es aber nicht aus.

»Sie mussten sich ernähren, um überleben zu können, und sie wurden genährt, wo und wann es notwendig war. Sie benutzten die Menschen um sich herum genauso wie die Erde, die sie versorgte. Wenn die Magie stark war, war die Verlockung, sie zu stehlen, noch stärker. Wenn die Schattenwesen jemandem die Magie entzogen hatten, wurden die Wesen, denen sie entzogen worden war, wahnsinnig. Oder in einigen Fällen machte es die Schattenwesen wahnsinnig, wenn sie sich etwas einverleibten. Es war eine sehr zerstörerische Zersetzung. Die Schattenwesen haben das niemals verstanden. Die Macht, die sie suchten, war für sie verboten. Die Macht, die der Erde und ihren Wesen Leben gibt, ist zu gefährlich, um damit Unfug zu treiben.«

Ondit trottete aus den Schatten heran. Sein Fell war an einem Dutzend Stellen verbrannt, und er blutete, wo ganze Fellstücke an einem Dutzend weiterer Stellen herausgerissen worden waren. Er schien es nicht zu bemerken. Seine Schnauze war noch nass von einer Quelle, die er irgendwo hinten im Wald gefunden hatte. Seine leuchtenden Augen schweiften kurz über die anderen hinweg, dann tappte er zu Walker hinüber, ließ sich nieder und begann sich sauber zu lecken.

Par pflückte eine Wildblume, die neben seinen Füßen wuchs. »Rimmer Dall wollte mir die Magie des Wünschlieds entziehen, nicht wahr?«

»Er wollte mehr als die Magie, Par.« Walker hatte sich bequemer hingesetzt, und Ondit schaute herüber, um sicherzugehen, dass er nicht wegging. »Er wollte auch dich. Er wollte dich einnehmen. Das ist schwer zu verstehen, aber die Schattenwesen hatten entdeckt, wie sie ihre Körper verlassen und nur als Geister überleben konnten. Die alte Magie ermöglichte es ihnen. Die Erdenmagie gab ihnen die Macht, alles zu sein, was sie sein wollten. Aber auf diese Weise fehlte ihnen eine eigene Gestalt, und sie sehnten sich danach, mehr zu sein als Rauch. Also gebrauchten sie die Körper von Menschen und legten sie wieder ab, wenn sie bereit waren, jemand oder etwas anderes zu sein.«

Er beugte sich ein wenig vor. »Aber Rimmer Dall war Erster Sucher, das Stärkste der Schattenwesen, und er gierte danach, mehr zu sein als die anderen. Er beschloss, deine Gestalt zu gewinnen, Par, weil du ihm Jugend und eine Macht geben konntest, die anders war als die jedes anderen Menschen. Das Wünschlied entwickelte sich, und er wusste das. Mehr als das, er erkannte die Richtung, die diese Entwicklung nahm. Dein Elfenblut machte die Magie wieder zu dem, was Brin Ohmsford von ihrem Vater geerbt hatte, zu einer Magie, die aus den Elfensteinen geboren ist. Erinnerst du dich, wie sie gekämpft hat, damit die Magie sie nicht vernichtete? Rimmer Dall verstand die Art dieser Magie. Es war Elfenmagie, aber sie hatte auch eine Schattenseite. Wenn er Kontrolle darüber erlangen würde, konnte er sie für seinen eigenen Bedarf nutzbar machen. Aber das war etwas, was er nur mit deiner Hilfe erreichen konnte. Die Magie war zu stark, zu fürsorglich, als dass sie zugelassen hätte, dass du gewaltsam unterworfen würdest. Er musste dich durch Täuschung dazu bringen, ihm zu helfen. Das war es, was ihn schließlich zerstört hat, seine Besessenheit, dich zu vereinnahmen. Er hat sich ihr verschrieben und verbrachte seine Zeit damit, einen Weg zu ersinnen, dieses Ziel zu erreichen. Er sagte dir, dass du bereits ein Schattenwesen seist, machte dich glauben, dass du eigentlich selbst der Feind seist, den du gesucht hattest, ließ dich denken, du hättest Coll getötet, und hat Coll dann wieder unter die Lebenden geschickt. Er hat dich verfolgt und dich zu der Überzeugung getrieben, dass du ohne seine Hilfe wahnsinnig werden würdest. Dieser Drang wurde noch durch seine Entdeckung verstärkt, dass Allanon dich auf die Suche nach dem Schwert von Shannara gesandt hatte. Er kannte aus Varfleet deine Magie, aber jetzt sah er eine Möglichkeit, dich zu seinem Verbündeten gegen seinen gefährlichsten Feind zu machen. Er musste dich nah bei sich behalten, um sicherzustellen, dass du die Wahrheit nicht entdecken würdest, und deine Magie half ihm. Sie stammte von den Elfen, und jedes Mal, wenn du dich auf sie verlassen hast, hast du ihm mitgeteilt, wo du dich befandest. Es genügte nicht, damit er dich gefangen nehmen konnte, aber es konnte in der Nähe bleiben.«

»Aber er hat sich bezüglich des Schwertes von Shannara geirrt«, grübelte Par und sah ihn an. »Er dachte, ich sei der Einzige, der es gebrauchen kann, und in Wahrheit war es für Coll bestimmt.«

Walker schüttelte den Kopf. »Ich weiß nichts davon, dass es für einen von euch im Besonderen gedacht gewesen wäre. Es scheint, dass es für euch beide bestimmt war. Aber es war notwendig, dass Coll es zuerst gebrauchte, damit du vor Rimmer Dall gerettet werden konntest. Du musstest einen Weg finden, die Tatsache zu akzeptieren, dass deine Ängste vor der Magie, obwohl sie berechtigt waren, dein Schicksal nicht bestimmen würden. Allanon hat Colls Rolle sorgsam geheim gehalten. Er muss gewusst haben, dass es nicht bekannt werden durfte, damit Coll dir helfen konnte.«

»Vielleicht wusste er, dass die Schattenwesen von den Aufgaben erfahren würden«, überlegte Morgan. »Also hat er eine davon zurückgehalten.«

»Was ist mit den Aufgaben?«, fragte Par plötzlich. »Was sollten sie vollbringen? Wir wissen jetzt, warum es wichtig war, das Schwert von Shannara zurückzuerlangen, aber was ist mit den anderen Aufgaben?«

Walker atmete tief durch. Sein Wissen und sein Urteilsvermögen erlaubten ihm eher als seinen Gefährten, die Wahrheit hinter all dem, was geschehen war, zu durchschauen, und so lag in ihren Blicken die Bitte um eine Erklärung. Voraussicht, Verständnis, Wahrnehmung und Schlussfolgerungen – diese Druidenfähigkeiten waren ihm vermacht worden. Und noch dazu die Macht der Magie und die Verantwortung, sie weise einzusetzen. Er begann bereits zu begreifen, welche Last Allanon all die Jahre getragen hatte.

»Die Aufgaben wurden uns übertragen, um mehr zu erreichen als nur die Vernichtung der Schattenwesen«, sagte er und wählte seine Worte sorgfältig. »Eine Verknüpfung mehrerer Dinge war erforderlich, damit die Vier Länder fortbestehen konnten. Ein Verständnis dessen, was die Schattenwesen waren und was sie vorhatten, war die wichtigste Voraussetzung, und das Streben nach der Erfüllung von Allanons Aufgaben hat dies bewirkt. Genauer gesagt, es gab die Talismane, die bei ihrer Vernichtung geholfen haben – das Schwert von Shannara, die Elfensteine, das Wünschlied und Morgans Klinge. Aber daneben gab es auch Magien, die uns in die Lage versetzt haben, die Talismane zu erlangen.

Aber die Aufgaben wurden uns auch übertragen, um die Vier Länder zu erhalten, wenn die Schattenwesen fort wären, um dabei zu helfen, die Schattenwesen oder ähnliche Wesen an der Rückkehr zu hindern. Die Elfen wurden zurückgebracht, um das Gleichgewicht herzustellen, das nicht mehr vorhanden war. Die Elfen sind die Heiler des Landes und seiner Wesen, die Hüter, die gebraucht werden, um die Magie sicher zu bewahren. Als die Schattenwesen flohen, hätte es sonst niemanden gegeben, der ihr Diebesgut zurückgefordert hätte, niemanden, der auch nur erkannt hätte, was vor sich ging.

Die Elfen werden dafür sorgen, dass so etwas nicht wieder geschieht.«

Leise fuhr er fort: »Und die Druiden werden ebenfalls zu diesem Gleichgewicht beitragen. Das war etwas, was ich zuvor nicht verstanden hatte, etwas, das ich gelernt habe, indem ich einer von ihnen wurde. Die Druiden sind das Bewusstsein des Landes. Sie beeinflussen und beherrschen nicht einfach nur. Sie suchen, was dem Land und seinen Bewohnern Schwierigkeiten bereitet, und helfen dabei, es in Ordnung zu bringen. Es mag manchmal scheinen, als dienten sie nur ihren eigenen Zwecken, aber diese falsche Annahme resultiert aus der Angst vor der Macht, die sie besitzen. Die Beurteilung bleibt natürlich jedem Druiden selbst überlassen – auch mir, wie ich weiß –, aber der Grund für ihre Existenz ist die Notwendigkeit ihres Dienstes.« Er hielt inne. »Sonst könnte ich keiner von ihnen sein.«

»Früher hättest du auf keinen Fall einer von ihnen sein können«, stellte Par leise fest.

Walker nickte, und die Härte wich aus seinen Augen. »Früher, Par, das war für uns alle vor langer Zeit.«

Cogline hätte dem zugestimmt, dachte der Talbewohner bei sich. Der alte Mann hätte den Wahrheitsgehalt dieser Worte sofort erkannt. Cogline hatte so viele Jahre vorüberziehen sehen, Zeiten, die aus der Erinnerung verbannt und zur Legende geworden waren, das Verschwinden der Druiden und ihre Rückkehr, den Übergang von der alten Welt zur neuen.

»Also sind die dunklen Wesen wirklich fort«, sagte Matty Roh plötzlich, als brauche sie eine Bestätigung, und sah niemanden an, während sie sprach.

»Die Schattenwesen sind fort«, versicherte Walker Boh ihr. Er hielt inne und schaute zu Boden. »Aber die Magie, die sie erhalten hat, bleibt bestehen. Vergesst das nicht.«

Auf einmal rührte sich Damson, und sie gingen zu ihr, um nachzusehen, ob es ihr gut ging.

Mittag kam und ging, während die Gruppe in der Kühle des Bergwaldes rastete. Damson erwachte aus ihrem Schlummer, um etwas zu essen und zu trinken, und schloss dann erneut die Augen. Sie würde schnell gesund werden, stellte Walker Boh fest. Es würde ihr bald wieder gut gehen.

Danach schliefen sie ein, dämmerten einer nach dem anderen hinüber, rochen Wildblumen und frische Gräser und fanden Trost in der Stille des Waldes. Die Erschöpfung hatte sie übermannt, aber später dachte Par, dass noch mehr dahintergesteckt haben musste. Er träumte, dass Walker zu jedem von ihnen sprach, während sie schliefen, und ihnen sagte, dass sie sich an das erinnern sollten, was er ihnen über die Magie erzählt hatte, dass sie sich ihrer Wichtigkeit für das Land erinnern sollten. Den Teil der Magie, den sie in sich hatten – und hier sprach er überwiegend zu Par –, mussten sie sorgfältig vor Missbrauch und Vernachlässigung schützen. Haltet sie in Sicherheit für dann, wenn sie gebraucht wird. Vertraut darauf für die Zeit, wo sie gebraucht werden muss. Er berührte sie alle auf eine Weise, die nicht sofort erkennbar war, glitt schweigend und lautlos an ihnen vorüber und ließ sie ausgeruht und in Frieden zurück. Seine Erscheinung verwandelte sich, während er ging, und er sah manchmal wie Walker aus und manchmal wie Allanon. Er nahm Coll das Schwert von Shannara ab. Damit es nicht wieder verloren geht, erklärte er. Weder Coll widersprach noch jemand anders. Das Schwert gehörte keinem von ihnen. Das Schwert gehörte den Vier Ländern.

Dann begann Walker wie ein Schatten im Sonnenlicht zu vergehen. Ich muss euch jetzt verlassen, sagte er zu ihnen, denn meine heilenden Fähigkeiten brauchen den Druidenschlaf.

Als sie wieder erwachten, war es bereits später Nachmittag, der Himmel färbte sich purpurfarben und karmesinrot, und der Wald wurde ruhig und kühl und still. Walker Boh war fort, und sie wussten, dass er nicht wieder zu ihnen zurückkehren würde, obwohl es ihnen niemand gesagt hatte.

Kurz darauf erschienen Flugreiter und ihre Rocks aus dem schwindenden Sonnenlicht im Westen und brachten Wren und Padishar und die anderen, die im Tal von Rhenn gekämpft hatten, und es war Zeit, die Geschichten erneut zu erzählen.

37

Die Zeit verging, und der Sommer wurde zum Herbst. Die Hitze der Jahresmitte wich widerwillig, die Tage wurden kühler, kürzer und irgendwie wertvoller angesichts des anstehenden Winters. Die Wildblumen verblühten, das Laub wechselte die Farbe, und eine bunte Pracht löste die andere ab. Vögel flogen gen Süden, und der Wind aus den Bergen wurde kalt. Das Licht wurde trübe und schwach und legte sich weich und sanft wie eine Daunendecke über das Land.

Coll Ohmsford kehrte nach Schattental zurück, um sich zu versichern, dass es Jaralan und Mirianna gut ging, und entdeckte zu seiner Überraschung, dass die Föderation schon vor Wochen das Interesse an ihnen verloren hatte und das Dorf und die älteren Ohmsfords zugunsten dringenderer Belange in Ruhe gelassen hatte. Es gab ein freudiges Wiedersehen, und Coll versprach schnell, dass er lange Zeit nicht mehr fortgehen würde.

Par Ohmsford und Damson Rhee reisten nach Norden und blieben lange genug in Tyrsis, um festzustellen, dass der Maulwurf tatsächlich die Jagd der Schattenwesen überlebt hatte. Dann kehrten sie nach Schattental zurück, um Coll zu treffen. Par plante bereits, was sie als Nächstes tun sollten. Sie drei würden irgendwo nördlich in einer der Grenzstädte Callahorns ein Wirtshaus eröffnen, in dem sie gutes Essen servieren, eine bequeme Übernachtungsmöglichkeit bieten und, wenn sich die Gelegenheit bot, ihre Gäste mit Geschichten und Liedern unterhalten wollten. Bei der Befreiung der Magie des Landes in der Südwacht war etwas Merkwürdiges mit dem Wünschlied geschehen. Es war jetzt nur noch zu dem in der Lage, was es früher gekonnt hatte: Bilder erzeugen. Aber das genügte Par und Coll, um genau wie früher Geschichten erzählen zu können. Coll wollte Schattental natürlich nicht wieder verlassen. Aber Par war überzeugt, ihn doch überreden zu können.

Die Schattenwesen waren aus den Städten Callahorns verschwunden, und die Bevölkerung vertrat immer entschlossener die Meinung, dass die Föderationsbesatzer ebenfalls gehen sollten. Fast augenblicklich begann Padishar Creel Pläne für einen Aufstand zu schmieden, durch den die Geächteten die Südländer aus Callahorn vertreiben sollten. Er erzählte den Männern, die ihm halfen, dass seine Eltern einst Land in Callahorn besessen hatten. Die Föderation hatte sie gefangen genommen und dann verbannt, und er war bei einer Tante aufgewachsen. Er hatte seine Eltern niemals gesehen, aber er hatte gehört, dass sein Vater allgemein als Baron Creel bekannt gewesen war.

Morgan Leah hielt das Versprechen, das er Steff gegeben hatte, und ging zurück ins Ostland, um sich dem Widerstand der Zwerge in seinem Kampf gegen die Föderation anzuschließen. Matty Roh begleitete ihn. Sie fragte sich nicht mehr, ob sie das Richtige tat, und ließ sich durch den Geist Quickenings nicht mehr stören. Morgan sagte ihr, er wolle, dass sie mitkäme. Sie würden Großmutter Elise und Tante Jilt besuchen und bleiben, bis die Zwerge wieder frei wären. Dann würden sie ins Hochland zurückkehren, und er würde ihr seine Hütte in den Bergen zeigen. Das hatte er gesagt, aber sie dachte, dass er vielleicht noch mehr sagen würde.

Wren Elessedil kehrte als Königin der Elfen ins Westland zurück und hielt ihren Schwur, dafür zu sorgen, dass die Elfen ihre alte Tradition wiederaufnahmen, als Heiler in die Vier Länder hinauszuziehen. Sie hatte Triss und Desidio und jetzt sogar Barsimmon Oridio hinter sich und zweifelte nicht, dass der Hohe Rat weiterhin Zweifel an ihr hegen würde. Die Heiler würden aus den Reihen der Erwählten kommen. Sie würden nicht den Garten des Lebens und den Ellcrys hüten, sondern die ganze Erde. Sie wusste, dass man ihnen vielleicht zuerst keine Anerkennung zollen würde, aber sie würden nicht aufgeben. Denn das lag nicht in der Natur der Elfen.

Der Kampf gegen die Föderation zog sich noch eine Weile lang hin und schlief dann ein, als sich die Südländer in ihr Heimatland zurückzogen. Ohne die Schattenwesen, die den Koalitionsrat beeinflussten, und nach der Niederlage ihrer Armee im Tal von Rhenn ließ ihr Interesse an diesem Kampf schnell nach. Die Aufstände in Callahorn und im Ostland führten zu wachsender Unzufriedenheit mit dem gesamten Plan der Erweiterung des Südlands, und schließlich zog sich die Föderation vollständig aus den anderen Ländern zurück.

Die Zeit verging, und eine Jahreszeit löste die andere ab.

Paranor ließ sich von Herbst und Winter nicht stören und ragte aus den schattigen Wäldern auf, die es schützten. Es war umgeben von den hohen Gipfeln der Drachenzähne. Hin und wieder kamen Reisende an den dunklen Mauern und Türmen vorüber, aber niemand wagte, die Burg des Druiden zu betreten. Es wurde von vielen behauptet, sie werde von Gespenstern heimgesucht, sei ein Spielplatz für Geister, eine Gruft für tote Druiden. Einige behaupteten, eine Moorkatze schleiche dort herum und manchmal auch außerhalb, die sei so schwarz wie die Nacht, so groß wie ein Pferd und habe Augen aus Feuer.

In der Burg aber schlief Walker Boh den ungestörten Druidenschlaf. Obwohl sein Körper ruhte, durchwanderte sein Geist häufig das Land, eilte auf dem Wind zu seinen entferntesten Winkeln, ritt auf den Wolken und auf dem Rücken der Wogen. Walker träumte im Schlaf von vergangenen und zukünftigen Geschehnissen, von dem, was gewesen war, und von dem, was sein würde. Er träumte von einem neuen Druidenrat, von einer Versammlung der weisesten Männer und Frauen der Rassen, von einer Vereinigung von Wissen, das die Vier Länder wachsen und gedeihen lassen würde. Er träumte vom Frieden. Seine Träume gingen weiter als die Reisen, die er in seiner Geistgestalt unternahm, denn für seine Vorstellungskraft gab es keine Grenzen.

Hin und wieder besuchte ihn Allanon. Er war jetzt fast weiß, ein dunkler Schatten, der zu einem Geist geworden war, kaum mehr als schwindende Linien im Licht. Er sprach mit Walker, aber die Worte teilten sich eher als Gefühle mit denn als Gedanken. Er entglitt der Welt des Lichts und der Substanz weiter und weiter und versank tiefer in der Unterwelt des Lebens nach dem Tode. Er schien zufrieden damit, dass er verging. Er schien in Frieden mit sich zu sein.

Und manchmal, wenn Walkers Herz still und sein Geist ruhig war, kam auch Cogline. Der alte Mann war nur noch eine klapprige Ansammlung von Knochen, sein Haar war dünn und wirr, seine Gesichtszüge waren scharf und seine Augen klar. Und er lächelte und nickte. Ja, Walker, schien er zu sagen. Das hast du gut gemacht.